重托(长篇小说)

马京生 / 著

中国青年出版社

重托

航天事业薪火相传
飞天梦想照亮人生

孙家栋
2022年4月8日

"共和国勋章"获得者
"两弹一星"功勋科学家
国家最高科学技术奖获得者

孙家栋院士为本书题字

引子

  部队医院的急救室里，昏睡一天的王延安终于睁开了眼睛，他看着雪白洁净的病房和身边的监视器屏幕上的心率和血压，努力想回忆些什么，却突然感到自己危机四伏了。这位大名鼎鼎的王延安，光听名字就能明白和革命圣地有渊源，明显的红二代标志。可他红一代的亲生父母在他心里永远是个谜。王延安从普通一兵到发射将军，历尽艰辛指挥千军万马——发射火箭卫星，他具有威严的军人作风、犀利的眼神，行事果断，说话敏锐干脆，军人们对他都有敬畏之心。工作已经成为他生命中不可或缺的一部分，可如今忙了大半辈子的他退休了却闲不住，更让他不好办的是各显神通的家人……

  老婆梁欢是军医，采用中西医结合治疗新冠肺炎，从死神手里抢救出上百个危重病人，是当之无愧的抗疫英雄。像她这样的医学权威，不仅享受政府特殊津贴，而且军队有特殊政策，可以延长退休年龄。都说军营是男人的世界，过去王延安在部队转战南北，走到哪儿，老婆随调到哪儿，从来都是夫唱妇随。可如今他退居二线，老婆却冲上了一线，疫情降临之际，白衣天使尽显英雄本色。病重的王延安心里念叨着：老婆啊！女神！你知道我现在是多么需要你吗？

  可糟糕的是，老婆刚来到他的病床边，就告诉他一个坏消息外加一个好消息。

  王延安住进医院，梁欢回家取军人保障卡准备交手术费，突然发现家里的小保险箱被盗，梁欢及时报案，丢失的物品涉密，对于老公生死攸关。公安局迅速侦破，翌日，保险箱密码还没破解，大胆毛贼就锒铛入狱。当他得知自己偷盗的为何物时，肠子都悔青了，长叹一声：当官的并不都是贪官，不能瞎了眼浑水摸鱼，投机取巧。他良心发现要从此金盆洗手，改邪归正。东西很快物归原主，交到女主人手上。

出人意料的事情发生了，将军的工资卡上只有刚刚发的2万多元工资，还有几张发票，梁欢随手拿起一张扫了一眼，火箭风洞试验付费10万元，其他几张发票也数额大得吓人。丈夫生命攸关的起因就是只争朝夕制造这两件宝：飞天智能型小火箭设计方案和图纸；还有一部尚未完成的航天亲历探险记，这两件事是他最后的心愿。

王延安原想把一辈子的航天经验告诉儿子，可从小不在他身边长大的儿子口出狂言：他搞的是民营商业火箭公司，要造就造大推力的新型运载火箭，儿子宣称一起步就要赶超世界先进水平，对标的是SpaceX，这家民营火箭公司已经享誉全球。言外之意，他对父亲搞的小火箭没啥兴趣。儿子从小就是学霸，如今更是志存高远，回国后既不想进政府机关，更不想进国企，而是创办了民营火箭公司。可运载火箭是随便造的吗？中国航天60载，是国家队"千人一枚箭，万众一颗星"的大集团作战。有人跟王延安开玩笑，你儿子是海归博士，开什么火箭模型公司呀？要做真火箭那更是异想天开！可儿子天生就是犟牛筋，越说他干不成，他就越来劲，他要去尝试，激发潜能，有所作为。王延安尽管觉得儿子好高骛远，可也尽其所能拿出老本在经济上支持儿子创业。"三年磨一箭"，他们创新研制的百吨级的火箭液氧甲烷发动机让他刮目相看，这毕竟给中国航天带来了生机和活力，引入了竞争机制。但他隐约猜到儿子总是借口技术团队要接二连三地"头脑风暴"没空来看他，就是不愿让他知道资金链又危在旦夕，生怕触发了他的心脏病。

王延安犯病的导火索也很"雷人"，本来他正急火攻心，又意外生了一场大气，使他的病雪上加霜犯了心绞痛，住院后又查出肾衰竭，进入了生命的倒计时。

王延安这辈子搞航天，如同在悬崖边上干活不怕死，可如今人之将死，活没干完。王延安不服老，他觉得自己正当年，歌德82岁时完成文学巨著《浮士德》，爱迪生81岁时获得第1031项发明专利，他比他们都年轻，还可以大有可为。可当务之急是要治好病，让王延安犹豫不决的是老婆执意要和他同上手术台，老婆要为他捐肾，这风险也太大了。医院的彭院长说，梁欢是个医学专家，她要是身体好能救活更多的病人，医院答应帮他想办法找到合适的肾源，只是等待供体不能着急，急也没用。最让王延安想不到的是，梁欢竟然请来了她的老同学医学专家姚明伟来亲自操刀给他做手术。命运像是开了个大玩笑，当年情场上的手下败将姚明伟此时变成了强者，而且是给他做手术的主刀医生，来拯救他的生命。

  王延安这个后悔呀！老婆的话不幸言中了："腾不出时间去看病，迟早会腾出时间来生病、住院、动手术。"尤其是自己要想活命偏偏有求于姚明伟，让王延安心存芥蒂的"情敌"姚明伟做肾移植手术在全国数一数二，要说医术无可挑剔。美中不足的是，姚明伟似乎对梁欢情有独钟、有求必应。对此，王延安夫妇心照不宣。王延安这时才意识到，拥有一个健康的身体才是人生在世最要紧的事。谁知道明天和意外哪个先来？事到如今夫妻俩上演生死时速，他最后的心愿谁来完成？王延安思前想后，只有那个在电视台做主持人的女儿能担此重任，他给女儿王晓帆拨通电话，决定听老婆的话，让女儿把他那些书稿和深藏秘密的一摞日记本拿走，去完成他未竟的愿望。不过老婆说得没错，父女两个不仅从事不同的行业，还有代沟。但正因为如此，女儿才能和他碰撞出火花为书稿锦上添花。可是出类拔萃的女儿也不是省油的灯，从电视台主持人全国大赛中脱颖而出，成功当上了三千选一的那个电视金牌主持人，虽然粉丝无数却是个不婚主义者，宣称女人结婚将丢失她的才华和灵气，淹没在柴米油盐一地鸡毛中。她的座右铭是：奋斗改变命运，梦想让我与众不同。如此高颜值的另类女名人，足以让父母骄傲加头疼。

  女儿王晓帆招之即来，却模棱两可地说："如果我被感动了，我就给你整理出电子版来，如果连我都看不下去，那就……"女儿看了看病重的老爸把后半句话咽了回去，圆眼睛一转，当机立断问，"老爸，我正在思考一个问题，哪个正常人愿意——生活不怕苦，工作不怕难，发射火箭不怕死？"

  "我！"王延安的话音像战鼓震天动地，"爱在哪里，心就在哪里！"

  女儿的快嘴马上回击："老爸，我同意你的名言，爱在哪里，心就在哪里！可现在是经济社会，谁都想在职场上有所作为。我是正常人，不愿意放弃追求幸福的权利，更不愿意放弃高工资而去拿低工资。我要闯出一条适合自己的成功之路，实现自我价值！"

"你别自我感觉良好了！"王延安觉得女儿好高骛远，要不怎么这姑娘美如仙女，却成了大龄剩女呢？

女儿铿锵有力、振振有词地继续发问："哪个父母愿意远离亲生的小儿女？连大老虎都知道带着小老虎找食吃。可是你们却只生不养，没有尽到做父母的职责。"女儿的话像连珠炮一发接一发。

这是一个很雷人的问题，让当父亲的很难回答，一时语塞。照王延安风风火火的急脾气，训起人来如雷霆电闪，可对聪慧过人的女儿却是菩萨心肠。谁让女儿从小就被全家人宠上了天！有目共睹，王晓帆去采访，庄重威严的男领导，突然眼睛笑成一条线。平时拒人千里之外的知名人士、爱耍酷不理人的大腕儿们，一下子就变成了嘘寒问暖的好男人。无法解释这种仙女产生的说不清的魔力，但确实是客观存在。女儿常常不以为然地说，这叫爱美之心人皆有之。圈粉无数零绯闻。老爸理解万岁！不过让父亲放心不下的是女儿居然发表了"不婚宣言"。

可他现在只想让女儿帮忙实现心愿。他把书稿交到了女儿手里，那一行行发自肺腑的文字把女儿带到了那充满神奇与挑战的航天探险路上，女儿感动得泪眼模糊，老爸老妈奋斗了一辈子，他们对幸福的理解就叫——成就目标。

老天怜见，给了王延安一个好女儿，她一夜无眠沉醉于书稿。翌日清晨，女儿来到医院看老爸，她诡秘地眨着熬红的眼睛说："王老爹，我知道你的外号叫——马上办，这任务我马上办。"王延安的眼睛里顿时闪现出希望之光，脸上露出会意的微笑。女儿却话锋一转，意味深长地说："亲爱的爸爸，你的任务没完成可不能含笑而去……坚强的共产党员，你一定要等到咱全家人都奉献给你大大的惊喜哟。"

于是，王晓帆干脆在书里写上：人的命三分天注定，七分靠打拼，爱拼才会赢。敢于挑战天命的老爸老妈与病魔抗争在医院里上演生死时速，她快马加鞭要完成书稿，以此告慰筑梦太空的前辈们。

第一章

1

1969年初冬。哈军工毕业的王延安连蹦带跳手拿毕业分配通知书，兴冲冲地回到家，这是他连做梦都想去的大漠发射场！可一进家门，他就感到气氛不同往常。

王延安的老爸杨志坚阴沉着脸，正在接电话。他放下电话转过头来，看了一眼兴高采烈的儿子，故意不经意地问："延安，你毕业分配到哪儿去？"

"到发射部队去。"王延安神秘兮兮地回答，"当特种兵，部队驻地保密。"

杨志坚语重心长地嘱咐儿子，到基层部队好好干。要学会夹着尾巴做人。

王延安故意顽皮地说："爸，夹着尾巴太难受，咱要堂堂正正做人。"

杨志坚的脸上没有一丝笑容，说："难受也要夹着尾巴做人，尤其是现在。你知道爸爸为什么给你取名叫延安吗？"

王延安觉得父亲就爱老生常谈，不就是让他继承光荣传统呗。果然，杨志坚接着说，当年我们红军长征到达延安扎下根，建立了革命的根据地。这次你去的大漠发射场将要发射卫星，中国航天从那里迈出长征第一步。

显然，爸爸对儿子的去向心知肚明。杨志坚意味深长地提醒儿子，要时刻保持清醒的头脑！一定要把秘密藏在心底。接下来父亲更是不可思议，居然命令他寒冬腊月去冬泳，好好降降温，退退"火"。然后去买半斤猪肉回家包饺子。王延安明白，父亲要吃饺子就是要给他送行，父亲虽然是高级干部，但还是不改老农民的习惯，在他眼里，腊八蒜加猪肉韭菜馅儿饺子是天下最好吃的饭。

这大冷的天，北风飕飕。父亲的话虽然强人所难，但那不容置疑的命令如同圣旨只能执行。王延安三岁时，爸爸妈妈就开始带他到延河游泳，他不敢下水，爸爸就在他身上绑了两个竹筒，把他提起来一下子就扔进了水里，王延安吓坏了，大声呼救，妈妈也被爸爸这猝不及防的举动吓得愣住了，回过神来就奋不顾身往河里跳，要救宝贝儿子，却被爸爸一把拉住胳膊，妈妈的眼泪唰的一下就像小河水一样奔涌而出。而爸爸却在岸上喊："不要怕！自己游！"他勉强浮在水面，手忙脚乱地扑腾着。爸爸还对妈妈说，你看儿子的狗刨式游得不错吧？老爸就是要把他扔进水里学游泳，让他从小学会自救。后来，幼小的王延安再也不怕水了，但却开始害怕爸爸了。

王延安从小调皮捣蛋，对父亲的话却向来不敢违抗。因为他一直怀疑这不是他亲爸。他上小学时，有一次看军区文工团的歌舞晚会，妈妈本是军人，但因为带孩子看节目，只能坐在队伍后面的家属队里。他迅速挣脱了母亲的手，挤到最前面的空座位上看节目。旁边的人说，这是杨军长的儿子，给他让出座位，还拿水给他喝。万万没有料到，刚从台上致完欢迎词的杨军长，也就是他的爸爸，三步并作两步径直走到他身边，在大庭广众之下，就像老鹰抓小鸡似的揪着他的耳朵，把他从座位上拎起来就向后排走，边走边教训道："你以为你是军长的儿子就能跑到前面坐吗？"说完就把他扔进妈妈的怀里。王延安咬着牙问妈妈："这个厉害的杨军长是我亲爹吗？"妈妈回答得简单明了，你是虎子，他是虎爸，不能搞特殊化。

王延安从小心里就有疑问，他爸爸叫杨志坚，妈妈叫白雪洁，而他的大名叫王延安，他既不姓父姓，又不姓母姓，而且这个名字还是上小学时父母郑重其事给他起的学名，上学前大家都叫他虎子。王延安的爸爸妈妈打起仗来顾不上管孩子，他就像延安黄土坡上随意放养到老乡家去吃百家饭的土娃子，打起架来像只小老虎。

大将风度的父亲不仅从严治军，也从严治家，把儿子从小就从难从严训练了出来。王延安上小学时，父亲带他去冬泳，冷啊！他不跳进冰水里游泳，父亲一脚就把他踹下了水，他只能拼命地游，不然就要冻成冰人了。老爸一年四季洗冷水澡，按照一代更比一代强的理论，当儿子的就应该一年四季都游泳。从此他懂得了父道尊严，虎父无犬子。他必须服从命令听指挥。

王延安从北京高中毕业，考上了外语学院留苏预备部，他有极好的语言天赋，俄语说得很棒。本该办好手续就出国留学时，爸爸带他去看哈军工的院长陈赓大将。陈赓说，去苏联干什么？要去就去哈尔滨军事工程学院，要学就学导弹工程系。中国的导弹和航天事业太需要人才了！

此话有理。王延安一个人生急转弯，凭着自己聪明的脑袋瓜和优秀的学习成绩考上了哈军工。偏偏等到他光荣毕业的时候，赶上了"文化大革命"，使中国、哈军工以及他王延安都碰到了史无前例的难题。

1966年4月1日，对哈军工全体师生而言是一个永生难忘的特殊日子。从这一天开始，改制后的哈军工退出了部队序列。当时许多人不懂什么叫退出部队序列，后来才知道，用一句最明了的话说，就是教师、学员集体转业，全体师生一起脱军装。这一天，哈军工师生都默默叹息，黯然神伤。王延安恋恋不舍地含着眼泪把帽徽和领章摘下来，包好珍藏起来。

这年"文化大革命"开始了。哈军工本是我军培养训练专业技术军官的军事科技大学，可那时的毕业分配改变了常规，因为多种说不清的社会原因，同学们也就有了多种不同去向，有到野战军的，有到国防科技部队的；也有分配离谱的，到什么犄角旮旯的地方小单位，与所学专业风马牛不相及，根本不沾边。只有一句话，服从革命工作的需要，革命战士是块砖，哪里需要哪里搬。

王延安是哈军工导弹工程系自动控制专业毕业的高才生，学习成绩名列前茅，满脑子英雄情结，一门心思要干航天。于是，他当机立断咬破手指头，写了一份要到祖国最需要人才的戈壁大漠发射场去创业的血书，贴在了大字报的专栏上。一片墨黑的大字报中，这封鲜红的血书格外醒目。他终于如愿以偿毕业分配到大漠发射场。王延安正处于激情燃烧的青春岁月，红领章和红帽徽加上国防绿，是那个年代最有光彩的流行色，他从骨子里就喜欢习武从军。

王延安的家是典型的严父慈母型的军人家庭。他从小天不怕地不怕，就是怕老爸。而且，他特别崇拜、佩服老爸，老爸是枪林弹雨里打出来的战斗英雄，两道大刀似的浓眉下，黑亮的眼睛威风凛凛，使敌人闻风丧胆。他从小仰视着父亲，几次想改名换姓随老爸姓杨，都被父母拒绝了。有时他真想跟同学吹一吹自己的父亲如何如何棒，上小学时，有一次刚说出"这本书上写的战斗英雄杨志坚就是我爸"，就让同学一句话堵回来："你爸姓杨你姓王，你是捡来的吧？"

其实他早就对自己的出身和家世感到疑惑。父亲祖辈都是面朝黄土背朝天的老农，祖上没人进过学堂。母亲却是大家闺秀，出身于民族资本家，且全家都有知识有文化。看似毫无交集的两个人，在国运和战争中辗转相遇，枪林弹雨都打不散，相伴数十年如一日。

当王延安长成身材魁梧的男子汉时，他就更佩服老爸了，父母爱情是典型的美女爱英雄！老爸的魅力不仅吸引母亲这样才貌双全的女人，更像强磁场一样吸引着他这样的血性男儿向往从军，保家卫国，以天下为己任。

然而，让王延安百思不得其解的是，父亲一贯抓大放小，不管家务事，今天却一脸严肃，给他布置了任务：先去冬泳，再去买猪肉，接老妈回家，包猪肉韭菜馅儿饺子。

王延安来到"八一"湖边，湖面上已经结了一层薄冰。湖边的大树被剃头刀似的寒风剃光了绿叶，只剩下在寒风中战栗的树干挺立在那儿。那年头，大字报、大辩论、大批判和大鸣大放如火如荼，谁还有心情来这清冷的"八一"湖锻炼身体。只有他王延安在展开双臂蝶泳，所到之处劈波斩浪，冰花水花飞溅而起。

一个男人走来，单薄的身上裹着深灰色的中山装，在寒风中战栗发抖。他的发型很怪异，不知是谁恶作剧给他剃成了一边有头发一边没头发的"阴阳头"，更糟糕的是，没头发那边的后脑勺上遍布血迹。人格的侮辱加上肉体的痛苦，再加上精神的折磨，这个名叫向志远的男人已经心灰意懒，生不如死，内心充满了矛盾。过去老师告诉他："学好数理化，走遍天下都不怕。"而今现实告诉他："学好数理化，不如出身红五类。"社会的变数让他无法理解，他努力工作，造反派却说他走"白专道路""知识越多越反动"。他辛辛苦苦研究的成果，计算手稿统统被造反派扔到了垃圾箱，那是他多少个不眠之夜的心血，顷刻间没了，他的精神崩溃了。为了航天事业他和未婚妻分手了，现在没有了恋人又没有了事业，甚至没有了做人的尊严，造反派把他强行剃成阴阳头。面对现实，他的希望破灭了。或许肉体的折磨与精神的侮辱，他咬紧牙关还能忍受，但无法再从事他的事业时，他觉得自己的生命将毫无意义了。士可杀不可辱！痛定思痛，生命只有痛苦，已经没有什么可留恋的了，他要用死来维护自己的人格和尊严。

此时此刻，他来到"八一"湖边想悲壮地跳进冰湖告别人生，沉重的脚步已经踏上了湖面透明的薄冰。偏偏这时他看到了王延安矫健的泳姿。于是，向志远面对生死抉择犹豫了。

王延安看到这个倒霉的男人面无血色，神情郁闷地站在湖边，目光呆滞。很显然，在那个年代，这两个男人都属于生活的另类，又在这个非同寻常的寒冷冬天巧遇湖边。

王延安不能见死不救，挥舞着胳膊在冰水里使劲地朝向志远游过去。这时，一块坚硬的冰块挡住了王延安前进的水路，王延安挥起铁拳狠狠砸去，冰块碎了，湖面上立刻开出了一朵鲜红的血莲花。他急中生智捡起一块带血的冰块像投掷手榴弹似的打到了向志远的身上。向志远一愣，向湖里慢慢挪动的脚步停住了，那块血色冰块砸醒了他，阻挡了他走向天堂之路。

王延安大声喊："站住！危险！回头是岸！"

向志远僵立在冰水里，呆滞的目光燃烧起怒火。

王延安换了一种温和的口气安慰这个想不开的人："老兄，不就是群众运动吗？人活着都不容易，为了爱你的人和你爱的人一定要活下去！人死了什么都说不清了。甭怕！"

向志远依然怒火中烧，这年头站着说话不腰痛，事情没落在你头上！然而，他突然想起了林依然……

王延安设身处地劝他："老兄，再大的冤屈，总有澄清洗雪的一天，但如果禁不住批斗，精神垮了，身体垮了，甚至死了，那么冤屈就可能永远成冤屈了。因此一定要活下去！而且要健康地活下去！"他看劝说效果不明显，干脆用话激他，"你这男人要有骨气，司马迁受宫刑还能写出《史记》来，剃个阴阳头就把你吓怕了？要是我剃个光头打仗牺牲了都光荣。哥们儿，干脆剃个光头吧！"

向志远无言地看着不畏严寒的王延安，有了绝处逢生的感觉，再往前走一步，身后的事情就再也说不清了。中国的第一颗人造地球卫星不是还有技术难题没解决吗？你怎么就想打退堂鼓了呢？知识分子要有骨气，敢上九天揽月……想到这儿，他放弃了轻生的念头，转过身来就往回走。

王延安从冰冷的湖水里爬上岸，目送向志远的背影，虽然步履艰难，但他的脚步已经不再颤抖。

那个年月物资匮乏，王延安排了好长的队才买到凭票供应的半斤猪肉，已是暮色降临，他来到妈妈报社的大院门前，远远地看着办公大楼前围了很多人。马路两边是铺天盖地的大字报专栏，他漫不经心地扫了几眼。迎面来了一群造反派敲锣打鼓，喊着打倒某某之类的口号，闹哄哄地押着六个头戴高帽子、胸前挂着牌子的人游街。开始他只能看到人群中有几顶晃动的高帽子，后来躁动着的人群越来越近了。

王延安突然看到，一缕血色的残阳，照在一张他最熟悉的满是汗珠的脸上，陡然间他的目光和母亲的目光相遇了。母亲的眼睛充满了悲伤和愤怒。王延安顿时火冒三丈冲上去，把戴在母亲白雪洁头上的高帽子扔在了地上。一群红卫兵造反派拳打脚踢把他往外推。他振臂高呼口号："全国都要学习解放军！你们谁敢打我，就是打解放军！"那声音极具穿透力，震人心魄，那些狂热的人骤然降温谁也不敢对他动手动脚了。可王延安的心在寒风中战栗，一下子掉进了不幸的深渊，比湖水还要刺骨寒心。

母亲大声说："延安，赶快回部队！"

这时，天上突然飘起了纷纷扬扬的雨夹雪，整个世界变得朦胧一片。老天像要给乱吼乱叫的人们降降温，那些像打了鸡血一样的造反派果然乱了阵脚。王延安两眼迷茫走出了那混乱的报社大院。他不知道自己是怎么走回家的，好不容易排队买的半斤猪肉也不知道丢到哪里去了，游泳裤也丢了，他恍恍惚惚空手而归。

王延安回家就把刚才的亲眼所见告诉了爸爸。杨志坚很气愤，造反派居然给自己老婆戴高帽子游街，这是侮辱人格，他当务之急是要把老婆救回来。

王延安愤愤地想，都怪父亲是老正统。1955年实行军衔制前部队精简，大批的女兵不愿脱军装，父亲坚决听党的话让母亲带头转业到地方，以此做领导干部的表率，完成部队精简任务。要是母亲还是解放军，不至于落到今天的下场。但这些话他从来不敢跟父亲提，而只敢问父亲："造反派为什么要打倒我妈？"

"因为你妈妈实事求是。"杨志坚对夫人有正确的认识，白雪洁从事新闻工作，身在政治旋涡中，却不太懂得政治的复杂性，她的笔下有良知，难免要卷入风波。

杨志坚沉默了片刻，把事情的来龙去脉告诉了儿子。事情的起因是两篇文章：有人写了毛泽东和林彪会师井冈山的文章，这篇文章来头不小，直接送到总编白雪洁的手里。白雪洁不同意刊登。理由明确，井冈山会师是指1928年4月28日毛泽东率领的秋收起义部队、朱德和陈毅领导的湘南起义部队、贺龙领导的南昌起义部分部队在井冈山的胜利会师。这是建军史上重要的历史事件，怎么能改写呢？

清样出来后，别有用心的人就闹出了一场轩然大波。内查外调，说白雪洁出身不好，有个妹妹在美国，妹夫曾是国民党军官，下落不明；还有个哥哥也曾在国民党部队干过，后来也去了美国——社会关系复杂。

王延安从来没有见过这些舅舅、姨之类的亲戚，母亲参加革命后就和她的家庭断绝了来往。王延安不服气地想，1965年7月，国民党的代总统李宗仁带着夫人郭德洁回国，共产党不是照样欢迎他们吗？我妈那些亲戚充其量也就是一些远在大洋彼岸的虾兵蟹将。

这年头，许多事情说不清。那些老元帅、老将军都在受冲击。杨志坚立即打电话叫来秘书和警卫员，让他们都穿上军装，跟他去报社接老婆白雪洁回家。他有责任挽救妻子于危难之中。

王延安悄悄跟着父亲，想知道老爸用什么办法把妈妈救回来。

杨志坚带着秘书、警卫员和警卫班去了报社，战士们一个个军容严整、精神抖擞，混乱的场面顿时安静下来，目光聚焦到这位老军人身上。

杨志坚外表粗犷强硬，有军人的干练。他的脸轮廓分明，有雄鹰一般的尖锐目光，还有一张坚毅的嘴。他大踏步走过去一把抢过话筒，说起话来如铜钟，震天动地压倒了一片嘈杂之声，他挥了一下胳膊，军令如山，所有人都闭嘴了。

"毛主席教导我们说，全国人民都要学习解放军。同志们，你们相信解放军吗？"杨志坚的目光坚定，下面自然回答——相信。还有人高呼口号：向解放军学习！他又说，"那就对了，我们解放军是国家的钢铁长城，是工农子弟兵。现在我宣布：解放军对白雪洁正式军管了。群众大会到此结束。"谁也闹不清这帮当兵的从哪儿来，到哪儿去，那是军事机密，谁也不敢多问。只觉得刮了一阵绿色的旋风，当兵的连同白雪洁都不见了。闹事的群众早就肚子饿了，反正谁也不想再瞎闹腾了，散伙了事。

那天夜里，王延安听到爸爸在轻声安慰妈妈：别怕，当年咱们打败了日本侵略者、国民党反动派，冲出枪林弹雨连死都不怕，现在还怕啥子红卫兵造反派。他们不懂历史，不了解真相，上了坏人的当。咱们都是老共产党员老革命，历史自有公论。总有一天都会搞清楚的。

王延安崇拜父亲，因为父亲沉着、勇敢，充满智慧。王延安心里踏实了许多，睡着了。偏偏合上眼他就梦见湖边那个倒霉的"阴阳头"，不知他怎样啦？

第二天早上，王延安背上军挎包离开家时，父亲说："现在全国都在搞群众运动，只有大漠发射场是中国不搞'四大'（大鸣、大放、大字报、大辩论）的军事禁区。那里正在准备发射中国第一颗人造地球卫星。儿子，你要沉下心来想问题，不要跟风走。也不要多说话，言多必失，祸从口出。你这孩子性格直爽，本来是优点，可现在这种大气候，你要把问题想透了再说话。你到那儿会大有作为的。"

"爸爸，我知道了。"王延安转身拥抱母亲说，"妈妈，你瘦多了。我走了，你要多保重！"

白雪洁的大眼睛深陷下去，蒙上了一层冰雪，说了一句深不见底的话:"祸兮福所倚,福兮祸所伏。"母亲抚摸着儿子的脸颊,又说:"孩子,你就放心去基地吧。记住,你是杨志坚的儿子,要像你爸那样,面对千难万险,也要做一个不屈的强者。"

"如果冬天已经来临,春天还会远吗?"母亲轻声说了一句她喜欢的雪莱的诗。她平常随口就能说出来一些经典名句,使王延安从小耳熟能详。

父亲拍了拍王延安的背,让儿子记住:为了天边那座发射塔,千难万险也要上!那是中国军人的使命!

王延安知道父亲虽然脾气大,是条打不垮的硬汉子,可是特别重感情,而且足智多谋。他要学习父亲"谋定而后动,出其不意,让对手措手不及"。

严厉的父亲,高大挺拔,眼神坚定,身上有一股英勇善战之气。父亲一直是他心中的一座高山。他立正向父亲敬了一个标准的军礼,慷慨激昂地说:"报告将军爸爸,过去你们指挥打仗,两军对阵,不胜则败。今天请您相信您的儿子,只认第一,不认第二。只要第一,不要第二。"

父亲审视着他,问:"为什么?"

"世界上第一个飞上太空的宇航员是加加林,第二个是谁?没有人想知道。因为第二名没有意义。"

父亲点了点头,说:"苏联宇航员加加林飞上了太空,美国宇航员阿姆斯特朗登上了月球。我们不能让他们落得太远。"

母亲却觉得儿子锋芒毕露,以后会吃亏的。她担忧地提醒王延安,不要老想着拔尖,木秀于林风必摧之。小心枪打出头鸟。父亲小声打断了母亲的话:"你儿子受点挫折无大碍,部队会让他百炼成钢的。只是我觉得有些事应该让他知道了。"

母亲摇摇头,她答应过妹妹永远保守秘密。杨志坚挥了挥手让儿子不用操心家里的事,快走吧。

王延安就这样带着不便多问的悬念,背了一个小小的军挎包,满怀雄心壮志离开了北京,奔向了戈壁滩。当时这是他最好的出路,逆水行舟不进则退。他只能勇敢地去面对未知的人生。

2

  王延安从北京站坐上轰轰隆隆的火车，三天两夜的一路硬座把屁股都坐疼了，火车才哼哧一声喘了一口粗气，终于停靠在一个叫绿洲的小火车站。

  曙光初露，王延安跳下火车，站台很小，从大北京出来就更觉得这站实在不起眼，下火车时他还犹豫了一下，自己千万别下错了站。可看到小站上晃动着许多穿绿军装、戴红领章、红帽徽的军人，立刻有了找到大部队的感觉，他跟着那些军人一起登上了另一列绿色的火车。

  火车咣当咣当地把王延安带入了一望无际的戈壁大漠，放眼望去，无论是干枯的骆驼刺，还是地上无数大大小小的沙砾都是土黄色。火车走了好远，才看到浩瀚戈壁尽头光秃秃的祁连山脉。又走了一会儿，列车停在了一个只有一座小砖瓦房的小站，他看到从火车上下去了一个兵，还看到房前有几棵七歪八扭的胡杨树，向天伸展着干枯的枝干。

  火车加了水继续前行，火辣辣的阳光一照，远处还有海市蜃楼。然而，顷刻间，巴丹吉林大沙漠翻脸了，海市蜃楼不见了。呼啸怒吼的狂风卷着黄沙玩儿命地撞击着车窗玻璃，发出噼噼啪啪的声响，接着整个天空被黄沙笼罩，王延安收回了目光转过头来，车厢里的军人似乎早已见怪不怪，该干啥干啥。

  风停了，火车终于停在了大漠发射场的站台上，王延安跳下火车就看到一个圆脸的小战士举着一个接人的木牌子，上面写着他的大名：王延安。他走过去。圆脸小战士自我介绍，"是徐指挥长让我来接你的。"王延安跟着圆脸小战士上了一辆绿色吉普车。他本想和小战士拉拉家常，打听点什么发射场的奇闻趣事，可小战士专心开车不多说话。

  下午，戈壁滩依然享受着阳光，散发着刺眼的光芒，扑面而来的风温柔了许多，王延安抬眼环顾四周，远远地看到天高地阔中耸立着的雄伟发射塔架，他顿时感到新奇和兴奋，心里油然而生光荣的使命感。

  王延安在发射塔下看见一个威武的中年军人向他走来，那是徐战旗叔叔，王延安上小学时就认识他，多年不见，徐叔叔已经两鬓斑白。他脸颊黑红，有棱有角，雕塑般线条分明，依然气场强大，眼睛炯炯有神、深邃还放着光彩，看上去精力充沛，英气加霸气，那是一种不言自威的感觉，当然了，他是这片神秘发射场的最高指挥长。

徐指挥长微笑着和王延安握手，王延安拿出标准的军人姿态立正敬军礼："报告徐叔叔，王延安前来报到。"

"好小子，将门虎子！是块好材料！你爸让你到戈壁滩来好好锻炼。记住，到了我这儿你就是普通一兵，要做好吃苦的准备。我可不想听一个军人来诉苦！"徐指挥长毫不留情地给他打了预防针，然后又拍拍他的肩膀说，"当然，我相信虎父无犬子！"

"请指挥长放心，天边有座发射塔，千难万险也要上！"

徐指挥长挥手指向一片营房，让他去新兵团报到。

王延安敬了个标准的军礼，心想就这么简单吗？

徐指挥长像是看透了他的心思，突然又把他叫住："延安，你等等，如果有人问你爸爸是做什么工作的，你就说做保密工作。还有你妈妈的情况也不要告诉别人。咱们国防科技战线有许多隐姓埋名的人，在做惊天动地的事。不该说的不说，这是事业的需要，很正常。"

王延安满肚子疑问，瞪着眼睛看着徐指挥长，问："对领导也不说吗？"

"小子，我就是你的领导！我对你的家庭情况知根知底。"徐指挥长心里有数，在王延安到大漠发射场前，已派政治部对他进行了全面考察，清理了他的档案，将他父母情况的外调材料和他过去的思想汇报等没用的材料，都从档案中抽出另行封存。这年头，许多文字材料都是在特定的历史条件下产生的，以后会时过境迁。徐指挥长看王延安一脸疑惑，接着说，"年轻人放心吧。你来艰苦地区子承父业。有些事我跟你一时半会儿说不清，你长着脑袋要独立思考，慢慢悟吧。"徐指挥长巧妙地转换了话题。

王延安心里还是憋不住想问，难道父亲是战斗英雄也不能说吗？几次话到嘴边又咽了回去。因为他突然醒悟过来，正是老正统、老革命的父亲，这辈子破天荒为他开了一个"后门"——让他走进发射场的。现在王延安终于明白了，他是徐战旗指挥长派人从哈军工挑来的。

"孩子，这年头言多必失，祸从口出。以后少说多干，不该说的不

重托

说。"徐指挥长挥了挥手,拍了拍他的肩膀说,"孩子,不!王延安同志,记住我说的话。好好干。"

王延安心头一热,突然问:"徐叔叔,南征在哪儿工作?"

"徐南征在基地医院当军医。不过你不要去找她,不要让别人知道咱们两家的关系。"徐指挥长话说得很肯定,看来是深思熟虑过了。

王延安没敢再问徐南征的事,那是徐指挥长的宝贝女儿,典型的假小子。徐家和寻常百姓家的重男轻女截然不同,他家有四个孩子,三男一女,女儿才是父母心中的花朵,格外受到疼爱,三个哥哥都得让着最小的妹妹,谁家的孩子要是敢欺负徐南征,她的三个哥哥——胜利、北战和东进——都会不约而同亮出铁拳,打他个落花流水。王延安从小就听爸爸说过,徐战旗叔叔为什么给他的孩子起名都和打仗有关,那是让他的孩子懂得必须为国家和军队尽责,长大了要义不容辞地扛枪为民,报效祖国。

王延安和徐南征青梅竹马,两小无猜,从小常在一起玩打仗的游戏,他们又是北京八一学校的同学。两家妈妈开玩笑说师哥师妹可以结娃娃亲。两家爸爸却说孩子小时候是好朋友,长大了,两只老虎就不能在一个山头上筑窝了,非打架不可。所以,王延安有自知之明,如果再继续问下去,徐指挥长可能就会多心,觉得他有什么企图。

王延安心情纠结地踏上了戈壁滩高低不平的搓板路。他觉得这个八面威风的徐指挥长是个好人,就是缺少人情味,也不问问他吃饭没有,就让他走!可转念一想,这年头,他的那些好朋友由于父母被打倒,都成了难兄难弟,只能去偏远的广阔天地插队劳动修理地球,徐指挥长敢于冒风险让他到发射场来,已是有情有义了。

王延安这次到部队是轻装上阵,只背了一个军挎包,里面没有任何食物,他的肚子早已经饿得咕咕叫,环顾四周,天上无飞鸟,地上不长草。这地方有钱也没处花。王延安为了能赶上吃晚饭,撒腿就向新兵团跑去。

王延安被分到了新兵团一营一连一排一班,他很满意这个编制序列,一就是排在第一、排头兵,他从小就有冠军情结,喜欢排在第一,不服输,争第一是他的性格。

新兵连指导员郭志民相貌朴实,却练就了一张做政治工作的好嘴,跟他谈话滔滔不绝,王延安终于忍不住说:"郭指导员,人是铁饭是钢,我还没吃晚饭呢！"

郭志民看了一眼手表，晚饭早已开过。于是亲自把王延安带到连队食堂，让炊事员给他做碗面条，汤汤水水的又好吃又快。炊事员很快给他端来了一小盆黄灿灿的面条和白菜豆腐汤，还拿来了辣椒和酱油醋。

王延安吃了一口黄面条，抬起头说："你们做的鸡蛋面条还挺结实！咋这么筋道？"

"这是玉米面做的钢丝面，有嚼头，吃了顶饿。"炊事员憨憨地笑着说。

"哦，你知道我有钢肠铁胃哟！"王延安就在吃钢丝面的工夫，认清了革命形势，想好了既定目标。那年月北京的造反派有一句顺口溜：龙生龙，凤生凤，老鼠生儿会打洞。他一直不认同这说法，而且坚决反对划分那些"红五类"和"黑五类"。最明白不过的道理是，他承认了这种说法就是把自己一分为二变成红加黑了。

王延安还正确分析了部队的大好形势，部队的士兵兄弟们大多高唱农家军歌，还有少量革命军人出身的子弟兵。贫下中农和工人阶级是最可靠的力量，他们的儿子也是最让部队组织信任的。用"物以类聚，人与群分"和"近朱者赤，近墨者黑"的理论指导行动，王延安要把部队作为革命根据地安身立命，迫切需要做一件极具战略眼光的事——结交工农子弟兵，迅速完成知识分子向工农兵转化的过程。

新兵训练立正稍息走队列，他在哈军工早已炉火纯青样样都是标准兵。三个月转眼间过去，王延安总结自己三个月就做了三件事：

第一件是英雄救美，实事求是地说，英雄救美纯属偶然撞大运。戈壁滩雄风浩荡，加上自古以来就是战争让女人走开。部队男女比例失衡，军营里女兵奇缺，王延安是雄心勃勃来大漠发射场建功立业的，到这里成就一番惊天动地的伟业是他的初衷，对于女兵，他目不斜视，兴趣不大，甚至觉得她们压根儿就不该穿上这身军装，省得吃苦受累掉眼泪。

偏偏他所在的新兵团一营一连有个女兵班，有女大学生也有小女兵。全连出操站队，女兵们排在队尾。领导早有考虑，她们跑步跟不上队可以悄悄掉队自动减员。偏偏这几个女兵个个都英姿飒爽，成为新兵连亮丽的风景线。由于军中穆桂英、花木兰们的存在，男兵们的回头率就不自觉地提高了。王延安顶看不起那些爱回头向后看、眼睛发直的家伙。

什么是男人？男人就要向前看。世间一切动物，都是雄性去打进攻战，从威风凛凛的雄狮、雄虎到花果山的美猴王，那都是勇敢向前雄霸一方。

那天，对新兵进行投弹训练军事考核。连长高建军站在队前，发布动员令：我们革命军人要时刻准备打仗，每一仗都要打赢。记住：你们这些新兵要想进入发射团，成绩必须优秀达标！王延安特别佩服高建军英气勃勃的军人气概，他那样子就像电影里的解放军英雄。

王延安以78米的成绩投中了目标，创造了发射场的投弹纪录。他骄傲地扫视了一下队伍，别的新兵哪是他的对手。果然，男兵们考核完，冠军非他莫属。剩下那些女兵能考个及格就不错了，王延安对这几个女兵一直忽略不计，根本就不是他的对手。

这时女兵们列队一字排开，准备投实弹。轮到那个长得像瓷娃娃的梁欢投实弹了，她拿起手榴弹，瘦胳膊用力一甩，就把手榴弹甩到了她和陆莎的中间。两个惊魂未定的女兵看着手榴弹在脚旁冒烟，都吓愣了。

这时，王延安一个箭步冲上去，像电影中冲锋在前的英雄，一跃而起把手榴弹甩了出去。远处"轰"的一声巨响，手榴弹爆炸了。吓慌了神的陆莎一转身，突然紧紧地抱住王延安。

王延安立刻满脸通红轻轻推开陆莎，就在那一刻他发现许多怪异的目光在注视他俩。于是，他颇有几分得意地想，你们这些新兵蛋子，没有经历过创建共和国的战火硝烟和血与火的洗礼，好好锻炼吧。

那天，连长高建军奖励王延安，让他指挥新兵连打靶归来唱个歌。于是，王延安亮开大嗓门，边指挥边唱："日落西山红霞飞，战士打靶把营归，把营归；胸前的红花映彩霞，愉快的歌声满天飞……"他见义勇为和手榴弹投掷荣获第一名初露头角，心里燃烧着火热的激情唱着歌。他想，假如生活是一场梦，我要有滋有味地让梦想成真。敢拼才会赢，命运就在自己手中。

第二件可是他丢面子的事：准确地说，是他自找的。那个从严治军的高建军连长，居然在众目睽睽下，罚他围着操场全副武装跑十圈，他又一次亮相新兵连，知名度大大提高。

那是一个周末的晚上，熄灯号吹过，新兵连男兵宿舍里，十几人睡在一张大通铺上。不知道是哪位新兵吃撑了，还是水土不服，响屁连天，一瞬间起了连锁反应，很快发展为长号、短号加上萨克斯管齐奏响，大家用被子捂着头偷笑，黑暗的宿舍里响起了"放屁交响曲"。

王延安素有睡前阅读的习惯，他把脑袋蒙在被子里，打着手电筒在看书。王延安的身边睡着尚达飞、唐狗娃和王前进，他们几个人显然晚饭吃多了，像比赛似的打饱嗝，不时还能听到有人肚子愉快地叫唤和放屁声。他听到旁边的几个农村兵在夸部队的伙食好，吃饭能管饱，几个人躺在被窝里精神会餐，越说越热闹。

"当兵前俺就没吃饱过，经常饿得前胸贴后背，穿上军装才体会到吃饱饭是啥滋味。"

"我就喜欢吃面条！那天指导员问我，以后想干啥工作，我说想当炊事员，当炊事员能吃饱饭。我还可以天天给你们做面条吃。"

"俺是干部子弟，俺可不想当火头军，那是老娘儿们干的活。"

"你爹啥干部？"

"俺爹是生产队长，村里的男女老少人人都得听俺爹的。"

王延安忍不住笑出了声，生产队长，还当是啥大干部呢！井底之蛙！难怪有人晚饭足足吃了12个肉包子，肚子胀呢！那点出息！就像几辈子没吃过肉包子。王延安给他们几片酵母片，让他们吃了药快睡觉。新兵们肚子胀得疼，睡不着，说王延安是大学生，懂得多，给他们讲个故事吧。

王延安为了让这帮没见过世面的新兵蛋子提高革命警惕，准备打仗，就讲了1969年3月在中苏边境上发生的珍宝岛事件，苏联还动用了火力强大的火箭装置……

"珍宝岛有珍宝吗？离我们这儿远吗？"陕西话在问。

"远。珍宝岛是中国黑龙江与苏联界河乌苏里江上的一个小岛。"王延安不想再回答那些小儿科问题，提醒他们，今晚小心有战事，快睡吧！

新兵们提高了警惕性，睡觉前把背包带、腰带放到自己顺手的位置，裤子、上衣也放在自己睡觉的脚前。然而，大家睡的是一个大通铺，头朝里脚朝外，一个挨一个，很快黑暗的宿舍里响起一片此起彼伏香甜的呼噜声。王延安也经不住鼾声四起的诱惑，很快就捧着书进入了梦乡。

突然"嘟、嘟、嘟"的紧急集合哨声划破了黎明前的夜空，打断了新兵们的呼噜声。黑暗中，大家从睡梦中惊醒，一个个鲤鱼打挺从床上跳起来。因为紧急集合不允许开灯，要三横压两竖将身上盖的绿军被打成有棱有角的四方背包，要衣帽整齐、手提钢枪跑步到操场集合。

新兵们黑暗中谁也看不清，互相拉扯着东西，手忙脚乱打背包，一时也分不清是真打仗，还是紧急集合？混乱中七嘴八舌：我的背包带呢？你压着我的被子了，快起来！大头鞋怎么穿不进去了？

打起仗来先下手为强。王延安穿上大头鞋，迅速背上背包和步枪，戴上大皮帽，第一个冲出了宿舍。

月光下，营房前站着一个瘦小的战士。王延安很不服气地跑过去看究竟是谁抢在了前头。他是军校出来的，训练有素，那些土大兵根本不是对手。偏偏让他更不服气的是，连手榴弹都投不出去的小女兵梁欢居然第一。王延安不服气，这里头肯定有猫腻。于是，两个人的目光逐渐变为挑战似的对视。

很快全连百十号人的队伍集合完毕。连长高建军和指导员郭志民一看，队列里新兵们洋相百出。裤子穿反的，鞋带没系的，背包没打好的……

高建军板着脸让大家互相看看！他走到唐狗娃面前极其严肃地下达口令："脱帽！"原来是唐狗娃把军帽戴反了。唐狗娃尴尬地取下军帽戴正。新兵们的笑声像火山爆发一样喷了出来。唐狗娃手足无措快哭了。

高建军一脸严肃，走在队列前面大声喊口令："立正，向右看齐！"

王延安站在连队第一个，他是当之无愧的排头兵，自豪地挺起了胸膛。高建军夸奖道："你们都看看王延安，当兵的就要有个军人样。"

高建军下令，全体都有，按规定重新着装。队列里一阵稀里哗啦的响动，新兵们开始整理行装。唐狗娃把左右脚的大头鞋穿反了，正在换鞋。王前进的背包散了架。

尚达飞小声让王延安把他的大皮帽还给他。王延安理直气壮反问他，为什么不把他的军帽带出来？尚达飞只有自认倒霉，转身就往宿舍跑，去给王延安拿军帽。

紧急集合接着拉练，棉衣棉裤、大皮帽、大头鞋、背包和步枪全副武装的新兵，排着队从弱水河畔的沙滩深一脚浅一脚地跑步到戈壁红柳丛中武装越野。

突然，戈壁滩上狂风大作，飞沙走石，沙尘暴来了。王延安急中生智扯着嗓子大喊了一声："全体都有，疏散隐蔽！"

带队的高建军发现，顷刻之间，战士们全都趴在了红柳丛中。飞沙走石盖住了他们的身影。

新兵王前进、尚达飞、唐狗娃紧跟王延安旁边趴着，他们认定了跟着这个聪明的大学生跑准没错。四个人紧紧地抱成了团，互相温暖着冻僵的躯体，共同抵抗着风沙的抽打。

风沙过后，东方破晓。高建军把灰头土脸的新兵们重新召集到一起排好队伍，带队跑步到营房前。朝阳照在高建军的眼镜上，像有一团火苗在闪。他用眼睛往齐刷刷的队列里前前后后扫了一遍，才大着嗓门说："我们现在要'练为战'，部队要准备打仗。革命战士要一不怕苦，二不怕死！你们每一个新兵都应该懂得，革命军人以服从命令为天职，谁刚才喊的疏散隐蔽口令？站出来！"

新兵们沉默无语。这时天上飘起了鹅毛大雪，指导员郭志民下令：全连一起背诵毛主席语录：下定决心，不怕牺牲，排除万难，去争取胜利。战士们的声音在戈壁滩的雪夜随风飞舞，郭志民又开始讲起一不怕苦，二不怕死的革命大道理。一个新兵就敢代替连长发布命令，指挥部队，胆子也太大了！他板着脸大声喊道："谁敢喊口令？就敢站出来！"

王延安挺身出列，大声喊："报告连长、指导员，是我下达的疏散隐蔽口令。那是为了减少不必要的牺牲。好汉做事好汉当，你们要罚就罚我一个。"

高建军当即命令王延安，全副武装围着操场跑10圈。其他同志解散。

王延安梗着脖子站着没动。他不服气啊！他的口令让新兵连保存了有生力量，避免了一次非战斗减员，他理直气壮地质问连长和指导员："凭什么罚我跑步？"

高建军上上下下打量了他一下，故意激他："你小子想当英雄，精力过剩，要不为什么代替我下命令。我看你再跑10圈不成问题。"

这时，梁欢站在了高建军面前，用细细的娃娃音说："报告高连长，今天紧急集合应该王延安是第一名，我出黑板报听到你和指导员说要紧急集合，所以睡觉没脱衣服。他是紧急集合第一名，你就让他功过相抵吧。再说咱们刚全副武装跑完 5 公里越野……"

这傻丫头居然不打自招了。王延安偷偷瞄了一眼高建军铁板一块的脸，心想，我用不着你们可怜！老子是铁打的汉子，累不死，你们谁也别想看我的笑话。王延安憋足了气，在众目睽睽下，他全副武装在操场上跑了 10 圈，可把他累惨了。跑完后，他气喘吁吁张开大嘴就往外大吐特吐，昨晚吃的肉包子、菜梗子，他没嚼碎就咽下肚子，现在如同老牛反刍般从嘴里涌了出来，吐完后他轻松了许多。

郭志民端来了一碗姜糖水，让他喝下去暖暖胃。就这样王延安倔强的性格给高建军和郭志民留下了深刻的印象，不打不成交，坏事变好事，从此，他成了高建军眼里的好兵。可郭志民却有不同看法，王延安是块好材料，聪明、机敏、敢做敢当，可那小子个人英雄主义，爱表现自己，不服管，咱们要压住他，不能让他龙抬头。

第三件事，新兵训练结束，高建军成人之美，让王延安如愿以偿分配到发射连工作。王延安感觉自己具有战略眼光，遇上了好领导，有贵人相助。有点小摩擦，也是"渡尽劫波兄弟在，相逢一笑泯恩仇"。在新兵连他还结交了三个工农子弟兵，一个好汉三个帮，一个篱笆三个桩。这几个铁哥们可以助他一臂之力。

从哈军工来到中国发射卫星的航天第一站，为他的人生旅途奠定了基础。然而，让他万万没有想到的是，自己进对了门，入错了行。

第二章

1

1969年,这片神秘的发射场正在紧锣密鼓准备发射中国第一颗人造地球卫星。王延安被分配到发射连,这个哈军工导弹工程系自动控制专业毕业的大学生干事业的时机到了,真是天时地利人和。可他偏偏无缘靠近发射塔,只能在外围迂回作战。

革命战士是块砖,哪里需要哪里搬。因为发射中国第一颗人造卫星,一望无际的荒凉戈壁上,要立起上万根电线杆来保障通信线路畅通无阻,每一根电线杆下都有民兵看守。通信团的人手不够,发射团的新兵紧急支援架电话线。后来他才知道,执行发射任务那天,守卫通信线路的民兵群众就达60万人之多,可见线路之长。

那天,王延安登上大解放,卡车在一望无际的戈壁沙海上颠簸,总是不到站,他们身旁闪过的是随风滚动的沙粒,飞的是驱赶黄沙的野风。在远远的戈壁尽头,曚昽中仿佛看到一片水雾腾生的景象,可总也到不了那美妙的海市蜃楼。他失望了,大漠就是大漠,荒寂而苍凉。

两个多小时后,他们远远地望见了茫茫沙海中两个像高大的红烟筒似的校零塔。汽车终于停在一个孤独的测控站营房前。也许是这个军营小院在戈壁滩上太孤单,风卷黄沙想在浩瀚戈壁上找个歇脚的地方,日积月累的黄沙悄悄地爬上一人多高的墙头,在小院周围形成了一座黄沙环形山。

整齐干净的营房前有一座小棚子,上面写着一个响亮的名字"兵乐亭"。亭下有一个大木案,上面画着一副特大号棋盘,棋子是绿色军用罐头盒灌上水泥铸成的。王延安拿起一个棋子"咚"的一声放到棋盘上,大有将军发号令的感觉。

排长招呼着战士们从大解放车上卸下电线杆,两人扛一根,要求是必须像种树一样把电线杆插到土坑里埋结实。自由组合的结果,最后只剩下王延安和小个子陕西兵唐狗娃。

王延安不喜欢面黄肌瘦的唐狗娃,一听这名字就可笑,看到他就想起了三年自然灾害。无奈无人可选,只有彼此将就啦。王延安和唐狗娃扛着一根电线杆一前一后走。走在前面的王延安累得呼哧带喘,肩膀疼得龇牙咧嘴硬撑着走。小个子陕西兵主动往前挪了挪电线杆,多扛一点。这让王延安心里暖暖的,唐狗娃个子小却有力气,农村人吃苦耐劳不当回事。

傍晚时分,王延安和唐狗娃已经埋好电线杆,架好电话线,他们坐在地上休息聊天。

王延安建议唐狗娃改一个名字,这狗娃的名字不好听。唐狗娃一脸憨厚,不以为然,爹给他起的名字就叫狗娃。村里还有人叫猪娃子的。唐狗娃在家乡时,不觉得他的名字有什么不好,农村的孩子从小都起个贱名,村上的老人说,起贱名好养活,阎王爷不稀罕这些狗啊、猪啊、牛啊的牲口。可现在部队和农村不一样,连长和指导员站在队前一喊狗娃,总是能引出一阵笑声来。他不想让大伙儿笑话,于是问王延安,叫啥名字好?

王延安这时就有了几分自豪感,他的父母以革命圣地延安给他命名,在这"文革"时期,打倒这个,打倒那个,谁也不敢喊打倒他——延安,因为他的名字是革命圣地。想到这里他忍不住问道:"狗娃,你最想要什么?比如,我叫延安,是因为我出生在延安。"王延安说这话时心里底气不是很足,他总觉得出生地隐藏着什么秘密,小时候他似乎去过很多地方,可因为太小他记忆模糊,他怎么能随便怀疑自己的爸妈呢?

唐狗娃的家在陕北黄坡头乡圪崂村,那里是黄土高原,干旱少雨,非常缺水。家里人早上的洗脸水舍不得倒掉,还要留到晚上洗脚。他一歪脑袋很认真地说:"哦(陕西方言:我)就想,哦家、哦村都缺水,哦就喜欢水!"

"唐狗娃,我看这戈壁大漠比你家还缺水,你干脆就改名叫——唐水娃吧！"王延安还建议他要改名就得趁着当新兵时赶快改。还有到了部队要学说普通话，别说陕西方言"饿"不"饿"的，要说"我"！要不别人要笑话你的！

唐狗娃也觉得水娃比狗娃好听，马上表态同意。还说王延安是大学生，要帮他学文化。唐水娃吭哧了半天，满脸通红以诚相见告诉王延安，他当兵是想找出路，想在部队提干，挣钱给娘治好病，有钱娶婆姨，还能吃上饱饭。以后他的儿子能有钱上学，这就是他的理想。

王延安边听边笑，净是一些鸡毛蒜皮。他跟这些没文化的大兵在一起干的是一样的体力活，简单的重复性工作，对他来说就是高射炮打蚊子——大材小用。

而王延安的理想是发射火箭卫星，在发射塔旁度过轰轰烈烈的人生。可他此刻望着一望无际的戈壁滩，心里有了一种莫名的苍凉，不知道何时才能实现自己的理想。他要勇往直前，不能让命运摆布。或许正是这个小个子陕西兵给他的启示，要面对现实，才能有出路。

2

王延安时常想起自己英雄无用武之地而郁闷，只有他的女朋友——气象室的预报员陆莎独具慧眼追求他，对他好。

陆莎不仅人长得漂亮，还是全国响当当的北京大学毕业的大学生，在雄风浩荡的戈壁滩上，是众多军中好儿郎的追求目标。自打新兵连王延安英雄救美，陆莎就开始一见钟情主动追求他，而且是那种让他感觉良好的追求方式，若即若离地吸引着他，鼓励着他，满足他的英雄情结和自尊心。所以当王延安想到女朋友陆莎时立刻来了精神，穿着带钩的脚蹬子爬到了电线杆顶，夹上电话机试线路，借机接通了陆莎的电话，他大着嗓门说："喂，你猜我在哪儿给你打电话？"

"在大漠发射场呗。有事吗？"

"我在电线杆上试电话。我现在是千里眼，顺风耳的通信兵。"

陆莎急切地提醒他："延安，别逗能！小心爬得高摔得狠，别从电线杆上掉下来。"

"不会的,我是暴风雨中的海燕!电话试好了,我挂啦。陆莎,吃完晚饭老地方不见不散。"

吃过晚饭,陆莎就急急忙忙赴约去了。陆莎很自信,不管什么事她绝不甘心落在别人的后面,学习、工作包括现在找对象,她都能勇敢果断地当先锋打头阵,兵贵神速,她要积极主动打进攻战,不能让王延安成了别人的战利品。她相信自己的个人魅力所向无敌。和王延安约会,她喜欢早来一步,坐在弱水河边的沙滩上,痴情地想着王延安博览群书,记忆力极佳,口才了得,语言幽默,反应极快,对政治和军事问题总有一套独特的见解。于是,陆莎用手指头在沙滩上写了许多的"王延安"。

王延安充满活力地跑步过来,弯下腰看到地上的字,心里顿感温馨,坐在了陆莎的身旁。

陆莎从军装衣袋里拿出一个绿色的针线包,一双很大很好看的圆眼睛眨巴眨巴,说:"延安,快把军装脱下来,我帮你把军装破洞补上。"

王延安脱掉军装递给陆莎,露出结实的肌肉,健美的肩膀上清晰可见磨破的血迹。陆莎摸着王延安的肩膀,心疼地问他,疼吗?

王延安调皮地说:"不疼——是假话!"

陆莎一下子拥抱住王延安,趴在他的耳边说:"傻小子,争强好胜,就爱较劲!你傻啊!干体力活你能比得过那些农村兵吗?"

"我也是农村长大的。"

"延安,你可不像农村兵!你是哈军工毕业的高才生,真不知道领导怎么想的,让你这个大学生分去架电话线?"陆莎说着在沙地上的"王延安"名字后面画了一个大大的问号:"告诉我,你在农村长大,为什么取名延安?"她还有一句潜台词没说出来——延安是革命圣地……如果我没猜错的话,你爸爸是个老革命。

"我爸是老陕,我家的老祖宗在延安,我也出生在延安。"王延安坦然回答陆莎。过去父母不让他炫耀光荣的革命家史,现在想炫耀又不能说了。形势真是千变万化,让人不可思议。他望着戈壁大漠夕阳西下,远处是布满皑皑白雪的祁连山脉,近处七歪八扭的胡杨树,似乎想拼命诉说它们曾经给大漠带来生命的绿色,可是昨日的辉煌却不复存在啦。

于是王延安侧面迂回说:"当年,为了建设大漠发射场,有四千多蒙古族牧民大搬迁,他们牵着骆驼,赶着成群结队的牛羊和马群,离开了祖祖辈辈居住的额济纳草原最好的牧场。从朝鲜战场上凯旋的一支部队开进了戈壁滩,当时我爸爸和咱们一样是个军人,他曾经来过这里。"

陆莎没有再追问,心里已经有底啦。她的家在东北的重工业城市,父母都是工人,虽然当时工人阶级领导一切,可她深知工人阶级是无产阶级,家里供她上大学有多么不容易,因此不想进工厂去捧那个吃不饱的铁饭碗,她这个女大学生到工厂干得再好也就是个工程师,她要到部队去寻找自己的光明前途,大学毕业有了第一个跳板,婚姻可以是她的第二个跳板,能和领导干部的孩子喜结连理正好优势互补。不过这个帅气、幽默的王延安家里到底是什么情况,必须搞明白,婚姻自古就是终身大事。陆莎是个有心计的姑娘,她既信奉兵贵神速,积极主动打进攻战,但也决不会随随便便把自己嫁出去。

3

发射连连部办公室里挂满了奖状,不管谁走进这个办公室,一眼就能看出这是个具有光荣传统的连队。

此时,连长高建军站在凳子上,仰着脖子举着集体三等功的奖状镜框往墙上挂,问指导员郭志民这样正了吗?郭志民竖起一根手指头,闭上一只眼睛做瞄准状,说左边还低一毫米。

高建军已经为那一毫米上下折腾了半个小时,胳膊也酸了,终于忍不住说:"我的大指导员同志,你的眼睛也太精确啦!差不多就行了!"

这时,门外一声响亮的"报告",通信员尚达飞走进连部办公室,给郭指导员送来一封山东老家的电报。趁郭志民接电报的空儿,高建军果断从凳子上跳下来,把奖状镜框塞给尚达飞,让他给挂上去。高建军转身走出门去。

郭志民把发射连的荣誉和名声看得比生命还重要,他真沉得住气,精益求精地指挥了尚达飞半个小时,折腾得满头大汗,那个发射连荣立集体三等功的奖状终于端端正正挂好了。

尚达飞从凳子上跳下来,抹了一把汗,指着挂满了奖状的一面墙壁说:"郭指导员,咱们发射连真棒!您快看电报吧!"尚达飞猴精,他知道指导员的家书属于绝密级的,平时只要郭指导员打开老婆的信封,脸上的笑容立马会消失,所以必须赶紧溜之大吉。他刚要迈出大门就被郭志民喊住了,"你小子往哪儿跑?快给我发电报去!"因为那封电报上写着:"我要去部队看你,请尽快告知你们部队的详细地址。"

郭志民没办法,这农村老婆不懂保密守则,部队的通信地址就是兰州市7信箱,没有详细住址。他长叹了一口气说:"尚达飞,你去给我老婆回电,就说:我有重要任务,你在家里好好'农业学大寨'。"

连部办公室里就剩下郭志民一个人,他满脸愁云,老婆李翠华没少给他添乱,工作忙成这样,老婆还想到部队来吃闲饭。这让郭志民心里生气,二杆子婆娘!这屁大的事,还要发电报浪费钱!他撕掉电报纸,走到脸盆架旁,拿起脸盆上的毛巾擦了把脸清醒一下。

对于自己的老婆,郭志民有一种说不清楚的感觉。男人哪有不喜欢老婆长得漂亮的,老婆李翠华逃荒到他老家,一露脸就成为十里八村数得着的健康漂亮人儿,黑里透红的大圆脸像个熟透的红南瓜,大眼睛、大嘴巴、大鼻子,五官端正,棱角分明,用当地的审美观看是数一数二的向阳花。在农村老家,老婆个子不高穿衣服省布,身材粗壮,胳膊腿有劲儿非常吃香,上山打柴,下田种地,回家养猪做饭,样样行家里手。村里的老人们都说,李翠华这样的铁姑娘,生孩子都是一播种就能收获的好土地。

可是让村里人没想到他们结婚两年多,李翠华的肚子平坦如常,颗粒未收。原来是郭志民以坚强的革命意志就是不碰李翠华,夫妻两人同居一室同睡一床,他们却从没有夫妻之间的亲密接触。挺过一个月的探亲假,他就返回部队了。只有一次,郭志民没有把持住自己……

要说对女人没兴趣,不好奇,那绝对不是。他是一个体格健壮、身心健康的正常男人。可是他现在的审美观随着在部队日益增长的见识也与时俱进了。李翠华的大眼睛那是牛眼睛,瞪起来一点不温柔,大嘴巴也能说会道,就是太厉害,到部队来自然没有了农村姑娘的那些优势。农村的铁姑娘,让那沉重的扁担一压就长不高了,一个个长得粗壮敦实。可部队的女兵大多都来自城市,女军官更是个稀罕物,那年代人人都羡慕穿上一身国防绿的人,招兵的也就睁大眼睛可着劲儿地在大学生和中学生中东挑西栋，还把那些能歌善舞、能写会画的女学生招进部队穿上绿军装。因为精挑细选，个个都长得苗条挺拔英姿飒爽。

郭志民知道自己的家庭情况，从来不去做"癞蛤蟆想吃天鹅肉"的美梦，自己没优势，就得有自知之明。他从来没对自己的婚姻抱什么美好的幻想，就是天上掉下来个林妹妹，你喜欢仙女，仙女能爱你吗？再说了，柳条细腰能挑重担吗？细胳膊细腿能干农活吗？中看不中用对他这个农家军哥来说是绝对不行的，还是要门当户对好。可他这个老婆虽然能干泼辣，却让他哭笑不得，一想起来他心里就翻江倒海不是滋味，他是被逼就范，剪不断，理还乱，有口难辩。

郭志民拿着这封电报发了半天呆，沉思良久决定提笔给李翠华写信，写了两行字又开始发呆，想不好还写些啥，直到高建军走进门来他才缓过神。高建军开玩笑说："老郭，偷着乐呢？你老婆要来，魂不守舍了！"

郭志民长叹了一口气说："你可不知道我老婆，不识字胆还挺大，说来就来。咱们是保密单位，我就担心她连地址都不问就往部队跑。"

郭志民的信从来都是短小精练，不写甜言蜜语，他们夫妻情书都可以公开示众。当然也是因为李翠华认不得几个字，夫妻情书得找村里的学生娃去读信，谈情说爱的家信弄不好就要影响解放军的光辉形象，问题就大了。更何况，他从没对李翠华说过"我爱你"三个字，合法的婚姻，爱不爱都没关系，平淡如水过日子，老婆照样毫不含糊为他操持着家，养猪种田没有怨言。这要是找一个女军官，不说出数不清的"我爱你"，不想方设法去猛追一阵子，人家看都不看你一眼。想到这里，他心里得到一丝安慰，觉得自己能找一个李翠华这样的老婆也该知足了。自己文化水平比不上高建军那样的军官，从入伍那天起，他就是少说话多干活，学雷锋做好事，拼命工作才提了干，总算穿上四个兜的军装了。如果个人问题处理不好，直接威胁到他在部队的进步。

郭志民和高建军是发射连的军政一把手，住同一宿舍，他们在外人眼里差别很大，不仅外貌不同，性格气质不同，处理问题也有很大的差异，可偏偏这两只发射连的领头羊不仅优势互补，互相支持，而且还是上级非常看好的黄金搭档，因为实践证明他们带出了一支响当当的好连队。

这不，要睡觉了，郭志民的个人卫生历来实行"精兵简政"，睡觉前啥也不洗,那双臭脚一脱掉解放鞋,满屋子顿时就会弥漫一股臭气,为了节约袜子,他通常是光脚丫穿鞋,好在脱了鞋臭脚就直接进了被窝。脸就更不用洗了,晚上洗了脸也没人看,干脆第二天早上合二为一刷牙洗脸。每天早上他军容严整,带兵照样起到表率作用。此刻他早已经躺在床上,看着窗外的圆月发呆,满脑门官司。

爱干净的高建军从头到脚洗刷干净才钻被窝。看了一眼郭志民,心想,你要我先立业后成家,放长线钓大鱼,你可倒好,回趟家几天就搞定个老婆,速战速决快当孩儿他爹啦。

郭志民一生谨慎,疏忽一次,救人救成了老婆,李翠华说她的身子被郭志民看过了,摸过了,压过了,还和她嘴对嘴亲过了,非要嫁给他。可当时救人要紧,那是人工呼吸啊!结果是歪打正着娶个新娘子回家。

郭志民的老家在山东沂蒙山区,那里可是青山绿水好风光。唯一不好的是,秀美的风景包围着郭家破旧的房屋。可全村人都知道,老郭家有个好儿子郭志民,他提干了,是一个有出息的解放军军官。郭志民的老母亲逢人就夸儿子,对全村老少爷们儿广而告之,乡亲们都知道郭志民能在部队拿工资挣大钱,因为他每次回家,远房的七大姑八大姨和远亲近邻们都会上门来看他,少不了诉说他们孩子上学交不起学费,大人病了掏不起药费,总之一句话就是生活有困难。他就学习雷锋好榜样慷慨解囊,这个几块钱,那个几块钱地把自己一年的积蓄资助别人看病上学了。于是,沾亲带故的老乡们就说,全国就是应该学习解放军。

因此,母亲的脸上也就特别有光彩,当着乡亲们的面夸奖他儿子在部队干得好,不愁吃不愁穿,身上穿的从里到外都是部队发的绿色军用品。为了给母亲找到这种光宗耀祖的感觉,他自然出手大方,可平时自己不得不节衣缩食,连件的确良衬衣都不舍得买,因为还要攒钱娶媳妇。老母亲的话也很有号召力,村里村外的大姑娘们,只要听说郭志民的为人,都愿意嫁到郭家来当媳妇。

那年,母亲寄来了一张姑娘的照片,说是表舅介绍了一门亲事,他看了看姑娘虽然生在农村,但模样挺俊,家境也不错,读了书还在县城里当了工人。于是,郭志民请了探亲假,买了大包小包的礼品,准备齐全回老家去相亲。下了火车又上长途汽车,还搭了一截马拉车终于来到了村头,就在村头的大树下石碑前,一个衣衫破旧的姑娘边啃生玉米,边用眼睛盯着看"大树郭村"那四个字。就在郭志民拿手绢擦汗的工夫,姑娘回身站在了他面前,用四川话问:"解放军大哥,这是啥子地方?"

"大树郭村。"他字正腔圆吐出了四个字,因为断定那姑娘不识字。他看看面黄肌瘦的姑娘问,"你要去哪儿?"

可怜巴巴的姑娘突然坚定了信心,自报家门说:"解放军大哥,我大名叫李翠华。你行行好,把我带回家,只要能给我口饭吃,我当牛做马干啥子活都行!谢谢解放军大哥啦!"

郭志民愕然地看着李翠华,连忙摇手道:"这不行!我是解放军,是回来探亲的,很快就要回部队去。"

李翠华猛地跪在郭志民面前呜咽道:"解放军大哥,你可怜可怜我吧。我的老家四川发大水,爸爸妈妈和房子都让泥石流和洪水冲没了,我一个人走了好远好远才走到这儿,实在是走不动喽!求求大哥,帮帮我!"

郭志民连忙伸手搀扶李翠华站起来,让她有话起来说。李翠华偏偏就是不起来,解放军大哥要是不答应,她就一直跪在他面前。

郭志民看李翠华有困难,人家姑娘一口一个解放军大哥地叫着他,他觉得自己不能不帮,就把李翠华带回了家,先到家歇个脚,吃点饭,再跟生产队长说说看咋办。

郭母也是个热心肠,让李翠华洗了脸,吃了饭,母亲还把年轻时穿的旧衣服找出来让李翠华换上,郭志民就奔生产队长家里去了。

生产队长皱着眉头听完了这些情况,把烟袋往鞋底上一敲,说,郭村收留这姑娘没问题。只是家家都不富裕,村里还就是你挣工资,你在部队上,你家的农活我常找人帮着干,就让这姑娘先住在你家照顾你娘吧。

郭志民心里一百个不乐意,虽然生产队长说得有道理,可家里住个大姑娘,说不清道不明,他还怎么去相亲,谁还愿意嫁给他?郭志民把自己的理由讲给生产队长,生产队长觉得也有道理,就跟郭志民一起来到了郭家。

生产队长就问李翠华:"给你找个人家怎样?村里有个四十多岁的光棍汉,人老实,还是民办小学的老师哪。"

李翠华直截了当地问:"那他为啥不结婚?"

"李老师大学毕业就被打成右派了。"生产队长长叹了一口气说,"李翠华,你住在郭家不太合适,郭志民是解放军干部,还没结婚,这次他探亲有一个重要任务就是找对象。"

李翠华沉默不语,可她的脑子里在迅速盘算,我又不识字,找个文化人有啥用?再说还是个右派,将来生个孩子都出身不好。还是找个解放军稳妥可靠。

郭志民见李翠华不表态,连忙说他先去表舅家相亲,想借故先走。生产队长觉得这样也行,让李翠华拿上她的东西,先在民办小学住几天,那里正好缺个给学生做午饭的人,也顺便见见李老师。

李翠华总算同意跟着生产队长往民办小学走。郭志民目送李翠华的身影,那根大辫子在身后甩着那么飘忽不定。他突然想起这姑娘孤身一人怪可怜的,也许好几天没吃上一顿饱饭了,自己带回家那么多点心糖果送给她一些吧。于是,郭志民三步并作两步提上一包就追了上去,李翠华也不推托就收下了。

生产队长和李翠华一前一后走上了年久失修的小木桥,窄窄的小木桥摇摇晃晃,还嘎吱嘎吱地叫唤着。几个大姑娘小媳妇在小河边上洗衣服,边洗衣服边说笑着。

偏偏就在这时大水从上游奔腾而来,突然而至的大水涨满了河床,郭志民追到小河边时,眼见着李翠华惊叫一声失足落水,河水翻滚着把李翠华冲出了十几米远,她不会游泳,在河水中乱扑腾,挣扎着大喊:"救命啊!"

郭志民脱掉军装就跳进河里,速度之快得益于他军装内只有一件开衫军绒衣,冰凉刺骨的河水使他更敏捷,一个猛子扎过去,一把抓住李翠华的大辫子,然后把她托出水面。李翠华也抓住救命"稻草"紧紧地搂住了郭志民的脖子,郭志民顿时呼吸紧张差点闭过气去,李翠华咋那么大的劲儿,越搂越紧。他急中生智打了李翠华一拳,李翠华晕将过去,搂在他脖子上的右臂才终于松开了。郭志民拽着她顺着水势往岸边游,终于抓住了一棵倒在水里的歪脖子树,憋足了一口气把李翠华推上了岸。

李翠华已经昏迷,衣衫紧贴在身上显现出两座凸起的高峰,肚子也灌得鼓鼓的像蛤蟆。郭志民顾不得多想，拿出战场急救的本事，二话不说果断处理，把奄奄一息的李翠华背上肩，让她大头朝下吐出水来。然后，又把李翠华平放在河边的地面上，迅速清除她嘴里的淤泥和杂草。李翠华脸部青紫，眼睛充血，口吐白沫，郭志民曾经学过战场抢救，于是跪在她身边，一手按住前额，一手抬起下巴，使李翠华张开口，嘴对嘴做人工呼吸。

李翠华还是呼吸微弱。

郭志民突然想起，人体缺氧会引起心脏停搏，那样问题就严重了！教员过去曾经讲过，口对口人工呼吸和胸外挤压须同时进行。然而，在众目睽睽下触碰一个农村姑娘的胸部，以后会不会引来麻烦？他迟疑了一下，用目光扫视了一下周围的群众，既然救人要紧，就不要犹豫。郭志民果断实施胸外心脏挤压急救法。不过他还是有点小聪明，嘴里背诵着急救口诀："抢救者位于病人的一侧，双手重叠以掌根放于两乳头连线中点，成年人每分钟胸外心脏挤压100下，"他抬起头来用手比画着，对旁边的人喊："你快帮我看着表，数100下。"

心脏按压完，接着又是嘴对嘴人工呼吸，好一阵折腾，李翠华终于醒过来，自己又哇哇吐出一摊脏水。她突然醒悟过来，惊慌失措地大叫起来："你离我远点！"说完哇哇地大哭起来。

郭志民顿时满脸通红手足无措，赶紧把军装套在了浑身是水的身上。心想，你哭什么？你在河里把我的脖子都掐紫了，脖子现在还隐隐作痛，救人差点把自己的命都搭进去。于是，他急中生智为自己辩解道："我们战地急救课讲过，错过最佳抢救时间，就会造成伤员死亡。一般情况下，对心脏骤停者实施心肺复苏抢救在4分钟内，抢救成功率能达到80%，每延长一分钟，成功率就降低10%，超过10分钟我要是救不活你咋办？"

站在旁边围观的人看他红着脸，像背书一样一丝不苟地解释都笑了。于是那些大姑娘小媳妇七嘴八舌告诉李翠华，是这个解放军救了她，不能错怪人家。

李翠华的大眼睛顿时充满了许多说不清的东西，她牢牢地盯着她的救命恩人，这个解放军身强力壮，高大威猛，一脸英雄气概，面相却极朴素老实，一副农民军哥的憨厚样。就在那一刻，她认定了，既然他们当众有了肌肤之亲,那就非郭志民不嫁。

第二天艳阳高照,李翠华来到郭家,把她手里的花布包袱往床上一放,就有了一种回家的感觉,对郭志民开门见山表白心愿,要嫁给他,到他家来住。

"啥?"郭志民吓了一跳,他万万没想到被他救起的姑娘非要嫁给他。郭志民很认真、很诚恳地说,解放军就应该为人民服务,我救你不是为了娶你,换成别人我也会去救的。你有什么困难我可以帮助你。

"你嫌我不好看?"李翠华瞪着眼睛问。

"没呀?"郭志民有些愕然,他救人不关好看不好看的事,这是从何谈起呢?

"你嫌我没文化?"

"没呀?"他想救人不关文化高低的事,这又是从何谈起呢?

"你说句话啊!救人救到底。咋非逼良家妇女先说话呢?"

"你让我说啥?是不是再给你点钱治病?"郭志民从军装兜里掏出钱——这是他一个月的工资——给她。

"我不要钱,我只要你!从今天开始,我就是你们郭家的人了,我这辈子非你郭志民不嫁!"

"咋?李翠华,你咋成了我家人?你凭啥哩!"郭志民万万没有想到天上突然掉下来个自己找上门来的媳妇,有点措手不及。

"那你为啥嘴对嘴亲我?"李翠华步步紧逼,"我是一个黄花姑娘,我被你当众摸过了,亲过了,压过了,你不娶我,我咋见人?"

这问题太突然了,郭志民发了半天呆也没缓过神来,嘴里蹦出一句:"不那样不行!"郭志民有口难辩,我摸你?那是为了让你活命!什么嘴对嘴亲你?那是在做人工呼吸。如果你是男的,我照样会那样救你。可是他突然发现自己解释不清了。

这时郭母颤颤巍巍地迎上来,拉住李翠华的手,喜眉笑眼问:"姑娘,你真的愿意嫁给我儿子?"

"我愿意。"李翠华字正腔圆地表明了态度。

郭志民没碰到过这种事,满脸涨红:"我不要你以身相许,不要你回报，那是我该做的。咱们只是一面之交。"

"郭志民，我的命是你救的，我就是你的人了！"李翠华毫不含糊接过话茬。

郭母脸上立刻笑开了花："我看中！翠华是个好姑娘。儿啊，你救人救回个媳妇，连彩礼钱都省了，老天爷让咱们好人有好报啊！"

郭志民打断母亲的话："娘，这是儿子的终身大事，急不得！"这事太突然，郭志民节节后退站在了墙根儿下，上门媳妇逼到这个份儿上，只有想个缓兵之计再说。

"娘，俺就热爱解放军，铁了心，生是救命恩人郭志民的人，死是郭志民的鬼！"

郭志民和李翠华两人一口一个娘地喊着，老太太一时不知该咋表态了。碰巧那天郭志民接到部队的一封电报，说有紧急任务，他才借机返回了部队。一路上郭志民都在想，好不容易在部队提干，他就想找个有工作的老婆。

第二年，郭志民再回农村老家时，那李翠华不忘他的救命之恩，俨然就是郭家的准儿媳了，面黄肌瘦变成脸庞红润，而且还是郭村远近闻名的"黑牡丹"。李翠华听说郭志民要回来了，晌午饭特意做了鸡蛋煎饼，还忙着在大铁锅里炒辣椒，做辣子鸡丁。满屋子都是烟，郭志民刚进门就被呛得直咳嗽。

郭母拉着儿子的手，笑着连连夸奖说，咱家多亏了翠华，这日子也好过多了。让儿子这次探亲就把婚事办了。

李翠华竖着耳朵在听他们的谈话，手里还忙活着，把煎饼和大葱端上了饭桌。自己拿起一个粗瓷大碗从水缸里舀了一碗凉水就咕嘟咕嘟往嘴里灌下去。随手抹了一把嘴上的水，又拿起煎饼和大葱啃了起来。她的表情是那样家常从容，大口大口香喷喷地嚼着，没有一点客套，俨然是这家的女主人了。

李翠华冷不丁还说了一句："娘，志民要是不娶俺，俺就到部队去告他。俺这辈子非他不嫁！"

郭志民哑口无言，目瞪口呆地瞧着李翠华，自己当真要娶这个泼辣的女人为妻吗？可不娶她，看那天不怕地不怕的架势，一旦闹到部队去，自己就是有一百张嘴也说不清，只能卷铺盖回老家。他绝对不能让李翠华闹到部队去，农村兵提干不容易，能穿上这四个兜的军装要付出多么大的努力啊！真要为这事让他复员转业那不亏死了。

郭志民真是想不通这个李翠华和他没谈过恋爱，咋一见钟情非要嫁给他呢？

郭母像是看透了儿子的心思，赞不绝口地夸奖翠华手脚勤快，干活利落。你当兵在外，娘一个孤老太太满身是病，多亏了翠华照顾。女大三抱金砖。娘要不在了，她会疼你一辈子。

李翠华心里有了几分得意，笑着说："我的身子被你郭志民看过了，也摸过了，还和你亲嘴了，我就要嫁给你！你是头一个亲过、摸过、压过我的男人，你不娶我，天理不容！"李翠华这话当头一棒，把郭志民打蒙了，他小声说："我救你，不是为了娶你！"

郭母呆呆地坐在小板凳上，眼圈开始逐渐发红，可怜兮兮地恳求儿子遂了娘和翠华的心愿吧。郭志民只好给娘摊牌，她没文化，没工作，生个儿子都是农村户口，以后怎么办？

郭母的脸立刻阴了，絮叨起来："农村媳妇咋啦？我看你提了干，红薯屎拉完了，忘了本！你能娶上媳妇，给老郭家生个孙子，让你爹在九泉下能放心，娘的病也就好了。"老太太老泪纵横地说着，最后翻来覆去只说一句话了："儿啊，你就听娘的吧，娘活了一辈子，看人不会看走眼的。你在部队上，忠孝不能两全。娘就想让你给我娶个好儿媳啊！"

郭志民不忍心看娘流泪，有口难辩，又怕传到部队影响不好，这个大孝子愁眉不展勉强同意结婚，从部队到地方结婚手续很快就办妥了。

洞房花烛夜。新房里静悄悄的，郭志民一点没有激动热烈的爱情冲击，他按兵不动，没想好该怎么样面对这个送上门来的新娘，两个人的沉着冷静和这大喜的气氛极其不协调。

李翠华独自坐在床上，穿着红衣红裤，盖着红盖头。郭志民不去揭红盖头，呆呆地坐在墙角的一只木凳上。就这样一直僵持到拂晓时分，李翠华出人意料猛地自己揭下红盖头，满眼泪花跪在郭志民面前说："我没爹没娘，你娘就是我娘，看在娘的份儿上，你就让我怀个娃吧！要不娘这辈子就看不到孙子了。她老人家生下你就守寡，一个女人多不容易啊！"

郭志民不知道她咋知道这些的，但终于被感动了，把流着泪的新媳妇拉起来。可是郭志民却迟迟不脱衣服上床睡觉，他还没有想好该不该和这个女人亲密接触。

李翠华脱掉那身大红衣服上了床，露出了健康的凹凸有致的身躯，她坦然说："睡觉吧，天亮还得出工呢，咱结婚也不能歇着，要挣工分养家呀！"说完就钻进了被窝。

郭志民放心了，这女人知趣，今夜不会主动来和他肌肤相亲，只要不干夫妻那事，他还有反悔的机会。他穿着军装就上床睡了，可身边躺着个女人他怎么也睡不着，他不习惯。他浮想联翩，最后赌气想，你说我摸过你，亲过你，压过你，那么咱们结婚了，我让你看看革命战士意志坚定，"拒腐蚀永不沾"，我偏不摸你，不亲你，不压你，我不是好色之徒！想到这里他虽然睡不着觉，但故意装着打呼噜。

不过这种坐怀不乱的滋味不大好受，连着三天郭志民严重失眠，胡思乱想。最后他果断决定，提前返回部队。临走时李翠华说，你在部队上好好工作，我在老家伺候娘。

郭志民再次回家是一年后，他接到了生产队长给他拍的电报："母病危速回。"风尘仆仆的郭志民在县城下了火车，直奔县医院病房，扑到娘的病床前，哭喊着："娘！娘！我回来了！"

虚弱的娘缓缓睁开双眼，吃惊地看着儿子问，你咋回来了？不是部队工作忙吗？郭志民眼含泪水问娘，好点了吗？为啥不告诉他住医院了。

娘却指着媳妇说："娘好，娘有个出息的好儿子，更有个孝顺的好儿媳。娘老了，不中用了，拉了尿了，都是翠华给洗。"

郭志民满怀歉意对李翠华说，你辛苦了。这时他才感到自己没尽到做儿子和丈夫的责任，平时写家信从不问媳妇一句好，这时娘伸出干枯的手来一下子握住了郭志民的手，拼尽全力说："儿啊！娘要走了，娘要你记住，这辈子，不管你亏待谁，你都不能亏待翠华！她是娘的好儿媳！"娘说完这句话，就闭上眼睛睡过去了。郭志民再叫娘时，娘已经安详地和他们永别了。

郭志民和李翠华给娘办完后事,郭志民买了一张火车票准备返回部队,那天晚上,他把衣兜里剩下的钱都留给了李翠华。他突然发现几天来忙忙碌碌给母亲办后事军装上沾满尘土,他决定脱掉那身军装睡觉了,接着又脱掉了部队发的绿绒衣,露出了白颜色的假领子。他三下五除二脱掉假领子,却发现自己连个背心都没穿,他已经习惯了光脊梁,这样可以省下背心钱。他迅速钻进了自己的被窝,没想到近距离光脊梁给新娘子看意味着什么。

"你穿这假领子做啥子哟?我又不嫌你穷。"李翠华说着就麻利地钻进他的被窝,用自己温暖的身体紧紧地搂住了他。血气方刚的郭志民还是第一次和女人同床共枕肌肤相亲,他答应娘了,娶李翠华这个媳妇他认了,不后悔。他一旦转变了思想,再也抵挡不住波涛汹涌的激情冲击,变被动为主动,激情澎湃地完成了他们真正意义的新婚之夜,他要完成娘的心愿生个儿子。

第二天,李翠华依依不舍地送郭志民上火车,他们两人在火车站等火车时,又发生了一件小小不愉快的事情。起因是李翠华幸福无比地说:"当家的,我把人都给你了,你还没告诉我,你在部队是干啥子的?你们部队工作都做什么?住在哪儿?"

郭志民的脸立刻晴转阴,"部队有纪律不能说。我要是讲了,就要犯错误。"他干脆给老婆背诵了《保密守则》。

李翠华瞪起了牛眼睛,她听不明白啥保密守则?难道夫妻还要保密吗?

郭志民看了老婆一眼,长叹了一口气:"咳,算了,你也不是战士,我也不想对牛弹琴。你就记住一条:不该问的别问,不该说的别说。"说完提上包就上了火车。

李翠华看着郭志民的背影小声嘟囔,找个解放军好是好,可你郭志民咋个不食人间烟火呀?问你在部队干啥子都不说。这当军嫂看起来光荣,说起来好听,生活中的滋味却不是那么好受。

自从爱情的种子播种下去,很快就生根发芽了。生儿子在任何家庭都是一个喜讯,可李翠华打定了主意,对郭志民保密。她身穿丈夫的旧军装，挺着大肚子到农田里干活，她的脸让太阳晒得黑红黑红的，不停地擦着汗。村里有农民故意逗李翠华说，你弄啥哩？要生娃的人还要下地干活。你真够傻的非要嫁给当兵的，嫁给我才不让你受这牛马罪呢！李翠华不后悔，理直气壮地说，吃苦受累我愿意！等着瞧，我儿子长大也当解放军，吃皇粮！

于是村里人问，翠华嫂子，郭志民咋不带你到部队上呢？

"呸！你给我滚！"李翠华瞪起了牛眼睛骂他们。她早就想好了，他不说，我也不说！从怀上这个娃儿起，啥子也没跟娃他爹说。她要当着娃他爹的面，把娃儿生下来！俺农村人的真理，就是种瓜得瓜，种豆得豆。有了儿子，他们娘儿俩就是光荣军属，要到部队上生活了。

4

戈壁滩的文化生活大多是官兵们自娱自乐，逢年过节发射团就要召开联欢晚会。由于有了女兵，文艺节目也丰富多彩起来。

陆莎是报幕员，她手拿话筒声音格外嘹亮："下面请发射团舍己救人的英雄王延安朗诵《雷锋之歌》。"

王延安朗诵前，扫视了一圈台下端坐在小马扎上的战士们，看着一张张年轻的脸，他激动地即兴来了一段开场白："伟大领袖毛主席亲笔为一个战士题词：向雷锋同志学习。雷锋短暂的一生提出了一个十分严肃的问题，人，应该怎样度过一生？雷锋从来没有上过战场，却是中国最著名的士兵，他的人生证明：普通士兵同样可以当英雄。"

台下的郭志民心里一震，这王延安口才了得，可怎么满脑袋英雄情结？这好钢可不好炼呀！你想管他，他还想管你呢。郭志民看王延安神采飞扬就喜欢当英雄的样，就觉得王延安根本不像农村兵。

高建军认为，王延安这小子是块好钢，有责任带好他。他被王延安慷慨激昂的朗诵吸引了，"看，站起来／你一个雷锋／我们跟上去／十个雷锋／百个雷锋／千个雷锋！……"

王延安的激情朗诵很有磁性。站在舞台旁边的梁欢穿着红色娘子军的服装和芭蕾鞋，也陶醉在王延安的诗朗诵中，拼命地鼓掌。陆莎跑过来，急匆匆对梁欢喊道:"该你上了!"一把就把梁欢推上了舞台。

梁欢随着芭蕾舞《红色娘子军》的乐曲跳起芭蕾舞来,一个吴清华倒踢紫金冠的动作,赢得了官兵们一片掌声。

王延安已经坐在会场台下。旁边的尚达飞正看得津津有味,这小女兵踮着脚尖跳舞,多美啊!王延安一直觉得红色娘子军是他心中最美的英雄。他注视着梁欢,心想还真有那么点芭蕾范儿。

舞台上,梁欢充满感情地在跳苦大仇深的吴清华迫切想当兵,用手捧着八一军旗热泪盈眶。演党代表洪常青的男演员王前进被领导推上舞台,他根本不会跳芭蕾舞,甚至连跳舞都不会,但是郭指导员说,王前进是战士里第一个入党的共产党员,是学习毛主席著作的积极分子,表现好,出身好,只有让他这个新党员摆一个党代表常青指路的样子,才让人信服,也才有政治进步的重要意义。偏偏王前进心情紧张,上舞台时不小心摔了一跤。

顿时,会场台下爆发出一片哄笑。王延安没有笑,这哪儿像个党代表,分明是个做大饼油条的火头军!真是乱弹琴!然而,谁也没想到的是,王前进出演的是样板戏,这一跤后果严重,一跟头就摔到清沙连给铁路扫黄沙去了,这还是对他的宽大处理。

由于发生了意想不到的事情,梁欢红着脸从舞台下来了,她目不斜视,飘然从男兵们中间走过去。官兵们的目光追随着她,像是看仙女下凡般地跟踪着小女兵的身影。

有人窃窃私语,谁也别惦记戈壁滩的一朵花,这小女兵将来肯定是哪个首长家的儿媳妇!

郭志民没啥文艺细胞,第一次看真人跳芭蕾舞,他想不明白,这女娃跳舞为啥非要踮脚尖?脚疼不?他不喜欢看跳舞,自认为是下里巴人欣赏不了高雅的阳春白雪。所以当高建军自夸说,梁欢是我接的兵,红色娘子军跳得多棒时,他不客气地反问道:"你是不是看这姑娘漂亮、会跳舞,就给接来了?"

"当然,我接的就是文艺兵,必须能唱会跳。你说对了其一,其二嘛……"

"别藏着掖着,坦白吧,是不是有所企图?"

高建军严肃起来："郭志民同志，你这个政工干部别把人往坏处想。你看见了吗？吴清华是多么想当兵，梁欢为什么跳得那么动情，这叫深有同感……"

郭志民赶快赔笑脸说："梁欢比我老家县剧团的演员跳得都好！不过萝卜白菜各有所爱。"

"这话就对喽，你欣赏你老婆就够了！"

"别提她了！你沉住气多打粮食吧！"郭志民找老婆的教训就是迫不得已，速战速决，找个"三心"牌的农村媳妇后悔莫及，他老婆是看了伤心，想起来堵心，放在家里放心。别看他老婆大字不识，可懂得先下手为强，主动进攻，让他没有退路可走。

郭志民现在是心事重重，每天夜不能寐，老婆怀孕快生了。他答应过娘，要替娘报答李翠华。何况这分居两地的军嫂上管老，下养小不好当，老婆还要给他生儿子。他应该对老婆好，于是想让高建军帮他想个办法。他轻易不求人，这话题如何引呢？

郭志民想高建军而立之年个人问题应该提上议事日程，于是挺理解地提醒高建军说："你三十而立，也该解决个人问题了，还等什么？你对梁欢有什么想法，可以把梁欢作为重点培养对象，放长线钓大鱼！不过要准备打持久战。"

"你想哪儿去了？她是个刚入伍的战士，你想让我犯错误呀！"高建军一口否定。

郭志民知道，他身为连长要以身作则，不能违反部队纪律，不能找女战士谈恋爱。但还是有点醋意地说："找女人和种庄稼一样，小心中看不中用啊。"

"你想啥呢？"高建军直截了当告诉他，兰州军区搞文艺会演要把梁欢借调走，你别杞人忧天啦！

联欢晚会结束，王延安回到宿舍依然心潮澎湃，他想着自己大学毕业，正面临中国最大变数之时，他费尽周折来到发射场，却当上了架线兵。自己以后的路该怎么走？这时高建军走进来说，后天总部机关工作组要来检查考核军事技术。让王延安把卫生打扫一下，做好检查准备。

王延安随口答:"稍等。"

高建军马上严肃地说:"什么叫稍等?我们发射连要令行禁止!没有稍等!"

王延安抬头一看,猛然发现高建军绷着脸,俨然像个部落酋长,他立即站起来响亮答道:"是!连长。发射兵没有稍等!可我是架线兵!"

高建军也反应极快:"王延安,我知道你是哈军工毕业的大学生,你现在下连锻炼就是普通一兵。"

"高连长,我一定当好普通一兵。但我有一个条件,学有所用,让我去搞发射。"王延安理直气壮地说。

高建军板起脸甩出一句话:"你在跟我讲条件?告诉你,当好兵再说!"

王延安赶紧到水房去拿拖把,看见楼道里,尚达飞有板有眼地拖地板,嘴里还哼着歌:"毛主席的战士啊,最听党的话,哪里需要哪里去,哪里艰苦哪安家……"

郭志民路过,尚达飞毕恭毕敬请郭指导员看卫生合格不,王延安觉得他就是在拍领导马屁,这地都拖三遍了,能照见人影了,根本不用再拖了。

王延安转了一圈发现大家已经抢着把活都干了,也不知道自己该干点啥好了。就在这时,听到郭志民在喊:"水池脸盆里是谁的衣服?"

王延安突然想起自己的衣服还在洗脸间的水池上泡着,别让郭指导员抓个正着,得赶快去洗衣服。他正在搓衣板上使劲搓洗军装。尚达飞跑来要帮他洗衣服,王延安知道他心眼儿多,一定有事想求他帮忙,王延安抬头问:"说吧,你有啥事?"

"学雷锋做好事,洗一件也是洗,洗两件也是洗,咱俩什么关系呀?"尚达飞接过衣服洗起来,让王延安向毛主席保证替他保密他就说。

"尚达飞,你有话就说,有屁就放,痛快点!"

"你有文化、有女朋友,把你写的情书借我学习一下。"

"尚达飞,我告诉你,我什么都可以借你,唯独情书不能借!"但是王延安答应为他保密,让他有话直说。

尚达飞恳求王延安,学习雷锋做好事,帮他写封革命情书。

"我王延安能帮你娶媳妇吗？"

"不能！"

"那情书要自己写才行。"

"你瞧我没上过几年学，那臭字拿不出手，你成人之美把内容写好，名字先空着。反正我不让你白写，你有啥脏活累活都拿来让我干，咱们换工还不行吗？"

王延安觉得这小子花花肠子还挺多！不过成人之美也算做好事，赶紧从床底下又拿出一双解放鞋和三双臭袜子，放到了尚达飞面前。

尚达飞提着脏鞋和臭袜子走了，他知道王延安只要答应的事决不食言。

王延安开始给那个不知名的姑娘写情书啦，他绞尽脑汁也不知写啥好，急中生智想到尚达飞在为他洗衣服刷鞋，就写道："××，我很想为别人做好事，尤其是为你，我真想把我能做的好事统统献给你。在艰苦奋斗中我默念着你的名字，就会浑身充满力量，因为我要做一个值得你爱的人。我心里一想到你，脸上就会浮出微笑……亲爱的你在哪里？当我写这封信的时候，我总有一种如梦如幻的感觉，你像云雾中的音乐，缥缈得让人抓不住，说不清，忘不了……"写到这里他觉得自己很可笑，我在给谁写情书呀？

熄灯号吹响，营房的灯光唰地一下全黑了。王延安把写的情书代拟稿摸黑塞给尚达飞，尚达飞眼睛一亮，说："咱们说话算话，一言为定。"王延安想此事何乐而不为呢。

5

机房大楼前，王延安扛着步枪在站岗。站岗本来是警卫连哨兵的事，可当时发射卫星要提高革命警惕，严防敌人破坏，发射团为办公楼又增加了一道岗，这道岗都是发射团的官兵，因为熟人才具有火眼金睛。

王延安觉得自己是金子总要发光，人的许多才能其实是被逼出来的，才能不用，就如埋在地下的金矿潜藏着，一辈子难见天日。可怎么创造条件证实自己是金子呢？他脑子里还没想出个眉目来，就发现大楼里有一间房子老亮着灯,他看了看手表已经是凌晨三点,顿时提高了革命警惕性。这时唐水娃来接岗了。

王延安对唐水娃说去上厕所,就蹑手蹑脚走进办公楼。

亮灯的屋子里,一张办公桌堆满了资料书籍。一张单人床上的褥子撩起来,向志远坐在小板凳上,趴在床板上,正用手摇计算机计算数据,旁边还有计算尺和算盘,看来是各种计算工具一起上,各显神通。一把椅子上也堆满了计算纸。

向志远是火箭研究院总体设计部的主任工程师,他看上去高高瘦瘦,戴着一副近视眼镜,一副斯文相。王延安猛然想起这个人就是他在"八一"湖冬泳时遇到的那个怪异的阴阳头,不过现在他的发型已经是军营里常见的小平头了,然而不变的是他儒雅冷静的气质和专注的神态。

向志远自从那次大难不死,心态发生了巨大的变化,他已经完全不顾及个人的毁誉安危了,下决心不管承受什么样的磨难,都要完成国家使命。除了科研他把一切都看淡了。在北京时,白天挨批判游街,打扫厕所和楼道;晚上回到家,洗把脸,吃口玉米面窝头加咸菜,再喝上一肚子凉水,就埋头干科研工作。群众运动的大风大浪,让貌不惊人的向志远更加不显山不露水,他的惊人智慧就在于外圆内方和胆大心细,轻易不暴露思想,他知道自己是从苏联留学回国,自然也逃不脱造反派的批斗,好在闹事者找不到他更多的复杂历史问题,谁也不知道他每天在想些啥?他淡定从容、性格平和,满脑袋只有搞科研。

向志远命运的转变起始于中国卫星事业的倡导者、科学家赵九章含冤辞世后,周总理得知后亲自列出科学家的名单,命令杨志坚带领部队一定要保护好科学家的安全。杨志坚力主让他出来工作,得到了周总理的支持。于是,他成了航天科技界的顶梁柱,难办的技术问题也就压在了他的肩上。虽然困难重重,这总比把他关进牛棚感觉好多了。

现在,向志远使出浑身的牛劲儿,拼命去攻克技术难关,绞尽脑汁解决革命群众提出来的要在卫星上镶嵌N个毛主席像章的技术难题。

向志远听见王延安进门,抬起头来,白眼球上布满了血丝,思绪还沉浸在刚才研究的卫星总体重量超限,怎么算火箭的运载能力。

因为向志远和王延安的"一面之交",于是向志远坦诚说出自己的担忧，组装卫星的工人们正在加班加点，给卫星设备和仪器分别镶嵌上很大的毛主席像章。还说工人阶级忠于毛主席，要把最精致、最漂亮、最大的毛主席像章，镶嵌到中国第一颗人造卫星上，这显然是违背科学规律的。向志远心里有些酸楚，特意提醒王延安，他讲的这些真话不能告诉别人。因为在突出政治的大环境下，这个技术问题和政治紧密相连，突出地摆在他面前，是个两难选择……

王延安拍了一下向志远的肩膀说，这不是你能解决的问题，该睡觉啦！我看还是把问题上交领导解决。向志远觉得有道理，又有点犹豫，想站起来，腿坐麻了站不起来，王延安拉了他一把才勉强站起来。

然而，难办的不仅是向志远一人。为此事大漠发射场召开紧急会议。会议室里有军有民，分别代表着发射部队和卫星、火箭的研制部门。与会人员胸前都佩戴着毛主席像章。现在一起讨论给卫星上镶嵌毛主席像章的问题以及有关的技术难题。

会议由徐指挥长主持，向志远负责技术总体，他先汇报卫星的准备工作。

中国第一颗人造地球卫星"东方红一号"卫星直径为1米，卫星重量为一百多公斤。由"长征一号"运载火箭发射，火箭全长近30米，最大直径2.25米，起飞时重达82吨，起飞推力为1020千牛。卫星进入轨道后，地面测量系统要能抓得住、跟得上、测得准，在地面才能看得见卫星，听得到《东方红》乐曲声。

徐指挥长插话问向志远，卫星现在的准确重量。向志远张了张嘴，面露难色说，现在卫星很可能重量超限。他欲言又止，急中生智拿起茶杯喝了一口水，手一抖水洒到桌子上。旁边的人轻轻踩了向志远的脚一下，提示他说话要慎重。怎么办？此事直接关系到卫星能否发射成功，不能错失良机。他刚要张口，偏偏徐指挥长改变了主意，挥挥手让他坐下，让大家都发表发表意见。

会场一下静了下来，讨论技术问题本没郭志民发言的份儿，他看冷场了，心想要支持领导工作，就说："我抛砖引玉，群众是真正的英雄，忠不忠看行动。第一颗卫星要播放《东方红》乐曲，工人们正在镶嵌毛主席像章。充分证明这颗卫星体现了毛主席的英明领导。"

向志远一听急了,鼓足勇气说:"我觉得第一颗卫星应该先解决有无问题,'长征一号'运载火箭是发射第一颗卫星的火箭,运载能力有限,'东方红'卫星是中国制造的第一颗卫星,镶嵌毛主席像章会有很多技术问题不好解决。比如大的毛主席像章净重 108 克,如果卫星上镶嵌上 10 个像章,那就是 1080 克……"

徐指挥长打断了他的话:"向志远同志,外面有电话找你,你先去接电话吧。"他看向志远起身出门,果断宣布:今天的会先开到这儿,有关问题司令部汇总一下再议,散会。这时,向志远急急忙忙返回会议室,在门口堵住徐指挥长问:怎么没人说有我的电话呀?

徐指挥长坦诚地笑笑说:"亏你还是航天专家,怎么你的脑子就一根筋呢?我是不想让你继续说下去。"

向志远不解,继续追问:"徐指挥长,你为什么不让我说话?"

"你懂政治吗?你能说得清楚吗?你的任务就是技术把关!"徐指挥长头也不回就走了。

向志远看着他的背影心里嘀咕,我是不懂政治,可火箭的运载能力有限,这个技术难题我怎么攻关也解决不了,咋办?

向志远皱着眉头回到办公室,他突然明白过来,不让他发言是保护他,言多必失,也许祸从口出啊。他想起了自己留学苏联时的火箭导师科罗斯基,是一个绝顶聪明的科学家,要是再能求教一下老师就好了。可他又想起中苏关系如此紧张,回国时连笔记本都被校方查封了。他回国后整整一星期闭门不出,靠自己的记忆力重新追记了所学的知识。那些笔记本他很久没有翻阅了,怕别人说他没有自力更生的精神。他又想起了科罗斯基的话:"苏联和中国的关系那是政治家们的事。而我们是搞科学技术的,我们是师生关系。请你不要有顾虑,有什么问题就提出来,我会毫不保留地告诉你。"于是他把那些笔记本翻了出来,那上面有他的笔记,还有林依然的笔记。

林依然是他留学苏联时的女同学,更确切地说是前女友。林依然帮他整理完笔记,还把苏联歌曲《山楂树》的歌词抄在了本子的最后一页。向志远沉浸在回忆中,情不自禁唱起了苏联歌曲《山楂树》:"……山楂树下情人在把我盼望，啊！茂密的山楂树呀，白花满树开放，啊！山楂树呀山楂树，你为何要悲伤……"他一抬头，看到陆莎站在门口，他的歌声戛然而止。

陆莎是来给向志远送天气预报单的，听见歌声就止步站在了门外。歌声很动听，可她没想明白，向志远为什么会不合时宜地唱起苏联的歌曲。

向志远也意识到自己在不合适的时候、唱了不合适的歌，他的表情立刻紧张起来。两个人目光对视了一下，就闪电般地移开了。陆莎大方地把天气预报单放在了桌上，微微一笑说："我什么也没听见，什么也没看见。你忙吧。"

这时，王延安突然站在了门口，拦住了陆莎："我来介绍一下，向主任是航天专家，满腹经纶。陆莎是我的女朋友，北大地球物理系毕业的高才生，发射场的气象预报员。"当时，他万万没想到的是，这简短的人物介绍就在那一刻像种子一样种到了他们心里。王延安和陆莎的关系日后风云突变，他们二位的关系也就歪打正着搭起了鹊桥，这是后话。

向志远和王延安面对面坐在了办公桌前。向志远把有人要在卫星上镶嵌毛主席像章的事详细说了一遍，卫星超重让他进退维谷。

王延安看着向志远笑了，他不管怎么说是解放军，可向志远是大知识分子，现在有一个不好听的称呼叫臭老九，天灾人祸随时都能砸到头上，想躲都难躲过去，他比自己面临更多的困境。有一种战术叫丢卒保车……王延安想"为了胜利，向我开炮！"总要有人把事实真相说出来。于是他问向志远："投石问路行不？"

"那是引火烧身。不行！"

"前面就是发射架，敢拼才会赢！"

"你到底想干啥？"

"这是军事机密。"

向志远万万没想到王延安知道详情后要采取果断行动，一石激起千层浪。

第三章

1

　　王延安是个鬼灵精，粗中有细，一旦要做出一个重大决定，会找最信任的人商量后再采取行动。他准备分两步走：首先想到了正在热恋的陆莎，陆莎爱他爱得死去活来，已经明确表态要嫁给他，那自然是以命相托的人了。于是两人相约：老地方不见不散。王延安晚饭后急匆匆地来到胡杨林边等陆莎。

　　黄昏，远处天地相接的地平线上，一轮红日在晚霞里若隐若现。他面前是大漠、落日，身后是一座孤零零的军营——神秘的军事禁区。身旁这片胡杨树林阻挡住黄沙的蔓延，胡杨树叶相互摩擦的沙沙声，如同魔法师的暗语一般神秘。这个发射场是远离城市污染与喧嚣的净土，中央军委明令这里不搞大鸣、大放、大批判、大辩论，部队要保持稳定，要准备发射中国第一颗人造卫星，这是国家的天字号任务。

　　夕阳下，陆莎哼着歌、踏着轻快的脚步向王延安走来，今天她的心情无限好，在同一批来的大学生中，她已经被列入党员发展对象，将是同批大学生中第一个入党的新党员，这是多么光荣的事情！

　　心情愉快的陆莎和心事重重的王延安并肩坐在弱水河畔的沙滩上。陆莎自豪地转过头来告诉王延安，她已经填写入党志愿书啦！人逢喜事精神爽，陆莎一打开话匣子就说个不停，一口一个延安地说着："我一叫你的名字就想起革命圣地延安，我现在都记得小时候学过的语文课文：巍巍宝塔山，清清延河水……我早就猜到了，你出生在延安，你爸爸一定是老革命！你呀，就是喜欢给领导提这意见那建议，你应该积极向指导员汇报思想，争取早日入党。"

王延安不想在这诗情画意的胡杨林边和恋人争论问题，何况他心里最重要的事还没谈，必须营造心平气和的气氛，可是一张嘴火药味十足："陆莎，你是不是想改行搞政工啊？张口闭口都是革命大道理。咱们革命理论留着政治学习再说吧。"

陆莎瞥了他一眼说："你别以为来自哈军工，少年得志、意气风发，每月53块钱的微薄工资，还不屑于谈柴米油盐，张嘴闭嘴都是国家大事、纵论天下，唇枪舌剑，滔滔不绝。你可小心言多必失！"她说着话就靠在王延安的肩膀上，慢声细语地转换了话题，"别人谈恋爱都是男追女，你看我，每天上赶着给你洗衣服打饭，你还不知足！谈恋爱应该男的主动，你却一点也不主动，没激情。"

王延安猛地回过身来把陆莎一揽入怀："我就不知足，快说，你爱我！"

"你爱我！"陆莎故意复述一遍这三个字。她感觉良好地依偎在王延安身边。还借机情意绵绵地朗诵了一首唐诗："劝君莫惜金缕衣，劝君惜取少年时。花开堪折直须折，莫待无花空折枝！"

王延安明白陆莎是在用唐诗表达她的心意，心里升起一股暖意，看着眼前的胡杨树姿态如人枝干相互搀扶，像仰天而叹的壮士，也像是互相包扎伤口的士兵。他从衣兜里掏出一封信递给陆莎。

王延安的字帅气漂亮，陆莎把他的钢笔字当字帖用，每天照着练字。王延安很少给陆莎写情书。因为他们离得近，可以常见面直抒胸臆，当面锣对面鼓，有啥说啥多好啊！用不着去写信。陆莎心里特别盼望王延安能给她写情书，白纸黑字那才是爱的见证。当然她还想有更多更亲密温存的感觉，可是比守株待兔还难。

现在，陆莎终于等到了王延安的信，喜出望外让王延安读给她听，她一激动情不自禁扑上去抱住王延安就亲了一下脸。

"不！原谅我。别怪我，亲爱的，我很高尚，很紧张……"王延安满脸通红慌忙挣脱说，他们这代人受的是传统教育，男女之间还不太开放。

他不是不想亲她,也不是不想拥抱她……只是觉得现在不妥,今天不妥,万一自己出了点什么事,她就会受牵连。让他们的感情蒙上痛苦的阴影。

再说,当时部队里男女的比例是20∶1,20头大灰狼和1只小绵羊的关系。一百多人的发射连,就5个女军官,真是物以稀为贵。而这些大灰狼工作在军事禁区,附近没有老百姓,不能出去猎艳觅食,不仅没有整块时间,更没有生物空间。所以热爱女性只能存在于幻想阶段,绝对没有亲力亲为、真刀真枪的实践机会啊!

陆莎一愣,有点下不来台,一个大姑娘投怀送抱被恋人拒绝,反常!她红着脸挂不住,瞟了他一眼说:"你这人满脑袋歪门邪道,想哪儿去了?"

血气方刚的王延安脸涨得通红,他正在为一个很严肃、很重大的问题苦恼着,所以话锋一转,直截了当进入正题:"这是我给中央军委写的信,你帮我看看。"

陆莎接过信匆匆看完就心跳加速了,埋怨王延安,你傻呀?你这人就是喜欢忧国忧民!你太没政治头脑了!这可不是闹着玩的事!这年头多一事不如少一事!你不要署真名实姓,落款就写一个忠诚的革命战士……说着双臂搂住王延安吻了他一下,恳求王延安,最好不要管这事,我可是为你好!

这时沙漠起风了,王延安拉起陆莎就急匆匆地往回走。他们的辩论和争吵总算让黄沙风给刮跑了。他们回到宿舍,陆莎亲昵地搂住王延安的脖子说:"咱们都要结婚了,你还没告诉我你的家庭情况呢?我总该跟我爸妈说说你爸你妈是干啥的吧?"

王延安从抽屉里拿出一张照片给陆莎看:"这是我娘。"

陆莎看了一眼照片上满脸岁月沧桑的农村妇女,不信地摇着头:"你们长得一点也不像。"

"这是我的养母!"

"延安,我爱你,告诉我嘛。"陆莎搂住王延安的胳膊,吻了他一下。陆莎早就发现王延安不是农村兵,他的名字叫延安,就暴露了他出生在革命圣地。他爸一定是老革命,要不就是高干,他长得也不是农村样,脾气性格锋芒毕露更不像。

王延安一时高兴就把自己的家底给陆莎和盘托出，小时候，我爸我妈都是当兵的要打仗，不能带着我这个小毛孩南征北战，把我交给陕北一户贫农抚养，村里人叫我干妈王娘，王娘可疼我了，给我起了个小名叫虎子。战乱中，养母为我吃了不少苦，一把屎一把尿把我拉扯大。爸爸说，解放了把我接回来养母心里一定不好受。让我妈再生个孩子，但我妈不同意，说她要遵守承诺，我是他们唯一的孩子。给什么都行，就是不能给孩子，这事她说了算，我爸说了不算。父母大人为了我的归属问题破天荒吵了一架，最后我妈赢了，我妈说为了我的发展前途，为了我能受到好的教育，为了更好地培养革命接班人就应该把我找回来。父母大人还达成了协议，让我随养母姓王，永远记住养母的养育之恩，每个月寄钱给养母，要好好报答她。
　　王延安突然停住不讲了。
　　陆莎说："你瞎编吧，你咋不说话了？"
　　王延安举起右手宣誓："向毛主席保证，我跟你说的是真话。全国解放了，爸爸妈妈才把我找回来，上学了才发现我还没有一个学名，为了让我永远不忘农民干妈的养育之恩。我爸爸给我起名叫王延安，随干妈的姓。"
　　"你随父姓多好啊！"陆莎很遗憾，有个老革命的爸爸，大树底下好乘凉。
　　可王延安从来不想靠老爸去获取成功，输了不丢他的脸；赢了，也不是靠老爸。何况他老爸是老革命老正统。
　　王延安清楚地记得，解放初，养母所在县的县长和养母家人一起来找爸爸要拖拉机，说要发展农业需要机械化。爸爸让他们好吃好住，还让妈妈陪他们坐车把北京城转了个遍，最后告诉他们："北京我这样的官多如牛毛，你们的事我办不了，我不是机械部长，没有拖拉机。"他让妈妈给他们买了好多北京特产，还给养母和家人买了许多衣服。走时把家里仅有的一些钱都给了养母。直到"文革"中妈妈受到冲击，不能让养母受连累，才不联系了。王延安想起这些很为父母抱不平。于是，就把妈妈现在面临的困境统统告诉了陆莎。
　　陆莎沉默了片刻，一张嘴说出来的话就像连珠炮似的："延安，你傻啊！你不知道当今时代，政治是最敏感的神经呀！不该你管的事，你不要管！你给中央军委写什么信呀？你脑袋缺根弦呀？你真是没事找事，千万别费那些心思去管闲事啦，你爸妈面临困境，你还要引火烧身给他们找麻烦吗？"

"我是反映真实情况啊！也是为了卫星能发射成功，再说按科学规律办事，言者无罪。"王延安坚信自己这样做是正确的。

"你也不看看现在都是突出政治吗？别聪明反被聪明误。你当别人都不懂啊，现在是多一事不如少一事！延安，小心谨慎点好！"陆莎缓和了语气。

"也好，这年头没有人说实话，就意味着没有人听实话。也许我会成为靶子，那我就学董存瑞，为了胜利向我开炮！"王延安笑着拍了拍胸脯。

"得、得、得！你别个人英雄主义！这年头，不作为容易，想作为难！木秀于林风必摧之！咱们应该三思而后行。我可是为你好！你别把自己当成救世主！这关你什么事？你以为你是谁呀？该你管吗？"陆莎一连串问号把王延安问蒙了。

王延安突然大喊一声："中国航天匹夫有责！"陆莎怅然若失站起身走了。王延安看着陆莎的背影消失在门口，眼前一片迷茫，悬念不得而知。

可是陆莎这次担心的"祸从口出，言多必失"——让她不幸言中了。

2

王延安当机立断实施第二步。他想到毛主席的农村包围城市，建立革命根据地的办法。他年轻气盛，认为自己具有与生俱来的领导气质和心态，如果他是领导，就要想方设法笼络天下英雄豪杰。现在他不是领导，连队也没有英雄，那时的连队战士大多数来自农村，99%是工农子弟，他要结成工农联盟，找几个他认为最可靠的好战友，关键时刻得有人帮他一把。一个好汉三个帮，三个臭皮匠顶个诸葛亮。他凭着知识渊博以及能说会道，身后总跟着一些崇拜者。

星期天，戈壁滩晴空万里。王延安邀卜唐水娃、尚达飞和王前进，王前进还特意从清沙连请假来和他们聚会。几个人坐在红柳丛中晒太阳聊家常。

尚达飞指着远处的山说："你们看那座秃山，比我们老家的沂蒙山风光差远了。"

"那是祁连山。"王延安说。

唐水娃问："这山为啥叫祁连山？"

尚达飞自认为是山东大汉，看不上小个子陕西兵，瞥了他一眼："死脑筋！那你为啥叫狗娃？改个名字叫水娃，不就是起个名字呗。"

于是，王延安打开话匣子告诉他们，祁连是匈奴语的汉字译名，就是山高峻天的意思。他还接着讲了发射场定点的故事。1958年，时任工程兵司令员的陈士榘上将率领着勘察组来到了内蒙古西部的额济纳旗。根据导弹发射试验的需要对这里进行了详细勘察。这个旗有11万多平方公里，其中绿地约占5%，其余95%都是戈壁。导弹综合试验靶场建到这里以后，数万平方公里的地区被划为军事禁区。我父亲就在工程勘察组里。

"大学生，那巴丹吉林是啥意思呀？"尚达飞想到那奇怪的沙漠名字问。

王延安告诉他们，巴丹吉林是蒙古语，由巴丹与吉林两个词组成。巴丹是由巴岱演变而来，巴岱是一个蒙古人名，几百年前在此居住；吉林是数词，即60。最初在这片沙漠中发现60个湖泊。在沙漠腹地，沙峰林立，重峦叠嶂，各种形态的沙丘层层叠叠，这里的沙山以高、险、陡、峻著称，被誉为沙漠珠穆朗玛峰。不过我也没见过。咱们一定要去看看。新兵们顿时来了兴致。

王延安也就越讲越起劲："你们知道吗？就在离发射场不远的敦煌，有我们老祖宗的飞天壁画……我们大漠发射场快发射中国第一颗卫星了。能当发射卫星的英雄，那才叫神气呢！我们英雄也有了用武之地。"他把书上的火箭给大家看，新兵们七嘴八舌提了好多问题。

尚达飞问："这得烧多少干柴，火箭才能飞上天啊！"

唐水娃说："火箭应该和汽车一样喝汽油，我当兵第一次坐汽车，就觉得汽车可比老牛跑得快多了。"

王前进说:"废话!你说卫星飞得高,还是飞机飞得高?"

唐水娃说:"不知道,我都没见过。"

"那当然卫星飞得高了!飞机我见过,可卫星咱们中国还是第一次发射呢!卫星还能绕着地球转,全世界人民都能看见它。"尚达飞胸有成竹地回答了大家的问题。

王延安当即肯定尚达飞:"当然是卫星飞得高,因为发射卫星的火箭肚子里装的是特种燃料。"

于是新兵们的问题又来了,啥叫特种燃料?王延安虽然看不上这几个农村兵的愚笨无知,可喜欢他们的憨厚朴实,他和他们一样是在贫农家长大的,都是好兄弟。王延安给他们讲了特种燃料就是推动火箭上天的燃料——四氧化二氮和偏二甲肼。新兵们虽然一片茫然没有听懂,但三双眼睛都信任地看着他。

当时部队人人都会背诵毛主席语录:"我们都是来自五湖四海,为了一个共同的革命目标,走到一起来了。"王延安今天就是要和他们团结起来,互相帮助。于是当即叫他们一起直奔航天城照相馆。摄影师看王延安穿的是干部军装,让王延安坐中间,旁边是唐水娃、尚达飞、王前进,灯一闪照了张合影。王延安付费一人洗一张。

晚饭时,发射连全体官兵列队站在食堂前准备用餐。郭指导员正在为马上就要进行的各连队歌咏比赛着急,大着嗓门让大家毛遂自荐指挥唱歌。他一连叫了三遍,战士们都不吭声。有的人还把头低下,生怕指导员点名点到自己头上。

王延安自告奋勇来试着指挥一次。他站在队前,清了清嗓子:"同志们,唱支歌:说打就打——"他挥着手起劲儿地指挥着,新兵们一起扯着嗓子唱:"说打就打,说干就干,连一连冲锋枪、刺刀手榴弹……"

歌声风起云涌士气旺盛,郭志民觉得王延安爱出风头,特别有表现欲,根本不像农村兵。可他偏说自己是陕北人,娘是地道的农民。郭志民转过头对高建军耳语:"这个哈军工毕业的大学生有股子煽呼劲儿。咱们可不能让他龙抬头。"

高建军更正说:"那叫号召力。带大学生不比训新兵,他有自己的脑袋瓜，不会那么听话的。你没看见战士们都听他的？"

郭志民却认为，大学生能说不能干，说话有点煽动性没啥了不起。他小声嘟囔了一句："刺猬头，不好管。"

高建军注意观察过王延安，不愧是哈军工训练出来的，坐如钟，站如松，走起路来一阵风。他提醒郭志民，王延安做事干练、果敢、有魄力，有头脑、有主见。你可不要小视他。

果然，王延安来了个惊人之举，在众目睽睽下潇洒地做了个停止的动作，歌声戛然而止。王延安出人意料地大喊一声："吃饭！"他就身先士卒带领战士们冲进了食堂。

郭志民本来还想来个饭前小动员，现在却只能目瞪口呆看着大家涌进了食堂。不过今晚幸亏按时开饭，晚饭后他们就遇上了风云突变……

3

晚饭后，王延安约陆莎在胡杨林里散步。微风轻轻地吹着暮秋的胡杨林，火红的树叶飘落下来打着旋。不知为啥他们本该在一起兴高采烈地谈情说爱、谈婚论嫁，可今天他们的心情都跟胡杨树叶一样打着旋，谁也没多说。

陆莎在想爱情总该有个归宿，那就是结婚。而且最好是"东方红"卫星上天，他们结婚，双喜临门。可一个姑娘家不好张口，于是提出先去照张合影。

两个人来到照相馆。摄影师指挥着王延安和陆莎并肩坐在一起，看着他们迟迟不按动快门，摄影师上下打量着他们说："你们俩郎才女貌，这么般配，是结婚照吧？咋这么严肃认真？笑笑啊！"王延安和陆莎一乐，闪光灯一闪，咔嚓一下照好了合影。

与此同时，一个紧急电话把郭志民叫到办公大楼。保卫部刘干事别看年轻，却像是在给郭志民下指示，让他立即查清这封给中央军委的匿名信是谁写的，根据他分析圈定的范围跑不出发射连。

郭志民把连队官兵的一大摞执行发射任务决心书摊在了桌上，和刘干事一起核对笔迹。很快就锁定了目标——王延安。郭志民看着那帅气的钢笔字心想，这小子看起来挺聪明，咋净办傻事呢？不费吹灰之力就确认无疑了。

保卫部让郭志民马上把王延安关禁闭停职反省，检查问题，说出后台争取宽大处理。

王延安却不以为然，毛主席教导我们，言者无罪，闻者足戒。我不就是写了一封反映情况的信吗？有啥了不起的，居然还要关我禁闭？

郭志民看王延安没有认识到问题的严重性，于是，好心提醒他好好想想，这事该你管吗？你管得了吗？你怎么知道得那么清楚？别人已经把你当枪使了，你只要说出谁是幕后指挥者，谁给你出的主意，你的错误就能减轻。我们党的政策是，坦白从宽，抗拒从严。还没等郭志民把上级交代的话说完，王延安居然理直气壮顶撞郭志民，我党历来是讲民主的，我写信是良心使然。

郭志民顿时火冒三丈，提高了嗓门训斥他："你以为你干了什么光荣的事吗？你还慷慨激昂了你！我是为你好，别不识好人心！"

王延安向来好汉做事好汉当，毫不示弱、大义凛然走进了禁闭室。

这天晚上正好轮到唐水娃站岗，唐水娃劝他："好汉不吃眼前亏，你可千万别跟领导拧着来，胳膊拧不过大腿的。郭指导员让你好好写检查，你就写一份给他吧。"

偏偏王延安是头犟牛，撞到南墙都不回头，非要头破血流把南墙撞倒不可。不过此刻他觉得自己不是犟牛，而是关到笼子里的雄狮，没自由，英雄无用武之地！难受死啦！王延安让唐水娃转告陆莎，给他送点好吃的，再送几件衣服和几本技术书来。他把宿舍的门钥匙交给唐水娃，唐水娃答应办。

郭志民看王延安抬头挺胸大踏步跟着战士走向禁闭室，那样子就像共产党员大义凛然要慷慨就义似的。知道他不是那么好对付的，突破口应该去寻找薄弱环节，吃柿子还要找软的捏呀。于是，郭志民来到气象预报室，预报员们都在收拾东西，要下班了。陆莎还在看预报室墙上挂着的气象预报云图，紧锁着眉毛在琢磨天气呢。

郭志民的目光在陆莎脸上闪了一下,现在正好在积极要求进步的陆莎身上找到突破口,于是和颜悦色地代表党支部找陆莎谈话,给陆莎摊牌说:"王延安犯了政治错误,现在让他停职反省,隔离审查。组织上需要向你了解情况,你要对党忠诚老实。"

"什么?延安他怎么了?"陆莎故作吃惊,心里早已猜到几分。

郭志民一脸严肃认真,简明扼要地说,王延安给党中央写匿名信,公然反对在"东方红"卫星上镶嵌毛主席像章。组织上发现他还有别的问题,比如他的家庭出身就隐藏着很多疑点,组织上希望你与他划清界限,并把你知道的情况如实向党组织汇报,这也是党组织对你的考验。

"郭指导员,王延安的家庭历史情况我不清楚,他不爱谈他的家庭。"

"陆莎同志,你好好想想,要做一名共产党员就要对党忠诚老实,忠不忠看行动,你现在填写了入党志愿书,就要以实际行动争取入党,你才能成为一名真正的共产党员。"郭志民加重了语气。

"郭指导员,请组织放心,我一定接受考验。现在我满脑子都是天气情况,你看天气预报云图,明天有沙尘暴。"陆莎用手指了指云图,来了个缓兵之计。

郭志民让陆莎向党宣誓,对党忠诚老实,把知道的情况毫不保留地写一份思想汇报和入党志愿书一起交上来。说完他转身走了。

陆莎的思维顿时进入盲区,尽量克制着不要流出眼泪来。回到宿舍,她拿出和王延安的合影,又看看旁边放的入党志愿书,忍不住大哭起来。王延安被关禁闭,无疑对一向争强好胜又急需政治进步的陆莎是致命的打击。她站在人生的十字路口内心矛盾,一时不知道该如何办才好。

这时外面传来敲门声。是唐水娃的陕西话在叫门,喊着有急事!

陆莎止住哭声,急急忙忙拿毛巾擦了把脸,才打开房门。唐水娃进来,神秘地关上门。把王延安的门钥匙交给陆莎,让她给王延安送点东西去,今晚正好他站岗,不会有人发现。唐水娃万万没想到,陆莎连磕巴都不打立马拒绝他,不由分说把他推出门去。

门外,唐水娃愤怒了,咋搞球的?这婆姨说变就变!

屋内,陆莎怅然若失,把她和王延安的合影拿出来,眼泪一滴一滴掉在上面,然后她把合影一分为二了。

王延安坐在禁闭室的床上，呆呆地看着月亮在厚厚的云层中缓缓穿行。这时，他见唐水娃拿着一大包东西进来了，他急忙问陆莎怎么没来？

唐水娃正在气头上，把刚才的事统统说了出来，还补充强调一句："那婆姨要不得。你想她，她不想你。"

王延安马上警告他："唐水娃你记住，不许你说陆莎不好！"

唐水娃不高兴了："陆莎好，咋的不来看你？我不好，可我把你当大哥！"说完他就赌气走了。

王延安翻看那些东西，拿起一本《唐诗三百首》，最后一页夹着他和陆莎穿军装的合影。夹照片处正好是那首《金缕衣》，陆莎曾经给他背诵过："劝君莫惜金缕衣，劝君惜取少年时。花开堪折直须折，莫待无花空折枝！"王延安把照片贴在了脸上，突然又放在桌上。他从书里又拿出一张全家福照片，看着爸爸妈妈想起了徐指挥长提醒过他："祸从口出，言多必失。"可这事他不说不行啊！国家、使命、责任，这才是他王延安心里最重要的。他自认为不是那种胆小怕事、明哲保身的人。

王延安恍然大悟，徐指挥长为什么让人把他的父母情况和他的思想汇报从档案中取出来封存，那是为了保护他，对他的成长进步负责。徐指挥长是有政治远见的，在这个无事生非的年代，别有用心的人正在捕风捉影，谁知道会给他带来什么灾难呢？想到这些，王延安内心万分纠结。

郭志民看陆莎没有及时交上来思想汇报，保卫部交给他的任务就没有完成，他打电话催促还不见动静，就决定找她谈话施加压力。这天，郭志民找陆莎到连部办公室来，特意强调，事不过三，这次已经是第三次谈话了。

郭志民循序渐进地诱导陆莎，你积极要求进步，以实际行动争取入党，气象预报业务又好，以后会很有前途的。根据外调材料，王延安的母亲问题很严重，王延安的父亲姓杨，他姓王，是改名换姓混进部队的，现在正在清理阶级队伍，我们已经把他关禁闭，准备让他转业复员。你是大学生，马上就要入党了，这关系到一个人的政治生命，关键时刻你可不能站错队！

陆莎眼前一片迷茫，眼泪在眼圈里直转，她想，既然组织上已经知道了王延安的家庭情况，她就坦白说，王延安父亲是战斗英雄杨志坚，打仗时，他父亲就把王延安放到马背上的马褡子里冲锋陷阵，后来行军打仗实在不方便，他父母就把他寄养到农村养母家，所以让他随养母的姓，叫王延安。现在他母亲在"文革"中受到冲击……她在郭志民的诱导下，不得已泄露了只有他俩才知道的秘密。

郭志民听完陆莎汇报的详细情况，误解成王延安隐瞒身世而入伍，他过去一直怀疑王延安的出身问题，虽然他很注意和农村战士打成一片，但王延安的言行确实不像农村兵。看来这个王延安是隐姓埋名，欺骗部队入伍的。于是他又追问陆莎还有什么问题向组织汇报？

"昨天晚上唐水娃来找我，让我给王延安送东西，我拒绝了。"

郭志民马上表扬她说："你做得对，你对党忠诚老实，只要你与王延安划清界限，就不会影响你的政治进步。再说了，部队是男多女少，你们还没结婚，还来得及。"

陆莎突然后悔了，毕竟王延安是她的男朋友，他相信她才告诉他的家事秘密，现在她为了解脱自己，为了政治进步，都报告了郭志民，王延安已经面临困境，她这算不算落井下石？这会不会引起王延安对她的反感？如果不说，她积极要求入党，是不是知情不报？向组织隐瞒实情？她忐忑不安地说："指导员，王延安是好心向上级反映情况，我之所以向组织汇报，是想请求组织把他的问题搞清楚。"

郭志民肯定了陆莎对组织忠诚老实的态度，并说要相信部队党组织，王延安的家庭情况复杂，还需要内查外调，你知道就行了，不要对外讲。他们的谈话就结束了。

陆莎站起身走到门口，又回过头问："如果说出我知道的，真的能救他吗？"她只顾说话不小心撞到一个人身上，此人推开房门进来也没声音，他叫熊克勤，本来爹妈给起的挺好的一个名字，他却不喜欢。"文革"初，他当机立断给自己改了个时髦的名字，叫熊文革。可这熊文革听起来也不那么好听，后来他一路青云直上，拍马屁的人就称他"文革主任"，这样称呼起来他感觉更亲切一些。

他的金边眼镜亮闪闪地向陆莎脸上反着光，眼镜片离陆莎越来越近，他面带阴笑地说："那要看你所说的内容，是不是对我们审理他的案子有帮助。刚才你们说的话我在门外都听到了。"

"眼镜"的脸上划过一抹得意，问："陆莎，你有证据证明你所说的一切都是真实的吗？"

"当然！"陆莎说罢从口袋里拿出王延安父母写给她的信。

"眼镜"接过信快速扫了几眼，说："这正是我们所需要的。你说出了实话，我会成全你，让你见见王延安，向他表明你的态度，让他坦白从宽吧。"

郭志民惊悚地看着眼前的一幕，他不知此时此刻该说啥好了，没想到隔墙有耳。

陆莎终于明白过来，上当受骗了，于是声嘶力竭地喊："不！不是这样的！"

"不是哪样的？我要感谢你的反戈一击呀。"

陆莎瞠目结舌，愤怒地挥着拳头喊："你……"

"你以为，你说出杨志坚和白雪洁的名字，我就会顾及他们的显赫地位，对你的未婚夫网开一面吗？""眼镜"的脸陡然变色，冷笑着摇摇头，转身对呆若木鸡的郭志民说："郭指导员，还是你来开导她吧，开导这个政治上极为幼稚的女人。""眼镜"说着，手里拿着录音证据晃了晃，转身走出门去。

陆莎猛然打了个冷战，懊恼、愤恨、绝望地发出嘶哑的喊声："骗子！"

此时此刻，徐指挥长靠在办公室的旧沙发上，像是在闭目养神，其实是在梳理目前的情况，这"文革"小组来人检查工作，他必须想好对策。他刚在基地干部大会上宣布了中央军委批示，基地不搞大鸣、大放、大字报、大辩论。他旗帜鲜明地说，什么"四大""五大"，我们发射场把火箭卫星打上天是最大的任务。随着他的一声令下，办公楼里的大字报一扫而空，办公秩序井然。然而，他觉得自己正面临着危机和挑战……

4

北京的群众运动如火如荼,杨志坚按照组织的安排已经住在办公室很长时间了,这天深夜他轻轻打开家门,没有开灯,摸黑朝卧室走去,推醒睡梦中的白雪洁,急匆匆地说:"雪洁,快醒醒!有人说你是特务,要来抓你。"

白雪洁从床上坐起来,她做梦都没想到,自己怎么会变成特务?从上中学时就投奔延安参加革命了,干了几十年革命,怎么到头来成了特务?

杨志坚也奇怪,他打死都不相信睡在身边几十年的老伴儿是特务。不过有些别有用心的人故意颠倒黑白,一定要有思想准备。他安慰夫人:"我了解你,我相信你是清白的,你没有政治问题!"

白雪洁固执地就不走,反正真的假不了,假的真不了。

"老婆,你怎么死心眼儿呀?"杨志坚说,"三十六计走为上。留得青山在,不怕没柴烧。"

白雪洁想好了,她直视着丈夫说:"你是领导干部,还在部队工作,我不能连累你和儿子,我们离婚吧。"

"我不离婚!离婚也没用!醉翁之意不在酒!只是还没抓到我的小辫子。"杨志坚不知道现在是谁加害白雪洁。只知道有人借口白雪洁父母是南洋的资本家,有海外关系,给她乱扣帽子说她是特嫌。当时这叫"欲加之罪,何患无辞"!

白雪洁固执地推丈夫赶快走,不能让人发现。杨志坚难过地拥抱妻子,他想不明白,跟着共产党干了一辈子革命,从枪林弹雨里冲杀出来,流血牺牲都不怕,作为一个男子汉,现在竟然没有能力保护自己的妻子,自己还算什么钢筋铁骨的战斗英雄……

白雪洁一下子就把丈夫推出了门:"志坚,你快走吧,只要你相信我,我就能活下去!"

第二天,杨志坚起得很早,今天必须请假回家去看看,他担心老婆受到群众运动的冲击,家更不能受到造反派的冲击,因为书房里有工作文件,关系到部队机密。

部队领导很快就派来了一个警卫班护送他回家。杨志坚顾不得细想这是保护他的还是监督他的,但有一点确信无疑,一个班的兵力虽然有群众纪律约束,却具有威慑力量,足以使他的家平安。

然而,当杨志坚带着警卫战士急匆匆地赶回家,却已经晚了。客厅里被造反派翻得一片狼藉,墙壁上他心爱的国画《迎客松》和《黄河万里图》已经被扯下来撕成了碎片,上面踩满了脚印。白雪洁站在他的书房门口,右手举着一把大菜刀,刀刃就在她的脖子上横着划出一道血印,来抄家的造反派一时不知所措目瞪口呆地看着她。双方正在僵持着。很显然,白雪洁以生命在阻挡这帮胡闹的家伙去闯杨志坚的书房。

杨志坚心头一热,妻子从脱下军装后就不曾进他的书房了,里面的卫生都是公务员去打扫。妻子现在以生命来保卫他的办公区域,这让他百感交集。他三步并作两步,冲过去从妻子的手里夺下菜刀。他掏出钥匙打开了书房的门,威严地说:"我知道你们想看看我的办公室兼书房,我的爱人白雪洁多年不曾进去过,我也想让她看看,因为她以最宝贵的生命阻挡你们进去。让你们都看看不就清楚了吗?"

那些造反派的脚步挪动了一下,都站在门口停了下来。在场的所有人的目光都追随着杨志坚的身影。

杨志坚进屋走到了写字台前,指着红色的电话机说:"要说特权就是这部红机子,是直通中央的,我拿起来就可以把这里发生的事向总理报告。但是你们谁也不能动,谁也不许动,这是配给省部级以上领导干部工作用的。"

这时造反派像木头人一样,都一动不动站在书房门口,谁也不敢轻举妄动了。杨志坚语重心长告诉大家:"我的办公室,你们可动不得哟!这是违法的。我可提醒你们,文件都涉及国防军事机密!你们看看这些解放军战士,要比武的话,你们还不是他们的对手。"

屋里寂静无声,僵持在原地的人们互相倾听着彼此的心跳和呼吸声。终于,一个造反派头头说话了:"我们不进去了,抄家结束,全部撤离!但是,我们有任务,必须带走白雪洁!"

"只要我在,你们就休想带走我老婆,除非你们杀了我,但是你们没有这个权利。对于白雪洁,是你们了解还是我了解?"杨志坚的话把那帮造反派问得张口结舌。

接着,杨志坚讲了白雪洁的历史。白雪洁的确出生在南洋富商的家庭,但她选择了革命的道路。1935年,她到北平上燕京大学,不久便参加了轰轰烈烈的"一二·九"抗日救亡运动。第二年,国民党当局开始大逮捕,白雪洁被列入了黑名单。她没有胆怯,找到地下党,要到延安去,到真正抗日救亡的地方去。这位南洋富商的千金小姐,为了革命中断了大学学业,放弃了荣华富贵的家庭。她同一批进步同学踏上了奔赴延安的征途。他们一路上穿越了敌人的封锁线,翻山越岭不怕艰难,勇往直前来到了革命圣地延安。她还说服父亲向延安赠送了价值一万大洋的医疗药品,解决了当时延安缺医少药的困难。后来,爱国华侨陈嘉庚到延安来,毛主席还特意叫她来接待华侨代表团。

那帮造反派无言以对,灰溜溜地走了。

白雪洁越想越委屈,潸然泪下。

杨志坚和白雪洁商量,要做好各种思想准备,面对更大的困境。今天的事先不要告诉儿子王延安,他还年轻。白雪洁心里矛盾纠结,为了不让儿子受到牵连,她要做出一个重大的决定。

杨志坚突然想起,今天是白雪洁的生日,他要亲自动手给老伴儿煮碗长寿面吃。他安慰白雪洁,咱们枪林弹雨都打不死,现在更要好好活着。

几天以后,杨志坚回到家里,家里一片狼藉,白雪洁还是被人带走了……

杨志坚呆立在家中,男子汉大丈夫天经地义要保护自己的老婆,他发誓一定要找到白雪洁!

第四章

1

清晨,曙光照进禁闭室,王延安好不容易盼来尚达飞送饭,尚达飞把一把钥匙放到桌上,说:"这是你的宿舍房门钥匙。"

"唐水娃哪里去了?怎么见不到他了?"王延安急切地问。

"领导把唐水娃发配到水库去了。"尚达飞干脆把事情的经过都告诉了王延安,陆莎泄密,唐水娃因为给你通风报信差点复员,要不是他家祖宗八辈都是贫农,这身军装就保不住了。指导员让唐水娃去看水库好好反省。尚达飞满脸神秘地说:"这事天知、地知、你知、我知,你可千万别泄密!"

这时,王延安突然大声说:"尚达飞,你黑不溜秋给我站岗去吧!"

尚达飞猛地一回头发现郭志民和一个戴眼镜的人站在了门前,他故意大声说:"王延安,坦白从宽,抗拒从严!"

"你懂啥!卫星发射的成败关系到国家的利益,关系到国际影响,我只要对得起国家,对得起党和人民,我问心无愧!"王延安慷慨激昂、义正词严。

"文革主任"冷笑了一声:"这小子真是又臭又硬啊!"

郭志民挥了挥手让尚达飞走了,才严肃地说:"王延安,我们党的政策是,坦白从宽,抗拒从严。我可以告诉你,陆莎已经向组织做了汇报,你要老实交代,根据党的政策可以对你从轻处理。"

郭志民又指了指"文革主任"："今天是上面派来的熊主任找你谈话。"

"文革主任"起身，缓步走到王延安面前："王延安，我再问你一遍，是谁告诉你要在卫星上镶嵌毛主席像章的事情，去指使你写匿名信的？"

王延安低头不语。

"你不说？那好，我来替你说吧。这个人，身居要职，掌管着我军导弹、原子弹、火箭和卫星发射试验的权力。这个人就是你父亲杨志坚！"

王延安微微一震，抬头看着"文革主任"一字一顿地说："我的父亲在我一岁那年，就因病去世了。我的母亲王秀兰在陕北延安把我养大。"

"够了！事情到了这一步，你还想再演戏吗？我告诉你王延安，你的档案里，的确找不到杨志坚的名字，可是他和你的血缘关系，是抹不掉的！"

随他怎么说好了。王延安懒得理他了。

"王延安，我看你是不见棺材不落泪呀。把陆莎带进来！""文革主任"发怒了。

房门打开，一脸泪痕的陆莎表情木然地走了进来，她回避着王延安的目光。

"文革主任"露出几分得意，说："陆莎同志，表个态吧。"

陆莎缓缓抬起泪眼，神色悲凉地看着王延安，声音颤抖地说："延安，对不起！"陆莎话没说完，失声痛哭，眼泪哗哗地流了下来。

郭志民赶快给陆莎挥了一下手说："革命战士可不兴哭啊！快洗洗脸去吧。"

陆莎捂着脸跑了出去，屋里安静下来。

"文革主任"继续审问："王延安，你的父亲是杨志坚，你为什么不姓杨？"

"那你得问我父亲去。"王延安一句话把"文革主任"给堵了回去。

"王延安，你为什么欺骗组织？"

"说话要有证据，你可以去查我的档案，我从小就叫王延安。"王延安又把"文革主任"给噎住了。

"文革主任"沉默片刻，绷着脸说："王延安，你母亲名叫白雪洁，白雪洁有海外关系是特嫌，你要揭发她。"

王延安毫不退缩："你们的结论不能下得太早了。你们可以派人去调查，拿出人证和物证来。最终党组织总会有正确的结论。"

"文革主任"气得脸色发紫不知该说啥好了。

"王延安，我们发射部队有严格的纪律，现在本着治病救人的政策，你要认真写出书面检查来。"郭志民担心王延安激怒领导，一是给上级领导难堪，二是对王延安不利，找了个台阶给"文革主任"下，他们借机走了。

王延安两眼迷蒙暗淡，此时此刻不知道自己的前途在哪里，他委屈迷茫，无处释放的失意和愤怒在心头燃烧，右手握紧了拳头愤而砸向了玻璃窗，黄沙风翻卷入窗。

"文革主任"一行人，早就蓄谋要把王延安带回北京处理。高建军和郭志民坚决不同意。他们据理力争，王延安是军人，部队是党管干部，要召开支部会议作决定才行。所以郭志民当天晚上就召开了紧急会议，并请"文革主任"列席发射连的党支部会议。"文革主任"的提议遭到了反对。他又提出，要把王延安开除军籍，就可以带他走了。

高建军明确表态：部队要按纪律条令办事。党支部要集体做出决议，还要上报上级党委批准才行。部队现在正在研究复员、转业干部，王延安可以转业离开部队，咱们不能不给他出路，一棒子打死年轻人。大家一致同意这个方案。接着高建军就引入了下一个议题，马上就要发射中国第一颗卫星了，基地首长要来发射场检查工作，我们逐项落实，做好准备接受上级检查。

翌日，徐指挥长带领司政后机关工作组来到发射控制室。徐指挥长环顾了一下四周，问："王延安最近表现如何？"

郭志民一个立正，嗓音洪亮："报告指挥长，我们报请上级批准，已经让王延安转业了，我们发现他母亲有严重历史问题，他是隐姓埋名混进部队的，他的父亲姓杨他姓王，他的出身肯定有问题。"

徐指挥长立刻急了："糊涂啊！你们是只知其一，不知其二。快去，把他给我找回来！我们发射场急需人才，王延安的父亲是老革命，是咱们发射场创业时的老司令，我还不知道吗？王延安是哈军工毕业的高才生，怎么会有假？"

郭志民的声音立刻降了八度："王延安的父亲叫杨志坚，母亲是白雪洁。他们一家三口人三个姓。用阶级斗争的眼光看这里面肯定隐藏着什么秘密。"

"这不是明明白白的，我看你的脑子才有问题。你知道不知道周总理早就说过，出身不由己，道路可选择。王延安选择了我们发射场建功立业，他应该是有发展前途的技术骨干，你们为什么不留住他？"徐指挥长语气严肃，字字有力。

"我们让他转业走，是想给他条生路。"郭志民还想说什么，又咽回到肚子里，慎重起见他不吱声了。

徐指挥长意味深长地说："还等什么？我看你们糊涂啊！死脑筋！有些事情必须认真做，有些事情不能认真做。年轻人，你们懂吗？"

高建军赶紧一个标准的立正，上前一步说："报告指挥长，王延安现在已经上火车走了。"

徐指挥长真气了："别说上火车，王延安就是到了北京，你们也得给我找回来！他是一个人才苗子，有树苗就能长成大树。你们知道不知道，我们戈壁滩需要技术干部，为了能多分来几个大学生，多调来几个技术干部，这几年我到处求人挖技术人才，到北京总部机关把干部处的门槛都给踏平了。我们现在很多人才都浪费了，因为这个政治审查，那个政治原因，不给他们用武之地。同志们啊！我们发射场急需技术干部，我们航天城将来应该是人才最多的地方！"徐指挥长激动地说着，突然一跺脚，"高建军，你傻小子还愣着干啥？还不快去把王延安追回来！"

高建军和郭志民异口同声："是！"扭头直奔火车站。

此时，大漠发射场的火车站台上，停着一辆军列，绿色的火车前绿色的身影来来往往。

王延安穿着没有领章、帽徽的军装，与战士唐水娃、王前进、尚达飞一一握手告别。王延安心有不甘地说："兄弟们别忘了我，他们让我转业，我就转业到火箭研究院去，以后我还要到发射场来执行任务，谁笑到最后，谁才是英雄好汉！咱们再见！"

尚达飞用部队发的白毛巾缝了个布口袋装上热乎乎的肉包子，塞到王延安的手里："延安大哥，路上吃。"

"有你老弟的肉包子垫底，他们可以打倒我，但打不垮我。你们看——前面有座发射架，那就是我的目标，千难万险都不怕！"王延安说完，他再一次睁大了炯炯有神的"牛"眼睛，以标准的军姿，向士兵兄弟们敬了一个军礼。那时他以为这是他的最后一个军礼。

高建军和郭志民气喘吁吁地跑到火车站台上时，王延安已经坐到了车厢里，正从车窗伸出手来和老兵们一一握手告别。

郭志民突然大喊一声："王延安，你给我下来！"

王延安脖子一梗说："告诉你们，我王延安日后还要回来发射火箭的！"

高建军吼道："王延安，你不想当兵了？"

王延安立刻答："想！"

高建军急得挥手大喊："你小子快下来，火车要开了！"

火车长鸣一声。

王延安身手敏捷，扔出手提包，纵身从火车窗户跳了下来。这一跳实现了他的人生急转弯……

2

王延安又穿上军装、戴上领章帽徽了，正当他满心欢喜回到发射连准备干发射时，却被调离了发射连。高建军和郭志民郑重其事地和他谈话，根据上级指示，调他到后勤部铁管处清沙连工作，一来让他到那里先"避避风"，二来也给他一个"将功补过"的机会。郭志民特意补充说："革命战士是块砖，哪里需要哪里搬。我相信你能经受住组织的考验。"还有一句话他没有说出口，那就是干部子弟理应经受艰苦环境的锻炼。

王延安想不通，那不是所学非所用吗？与其那样还不如转业走人。但他看了看自己身上的绿军装，觉得留得青山在，不怕没柴烧，便试探地问："如果我在那里干得好，以后还能回到英雄发射连吗？"

"那当然！"两位连队领导异口同声道。

"说话算话！"王延安一语双关。此时他心里还是很感激高建军和郭志民让他返回部队，于是背上背包就赶火车去了。

火车急驰，王延安发现他离发射架越来越远了。透过车窗，沙海戈壁一览无余地映入他的眼帘。强劲的漠风把戈壁滩吹得光秃秃的，小草都不能生长于此地。脚下没有路，天上没有鸟。到处是随风滚动的沙粒，驱赶黄沙的野风。火车走了一个多小时，窗外仍然是沙海无涯，单调而空旷。大漠的一抹黄，长天的一抹蓝，还有一轮烈焰灼灼的太阳。

车厢里飞扬起尘土，干渴的喉咙，单调的景色，伴着轻微的鼾声，一切都是那么乏味。他这才感到，离开首区那个戈壁滩的小绿洲，才能真正体验戈壁的艰苦。250万年前这里是一片海。悠久的造山运动，使得海已变得无影无踪，甚至难于找到水的痕迹，只有在远远的沙漠尽头，偶尔能望见那永远无法登上的海市蜃楼。既然海能变成沙漠，那么沙漠也能变成绿洲。他坚信：沧桑巨变，没有什么不能改变的，他的命运也是能改变的！

王延安正在想入非非，暮色降临，老天变脸了，突然，狂风呼啸，黄沙漫卷，飞沙走石，刮起了沙尘暴，他收回了目光，闭上眼睛打个盹儿。突然一个急刹车，他的头撞到了窗户上，随着列车惯性的消减，火车戛然而止。车厢里，刚才还东倒西歪昏睡的人们，顿时睡意全消，一个个趴在车窗上向外张望，想看看出什么事了。

列车员对大家说："别紧张，是沙子把路埋了。"列车员早已见怪不怪，把车门打开跳下列车。

王延安跟在列车员身后，在铺天盖地的风沙中艰难地朝火车头走去。火车的前方，路轨已被沙土掩埋，二十多名身穿绿色工作服的男兵顶着扑面而来的风沙，挥动铁锹奋力清理铁轨上的黄沙。王延安要了把铁锹，也加入了清沙的队伍。

铁轨清理完了，王延安得知，马上就到清沙连了。清沙连就驻扎在铁轨旁沙害最严重的地方。

果然前方不远就是站台，离站台不远的地方，红砖围成的四合院就是清沙连的所在地。院门口有三棵干枯的胡杨树，造型有趣，两棵胡杨树的树干形成了月亮门，还有一棵小胡杨长得像一头小鹿立在门旁。王延安听父亲说过，胡杨树的根茎要比它的树干长五倍，深深扎在地下。经得起风沙，耐得住寂寞，所以生命力顽强。

王延安进了院门，扫视着眼前的营区，几栋排列整齐的低矮干打垒营房，一个用树干和木板制作的篮球架，孤零零竖立在干打垒营房前的空地上。两名战士蹲在一个花坛形状的土台前聊天，旁边是用深色石子拼出的"闻风而动、护路清沙"八个大字。王延安拍打了一下身上的沙尘，提起行李，朝两名战士走了过去。两名战士抬眼好奇地打量着王延安，两张年轻而又黝黑粗糙的脸在冲着他微笑。

"请问，连部在哪儿？"王延安问。

"首区来的吧？"一个黑红脸的小战士站起身说。

"发射团来的。"王延安答。

"我带你去连部吧。"那个战士边走边喊，"沙连长！沙连长！首区来人了！发射团的！"

王延安跟在战士后面向前走着。忙碌了一天的战士们刚回营房，一个个灰头土脸，站在屋檐下排成一排，似乎在等待什么，正好得空把一束束好奇的目光投向王延安，似乎在问：这个穿四个兜军装的人来干啥呢？该不是又来检查工作吧？这里轻易不来领导，只要上级一来，他们就得忙着打扫卫生。

这时，一个战士从厨房端出一小盆水来，战士们开始轮流进行洗漱，因为要节约用水，大家先合用这小半盆水轮流把脏手洗干净，不一会儿，水已成黄色泥汤，然后用来浇树。接着，一个战士提着一桶水，用茶杯给大家每人分两杯水洗脸。

这时，沙连长推开房门露出了头，见到王延安，主动伸出手和他握了握手，自我介绍说："我是沙宝石。"连长看王延安疑惑的表情补充说，"这是我爹妈给起的大名，真让他们说中了，我这清沙连的连长一干就是六年。"

王延安跟着沙连长走进连部，借着低矮的南窗射入的光亮，环视着屋子里简单的摆设和墙上的一张张奖状。

沙连长说："指导员和副连长回家探亲去了，副指导员在首区学习，连里在家的干部就剩我自己了。坐吧。"

王延安落座,舔了舔嘴唇,他有点口干舌燥了。

沙连长又说:"这里可不比首区啊,风沙大,缺水,条件差。王助工,既然你来清沙连锻炼,就得做好吃苦的准备。我这人说话直,不会绕弯子。说实话,我从心里是不欢迎你来的,我们这里不需要大学生,也不需要技术干部,需要的是苦干实干的人。可上级既然把你空降下来,我就得接着。"

王延安抬眼看了看沙连长说:"沙连长,给您添麻烦了。我这人也不喜欢绕弯子。直说吧,您觉着清沙连哪个点号最艰苦,就尽管把我安排到那里去。你就当我是发配到咱们连劳动改造的。"

沙连长一怔,抬眼看着王延安,半响没说话。

这时小战士提着暖瓶走进来,把水倒入一个军用的绿色缸子,递给了王延安。就在王延安接过水杯时,他看到小战士的嘴唇干得裂开了一道道的小血口子,还起了皮,小战士用羡慕的眼神看着他,不由自主地舔了舔干裂的嘴唇。王延安又把水杯递给了小战士让他先喝水,小战士不敢喝水,悄悄看了一眼沙连长。

"看我干啥?想喝就喝呗。"沙连长接着说,"我们连的战士有三多:兜里沙子多,手上口子多,脸上麻子多。见笑了,比不得你们首区的生活条件。"

小战士喝了一大口水,然后把手里的水杯又递给了王延安,红着脸说:"谢谢你!"

沙连长挥了一下手,小战士走了。他出门就对另一个兵说:"你还说这个新来的干部是劳动改造的,不对!我觉得他挺好。"

沙连长嚅动着干裂的嘴唇介绍情况:黑风口是通向航天城铁路大动脉上沙害最严重的地方。一夜大风,横卧戈壁的铁路上就能埋一米多厚的黄沙。有时风魔王深夜卷来黄沙把门堵上,第二天早晨战士们竟然推不开房门了。风大时,能把人吹跑。白天外面伸手不见五指,屋里一片昏黑,打开灯只能看见一根发红的钨丝。战士们说,黑风口的风是一年刮一次,从春刮到冬。这条铁路一年就要清十几万立方米的沙,清了埋,埋了清,火车却从没被风沙困住。

王延安马上表态:"那我就去黑风口吧。"

沙连长虽然觉得把王延安放在黑风口浪费人才,可上级通知他让此人来清沙连是劳动改造的,既然他愿意去,那就去黑风口吧。那里有个清沙房,平时只有两个人,刚好一个老兵复员了,新兵还没到。他就先去补个缺,当然这是暂时的。于是沙连长给他交代:"你去的主要任务就是清沙巡道。当然了,你要是实在受不了那也别勉强,打个电话给我,我再给你重新安排。"

"不必了,沙连长,就这么定了吧。"

"那好吧。"沙连长思忖片刻,起身走向电话机给黑风口打了个电话,让人过来接他。沙连长摇动供电电话的摇把,接通了电话:"小王,连里给你派了个大学生过去,你过来接一下。晚饭你就别做了,过来一块儿吃吧。"他放下电话,对王延安说:"他是个陕北兵。按规定,他那个点号一个月是要换一次人的,可他自己要求多干些时候,还给那个小点号命名为前进小站。但愿你们能合得来。"

吃晚饭前,沙连长站在全连干部战士的队列前,大声宣布:"从今天起,发射团的王助工,这是简称,全称是王延安助理工程师,他来咱们连工作了。都给我听好了,他是哈军工毕业的大学生,是来劳动锻炼的,听明白了吗?"

战士们齐声答道:"明白了!"

沙连长向王延安招了招手,让他跟大家见个面。王延安跨步迈出队列,面向官兵敬军礼。

队列里有人鼓起了掌。

"呱唧什么呱唧?又不是赛歌!"沙连长大声说,"开饭!"

鼓掌的战士缩了缩脖子,大家排队走进了食堂。

王延安的自尊心受到了严重打击,我怎么混得这么惨?初来乍到连个掌声都不能给,显然是不欢迎我。事到如今只能是苦中作乐,面对困境,给自己两个选择:要么狠,干出个模样来;要么忍,忍气吞声接受现实。王延安最后一个走进食堂,因为他不知道自己应该坐在哪里,站在门口四处观望。每个饭桌上,都摆放着同样简单的晚餐:窝头、玉米面粥和一小盘萝卜条咸菜。

沙连长显然也饿了,正在有滋有味地大口嚼着窝头,挥挥手招呼王延安过来,坐在他的身旁。然后,又捧起碗来,低着头不时发出香甜喝粥的吸溜吸溜声。王延安显然没有食欲,端着粥碗,皱着眉头默默地喝着。突然,他的牙齿硌了一下,于是下意识地把嘴里的东西吐了出来。

"粥里有沙子吧?"沙连长一笑,"我刚才给你总结的三多还缺一多没说,那就是饭菜里的沙子多。不过王助工,这个困难要是不克服,你在黑风口就一天也待不下去。"说罢端起粥碗继续喝了起来。

王延安怔了怔,端起粥碗故意喝出了比沙连长更大的动静。这时,一个长相憨厚的战士手里端着一盘炒鸡蛋,响亮地喊了一声"报告沙连长"。

"来,王前进,过来坐。你是特意带鸡蛋来欢迎他的吗?"沙连长不知道他们认识,介绍说,"这就是发射团的王助工,大名王延安。"

王前进憨厚地笑着点了点头说:"是。"

"是啥是?"沙连长不好意思地转过头来对王延安解释说,"王前进这个同志是个好兵,就是话少了点。这不爱说话不能算是缺点,他刚来时不是这样,因为没有机会和人交流,长期的寂寞让他变得少言寡语了。"沙连长又转过头来对王前进说:"今天我对你只有一个要求:回答问题不准说'是'或者'不是',你要多说几个字。"

"是!"王前进不好意思地涨红了脸。

沙连长让他坐下吃饭。

王延安见到王前进,心中暗喜,伸出手说:"你好小王。"王前进下意识地蹭了蹭手,把手伸向王延安。就在两只手用力相握的一刹那,王延安不禁一怔。他抓起王前进的大手惊讶地端详着,那手掌上厚茧斑斑的,一道道裂口中夹杂着沙粒。王前进缩回粗糙的大手,朝王延安憨憨一笑。他俩都有同病相怜之感,却都不想透露他们曾在一个新兵连训练过。

"王前进,你可给我听好了,人家王助工是来锻炼的,不怕吃苦,你可别啥活都自己干,不给人家干活的机会,听见了吗?"沙连长边说边给王前进和王延安一人夹了一筷子炒鸡蛋,"吃,这是前进小站自产自销的柴鸡蛋,喷喷香啊!"

"是。"王前进说罢拿起一个窝窝头,咬了一大口狼吞虎咽吞进肚子里，显然他已经饿急了。

"你这傻小子，恶狼呀？慢点吃，别噎着！"沙连长亲自给王前进盛了一碗玉米面粥放在他面前。

王前进不好意思了，今天刮大风他干了一天活，中午饭还没吃，真是饿坏了，"呼噜呼噜"几下就把那碗粥给喝光了，还用手指顺着碗边把残留的玉米糊糊刮干净送进了嘴里，有滋有味地舔舔手指头。

王延安不喜欢喝没滋没味的玉米面粥，吃了一口炒白菜就觉得直硌牙，小声嘟囔了一句："炊事员怎么连大白菜都洗不干净？"

沙连长虽然听了这话心里不太高兴，但还是给王延安耐心解释道："我们这里水比油还金贵，洗了米的水再洗菜，菜只洗一次就下锅，不是不想洗，而是没水洗干净，所以硌牙也难免呀。"说着他又在王前进面前放了一碗玉米面粥，让他有啥困难尽管说，不要忍着坚持……

王前进吭哧半天才小声说："沙连长，啥事都好说，就是……水不够哩。"

"你那大水缸里还存有多少水？"沙连长问。

"最多也就两盆哩。"

"王前进，两盆水还不够？你还想开澡堂子？明天上午送水车不就来了嘛！"沙连长有点不高兴了。

"可人家刚来，总得洗把脸吧。"王前进也挺固执。

沙连长竟然一点面子都不给，当着王延安的面就说："哪来这么多臭毛病！你洗了？还是我洗了？就这铺天盖地的沙子，又不娶媳妇，洗了脸给谁看？我告诉你王前进，他是来劳动的，不是让你供起来当少爷的！"

王延安的怒火直往脑门子上蹿，他心中的火山就要爆发了，使劲儿往下压着火气低头不语，可怒火中烧，突然他觉得鼻子里涌出了一股热流，那一定是流血了，赶快放下饭碗，用手捂住鼻子走出门去。

沙连长意识到自己刚才说错了话，连忙纠正说："你就告诉王延安，我们这里一年半载也见不到个女的，都是爷们儿，不洗脸也没啥关系，彼此彼此，黑不溜秋见怪不怪。但要多喝点水，别着急上火流鼻血。天快黑了，你们快走吧。"

"是。"王前进站起来敬了个礼，一转身看到了手提背包和行李站在大门口的王延安。王延安的鼻子里塞着白色的卫生纸已经透出了鲜红的血迹。王前进关切地给他端来一杯水。

"没啥,水土不服。"王延安说着抹了一把血鼻子,脸上就立时画出了两道红胡子,他催促王前进快走吧!

沙连长见状赶快叫来了卫生员,给王延安的鼻子换上药棉花,还给他们带了点常用药,又让炊事员提来一串咸菜疙瘩和窝窝头,给他们的军用水壶灌上开水,让王前进都带上。千叮咛万嘱咐:"这里气候干燥,容易上火,一定要记着多喝点开水!"目送着两个人的身影在弥漫的风沙中渐渐远去,直到看不见他们的背影,沙连长才心事重重地回到连部,他真后悔自己口无遮拦说错了话。

暮色朦胧的铁道线上,王前进身背王延安的背包闷头前行,厚重的大头鞋踩踏出有节奏的声响。他还不时地猫下腰来,紧紧钢轨上的螺丝。

王延安跟在一旁,不时停住脚步,抬手阻挡着迎面扑来的风沙。王前进见状放慢了脚步,告诉他快到啦。

王延安沉默不语,他还在为沙连长说的话心里不痛快。

王前进想起连长刚才的指示让他多说几句话,搜肠刮肚也不知说什么好,干脆唠唠工作吧。咱们负责黑风口路段的铁路维修,钢轨上所有的螺丝、扣件和轨枕等小配件加起来几十万个,每个都不能出问题,我们每天的任务就是锁紧这些小螺丝,哪个小配件坏了,就把它替换掉,然后再把铁轨上的沙子清除掉。

王延安这才想起王前进的手上磨的都是老茧和水疱。他的脸也就慢慢转晴了,比起这个普通的战士,自己不该计较沙连长的话轻话重,清沙连的官兵们确实很辛苦,自己有什么理由去挑别人的毛病呢?

王前进看王延安的脸色表情发生了变化,接着说:"沙连长嗓门大,直肠子,他说啥你别往心里去。其实,他人好着哩,关心战士知冷知热的。"

王延安心想他沙连长不就是门缝里看人吗?有啥了不起!

王前进像是猜透了他在想什么,就打开话匣子说:"沙连长都30多岁了,还没娶上媳妇。在我们老家,他这个年龄的爷们儿,娃儿都会打酱油了。可他那个对象说，喜欢解放军军官不假，但沙连长要和她结婚就必须调离清沙连……可沙连长说，创业者修筑了这条铁路，如果没有人维护，黄沙就要淹没它。运载火箭就运不到发射塔架去。我们今天的艰苦奋斗，能换来发射的成功和更多人的幸福。"

王延安被沙连长的故事感动了。航天城的火车一天两次通过这里，沙连长带着战士们酷暑时头顶烈日，冒着40℃的高温清除埋住铁路的风沙；隆冬的深夜，又从热被窝里出来，到-30℃的严寒中与风沙搏斗。他不由得对这个血性的汉子肃然起敬。

他们继续朝前走，王前进突然亮开嗓子唱起了陕北民歌：

　　山丹丹花儿北洼上开，妹妹有心事说说来。
　　白格生生的脸儿太阳晒，苗格条条的手手把地铲。
　　天上的星星数北斗明，哥哥心上只盼着妹子来。
　　……

王延安没想到，王前进的陕北民歌唱得那么地道、那么有滋味，粗犷好听，把他的心唱得豁然开朗。他们终于来到了离连部10公里的一座小小的砖房前，这就是黑风口的前进小站，坐落在风化石堆起的一座小小的石头山上。王前进放下背包，快步走到房门前，用铁锹清除着门口的沙土。王延安回过神来，动手一起清除被沙土掩埋了半截的大门。

暮色降临，王前进点燃煤油灯照亮了小屋，说："这儿看不见人，看不见树，看不到电影、电视……有时候，我就坐在铁轨旁边看着远方，唱着陕北民歌盼着火车来，盼有人来，你来和我做伴我太高兴了！"

灰头土脸的王延安一边拍打身上的沙土，一边扫视着房间里的摆设，可煤油灯光线太暗，什么也看不清楚。

王前进径直走到土坯垒成的台子前拿起电话，向沙连长报告他们安全返回了。挂断电话，王前进告诉王延安，这是直线供电电话，只能打到咱们连部。

两个人都累了，谁也不想洗脸洗脚，铺好被褥就睡觉了。

3

王延安在前进小站新的一天开始了。一大早，一只公鸡响亮的报晓犹如起床号，王延安从床上爬起来，只见一只公鸡和一只母鸡大摇大摆走进了小屋，直奔灶台旁的一只军用罐头盒吃起了小米。王前进不好意思地说，养鸡是为了做伴，不然太寂寞了，有鸡公鸡婆可以热闹一些。王前进说罢憨憨一笑，走到门口，解开装有王延安行李的网兜，拿出了脸盆和洗漱用具，接着拿一个绿色的搪瓷缸子从大水缸里舀了一杯水给王延安。

王延安看了一眼王前进说："小王，留着吧，我不洗脸，只刷牙。"

"你就放心刷牙洗脸吧，够用哩。"王前进说着端起搪瓷缸子把水倒进脸盆，又舀了一杯水端到了王延安面前。

王延安接过脸盆，先刷牙。王前进赶快拿来一个罐头盒接上他的漱口水，说可以浇他种的仙人掌。还让王延安把盆里的洗脸水倒进了自己的脸盆他接着洗脸，然后留着晚上还能洗脚用。

王延安觉得他未免太小气，这水就那么缺吗？

王前进一眼就看到了他的心里，告诉他送水车七天送一回，就这一缸水连吃带洗全包了。紧着点，够用。明天就到送水的日子啦。

王延安的心里立刻涌上一阵酸楚，空气沉寂得使人透不过气来，他走出屋门，放眼望去，四周是连绵不断、高低起伏的沙山，平坦处零星散落着一堆堆枯黄的骆驼刺。他们的小屋和铁路孤零零地与黄沙相依相伴，让沙丘包围着。阳光下，沙海上面层层叠起的沙纹波浪起伏，黄沙已埋到电话线杆中端，几条黑色的电话线紧贴黄沙通向航天城。这随风而起、随风而落的黄沙，随时都有可能倾倒在铁路上，保障铁路畅通就是他们的重任所在。

吃过早饭，他们就走入渺无人烟的大漠戈壁，一团团干枯的骆驼刺随风沙在戈壁滩上飞跑着。王延安和王前进沿着铁道线寻道。王延安奇怪这黑风口的风怎么还这么大？王前进却习以为常，这里一年一场风，从春刮到冬。今天这风只有六级，比起昨天那场沙尘暴弱多了。

王延安想起火车刹车时，他好像听到了一声爆炸，声音很大，就问王前进那是怎么回事。王前进从工具包里拿出了自己制造的响墩，说是它发出的声音。当铁路上沙子埋得太厚，来不及清除时，他就朝火车来的方向跑大约500米，把它安装在路轨上。王前进说罢演示着固定方法，车轮压上它，就会发出爆炸声，火车司机听到爆炸声便会拉紧急制动。

王延安拿起响墩看了看，肃然起敬，心想，看上去像个傻大兵还挺会发明创造。随口问他："你咋想出这个办法的？"

"我想起咱们农村过大年，那个砸炮就是这个理儿呀！对了，光有响墩还不行。"王前进说着从工具包里拿出一根信号棒说，"还要在火车开过来的时候把它拉着，它会发光，红的，很亮，就像信号弹。"

王延安凝神片刻，由衷地夸奖他说："想象力比知识更重要。"

"不，还是有知识更重要！"王前进不赞成这个观点。

"这可不是我的原创，这是伟大的科学家爱因斯坦的著名论断。"让他遗憾的是王前进连爱因斯坦是谁都不知道。王延安告诉他，爱因斯坦是犹太人，相对论的发明者、物理学家……

"我没文化，要是我能多读点书就好啦！"王前进发自内心地说。随后把响墩和信号棒装进了工具包，包斜挎在自己肩上。他们扛着铁锹，顶着风沙继续向前巡道，往前再走十公里就能和三排的巡道员碰头交换号牌了。王前进说，每天列车行走前都要检查一遍铁路，确保道路畅通。他天天如此。不过这里的生活条件比以前好多了，常有车过来给他送水送菜，很知足啦。

王延安凝望着通向天边的两条路轨，在想自己以后该怎么办呢？还没有想出个眉目，他们就走到了和三排接头的地方。

一个大个子山东兵老远就喊："王前进，你有伴儿了？"

王前进热情地给他们做了介绍。山东兵握着王延安的手，不解地问："王助工，一看你就是知识分子，穿四个兜的军装是干部，你在发射团待得好好的，到清沙连干啥呀？"

王前进抢着回答："王助工是来指导我们连工作的。"

"快别扯了，清沙连又不发射火箭，指导啥呀？"

王前进说："保密条例学过吧？不该你问的，别问，听见了吗？"

"哎呀，王前进，你行啊，该不是沙连长让你和王助工一块儿搞发明吧？"山东兵说着笑话和王前进交换了号牌。

就是这句话提示了王延安，必须想办法和王前进一起治沙，靠自己的工作业绩打开新天地，这是他能返回发射团的唯一出路。

然而，更难忍耐的是夜晚巡道，黑夜漫长，他们已经没有什么新鲜的话题可讲了，或者说，即使讲话也听不见对方的说话声音了。戈壁滩经常狂风大作，黄沙风的呼啸声比狼嚎都可怕，刮得人脑袋发蒙，只觉得眼前天旋地转黄沙飞舞。说心里话，王延安来到黑风口之前，已经对即将面临的艰苦环境有过心理准备，但直到双脚真正踏到黑风口的铁轨上，他才明白，想象远不能带给人那么大的冲击力和切身感受。

走多了夜路，王延安脚上磨出大血疱，躺在硬床板上怎么也睡不着，辗转反侧，压得床板嘎吱嘎吱响，干脆拿被子蒙住了头，打开手电筒写日记："我现在没有退路，只能前进。人的许多才能其实是被逼迫才能挖掘出来的，否则埋在地下的金矿永远都潜藏着，一辈子难见天日。如果我是金子，就要创造条件证实自己是金子，哪怕像王前进那样有些发明创造也好。可惜地下埋藏着许多金子至今不被人发现……"一想到"可惜"二字，他就浑身冰凉，那个晚上他冻得缩成一团怎么也睡不着，什么高招也没想出来。他在想，自己这块金子埋在沙漠里，从此无人知晓，岂能荒废青春，不如绝处紧急求援……

翌日清晨，王延安立刻采取行动，顶着烈日跑到清沙连连部，给徐指挥长挂通了电话。他万万没想到徐指挥长不问青红皂白，劈头盖脸大发雷霆训斥他："王延安，你莽撞！幼稚！无知！冲动！你是典型的小资产阶级心血来潮！你以为，我们这些老家伙都是胆小鬼吗？只有你王延安才是冲锋陷阵的英雄吗？是谁给了你这样的权力？你考虑过写这封信会牵连到谁吗？难道你是外星人？对你父母现在的处境一无所知吗？"

王延安被训蒙了，急中生智说："徐指挥长，我想搞发射……而这里天空无飞鸟，地面不长草，十里一个人，风吹石头跑……没我的用武之地。"

"王延安，你给我听着！没有我的命令，你就在清沙连干，不许你回来！节假日也不准回首区逛荡！"徐指挥长的声音震得王延安的耳朵直响。

王延安愕然地听着，支吾道："可是……徐指挥长，徐叔叔……我……"

"你还想发射？我告诉你，从现在开始，你在清沙连要做好三件事：劳动！反思！学习！傻小子学聪明点，有本事你就先把黑风口给我治理好！"徐指挥长啪的一声扣下了电话。

王延安的心顿时凉了，他低着头郁闷地沿着铁轨走回前进小站。

烈日炎炎，王延安身上的军装一会儿就被汗浸湿了，就在要脱下军装的那一刻，他突然想明白了，没有徐指挥长的帮助和关照，这身军装就不会再穿在身上了，这些安排都是"冷处理"，为了保护他，爱护他，不让他的行动牵连到他的父母，他不能再给父母雪上加霜了。

王延安决定不再失意落魄，无论什么人，无论什么生活方式，能拯救你的人，只有你自己。除了在黑夜中找到方向，用你的实力去拥抱明天的太阳，别无选择。

自从有了王延安，王前进可快乐多了，他们在铁道线上走走停停，不时用铁榔头敲击着路轨，在叮叮当当的声响中检查路况，王前进的话也多了，他告诉王延安，咱们清沙连许多人都没见过发射塔。不过连长说哩，抽时间，他会带着复员老兵坐上军列去看看发射塔。因为这是老兵复员时提出的唯一要求。

王延安想，我回发射团一定要把这事办好。他思忖着、注视着王前进问："那你每天进进出出的都是一个人，你就不憋闷？"

"我刚来时也想家，想娘，想找人说话，闷了我就对着沙漠大声吼上几嗓子信天游。然后干活儿，也就不再想那么多哩。"王前进说罢憨憨一笑，用榔头叮叮当当地敲打着路轨，蓦地，抬眼看着王延安说："王助工，别怪我话多，你能来黑风口，我高兴！我特欢迎你来哩！"

王延安点了点头算作回答。他们顶着风沙检查着铁路，饿了就吃拌着细沙的干粮，王延安很难咽下这"黄沙盖浇饭"，嘴里的沙子吐也吐不尽，可王前进的绝招是，喝口水就把嘴里的沙子咽下去了。

沙连长是个刀子嘴豆腐心的人，别看他说话不客气，星期天大清早专程来看王延安了,万一人家大学生水土不服累病了,受不了这个苦,他就要把王延安调到连部去,干个文书的活儿,大学生总比中学生强嘛!上级领导并没有说让这个大学生每天铲沙子、清铁轨大材小用。他走进前进小站的屋子里,刚一看到王延安的床头墙上贴的座右铭就笑了,大声朗读道:"有一种磨炼叫享受,有一种英雄叫等待。有一种伟大叫平凡,有一种人生叫奋斗。"

沙连长哈哈笑着表扬王延安:"王助工,你这些话还挺有哲理嘛!到底是知识分子,有水平。"

王延安有点不好意思了:"前两句话我在给自己鼓劲。那后两句话可是赞美王前进的,说实话,我可没打算在清沙连干一辈子。"

"说真话我也没打算久留你,我们清沙连的庙小,我的任务就是积极把你推荐到你该去的岗位。"沙连长爽朗地打开天窗说亮话,"不过,你千万不要怀才不遇,也不要苛求别人重视你。"说着,他蹲下身子抓起一把沙子撒在了戈壁滩上,看着王延安说,"你就好比这把沙子,让人怎么注意呢?如果是一颗红五角星……"沙连长摘下了帽徽放在了地上,闪闪的红星耀眼夺目,出类拔萃,谁能看不到呢?

心照不宣,一切尽在不言中。

王延安心里顿时涌起一股热浪,他遇到了好人。一个心地善良,懂他、理解他的好连长,并没有给他讲大道理,更没有批评他不安心清沙连工作。他舔了舔干涩的嘴唇,说:"沙连长,只要你能解决我们黑风口的供水问题,我在这儿一天就干好一天,我保证火车在黑风口铁路畅通无阻,你放心,即使遇到什么险情,我保证临危不惧,临危不乱。"

"我相信你!"沙连长停顿了一下,又为难地说,"可是我们这里缺水,你又不是不知道,你说我咋个解决?"

"打井呀!我看你们连部所在地就是风水宝地,要不那几棵茂盛的胡杨树为什么就长在连部,不长在黑风口?"王延安说着把请求打井队支援的报告递给了沙连长,他这封鸡毛信是给徐指挥长写的,请沙连长派人送到首区交给首长。

"你口气还不小呢!"沙连长只看了一眼徐战旗三个字就瞪起了牛眼睛,"艰苦奋斗你知道不?一点小事就要给首长写信,连队跟基地首长隔了多少层你知道吗？你以为你是谁？"

"信上落款写的是王延安，并没写你沙宝石连长呀，你怕啥？"王延安举起那封贴着红公鸡尾巴毛的信说，"那你干脆让通信员送到首区军邮局吧。"就为这封鸡毛信，他把王前进养的心肝宝贝大公鸡最漂亮的尾巴毛揪下来，王前进气得半天没跟他说一句话。

"王延安啊，王延安，你可真不是个省油的灯！"沙连长话是这样说，但还是答应了王延安的请求，由他落实把信一定送到。

让他们万万没想到的是，这封信送出去后很快就有了回音。徐指挥长让给水工程团派来了打井队，而且就在清沙连的所在地，那三棵胡杨树的旁边打了一口井，整个连队的吃水问题就解决了，上级还特意给清沙连配了一辆铁罐子运水车，负责给各个清沙小点号运水。吃水的问题终于解决了。

冬天来了天寒地冻，王延安又想了个办法，干脆把那些洗脸水、洗脚水、洗菜水都倒在沙子上，沙子冻一层，再往上倒一层沙子，一层一层地冻成沙冰块，这些冻沙冰块不仅为他们的小屋挡风沙，还可以为铁路挡风沙，他们也减少了清沙的时间。

寒冷的冬天终于快过去了，王延安高兴了，因为他手上的冻疮就可以不治而愈了。可王前进发愁了，天暖和了，他们的冻沙冰块可就该融化了，那时候该怎么办？

王延安也愁，这黑风口的流沙治理不好，他怎么回发射连呢？可沙子有腿，刮起风来跑得比人还快，这流沙很容易覆盖铁路。于是，他们两人根据黑风口铁路段的风向，设计了防风沙带。清沙连官兵齐动手，在关键的铁路段，设置固沙方格，2米长、20厘米宽的黑色沙土袋交叉叠放在路基两侧，形成1平方米的小方格，小方格连成一片，组成防风沙带，效果真是很明显。

后来，王延安还拿出了他的植树造林规划，说这是长远大计，春天一来，就开始在铁路边植树造林。

"能活吗？"王前进看着王延安，他们两人谁心里都没底。

春天真的来了，王延安和王前进种的树还没长出绿芽，春风却给清沙连开天辟地送来个女军官，这让沙连长有点不知所措了。

那天铁管处处长亲自来清沙连检查工作，沙连长先下手为强说："我们这是和尚庙，脸脏点没啥，反正在这儿也没女同志，也找不到对象。"话音刚落，铁管处处长用手往身后一指："那不就是个女军官吗？"沙连长回头一看就愣了。那些平时老实巴交的战士本来是列队欢迎铁管处处长的，此时却目不转睛地看着英姿飒爽的女军官，让初来乍到的女军官陆莎有些不知所措。

陆莎很快感觉到她被战士们友好的目光包围，她的脸红红的，由不好意思转而露出了微笑，在众目睽睽下大方地向沙连长走来。

沙连长心里疑惑，怎么回事啊？今天怎么没有任何提前预告就"仙女下凡"啦？他恍惚而吃惊地问已经站在他面前的陆莎："你是……"

"我是首区气象站的预报员陆莎。"

"噢，陆莎同志。我是沙连长。请问，你来清沙连有什么事吗？"沙连长疑惑地问。

陆莎是来找王延安的，可当着众人的面她不好说，抬眼扫视着周围。战士们目不转睛地看着陆莎，不知谁带头鼓掌，队伍里立刻响起了一片掌声。陆莎也感到身为女性，来这里受到了热烈欢迎和特别的关注，她的心里暖烘烘的。

"看什么看！没见过女兵啊？"沙连长对战士们挥了挥手，然后请陆莎到屋里坐，沙连长又回过头来让文书把他的龙井茶给陆莎沏上，他猜女军官准是来找王延安的。

沙连长对铁管处处长说："处长你可千万别见笑，我们这儿是个和尚庙，很少有女同志来，这些臭小子就是没见过女兵嘛！"站在后面的副连长故意走到他们身旁调皮地补充一句："俺们就是没见过这么精神的女军官！沙连长，让上级给咱清沙连调来一个女军医吧。"话音刚落，操场上就响起了一片掌声。

"你说了算？还是我说了算？"沙连长故意把脸一板说，"副连长，你带兵继续操练！"

沙连长见他们周围没人了，悄悄给王延安打电话，问他陆莎来了，下一步该咋办？王延安说不想见陆莎，只给他四个字：安全送走。

沙连长思忖片刻却想不明白，他的轴劲儿又上来了，非让铁管处处长说清来龙去脉不可。铁管处处长知道沙连长的脾气，干脆打开天窗说亮话。气象站的吴主任和他是同期入伍的老乡，求他帮忙给陆莎做好思想工作。因为她和王延安的事影响了工作，陆莎在指挥部汇报气象情况时思想开小差，长期、中期和短期的气象预报没说清楚，徐指挥长让气象站整顿思想作风纪律，查找原因。陆莎闹情绪，哭破大天要去找王延安当面说清情况，否则就要压床板不干了。

吴主任先是好言好语劝陆莎，这政治上的事，按照时下的逻辑，专案组那些人是不会善罢甘休的，接下来，他们肯定会在老首长和王延安的关系上大做文章，这绝不是危言耸听——"所以，不见他为好。"

陆莎挺固执，非要去清沙连，当面向王延安解释清楚。

吴主任好说歹说费尽口舌相劝陆莎，也许你无意，可这件事对王延安的打击则是致命的。这事得冷处理，忘掉这件事，或者说暂时忘掉这件事，集中精力把工作做好，等风平浪静了，再作打算也不迟。可陆莎不听，一定要当面向王延安解释清楚。吴主任吓唬她说给她处分，她不怕。陆莎拿着纪律条令给吴主任看，让吴主任找根据，吴主任拿这个女大学生没辙了，她是业务尖子，工作需要她，只好找铁管处处长帮忙。处长这次带陆莎来，就是受老战友吴主任之托。

沙连长凝神片刻，陆莎既然来到清沙连只有接待好，但黑风口显然是不能去的。

铁管处处长看沙连长已经心领神会，才如释重负说："这个任务就交给你啦，你得想办法让陆莎今晚和我一起坐火车回首区去。"

沙连长是决不会棒打鸳鸯的，将心比心，清沙连驻守在这儿，婚姻问题成为他们连里的老大难，他自己光棍一个，也不能眼气别人有女朋友呀。俗话说：宁拆一座庙，不拆一对有情人。他走进连部，对文书说："你去告诉炊事班，给陆莎同志下鸡蛋面条，就按咱们连最好的病号饭做。"

"我没病！"陆莎说，"大家吃啥我吃啥就行了。"

"我们沙连长可是好心，我们都喜欢吃病号饭，鸡蛋面条多香啊！那玉米面窝窝头虽然吃了不饿，你可咽不下去。"文书说完出门走了。

"沙连长，您能派人把我送到黑风口去吗？"陆莎问。

沙连长一脸难色道："哟，你这女同志……恐怕有点难度。黑风口离这儿10多公里远呢。"

陆莎思忖片刻："那有什么难的？我能走。"

"陆莎同志，你第一次来，有些情况你不了解。那个地方之所以叫黑风口，是因为常年刮大风，那风大得能把人都吹跑了！再加上沙子多，常常是大风一刮两米之外就看不见人了。你要是去，一旦有个闪失，我们清沙连没法向上级交代呀！"

陆莎的眼睛里涌起了泪水倔强地说："我要见王延安！他能去的地方，我也能去！"

"陆莎同志，他们白天要巡道去，不在屋子里。"沙连长给陆莎又倒上一杯茶水，"多喝点，这龙井可是正宗的西湖龙井，我们连的杭州战士小龙复员后每年春节给我寄一盒龙井茶，多好的战士啊！南方人在这儿水土不服，老是流鼻血。这里天气干燥你就多喝点茶水吧。"

陆莎一口气把一杯茶水灌进肚里，问："那他们什么时间能巡道回来？"

"哟，这可就说不准了。路段太长，来回就得几十公里，正常情况下得傍黑天儿吧。"沙连长说完又递给陆莎一杯茶。

陆莎一怔，接着又一口气把一杯茶水灌进肚里。这时炊事员把鸡蛋面条端上了饭桌。

沙连长热情地说："陆莎同志，快吃饭吧。你看我也沾你的光，来碗鸡蛋面。下次你再来，提前打个电话，我一定让王助工等着你。还让炊事班给你做碗红烧肉。"

"如果这次我见不到他，也许就没有下次了！"陆莎说着眼窝里转起了泪水。

沙连长一看这阵势心就软了："你看茶水都从眼睛里流出来了。"他走到脸盆前给陆莎洗了一条新的白毛巾，让她擦擦眼泪。安慰她吃完饭看看天气再说吧。

他们吃完饭，陆莎就想上厕所，她真后悔刚才茶水喝多了，引起了连锁反应。

沙连长又把文书叫来，转过头对陆莎说："你看看，我们这儿都是男子汉，连个女厕所也没有，让文书给你在男厕所门口站岗，我们和尚庙女同志来就是不方便呀！你可别见怪，黑风口那儿就更不方便了！"

陆莎刚出连部的大门，军帽就让大风给刮跑了，在院子里的操场上随风打着滚，陆莎在风沙中跑着追军帽，最后还是文书帮她把军帽捡了起来。好心眼的文书陪陆莎方便完，又答应她到铁道线上看看。陆莎顶着大风跌跌撞撞地走在铁路上，一不小心摔倒在路轨上。

这时沙连长从后面追了上来连喊带叫："陆莎同志！你看你看，我咋说来着？这里刮的是戈壁雄风，你看看我们清沙连只有爷们儿能生存。"他喊叫着冲到她跟前，把她扶起来大声说，"万一刮起了沙尘暴，把你刮出了国境线，那可就出政治问题啦！"

陆莎站起身，绝望地看着前方，任凭风沙扑打着满是泪水的面孔，大声喊："王延安，我对不起你！你听到了没有？"只有风沙呼呼作响来回答她。

沙连长注视着眼前的一幕，摇了摇头，从一名战士手里拿过军大衣，披在了陆莎身上，安慰说："陆莎同志！你看我们这儿全是男同志，女同志很不方便，你还是回首区吧！我会转告王延安的……"

就这样，陆莎不得不跟铁管处处长回首区了。沙连长也总算完成了这项艰巨的任务。不过沙连长百思不得其解，陆莎不仅人长得美，还是名牌大学毕业的业务尖子，这个在戈壁滩"物以稀为贵"的女军官绝对配得上到清沙连锻炼的王延安。可这傻小子落魄到了这个地步，居然还把这么好的女军官拒之门外，脑子进水了吧？

事后，沙连长来找王延安求解，王延安一脸淡定地告诉他事情的前因后果。最后说，判断一个人的品德，我是看当一件大事来临时，她的反应，她的决定和解决这件事的方法，这才能真实地反映一个人的内心。她触犯了我的底线，我相信她，她却把我家庭的秘密说了出去。我只能当断则断，做出自己的决定。

就这样日复一日，王延安和王前进每天将积在路轨两侧的沙土铲下路基。风沙吹来，将他们的脸蒙上了厚厚一层沙土。王前进抬眼看了一眼王延安，把毛巾和水壶递给他，让他歇会儿，擦把脸，喝口水，还拿出一条围巾给王延安系在脖子上，这样沙子就不会刮进去啦。

王前进的行动温暖着王延安的心，王延安奋力铲着路基上的沙土，现在他终于体会到，在这样艰苦的环境里忍受着的寂寞，那不是一般人能做到的。他应该向王前进学习以苦为乐的精神，不过他不打算坚守在这儿，他有自己的目标，就是要在痛苦中寻找希望，而他的希望还是要离开这里去搞发射。

从此以后，每天晚上王延安回到他们的小屋里，就开始搞设计，鼓捣一个铁路埋沙后的自动报警装置。王前进看着王延安从他的工具包里拿出那些电线和三极管、二极管、电阻、电容，想弄明白他的发明创造是否会比自己的小发明更科学。但总归他俩都想比试比试看谁的更好。

有一天，王延安在铁道线上试验埋沙后的自动报警装置。让王前进到他的枕头下去找电阻，王前进的目光，停在了一个银白色的长命锁上。他在衣服上蹭蹭手，小心翼翼地拿起长命锁，凝目端详着。他也有一把同样的长命锁，娘说，戴着它就能没病没灾、长命百岁哩。娘还说，他大虎哥，也有一把长命锁，他们哥俩的一模一样，哥哥后来去北京了，大虎哥的爸爸是老革命。王前进怔怔地注视着全神贯注的王延安，想张口问，却欲言又止了。直到王前进眼睁睁地看到半年后王延安离开黑风口的前进小站，这句话也没问出来。

之后，因为偶然的一天，一个偶然的事件，又一次改变了王延安的命运。

那一天，黑风口又刮起了沙尘暴，窗外，大风呼啸，沙粒扑打着窗子，噼噼啪啪。沙漠里飞沙走石，白天变得和夜里一样昏天黑地，王延安和王前进奋力清理着铁轨上的沙子，他们的眼睛被风刮得睁不开，军装里全被沙子灌满了，长时间弯着腰铲沙子，他们的腰像折了一样痛，但不能停止工作，因为一辆运送火箭的列车就要来了，他们有责任让火车安全通过黑风口。可是人在大自然面前有时又是那么无奈……最后，还是王延安设计的铁路埋沙自动报警装置发出的信号，救了运送火箭的军用专列。

为此，清沙连党支部把王延安救火车的英雄事迹上报政治部，很快王延安就算将功补过被调回到发射连。

临走时王延安有点恋恋不舍，没想到因恶劣的天气让他的铁路自动报警装置一鸣惊人，他又回到发射连。而这次最终帮助他的人，并不是那些有能力帮助他的人，而是这些过去他看不上眼的朴实憨厚的基层官兵。他推心置腹地对王前进说："我走了，你也该换换岗位了，老是一个人在这里，没个伴儿和你说说话，以后你要是不会说话了咋办？你应该有个理想才对。"

"我想开火车，就在这条铁路上开，拉人，拉货，把卫星和火箭送到发射场。"王前进说罢憨憨一笑，"瞎想哩，不当真。"

"为啥？"

"我还没见过火箭和卫星长啥样呢！"

王延安看着王前进，多好的战士！要不是领导强人所难让他跳样板戏，一跤就把他从发射团摔到这无人小站，他肯定能看到火箭和卫星……王前进的愿望他将来一定要想办法满足。现在他只能安慰他说："你就努力吧，即使你开不了军列，将来你也可以无愧地告诉你娘，你曾经在中国唯一的一条军用铁路线上奋斗过，亲眼看着运送火箭和卫星的专列从你巡护的路段上开过去。你娘会为你自豪和骄傲的。"

王前进当时差点就告诉他，"大虎哥，我娘也是你娘……"可是他终于把这句话又咽回肚子里。他一直目送着王延安的背影在两条铁轨上消失，才大声喊："大虎哥，回咱老家看看娘吧。"后来许多年，他把肠子都悔青了，最想说的一句话最终没说出来，在这个只有风沙、没有第二个人的小站里，这辈子还能见到他的大虎哥——王延安吗？

4

王延安满心欢喜回到了发射连，发射连顾名思义就是能让他搞发射，然而让他没想到的是，给他安排的工作却是他最不想干的火头军。高建军和郭志民按照徐指挥长的指示，先安排王延安到炊事班锻炼，让他学会全心全意为官兵服务。

王延安窝了一肚子火，这不是整人吗？让我边缘化。他到炊事班报到那天，尚达飞正在炊事班忙得不亦乐乎。尚达飞刚刚被提升为炊事班长，正在新官上任三把火，扫地擦地乐呵呵地干得满头大汗。接着又趴在锅台上刷大铁锅，嘴里还翻来覆去地哼着歌："真是乐死人呀，真是乐死人……"

王延安心里就越发堵得慌，气不打一处来："乐，乐你个头！"

尚达飞有滋有味的歌声立刻来了个休止符，嘴巴立即闭上，瞄了王延安一眼没敢吭声。

王延安赌气地对尚达飞说："班长，我不会做饭，你看这些白面面长得都一样，我分不清是白糖，还是咸盐，还有什么碱面呀，淀粉呀。反正我不是做饭的料，你就随便给我分配点力气活吧。"

尚达飞宽厚地对王延安笑笑说："欢迎你到炊事班工作。"然后，耐心征求他的意见，是愿意到副食组，还是到主食组？由他自己挑。

王延安反正做不好饭，自认为在炊事班不管干啥都是临时的，他是不会甘心当老炊的，服从分配还是个好态度。

尚达飞叹口气："我知道你是哈军工的大学生，让你和我们干一样的工作是有点委屈你，可这是郭指导员定的，我也没办法。"他赔着笑脸说，"那你去喂猪好吗？"

王延安没好气地用脚踢了一下猪食桶，剩菜汤溅了一裤子。

尚达飞惹不起躲得起，去门后拿起了拖把边擦地边唱起来："毛主席的战士最听党的话，哪里需要哪里去，哪里艰苦哪儿安家。"

王延安气哼哼地说："五音不全，别唱了好不好？你烦不烦啊！"

"你不会做饭不要紧，要不先去劈柴吧！"尚达飞可不想得罪王延安，既然他不想喂猪，那就换个活儿干，让他把火烧得旺旺的，俗话说得好，蒸馍不断火，断火不蒸馍。

王延安没言语，提起斧子走了。

过了一会儿，尚达飞端着一个盛满了菜的碗过来，悄悄说："这是我专门给你留的菜，白菜底下还藏着红烧肉哩。"

王延安叹口气："尚达飞，你还真够哥们儿！早知道让我回来当火头军，和锅碗瓢盆打交道，我何必回来呢？"

"延安哥，我可不这么看，炊事班也是发射连的炊事班，这说明你走对了门儿。要想让别人看得起咱，咱就要拼命地干活，做出成绩来让领导看，咱干一行就干好一行！你说对不？"

"我最看不起拍领导马屁的人！"王延安说完转身走了。

其实，让王延安生气的还有一件事，尚达飞爱吃面条，这习惯就带进了炊事班，那时候粮食紧张，每天晚饭炊事班就给大家做清汤面条吃。美其名曰：忙时吃干，闲时吃稀。晚上不上班不劳动，喝点面条汤就行了。可年轻的官兵们革命加拼命地干了一天活，偏偏到了晚上饥肠辘辘，端起大碗呼噜呼噜吃面条的声音就特别大。可问题就在于，一样的当兵，一样的年轻，别人在吃得倍儿香时，炊事员要站在一旁干看着，闻着香气扑鼻，却不能动嘴。大家不够吃时，还要继续往锅里煮面条。饥火正旺的王延安有一种不平等的感觉。

更可恨的是，每逢食堂吃肉包子，大家的胃口就突然膨胀，有人一吃就是十几个，直到打饱嗝。炊事班毫不利己，专门利人，肉包子全部端出去，一个都不留。炊事员是最后吃饭，经常是啃干馒头或窝头，咽不下去就蘸点酱油醋。所以，王延安经常站在食堂门口瞪着锐利的眼睛，有时还要看着猛吃肉包子的人，不屑地翻白眼，心想，你们吃起来有够没够，也不知道给我们包包子的人留点儿，也让我们老炊解解馋。这时，他还会想起在家时，妈妈做好饭总是让他先吃。他住学校，周末回家一进门，饭桌上总有妈妈亲手为他做的红烧肉。想着想着，他眼睛就会瞄准肉包子瞪成了一双鹰眼。

以后，只要王延安往食堂门口一站，他那锐利的目光就像老鹰抓小鸡一样有威慑力，许多人小心翼翼不敢多吃肉包子了。这个问题很快就让炊事班长尚达飞知道了，于是别人吃饭时，炊事班长就请他到后厨暂时回避一下。让王延安更不满意的是，炊事班先人后己的做法屡屡受到郭志民的表扬，而逐步升级。

为此，王延安自告奋勇到主食组，他要扭转局面，让炊事员能吃上肉包子。有一次他发面放多了碱，蒸出了一锅黄色的"军用馒头"。

尚达飞发愁地看着馒头，大家天天吃窝头，好不容易能吃上一顿白面馒头，这馒头还蒸黄了，这可怎么向大家交代啊！王延安想了个补救措施，把军用馒头做成油炸馒头片，就看不出来黄了。

开饭了，金黄的油炸馒头片端到了饭桌上，果然战士们都抢着吃。王延安暗自得意。

"这多费油啊！不当家不知道柴米贵！"尚达飞心疼地说，"王延安同志，我希望你下不为例，先把本职工作干好！"

尚达飞想王延安既然不适合在主食组，那就让他学做菜，毕竟王延安曾经帮过他，滴水之恩当涌泉相报。周末，王延安给大家做土豆烧牛肉，看上去还不错，吃起来却没咸味，炒菜忘放盐了。饭桌上干部战士议论纷纷：这菜怎么越做越不好吃了？连饭都做不好真废物，建议炊事班好好搞整顿！

王延安立即反驳，所谓废物，只是放错了地方的财富。换一个岗位，发挥我所长，我就是宝贵财富，没准还是顶梁柱呢！谁有意见，谁到炊事班来做饭。

尚达飞赶快站出来说："这次请大家多原谅！以后我们一定记住往菜里放盐。"他拿着盐瓶子给每个桌上的菜盆里放盐，还不时地赔着笑脸问："快尝尝咸味够吗？要不要再加点盐？"

王延安也拿着碗给大家放盐，还故意调侃："你们都瘦得很，怎么搞的？看到你们就想起了三年自然灾害。真是对不起我们辛辛苦苦的老炊们。"

一个干部说："我们从火箭进场开始就把心提起来了，直到发射完了知道成功了，这颗心才搁下来，整天提心吊胆地煎熬，在胜利和失败中大起大落，我们能胖得了吗？"

王延安就越发不满："你们别得了便宜还卖乖！那我情愿担惊受怕搞发射。不然我白上大学了！告诉你们，发射火箭是我一生的追求。可惜领导把我当白菜大葱，让我当火头军了！"

炊事班里除了王延安都是农村兵，他是大学生看不起没文化的农村兵，农村兵却觉得我们虽然是中学生可我们做的饭香菜美，你王延安是大学生怎么啦？只会纸上谈兵连饭都做不好。于是炊事班形成了农村包围城市的格局，王延安心高气盛有点孤立了，除了班长尚达飞依旧热心帮助他，其他人都不爱搭理他。

晚饭后散步，常常是他一个人独自徘徊在弱水河边，脚踩细沙，眼望戈壁滩的落日余晖，满腹惆怅，他想北京，想爸爸妈妈，有时候也想王前进，他就觉得老实人吃亏。自己不能像王前进那样安于现状，学有所长要实现自我价值，他需要在事业上有所作为，为此必须采取行动改变现状。

此时，郭志民在办公室里浓眉紧锁，心里七上八下的，掰着手指头算老婆的预产期快到了，也不知情况如何？部队要执行发射任务，重任在肩的他回不了家，心急火燎，嘴上起了不少小水疱。

尚达飞拿着一封邮局退回来的信给他，信封上面写着：无人接收，查无此人。

郭志民一看是他写的信被退回来了，这不是胡说八道吗？那是我老婆！怎么会查无此人？他接过信看到信皮上歪歪扭扭的一行小字：你老婆已经去部队找你了。

郭志民的脸上顿时变了颜色，糟了！老婆上哪儿找我啊！这发射场保密，信封上只写着兰州市7信箱，真找到兰州去，那就坏了！那兰州市离这发射场十万八千里的，一个挺着大肚子的女人可怎么办啊？他真担心这文盲老婆带着肚子里的儿子都丢了。

郭志民拿起电话，打给绿洲火车站部队招待所，让他们帮忙寻找老婆李翠华的行踪。可是很快部队招待所就把电话回过来，说住宿登记没有这个名字，查无此人。郭志民放下电话，眼皮就不停地跳起来。他拿起一张小纸条，又在上面吐了口水贴在眼皮上，小纸条随着眼皮跳动着，也不管用。

这时，王延安满脸怒气闯进门，一看郭志民眼皮上贴的小纸条，气就不打一处来，这是干什么？哪像个领导样？

郭志民不由自主摸了一下脑门，赶忙把小纸条取掉，他要集中精力对付这个刺猬头，看样子来者不善啊！

果然，王延安理直气壮地发问了："郭指导员，你今天该给我回个话了，我在哈军工学的是导弹控制，不是炒鸡蛋。为什么不让我去搞专业？"

郭志民看他脸色不对，压住火气，心平气和地说："王延安，别急，你先坐下。我已经答应你，饭做好了再调整工作。"

王延安站在桌前质问道："你不急我急！你为啥给我玻璃小鞋穿？"

话说到了这个份儿上，郭志民想干脆打开天窗说亮话吧："这是你父亲的指示，让你当好普通一兵，从基层干起，每一步都要走扎实。先脚踏实地，然后再展翅高飞。再说了还有人在盯着你……"郭志民抬起头看着他，又把后半句话咽回到肚子里。

王延安理直气壮地说："指导员，你别吞吞吐吐地绕弯子！谁也不是傻子！"

"我们这支部队是特种兵，是保密单位，要查祖宗三代的。没处分你，让你到炊事班去锻炼已经不错了！"

"你说清楚点儿，我家祖宗三代怎么啦？"王延安偏偏不领情。

郭志民下定决心要和风细雨地做政治工作，不紧不慢地给王延安讲道理，我们特种兵部队是保密单位，要查祖宗三代的。发射控制室里都是共产党员，党支部研究过了，让你先到炊事班去锻炼。最近，你母亲的单位来了一封外调函，说你母亲白雪洁是有海外关系的特嫌分子。但你父亲是老革命，所以，党支部准备把你拉向革命阵营。

王延安欲言又止。

郭志民盯着王延安看了好一会儿，觉得自己的思想工作见了成效，于是向他提出要求："你必须与你母亲断绝母子关系。亲不亲，阶级分。你母亲出身于资产阶级，你要是无产阶级就必须和她划清界限。"

王延安痛苦地说："郭指导员，我妈从学生时代就到延安参加了革命。战争年代，我妈不怕流血牺牲入了党，她一直跟共产党走。"

郭志民一时无语，愣在那儿无言以对。

王延安也梗着脖子站在那，双拳紧握，双目冒火气愤地瞪着郭志民。突然，剑拔弩张的王延安像是看见了什么克星一转身走了。

郭志民看着王延安的背影，心里挺奇怪，一转头看见了高建军，就是这位高营长非说王延安是块好钢，我怎么觉得他就是个刺猬头，一盏不省油的灯！他见高建军来了，就像见到了救星。刚才郭志民急得像热锅上的蚂蚁，掐着手指头在算预产期，怎么算也算不明白，现在正好问高建军："人家都说十月怀胎，一朝分娩。这一年有30天一个月，有31天一个月，你说怀孕到底多少天能生娃？"

这事高建军也说不准，他也没学过妇产科，缺乏对这方面的研究。

郭志民着急上火地说:"我老婆到部队生孩子,如今不知去向了!我那老婆你是没见过,那可不是一般的二杆子,她是自作主张,要真走丢了,高建军同志,你要给我当证人,这不是我的责任。"

他首先想到部队有农村出来的干部,因为没有处理好家庭问题,因小失大,影响了政治进步。由此他想到高建军连跳两级当了营长,交了好运,又是桃花运又是官运,福星高照。关键时刻要帮他说话!他总觉得高建军看那个梁欢的眼神都不一般。

高建军一眼就看透了他的心思,半开玩笑说,"你别瞎想。干部和战士不许谈恋爱这是部队纪律,除非我这个新提拔的营长不想当了!……我可是梁欢的大恩人。"

"啥子大恩人?"

"我是见义勇为!"

高建军反问郭志民,"你现在还有心思管别人的闲事?我看你当务之急还是找老婆去吧!"

王延安回到宿舍肚子气得一鼓一鼓的,根本咽不下这口气,整整一天没说话,夜深人静时拨通了父亲杨志坚的电话。如此这般地跟爸爸说了郭指导员让他和妈妈划清界限,没想到父亲也赞成郭志民的意见。

王延安很激动,涨红着脸,第一次和父亲在电话里大声嚷嚷顶嘴:"爸爸,我想不通!我从小就崇拜你是个泰山压顶不弯腰的人,是个从枪林弹雨里冲锋陷阵的战斗英雄,可是现在你为了乌纱帽,居然让我和妈妈断绝母子关系。老爸,你可以离婚,但我和妈妈生死不离!"

杨志坚并没有因为儿子的冒犯而生气,语气和蔼地说:"不!儿子你想错了。过去爸爸打仗连死都不怕,今天也不会为了一顶乌纱帽去做软骨头。我不会和你妈离婚的,我了解你妈妈,也相信你妈妈是好人。"对于儿子的情况他已经从徐指挥长那儿知道了。这件事他反反复复想了许久,觉得不能放任儿子这样下去,于是语重心长地问,"儿子,什么叫爱国情怀,你想过没有?"

王延安一时无语,不知该如何回答父亲。

杨志坚接着说:"发射卫星是一个千载难逢的机会,你要珍惜!你想过没有，你妈妈家是南洋富有的华侨，她完全可以一辈子过着锦衣玉食的生活，而她在学生时代冒着生命危险归国抗日，到了延安。你想过没有，她为了什么？"

王延安答道："我妈是为了民族独立和解放全中国。"

"这就对了，理想和精神是你妈妈这辈子所追求的。所以她敢于赴汤蹈火。你妈妈是知识分子。因为她工作中看问题敏锐，写文章也锋利尖锐，刺痛了某些人。造反派诬陷她是潜伏特务，这是莫须有的罪名。我坚信终有一天党组织会为你妈平反的。共产党是不会冤枉一个好人的！"杨志坚说。

"那我们更不能在妈妈最困难的时候离开她。"

"延安，我的孩子，人生是短暂的，你想想，如果你不按你们郭指导员说的做，你这辈子就失去了发射火箭卫星的机会，你想做的事就落空了。机不可失，时不再来！没有一个强大的国防，就没有国家的尊严；没有民族的地位，也就没有人民的安宁。如果你的一生能与中国航天联系到一起，那将是我和你妈最大的心愿。我相信如果忠孝不能两全时，你妈一定深明大义，绝不耽误你的美好青春。"

"爸爸，你准备怎么办？"

"我和你妈妈从枪林弹雨里冲出来，我们不会被磨难击倒，你就别管了。儿子，生存需要有勇有谋，只要你记住心里有母亲就行了，你妈妈是永远爱你的。你要学会从逆境中成长，即使泰山崩于面前也无所畏惧。这次你一定要听爸爸的！不管你的家庭背景带来的是挫折还是机会，都不是你自己所能选择的，现在我只要你选择留在发射场报效祖国。"杨志坚说完就"啪"的一声把电话挂断了。

王延安面对挂断的电话，只能把还想讲的话咽回肚子里。他知道父亲杨志坚是说一不二的。现在摆在他面前的是两难选择。

周末的晚餐，食堂吃肉包子，王延安主动回避了想吃又不能先吃肉包子的窘境，趁着没事可做，穿着炊事员工作服走出了食堂，出神地遥望着远处的发射架，心里无限感慨：发射架啊发射架，我王延安如今是虎落平阳，不如猫。英雄无用武之地啊！

高建军是个有心人，他端着饭碗从食堂出来，碗里装了满满六个肉包子，顺手给了王延安一个，王延安也不客气，一口吞下半个，挑战似的问高建军："你现在是春风得意的发射营长，而我当上了火头军，你说咱俩的命运咋那么不同？"

高建军又给王延安一个肉包子，边吃边聊，咱们虽然都是大学生，要是论聪明我不如你，论身强力壮我也不如你。但达尔文曾说："能够生存下来的，并不是那些最强壮、最聪明的物种，而是那些以顺应换取生存希望的物种。"应变力也是战斗力，而且是重要的战斗力。适者生存就是这个道理。

这话有道理！王延安爱听也心服口服。他是个不服输的人，高建军的一番话让他在痛苦纠结中茅塞顿开，如沐春风，打开了心灵的窗户，他心里又重新燃烧起热情。

王延安这才知道这个不喜欢显山露水的高建军也是个大学生，而且他这一席话还真是够他琢磨一阵子的。想想真是那么回事，就说动物体内的机能吧，有利于生存的总会趋于强化，没用的机能总会趋于萎缩。这道理他懂，无可辩驳，只有乖乖地听从高营长的教导。王延安想，成功人士哪个是一帆风顺的？命运多舛造就了屈原，作品流传百世。他要把眼光放远点，不管干什么工作都要干出个样子来。

更让王延安没有想到的是，父亲杨志坚即将亲临发射场，为他揭开保守25年的身世之谜，他的命运又将迎来转变。

5

这次杨志坚视察发射场是有备而来，面对"文革"领导小组让他与妻子离婚划清界限的"指示"，他以赴大漠发射场落实周总理指示——发射卫星为由，先国家后小家，回京再说个人问题，安排了自己的"后事"。他要朝最好的方向努力，并且已经做好了最坏的准备。

家里发生什么事，王延安全然不知，父亲虽然疼爱他，但在工作上一直对他是保守机密，慎之又慎。

隆冬的傍晚，夕阳西下，寒风像小刀，割得脸生疼。王延安挑着饭桶去发射场送饭,他望着发射架,站在大标语前,念着周恩来总理对发射的指示:"严肃认真,周到细致,稳妥可靠,万无一失。"他觉得自己是有劲使不上啊!他扭头光看标语了,一不小心撞到了低着头急匆匆走路的向志远,饭汤洒了向志远一身,立刻滴水成冰。

向志远反倒对他说:"对不起!"然后,用手扶了扶眼镜,仔细看着他问:"你不是王延安吗?"彼此都很吃惊在这里相遇。王延安不好意思地说:"应该我说对不起。明明是我撞了你,弄了你一身菜汤,走,跟我换衣服去。"王延安把向志远拉到自己宿舍里,拿出自己的新军装给他换上。

向志远穿上没有领章帽徽的新军装。王延安看着他笑了,咋像个新兵蛋子呀?

向志远一直后悔把卫星镶嵌毛主席像章的事告诉王延安,让他遭受了磨难。今天正好遇见,把这件事的结果告诉他,也了了他一桩心事。

向志远在三个月前的卫星工作汇报会上向周总理报告,卫星上有件仪器的额定设计重量是三公斤,但往卫星的仪器上安装了一个个大像章,仪器就变成了三公斤半,这超重的半公斤是毛主席像章。从政治感情上说,是对毛主席的热爱,但是从技术角度讲,一是增加了卫星的重量;二是这些金属像章会导致卫星仪器在运行中发热,卫星重量分配不均,使卫星在空中运行的姿态受到影响。我们现阶段还解决不了这个技术难题。

周总理说,我们大家都是搞科学的,搞科学首先应当尊重科学,应该从科学的角度出发做好工作。大家对毛主席热爱是对的,你们看看人民大会堂这个严肃的地方,也不是什么地方都挂满了毛主席像和毛主席语录。政治挂帅是要把工作做好,搞卫星一定要讲科学,要有科学态度。周总理一锤定音。有了尚方宝剑,难题迎刃而解了。

王延安这才明白,要不是周总理的指示,他没准儿还黑不溜秋在禁闭室里关着呢。

向志远坦诚地告诉他:"我这人先天不足,出身不好,当年差点被清理出科研队伍,那样我就没机会研制火箭卫星了。后来还是杨志坚将军为我们这些出身不好的科技干部说了几句公道话,才给我们一个干航天的平台。"

王延安想起来了，他上哈军工时，有些老教授就告诉过他，1958年"反右"运动，他们因为出身不好心有余悸，还有几个国民党部队投诚的军事教官更是觉得"泥菩萨过河"自身难保，不敢严格要求学员军事训练了。父亲对学院领导和这些教授、教官说："你们要放下'包袱'，把自己的真才实学传授给学生们。当年美国搞原子弹时，许多科学家都不是美国人，还有些科学家是从德国和匈牙利等国请来的，他们甚至在希特勒直接指挥下工作过。事实证明，他们为美国的军事科技也做出了重大贡献。你们都是中国人，我相信你们都是热爱祖国的。"

王延安知道父亲根红苗正，但他从不唯成分论，一向唯才是举，英雄不问出处。远的不说，父亲的老祖宗是世代为农、目不识丁的泥腿子，可他坚定不移地娶了出身于实业救国的民族资产阶级的富家小姐白雪洁，父亲说这才是农村包围城市，贫富结合，共同革命的美好姻缘。

王延安不敢反驳父亲，心里说，还不是我妈有文化，长得漂亮。要是一个目不识丁的丑八怪，我也不会有这门不当、户不对的父母爱情了。

向志远一直对杨志坚给他这个发挥才能的舞台心怀感激之情。所以他特别关注杨志坚的到来，他确信这个好领导能为科技干部排忧解难。想到这儿，他脸上立刻有了几分笑容，说："杨志坚首长要到发射场来，你知道吗？"

向志远本以为王延安会喜形于色，然而他的表情如一潭静水，根本不像离家多时的儿子要见到父亲那样惊喜，只是平平淡淡地回答："我知道了。"

向志远很羡慕王延安有个好老爸，有福气！将门出虎子。可王延安却觉得自己如今是空怀报国之志，虎落平阳，不如猫。他在哈军工学的是导弹控制专业，是奔着发射火箭卫星到这儿来的。如今却当了火头军。

向志远给王延安支招儿，你不是有一个好老爸吗？让你爸替你说句话嘛！这走后门搞发射，不丢人！

王延安认为，老爷子是正宗的老革命，他有难处，不能再给他添乱了。王延安从小就知道：不要打着老爸的旗号办事，不许仗势欺人。

可向志远早已经想过了，要抓住这个机会办大事……他这是被逼无奈，站到墙角没有退路了。上天助他一臂之力，自然不能放过。

这时，他们都收拾好了，向志远还特意从抽屉里拿出镜子照了照自己穿军装是啥模样，又拿出一个文件夹，才走出门去。王延安挑着饭挑子，和向志远边说话边走向发射场坪。

向志远看着王延安若有所思，憧憬着说："自从加加林飞上太空，我就在想，中国人什么时候能上天？如果我能去实现这个愿望就好了。"

王延安知道他是个不可救药的理想主义者！可干航天，既要脚踏实地，又要志存高远。光脚踏实地，当不了科学家，只能站在仓库当保管员。航天专家没有雄心壮志飞不上天！所以他们是有幸遇知音，英雄所见略同！王延安马上表示赞同，他自己何尝不这样想。

向志远又神秘地说："我收听英语广播：美国1969年首次实现人类登月计划，阿波罗11号飞船飞向月球，阿姆斯特朗于7月20日从名叫'鹰'的登月舱上下来，踏上了月球，成为第一个登上月球的人。咱中国人不少胳膊少腿，也要让中国第一颗卫星开门红！"从地球到月球大约有38万公里，从这遥远的星球距离，他看到了中国科技的差距，可在当时他是不能乱说话的，他们的任务是奋起直追。向志远猛然觉出自己泄露了"天机"，连忙解释道："我在跟广播学英语，现在还要学法语和德语，收音机就是我的老师。你可别把这件事告诉别人。"

"你别此地无银三百两就行，我知道也不会说。"其实王延安也在跟着收音机学英语呢。

向志远还特意把自己连爱情都放到国家航天事业的尺度上来考虑，为了忠于毛主席，能搞航天，他坚决服从组织决定，和未婚妻分手的事统统告诉了王延安。

没想到王延安不屑地耸了耸鼻子："这和爱情有啥关系？别唱革命高调，我不信！"

向志远从衣兜里拿出一张照片给王延安看，这是他的前未婚妻林依然。她的舅舅是国民党的将领，打过台儿庄战役。政审时说林依然与国民党沾亲带故。因为她家庭出身不好，上级领导说，他和林依然结婚，不符合保密规定，就要把他调离航天工作岗位。

王延安接过照片连连说："你的前女友真漂亮！要是我，决不放弃！再说了，她的舅舅是国民党将领，她又不是，而且台儿庄战役都是抗日时期的事了。"

"她的舅舅和母亲后来都去了海外。海外关系也是干我们这一行的大忌。"向志远说这话时，心里还暗自为他们一家人正好逃过"文革"的冲击而庆幸。当然，向志远并不是什么话都会说出来的人。有一点他就从来不对人说，就在他们准备结婚时，一位领导找他谈话，出了一道两难的选择题：让向志远在婚姻和航天之间二选一。因为林依然家庭历史不清楚，她的父亲在临近解放时突然失踪了，成为一个谜。"文革"时，家庭历史不清楚煎熬着林依然，考验着向志远。因为向志远不愿意和林依然分手，他的预备党员资格被取消了。

支部书记拿着林依然的外调材料和向志远家庭的外调材料说："像你这种家庭出身的人，自己没法选择父母，但可以选择老婆。必须在思想上进行脱胎换骨的改造，才能把你留在航天队伍里。我也是为你好，别可惜了你这块搞科研的材料！"

那天，林依然哭了，为了不影响向志远的前途，林依然决定去海外留学并发展事业。向志远不想出国，他热爱中国刚刚起步的航天事业，自己还有一个老母亲坚决不同意他远行，他是一个大孝子要听老妈的话。

林依然想明白了，她走，她不想影响向志远一辈子的进步。就这样他们被迫分开了。

从此这事就埋藏在向志远的心里了，对谁也不说。他把自己的真实情感像包粽子一样包得紧紧的，不让任何人知道。

向志远自然也不会对王延安说那些事。王延安也没刨根问底，他在看林依然的照片时，总觉得这照片上的姑娘有点像自己的妈妈白雪洁年轻时的样子。她们都有大家闺秀的优雅气质，眼睛里都深藏着一种难以道明的忧郁。

王延安想起，爸爸曾拿着妈妈年轻时的照片一脸骄傲地告诉他，你妈年轻时美若天仙，那可是战地一枝花。我们的家庭出身是门不当、户不对，所以我当年追得很辛苦，跟着她学文化，熟读了所有兵法，三十六计就差最后一计没有用了，结果是牵得美人归。谈恋爱就像打仗，要运用军事战术。以后你小子也得给咱家领回一个像样的媳妇来。

王延安看着林依然的照片，忍不住说："天妒红颜！老哥把这么漂亮的一个媳妇弄丢了，可惜呀！"

向志远是被逼无奈，组织上找他谈话，林依然与国民党沾亲带故，政审不合格。他又是剥削阶级家庭出身，从苏联留学归国。自己不能执迷不悟，因为是人民勒紧裤腰带供他出国留学的，不能辜负祖国的培养。他觉得历史就像开了一个大玩笑，变得不可思议。

20世纪50年代末至60年代初，向志远有一段光荣而难忘的留学苏联的经历，那时他作为清华大学航空系选送苏联留学的10名学生之一，被送往苏联学习。那个时代多少同学都用羡慕的眼光看着他。这段经历不但给他留下了光彩的一页，也为他日后从事航天事业奠定了坚实的基础。

向志远先是在莫斯科大学飞行器设计系飞机设计专业学习。

1957年10月，聂荣臻元帅和陈赓大将率中国代表团到苏联谈判。陈赓召见了中国留学生代表，向志远当时正在莫大上大学，作为学生代表的他亲耳听到陈赓大将说，"根据中苏两国政府间的协议，苏联同意接收我国学导弹和原子能专业的留学生，你们中的一部分留学生，改成学导弹设计"。果然，很快中国大使馆通知向志远等8位同学，改学火箭导弹设计专业。当时他很兴奋，因为听苏联同学说："火箭导弹厉害啊，一下子可以打到世界任何一个角落，说打到哪儿就打到哪儿。"

向志远是一个喜欢把什么都弄明白再去做的人。那时火箭和导弹还都是新鲜事物。1942年10月22日，在纳粹德国秘密的空军基地——佩讷明德，一枚火箭从火箭之父冯·布劳恩的身旁飞到了83公里的高空。1944年9月17日，在世界历史上的第一次导弹袭击中，数十枚V-2火箭落到了伦敦，火箭开始应用于战争。

然而，火箭的老祖宗在中国。北宋末年，中国发明了火箭，元朝时传入西方。明朝的万户是试图利用火箭作为载人运载工具的第一人。他将47支火箭绑在一把椅子上，自己坐在上面，手持两只大风筝，火箭点燃后，他消失在一片火红的烟雾中。中国人不仅是火箭的发明者，而且是首先希望利用固体燃料火箭将人载到空中去的幻想者。向志远想明白了，要飞天就必须挣脱地球的引力，而航天使用的运载工具就是火箭。

向志远至今都记忆犹新，1957年11月17日，毛泽东主席来到莫斯科大学礼堂接见留学生，向志远当时坐在第8排第1号座位上，第一次这么近距离地听毛主席讲话,毛主席第一句话就说:"世界是你们的",大家一听都愣住了,毛主席紧接着讲:"也是我们的,但归根结底还是你们的,你们青年人朝气蓬勃,好像早晨八九点钟的太阳,正在兴旺时期,希望寄托在你们身上……"听到这儿,大家都欢呼起来,向志远兴奋极了,这是伟大领袖毛主席沉甸甸的重托。

也许人生就是一种缘分。在留苏学习期间,向志远认识了女同学林依然,同学的友情逐步发展成爱情,他们都到了谈婚论嫁的年龄,这对倾心相许的恋人相约回到祖国就结婚。

1960年暑假,离向志远毕业还有一年,由于中苏关系急剧恶化,赫鲁晓夫撕毁中苏协议,撤走了在中国援建的苏联专家。中国也召回了全部留苏学生。

向志远被分到了国防部五院。进院的第一天,领导找他们谈话,传达了1958年伟大领袖毛主席发出的"我们也要搞人造卫星"的指示。这两个充满了革命激情和科学梦想的年轻人,想到1957年苏联的人造卫星已经飞上了太空,那么中国的人造卫星也就为时不远了。于是,他们商量好了推迟婚期,把中国卫星送上太空后再结婚。然而,这美好的愿望实现起来谈何容易!

不久,向志远突然接到通知,让他回苏联继续学习。当时,国家从战略上考虑,决定让国防专业的重要科系各派一个人回去完成学业。莫斯科航空学院主要的五个系,一个系回去一个人,火箭导弹设计专业指定向志远回去。

向志远重返莫斯科,一种肩负重任的使命感油然而生。让他感到幸运的是,在这里遇到了一位令他受益终身的老师——科罗斯基,他是著名的火箭总设计师。当科罗斯基得知有一位品学兼优的中国留学生要来学习时,他主动向校方提出请求:要亲自带中国学生向志远,亲自指导他作毕业设计。

科罗斯基教授第一次见向志远就直截了当地说:"现在中苏两党的关系,两国政府的关系,那是政治家的事情,我们是搞科学技术的,我们是师生关系,你不要有顾虑,有啥问题就问,我会毫无保留地告诉你。"

科罗斯基曾经参与了苏联第一枚洲际导弹和人造地球卫星的研制,他在火箭领域已很有成就。他认为向志远是一个既聪明又刻苦的学生，具有成就一番事业的潜质和天赋，将来一定能在航天领域大有作为。

在科罗斯基的指导下，向志远的毕业设计选择了《洲际火箭的设计》这一课题，使他受益匪浅，顺利通过答辩，并获得优秀毕业生和工程师称号。

就在向志远准备回国之际，科罗斯基特意前来挽留他，希望向志远继续做他的研究生，然而，向志远谢绝了科罗斯基教授的好意，他坚持要回国去。

"你是学校破格允许读火箭导弹专业研究生的第一位外籍学生！应该珍惜这个机会。"科罗斯基教授还和他开玩笑说："向志远，你执意要回国，是不是想你年轻漂亮的未婚妻了？"

向志远点点头，接着又摇摇头。

"你看我这当老师的一辈子没结婚，可不能让我的学生也一辈子独身，不人道啊。你还是回国结婚吧。"科罗斯基教授的话把向志远逗笑了。

"教授，我知道，您对我这个中国学生的感情是真诚的，我十分珍视您的这份感情，并将永远铭记在心。但是我不能不告诉您，我的祖国急需这个专业的技术人员，所以我必须马上回去，报效祖国。"向志远语气诚恳。

科罗斯基看着自己的学生，他理解向志远急于回国的想法，他知道，无论是谁，一个人的命运，始终和他的祖国与民族的命运联系在一起，谁也不能例外。科罗斯基把自己的照片送给了向志远，表情凝重地说："中苏两国的政见不合，但我们师生却同干航天事业，老师年龄大了，不知有生之年我们是否还能再见面？"

向志远站起身，郑重地说："教授再见，谢谢您了！"他向老师鞠躬致谢。

向志远知道祖国在召唤他，未婚妻林依然也在等待他。他归心似箭立即收拾行装。就在这时候，几个男人闯进他的宿舍，扣留了他所有的书籍和笔记本，告诉他，按校方的保密规定，他在校的学习笔记和毕业论文等资料统统不能带回中国，只能带回他的衣服等私人用品。

因为怕时间长，忘了那些公式和参数，他回国的第一件事就是把自己关在屋里,凭着记忆把所学的知识整理成笔记。林依然来找他,帮他整理笔记,两个年轻人相约等中国的卫星上天就举行婚礼。他们坚信昨天的梦想,是今天的希望,还要成为明天的现实。向志远不知怎的想起这些陈年往事,又想起时过境迁这个词,当时他去苏联留学,同学们都羡慕他,可现在他确实不知道自己还能否以那段留学苏联的历史为荣了。"文革"开始后,他就面临着火箭卫星事业和爱情二者不能兼得……这难言之隐成为他终生的遗憾和歉疚。他觉得自己这辈子都对不起林依然。假如当年为了爱情当机立断结婚生子,现在不仅家庭幸福,孩子都上小学了。为此他肠子都悔青了。

"可是世界上没有假如,没有如果,只有结果。"王延安看着向志远说,"你真是个老实人!你对组织和航天事业如此忠诚,势必会做出那样的选择。尽管我不能全部理解。可我知道古有诸葛亮以天下为己任,今有向志远舍妻为国搞航天。"说着就顽皮地伸出了小拇指和向志远像孩子一样拉钩承诺:"你放心吧,我学过保密条例,保守机密,慎之又慎。我绝不泄密。可是我给你一句忠告:找个志同道合的老婆可是一辈子的事。"

"你说人生能有几回搏?人类飞天起源于中国神话,现在倒让老外先行一步!"向志远说着拿出文件袋翻着什么。

王延安吃惊地看着他,不知他要干啥。

向志远终于找到了他的"尚方宝剑",当初因为有首长批示,他才没被清理出阶级队伍,留在了干航天的工作岗位上。

王延安接过纸条一看,那上面是父亲杨志坚的笔迹,上面抄录了1965年周恩来总理的一段话:"……出身于剥削阶级家庭和有复杂社会关系的人,都要看他现在的表现和立场。一个人出身不能选择,但前途是可以选择的。"向志远留学回国后,苏联专家已经全部撤回国,他及时提出了"发射坐标系"的数学模型,大大优于基地过去使用的苏联专家的数学模型,提高了导弹发射测量的精准度。在此基础上,他又对第一颗卫星的光学测量和无线电测量提出了总体方案。对于这项工作的顺利进行,向志远起到了至关重要的作用,同时也证明向志远在工作中没有受苏修的影响。

王延安看完父亲的字条,感叹道:"看来想当英雄,干出点名堂来,还真是要有贵人相助，给英雄用武之地啊。天上星光灿烂，现在还没有一颗中国卫星，我们干这行的，决不能让中国缺席！"而此刻向志远盼着老首长快来发射场，在关键时刻助他一臂之力……两人一商量直奔发射场而去。

此时，发射场坪上有一辆小汽车远远地停在了路边，上面下来了几个人。秘书正担心首长今天穿工作服微服私访到发射场来，被门口的警卫拦住怎么办？

王延安挑着饭挑子正和向志远说："这年头，想干的事干不成，不想干的事干不完……"他的话音突然停住，眼睛一亮，放下饭挑子，快步跑向杨志坚，一个标准的立正敬礼，声音洪亮："报告首长，炊事员王延安前来送饭，请指示！"

杨志坚压低嗓门："走！捣什么乱！你躲远点！"随行的人看看这个年轻的军官，不明白首长为什么对他那么严厉，愣在那儿，一时不知说什么好。

秘书对王延安使了一个眼色，息事宁人说："首长让你躲远点，你还不快走！"可这王延安就是不走。

有人挥手招呼警卫战士跑步过来。

这时，徐指挥长急匆匆走过来，挥手让警卫战士走，没他们的事。他立正给杨志坚敬了个军礼，周围的人一看徐指挥长都给这位首长敬礼，赶快立正。

杨志坚指着王延安的背影说："他是我儿子王延安。他不想去炊事班做饭，想搞发射。我们现在是千人一枚箭、万众一颗星的大兵团作战，我想让他先学习脚踏实地，一步一个脚印从基层干起。他对我有意见，你们没看那小子是故意的吗？"

徐指挥长说："这事好办，我们马上给他换工作，他本来就是学技术的大学生。"

"好马是训出来的，好兵是锻炼出来的。"杨志坚提高了嗓门，"王延安是我儿子，他就应该活出自己的样子来，不能躺在老子的功劳簿上滋长优越感。我知道他有一技之长，也有报国之志。但是，他个性极强，我不能让他用不起、管不住。就在炊事班锻炼吧，为发射官兵做饭，先去尝尝人生的酸甜苦辣！想走捷径，没门！"

"按老首长说的办，王延安锻炼几个月，就调他到司令部机关工作，机关正需要导弹工程系毕业的大学生呢。"徐指挥长说。

"我们这些人都是从大头兵干起，当初毛主席还让我们这些领导干部下连当兵呢。"杨志坚把目光转向了儿子，他就是想让儿子尝尝当兵的滋味，和战士勺碰勺吃饭，铺挨铺睡觉，肩并肩训练，以后才能对战士有感情，才能打硬仗。这时他看到了向志远，招了招手让他过来。

向志远赶快跑步上前，神情紧张，前额冒汗，他极力保持镇定，手里拿着卫星总体修改方案，站在了杨志坚面前，气喘吁吁半天说不出话来。

徐指挥长半开玩笑道："你们看，半路又杀出个程咬金！刚才是个武士，现在来个书生。"

杨志坚热情地伸出手和向志远握手，平易近人地说："小向，你好啊！我们年轻的火箭卫星专家，有事吗？"

"报告首长，这个文件是'东方红'卫星的总体设计修改方案。"向志远把文件夹递到杨志坚手里。

杨志坚笑了："技术方案为什么给我呢？我不懂火箭卫星，也不管具体的技术工作，再说技术上我是个外行呀。"话是这样说，他心里明白，"文革"给人造卫星的研制带来许多不应有的困扰和麻烦，一个耗资巨大的国家工程，一个将对世界产生巨大影响的国家航天计划，干到一半，领导人受到政治运动的冲击，当权派变成了走资派，科学家受到批斗，人人自危，按正规渠道找不到拍板负责的人了，可这些话不能说只能想。

这次，向志远是壮着胆子来找杨志坚表态，实属无奈，他领着设计人员加班加点、夜以继日把技术方案做出来了，却找不到能拍板负责的领导签发文件，他情急之中就找到了杨志坚，恳求老领导做主。向志远涨红着脸说："首长，我这也是迫不得已，你懂也得管，不懂也得管。目前发射卫星迫在眉睫，只要首长拍个板，定下来，这项任务就可以大胆往前走了。"

杨志坚知道事关重大，不能拖延，总得有人站出来承担责任。所以他专门紧急召开一次会议，听取专家们的汇报。然后特事特办，技术上由专家负责，其他问题由他来拍板承担责任。发射任务才得以紧张有序地顺利进行下去。杨志坚还特意在会上表扬了向志远作为一个科技干部，敢于大胆谏言，承担责任，不怕担风险。

说起杨志坚认识向志远，那还得从听著名科学家钱学森给他讲的一个故事说起。那是1964年夏季，大漠发射场执行发射中国自行设计的中近程火箭任务。试验发射时，火箭射程不够。专家们都在考虑，怎样再给火箭肚子里多添加点推进剂，可无奈火箭的燃料贮箱有限，再也喂不进去了。正当大家绞尽脑汁想办法时，一个瘦高的年轻人站起来说："火箭发射时推进剂温度高，密度就要变小，发动机的节流特性也要随之变化。我经过计算，要是从火箭箭体内泄出600公斤燃料，这枚火箭就会命中目标。"在场的专家们几乎不敢相信自己的耳朵，有人不客气地说："向志远，本来火箭射程就不够，你还要往外泄？"于是再也没有人理睬他的建议了。向志远并不甘心，他的倔强劲儿上来了，鼓起勇气去找坐镇大漠发射场的技术总指挥钱学森。当时，钱学森还不太熟悉这个年轻人，可听完了向志远的意见，钱学森眼睛一亮，高兴地喊道："马上把火箭的总设计师请来。"钱学森指着向志远对火箭总设计师说："这个年轻人的意见对，就按他的办！"果然，火箭泄出一些推进剂后射程变远了，连打三发火箭，发发命中目标。从此，向志远和钱学森也就有了名师高徒的缘分。

很快杨志坚又召开了人造卫星研制部门的汇报会议，详细听取了汇报，杨志坚毅然拍板，并上报聂帅和周总理，使人造卫星工程不能脱离国情。聂帅说，第一颗人造卫星不必搞更多的科学探测，只要放上去，送入轨道，跟得上，听得着，看得见，就行。第一颗卫星成功后，再搞通信、侦察、气象等卫星。

杨志坚对大家说："当年我们用小米加步枪，打败了国民党的飞机大炮，今天仰望星空，星光灿烂，还没有一颗中国的卫星，我们干航天的，如果不把中国的卫星送上天，我们就愧对中华民族。"他的话激发了所有到会人员的共鸣和斗志。

陆莎也参加了这次会议，目光牢牢地注视着杨志坚，她早已打听清楚这就是王延安的父亲，大树底下好乘凉，她琢磨着找个什么借口去拜见老首长，以改善她和王延安的关系。

散了会，陆莎拿上发射场的天气预报就直奔高建军的办公室。高建军正在看文件,陆莎送上那张天气预报,站在那儿若有所思还不走。

高建军问:"陆莎,你还有什么事?"

"高营长,你说那个总部机关来的首长真是王延安的父亲吗?"

高建军疑惑地抬起头:"是呀。你有什么问题吗?"

陆莎说:"我没事了。"

她转身走出门去,心里还在琢磨,按照遗传学规律,有直系血缘关系的父子,长得总该有一点相似的地方吧?真是奇了怪了!再琢磨琢磨,去见首长总要找一个合适的话题吧。

6

让王延安万万没有想到的是,父亲杨志坚亲临发射场还有一件重要的事要办,那就是将为他揭开身世之谜。而且,父亲希望儿子从此能转变命运,所以郑重其事地召开了一个特殊的会议……

那天王延安一进会议室的大门就发现气氛不同寻常,房间里的沙发上坐满了发射场的首长,军装整齐,表情严肃,目光深沉地看着他。这使他浑身感到很不自在,尤其令他不安的是,父亲居然采用这种兴师动众的方式来教育他。

天不怕地不怕的王延安被眼前庄重肃穆的气氛给震慑住了,他站在门口迟疑了,不知自己应该坐在哪个位置好。还是父亲招了招手,让他坐在身边的空位上。他刚刚坐下,徐指挥长就宣布开会了。下面一段话令他十分震惊:"王延安同志,今天我们把你找来开这个会,是要郑重地向你说明你的身世,以表示部队组织对你的负责。"

接下来父亲的话更让他不解:"王延安,你之所以姓王,没有跟我姓杨,不仅仅因为你的养母姓王,而更重要的是因为你的亲生父亲姓王,他是为国捐躯的革命烈士。"

"爸,你说什么呢?"王延安简直不敢相信自己的耳朵,他吃惊地瞪大了眼睛看着父亲问,"过去你为什么不告诉我,我的亲生父母是谁?"他更想不明白,父母对他特别宠爱,为什么现在要当众宣布他是烈士的儿子?那么谁是他的亲生父母呢?王延安紧张地张大了嘴,竖起了耳朵倾听着事实。

杨志坚终于揭开了这个埋藏在心中三十多年的秘密。

——王延安的父亲名叫王国华,他出身于名门望族,受过良好的教育,机智勇敢,风度翩翩,仪表不俗,读大学时参加学生运动,成为我党的秘密党员,毕业后又成为中共打入国民党高层的"卧底"。他用国民党的公开身份与在南京金陵大学读书的女大学生白雪清相识相恋,她是一个华侨巨富家庭的千金小姐,白家有三姊妹,大姐白雪洁,二姐白雪滢,最小的三妹就是白雪清。白雪清浪漫、温柔,具有诗人气质,对英俊潇洒的国民党军官王国华一见钟情,很快成为他的女朋友。

王国华为慎重起见,便问未婚妻:"你要和我走到一起,这辈子就要承担很大的风险,你愿意吗?"当时那个只有20岁的女大学生白雪清毫不犹豫地说:"我愿意!"

王国华当时很奇怪,一个年轻美丽的女学生难道就把爱情看得比生命更重要吗?何况她是花容月貌的校花,她的家庭是那么富有,享不尽的荣华富贵,向她求爱者比比皆是。

"我是中国人,我忘不了日本鬼子在南京大屠杀,我要报仇雪恨!"白雪清纯真的眼睛里透着坚定的目光,寥寥数语揭示出她的内心,她已经猜到了意中人的身份。

王国华坦诚相告:"我的生命总是处在危险之中,不管发生什么事,你永远要保守秘密。"白雪清答应他永不泄密。但是他要按白家的家规:明媒正娶,举行婚礼。就这样,他们在上海举行了隆重的婚礼。

抗战胜利前的1945年他们生了一个儿子。当时我们的儿子在炮火中不幸夭折,王延安的亲生母亲白雪清也就是我的妻妹,便把刚出生的儿子托人送回娘家抚养。后来他们的父亲白老先生病重,这个小男孩被秘密转到了延安让我们抚养。因为他的父母身边充满了凶险,危险不仅在于被敌人识破真相,还在于他们有可能被自己人干掉,因为隐蔽战线通常是单线纵向联络,即使在高层,知道他们真实身份的人也寥寥无几。越是看到胜利的曙光,敌我斗争越尖锐复杂。为了他们的儿子能活下去,长大成人,我们愿意永远保守这个小男孩身世的秘密。

因为这个小男孩的父母一直工作在隐蔽战线。王国华是国民党的少壮派,担任国防部的上校专员,经常给中共中央传递国民党高层的秘密情报。他为人谨慎,与世无争,想方设法取得上司的信任,别人不愿干的活,他都干,购买办公用品,还给大家购买办公桌和书柜,趁此机会也就给那些买进来的桌子和柜子多配了一把钥匙,当然这是无人知道的绝密行动。由于他经常晚上在办公室加班或者看书,也就经常有机会用那把特配的钥匙,打开别人的抽屉和文件柜,获得过不少重要情报。有一次他在军统特务头子的文件柜里,发现了一份蒋介石下达的"绝密通知",便把这份文件内容及时通知了中共情报系统。为了其他同志能安全撤退,他没有走。后来北平中共情报网被军统破获,叛徒告密,王国华夫妇不幸以身殉国。他们牺牲得很壮烈,被军统特务五花大绑装进棺材里活埋了。

　　说到这儿,杨志坚的眼睛里泪光闪闪,他很动情地举起《革命烈士证明书》,虽然王国华和白雪清牺牲后找不到他们的坟墓,但是祖国不会忘记他们。这是党组织给王延安的父亲王国华、母亲白雪清同志补办的《革命烈士证明书》,是王延安父母亲的身份证明,虽然他们的名字无人知晓,但他们传出的情报为解放全中国立下了不朽的功勋。当然,这也是王延安出身于革命烈士家庭的证明。这就是不能被时间淹没的真相!

　　大家在传看《革命烈士证明书》,徐指挥长说话了:"同志们,王延安是革命烈士的儿子,我们大家都有责任培养他进步成长。"

　　杨志坚很激动地说:"过去我常教育王延安,父辈的功劳是父辈的,你自己的人生应该由你自己打造,做最好的自己,你就必须靠自己的能力吃饭。今天,我希望在座的各位都来关心和帮助这个烈士的遗孤,他是一个普通的军队基层干部,他有权利在国防科技的大舞台上追求自己的进步发展,使专业技术有用武之地,我拜托大家了!"说完他站起来,给大家敬了一个军礼,随后走出门去。他觉得既然问题说清楚了,会议到此结束。

　　王延安这才明白,为什么从小到大左邻右舍都说他长得像妈妈,不像爸爸。爸爸在他心目中就是一座高山,可敬可畏,虽然爸爸把他当宝贝,但从不溺爱。甚至于从小学到高中,王延安履历表那一栏都没填写过父亲的名字。父亲说,家长那一栏,你不要填我,还是写上你养母王秀兰的名字好，王娘是你应该用一生去敬重和感恩的人。

王延安虽然按父亲说的做了，但心里老大不高兴，本来让他在同学中可以感到骄傲的父亲，却不给他骄傲的机会，甚至要隐姓埋名。而他的妈妈白雪洁有知识、有文化、有气质、有风度，也是很令他自豪的，父亲偏偏让他写上养母的名字，那是一个农村大娘。而自己的妈妈也好像变成了后妈，这让他心里更加不平。他问父亲，别人只有一个母亲，可是我不仅有一个妈妈，还有一个娘。父亲笑称，你这辈子能得到更多的母爱。这样可以像普通老百姓的孩子一样过上幸福的生活。

王延安对父亲的话是半信半疑，父亲不可能对他说假话，可妈妈绝不可能是后妈。妈妈对他的母爱不是一般的母亲能做到的，只要他在妈妈身边，妈妈就会为他记下《娃娃成长日记》，别看是详细的流水账，从他小时候在延安调皮捣蛋打架开始，到小学他的体育得了第一，中学数学考了全年级第二，直到他高考总分全北京第三，上了哈军工，妈妈的日记才被迫中断，因为他去了哈尔滨，妈妈在北京远隔千山万水看不到他了。即便如此，寒暑假他回家探亲干了些啥，照样有据可查。他的成长日记中如果有空白的年月日，那就是他被寄养在老百姓家或者是住校读书去了。爸爸妈妈转战南北，也没舍得丢掉这些发黄的陈年日记本。可是他一直不以为然，觉得那是妈妈记的流水账。在匆匆忙忙的岁月里，他甚至没想过要好好读一读，下次探家时他一定要带回部队来仔细阅读。

对于父亲的记忆他一直是模糊的，父亲杨志坚在他的记忆里是一个字"忙"，再加上两个字"厉害"，甚至逢年过节都难得和家人一起吃顿团圆饭。父亲这样身肩重任的男人，对家庭看得似乎并不重，他只有工作，没有节假日，也没有娱乐活动，只有永远也干不完的工作。所以他对父亲一直是敬而远之。

一件偶然遇上的事情，让他对父亲的抱怨全都烟消云散了。那是1965年李宗仁回国，这位身着便服的原国民党代总统专程来到他家，面对迎出来的杨志坚，李宗仁当时一个标准的军人姿态立正，随后，弯下腰来给父亲深深地鞠了一躬。王延安知道，共产党将军杨志坚和国民党将领李宗仁过去打了一辈子的仗，当然父亲也曾经做过统战工作，国共联合抗日，在多次战役中，父亲指挥共产党部队和李宗仁国民党部队打败日军。

后来国共交战，他们成为各方的指挥员率领部队血战疆场。今天，几十年过去了，昔日的老对手再次见面，让他们感触颇多……

那一夜，王延安怎么也睡不着，已经是深夜 12 点多了，他起床穿上衣服来到招待所，敲响了父亲的门。杨志坚正在看文件，见儿子来了就招呼他坐在沙发上。

"爸爸，你今天真的没必要当众揭开我的身世之谜。"王延安直言不讳道，"你是怕我妈妈的事连累我吗？我不怕！"

杨志坚和蔼地说："儿子，你永远是我的亲儿子，甚至比亲儿子还亲。我之所以这样做是从你的前途考虑，人生有很多选择，可是你总也选择不上你热爱的工作，你会很痛苦。这样做是一种生存智慧，为了你以后有更多更好的选择。"

"什么选择？"王延安还没想明白。

杨志坚没有直接回答儿子的问话，停顿片刻，缓慢而沉重地讲了一段往事。黄克诚大将现在正受到造反派的冲击，但他却是爸爸的救命恩人，曾经帮爸爸躲过了被"误杀"的厄运。

王延安更加觉得迷茫，历史怎么是这样不可思议。他从来没有听爸爸给他讲过这么多，他一时还无法消化这些道理，还没有想透这些复杂问题。但有一点他懂了，父亲的一切安排都是为他好，揭开他的身世之谜是深谋远虑，给他铺路，为了帮他实现中国航天梦想！

第五章

1

周末,发射连指导员郭志民正在焦虑不安。他老婆李翠华虽然是文盲,却能干果断,不像城里的女人那样娇贵,她只想让儿子生在部队——这就是当妈的光荣。李翠华拿着丈夫的信坐上火车理直气壮去部队生儿子,生孩子可是女人一生中的大事。路途遥遥,郭志民真是担心呀!

与此同时,开往西北大漠的火车疾驰,车窗玻璃上映出李翠华蜡黄的脸,一双执着的眼睛望着冬日的荒野,火车越走窗外越荒凉,挺起的大肚子让她越发感觉无比沉重。

年代的动荡,在火车上表现得最为充分,人满为患,硬座车厢严重超员,连过道上都挤满了人。坐在旁边的妇女同情地问:"大嫂,你快生了,还一个人出门?"

李翠华爽朗地拍拍隆起的大肚子,笑着说:"还有我儿子,第一次出远门得有个伴。我到兰州找孩子他爹去。他爹是解放军,叫郭志民,部队就在兰州市。"李翠华觉得当军嫂脸上特有光,她嫁给了郭志民也就嫁给了部队,所以她打开了话匣子自我介绍起来。

"大嫂,兰州市大着呢!孩子他爸应该来接你啊!这要坐好几天火车,路途远着呢!"

李翠华爽快地说:"孩儿他爹忙,不能影响他工作,没告诉他我要到部队来生孩子。我要给孩子爸爸一个意外的惊喜。"其实,李翠华一肚子的苦水，但她想到郭志民要是看到自己的孩子一定会高兴的，她又转忧为喜，和那位同行的妇女聊了一路，直到超载的火车终于气喘吁吁地停在了兰州火车站台上。她觉得自己还有很多怎么照顾小孩的问题没来得及请教呢，就要下火车了。

然而，意想不到的事却发生了。李翠华第一次出远门，提着大包小包下了火车，跟着人群走出了兰州火车站，走到兰州市街道上，却不知道自己该走向何方了。

李翠华拿着信封，边走边问兰州市 7 信箱在什么地方？街上行人都摇摇头答，不知道。李翠华不甘心地又问：7 信箱是部队单位，兰州市的部队在哪儿呢？街上行人建议她，既然是找信箱，就到前面邮局问问吧。部队大院有站岗的，不能随便进。

李翠华边走边问，最后走进了一家小邮局，邮局里静悄悄的没有人，女营业员问她是发电报，还是打电话？她气喘吁吁地坐在长条靠背椅上，艰难地用四川话说："我找 7 信箱。"

营业员没听懂，问："你找什么？"

"同志，我丈夫在兰州市 7 信箱部队，我来找他生娃。"

女营业员端来一杯开水给李翠华，耐心给她解释，这 7 信箱不在兰州市里，只要通信地址写信箱的那肯定是保密单位，我这个兰州人都不知道在哪儿，你就不要在兰州市里找了。

李翠华不信，固执地说："俺男人是解放军，他不会骗人，你看他的信封上就是写的 7 信箱！"说着眼泪就流了出来。

女营业员让她到旁边的公安局和派出所去问问，也许他们会知道。

李翠华又走进派出所大门。她进门就说："警察同志，俺找兰州市 7 信箱。"

"你找兰州市 7 信箱干吗？"警察问。

李翠华拍拍大肚子自豪地说："俺孩儿他爹在那个 7 信箱的部队里。"

"你的孩子都要出生了，还不知道你丈夫在什么地方？真是奇怪！"警察们的目光对视了一下说。

"你怎么说话的！我不知道才找你打听的，我要是知道还找你做啥？"

警察立刻绷紧阶级斗争的弦，严肃地说："这可是保密单位，不能随便打听的。这样吧,你在我们派出所先住下来,我们查一查情况再说。"

"那不行!我要去医院生孩子,等不及了,俺儿子可是小解放军。"李翠华没想到,到了兰州市却查不到7信箱,更没想到她找到了派出所,却被警察当场扣住要弄清情况。于是,李翠华的嗓门立刻高了起来:"警察同志,俺是军嫂又是贫农,现在兜里没钱了,外面乱糟糟的,俺没地方去。派出所管吃管住,也得管俺生娃,俺生的是革命军人的后代,你们人民警察不能不管。"

警察心平气和地说:"这样吧,嫂子,你把你丈夫的信给我,看看还有啥可找的线索?"

李翠华也缓和了语气,急中生智说:"人民警察爱人民!你就帮忙问问吧!"李翠华很坦然,丈夫写的信从来没有你爱我我爱你的儿女情长,连给她读信的学校老师都说,解放军写的情书如白开水一杯清澈透明,没啥保密的。她把郭志民的信递给警察,警察一看就笑了起来,好不容易才忍住笑。奇怪地瞧着她。原来信的最上面写着:毛主席语录:你们要关心国家大事……最下面写着:祝老婆要斗私批修!

警察解除了怀疑,笑着说:"还是解放军觉悟高,这位军嫂,你丈夫所在的部队地址保密,离兰州市远着呢。"

于是派出所派出一名女警察,送李翠华到火车站,给她买了一张到绿洲站的火车票。这时李翠华担心自己下了车还是找不到丈夫的保密部队,对女警察说:"俺是贫农,是军嫂,俺生的是革命后代,人民警察不能不管。"

女警察正让李翠华在火车站纠缠不清脱不了身时,周围围上了一群看热闹的人。一个小女兵走上前来,说她正好也要去绿洲小站。可以和李翠华从兰州一路同行。女警察可算找到了救星,让李翠华跟这位女兵同志去部队找丈夫吧。

李翠华只看了小女兵一眼就喜欢上她了,这个小兵长得像个大眼睛的瓷娃娃,不仅漂亮,目光也清纯善良,凭直觉是个可以信任的人。于是,李翠华毫不犹豫就跟着小女兵上了火车,小女兵扶着李翠华在硬座车厢里坐下,自我介绍说她叫梁欢,在部队医院当卫生员。

李翠华翻开她的小花布包袱,往小桌上拿红枣、鸡蛋、花生和瓜子,热情地让小解放军尝尝家乡特产。她觉得梁欢这个小女兵名如其人——招人喜欢，就把丈夫郭志民的情况统统告诉了她，请她帮忙找丈夫。梁欢满口答应，她到兰州参加军区文艺会演结束，现在返回部队。她们正好一路同行。梁欢说完就去拿茶杯打开水了。

　　李翠华刚才说了那么多话早已经是口干舌燥，端起杯子大口大口地喝着水，一杯水喝完，她觉得自己这肚子里的孩子也滋润许多，东踢一脚西踢一脚地踢着肚皮，她开始担心会不会快生了？

　　梁欢环顾了一下四周，火车车厢里，旅客们东倒西歪地睡着觉。硬座座位的下面都横七竖八躺上了人。她站起来，把自己的衣服抖开，一件接一件铺在车厢地板上，让李翠华别嫌脏，先躺下好好睡一觉。

　　李翠华肚子有点疼，她已经筋疲力尽，挪动着笨重的身子，好不容易爬到车座下躺下，头枕花布包袱进入了梦乡。她梦到了郭志民。郭志民喜笑颜开地抱着他们的大胖儿子夸她为老郭家立大功了！以后保证心疼她，不嫌弃她！于是她在睡梦中笑出了声。

　　李翠华和梁欢终于平安来到绿洲火车站的部队招待所。梁欢给郭志民拨通了电话，郭志民正趴在桌上写东西，拿起电话就说："我是郭志民。对，我老婆是叫李翠华。没错。什么？她是要生孩子了？"郭志民乐了，他真要当爸爸了！想不到这厉害老婆还真是块高产良田！郭志民可不敢怠慢，一旦老婆采取行动，那就难以招架了。他赶快说："你转告我老婆：就说我给她立刻寄去两百元，我这儿正执行任务，不能回家照顾她，让她要多吃点，养精蓄锐，给老郭家生一个大胖小子……"

　　"郭指导员，嫂子现在已经到绿洲火车站的部队招待所了。"

　　"同志，谢谢你！你帮我照顾好老婆，明天我到火车站接她。"郭志民说完长舒一口气，老婆明天还有一天的路程，又是军用列车没问题啦，他心里的一块石头总算落地了。

　　电话那头，梁欢有点不高兴了："你老婆预产期到了，马上要生孩子了，你这当丈夫的真不负责。"

　　"那咋办？你让我老婆先忍着别生出娃来。"

　　急得梁欢对郭志民直喊："指导员，你说这生娃儿的预产期到了能忍着不生吗?"

郭志民说:"我这儿执行任务走不了……"他的话还没说完,李翠华就从梁欢手里抢过电话来:"我没时间听你讲革命大道理。"

梁欢在旁边说:"嫂子,你可别生气,动了胎气,小心肚子里的孩子以后脾气不好。"

李翠华捂着肚子,对着电话骂起来了:"郭志民,你是娃儿的爹,我生的不是龟儿子,是你儿子,现在人命关天,我就是要当着你的面儿把咱们儿子生出来!你这个没良心的,你保密保到老婆头上来了,让老婆无处找你。你干脆说!你来,还是不来?"

郭志民不容置疑地说:"李翠华同志,我告诉你,部队有任务!个人利益一定要服从革命利益。我不能去看你生孩子,我去了顶个屁用,儿子在你肚子里,你是当娘的,就应该把我儿子生出来。"说完他就放下电话了。

郭志民突然想起忘了问人家叫啥名字了。他转念一想,家里的事再大也是小事,国家的事才是大事,忙完发射任务再说吧。他这个爷们儿根本想都没想,女人生孩子可是时间不等人的事,瓜熟蒂落,那可不由人。

李翠华听见电话砰的一声挂断了,她的火气一下子也被点燃了,她这人火气大,还有一个怪毛病,一生气就阳气上升,一发脾气就头疼,脑仁儿疼得一蹦一蹦的,额头上顿时冒出了冷汗,呼呼直喘,上气不接下气了。梁欢赶快把她扶到床上躺下,给她脱掉鞋袜,一股好多天不洗脚的酸臭气直扑梁欢的鼻子,梁欢屏住呼吸忍住不良气味,用两只小手使劲给李翠华按揉脚上的太冲穴。

"你这是干吗?按揉我的脚作甚?"李翠华怀孕脚肿得厉害,不耐烦地问。

"脚上的太冲穴可以治疗肝阳上亢引起的生气头疼。你好点了吗?"

还真神了,李翠华的头不太疼了,心情也好多了。

梁欢这一招儿是跟爷爷学的,她家是祖传中医世家。爸爸也是肝火过旺,一生气,一劳累,用脑过度就头疼,就给他按揉太冲穴,还有头上的风府穴和天柱穴。梁欢给李翠华端来了一盆热水,让她烫烫脚,这样可以解乏睡个好觉。

重 托

李翠华把脚放进热水盆里，可她肚子太大弯不下腰，梁欢又蹲下身给她把脚洗干净。铺好被褥让她躺下。李翠华感动得眼泪不住在眼圈里打转，她不好意思在这个比自己年龄小得多的女兵面前掉眼泪，闭上眼睛说："我太累了，先睡了。"

梁欢也累了，她怕影响李翠华，赶紧关了灯，钻进了被窝。梁欢睡得正香，还梦见了爷爷教她扎针灸，突然听到那边的木板床上，李翠华在叫唤："梁欢，我肚子疼！俺要生娃了！咋办？"

梁欢让她坚持一下，明天有军列去发射场，才能送她去医院。

生孩子还要住医院吗？李翠华想，村里的女人生孩子都在家里生，最多请个接生婆。别看她刚才喊着要去医院，那是她要面子，她从小到大就没住过医院，这得多少钱？她心里没底，身上只有一块钱还缝在衣服兜里，这一路上她都没舍得买个面包吃，都是自带干粮和梁欢花钱买点吃的垫垫肚子。

当时梁欢一个月只有六块钱的津贴费，她把自己兜里的零花钱都翻了出来，统统放到了李翠华的手里。李翠华固执地把钱又塞到了梁欢手里。

李翠华是个农村女人，没文化，这是第一次出远门，连自己的丈夫在哪儿、干什么工作的都不知道，只知道他在信箱里，真不知道以后该怎么办。她从蓝花布包袱皮里拿出了一沓郭志民写给她的信。她不认识字，但认识丈夫的笔迹，平时没事的时候她就像欣赏图画一样，拿着这些信翻过来调过去地看，带着这些信出门找丈夫，她心里踏实，觉得那些和丈夫一样穿着绿军装的解放军都会帮助她。眼前这个漂亮的小女兵不就是这样帮了她一路吗？她想，车到山前必有路。她就和小女兵今晚在招待所住一夜，明天就上军列，去部队医院。可她老公连个人影都没见。

李翠华肚子疼了一夜没睡着觉，第二天又忍着剧痛坐了一天的火车，进到基地首区，梁欢果然把她安排住进了医院。

李翠华躺在病床上，在眼前晃的全是白衣服、白帽子、白口罩，她没有住过医院，好奇地看着天上地下到处都是一片白，看得直眼晕。

梁欢端着饭走到她的床前，轻声说："嫂子，住到我们医院你就放心吧。"话是这样说，可眼前就有一件事不好办，孕妇胎位不正，医生说要剖宫产，手术单上需要家属签字，梁欢那双圆圆的还充满稚气的眼睛，看着那张需要签字的手术通知单，此时此刻救人要紧，梁欢打电话告诉郭指导员，你家属要生孩子胎位不正，必须剖宫产。十万火急！赶快来基地医院，在手术单上签字。

郭志民又惊又喜又急："我老婆住院了，那就好！那就好！交给你们医生护士，我就放心了！"

梁欢追问："郭指导员，你到底来不来医院签字？"

郭志民发愁了："咋办呢？今天发射卫星，定岗定位我走不开。"

"那你忙吧！"梁欢知道郭志民就是一根筋，就把电话挂了。

李翠华躺在病床上，肚子开始阵痛，冷汗顺着面颊直往下流，她痛苦地呻吟着。值班医生看了看说："也许是胎儿太大，胎心微弱。赶快手术。梁欢，你去把她丈夫叫来。"

怎么办？梁欢急得满头冒汗，她找到妇产科主任，说："李翠华的丈夫要执行任务不能来，她历尽艰难来部队找丈夫，要生下军人的后代，我们医院一定要救活这个军嫂。"她把自己能说出来的革命大道理统统说出来，边说汗水泪水边一块儿往下流。妇产科主任见状拉上她就去找院长。

这时，一个护士看到李翠华要生了，赶快跑到门口大声喊："谁是4号病床的家属？谁是孕妇的丈夫？"

李翠华觉得像在叫"死号"，挣扎着说："你别叫了，我是军嫂，我丈夫没来。"

梁欢三步并作两步跑过来，连忙喊："我来了，我来了！我是孕妇的家属！"梁欢已经拿到了院长尽快手术的批条，赶紧和女护士把李翠华放在推车上往手术室推。梁欢边推边安慰李翠华别怕，别紧张，部队医院全心全意为军嫂服务。打了麻药睡一觉，睁开眼睛就能看到你的小宝宝了。

李翠华进了手术室。梁欢奉科主任之命又焦急地给郭志民拨电话，电话那边已经没人接了，郭志民不在连部，他在哪儿呢？

2

此时，郭志民根本顾不上管老婆生孩子的事，虽然在家里他是顶梁柱，关键时刻孰轻孰重他掂量来掂量去，自己担任指导员已经五年了，高建军都提拔了，那么他也该晋升了，要知道提副营职对于他这个农村兵意义重大，老婆可以随军，子孙后代可以改为城镇户口，从此吃上商品粮。他没有理由不全心全意工作，加班加点为连队整理出大大小小155项规章制度，编写出144个政治教育课题，放在桌面上厚厚一大摞。发射团政治处崔主任看到那些材料上面都是一笔一画写出来的郭体字，赞扬他一心为公。

站在旁边的高建军半开玩笑说："我看郭指导员还是应该花点心思想想老婆生孩子的事，政治教育多了，我们技术训练的时间就少了。"

郭志民并不理解高建军话里有话，他更看重崔主任这次率机关工作组到发射连检查工作要留个好印象。郭志民精心准备召集了全连大会，请崔主任做发射动员。崔主任说："同志们，中国第一颗人造地球卫星——'东方红一号'是一颗政治卫星，这颗卫星飞经世界各国首都上空时，第三世界的人民就能听到我们的《东方红》乐曲声，所以我们只准成功，不准失败，要全力以赴完成发射任务。"

郭志民马上紧跟领导，提出了建议："为了更好地突出政治，体现政治挂帅，我们要对发射程序的口令进行修改。四小时准备改为'四个第一'；三小时准备改为'三八作风'；'两个极端'——对工作极端负责，对同志极端热忱是两小时准备；'一颗红心'是一小时准备。事关重大，请同志们发扬民主，广泛发表意见。"

王延安对郭志民的建议极为不满，他觉得这是形式主义，不切实际。而且在临射前改变口令就是添乱。于是，他站起来大声说："我认为，作为一支发射部队，如果火箭打不出去，卫星上不了天，再怎么突出政治花样翻新也不行。我反对修改发射口令！这样容易误操作。何况这事不该你管！"

郭志民面子上过不去，脸立刻拉长了，心里不快，他用眼睛扫视了一圈说："陆莎，你是大学生，又是技术骨干，谈谈你的想法。"

陆莎心里很矛盾，她也不赞成郭志民的意见，但又不想得罪上级领导，本不想发表意见，现在点到头上只好站起来，说了句模棱两可的话："部队就要服从命令听指挥，军人以服从命令为天职。我坚决服从党支部的决定。"

郭志民的脸上立刻露出了笑容，慷慨激昂地说："发射卫星是考验我们每一个人的时刻，同志们都要拿出实际行动来，争取火线入党。"

崔主任看两种意见针锋相对，此事事关重大，虽然说突出政治在当时放之四海而皆准，但是发射任务还是应该技术领导说了算。他说："同志们，发射卫星是国家的头等大事，为了保护通信线路，全国要动员40万民兵，每根电线杆下守一个人。我们发射团更是养兵千日，用兵一时。你们的指导员郭志民同志给大家做出了榜样，他家属生孩子都顾不上管……你们的高建军连长现在已经提拔为高营长，下面请他给大家做发射卫星动员。"

高建军走上台来，亮开嗓门说："咱们大漠发射场连着首都北京天安门。毛主席亲自批准了发射中国第一颗人造地球卫星。这是一项政治任务。周总理指示我们：过细地做好工作，要一次成功，为祖国争光！"他还讲了发射团的光荣历史。4年前，在大漠发射场实施了中国第一颗导弹、原子弹两弹结合试验。这是世界上首次也是唯一一次在本国领土上进行的热核打击发射试验，难度和风险极高。当时，兰新铁路停运，西北航线关闭，几百公里数以万计的居民紧急疏散，距导弹核武器发射场一百多米的地下控制室里，只留下发射团的7名指挥员和技术骨干。当时，有一名同志指着高10米的潜望镜说：如果我们牺牲了，它就是最好的墓碑。1966年10月27日，核导弹腾空而起，准确命中罗布泊靶场。会场上顿时响起雷鸣般的掌声。

高建军提高嗓门说："同志们啊，当年我们能让中国的两弹结合成功，今天我们也能双手托举起中国的卫星！为了稳妥可靠万无一失，发射程序口令不做改动。"

王延安突然站起来，带头高呼口号："完成任务，为国争光！"整个会场群情激昂，响彻着"完成任务，为国争光！"的口号声。

那天，王延安深受启发，在日记里写道："努力营造于我有利的态势，第一是雄心；第二是能力；第三是寻找机遇。"他立志要把饭做好，以此作为搞发射的条件。

星期天，他去新华书店买来不少做饭炒菜的书，他提了一书包菜谱走进连队厨房，往饭桌上一放。尚达飞走过来，翻了翻那些书说："咱们做的是大锅饭、大锅菜，这些做小锅菜的海鲜，鱼虾蟹之类的咱们根本见不到，想都不要想。"

王延安心里不得不承认此话有理，但他就是不相信他做不好饭！他先学做家常菜，拿起菜刀开始切土豆丝，切得有粗有细、大小不一。

尚达飞指着说："延安哥，别本本主义了，你看你切的土豆丝，粗得像脚指头。"

王延安把菜刀往案板上一放，伸出两只手来让他看，尚达飞心疼地摸摸王延安手上磨出的血疱："我来教你，咱们一帮一，一对红。"尚达飞做着示范动作，边切土豆丝边说。"我是在厨师训练班学的，你就这样切，用巧劲儿。我原来也不会做饭，俺们农村男人不做饭，只干农活。"

王延安想，世上无难事，只怕有心人。别看他的手指头粗，土豆丝切得还真细。三百六十行，行行出状元。

尚达飞是个聪明人，早把这事想透了。别看王延安现在跟他学，他当班长，将来一定是王延安领导他，人家是大学生，有文化，人聪明。尚达飞自然要打好基础，行动上要给力，语言上有话在先："我看你行。你将来发达了，可不要忘了我。"

王延安不好意思道："你真高看我了。"心里却美滋滋的，还是尚达飞能懂他。

尚达飞手里摆弄着一个个调料碗，提醒王延安一定要记住，认准这些白面面，什么是盐、碱面、白糖、味精和淀粉，做菜就和指挥打仗一样，千万不要用错兵。

王延安突然问道："班长，你说句公道话，郭指导员是不是用错了兵？我不会干什么，他偏让我干什么！哪壶不开提哪壶！"

尚达飞没有正面回答王延安的问题，他这个人一般不会说领导不好，何况郭志民是他的老乡，经常关照他，就实话实说："我和你家庭出身不一样。我常常提醒自己千万记住自己是农民的儿子，咱们农民种地的道理就是，你糊弄地，地就糊弄你，不出大汗下大力，地里就少打粮食；你多出汗，多花力气，就多收获粮食，就会大丰收。"他还有些话没说出口，只能想不能说,那就是民以食为天,谁都要吃饭。他也不想一辈子围着锅台转,在老家这是老娘们儿干的活。在部队比老家务农生活好多了。他是农村兵当兵不容易,穿上这身军装就想留在部队长期干,不管爱不爱这个工作,他都要干好!否则,只有复员回老家修理地球。

王延安觉得尚达飞朴实无华的话有那么点道理,于是,请尚达飞教他做饭烧菜,他要用饭香菜美来证明他王延安当大厨也是顶呱呱的。他要用实力来证明自己。

临射前的准备工作就绪,会议室里正在召开发射指挥部会议。出席会议的各系统负责人、航天专家和气象预报人员已经全部到齐,满屋子的人都是一脸严肃。这个会的中心议题,就是明晚能不能发射。

徐指挥长在众目睽睽下开门见山地说:"周总理昨天深夜给我打来电话,中央同意我们发射卫星的安排,批准卫星和运载火箭转往发射阵地。到阵地后,一定要认真仔细,一丝不苟,一个螺丝钉都不放过,严格进行测试检查。"徐指挥长接着让各系统汇报情况。

首先是陆莎汇报天气情况:"明晚发射窗口没有降水,没有大风,没有雷电,但今晚到明天白天可能有厚厚的卷云。云高5500米,云厚500~1000米。"

"关键是发射窗口,晚上8:00~10:00能不能看到星星?"徐指挥长单刀直入。这在当时是一个非常重要的问题。因为中国的第一颗人造卫星,也是一颗极为重要的政治卫星。在研制过程中,中央领导还特别指出,"东方红一号"卫星上天以后,要让全世界人民,尤其是第三世界人民能够"看得见,听得到"。为此,周总理亲自提起笔来,将也门、乌干达、桑给巴尔、赞比亚、毛里塔尼亚等国的首都添加到拟定的预报城市中。周总理说:对这些国家进行预报,让卫星经过这些国家的上空,第三世界的人民不仅能看到卫星,还要能听到中国卫星的《东方红》乐曲声。参试人员决不能让周总理的指示落空,何况这在当时是花了很大的努力才攻克的卫星研制难关。

"看得见",就是让人们在夜间能用肉眼目睹。这可是一个大难题。卫星直径只有一米，要将它悬挂在439公里以外的太空，用肉眼能看到实在是太难了。北京的科技人员想出了一个办法，他们在与卫星同步运行的末级火箭壳体上涂上了可以发光的观测裙，使人们能用肉眼看到夜空中这个像萤火虫一样的飞行物。

"听得到"，就是让全世界都能听到中国卫星发出的《东方红》乐曲声，这在当时是风行全国最响亮的歌。专家们设计出"电子复合式"模拟琴演奏乐曲。但他们担着一个天大的风险，就是不能让《东方红》乐曲变调。为此他们反复试验检测，把发音装置在实验室模拟真空条件下连续工作了半年才装上卫星，而且，还立下军令状确保万无一失。

这可是政治任务！徐指挥长让陆莎必须准确回答，发射窗口能否清楚地看到天上的星星？

"可以看到星星。"陆莎回答得很干脆。

然而，徐指挥长对气象保障人员提出的硬指标，决不心慈手软，哪怕让陆莎在这个严肃的会议上张口结舌，也不能把这些细小的问题轻易放过去。如果她答不上来，负责气象的其他专家也要替她答上来。总之，要搞清一切细枝末节，把所想到的问题统统归零。徐指挥长的脸像铁板一块，没有一丝笑容，简直是个刚正不阿的审判官，居然让她说出为什么。

"根据戈壁滩多年的气象规律，晚间随着气流下沉，云就会变薄。云一变薄，星星就能变得清楚，而且随着夜色越深，星星就会越来越清楚，你就能看到越来越多的星星。"陆莎很自信，对答如流。她愿意在大庭广众之下出头露面。

可徐指挥长并没有放过她的意思，在他的眼里陆莎是一个气象预报员，她对天气的预报必须有很高的保险系数。徐指挥长的语调稍有缓和，但依旧盯着陆莎问："我刚才进屋前看了一下天空，满天的乌云聚集在发射场上。请你准确地回答我，到发射窗口时，这些乌云能散去吗？"

"能！"陆莎回答得很响亮，"明晚戈壁滩会刮起阵风，吹散乌云，临射前一小时天气转晴。"

"要是不能呢？"徐指挥长今天是钻了牛角尖，他还从来没有用这样严肃的语气说过女同志，因为这戈壁滩女同志少，物以稀为贵呀！何况陆莎这样的技术骨干更是少。

陆莎胸有成竹，一板一眼地说："我们气象室向指挥长保证，24小时后发射窗口天气晴好，无风无雨无云，能看到星星。"

徐指挥长若有所思地点了下头，说："你们的气象预报确定吗？"

陆莎答："确定。"整个会场让这两个字砸得悄无声息，谁都知道天有不测风云，这老天爷的包票谁敢打？

这时徐指挥长才爽快地把手一挥说："但愿老天能给你们面子。你们注意观察，发射窗口一定要保证好！"

对于说一不二的徐指挥长的严厉加严谨，大家早有领教。人们互相交换了一下眼色。陆莎不由自主伸了一下舌头，满脸通红。

发射场所有的工作都关系到整个发射任务的成败。都说千人一枚箭，万众一颗星！谁的工作都不能出现失误，哪个环节都不能出现差错！徐指挥长大着嗓门严肃地说："如果谁出了问题，我就一查到底，关他的禁闭！当然了，我是不想关你们禁闭的，我的政策是赏罚严明。1966年'两弹结合'试验时，在发射前检查设备，高建军发现有个插头接点里有一根小白毛，他怕造成通电接触不良，用镊子夹、细铁丝挑，小白毛太小还是没取出来，最后用一根猪鬃把它挑了出来，用尺子一量只有5毫米长短。大科学家钱学森得知后极为赞赏这种精益求精的精神，把小白毛用纸包好带回了北京。我们都要有他这种严肃认真的态度。"

会议结束了。戈壁滩的凌晨还是漆黑一片，发射塔架已经灯火通明。发射场的参试人员正夜以继日地工作。就在今天凌晨，毛主席亲自批准实施中国第一颗人造地球卫星"东方红一号"的发射。

调度指挥员根据发射程序下达了指挥口令："第一级、第二级火箭加注液体推进剂。""长征一号"火箭开始加注特种燃料。

翌日，天蒙蒙亮了，徐指挥长头顶上的那片天空依然阴沉着脸，似乎故意耍点小孩脾气来点风云变幻，考验一下中国人自己制造的第一颗卫星，让徐指挥长这个指挥官再担点政治风险。不过，自从他参军入伍穿上军装身经百战，给自己改名叫徐战旗起，他认定了打仗就要有战旗不倒的精神，男子汉就要勇于担当，他这人既然干这行就不怕担风险！

然而，真是天有不测风云，难办的事一目了然地摆在头顶上呢！

3

发射前，郭志民忙着抓政治教育和后勤保障，竟然把老婆生孩子的事忘到脑后了。他正命令尚达飞，炊事班要保证饭香菜美，马上派人给发射场送去20个人的饭，给他们做猪肉白菜馅儿包子，多放点肉，让他们管饱吃，不能干咽，还要给他们送去鸡蛋汤。

郭志民让炊事班做包子多放点肉，那年月没有肉票就买不到猪肉，于是他果断决定连队杀一头猪准备庆功宴。

大猪小猪一见尚达飞来都热闹地叫唤起来，争先恐后迎接他来喂食。大猪小猪都吃饱了，该睡午觉了，炊事员们才一齐动手把一头大肥猪五花大绑捆在营房前的木床板上。

王延安从没见过杀猪，问尚达飞杀过猪吗？

尚达飞连连向后退摆着手说："没有，我不敢杀生，我就不吃带眼睛的。"那头大猪对着尚达飞拼命嚎叫像在喊救命，把他的心都叫软了。这大白猪是他亲手养大的，尚达飞真不忍心送这头猪献身餐桌，扭过头去干脆把眼睛闭上了。

王延安拿起大菜刀，举着刀猛地给了猪脖子一刀，没想到这一刀正好砍到了捆绑大白猪的绳子上，绳子立刻断了，猪拼死挣脱一松绑跑了。一帮炊事员跑着去抓流血的大白猪。

郭志民走过来看见了，边卷袖子边说王延安净添乱，真是比猪八戒他爹还笨！

尚达飞看郭志民来了，赶快带领一帮炊事员围追堵截，大家七手八脚把大白猪又捆在了床板上。王延安已经想好了解决办法，电击了猪一下，它立刻老实听从了命运安排。王延安亲自掌刀，大白猪乖乖地献身到发射连的餐桌上。

炊事员们卸下蒸锅笼屉，肉包子已经蒸熟了。王延安自告奋勇去发射场送饭，好借此机会近距离看看火箭卫星。

王延安挑着担子，里面装着热包子，去给参试人员送饭。趁着大家吃饭他来到发射场坪上，抬头仰望着"长征一号"运载火箭，他正琢磨着自己怎样能为这次发射卫星做点贡献时，突然觉得从天而降掉落下来一个什么小东西，他放下担子，仔细寻找，捡到了一个小弹簧垫圈。他马上想到了两弹结合试验时，让大科学家钱学森带回北京的在插头接点里发现的那根 5 毫米的"小白毛"，这真是时势造英雄，英雄靠运气啊！

此时，发射场已经进入发射倒计时 8 小时准备。周总理电话指示：第一颗卫星发射要安全可靠，万无一失，准确入轨，及时预报。绝不能带任何一个疑点上天。

这个从天而落的小弹簧垫圈很快送到发射营长高建军的手里，他急得满头冒火，你想想，火箭的特种燃料已经加注完毕，火工品也已安装好，发射场一切准备就绪，只等着"长征一号"火箭起步飞天，怎么就偏偏碰上了这等事情。他赶快上报领导，紧急召集专家们分析小垫圈是从火箭哪个部位掉下来的。

向志远拿一把卡尺测量了一下，小弹簧垫圈直径 8 毫米，可能是气瓶装置上的。他决定亲自去查故障点。

高建军拦住他说："目前，火箭处于待命发射状态。登上发射塔架是非常危险的。也许这个小垫圈是原来丢弃在发射场坪上没用的，火箭现在一切正常，是不是可以忽略不计？"

"不行！"向志远斩钉截铁地回答。他带着助手爬上发射架，逐个检查火箭气瓶。他的助手脸上冒着冷汗，腿也开始打战了。向志远怦怦跳动的心脏提示他，稍有不慎，火箭就可能出现意外，带着他们飞向天堂。向志远检查完可能出现问题的地方，分析这个小垫圈是多余物，大家才放下心来。

然而，令人担忧的事情还没完哪，发射架上空顶着一大片乌云迟迟不肯散去。往年戈壁滩一年 300 多天都是晴天，可偏偏发射"东方红一号"卫星这天，老天爷却阴沉着脸，满天乌云密布。

陆莎正愁容满面，仰头看天。她正为自己夸下海口报了个好天，却事与愿违而心烦意乱，偏偏这时徐指挥长也站在发射场坪上，皱着眉头看那满天的乌云不散，他让身旁的参谋去叫气象室主任跑步过来。

徐指挥长见气象室主任和陆莎上气不接下气地跑来，他阴沉着脸厉声问："就要一小时准备了，发射时这云能退走吗？"

气象室主任气喘吁吁地报告:"指挥长,我想云层很快就能过去。"

"什么叫很快?你们的天气预报要精准!"徐指挥长不高兴了,知道这责任有多大吗?"东方红一号"卫星是毛主席亲自批准发射的。现在全国人民都在看着发射场,气象预报是咋报的?有谱没谱!

前几天,他在北京给周总理汇报时,总理和科技人员一起查看图纸,测算卫星飞经世界各大城市的时间。周总理亲自将非洲国家的一些首都写在预报方案中,让这些国家的人民也能看到中国的卫星。如果这满天的乌云影响卫星发射,怎么办?

这时,向志远跑过来报告指挥长,火箭疑点已经排除,可以按时发射。

徐指挥长阴沉着脸,大家谁也不敢说话,全都抬起头来看天,却发现头顶上的乌云逐渐散去,天空清澈透明繁星点点。徐指挥长的脸色也顿时阴转晴了,他挥了一下手说:"算咱们运气好!都各就各位吧。"

徐指挥长从发射阵地来到地下控制室,高建军向他报告:"刚才在对卫星和运载火箭进行最后联调时,我们发现卫星应答机对地面触发信号失去反应。如果这个问题不解决,将会影响卫星跟踪测量的精度。"

"排除故障需要多长时间?"徐指挥长板起脸问。心想怎么关键时刻你们就掉链子?

高建军说,正在检查故障。如果顺利,要半个小时。

徐指挥长立刻拿起红电话机报告北京指挥部:卫星上的应答机突然没有信号,出现故障,建议推迟发射,查明故障原因。北京指挥部同意推迟发射,解决卫星应答机问题。

徐指挥长放下电话就来到发射场坪上,他就不信当年能指挥部队拿得下上甘岭,如今拿不下卫星发射。他让参试人员一查到底!

灯火辉煌的发射塔架旁,王延安一副心有不甘的样子仰望星空,他连做梦都想发射卫星,可惜他现在只是一个旁观者!他决定自己潜伏在发射场坪旁,找个安全的地方躲起来,近距离看看发射。现在他正好趁机毛遂自荐:"指挥长,卫星应答机是天与地的应答,我想跟着向志远学习排除故障。"高建军知道别看王延安在炊事班,那小子不琢磨做饭做菜,整天捧着业务书琢磨发射火箭。虽然王延安怀才不遇,爱提意见,可让他试试未尝不可,是骡子是马拉出来遛遛。给他机会,正好在实践中培养人才。

"我看可以。排除故障要军民结合,你王延安要跟着向志远好好学习。"徐指挥长一锤定音。他也想给科班出身的王延安一个施展才华的机会。

徐指挥长经历过战争的考验,他是一个临危不乱的人,其实他心里的压力是很大的,"东方红一号"是政治卫星,不仅要成功送上天,还要"抓得住、看得见、听得到",这个复杂的系统工程,要求各个部门、各个环节乃至每个元器件和插头都不能出一点故障。而且,上级对他的要求是发射一次成功。

暮色降临,戈壁滩上空乌云已散,天空放晴,满天星斗。

发射场坪上,向志远和王延安等人正在查找故障点。王延安想起老师曾经带领他们做的一次试验,反正初生牛犊不怕虎,他大胆提出也许问题出在设备接口接触不良上,向志远领着技术人员仔细检查整固接口,发现应答机地面设备的一个接口松动了,使地面触发信号源性能下降,功率太低,造成触发不良。故障很快排除了,应答机恢复正常了。

地下控制室里,徐指挥长下令:按预定方案进入发射程序。发射场坪上响起急促的警报声,聚光灯把发射场坪照得如同白昼一般,场坪上立刻空无一人。头顶着卫星的火箭挺立在发射台上,待命起飞。

高建军看了一下表,21:34,发射程序进入一分钟准备。高建军开始下达倒计时口令:"10、9、8、7、6、5、4、3、2、1……"

1970年4月24日,21:35,随着一声口令:"点火!"霎时,火箭发出地动山摇的巨响,戈壁滩震撼,火箭在轰鸣中喷吐着橘红色的火焰从发射台上一飞冲天。

21:48,调度口令传出:"星箭分离,卫星入轨!"

指控大厅里气氛由紧张变得热烈,指挥部听到卫星入轨的报告。太空的无线电波里传来了《东方红》乐曲声。

1970年4月24日,中国第一颗人造地球卫星——"东方红一号"发射成功。中国成为世界上第五个拥有运载火箭发射卫星的国家。控制室里的人们欢呼、跳跃、拥抱、鼓掌。

此时，向志远悄悄地退到了后面，连日来高度紧张的大脑一经放松，顿时感到浑身无力，他一下子跌坐在椅子上，头靠在椅背上，任凭眼里的泪水肆意奔流。昨天的血泪，今天的汗水，不懈的努力，终于为祖国争得了荣誉，让全世界听到了中国的声音。

戈壁滩上，王延安看着发射架，眼泪止不住从眼眶往外涌。他举起双臂攥紧拳头，尽情地跳着喊着："成功了！卫星发射成功了！"此时他还想再蹦几下，再喊几声，尚达飞走过来叫他别激动了，快点回食堂准备庆功宴吧，这是他的本职工作。

4

李翠华在基地医院平安生下儿子，初为人母，也初次体会到了当军嫂真好。尽管丈夫不在身边，可医生护士都对她很好，即使丈夫在身边，也不会照顾得如此周到。她躺在医院的病床上，抱着她的胖儿子喂奶，心里别提多高兴了。

梁欢走进病房，把一袋子麦乳精等补养品放在茶几上，说："嫂子，刚才医院通知有重要新闻，让我们收听广播。"

李翠华却风马牛不相及地回答："梁欢，快来看看我的大胖小子多可爱！"

梁欢从李翠华手里接过小宝宝，这孩子虎头虎脑的多壮实，足足有八斤八两呢！她昨天想给宝宝爸爸报个喜，可惜没人接电话。

这时医院的高音大喇叭里传出中央人民广播电台女播音员的声音："我国利用自行研制的'长征一号'运载火箭成功地发射了第一颗自行设计制造的人造地球卫星。卫星外形为近似球面的直径1米的七十二面体，卫星重量173公斤，卫星运行轨迹，距地球最近点439公里，最远点2384公里，轨道平面和地球赤道平面的夹角68.5度，绕地球一周114分钟。卫星用20兆赫兹的短波频率播送《东方红》乐曲。这颗人造卫星的成功发射使我国成为继苏联、美国、法国和日本之后，世界上第五个能够独立研制和发射人造地球卫星的国家。"

此时，窗外传来了热闹的锣鼓声。梁欢的苹果脸兴奋得通红，趴在窗户上往楼下看。

李翠华问梁欢,街上敲锣打鼓在做啥子?

梁欢回过头来,自豪地说:"游行庆祝中国第一颗人造地球卫星发射成功啊。"

"卫星能做啥子用?"李翠华不明白,这颗卫星上天咋那么让人高兴呢?一定有很大的作用。

"能放《东方红》乐曲,还能让全世界人民都看见,还能……我也说不清了,反正外国有的,我们中国也要有。"梁欢尽自己所能回答她的问题。

李翠华想起四川老家的月亮特别亮,村里的老人给她讲过嫦娥奔月的故事,嫦娥怎么能飞到天上去?她才不信呢。可现在卫星真的飞到天上去了!梁欢还给她讲了,苏联的宇航员加加林还乘着飞船上天了呢。以后我们中国人也能飞上太空。梁欢最后说:"我猜,你儿子的爸爸也参加放卫星了呢。"

李翠华脸上立刻露出欣慰的笑容:"孩儿他爹要是放卫星的人,那多光荣啊!俺吃点苦也对他没意见了。"

郭志民这两天累坏了,他回到宿舍倒头就睡,电话铃突然响起,吓了他一跳。他拿起话筒,是梁欢打来的,他赶紧追问:"喂,你快说,我老婆生的是儿子还是丫头?"

"是个大胖小子!"

郭志民顿时喜出望外,高兴得跳起来:"啊,我有儿子了!"

"指导员同志,不要让胜利冲昏了头脑,你这当爸爸的,什么时候来接你老婆儿子出院呀?"梁欢问。

郭志民兴奋得不知说什么好了,连连重复着:"我明天就去,明天一大早就去接儿子!"

第二天天一亮,郭志民就兴冲冲地来到医院,抱起他的儿子,心里极大满足,他亲吻宝宝的小脸蛋,大手不停地摩挲宝宝的小胳膊、小手、小腿和小脚丫,嘴里还念念有词:"哈哈,宝贝儿子!你是我老郭家的根。

老婆，你可给我老郭家立大功啦。"

李翠华高兴地说："孩儿他爹，该给娃儿起名字喽，你说咱儿子出生得咋那么巧！卫星上天，咱儿子出生，双喜临门！梁欢建议我，给儿子起名叫卫星，你看好吗？"

郭志民一口回绝："不好！中国只有一颗卫星，还轮不上咱儿子叫卫星。再说我是个政工干部，发射卫星那是技术活，咱不懂不能装懂。儿子一旦名字叫卫星，乡亲们会以为我就是发射卫星的人，这不合适。再说，我们部队有保密纪律，叫卫星就会泄密……"他欲言又止。

"那你说叫啥名字？你想过没有？"李翠华反问。

"我已经想好了。我是个军人，儿子又是在部队出生的，要让他从小热爱军队，长大以后当兵扛枪，保卫祖国。就叫他'爱军'——'郭爱军'。"郭志民胸有成竹道。

"就这一个？"

"当然还有。我郭志民是党的人，我的儿子就应该爱党，大名就叫他郭爱党。"

"还有啥子？"

"爱民，爱国，这些都行，随你挑。"郭志民说得干脆利落。

"我跟你说，这是给娃儿起名字，不是你上政治课。爱来爱去的，要是没我梁欢妹子，你儿子没了，你爱个屁！"李翠华把郭志民抢白得直翻白眼儿。

郭志民不服气地反问道："那你说，给这孩子起啥名？"

李翠华字正腔圆大声说："你要爱啥子你去爱，我让我娃儿就叫郭爱梁！"

郭志民猛地怔住了，瞪着眼睛看着老婆："什么？让儿子叫郭爱梁？"

"儿子是我生的，就叫郭爱梁，让咱儿子一辈子记住救命恩人梁欢。"李翠华有点儿不高兴了。

郭志民看着梁欢明知故问："老婆，那我以后当着大家伙的面大声喊儿子，爱梁、郭爱梁，你没意见？"

李翠华一下子愣住了，大张着嘴不知该说啥好了。

梁欢站在旁边，也忍不住笑了起来，连忙说："这名字不好听，容易让人误会，我给你们提个建议，大名就叫郭智勇，智勇双全多好啊！"

郭志民和李翠华异口同声："好！儿子大名就叫郭智勇，智勇双全。中！"

郭志民把老婆接回了发射连。李翠华看着戈壁荒漠，心想这地方连草都不长，种庄稼能活吗？不能种庄稼儿子和她吃啥？这个问题一直困扰着她，下了汽车她就说了一句让丈夫不高兴的话："你们部队咋住在兔子不拉屎的地方？可没咱家乡好。"

郭志民脸上的笑容立刻叫戈壁大风刮没了，一脸严肃地说："你别挑三拣四，这叫戈壁航天城，当兵保国防，不能尽挑好地方去。"

李翠华心里委屈不作声了。他们走进郭志民的单身宿舍，李翠华让围上来的一群红红脸的战士们左一声嫂子右一声嫂子又给叫乐了，大家都用稀奇的眼光看着刚出生的小婴儿，有人伸手去摸婴儿的小手和小脚丫，孩子大哭起来。

郭志民一声令下："我儿子只能看不能摸。"战士们伸出的手立刻缩了回去，知趣地都跑了。

老婆坐月子要多休息，郭志民给他们娘儿俩铺好被褥，李翠华从蓝花布的包袱皮里拿出了一沓信件放到了枕头底下。郭志民对老婆的举动很好奇，一个不识字的农村妇女，偏偏要枕在信上睡觉，这不是很怪异吗？趁着老婆给儿子换尿布，他把枕头下的信都翻了出来，原来都是自己写的那些没滋没味的干巴巴的家信，老婆居然当宝贝保存着。他原以为给一个没文化的老婆写信，约等于对牛弹琴，没啥好说的，更何况即使有点甜言蜜语也会暴露在第三者面前，因为老婆不识字，给她写情书就等于给大众写情书。可现在万万没想到的是，老婆走到哪儿，就把他的家信带到哪儿，他忍不住问道："我说孩儿他妈，你怎么把我写的这些家信千里迢迢又都带回来了？"

李翠华把儿子放到床上盖好被子，一脸满足地看着他说："这都是你给我写的，里面都是咱俩说的知心话，我枕在这些信上睡觉心里踏实。"

真是家书抵万金啊！郭志民感慨自己在老婆的心目中占有极其重要的位置。虽然老婆不识字，没有亲手给他写过一封激情燃烧的情书，可心里装的全是他。于是他心里暖烘烘的，他让李翠华先休息，自己出去买点好吃的，给老婆补养身体。

5

郭志民心情无限好地走进伙房，炊事员们正在灶台上往下卸笼屉。他发现大家正用异样的目光对着冒着蒸汽的黄馒头，他心生奇怪也凑过去，这一看不要紧，只一眨眼的工夫脸上的笑容顿时烟消云散，他亮着嗓门问："咋是黄馒头呀？这馒头什么时候黄不好，偏偏庆功宴上让大家吃。谁干的？"面对一盆黄馒头，炊事员们看郭志民板着脸，谁也不敢吱声。

王延安走上前来："报告指导员，这馒头是我做的，我一着急就把盐当碱面放进发面里，发现后及时采取补救措施，又把碱面放多了，馒头就黄了。我错了，不关他们的事，你就批评我吧。"

郭志民一看这个犯错误还强硬的主，气就不打一处来，你王延安不是想出炊事班吗？想去搞专业吗？按说，像你这样的大学生是应该专业对口。可是你连饭都做不好，怎么去搞发射？他狠狠地把王延安训了一顿："你多会儿能把饭做好，能炒一手好菜，你多会儿从炊事班毕业。"

王延安理直气壮地说："你说话要算话！咱们君子一言，驷马难追！"

"军中无戏言！我当然说话算话。"

"一言为定！"王延安抓住时机紧追不放，这可是他当众承诺，想反悔也难。

"决不食言！"郭志民说完转身就走了。

食堂内，发射连的庆功宴上，餐桌上摆满了丰盛的菜肴。辛苦了很长时间的官兵们开心地吃着。高建军走进了食堂，他今天就是来看看这个先进连队，能不能让发射官兵吃饱吃好。

郭志民满脸喜悦道："高营长，你看我们发射连不仅发射任务完成得好，你看看这伙食，饭香菜美，比机关食堂一点不差。"

高建军看到桌上五菜一汤，点了一下头，拿起一个黄馒头，故意问："这黄馒头是鸡蛋馒头吗？"说着，就吃了一口，他本想狠狠心吃下去，可眼睛一转，他当众把黄馒头又放到桌上，半开玩笑地说："发射连的军用馒头也别有滋味，不同凡响啊。只是今天庆功宴，浪费一点也就算了，不要让大家的舌头又苦又咸了。"

郭志民的脸上有点挂不住了，大声叫道："炊事班长！"

"到！"尚达飞从伙房里跑出来，躲闪着郭志民锐利的目光，悄悄躲到了王延安身后，推了一把王延安，王延安心领神会地站在了高建军和郭志民的面前："报告高营长、郭指导员，黄馒头是我做的，军用馒头和尚达飞班长没关系，你要批评就批评我吧。"

"王延安啊，王延安，你怎么连盐和碱面都分不清呀？"高建军看他挺身而出承认错误觉得欣慰，可就凭那副斗志昂扬的神态也该敲打敲打他。

"亏你还是大学生，你这炊事员干啥吃的？"郭志民又补充了一句。

王延安向来吃软不吃硬，马上梗着脖子反唇相讥："老虎也有打盹儿的时候！"

郭志民看王延安当众顶撞他，怒斥道："王延安，你别老虎屁股摸不得！"

高建军很有风度地拍拍王延安肩膀："王延安，你不要像个爱斗架的公鸡。蒸不好馒头没关系，失败是成功之母。吃一堑长一智嘛。我看你协助向志远为发射卫星排除故障，表现很好嘛！"

王延安顿时感动："感谢领导知人善任，给我一个干活的机会！"他后悔自己刚才口无遮拦，胡说八道，以后一定要将功补过。他赶快给高建军敬了个军礼。

高建军举起酒杯发表完祝酒词，大家就吃起饭来，毕竟庆功宴上有香喷喷的肉菜。

尚达飞回到后厨，蹲在凳子上吸溜吸溜吃面条。他是个有凳子不坐的主儿，吃饭喜欢蹲在凳子上吃，中午喜欢蹲在房前晒太阳，聊天喜欢蹲着聊，看篮球他蹲在球场边，总之，他的常态就是有凳子不坐，蹲着。现在他蹲着吃饭有滋有味，感觉良好，笑呵呵地说："延安大哥，别着急，万丈高楼平地起。咱们烟熏火燎忙了半天庆功宴，什么也吃不下，我煮的清汤面好吃得很！你也来碗清汤面吧？"

王延安接过碗来喝了一口面条汤，说："班长，我就不是做饭的料，你说我该怎么办？"

尚达飞哼了一句豫剧《朝阳沟》："亲家母，你坐下，咱们说说心里话啊、啊、啊……"

王延安被尚达飞逗笑了，因为今天王延安主动承担责任，尚达飞心里挺感动，表示一定鼎力相助，帮王延安尽快提高厨艺，他还特别善解人意地说："我一定要让你早日实现梦想——干发射！"这句话可说到了王延安的心坎上啦。

晚上下班，王延安回到宿舍打开日记本，他要把今天发生的事情统统记录在案，白纸黑字到时候有据可查。他写着写着突然想起了什么，拿出他的全家福照片，照片是他刚考上哈军工穿上新军装和爸爸妈妈的合影。

这时，向志远走进来。他是来找王延安告别的。向志远要马上回北京去开会，讨论研制"曙光一号"飞船的事情。问王延安给家里带东西吗？王延安想了想，这戈壁滩也没啥好带的，就说："向大哥，你要有空，就去看看我爸。如今老爷子的日子也不好过。"

向志远满口答应，他理应去看老将军，滴水之恩，当涌泉相报。他特意告诉王延安，今天他给徐指挥长写了封信，请求领导尊重人才，把好钢放到刀刃上，让王延安学有所用。不过不知道是否能实现。

"谢谢向大哥！与你相识，三生有幸！"王延安没想到向志远这么够哥们儿，真是帮他所需，一激动抱起向志远在原地转了一圈。

向志远意味深长地拍了拍王延安的肩膀说："你可要头脑冷静，这事急不得，需要天时地利人和才行。"

"军用馒头"事件很快坏事变好事。从此，炊事班长尚达飞和王延安结成"一帮一，一对红"，想方设法教他学做饭。在尚达飞的帮助下，王延安厨艺大长，烹饪水平进步很快，在发射团的厨艺大赛中一举夺冠，他做的饭菜广受连队官兵的称赞，威信也越来越高。

在发射团五好食堂和优秀炊事员的颁奖大会上，优秀炊事员王延安在会上介绍经验说:"古人言:兵马未到,粮草先行。我们这些火头军就是给兵马做粮草的。咱们戈壁滩,冬天就是老三样:土豆、萝卜、大白菜。就这老三样,我们也要花样翻新,土豆丝、土豆片、土豆块,红烧土豆块、凉拌土豆丝、肉炒土豆片。依此类推,土豆加上萝卜、大白菜,老三样就能做出新几十样菜来……"王延安的讲话幽默风趣,引来一阵阵笑声和掌声。

会后,基地后勤范部长亲自带队到王延安所在的食堂学习取经,品尝他做的饭菜。大家围着王延安看他做菜的工艺流程。王延安是个人越多表现越出色的人,端着菜勺炒菜,讲解着炒菜的诀窍:戈壁滩上只能吃到干海带,用淘米水泡发干海带,既节约用水,海带又易涨易发,炒时易烂,而且味道美极了。

王延安指着刚出锅的肉末炒海带说:"不信你们尝尝,蚂蚁上树味道怎么样?"

大家边品尝边赞不绝口地说:"王延安的肉末炒海带味道就是不错!而且还起了个好菜名。"

尚达飞为大家拿来了碗筷,让大家愿意吃哪个就吃哪个,还不忘恭维一句:"王延安可是哈军工的大学生、助理工程师,高素质的大厨师!这都是科技含量高的特色菜。"

亲临现场交流会的基地后勤范部长看上了王延安的厨艺,觉得这小伙子聪明机灵,厨艺高超,想把他调到机关食堂给首长当大厨,于是悄悄把王延安拉到一边小声说:"王延安,首长小食堂正需要一个炒菜好的大厨师,你愿意去吗?"

王延安以为自己的耳朵听错了,故意大声问:"范部长,你说什么?"

"首长食堂需要一个好大厨,我看你行!"范部长笑呵呵地说。他觉得这是一个好事,那时连队食堂一个星期才能吃上一顿肉菜,到首长小灶做饭自然嘴和胃就亏不了。

王延安歪着脖子说:"报告范部长,你是在开玩笑吗?难道你就真想把萝卜种到白菜地里去?让我这学导弹工程的摇身变为炒鸡蛋的特级大厨,那我岂不是种了别人的田,荒了自己的地。"

范部长始料不及,没想到王延安当众拒绝。他一脸尴尬:"王延安,你就好高骛远吧。"

高建军看见，为了给范部长挽回面子，找个台阶下，他半开玩笑道："王延安，你可别聪明反被聪明误，机不可失，时不再来！范部长这是看得上你！"

王延安脖子一挺底气十足地说："我干发射会更出色！不信你可以考考我。"

高建军想教训一下恃才傲物的王延安，当众出题考他火箭卫星知识，说："王延安，你不要吹牛，吹牛就要有吹牛的本事。我先问问你，中国第一颗人造卫星的重量是多少？"

王延安脱口而出："173公斤。"

"那么中国是第几个能独立研制和发射卫星的国家？"

"第五个。"

"请你说出前四个国家第一颗卫星的名字和重量。"高建军觉得这道题还有点难度，得杀杀这小子的傲气。

王延安胸有成竹地回答："苏联发射了世界上第一颗人造地球卫星伴侣一号，重83.6公斤。美国发射的探险者一号卫星重8.22公斤。法国发射的试验卫星一号，重42公斤。日本的大隅号卫星，重量只有9.4公斤。比咱们的卫星仅早两个多月。"

高建军心里满意嘴上却说："王延安，你只知道卫星的重量还远远不够，我们还要知道发射部队肩上的担子有多重！要看到我们任重而道远！"

王延安为了缓和气氛，向范部长一个立正敬礼，说："谢谢部长对我的关心！我知道一个人考入大学靠的是分数，而走入社会取得成功，要靠能力和全面素质。当然更靠领导信任。对于我来说，人生最痛苦的莫过于才华无处施展，不能投身自己所热爱的事业，眼睁睁地看着国家需要科技人才，我却无用武之地。我每天夜深人静时不停地演算数学公式，是怕我的脑子长期不用会废掉会生锈。有人说我不务正业，我却在思考一个问题，革命的分工需要我们做好本职工作。但是，如果大家都只是本本分分地搞好本职工作，没有更高追求，中国革命也绝不会成功。所以，我虽然站在锅台旁，是站在今天看明天，只要我还在发射连，我就有机会搞发射,这就是我的战略思维。"

他的一番大道理让范部长感动了,范部长马上表态:"王延安同志就留在英雄发射连,也许他搞发射会更出色。但是响鼓也要重槌敲,你们要把他敲出块好钢来。"

"是!"高建军答道,"请首长放心,我们一定让王延安同志百炼成钢。"

王延安心领神会,高兴得差点蹦起来,他终于快熬到头啦!

第六章

1

中国第一颗人造地球卫星发射成功,陆莎可谓是双喜临门。因为她的业务技术好,为这次卫星发射准确预报了天气,使发射指挥部选择了最佳发射窗口,火箭一飞冲天,卫星准确入轨。上级对气象站的工作做出了充分肯定,气象站因此荣立集体三等功。陆莎为"东方红一号"卫星做出突出贡献荣立了个人三等功。

党支部开展了"火线入党"活动,及时召开了支部大会发展新党员。会议室里,墙上挂着鲜红的党旗,气氛凝重而庄严。全体党员讨论陆莎入党问题。

陆莎的第一入党介绍人是气象站的吴主任,他打心眼儿里感谢陆莎的准确预报,这发射日的天气预报报错了,那麻烦就大了。追查责任那可是吃不了兜着走,对于发射与个人来说都事关重大。所以,吴主任站起来环视左右,要为气象站的业务尖子陆莎当好第一入党介绍人。

吴主任清了清喉咙,简明扼要介绍了陆莎的情况,充分肯定她表现最突出的一点,就是在关键时刻经受住了考验,为这次卫星的发射窗口选择了最佳的发射天气预报,也为气象工作最终得到上级的肯定做出了重要贡献。她本人荣立三等功,就充分说明了这一点。当然,她也有一些缺点,比如团结同志方面还不普遍,那是因为她要拿出更多的时间研究天气预报,她竭尽全力在搞好本职工作,人无完人嘛……

党员们面无表情地听着。党支部书记郭志民宣布下一项议程。请党员同志们发表意见。陆莎低着头，脸上的表情渐渐紧张起来。会场里寂静无声。

会场后面的一角，有两个人在窃窃私语："咱们可得躲陆莎远点，小心她把咱们献了忠心。""王延安幸亏没和这个革命左派结婚，爱打小报告的老婆咱可不能要。""谁让你要了？人家还要攀高枝呢！"

"有话大声说，不许开小会！"郭志民看会场上一片寂静，冷场了，又补充几句，"陆莎同志对党忠诚老实，政治立场坚定。特别是，陆莎同志为中国第一颗'东方红一号'卫星发射的天气预报做出了重要贡献，完成任务好。同志们有什么不同意见还可以补充发言，没意见我们就表决。"

这时，刚才坐在后面说悄悄话的一位男党员站起来："我说一点不同意见，陆莎同志业务技术好，天气预报准确，没错。可是在政治问题上，她也把搞气象的那一套用上，总是在观察政治风向标。我认为，共产党员应该有自己分析问题的头脑，不能随风倒，更不能损人利己。"

陆莎低下了头，她发现大家都用异样的眼光在看她，在慢慢地疏远她。

郭志民心里明白刚才那位党员话里有话，表面上在说陆莎，其实又和他有关，得赶快扭转局面，他环顾了会场一周，让大家开始表决，同意陆莎同志加入党组织的请举手。

会场上稀稀拉拉有人举手了，郭志民挺为陆莎担心的，他开始用眼睛逐一打量，有人犹豫着把手举了起来。他数了选票勉强够半数，才说："不同意的请举手。"几个党员旗帜鲜明地举起了手。

"弃权的请举手。"郭志民话音刚落，就看到有几只手举起来居然表示弃权。

郭志民清了清嗓门大声宣布计票结果："今天到会的党员共有 52 人，同意陆莎同志加入党组织的有 29 人，不同意的有 13 人，弃权的有 10 人。同意的人数超过了半数，支部大会表决的最终结果是：通过。希望陆莎同志加入党组织后，戒骄戒躁，以共产党员的标准严格要求自己，争取更大的进步！陆莎同志，你给大家表个态吧。"

让郭志民万万没有想到的是，陆莎涨红了脸，站了起来，她表情痛苦地低着头，紧咬着嘴唇，大滴大滴的泪水从她的眼角无声地滚落下来。终于入党了，她为发射日的天气预报付出了多少心血，她不想说，那是应该付出的。自从匿名信那事之后她就变得寡言少语了，她知道自己入党为什么这样艰难，这和她交出了王延安的家信有关，也和他们分手有关，这不全怪她，大家误解了她。

此时此刻冷场了，众人愕然地看着陆莎。郭志民想缓和一下会议室里的气氛，却一下找不到合适的词语了："陆莎同志，你给大家说几句吧？"

陆莎没有回答，她终于忍不住了，满肚子的委屈、悔恨和懊恼……随着眼泪哗哗地倾泻了出来，她双手掩面冲出了会议室。

王延安总算有希望从炊事班毕业，星期天按说理应平安无事顺利度过，偏偏炊事班没柴烧了，郭志民安排王延安和炊事班的战士们去戈壁滩拉干枯的胡杨树干和红柳回来当柴烧。可是打柴这种事只能舍近求远，给航天城遮挡风沙的树林那都是徐指挥长的命根子，航天城里的大人小孩都知道徐指挥长还有一个美称叫"树司令"。郭志民光想着惹不起"树司令"，而忘了去看陆莎的天气预报。

曙光初照的星期日，一轮朝阳随着军号声从沙海中冉冉升起，把弱水河畔的胡杨林照得火红。发射连打柴的解放牌大卡车已经出发向浩瀚的戈壁滩纵深开去，大卡车车后飞扬起的黄沙像条黄龙跟着他们在戈壁滩上飞奔，炊事员们一个个满脸尘土，却是心旷神怡。卡车终于停在了几棵歪歪扭扭的干枯的胡杨树旁。

此时，金色的阳光茫茫一片，无比晃眼，王延安、尚达飞和炊事员们把干柴装到了卡车上，大家站在滚烫的沙漠，解放鞋烤得直烫脚，一个个口干舌燥，水也喝完了。

尚达飞去车上拿军用水壶，却发现司机趴在方向盘上，直叫肚子痛。尚达飞给司机喝水。司机满脸淌着冷汗，把水壶推开，坚持把水留着给汽车喝。

王延安闻讯走过来问司机是不是中暑了？让他先喝点水，肚子疼千万别勉强。

"他不能开车了，咱们怎么回去啊？"一个小战士舔舔干裂的嘴唇说，

"等到明天，咱们就会渴死的！"

大家束手无策，都不说话了。王延安看司机抱紧方向盘满脸冒出黄豆大的汗珠，肚子疼得直叫唤，像是得了阑尾炎，就说："我曾跟父亲的司机学过开车，让我试一把。"

司机不同意："这可使不得，戈壁滩坑坑洼洼都是搓板路，你没有驾驶证就不能开车！"

众人纷纷发表意见，有说行的，也有说不行的。"不行就是不行！"尚达飞坚决不同意。炊事员们都不吭声了，纷纷坐到汽车的阴影下躲太阳去了。尚达飞和王延安把车上的树枝树干都捆结实，一切就绪只等着司机肚子不疼了就开车返回。

烈日下，巴丹吉林大沙漠的地面温度已经超过了50℃，他们四周都是被晒得滚烫的沙丘，热浪翻腾，太阳顶在头顶上，烤得他们快虚脱了，一个个都觉得眼前一阵阵发黑。几个战士已经钻到大解放卡车下，平躺着躲太阳。

王延安看着身旁几棵枯死的胡杨树，树干上已经找不到一片叶子了，恍惚间，他看到树上掉下来一只小鸟，在地上挣扎了几下就不动了，小鸟的生命随着水分瞬间蒸发掉。他再仔细一看，其实他面前什么都没有，只是一种幻觉。荒芜的戈壁泛着黄褐色的热浪，干燥戈壁上的骄阳更让人心生畏惧，正是这恶劣的环境气候造就了荒芜。

司机仍然趴在方向盘上，不时发出呻吟声。尚达飞束手无策，给他头上抹着清凉油。司机说："班长，这清凉油不中，眼睛辣得睁不开，肚子还疼。"

王延安急了，他知道这戈壁滩还有一个名字叫"死亡之海"，与其等在烈日下晒成木乃伊。不如他来冒险开车送大家回去。即使给他处分也认了，一个人的处分如果能换来大家平安返回，一个字，值！

尚达飞坚决不同意，他是为王延安着想，不是驾驶员不准开车，这是部队铁的纪律。王延安只有不犯任何错误才能顺利转岗，去干他喜欢的发射火箭。

"尚班长，救救我！你还是让王延安开车吧，我在旁边帮他。回去咱们谁都别说是他开的车。"司机也改变了主意，他觉得只要有人能赶快把车开回去才能救他的命,否则肚子疼得实在受不了。不能他一人倒下,连累一班人回不了连队。

与此同时,郭志民正在办公室着急,因为陆莎告诉他有沙尘暴要来了,可拉柴的人还没回来。他后悔自己怎么没提前看看天气预报。

这时李翠华气冲冲地进来,看到丈夫正和一个女军官说话,气就不打一处来:"娃他爹,星期天我把饭菜都做好了,你在这闲聊天不回家,你的客人来了怎么办?"

郭志民就火了:"你别添乱!炊事班到戈壁滩拉柴,现在还没回来,你说我哪还有心思吃饭?"

"你吃不吃没关系,你请的客人你接待。"李翠华冲丈夫直嚷,"还有,你一定要请高营长来咱家,他是营里的一营之长,非请不可。"

"你啰唆个啥?你没看我这儿有急事吗?你回家管你儿子去!我要打电话啦。"郭志民根本没有心思理她,一把就把老婆推出门去,把屋门砰的一声关上。他拿起电话拨给高营长紧急求援:"炊事班一大早就出去打柴,往常中午就回来了,现在都快开晚饭了,还不见人。"郭志民今天真是语无伦次了,"高营长,看这天快刮沙尘暴了。你赶快派几辆车去找一下他们,拜托了。"

高建军一放下电话,就派了三辆北京吉普立即出发去戈壁滩找王延安他们。他知道,在空旷浩瀚的戈壁滩上,找到大解放卡车谈何容易!所以,他千叮咛万嘱咐让几辆车的司机如果找不到卡车天黑前一定要返回驻地。

气象站的预报又应验了,远处的戈壁上刮起了沙尘暴,挡住了烈日的烘烤,也挡住了大家的视线,天地浑黄一片,沙尘狂野不羁,像一堵活动的沙墙向他们迎面扑来。大自然用呼号的黄沙风来摧毁不属于这里的一切,用被骄阳炙烤的滚烫的黄沙来掩埋出现在死亡地带的生命,年轻的军人在荒野上已随时感受到死亡的威胁。

王延安听陆莎说过,戈壁滩刮起沙尘暴来,风速最高可达到每秒25米,能把大活人刮跑,他赶紧把捆柴的绳子扔给战士们,让大家快拿绳子把自己捆到汽车上。

风沙弥漫中，王延安和战士们互相帮助把胳膊腿都捆到了背风的车帮上。有人哭泣有人担心：天快黑了，回不去怎么办？

"哭有屁用！男人活在世上，就要与天斗其乐无穷。"王延安说这话时底气并不很足，其实他满脑袋里想的都是怎样荒野求生。

王延安最担心的就是可恶的沙漠风暴把戈壁滩上留下的汽车辙辘印一扫而光，在茫茫的戈壁沙漠中迷失方向，那他们就惨啦！他再也不能等待了，飞快爬上驾驶楼，让司机坐在副驾驶的位置上。王延安坐在司机的位置上，握住了方向盘。

尚达飞站到了车头前拦住了汽车："王延安，你就不怕给你处分吗？"

"我不怕！怕这怕那，就不是我王延安！我不甘心死在这汽车旁，壮志未酬，与其在这儿等死，还不如豁出去了。"王延安扯着嗓门说。可惜他声嘶力竭的喊声让狂风吹散，大家没有听得太清楚，黄沙风夹带着粗大的沙粒直扑进他的嘴里，他赶紧往外吐。

"这么大的沙尘暴，你行吗？"尚达飞瞪大了眼睛质问道，满天的黄沙风乘机而入把沙子吹到他的眼睛里，他用手揉着眼睛，简直不敢再看这个沙尘世界了。

"行也得行，不行也得行！我们必须荒野求生，我是干部，尚达飞你是战士，你必须听我指挥。我命令你，让所有人员上车！捆好自己，别让大风给刮跑了。"

王延安让尚达飞和司机在驾驶室里帮他盯好方向，看清前边的路况。他说完一踩油门，谁想到车纹丝不动，司机在旁边说："王老排，你还没拉手刹呢！你行吗？"

尚达飞坐在驾驶室里看得明白，顿时脑袋"轰"地一下，心跳加速，虚汗直冒，这不是赶鸭子上架吗？脑袋随之一片空白，他们既不能坐以待毙，又不能冒险前行，咋办啊？他的眼前一片黄沙，看东西都重影了。然而他们必须死里逃生，这就是命啊！

司机简明扼要给王延安指点了一下，汽车就在王延安的手脚配合下开动起来。这辆孤独的解放牌大卡车在戈壁滩的风沙里飞奔，汽车轮子在戈壁的搓板路上剧烈颠簸向前，车上的人也随着大厢板的跳动而东倒西歪、心跳加速。

暮色降临时,王延安终于有惊无险把大解放车平安开回基地首区。尚达飞佩服得五体投地,王延安居然有如此惊人的胆量和方向感!他哪里想到王延安在清沙连的寻道历练,确实有助于他在沙尘暴中沿铁路辨明方向。

此时,坐在副驾驶位置上的司机满脸直冒冷汗,连喊带叫:"我肚子疼死了!"王延安就直接把车开到了医院大门前。跳下车,放开嗓门就大声吆喝:"快救人啊!"

梁欢正在值班,和一帮医生护士跑前跑后地一阵忙,把司机抬进了医院的急诊室。

尚达飞下车后,立即给郭志民打电话报告了情况。郭志民才算放下心回家请客。

这天,是儿子出生百天,郭志民和李翠华按老家习惯要请客吃饭,为准备这顿家宴夫妻两人还吵了一架。本来家里就经济困难,可不找个理由请客吃饭,拉拉关系帮郭志民提拔,找找门路给李翠华想办法随军,这两地分居的军嫂可就苦了。这让一贯严格要求自己的郭志民心里特别纠结,他们两口子最后总算达成了共识,认为联络感情破费点值了。偏偏这天炊事班外出打柴遇上了沙尘暴,现在总算平安返回。他们这顿家宴才能按期进行。

炊事员们平安回来,高建军心里的一块石头总算落了地。他和徐南征最先到了郭家。看到郭志民家里摆设极其简单,为这一桌子饭菜倾尽全力,他们简直觉得不忍心吃了。

此时,郭志民心事重重,一见高建军来脸上立刻挤出了一丝笑容道:"高营长,谢天谢地,王延安他们总算平安返回了!"

"那我就放心了。"高建军说着就把徐南征拉过来,介绍给郭志民,"我爱人徐南征,医院外科的一把刀,你要是需要动手术就找徐医生。"

"翠华,过来,见一下嫂子。"郭志民赶快招呼李翠华。

李翠华正给床上的婴儿换尿片子。她抬起头来看了一眼徐南征,羡慕地说:"嫂子是大军官,一表人才,好美哟!"她给婴儿换完尿片手也不洗,又去摆弄桌上的饭菜,嘴里还忙忙叨叨地说着:"徐大夫,尝尝我做的川菜,味道棒极了!"

徐南征皱了皱眉头,拉了一下高建军的衣袖。高建军心领神会,说:"我那老泰山已经说好了,让我们新婚夫妇回家吃晚饭。"

郭志民一时摸不着头脑地问:"你老丈人是谁呀?"

这时,王延安闯了进来,打断了他们的对话:"司机肚子疼……疼极了!有的医生说是急性阑尾炎,有的说是胆囊炎,还有的说胰腺炎,反正不管是什么炎,要开刀,要让领导来签字……"王延安上气不接下气喘着粗气。

"王延安!"徐南征突然惊呼道。她没想到在此时此刻见到了她儿时的同学。可她来不及叙旧,拔腿就走,回医院去看病号,准备手术。

王延安拿着签了字的手术单跟着徐南征就跑出了门。高建军看着他们的背影,奇怪他们两人怎么认识的?好像还是老朋友。王延安这臭小子,话都没说清楚就跑了。

别看徐南征脚步匆匆,说起话来照样挺麻利,她像机关枪一样快言快语道:"王延安,你小子变了!"

"啥变了?"王延安开玩笑说,"你是说,我小时候调皮捣蛋,现在变成军容严整的革命军人了?"

"别臭贫!你到基地来,也不来找我。无情无义!"徐南征把大眼睛一瞪说。

"错!咱们可是青梅竹马的革命友谊,海枯石烂不变心!"

"那你还不来找我?"

他们像小时候一样你一句我一句打着嘴仗。王延安没有告诉徐南征是她老爸不让去找她的。他佩服徐指挥长,领导自有深谋远虑的高明之处。

徐南征气喘吁吁跑进了医院,边穿白大褂,边板着脸对尚达飞等炊事员下令说:"你们这么多人乱糟糟的,留个代表,其他人都出去!"

尚达飞对大家挥挥手,让他们都先回去,他留下来。然后,提醒王延安要向郭指导员报告他开车的事,没有不透风的墙,得争取主动,坦白从宽。

"班长你放心,好汉做事好汉当!现在救人要紧。"王延安心领神会道。

徐南征转过头来毫不客气地说:"你们两个出去啰唆!"两个男人赶快闭嘴出门,毕竟医生治病救人才是最重要的。

徐南征给病人按着肚子问这儿疼不疼?那儿疼不疼?然后对梁欢说:"我看这病人有转移性的右下腹疼,这里有压疼感,可能是急性阑尾炎,得赶快手术,耽误了还会发展成化脓性的阑尾炎,要穿孔的。你们动作快点,把查血等各项检查都做了,准备手术。"徐南征说完一转身走了。

梁欢和护士长做术前准备,护士长让梁欢快点给病人做备皮。

梁欢愣了一下,很快又点了点头。她从书本上学过,所谓"备皮",就是病人在术前,由护士将他的手术部位上的体毛剃干净,以便术前更好消毒,术中更一目了然,术后也不易感染。这是梁欢的第一次实践机会,也是因为时间紧,人手不够才给了她这次机会。接下来的事情却让她意想不到。

司机入住医院觉得自己有救了,心情也好多了。尤其是看到戴着大口罩的梁欢眉清目秀,就想起白衣天使这个名词,马上忍着肚子疼面露微笑。

梁欢要给他备皮。司机很茫然,不知自己该怎样配合,乖乖地一动不动,二人四眼相对僵持在那儿。

护士长果断命令司机病号:"快点脱裤子!"

司机顿时脸通红,把病号裤脱了下来。

护士长又命令司机病号:"把内裤也脱下来!"

司机犹豫了,看看护士长,又看看梁欢,再扭过头来看看病房里还有三个病号,有一个病人刚做过手术正在呻吟,还有两个等待手术的病人在看热闹。

这时,护士长威严地发布了第三道命令:"你们病号都把眼睛闭上。"

于是司机闭上眼睛,脱下了内裤,赤裸地展现在梁欢面前,他心里在想,那个漂亮的小女兵一定在看他……梁欢的眼睛眨了一下,脸滚烫滚烫,好在戴着口罩,不然脸就羞成了一块红布。接下来更尴尬的事情发生了,梁欢好不容易定下神来,眼见为实,要亲自动手操作伸出手去触碰那个需要剃体毛的东西,那东西却莫名其妙地起了变化,梁欢顿时手足无措,不知该如何是好。

最后还是护士长手脚麻利地做了备皮。然后说:"傻丫头,怎么什么也不知道?"梁欢神情恍惚地把病人用推车推进了手术室。徐南征的手术被称为"美女快刀",做得漂亮顺利。可是梁欢备皮的故事,却让那几个假装闭眼的病号多嘴多舌告诉了前来看病号的尚达飞和王延安,成为经典笑话。

尚达飞是个聪明人,文化不高却会察言观色,能猜透领导心思。他知道郭志民此时一定忐忑不安,心情焦虑。果然,这时郭志民已经没心思吃饭了,满脑袋都是人和车。虽然安全回来了,但是王延安私自开车问题严重、违反部队纪律,坚决不允许再次发生!为严明军纪,他正琢磨着根据部队的《纪律条令》应该给他个什么处分。

所以王延安刚迈进他的家门,郭志民就劈头盖脸说:"王延安,谁让你私自开车的?按规定我要处分你!"

王延安早有思想准备,马上送上违纪开车的检讨。

郭志民看了一眼,那张检讨书就半页纸,最后一句话写得明明白白:根据开车的结果,炊事班转危为安,我不后悔!一个惊叹号后还有一个要求,参加驾驶证考试,如果考不过,愿意接受处分。

高建军接过那张纸一看,笑了。这小子果然聪明!给当领导的将了一军。他虽然不是驾驶员,但不让考驾照也是说不通的,他肯定要让领导拿出法律条文的依据来。

高建军轻轻拉了郭志民一把,小声耳语道:"老郭,我看这事还得从实际出发,救人要紧。考虑到王延安出发点是好的,结果是好的,让炊事班躲过了一劫,他们安全返回,你批评教育一下他就行了。再说如果他考取了驾照呢?"

高建军又转过头来对王延安大声说:"王延安,虽然你救人有功,但你知道不知道老郭为你们都急坏了。你救人有功,但违纪开车,功过相抵,暂时不给你处分,以观后效!"

"领导高明!谢谢高营长!"王延安说着转身就要溜走。

高建军绷着脸:"王延安,你少恭维我!少给我惹点祸就行啦!你小子可别骄傲,这次饶了你!这事你们炊事班长也有领导责任,让他也做检查。"

"高营长,那可不行!这次不关班长的事,我们班长可是好人!不是班长让我开的车,是我非要开车的,我是干部,他是战士,他得听我的!你处分我好啦!"王延安知道尚达飞胆小怕事,何况他当时确实持反对态度,不准他开车。

高建军扑哧笑了:"你还真是好汉做事好汉当呢!"

"高营长,我王延安犯的错误怎么能怪别人呢!不过这事不能影响我搞发射。"

"那要看看你大会上的检查能不能通过。"高建军给王延安留了个悬念。他没想到王延安的嘴还真快,立马补充了一句:"那还应该看我能不能通过驾驶员考试。"说完转身走了,一出门竟然还哼起了歌:"真是乐死人呀,真是乐死人……"王延安心里有数,那要感谢老爸的司机,早就教会他开车了,后来他还考了驾照,只不过那是地方本,没按时年审过期了。

郭志民有自己的打算,此事必须杀鸡儆猴,教育从严,以免以后再有人无证驾驶。他知道高建军喜欢王延安这样有能力的干部,所以话头一转:"高营长,吃完饭再走,今天我儿子过百天,我请客吃正宗的川菜。快来坐下,品尝一下我老婆的厨艺。"

"今天我有事,先认认门,改天我们再聚。"高建军想和王延安一起走,郭志民一把拉住了高建军,高建军看看屋里没外人了,就提醒他以后不许在徐南征面前胡说八道。

"明白。我照办就是。"郭志民心领神会,别看高建军当了营长,照样怕老婆。他想说的一定是梁欢的事,别看那是个女兵娃子,在部队很是引人注目,这没办法,戈壁滩男多女少,如同狼多肉少。

高建军给郭志民简明扼要讲过救梁欢的全过程。那是他们一起去上海接兵的一天晚上,高建军看见三个小痞子追在梁欢的身后喊:"大眼睛,你跑什么啊?交个朋友!"梁欢拼命在前面跑,小痞子在后面围追堵截喊:"白毛女,大春想你了!"

高建军就迎着他们跑去,一声大吼:"小子们,都给我站住,解放军正等着抓你们呢！"

那帮小痞子一看他是虎背熊腰的解放军，吓得四处逃窜。高建军担心再出什么问题，就亲自送梁欢回家了。梁欢的家住在大学校园里，她的父母亲都迎出来，对他是千恩万谢。

这时候，梁欢突然咬破手指，在一张白纸上写下四个鲜红的大字："我要当兵！"她瞪着大眼睛，目光坚定地举着血书，站在他面前。高建军说，你这么小的年龄到部队连步枪都扛不动，能干啥？她说，我能宣传毛泽东思想，我会跳白毛女和红色娘子军。当即穿上芭蕾鞋就跳起舞来。小姑娘还真会跳芭蕾舞……

可高建军马上就犯愁了，发射场没有文工团，这小姑娘去了能干啥？

"我能当赤脚医生。"梁欢回答得干脆利落。她妈妈马上解释，"梁欢的爷爷是个老中医，从小爷爷就教她背药方，学校不上课了她就跟着爷爷学中医，中学毕业后非要上山下乡当赤脚医生。她年龄太小，我们不同意。"

当时团里正想招几个文艺兵活跃部队生活。高建军就给团长打电话，团长说，有文艺特长的新兵更好，戈壁滩缺少文艺活动，就把她特招来当个卫生员吧。

郭志民对高建军一直有种说不清的羡慕和嫉妒。高建军是火箭干部，过去他们平起平坐，现在他是顶头上司。老天造人，机会均等。可他现在迫切的奋斗目标是，提副营争取老婆随军。

高建军跟李翠华打了声招呼："嫂子，我先走了，改天再来看你和孩子。"

和郭志民一起入伍的山东战友们陆续来到郭志民的家里。肖干事拍着郭志民的肩膀，开玩笑道："郭志民啊，郭志民，高建军的老婆那是徐指挥长的女儿，连这点你都搞不明白，你还想进步吗？"

郭志民这才算整明白，他们家为什么阴盛阳衰。

"高建军是徐指挥长看上的乘龙快婿，我们干部部还特意派人考察了高家的祖宗三代。"肖干事又继续揭秘，高建军老婆厉害，那是医院的第一把手术刀，这将门虎女也不是那么好享用的。他们是旗鼓相当，你们也别羡慕嫉妒恨！

郭志民满面笑容地招呼大家快坐，尝尝他老婆的手艺，正宗的川菜。还拿出一瓶五粮液给大家倒酒。

一桌人说着笑着。小个子四川排长姓李，是李翠华的四川老乡，老乡见老乡两眼泪汪汪，李翠华到部队没几天他们就凭着四川口音混熟了，这时他嘴里津津有味地吃着辣子鸡丁，赞不绝口夸嫂子的川菜正宗，味道好极了！

"逢年过节咱们一起到嫂子这儿来吃川菜，大家来聚一聚。怎么样老郭？"肖干事只喝了一杯酒就满脸通红。

"肖干事，你亲自来寒舍，不胜荣幸！干部部的有实权，吃饱喝足了，别忘了给嫂子办随军。"郭志民也不忘提出他的所求。

"别说些文绉绉的见外话，咱们两人是一个村出来的，你的事就是我的事。放心吧，老兄！"肖干事又端起一杯五粮液灌进嘴里。他看到李翠华又端上两大盘麻辣猪蹄和辣子鸡丁，让嫂子快坐下一块儿吃。

大家吃着菜，喝着酒。李排长举着酒杯，满脸通红喝醉了，说着四川酒话："你个龟儿子郭志民，马列主义照别人，把老乡都丢球了，不给老子面子，不批准我结婚，我对象的爷爷是地主怎么啦？地主早就被打倒了。你搂着四川老婆倒美！老婆孩子热炕头……"

健壮高大的李翠华腾地站起来，一手就把小个子四川老乡的头夹到了腋下，大声骂道："你个龟儿子，你个锤子，你今天什么意思？给我说清楚！"

郭志民不知所措地站在旁边，尴尬地说："好老婆，你快住嘴！求求你，别闹了。闹够了吧？"

大家顿时瞠目结舌，愣了。

郭志民对小个子排长连连作揖道歉："对不起，对不起……看在我的面子上，别跟你大嫂一般见识。就算你给我个面子吧！"

李排长一下就醒酒了，满脸通红地把裤子穿好，说："好男不跟女斗。你堂堂的郭指导员指挥得了发射连，怎么就指挥不了你老婆？你好好管管你老婆，这老婆不教训不行，让她由着性子干，将来这老娘们儿能上房揭瓦，欺负咱老爷们儿！"

李翠华怒道："闭上你的乌鸦嘴！解放军说话要讲文明，人不犯我，我不犯人。吃着我的饭,还想欺负我,告诉你,没门儿!"

肖干事站出来和稀泥道:"兄弟呀,不就是政审不批你结婚吗?要是政审不合格,兄弟我给你介绍一个自带粮票的城市姑娘,我老婆是县妇联主任,她那里有的是好姑娘。"

李排长这才罢休。大家吃饱喝足都走了,郭志民和李翠华面对一桌残汤剩饭吵起架来。

郭志民非常气愤,钱也花了,客也请了,要办的事没办,还闹了一场笑话,火冒三丈训老婆:"你也太让我丢人了!你当众丢我的面子啊!本想咱们有了儿子,借此机会请肖干事帮个忙,想办法帮你把随军手续早点办好。你看看你,非要把你的四川老乡李排长请来,请来就请来吧……你们是丢人丢到家了!"

"你这个窝囊废,别人要日你老婆,你连个屁都不敢放,你还算个男人吗?"李翠华毫不示弱。

郭志民腾地火了,拍着桌子大骂道:"你还反了,让你丢我的人!让你说我不是男人!我得好好教训你……"

"解放军不打人骂人!我告你们领导去!"

"你还敢告状?"郭志民气急了上手就甩了李翠华一巴掌。

小婴儿躺在床上大哭起来。李翠华一生气抬手就把饭桌掀翻了,她抱起儿子哭着说:"我明天就回老家!谁稀罕你们戈壁滩!兔子都不拉屎的地方!"

郭志民大怒:"你竟然看不起我们戈壁滩,中国的卫星是从这里发射升空的,看不起戈壁滩就别当我老婆!"

"动不动就上纲上线,这日子没法过了!"李翠华喊道。

"李翠华,你个落后脑袋瓜,不配当军嫂!不过就不过!"郭志民愤然起身拉开房门,头也不回,摔门而去。他还有好多事,没心思和老婆吵架。

郭志民万万没想到的是,他摔门而出,麻烦跟着就来了。一个紧急电话就把他叫到了火车站。李翠华怀里抱着孩子要回山东老家。郭志民料她一个人抱个吃奶的孩子,手里还提着提包和一包尿片子也不敢上路。他眼巴巴地看着李翠华,赔着笑脸好言相劝:"老婆,你说走还真走呀?我保证以后再也不打你，君子动口不动手。原谅我，给我一次改正的机会，好吗？"他用诚恳的检讨等待老婆回心转意。

"我让你永远记住打老婆的教训。"李翠华板着脸，抱着孩子一转身就上了火车。

这时，尚达飞跑过来，他已经给李翠华买好火车票，要把嫂子送出戈壁滩，送上去山东的火车。他提着提包就跟着上了火车。尚达飞没想到自己这次可是拍马屁拍到马蹄子上了。

郭志民看着他们的背影，又气又急，这傻小子尚达飞，真是热情过度，帮倒忙！你倒是想办法给我把老婆劝回来呀！她带个吃奶的孩子，回老家咋办啊？他开始后悔自己不该打老婆了。

2

高建军出了郭志民家就到了徐指挥长家。徐南征做手术还没回来，她是家里的幺姑娘，上面三个哥哥全都让着她。再加上徐南征从小就学习好，现在身为军医业务又好，南征妈是基地医院院长，对女儿的医术很是自豪，父母都把她捧为掌上明珠。女婿到家里来，当妈妈的格外重视，不仅要让女婿吃好喝好，自然也要多嘱咐几句："建军啊，南征跟了你，你要像哥哥一样呵护她。我的姑娘我知道，脾气厉害心眼儿好，她要是耍小脾气，你就让着她点儿。"

"妈，你就放心吧，我会体贴南征的，处处让着她。"高建军满口答应。

"南征从小没干过什么家务活，你们成家以后，她这个外科医生又要上手术台，又要值夜班挺累的。你要有空多干点家务活儿。"这时徐指挥长走进家门打断了她的话："老太婆，咱家南征是你的宝贝姑娘。建军可是我看上的有发展前途的干部苗子。他们小家庭家务活谁干多少，你就不要操这份心了，就说今晚咱们吃啥好的吧？"

"饭都做好了，就等你和南征了。"南征妈迎上去接过徐指挥长的军装挂在墙上。

一家人等徐南征手术做完，才算吃上一顿团圆晚饭。吃饭时，徐南征因为手术成功，心情很好，看高建军拘束，就使劲儿给他往碗里夹菜，还对父母说："老妈老爸，你们就放心吧，有你们在，建军就不敢欺负我！"

高建军也赶紧表态："爸爸妈妈放心，我一定让南征生活得快乐幸福。"徐指挥长举起酒杯说："你们年轻人还要事业有成啊！"

又逢星期天，连队要改善伙食，炊事员人手不够，于是这成为王延安在炊事班大显身手的最后一天，他理所当然要站好最后一班岗。就在做最后的晚餐时，他听到了风吹草动……于是迅速想好了对策，干活特别卖劲儿，脸上身上全是汗，正挥着炒菜的铁铲在大铁锅里土豆烧牛肉，不知啥原因突然晕倒在锅台旁。炊事员们七手八脚一片忙乱，把王延安抬到拉菜的三轮车上，几个人飞快地蹬车把他送到了医院。

果然不出王延安所料，循规蹈矩的郭志民，把王延安救炊事员脱险的事本着一分为二的原则详细报告了团政治处，没想到政治处崔主任要严查事故苗头，要把无证驾驶的王延安当典型抓。让王延安当着全营官兵做检查，杀鸡给猴看，这简直就是要了他的命！

夕阳西下，吃过晚饭，全营官兵集合完毕，崔主任和高营长已经坐在主席台上。会场上歌声此起彼伏，听会的人都来了，做检查的王延安却进了医院。把郭志民急得满头大汗，他凑在高建军的耳旁小声报告：王延安得急病去医院未归，该咋办？

高建军知道王延安不是个省油的灯！让他去医院看看情况再说吧。会议只好临时改变议题。

郭志民直奔医院而去。医院内，医生们正在雷打不动地"天天读"，一位医生在领读毛主席的《纪念白求恩》："白求恩同志毫不利己、专门利人的精神，表现在他对工作的极端的负责任，对同志对人民的极端的热忱。每个共产党员都要学习他……"

值班卫生员梁欢正满头大汗在拖地，一看送进医院来的王延安昏迷不醒，她扔下拖把赶紧迎上来，采取各种抢救措施。

可是，王延安就是咬紧牙关，不睁眼睛。梁欢又去叫医生，走到门口却站住了，她听到会议室里正在朗读毛主席著作的声音："白求恩同志是个医生，他以医疗为职业，对技术精益求精……"她犹豫了一下又迅速返回。

梁欢开始测心率、血压，都很正常，始终查不出确切病因，心里十分着急。又赶快给王延安把脉，她纤细的小手放在王延安的脉搏上，感觉着他的呼吸、他的心跳，一切都正常，她奇怪地睁大了圆眼睛，像两个大问号。

周围的人觉得这个小女兵很可笑，摸了脉也不说话，一定是不会看病，黄毛丫头假模假样的还想冒充中医。

郭志民和尚达飞是前后脚赶到医院的，两个人都是气喘吁吁的。

郭志民明明看到王延安做饭时还好好的，怎么说不行就不行了？他会不会是心脏病发作了？可是过去谁都没发现他有心脏病啊！

梁欢劝郭志民他们先回去，王延安的病很特殊。医生都在政治学习，一会儿就来，让他们放心走。

众人出去后，尚达飞从军衣兜里掏出一封信，悄悄塞进了王延安的枕头下，就走了。

病房顿时安静下来，善良的梁欢觉得自己才疏学浅，面对王延安这个怎么抢救都不动的病人，梁欢用手温柔地摸着王延安的脑门，查看他是否发烧。王延安心里痒痒的，抑制不住内心的喜悦和慌乱，忍不住睁开一只眼睛调皮地偷看梁欢。那美丽的白衣小天使的圆眼睛里，好像有很多疑问与猜测。

突然，梁欢用手攥紧王延安的手说道："你忍着点疼，我给你扎针，别怕，扎合谷穴、人中穴可灵啦，一扎就醒。"

王延安突然大叫一声："慢！手下留情！"

把梁欢吓得后退了一步，银针掉在了地上。梁欢一下愣住了，王延安是装病！

"梁欢，我这是被逼无奈！"王延安调皮地眨眨眼睛，然后瞄了一眼梁欢，梁欢那纯净的圆眼睛像碧蓝的湖水一眼望到底。刚才王延安还觉得梁欢是假装懂中医，现在他觉得这个小女兵也许是真会把脉看病，他开始担心他的鬼把戏被梁欢揭穿。王延安不由自主地摸了一下自己的脉搏，感觉到怦怦跳得很有劲儿，"这能摸出啥门道来？"他不服气地耸耸鼻子说。

"别不服气！这是祖国传统医学！是我爷爷教我的，切脉就能推知病情。"梁欢有鼻子有眼地说了一大堆王延安的脉象,比如:你的心脉短,代表你的心气不足;肝脉略紧,是你容易着急,脉浮是你的肝阳有点上亢……总之,那些中医脉象他听不懂也记不清,他只记得最后一句结论:一切正常。

梁欢出身中医世家,从小就跟在爷爷身边看他开药方,还跟着爷爷一起上山采药。爷爷行医,梁欢耳濡目染,自然而然对中医药知识略知一二,母亲是爷爷的得意门生,自然希望女儿也继承爷爷的衣钵,但发现她从小能歌善舞,就想到部队当文艺兵,穿上军装多精神啊!当妈的也就随女儿的个性和爱好去发展。那个年代,知识分子是"臭老九",女儿继承祖传中医最多也就是上山下乡当个赤脚医生。相比之下,全国人民都要学习解放军,女儿当兵才是最好的出路。女儿有文艺特长恰恰就给她当兵创造了有利条件,那时部队有毛泽东思想宣传队搞文艺演出,都喜欢招文艺特长兵。

王延安在新兵连曾经"英雄救美",于是急中生智如实招来:"梁欢,我这次是迫不得已。你能不能向雷锋学习,对同志有夏天般的火热,关键时刻帮我一把,给我开个病假条?"

梁欢歪着脑袋更正说:"我记得,雷锋说,对同志像春天般的温暖,对待工作要像夏天般的火热。"

王延安紧跟上说:"你说得对!你要给我送温暖,快去帮我开个病假条。"

梁欢疑惑地睁圆了眼睛,质问他:"你为什么弄虚作假?"

"梁欢,你向毛主席保证,发誓不告诉别人,我就告诉你。"王延安神秘兮兮地说。

"我发誓,向毛主席保证。"

王延安用手指着窗外的发射架,说:"看见没?就是为了那座发射架。"他万万没想到,梁欢这个厉害的小丫头板起脸来,指着大门道:"少给我唱高调,你走吧。"

王延安跳下病床,把枕头下的信拿给梁欢:"这是尚达飞给你写的信。"

梁欢看到信封上写着:请转交梁欢同志收。那钢笔字写得够帅的!她一抬头看到王延安走出门去,冲着他的背影喊道:"好汉做事好汉当!你想装病别来找我!"

会场上,各连队在不停地拉歌比赛,却迟迟不进入开会主题。王延安突然得"病",使郭志民措手不及,他气喘吁吁地跑回来了。高建军站在门口等郭志民,问他:"王延安怎么样啦?"

郭志民拿手直甩脸上的汗珠子,气喘吁吁地说:"我走时他还没醒过来,该不是心脏病吧?"他怎么也没想到王延安会突然病了,心里自责工作没做好,让领导为难了。

"你要小心点,他的鬼点子可比你多。"高建军提醒郭志民,"老郭啊,你没想到的事多了,王延安已经顺利通过了部队驾驶员考试。"因为高建军知道徐南征是王延安的发小,她找了运输处,让王延安正儿八经地参加了考试。王延安在会上如果说他有驾照也是个麻烦事。

郭志民张口结舌,半天没有说出话来。

高建军已经想清楚了,以后对王延安这样的大学生,领导要有海纳百川的度量,谁没有缺点?用人就要用孙悟空这样的人物,用能人就不怕他调皮捣蛋,要想办法镇住他。王延安就是个孙悟空,响鼓也要重槌敲,管好他,约束他。对他的批评教育还要注意方式方法。

高建军今天正好抓住机会开个发射卫星的动员大会,安排下一步的发射训练工作。借此,郭志民化险为夷,他长舒了一口气想,你王延安反正是跑得了和尚跑不了庙,等你回来我再收拾你。

3

王延安装病,让郭志民很头疼,不知该如何处理。高建军觉得此事应该冷处理,不管怎么说王延安避免了一场车毁人亡的事故还是有功的。于是他将计就计,干脆让郭志民安排王延安留在医院,一来王延安要调动工作岗位,也需要检查一下身体;二来让他照顾那个得了阑尾炎的司机术后恢复。这样找个理由让他暂时留在医院,以免扩大不良影响,就算顺势而为吧。

尚达飞也时不时地来医院转悠转悠，看望王延安和司机。别看他虎背熊腰是个五大三粗的男人，关心人却周到细致，自己也活得很精细。

尚达飞进医院前，拿出一个小圆镜子，先照照自己。他还朝手心里吐了口水抹在头顶上，一心想把竖起来的头发压下去，可他的头发偏偏不听指挥，还是横七竖八地参着。他对着镜子看看还不满意，又吐了口唾沫，正往头上抹时，被从旁边走过来的梁欢看见了。

梁欢皱了皱眉头说："尚达飞，往头上抹唾沫多不卫生呀！"

尚达飞顿时满脸通红，他本想把自己捯饬得精神点来见梁欢，却弄巧成拙，赶紧问："那个司机怎样了？"

梁欢告诉他，司机是急性阑尾炎，幸亏及时手术，阑尾差点穿孔，现在好多了。梁欢说完突然从白大褂里掏出一封信，质问尚达飞："这信是你亲笔写的吗？你说实话！"

"啥信？"尚达飞立刻心跳加速。

"你别装傻！"梁欢说着就读起那封信来："我对你1见钟情，决不3心2意，5发4这辈子让你永远6在我身边，我的心7上8下，想你很9啦，就是不敢对你说……"

尚达飞小声支吾道："不是。"

梁欢吓唬他："说！谁写的？你不老实交代，我就把信上交领导。"

"是王延安。"

梁欢警告他："以后不许你给我写信！你再写我就交给郭指导员。"

"行行好，我不敢啦！"尚达飞好汉不吃眼前亏，连连鞠躬赔不是，他真是没想到这个比他矮半头的小丫头片子这么厉害，突然想起这小女兵可是郭指导员儿子的救命恩人，自己一厢情愿捅了马蜂窝，还给王延安找了麻烦，万一影响了王延安的前途咋办啊？他得把这事解释清楚。"王延安是哈军工毕业的大学生，你知道为什么总让他在炊事班做饭吗？那是因为王延安的母亲有严重的政治历史问题，已经被关进牛棚了。这时候你可不能落井下石！"尚达飞刚说完就后悔了，自己真是有嘴无心，好心说错话，后悔莫及呀。

梁欢不信。她本没想把信上交领导，只不过吓唬一下尚达飞，况且她认为，王延安是大学生，凭什么让他当老炊？发射连的领导是哪壶不开提哪壶,不会用人所长。梁欢转身走了。

尚达飞有点不知所措了,心怀内疚走到王延安的床前,强装笑脸问他好点了吗?

王延安本来也没病,正捧着长篇小说《钢铁是怎样炼成的》看得津津有味,看着老实巴交的尚达飞故意说:"你摸摸我的头,还发烧吗?"

尚达飞摸摸他的头一点也不烧。给他倒了杯橘子汁送过去,说:"我又不是医生,你先喝点橘子汁吧。营长说你好了先别出院,让你全面体检,顺便在医院里照顾司机几天。"

这时,梁欢拿着体检通知单来了,板着娃娃脸厉声说:"王延安同志,你先去透视,再去抽血,然后再查内科、外科。"

"你啥服务态度?"王延安觉得梁欢今天态度反常。

"哼!王延安,你骗谁呀你,我才不相信尚达飞能写出这种信来,真够肉麻的!"梁欢把信摔在了王延安的面前,"你再不老实,我就给你打针啦!"

这时,一个护士走进来递给梁欢一封珍宝岛来信,信封上写着内有照片,请勿折叠。梁欢爽快地把信封撕开,骄傲地拿出了一张照片递给那个护士看。照片上是一个英俊的士兵,胸前戴着立功奖章。梁欢故意自豪地说:"这是明伟哥,他是珍宝岛的英雄卫生员。"

王延安用眼睛瞟了一眼,就在那一瞬间,心里浮出说不出的滋味,相比之下,人家在边疆保卫祖国建功立业当英雄,而自己却装病住院,他怎么还不如一个年轻的战士呀?居然让一个小黄毛丫头见笑了。虽然自己如今还不是英雄,退而求其次,也不能当狗熊。他悔得肠子都青了。

梁欢昂着头满脸自豪拿着信走了。王延安和尚达飞两人看着她瘦小的背影远去,心里都有点失落。

吃过晚饭,王延安站在二楼的凉台上,极目远望,医院的墙外是一片火红的胡杨林,到了秋天微风一吹,红色的胡杨树叶随风飘动,比北京的香山红叶还好看。这时他看到胡杨林中的一个绿色身影在晃动,那是谁呢?好奇心把他吸引下楼。

他看见梁欢在胡杨林边散步。梁欢今天的心情无限好,悠闲地面对着林边的弱水河，唱起了："我爱那蓝色的海洋……"王延安就觉得这个小女兵滑稽得有点可爱，她平时总是爱唱这支歌，可她面对的不是蓝色的海洋而是黄色的沙漠戈壁，现在充其量面对的是一条细细的弱水河。不过此时此刻，这个快乐的小女兵潇洒地把小辫一甩，沿着河边走边唱，那种青春飞扬和清纯欢乐的歌声令人陶醉，一种奇异的金色阳光在小女兵的周身荡漾，他被梁欢感染了，眼前仿佛出现梁欢跳的芭蕾舞红色娘子军，真是美极了！就在那一刻小女兵不知愁滋味的美好感觉，深深地打动了他。

他快跑了几步追上梁欢喊："等一下。"

梁欢吓了一跳，回过头来问："你有事吗？"

"没啥重要事，我在想你的芭蕾舞红色娘子军跳得好极了，那天就是洪常青没跳好，要是我演常青指路那该多棒！"

"吹牛吧？你？"梁欢的两道眉毛竖了起来，显然她有点后悔，万一王延安也会跳芭蕾，岂不是自己太骄傲了。于是，她的圆眼睛一转，问："你也会跳芭蕾舞？"

"不！我不会跳舞，更不会芭蕾舞。"王延安实打实地说。然而，他突然变被动为主动问，"你刚才是在为那兵哥哥——那个珍宝岛英雄而自豪吗？"

"当然！"那精致的小脸笑容璀璨，紧接着补充了一句，"我崇拜英雄！你呢？"

"那当然！我从小就崇拜英雄！要是以后我成为英雄呢？"王延安直视着梁欢追问。

梁欢用肯定的语气说："你要当英雄，就要做出来看看。装病算什么本事？"

王延安被将了一军，他不愿意让这个小黄毛丫头看不起他，突然冒出一句："那将来我要当发射将军。你能崇拜我吗？"

"此话当真？"梁欢的眼睛像对大问号，但是终于郑重地点了一下头。

从此，王延安不再愁眉苦脸，笑容多了起来，脾气也见好，前进有了目标和动力，那就是以实际行动当英雄给梁欢看，让她崇拜他。这份说不清的感情让王延安重新有了精气神，简直像换了一个人似的，经常帮梁欢卖劲儿地拖着地，还美滋滋地哼着歌。

王延安明天就要出院，约梁欢晚饭后胡杨林边见，不见不散。

梁欢爽快地答应了，心里却暗自提醒今后要注意点，少跟王延安接触，千万别引起风言风语，影响不好。不过已经答应的事，是不能失约的。

傍晚，夕阳照在弱水河畔，河水里映出一轮红日。梁欢因为不喜欢吃高粱米饭，随便吃了几口，就来到火红的胡杨林边，王延安气喘吁吁地跑过来，从军挎包里拿出一个饭盒，打开盖拿出一个肉包子给梁欢，这是他今天特意回发射连炊事班带来的。

梁欢接过来，咬了一口包子，舔舔嘴唇说："真香啊！一个星期没吃肉了。"

"以后咱们有福同享。"王延安一语双关。

梁欢一点也没留意王延安爱慕的眼神，边吃边问："快说，你有什么事？说完我想去看电影。"

王延安奇怪道："样板戏的电影都看了多少遍了，你怎么还想看啊？咱俩聊聊天多好！我明天起就干发射了，英雄有用武之地啦！"

梁欢笑着打断他的话："你就是想告诉我这些呀，革命工作没有高低贵贱之分。你还是军校大学生呢，军人以服从命令为天职，不管你愿意不愿意，接受还是不接受，你都必须执行命令。让你干啥你干啥。"

"等等，黄毛丫头，你咋少年老成啊？别给我讲革命大道理，我可是哈军工正儿八经学导弹的。"

"王延安同志，别老觉得自己怀才不遇，你多会儿拿出绝招来，让我眼前一亮，也好佩服你！"

梁欢这话让爱面子的王延安很受刺激。他满脸憋得通红，自己现在是名副其实的特级大厨，五好炊事员。"有心栽花花不开，无心插柳柳成荫。"还差点儿进了机关食堂给首长当大厨。

不过，王延安今天邀约梁欢的主要目的是，他们如何发展成男女朋友，了解双方的家庭背景。于是他眼珠子一转，从军装口袋里拿出一张全家福给梁欢看。

梁欢盯着照片看了好一阵，开玩笑道："不般配！你爸怎么找上你年轻漂亮的妈妈的？"

王延安故作神秘道："这是军事秘密。"

梁欢耸了耸鼻子，故意说："我知道这是美女爱英雄！怪不得你长得不像你爸也不像你妈，你呀没长到父母的优点上，粗糙了点！"

"你这黄毛丫头怎么说话呢？"王延安故意扬起手装着要打她，想了想又放下手，有些秘密是不能公开的，他已经有过教训，于是他问："你知道我爸为什么给我起名叫延安吗？"

梁欢不以为然道："这有什么好猜的，你的出生地呗。"

王延安看着弱水河波光粼粼映出一轮金黄的落日，若有所思地说："红军长征来到了延安，延安北面是万里长城，南面是华夏祖先黄帝陵，西接六盘山脉，东靠黄河。红军在黄土窑洞里找到了自己的家……"

梁欢忍不住打断他的话："你给我上革命历史课呀，别打迂回战了，快进入主题吧！我还想看《红色娘子军》电影呢！"她说这话的表情故意没心没肺没感觉，殊不知，这天生丽质的小丫头，如鲜花招来蜜蜂，她很小就练就了与男人拉开距离的本领，对异性的热情有一种天然的抵抗力。

"我告诉你，必须有个前提……"王延安还没说出前提，就发现陆莎和女兵何飞飞在胡杨林里散步，与此同时，陆莎也发现了王延安，真是冤家路窄，两个人的目光相撞了。

陆莎发现王延安和梁欢一起散步，不想和他们相遇，彼此都会感到尴尬，于是她拉着何飞飞就往回走。

"那不是你的男朋友王延安吗？你咋不叫他？"何飞飞说这话时有点故意挑事，她平时就嫉妒梁欢，现在可找到机会了。何飞飞说："这个王延安竟敢脚踩两只船，另有所爱！梁欢不就仗着自己长得漂亮吗？战士谈恋爱可让咱们抓住了。"何飞飞打抱不平了。

陆莎平静地回答："我们分手了。"拉着何飞飞就走，事到如今，陆莎只好自我安慰，就算是有一种感情叫无缘，有一种放弃叫成全，各走各的路吧。其实，有些事是有先兆的，他们都开始要谈婚论嫁了，平时活力四射的王延安，对她却是君子风度，似乎总有距离感，缺少亲密接触的举动。这让陆莎不好捉摸，猜不透。

王延安假装没看见陆莎，故意绘声绘色地给梁欢讲父母爱情，父亲在家穷得活不下去了，所以无产阶级要闹革命当红军。母亲出身于民族资产阶级家庭，放弃富裕的生活，自愿投身革命。父亲是战斗英雄，虽然没文化，但他就是喜欢有文化的人，爱上了学生兵母亲。他们的爱情经受了枪林弹雨的考验……王延安正津津乐道父母的爱情故事，却万万没想到他的父亲杨志坚和母亲白雪洁在千里之外的北京正经受新的考验。

杨志坚家里涌进来一群报社的造反派，他们是来抓白雪洁的。杨志坚把老婆护在身后，质问他们为什么抓人？

造反派头头答："白雪洁是美国特务。"

"拿证据来！"杨志坚铁骨铮铮，他决不会接受任何莫须有的罪名。

造反派头头拿不出证据，一时语塞。旁边一个不男不女的假小子尖着嗓门喊："你护着你老婆，你就是美国特务的保护伞！"

杨志坚的怒火一下子就冲上了脑门，拍案而起："告诉你，老子参加革命的时候，你还不知在哪儿呢？我是共产党员，12岁就参加红军，从红军到新四军、八路军、解放军，我这辈子都在保家卫国，你们有本事也来扛枪打仗为人民！"

警卫员发现首长的右手拇指红肿起来，担心首长生气，拍桌子用力过猛手指骨折，提议快去医院看看。造反派见状趁机溜了。

杨志坚这才感觉到右手火烧火燎地痛，待他从医院治疗回来，白雪洁不见了。大门敞着，屋里一片狼藉，到处都是散落的书本。雪白的墙上黑色的毛笔字写着："打倒资产阶级分子、特务白雪洁！"

杨志坚捡起地上的毛笔，在一张大红纸上写上："下定决心，不怕牺牲，排除万难，去争取胜利。"写好后把这张毛主席语录贴在墙上，正好盖住了造反派写在墙上的黑色标语口号。

杨志坚这个为建立新中国出生入死的老革命，历经艰难，向死而生，如今却连自己的家和夫人都保不住了，这让他很伤心。

向志远来了，才让杨志坚从痛苦中回到现实。向志远把中国发射第一颗人造卫星的情况详细讲给杨志坚听。

杨志坚的脸逐渐阴转晴，他面露喜色说："小向啊，你们这次可是打了个漂亮仗！中国有了人造卫星，你们为中华民族立了大功！"

"首长,是您给了我一个施展才华的舞台,没有伯乐就没有千里马。"向志远发自内心地说。

杨志坚递给他一杯茶说:"那是因为你是千里马。航天事业只有知人善任使用人才,才能夺取胜利。"

向志远还给杨志坚讲了在大漠发射场碰上王延安的情况。杨志坚沉默良久说:"我家落难,你可不能告诉他。但是你要告诉他,我们这些人要'生当作人杰,死亦为鬼雄'。祖国把你们培养成大学生,你们不要怕困难,一定要把航天搞上去,实现中国的航天梦。"

"首长放心,再难我们也要拼搏奋斗勇往直前,决不打退堂鼓。"向志远对老将军肃然起敬,虽然落难,却依然信念不改,意志坚强,他想说几句安慰的话,却欲言又止,迟疑了一下问道:"阿姨她……她不在家?"

"她关牛棚了。"杨志坚直言不讳,"不过你别怕,部队派人外调我,结论是本人政治历史清白,无反党言行,作战勇敢。错误是:曾经在大比武中把军事训练放在了突出位置。让我到黄河滩'五七'干校去劳动锻炼,我很快就得走了。"

杨志坚说完自己又突然问:"小向啊,有对象了吗?你都30多岁了,该成个家了。"向志远心里有种说不出来的感动,首长家里遇到了这么多麻烦事,还在关心我的个人问题。

4

傍晚,落日的余晖挂在发射架上色彩斑斓、五光十色。

王延安并不知道自己的家里发生了什么状况,但他的命运改变了。徐指挥长明确指示,王延安是革命烈士子弟,又是专业技术干部,要给他用武之地。于是他如愿以偿地走上发射岗位。今天他在发射架上忙活了一天,心情格外好。因为高建军暗示他:"你小子鬼点子多,精力旺盛,不能资源浪费,我得给你压重担子。"

高建军认为王延安几经挫折,练就了处事不乱、宠辱不惊的坚强意志和钢筋铁骨,适合担当发射操纵员。他建议,把王延安的工作调整到人尽其才的岗位。在党总支会议上,郭志民提出反对意见,那么多优秀的踏实肯干的工农子弟不用，偏偏要培养王延安这样的"刺猬头"。再说，现在发射的关键岗位都是由共产党员来担当的，王延安还没入党，硬件还不够。于是，两种意见相持不下，议而不决。

王延安虽然不怎么喜欢郭志民，可人家是党支部书记呀，靠拢组织自己就得主动去找书记汇报思想。于是他主动出击去办公室找郭志民。

此时，郭志民正心情烦乱地看着儿子的照片，他担心宝贝儿子在遥远的路途上闹出个小病小灾来，后悔自己不该动手打老婆，把老婆给打跑了，现在后悔莫及。

王延安偏偏在郭志民烦心的时候站在了他面前，王延安看他态度不热情，顿时心情就不好了，理直气壮地说："我在炊事班也算是又红又专了。你口口声声说，我们发射事业关系到国富民强，可你想过没有，浪费人才是最大的浪费！"

郭志民正气不打一处来："王延安同志，你不要太骄傲！不要自认为是人才！不要个人英雄主义！不要尾巴翘到天上去！革命战士要服从组织的安排，革命工作不能挑挑拣拣。"

"郭指导员，你现在不要给我讲革命大道理，请你实事求是地给我讲清原因，我王延安到底怎么了，让你另眼相看。"

郭志民看了一眼王延安，他想了想还是应该襟怀坦白、直言相告："延安，你父亲已经被免职，下放到农场劳动了，因为他不能和特务老婆划清界限，当然还有别的问题，这些我也说不清。所以，你的入党问题暂时没戏，我说了也不算，北京那边都把电话打来了。"还有些话到嘴边又咽回去了，那就是白雪洁又不是你亲妈，你划清界限呀！可还有养育之恩呢，人不能不讲良心啊！他心里正在纠结。

王延安提出："你们不让我入党，让我搞发射也行。"

郭志民终于摊牌了："高团长在徐指挥长那里给你打包票，说你在哈军工是学习尖子，应该人尽其才、学有所用。但是，你要写一份保证书，当众宣布和你母亲断绝母子关系，做一个完全彻底的革命战士。马上就要发射实践一号卫星了，组织上给你一次机会。"

王延安狠狠地咬着牙，一句话也没说转身就走。

郭志民惊愕地瞪着眼睛，对着他的背影说："你应该知道，咱们特种部队政审是很严格的。"

王延安用力一甩大门算是对他的回答。大门在他身后咣当一声重重地关上了。

王延安回到宿舍，心情苦闷纠结，颓然地坐在椅子上，他头痛极了，不时地捶打着自己的脑袋，独自借酒消愁，看着全家福喝醉趴在了桌上。

碰巧王前进请假从黑风口来基地医院看病，顺便来看看王延安，他敲了几下门没人理他，干脆就推门进来了，看到桌上是横七竖八的白酒和啤酒瓶子。他拍拍王延安的背，见他没反应，凑近他喊："王延安！王延安……"见他还是没反应，就要把他扶到床上去。

王延安抬起头，目光恍惚地瞅了他一眼，就忍不住哇哇吐了起来。王前进赶快从床下拿出脸盆给他接住。王延安吐得很厉害，稀里哗啦吐了半盆。王前进赶紧把王延安送到医院抢救。医生说他是酒精中毒了，要洗胃。

王延安躺在病床上，吊着输液瓶子，昏昏沉沉地睡着了。他说着谁也听不明白的梦话，嘴里还不停地喊着"妈妈"，梦见妈妈像小时候一样把他搂在怀里，他3岁时得了肺炎，发高烧40度躺在床上说胡话。由于没有药，大家都说他没救了。妈妈把手枪往腰里一插，闯进了敌占区一家诊所。天亮时，妈妈一瘸一拐回来了，带回来一支盘尼西林，给他打针，又给他输血，救活了他。妈妈的腿和脚却摔伤了，后来感染还化脓了，妈妈把舍不得丢掉的药瓶子上那残留的一点点药液涂抹在她化脓的伤口上。他知道妈妈是这个世界上最亲的人，会舍出性命来保护他。从小到大在他最困难的时候，总是会想起妈妈。可如今妈妈受难他该怎么办？

恍惚间，他看见病房内，守在他身旁的不是妈妈，而是三个老兵：尚达飞、王前进和唐水娃站在了他面前。

原来是王前进打电话报告了郭志民。郭志民心里一阵紧张，连队可不能出人员伤亡事故。他立刻打电话叫尚达飞跑步到他办公室来，布置了这项紧急任务："王延安在一病区三病房，你们几个都去看看他，给他做做思想工作。另外，你们再给他买点补养品，就说代表我去看他的。回头把发票给我。"郭志民放下电话，才长叹一口气，这个王延安，总要闹出点事来，真叫人头疼啊！

尚达飞很快来到郭志民办公室，还带来了一封信放到了办公桌上。这正是郭志民盼的家信。尚达飞说："沂蒙山来信，嫂子安全到家了。"

"你嫂子不会写字。"郭志民说着接过来信，迫不及待地拆开，拿出来一看，一张白纸上画了一只小猪娃进圈，他知道李翠华不会写字，那只小胖猪代表儿子。郭志民脸上立刻露出了会心的笑容，看来老婆没生气，他们母子总算平安到家了。不过老婆还是在身边好，过几个月找个理由就把她接回来。

此时，尚达飞、王前进和唐水娃都聚集在病房内。王延安慢慢睁开眼睛，他觉得自己的梦真是显灵了，他想谁谁就来了。三个老兵看王延安醒过来，就围在病床旁安慰他。

"延安哥，你终于醒过来了。昨晚可把我吓坏了。"王前进说着赶快倒了一杯橘子汁端过来给王延安，让他喝点水，爽爽口。

王延安接过橘子汁，一口气咕咚咕咚全喝光了。他看看老兵们，不好意思地说："哥们儿，真想你们！昨晚我还梦见你们了，今天一睁眼，你们全站在我面前了。"

"是郭指导员让我们代表他来看你的。"尚达飞说，"咱们在家靠父母，出门靠朋友。咱爹咱妈是老农靠不上。到了部队就要靠战友，靠领导。对吧？"

王延安感到心里很温暖，连声道谢。也后悔自己不该埋头喝闷酒，一喝就醉。

尚达飞想起自己是带着做思想工作的任务来的，就劝王延安，指导员说你，其实他是好心，就是处理问题有点不灵活。当然，你是高干子弟，和我们农村兵不一样，我们从懂事开始，就知道饿肚子是啥滋味，不好受啊！到了部队，不管怎么说，部队的饭是管饱吃，饿不着肚子就是幸福。俺家穷没钱盖房子，俺哥40岁了连媳妇都娶不上。我们好不容易穿上了军装，那就得听领导的话，看领导的眼色行事，能不能留在部队都是领导说了算，再说咱们胳膊也拧不过大腿。你听指导员的没错。

王延安突然冒出一句："咱们想的不一样！"

"延安哥，俺理解你有远大的志向！要当英雄你就要留在部队。在部队多好！俺就想在部队长期干。穿上军装俺第一次从大山里坐火车出来，才看到了外面的世界有多大。现在俺娘把俺穿军装的照片往墙上一挂，嘿！俺村来提亲的人，把门槛都快踏平了。"王前进说到这儿脸上喜滋滋地直放光。

王延安觉得他们胸无大志，长叹了一口气，不咸不淡地嘟囔了一句："就知道吃饭、穿衣，做梦娶媳妇，俗不俗啊？"

王前进脸上的光暗淡了，但他还是要把想说的话说出来："延安哥，我这人不会说假话。刚穿上军装那阵儿，指导员让咱们为实现共产主义而奋斗，我赞成。共产主义是啥样的我不知道。但我知道，俺娘每天一睁开眼睛就发愁给我们吃什么、穿什么，拿什么给孩子们填饱肚子。我一年四季只有两件衣服，夏天穿单衣，冬天把两件衣服中间加上棉花穿夹衣。上课太饿了，我就喝上一肚子凉水，弄不好就跑肚，常挨老师说。我现在在部队经常能吃上饺子和包子，我当然要为实现共产主义而奋斗啦！"也许是想起娘还在过苦日子，他眼睛里闪着泪花。

王延安心里很愧疚，人家要解决的当务之急是吃不饱、穿不暖，他却让人家有远大目标，这未免过分强求了。他虽然是个煮熟的鸭子——肉烂嘴不烂的人，轻易不肯认错。但是今天他说了一句实在话："我是饱汉子不知饿汉子饥。"就算是给王前进认错了。

"我去上厕所，你们先聊。"尚达飞借故走出病房门。

唐水娃接过话茬儿说："延安哥，咱们都是陕北人，我就不想那么多，只要能让我留在部队，让干什么工作我都愿意。在部队穿衣吃饭都不愁！三年自然灾害时，我们家穷得没粮吃，我抓来老鼠包到黄泥里，塞进灶里烤熟吃，那时觉得吃得很香。到了部队才知道这叫不讲卫生，搞不好还要得鼠疫。吓死个人哟！不管怎么说，你是穿四个兜的干部，部队给你发工资，有钱娶媳妇。我要是能在部队提干就好了，实在不行也学门技术，赶明儿我儿子长大了，别把我当文盲看。你说对不？延安哥。"

王前进马上反驳道："你那是目光短浅！延安哥可跟咱们这帮没文化

的大兵不一样。将心比心说，延安哥是大学生，人家就该发射火箭卫星去！人家有知识、有技术，还有远大理想。你呀，就知道做梦娶媳妇，没出息！"

唐水娃不服气道："你呢？"

"我有自知之明。领导让我看铁道清沙子，我就毫无怨言地干好本职工作。"王前进边说还边搓了一下满是老茧的大手。

"你们说的是真心话，咱们别见外。我刚才的话收回。"王延安开始后悔自己笑话老兵们胸无大志了。

王前进憨厚地笑笑说："我家穷，住在大山的窑洞里。上小学时，我要翻两座大山才能跑到学校。娘一针一线地纳鞋底、做鞋，我舍不得穿鞋就光着脚跑山路。去上学出家门时穿上，娘看不见了，怕费鞋走山路就脱下鞋光着脚跑路，进学校门再穿上鞋进教室。娘看着我满脚血疱说，儿啊，你一定要好好学习，如果你跑不出这座大山去外面，就会苦命一辈子。当我穿上军装后，就努力工作，特别想当班长，特别想在部队长期干，延安哥，我可羡慕你啦！如果有一天我也能提干该多好啊！可惜我没啥文化，只读到了初中。"

王延安看着老兵们久久没有说话，每个人都站在自己的基点上想问题，这没啥错的。经济基础决定上层建筑嘛。

尚达飞从厕所出来就来到护士站，看到梁欢正在配药盘，数着药片："1、2、3……"他轻声叫梁欢过来一下。

梁欢抬起头来看了他一眼："你没看见我正忙吗？什么事？你过来说。"

尚达飞神秘地从军装口袋里掏出了芭蕾舞剧《红色娘子军》的画片，说："送给你，你保准喜欢！你看这画片上跳舞的女战士多像你啊！"梁欢接过画片看了看，她果然很喜欢，高兴地谢谢他！

尚达飞来了一个标准的向后转，然后边走边得意地小声唱起歌："月亮走，我也走，我给月亮打烧酒……"

梁欢回到护士站，胖护士贴在她耳旁说："我看那个傻大兵是——癞蛤蟆想吃天鹅肉！"

梁欢一挺脖子，大眼睛一瞪，字正腔圆："我就是喜欢红色娘子军！"她说完推着送药的小车进病房了。偏偏王延安把眼睛一闭不想吃药，不就是喝醉酒了吗？都吐出去就好了，还吃哪门子药啊。

梁欢手里拿着一支体温计甩了甩，递给王延安让他试表，看发烧不。

"我不烧！"王延安说。

"站起来是条龙，躺下是条虫！"梁欢话虽然这样说，然而她又清纯又温柔的娃娃脸调皮地一笑说，"还是男人呢，别一副苦大仇深的样子！我眼里的男子汉有压不断的钢筋铁骨，有成就伟业的气魄！一切都为了远大目标，没有谁能把你打倒！只有你自己倒下去扶不起来。"说完她推着药车转身就走。

"站住！你说我什么？"王延安被梁欢的激将法给激起来了，他噌地从床上跳到了地下，举起拳头吓唬梁欢："你这小黄毛丫头竟敢当众说我。"

"体温计！摔了你赔！"梁欢回过头来毫不示弱道，"无论你觉得自己多么不幸，永远有人比你更加不幸；无论你自我感觉多么了不起，也永远有人比你更了不起、更强大。"这些话实实巴巴砸在了王延安的心上，他赶紧夹紧左胳膊别让体温计掉出来。

尚达飞一个箭步冲过去，拦在他们中间，递给王延安一个大苹果，满脸赔笑说："延安哥，说实话，我是才疏学浅，这年头不批不知道，一批才知道孔老二的小不忍则乱大谋。"

王延安让他的话给逗笑了，他接过苹果，张大嘴狠狠地咬了一口。他得给自己找个台阶下，嘟囔了一句："好男不跟女斗！"

尚达飞让王延安好好休息，他们回去了。老兵们一走，病房里安静了许多，总算清静下来。

这时陆莎蹑手蹑脚走进病房，她已经在病房外等了许久，她觉得在王延安最困难的时候，来看王延安给他安慰，他会和她和好如初的。然而，王延安听到了陆莎熟悉的脚步声，却故意闭着眼睛装睡不理她。陆莎在他的病床旁站了一会儿，没敢叫醒王延安。她想起向志远是王延安最信得过的好朋友，决定去找向志远谈谈，两个人都称得上是优秀的男人，只是性格各异，各有所长。她现在是自由之身，有失必有得。陆莎一跺脚转身走了。

病房里又安静下来。王延安睁开眼睛,长舒了一口气,准备下床了。让他没想到的是,梁欢又跑回来,伸出一只小手,用命令的口气说:"把体温计给我!"王延安取出体温计,给她。

梁欢看了看体温计,见王延安没有发烧,就说:"我马上给郭指导员打电话,接你出院。"

"别!我还没想好。"

"你不是想当英雄吗?你不是个性张扬吗?你不是站起来就是一条汉子吗?难不成老住医院当只大睡熊?"梁欢的小嘴像放机关枪,说完转身就走了。

王延安坐在床上看着她的背影,心想:这小姑娘的嘴还真厉害。仔细想想,他觉得老兵们刚才的话虽然思想境界不高,但他们讲出了最朴实的道理。他终于明白了,自己并不是这个世界上最不幸、最痛苦的人。只不过郭志民让他断绝母子关系太不近人情了,他想不通。然而郭志民给了他一个两难选择,让他回到连队如何办才好呢?

人哪,不能死心眼,非要在一棵树上吊死。唐僧上西天取经的路也不止一条,能取到真经就是正确的道路。

可是他前进的路在何方呢?

5

傍晚,一轮红日恋恋不舍地从浩瀚大漠的地平线落下去。远处连绵不断的祁连山脉,很快就消失在夜幕中了。近处,一片茂密的胡杨林,深秋时节的树叶变得火红。弱水河从发射架旁潺潺流过来,河水浮光跃金,颇为壮观。

王延安独自躺在胡杨林边的沙漠上,看着眼前一棵胡杨树独立在河滩上,它落光了叶子,只剩下干枯的枝杈,渴望地伸展向天空。这棵胡杨为什么不长在林中呢?王延安触景生情,我像这棵树一样孤独,要是有一个温暖的集体来包容我该多好啊!

这时,郭志民气喘吁吁地跑来:"我的王延安啊!王延安同志啊!我快急疯了！要不是梁欢告诉我，你在这儿猫着呢，我就要到发射场的广播站去用高音喇叭发寻人启事了！你知道吗？医院的病号丢了，医生护士都在找你！我把你的出院手续办了，医院才算消停。"

王延安一脸冷冰冰地说道："别拿着鸡毛当令箭，别大惊小怪好不？我还不想去死呢！"

郭志民忍住气，盘腿坐在王延安身旁，低声细语问他："延安，你常到这儿来吗？你也喜欢在胡杨林里感悟生命汲取力量吗？"

王延安看了他一眼没吭声，他确实喜欢这片胡杨林。胡杨树不畏恶劣环境，顽强挺立在大漠戈壁中，树死了千年不倒，倒后千年不朽。可他现在不想死，也不会倒，更不想听他讲大道理。他干脆随郭志民上了绿色吉普车。

汽车飞驰在戈壁滩的公路上。郭志民看着车窗外的戈壁滩，依然苦口婆心地说："亿万年前，这里曾是汪洋大海，由于地壳运动，板块相撞，海底世界变成了一片沙漠。毛主席说：人定胜天。你看看这戈壁沙漠，如今变成了绿色航天城……"

王延安不耐烦地打断他："我知道。别把我当幼儿园大班生，我可是大学生！"

郭志民被呛得一句话也说不出来了。两人无语。

司机从汽车后视镜中看了他们一眼。像是事先说好的，司机直接开车到烈士陵园门前。

郭志民和王延安走进烈士陵园。一排排青灰色的墓碑，就像是大漠中威武的军阵。

郭志民说："王延安，你看看这些革命烈士，春夏秋冬，年年岁岁，守望着我们的发射塔架，守望着中国航天的火箭卫星一次次腾飞，对我们寄托着无限希望。"

王延安知道郭志民又在搞革命传统教育了。他心想，这些话用你说吗？我也会讲革命大道理。

郭志民走到一座墓碑前停了下来，向墓碑上那位年轻的战士三鞠躬。王延安不解地看着郭志民，这次郭志民动了感情，边讲边流泪："这是我的救命恩人，我的战友王来。我和王来同是发射中队的战士。那年10月

20日，在泄除火箭的特种燃料液氧时突然起火，无情的火舌越烧越旺，王来不顾一切冲来救我，我得救了，他身上的液氧却燃烧起来，他大喊一声：别过来！王来成为一支燃烧的火炬，随着大漠的风向戈壁滩跑去。在他的身后留下了38个焦黑的脚印，那团火在一个沙丘旁熄灭了，沙海中只留下一颗军帽上烧得变了色的五角星。他年轻的生命永远融入了这片大漠。"

王延安看着墓碑上这个年轻战士的照片。他一贯认为郭志民就爱讲革命大道理，不结合实际。但是今天他被王来的英雄事迹深深感动了，一个年轻的战士，在人生最美好的青春年华谢幕，默默地融进了大漠。面对大漠英魂，他理解了火箭送走了卫星，燃烧了自己，蕴含着多么深刻的含义。

郭志民默默地向王来墓敬了个军礼。王延安还想自己在烈士陵园站一会儿。他的眼睛已经湿润了。他要冷静下来仔细想想，谁也不能选择自己的出身，但是，可以选择自己要走的道路。

郭志民说："王延安同志，我相信你会把突出政治放到第一位，以一个革命者的非凡勇气站在无产阶级的一边，彻底与你母亲决裂，我相信你会在大是大非面前做出正确的选择！"

王延安呆立在墓前一声不吭，此时，他不想告诉郭志民我是烈士的儿子，因为杨志坚和白雪洁才是真正抚养他成人的再生父母。

郭志民用手重重地拍了拍王延安的肩膀："那我在大门口等你。你还年轻，前途无量，所以你必须做好选择，你究竟是要在部队干革命，还是要你的母亲？"

"郭指导员，我难道不能两样都要吗？"王延安的眼睛里闪着泪光。

"不能！"郭志民斩钉截铁地说，"前天，基地军事法庭刚宣判了一个抓住的美蒋特务。你应该知道，部队的任务要严格保守机密，所以对此类问题决不手软。你好好想想吧。"

王延安站在烈士陵园里，他面前是戈壁滩上的六百多座排列整齐的墓碑。他站了许久，想到自己的亲生父母未曾谋面，牺牲后连个墓碑都没有。他现在更要珍惜父母的养育之恩：他怎能忘记，母亲看着他吃饭，自己不动筷子，然后去吃野菜。他病了母亲给他输血，母亲抱着他宁愿用自己的生命来换他的生命，妈妈对他是以命相救！炎热的夏天，他睡觉，母亲给他扇扇子。这点点滴滴的母爱他忘不了。他至今都记得，童年时，他把一朵杜鹃花插到母亲头上，亲着母亲的脸，妈妈是部队里最漂亮的女兵！他从来没有想过她的妈妈不是亲妈。现在他知道了自己的身世，仍觉得母亲白雪洁是世界上最好的母亲，白雪洁对他的爱是无私的，比亲妈还亲。他怎能对不起把他养大的亲爱的妈妈。

　　夜幕降临了，王延安还呆立在烈士陵园。他的眼睛从茫茫的大漠戈壁搜寻到面前的一座座墓碑上。他不敢看天上的星星和月亮，他不知道明天太阳升起的时候，他该如何面对两难选择。

　　戈壁滩上看似没有路，却到处都是路，王延安不知道他该走哪条路去通向发射架。

第七章

1

星期天，发射场蓝天白云，风和日丽。向志远和试验队一帮工程师一大早就在发射架上忙着。部队和试验队已经一个月没休息了，所以，高建军今天一大早就来到发射场坪，让大家放假一天，休整一下。他还特意提醒向志远："年轻有为的老总，你看看你的头发，这叔叔阿姨头真该理发了。你要是当兵的，我就给你剃个光头。"

向志远不好意思地摸了摸头发："你别吓唬我，我会对自己的形象负责的。"

高建军笑道："向大总工，带上你们试验队的人都回招待所，我让理发员为你们上门服务，放心吧，不给你们剃光头，理个小平头咋样？小伙子，该找媳妇啦！打扮得精干点，在我们戈壁滩找个女军官，正好军民团结一家亲！"

试验队的小伙子顿时眉开眼笑："谢谢高团长！可惜你们戈壁滩是雄风浩荡。"

高建军帮向志远收拾起工具，笑着说："我可是说话算话的哟。"他这句话意味深长。向志远并不知道他这次从北京带回来的杨志坚两封信的详细内容，他把信转交给徐指挥长，由徐指挥长把任务下达给高建军办理，就是这两封信把困扰他们多日的王延安难题给解了。高建军对老首长佩服得五体投地。

第一封是：杨志坚给儿子代拟了一份脱离母子关系的声明。杨志坚还在信里附上了白雪洁不能生育的证明。王延安的亲生父母一直在隐蔽战线工作，后来牺牲了。他们把刚满月的儿子交给杨志坚和白雪洁抚养成人，之所以不提他的亲生父母是以免敌人斩草除根。因为他的生父姓王，后来杨志坚把儿子托付给了一户姓王的陕北农民抚养，所以，杨志坚接他回家时给他起名王延安。杨志坚认为，由此可以在部队公开王延安身世的秘密了。

第二封是：杨志坚给儿子王延安的信。信里说，为了开创中国的导弹事业，爸爸和创业大军在荒凉的戈壁忍受饥饿，忍受寒冷，忍受孤独寂寞，甚至忍受常人无法想象的困难和苦闷。儿子呀，要学会忍哪！什么叫忍？忍，就是心上一把刀啊！没受委屈要忍，受了委屈也要忍，受了冤枉、受了屈辱都要学会忍耐。从现在起，你为国家要忍！要忍气吞声，甚至还要忍辱负重！从现在起，你记住了，国家利益永远高于一切！在国家利益面前，任何个人都必须做出牺牲，你的父母已经为解放全中国做出了牺牲，我们要对得起他们这些革命烈士。你不要觉得爸爸现在让你冷酷无情，这是形势所迫。爸爸不离婚，是因为爸爸不相信你妈妈是坏人，她一个南洋女学生，放弃优裕的生活条件，投奔延安参加革命，经历了血与火、生与死的考验，枪林弹雨都闯过来了，她怎么可能是坏人呢？所以我不会离婚的，我要让她坚强地活下去。

但是，儿子，你现在必须离开这个家，你已经长大成人了，独立吧孩子，勇敢地走自己的路！我们不愿意连累你。为了中国航天的崛起，你一定要珍惜在发射场的工作，必须忍痛割爱！信的最后还附上白雪洁的一首小诗："个人做事个人当，都别为我受牵连。生死关头要闯过，一刀两断保平安。"

杨志坚认为，事到如今，只有听老婆的，王延安是革命烈士的儿子，他应该继续留在发射场。此事由他的老战友徐指挥长监督王延安执行。

王延安一直奇怪，或者说至今还没有想明白，为什么出身于无产阶级的爸爸对出身于民族资产阶级的妈妈有忠贞不渝的爱情？那时有句口号：亲不亲阶级分，要划清阶级阵线。有些革命老前辈在"文革"中，面对自身不保的危机，出于无奈和出身不好的老婆离婚。而父亲却是钢筋铁骨，宁折不弯。

此时，父亲的老战友徐战旗指挥长盯着王延安疑惑的眼神，知道他想问又不敢问，双方对视了一会儿，徐指挥长终于给他揭开了谜底。

徐战旗指挥长是这样说的：你母亲白雪洁出现在延安是那么与众不同，她长得白皙、细嫩、精致、灵巧，气质优雅高贵，典型的南方姑娘，再加上那时并不多见的一股书卷气，她与经历了枪林弹雨的女红军和风吹日晒的农家女兵明显不同。

你父亲一见到部队里冒出了一个女学生兵，眼睛一亮，一下子就喜欢上她了。就因为白雪洁的出现，你豪爽粗犷的父亲，忽然变得沉稳和谨慎起来，尤其是在这个小女兵面前，他不再说粗话骂人，也不再军容不整，他把自己修整得干净利落，简直像换了一个人。不知是爱慕之情，还是心生敬意，他想方设法把白雪洁调到自己部队担任文化教员，而且总是亲切谦虚地尊称她为小白老师，之后，全团官兵也都跟着团长称呼她为小白老师。

那时，你父亲已经认定白雪洁就是他要找的女人，只是他从"不打无准备之仗"，还要做好铺垫工作。终于有一天，你父亲觉得时机已经成熟，他开始发动总攻了。他是这样打开天窗说亮话的，你父亲说：小白老师，我是个土豹子，没读过书，可我喜欢文化人，也喜欢学文化，我们带兵打仗也需要文化，现在我终于找到了你这个好老师，而且我已经认定，你就是我这辈子要找的女人，我已经向党组织汇报了思想，得到了批准。现在就看你的态度了，我想你也一定听党的话，知识分子与工农兵相结合。我知道为这事军长都亲自找你谈话了，可见组织是支持我们结合的。

尽管我们都觉得你父亲的求婚不仅好笑，还有点蛮不讲理。可你母亲一点都不感到意外，爽快地答应了你父亲。于是，你父亲信誓旦旦当众保证，他们从此终生相守。

听完徐指挥长的话，王延安打心眼儿里佩服父亲的大智若愚，他什么也不用问了，只是默默地盯着徐指挥长，他知道这两位老战友的意见是一致的。

这时，徐指挥长从信封内又掏出一封信，指着上面的泪痕说："你爸爸在枪林弹雨里冲锋陷阵，满身战伤，都没掉过一滴眼泪，他是个硬汉子，可你爸爸明白，如果让你妈活下去，那她最需要的就是你爸一生的守护。"

徐指挥长话音一落就泪花闪烁，紧紧地攥住了王延安的手。王延安的心猛地一震，接过那封信来。

那是一封曾经为白雪洁接生过的傅医生写的证明信。

1943年，我在野战医院当院长时，目睹了白雪洁生孩子的全过程。白雪洁临产那天，由于胎位不正，难产，肚子疼痛难忍，脸上汗如雨下，眼看着人不行了。此时，杨志坚急匆匆到医院与白雪洁告别，说："我要去打仗，把我的警卫员小牛子给你留下来，万一你有个好歹……小牛子代我办理后事。"

白雪洁气得挥泪甩了杨志坚一巴掌。杨志坚不但不生气，还把脸凑过来说："老婆，你打吧，都是我不好……咱们夫妻一场，不打以后就没机会了。"

白雪洁让杨志坚快走！打不赢，别来见她！

"雪洁，下辈子你还做我老婆！"杨志坚说完挥泪飞身上马，在马屁股上狠抽了一鞭子，飞奔而去。

白雪洁冲着发愣的警卫员大吼一声："小牛子，我还不想死呢！你还不快跟他走！"警卫员小牛子转身冲出门去追杨志坚。

那天月黑风高，伸手不见五指。伤病员们屏住呼吸，不说话，不叫疼，不咳嗽。医护人员全都轻手轻脚不发出任何声响忙碌着摸黑给伤员换药。直到天蒙蒙亮了，白雪洁的孩子也没生出来，敌人的追兵却围了过来，漫山遍野的枪炮声，子弹发出尖锐的呼啸声，不断从耳旁和头顶飞过。我们只好把白雪洁放到马背上策马飞奔，眼看着白雪洁的血水浸透了马鞍。就在一个避风的小土堆后面，战士们拉开军被围成一个临时帐篷。白雪洁从马背上下来，嘴里咬着一条毛巾，为的是疼痛难忍也不喊出声来。

夜风寒冷刺骨，我在白雪洁耳旁轻声说：使劲，使劲，再使点劲！白雪洁用尽浑身的力气，满头大汗拼命完成这个迫不得已的过程，她知道是战士们冒着生命危险，在帮助这个不合时宜要降生的孩子来到人间。

　　白雪洁的孩子终于生出来了，却没有发出呱呱落地的哭声。我急忙用军装把孩子裹紧，没有谁顾得上看这个孩子是男是女，我们就在震天的枪炮声中转移了，直到安全地带，我们才发现这个在枪炮声中来到世上，没哭一声的孩子已经冰凉了。我亲手把这个来去匆匆的小生命埋在一棵小树下，直到这时白雪洁才知道她生出的是个男孩。

　　"傅医生谢谢你！刚才又有同志负伤了，你快去抢救伤员吧！我没事了。"白雪洁说完就昏迷过去。从此她再也不能生育了。

　　王延安看完这封证明信后，泪流满面，也许是过去爸爸头上的光环过于耀眼，他长时间忽略了妈妈的优秀，甚至不曾探问过妈妈的经历和自己的出生。现在他内心充满了矛盾和痛苦，他终于理解了母亲为什么那样疼爱他。他从小调皮捣蛋，母亲不曾打过他一巴掌。他想起了那个未曾谋面、出生在战场上，连一丝痕迹都没留下的小哥哥。他想起自己小时候，骑在父亲的脖子上，母亲摘下自己的军帽给他戴上，他高兴地举起双臂放声喊：我也要当解放军！今天他才明白，当解放军是多么不易！

　　王延安突然听见有人敲门，赶紧拿毛巾抹了一把眼泪。原来是向志远找他理发，向志远是个挺注意自己形象的人，他知道王延安在哈军工练就的理发手艺颇为不错，就找上门来。他看见王延安的眼睛发红，于是从钱包里掏出一张黑白照片让王延安看，那是他扎着蓝围裙站在猪圈旁，正拿着大马勺给猪喂食，圈里的大猪小猪争先恐后争食吃，有一头猪的两只前蹄还搭在了圈墙上，对他表示格外的热情。这张照片果真把王延安逗笑了。要说不公正的待遇向志远可比他受的多得多。

　　向志远却不以为意说："喂猪那是我心甘情愿的选择。一是劳动最光荣；二是饲养场除了我就是猪，没人监督我，正好钻研技术。造反派说这是知识分子与工农相结合。管他三七二十一，爱说啥说啥！"

每当向志远看到这张照片就会想起雨果的两句诗："人们不能没有面包而生活，人们也不能没有祖国而生活。"想到这些他就会放下烦恼和包袱。向志远意味深长地说："延安，还发什么呆？来帮我剃剃头，轻装上阵。"向志远自己坐在了凳子上。

王延安的心情逐渐平静下来，毕竟他手里这把理发推子不能让老哥的头皮挂彩呀！

王延安送走了向志远就独自跑到戈壁滩的烈士陵园里，他默默地站立在排列成队的墓碑前。他想起自己的亲生父母为新中国流尽了最后一滴血，连墓碑都没有。现在他只有对着这些烈士倾诉心声："亲爱的爸爸妈妈，我现在懂了，爱国这两个字的分量有多重！现在儿子空有一腔报国之志，不能在等待与无奈中，慢慢老去。杨志坚爸爸说得对，人生是有期限的呀！因为生命短暂，所以祈求只争朝夕寻求成功；因为世事难料，所以祈求抓住时机，目光放远，开拓进取；儿子有责任报效祖国。爸爸妈妈，世界上的一切胜利都可以归结为时间上的胜利。你们告诉过我，人可以平凡，但不能平庸。不想当将军的士兵不是好士兵，我不想离开发射场，现在为了航天事业我只有遵从父命，认准目标去干困难事，才能有所作为。"

夜幕降临，戈壁滩突然狂风大作，飞沙走石。接着，哗哗地下起了大雨，一道闪电劈开黑沉沉的夜空，王延安清楚地看到面前耸立着一座发射塔架……

然而，此时此刻，高建军心里急得火烧火燎，使劲地拍打着电话机，老婆徐南征不知跟谁说话呢？电话总是占线，电话终于拨通了，他迫不及待对着电话就喊："南征，我的车现在就到基地医院门口了，我找不到梁欢，你赶快让梁欢到医院大门坐我的车，现在就走。"

徐南征奇怪地问："让梁欢坐你的车去哪儿？"

"去烈士陵园。"高建军更急了。

"天都快黑了，去那儿干啥？"徐南征也就更奇怪了。

高建军语速极快："我一时半会儿说不清，你告诉梁欢，让她到烈士陵园务必把王延安接回来！那偃小子听那丫头的话。"

"好，我马上去找她，我们一块儿去。"徐南征爽快地答应了。

谢天谢地，高建军想起老婆是王延安的发小，事到临头，他只有求老婆帮忙了。老婆亲自去，比他去还管用。

高建军的车给老婆派去执行特殊任务，他只好顶风冒雨从发射场坪往回走，迎面正好碰上了刚下车的郭志民，他是来找高建军谈王延安的工作问题。

高建军先下手为强，表明了他的态度，王延安是个人才，不能求全责备，人无完人。每个人都有长处也有短处，王延安的长处和短处正好是相对的，从这个角度看是长处，从那个角度看可能就是短处。我们应该知人善任，去发挥他的长处。

既然如此，郭志民只有表态照领导的意图办。

高建军又从军装兜里掏出来一封信："老郭，你咋搞的？脑子缺根弦，让后院起火了。你老婆来了一趟，给你生个大胖儿子，这好端端的怎么就给我写封信来，请求组织上批准你们离婚。是不是你看不起农村老婆，给人家气受了？"

郭志民毫无思想准备，如五雷轰顶，呆立在那儿，许久才小声嘟囔了一声："这信不是我老婆写的，她不会写字。"

"乱弹琴，不会写字还不会找人代写吗？你好糊涂啊！怎么得罪老婆了？"高建军把信递给郭志民，让他拿回去认真看，他的家乡受灾了，赶快打个家属来队报告，可以批准他老婆来探亲多住些日子，当面打开天窗说亮话，自己解决家庭问题。反正清官难断家务事，高建军现在没空跟他啰唆，转身急匆匆地走了。

郭志民看着高建军的背影心里很温暖，这领导就是会关心人。自己咋就学不会呢？

2

正如杨志坚的预料，原来是极少的一部分发射场领导知道王延安的身世，出于对老首长的尊敬都在自觉保守秘密。现在部队官兵都知道王延安是烈士遗孤了，他的命运也就发生了巨大的变化。

高建军理由充分地在试验任务准备会上提出，王延安能经受住组织的考验，处事不乱、宠辱不惊，建议他担当发射操纵员。当然，高建军有责任传帮带，为他保驾护航。于是，发射连党支部决定，把王延安调到人尽其才的关键岗位上。这对于王延安来说，既是压力也是动力。

1971年3月3日，火箭竖在发射平台上整装待发。发射指挥员高建军发出倒计时的口令：10、9、8、7、6、5、4、3、2、1，点火！起飞！

王延安坐在发射控制台前，按下了发射按钮。火箭尾部喷吐着烈焰，在轰鸣声中一飞冲天。实践一号试验卫星发射成功。

王延安不负众望，表现出色，在试验任务中立了三等功。

陆莎是消息灵通人士，闻风而动。这之前她几次想挽回他们的恋爱关系，王延安都不能原谅她，她自己也有口难辩，不能原谅自己。陆莎在这次任务中预报的天气准确，为发射成功打好了气象基础，所以她要借此机会最后一搏，如果不成功她就急流勇退，做一件让王延安震惊的事，给他点颜色看看。

发射成功那天傍晚，王延安回到宿舍，拿出全家福，对着照片百感交集地说："爸爸妈妈，实践一号卫星发射成功了！是我按下的发射按钮……"

这时，传来敲门声。王延安赶紧收起照片，打开门。

陆莎站在门口，兴冲冲地拿着一包从东北寄来的榛子和松子，来犒劳王延安首战告捷。

王延安用手拦住门，声明他不喜欢吃零食。陆莎说："延安，你还生我的气呀？你让我进去呀！"

"陆莎，你最好离我远一点。我可不愿意影响你的政治进步。"

"延安，你不能拒人千里之外，你忘了咱们曾经谈婚论嫁过吗？"陆莎尴尬地看着他，进退两难，眼睛里噙满了泪水。

"那都是过去式了。"王延安冷冰冰地说。

陆莎并不生气，换了一个话题："延安，明天休息，你不是喜欢摄影吗？咱们去巴丹吉林大沙漠摄影吧？"

王延安当然也想找机会把话给陆莎说到明处，答应她明早八点出发，不见不散。

第二天，陆莎和王延安来到巴丹吉林大沙漠，那是他们初恋时曾经一起摄影的地方，一定能勾起美好的回忆。下了汽车，登上沙山，陆莎开心地大喊："延安——我爱你！"

王延安提醒陆莎："你小声点，司机在那边呢。"

"那怕什么？我想让全世界都知道，我爱你！"

"要注意影响。"

陆莎睁大眼睛："咦？王延安，这不像你的风格。"

王延安很严肃地说："你知道今天我为什么陪你一块儿来吗？我就是想和你说句悄悄话。"

陆莎脸上浮出了笑容："你快说吧。"

王延安神秘兮兮地从衣兜里掏出了给陆莎写的分手信。他觉得有些话当面不好说，太绝情，他怕伤了陆莎的自尊心，让她回宿舍再看。可陆莎偏偏误解了王延安的意思，以为是情书，就读了起来：

"陆莎，我这人锋芒毕露、旗帜鲜明，我的人生一半在制造麻烦，另一半在解决麻烦。所以我担心在某一天突然惹了麻烦，会给你的生活留下浓重的阴影。你的步履会因我变得艰难沉重，直接影响到你的政治进步。那时候你将后悔莫及，无法挽救。爱一个人就要替她着想，所以咱们赶快分手，各自寻找幸福吧……"

陆莎抬起头来，脸唰地变白了，眼睛却一下子变得通红，目光里燃烧着怒火，直视着王延安，三下五除二就把那张信纸撕得粉碎。她大声说："如果你爱我，就别说分手！"酸楚的泪水洗刷了陆莎的眼睛，她毕竟很了解王延安，一下子就能看到他的心里去，于是她想解释，想忏悔，甚至想求情，只要能挽回失去的爱情。

"如果你爱我，就放过我！"王延安打开天窗说亮话。他想告诉她：我不是不想爱你，我的思想总是在斗争，我的感情总是在挣扎，你有很多优点值得我去爱，可是我这性格即命运，注定过不了四平八稳的生活，如果以后我再遇到困难和挫折的时候，你再说分手怎么办？这话他不能说，说出口也就给了陆莎一个回旋的机会，他怕动摇自己的决心，毕竟他们曾经倾心相爱。

王延安硬了硬心肠对陆莎挑明说："我这次来就是想在一个特殊的时候，特别的环境里，告诉你，我们面对的是情感的沙漠，我们必须分头去寻找自己生命的绿洲，去种属于自己的相思树。过去我们虽然是恋人，但我没有对不起你。现在我们还是朋友，要不要我给你介绍一个？"

"王延安，你可以不爱我，但你无权干涉我。"陆莎呆呆地用眼睛瞪着他，知道一切已经无可挽回，于是苦笑道："爱不是占有，是付出。分——吧！"

王延安要帮陆莎背摄影包，赔着笑脸说："陆莎，别生气，我可是一片好心。虽然说电影上总是《地道战》《地雷战》《南征北战》，可咱们以后不能总是上演持久战呀！我这人有自知之明，你强势，我就弱势，打不赢就跑。今后咱们缘分没了，还可以做好同志，好战友。"

"王延安，我知道我过去对不起你，可我实在没办法，各级领导找我谈话，我不能欺骗组织，不得已才说出你的家事。我和何飞飞散步碰上你和梁欢，我就没说。"

"陆莎，过去那些伤心事甭提它了，咱们好聚好散。"

陆莎突然一字一顿地说："王延安，你无情，我无义，咱们走着瞧！我一定要嫁一个比你强的人！气死你！"

王延安依然满面笑容说："那好啊！只要你过得好，衷心祝我的前女友快乐幸福！"他还故意背诵徐志摩的《再别康桥》：轻轻的我走了，正如我轻轻的来；我轻轻的招手，作别西天的云彩……悄悄的我走了，正如我悄悄的来；我挥一挥衣袖，不带走一片云彩。

陆莎真的生气了，含泪的眼睛里燃烧着怒火，她没想到王延安故意气她，王延安从来没有看到陆莎有这样忧郁而绝望的表情，他生怕这个女人会做出什么傻事来。"陆莎别生气，今后你如果碰到困难，我一定会帮助你！咱们还是好战友。"不知为什么，他的嘴竟抢在心的前面表态了。两个人相互对视了一会儿，陆莎冒着火苗的眼睛一闭，一甩手，纵身一跳，她就势从沙山上滚了下去。

王延安生怕陆莎有什么闪失，毕竟他们相爱过，毕竟他有一颗善良的心，他不顾一切地飞跑下去挡住了她滚落的身体。王延安扶着陆莎走下山，两人再没说一句话，无言地上了汽车。

陆莎回到宿舍，虽然胳膊腿没摔伤，却发起高烧来。她躺在床上不能上班了。

郭志民得知后找王延安谈话，希望他和陆莎再续前缘。王延安明确表态：人生爱情，不合适的我绝不将就，抓住合适的我绝不放手。郭志民只好请刚来部队探亲的李翠华出面去开导陆莎。

热心肠的李翠华做了一碗鸡蛋挂面，端到陆莎床头，陆莎赶紧从床上坐起来，接过碗，感动地说："谢谢嫂子！"

"谢啥子哟！你们部队上女同志少，你又没成家，想吃啥，到我家来，我给你做。以后有个头疼脑热的，就告诉嫂子。"李翠华是个热心肠，再说她喜欢陆莎来家里聊天，说说部队里的热闹事。

"嫂子，鸡蛋面好吃。我就是一点小感冒，睡一觉就好了。"

"陆莎，你今年多大了？"李翠华关心地问。

"26岁。"

"陆莎，女大当婚，该成家了。我们家乡像你这么大的女人，孩子都会打酱油了。部队里有的是男军官，你是大学生，条件好，可着劲儿挑吧。"

"嫂子，没合适的。"陆莎叹了口气说，"我想找一个我爱的，他也爱我的，也不容易。"

李翠华快言快语说："嫁汉嫁汉，穿衣吃饭。干得好不如嫁得好。吃不上喝不上，找个男人有甚用？我原以为嫁了个军官，可以不愁吃不愁穿，你看我跟到了部队，还不是修理地球，而且还是修理寸草不生的戈壁滩。老郭还给我气受。"

陆莎忍不住笑了："嫂子，你对郭指导员不满意？"

"也不能那样说。听高建军团长说老郭在干大事，所以，我要全力以赴支持老郭的事业。反正我也没文化，管好家就行了。"李翠华还有一句潜台词没说，那就是郭志民如果干得好，提了营职干部，她李翠华就能当随军家属了。

这时，陆莎吃完面条，把饭碗放到桌子上。

李翠华热情地拉着陆莎的手，说："告诉嫂子，你喜欢什么样的男人？我给你帮忙。我听王延安说，他有个朋友叫向志远，人不错，是个山西人。这找对象有个规律：男人要找山西的，山西穷，男人找个媳妇不容易，所以，山西男人知道疼老婆。你看我家老郭，山东人，大男子主义，'孔老二'的老乡，男人不干家务活，油瓶子倒了都不知道扶。大妹子，我听王延安说，那个向志远还是航天专家哪，可有学问啦！"

陆莎摇摇头没接茬，可她心里一亮。

"我跟孩儿他爹说，让组织给你帮忙，搭个桥。"李翠华信心满满，自从她找人写了那封要离婚的信，郭志民对她的态度明显好转，最近没有再发脾气，生怕事情闹大了影响他提职提级。于是她在家里的地位迅速提高。

李翠华的话让伤了心的陆莎开阔了思路。陆莎是有主见的人，她在气象业务上有独到的见解，好几次与众不同的天气预报，结果老天爷总是偏向她，天气实况总是跟着她的预报走。在婚姻问题上，她看王延安没有再续前缘的意思，她不能再死心眼了。她相信自己能慧眼识珠，她非常看好向志远在航天科技上的发展趋势，暂时不顺是因为他的家庭出身有点问题，但他既然还能留在这支航天队伍里挑着科技管理的大梁问题就不大，哪有十全十美的人？十全十美的人也轮不到她这个"灰姑娘"。她相信自己的青春美貌和文化程度都配得上那个小有名气的航天专家，向志远没有理由不爱她。有了这点自信，自然就不能错失良机啦。她必须去试探一下向志远，因为向志远和王延安是朋友，仅此一点她有些拿不准。要知道梨子的滋味，那就勇敢地去尝尝吧。

陆莎是个只要想到，就要去做的人。吃过晚饭，陆莎看到向志远的办公室还亮着灯，就直奔而去，她觉得心里突然空落落的，脚步发飘，眼看着就走到了门前，却觉得自己要说的话很没谱儿，他们毕竟交往不多，但一瞬间，她血液涌上了头，不这样做她就别无选择，她已经夸下海口要找一个比王延安强的。于是，陆莎敲响了门，还没等里面有人回答她就大方地进去，说："向总，我想占用您点时间，和您谈点事儿，可以吗？"

向志远连忙从写字台前站起身，面带疑惑，问："陆莎同志，你找我?"向志远将一把椅子放到陆莎近前,有点不安地看着她说,"陆莎同志请坐,有事你就说吧。"

"向总,我的情况您一定听说了。由于政治上的单纯和幼稚,我犯了一个大错,我把王延安的家庭情况说给了专案组,让别有用心的人有了可乘之机,给老首长和白雪洁同志造成了伤害,为此,我和延安的感情也发生了危机……"陆莎说着说着泪水涌出眼眶,她掏出手绢不停地擦抹着,她在拖延时间,察言观色,根据向志远的反应及时编辑修正下文。

向志远看着陆莎,脸上写满了惊愕与同情。

陆莎继续声泪俱下地说:"这些天,我的内心一直在苦苦挣扎着。我不怕大家的冷眼,然而,我却无法从自责和懊悔中挣脱出来,晚上失眠,好不容易睡着觉,又总是一个接一个地做噩梦,我无法弥补自己的过失!我好后悔呀!"突然,陆莎抬起一双泪眼,眨着微红微肿的双眼皮哀求地说:"向总,您帮帮我好吗?"

向志远愕然道:"陆莎同志,我、我不明白,你要我怎么帮呢?"

陆莎直勾勾地看着向志远,满脸涨得通红说:"我想弥补我的过失!只有您才能给我这个机会!"

"我?我不明白,你说的机会是什么?"向志远满脸疑惑。

"向总,我知道,延安的爸爸这些年一直都很关心您,关心您的研究,关心您的进步,关心您的处境,千方百计地保护您,是这样的吗?"陆莎虽然是问话,但是她的语气很肯定。过去王延安和她无话不谈,自然会说到向志远。

向志远坦诚地回答:"是!没有老将军的帮助,就没有我现在的一切。"

陆莎又问:"我还知道,他也一直在关心您的生活,希望您尽快成个家,身边有个照顾您的人,您可以更好地工作,是这样的吗?"

向志远惊诧地看着陆莎,不知道如何对一个女同志回答这个问题,他想该不是要给他介绍对象吧?

陆莎说:"向总,如果您愿意,我来照顾您的生活好吗?"

"什么?"向志远毫无思想准备,慌乱地说,"陆莎同志,这种玩笑可开不得!千万开不得呀!"他有点不知所措了。

"向总，您见过有人拿自己一生的幸福开玩笑的吗？"陆莎的问话不容置疑。

"可、可这怎么可能？这不可能呀！"向志远觉得太突然，毫无思想准备，恋爱结婚虽然说是个人问题，可这却是一个人的终身大事。

"向总，我知道您的顾虑。可对我来说，年龄，不是障碍，男人年龄大点会疼人；感情，可以在日后的生活中逐渐培养和加深，李双双的电影上就是先结婚后恋爱的。更何况，您的那个所谓的家庭历史问题，那个一直被人当作借口整来整去的把柄，也会随着与我这样的工人家庭出身的革命军人、共产党员组成革命家庭而云消雾散！"

向志远怔怔地看着陆莎，天上掉下来个女军官要给他当媳妇，这也太突然了！让他没有时间思考取舍、定夺这终身大事。

"向总，请您不要再犹豫了！"陆莎语气诚恳，"我只有这样做，延安和老首长才会宽恕我！"

"等等，等等，请给我点时间，让我好好想想再答复你好吗？"向志远对这个突然飞来的"爱情"有点措手不及，一时没回过味来，愣愣地坐在那儿。他心慌意乱地站起身要去找王延安，看他怎么说。

陆莎也站起身，泪眼婆娑地说："向总，我相信你是个好人，你会给我这个机会的。而且……"陆莎擦了擦泪水却没说下去，这是她能继续和王延安保持来往和向他挑战的唯一方式！她对王延安的感情充满了矛盾，剪不断，理还乱。

陆莎看向志远不安地走了几步，又缓缓坐回到座位上，显然这是一种态度，陆莎心里已经有底了，她可以采取下一步行动了。

这样自己送上门的女人，让向志远百爪挠心了好几天，那滋味是相当纠结难过的。随后好几天也没见动静，他总算放心了，陆莎只不过说说而已。在雄风浩荡的戈壁滩，女军官物以稀为贵，找什么样的人找不到，非要找他这个排在最后面的知识分子"臭老九"呀？

陆莎可不是一般的女人，总要争当业务尖子。她在气象预报上从不含糊，自然精明强干，不仅是善观风云，而且眼光锐利，善于发现有潜力的男人，大家都说"臭老九"的时候，她有逆向思维，坚信向志远这样的人，航天专业技术好是立身之本。对于发射火箭卫星来说，技术精英是要排第一的，现在科学家受排挤是暂时的。所以他需要的是一个机会，向志远不会主动提出个人问题，那么最佳的方法就是组织帮助，促成喜结良缘。

不久，陆莎就等到了天赐良机。

事情起源于郭志民领受了上级一个特殊的任务，这个任务该怎样完成他心里没谱儿。这天他正在会议室主持召开党支部会。会前他思前想后，觉得这个问题列入会议议程似乎不妥，他犹豫再三，最后终于想明白了，在"文革"时期，婚姻是被高度政治化的，他必须完成这个任务。可惜部队里女军官太少了，他思前想后找不到目标，最后目光落在了陆莎身上。

陆莎是唯一的女支部委员，因为她身上有绝对优势，上级说了要搞"三结合"，支委中要有一个女同志的代表，还要有一个年轻的优秀大学生的代表，这两条让她全占了，刚入党就被幸运地增选为党支部委员，她的运气就是这么好，不服气还不行。看来完成这个任务的人选也非她莫属了，只是这个口怎么张呢？这毕竟是个人问题，要双方选择，组织怎么好多加干涉？

郭志民终于下决心将其列入会议的最后一个议题，他清了清嗓门，说："这也是上级领导交给咱们的一个特殊任务……大家一定要有力出力，有人出人，献计献策。"他故意吊大家的胃口，停顿下来，端起了茶杯，咕咚咕咚使劲喝凉茶水，大家就越发奇怪地看着他，心里暗自猜测着他会说出一个什么奇怪的特殊任务。

支委中还有一个战士代表尚达飞，平时他样样工作抢在先，这次也当仁不让又抢着承担重任了。尚达飞站起来说："郭书记，把任务交给我吧。"

郭志民嘴里的水差点笑喷，他赶快放下茶杯，拿出手绢堵住嘴，把嘴里的茶水咽进肚里，才说："这事你不行，你能给航天专家向志远同志介绍一个合适的对象吗？你有这本事吗？"

几个支委不约而同地笑了起来。

"大家别笑！军民团结如一人，试看天下谁能敌。政治工作就是要体现在方方面面。大家集思广益，有什么合适的人选？提出来，我们去做工作。陆莎同志，就你一个女支委，你先说说，你们女干部里还有谁没对象？"

陆莎胸有成竹地站起来，嗓音清亮，语出惊人："郭书记，我知道你点我的名是什么意思。为了中国的航天事业，我愿意和航天专家向志远相伴一生。"

大家愣了，目光全都对准陆莎。陆莎的做事风格，实在太让人捉摸不透了，这种终身大事也能毫不犹豫地在会上毛遂自荐。她和王延安分手后，彼此都是爱情不在友情在。今天她出其不意的表态，让大家觉得她在跟王延安较劲儿，故意要激怒她的前男友。从此王延安就会断了念想，如果向志远看不上她，她就不怕在众人面前丢面子吗？怎么不给自己留一点退路呢？八成是脑袋进水了。

这时，郭志民挥着大手使劲带头鼓掌："你们还愣着干吗？还不快快鼓掌，祝贺陆莎同志勇挑重担，献身航天，喜结连理！"

郭志民的掌声让大家如梦初醒，大家起哄似的鼓起掌来。突如其来的掌声让陆莎的脸立刻羞成了大红布。其实，在这一点上，是大家把问题想复杂了。陆莎的铺垫工作早已完成，只等春风吹来百花开。

会后，郭志民心里还没底，这件事怎么办才能稳妥可靠？万一向志远因为王延安的关系不同意陆莎咋办？于是他绞尽脑汁写了一封短信：

> 向志远同志：我们接到上级领导的任务，帮你解决个人恋爱婚姻问题，使你没有后顾之忧，轻装上阵投身于航天事业，我部陆莎同志自愿与你军民结合，她是女军官，共产党员，政治历史清白。考虑到你们还不太了解，缺乏感情基础，建议你们多接触，先恋爱后结婚。

写完后他想了想，这封信既然是组织行为，就不能落他郭志民的名字，他拿出党支部的大红章盖上。他又一想解铃还须系铃人。让王延安去把这封信交给向志远，以此试探王延安的态度，看看他和陆莎之间是不是藕断丝连，有没有重归于好的可能，千万别得罪王延安，那小子可不是个省油的灯，惹不起呀！再说王延安和向志远亲如兄弟，说轻说重都没事，让他去找向志远谈吧。

3

　　王延安受郭志民之托，来招待所房间找向志远完成党支部交给他的任务，他的心里挺不是滋味的，觉得这事挺滑稽，好在他觉得自己从此可以摆脱陆莎的穷追不舍，她要是嫁给向志远也是一个好归宿，这也算是成人之美的事，那就去办吧。

　　向志远刚理完发正在照镜子，自我欣赏刚修理过的小平头，他心血来潮作诗一首："朝阳给戈壁带来霞光，戈壁的胡杨不屈地将头高昂……"

　　王延安看向志远心情无限好，还有闲情逸致自我欣赏朗诵诗，就开门见山问他："你看陆莎同志怎么样？"

　　向志远一时没有反应过来，还以为王延安是征求他的女朋友怎样？连连说："不错！人蛮精干，天气也报得准。"

　　"好，那她就是你的了。"

　　向志远奇怪地看着他问："王延安，你怎么能替陆莎做主？"

　　王延安这才说明——是党的阳光照耀他，组织给他搭的鹊桥，而自己是奉命前来征求意见，因为陆莎在会上当众表示，为了中国的航天事业她要嫁给你！王延安观察着向志远的表情，既然是自己的前女友，他必须实话实说，那年头的男女恋爱都是很保守的，尤其是双军人更是要遵守军纪，所谓谈恋爱，是君子动口不动手的精神恋爱，谈不拢就分了。可你们都是技术骨干，会有共同语言，当然她比你差了许多，所以对你崇拜产生爱情。

　　向志远愣了，王延安把手在他眼前晃了晃："想什么呢？你一根筋呀。你脑子是不是机器呀？除了工作能不能想点自己的事，比如婚姻大事之类的，三十好几的人了也不想娶媳妇吗？你当你是样板戏里那些超凡脱俗的光棍英雄呀！"

　　向志远半天才回过神来，陆莎漂亮，精干，有性格，是个好姑娘。不过，她曾经是王延安的女朋友啊！这似乎不太靠谱，是夺人之爱呀？

"那都是过去式，我们已经分手了，画句号了。陆莎心气高，我这人不完美，优点突出，缺点也突出。"王延安语气肯定地说，"现在，我要支持她找一个更好的男人。"

于是，王延安实事求是地介绍了陆莎的情况，她气象业务不错，人很聪明，东北人，出身于工人家庭，泼辣能干。你们在事业上都是技术尖子，势均力敌，旗鼓相当，都很要强；在性格上你是儒雅的，她是强悍的，正好互补。不过她也是有缺点的……两个人能走到一起，就是看你能不能容忍她的缺点。

向志远沉默了，他在想自己因为血统论的压力而被歧视，王延安是为他找个政治保护伞，让他从此没有后顾之忧，一心一意搞事业。他知道只有选择一个根红苗正的共产党员、解放军军官为配偶，改换门庭，才能留在航天队伍里大有作为，他狠了狠心，艰难地吐出了一个字："行！"

王延安想了想，觉得自己还是应该提醒他一句："你可不要迫于政治压力，这是找老婆，你们的差距是很明显的，还缺乏感情基础，两个人是不是脾气相投，那要靠你自己去找感觉。"

"谢谢你的好意！能找个女军官那当然好了！起码政治上没问题，结婚政审合格。可是，我想好事，如果好事不想我，咋办？"向志远看着那封信，想着自己要在艰难困苦中继续生存，而且还要继续搞科研也只能如此了，他心里矛盾重重，这种事不着急，以后随缘吧。

王延安看向志远紧张得满头冒汗，一拍胸脯道："老哥的事就是我的事，包在我身上。"

向志远犹豫了，不自信道："陆莎能看上我吗？"说完，还用手擦了一下额头上的汗珠。

王延安拍了他的肩膀一下说："你看看你，还是个男人，主动点！老兄，女人又不是老虎。一个男人，追女人既要用眼睛，又要用心。连自己喜欢的女人都追不到手，算什么男人！拿出你的魅力来吸引她，拿出你的勇敢来追求她，拿出你的智慧把她娶回家。"

向志远还是有点不自信，他们没有感情基础，他可不能单相思，多没面子呀。

再说，向志远心里很纠结，不管时光怎么流逝，刻在他心上的林依然是永远无法忘记的。然而这个世界就是那么不公平，让他舍去爱情，才能成就事业，他这辈子就想做成航天这件事，这辈子也就算活得有价值了。

"你真是典型的理想主义者！"王延安给他留下一句话就走了。对向志远这样守株待兔不着急的人，他还要去做陆莎的工作，为朋友的事帮忙到底。

王延安来到气象预报室，陆莎正在看墙上挂满的气象云图。王延安很正式地敲了敲门，然后才进来说："陆预报员，休息会儿。"

陆莎头也不回没理他，知道他无事不登三宝殿，让他有啥事快说。

王延安赔着笑脸说："陆莎，我知道爱一个人的最高境界就是尊重他的选择，你离开我的时候，我尊重你的选择。今天你选择了向志远，我同样尊重你的选择，我还算高尚吧？"

陆莎这才从气象云图上收回目光，回头看了一眼王延安，提高嗓门说："高尚？准确地说，你就是脸皮厚！"

王延安一点也不生气，继续说："陆莎，你离开一个错的人，才会遇到对的人。向志远是我的好朋友，好大哥。我了解他，绝顶聪明，人品绝对好！在专业技术上是顶梁柱，那可是航天界有潜力有发展的实力派人物，日后定能大有作为。你选择向志远就是站得高，看得远。"

王延安说这话是有底气的，向志远这人很实在，他有什么好想法总是无私地告诉大家，比如制造发射卫星的运载火箭，他提示大家，火车千里迢迢运送火箭到发射场，要穿过 N 个山洞，火箭直径就要受到限制，他一提醒，大家想对呀。于是长征火箭的直径定为 3.35 米，穿山洞就没问题啦。有人说，这绝招和科研成果是要保密的，可以申请专利，以后还可以获奖。他说，都是为了中国航天，说出来就可以集思广益，把我们的聪明才智都用上。

陆莎反问道："他那么聪明，那我以后还不受制于他？"

"你老外了不是？事业是男人的平台和尊严。向志远那是在外面打拼的人。他的好脾气在男人世界里少有，他懂得男人要抓大放小，大智若愚。这种事业型男人家里一定是老婆说了算！"王延安看着陆莎的表情说："我和向志远的关系可以用一句话概括：人生难得一知己！"

陆莎感叹道："可惜得不到的，才是我的最爱。"其实她已经认识到向志远是无价之宝。而且先下手为强，要好好去爱向志远，因为她发现他是国宝级的科学家。此时，陆莎的脸色已经阴转晴了，她想，婚姻就像一场赌博，从来都是有目的性的。自古就有夫贵妻荣之说。

于是王延安就像个预言家似的直说："陆莎，婚姻是人一生中最重要的选择，你错过一个杰出的人，就会后悔一辈子！"

"为什么？"

王延安是个脑子灵活的人，他知道陆莎心气高，有追求，总想找一个优秀的男人，这是人之常情。他突然意识到，自己应该把话讲得实际点，向志远的人品和业务都很优秀。现在试验任务这么重，组织上一定会为向志远解决两地分居问题。他的工作单位在北京，陆莎如果嫁给他，就能调到北京，那是她的福气，也是她最聪明的选择！

王延安的话说到了陆莎的心坎上，确有道理，再说向志远给她留下了一个好印象，忠厚、朴实、踏实、聪明、勤奋、随和，这样的男人保险系数高。更重要的是，陆莎要跟王延安赌这口气，就是要嫁一个功成名就的好丈夫气气王延安。

陆莎一旦想好了，就会果断采取行动。她主动邀约向志远晚饭后在胡杨林边见面。为了这样一个直奔主题谈婚论嫁的目的，向志远和陆莎都难免尴尬和羞涩，两个人走到了一起，却不知该如何开头谈恋爱，无话找话地说了几句天气不错的话，就开始无言地漫步弱水河畔。

"咱们该走向何方？"陆莎像是在自言自语，又像是在问向志远。

"咱们往那儿走吧。"向志远指了指远方的发射塔说。

陆莎指了指她和王延安曾经坐过的沙滩，拉了一把向志远说："我走累了，咱们坐一会儿吧。"于是，他们席地而坐。陆莎很想寻找热恋的感觉。因为她已经当众宣布要和向志远谈恋爱了，面对一片温柔的河边流沙，他们却不知道应该从何谈起了。两个人例行公事般地互相介绍了家庭背景和过去的经历，又无话可说了。

陆莎终于打破了沉默，问："志远，你事业有成，又在北京，为什么喜欢我？"

向志远想了一会儿说："你有文化，才貌双全，精明能干，还有……"

陆莎追问："还有什么？"

"还有我喜欢你积极要求进步，大胆果敢，有股不达目的誓不罢休的劲儿。是你主动找我的呀！"

陆莎感慨道："你呀！就是个书呆子！"

两人默默无语地走到红柳丛旁，不由自主站住。向志远突然问："陆莎，我就是想不明白，你不熟悉我，为什么敢于在会上当众表态要嫁给我？"

陆莎毫不犹豫地回答："因为你是年轻有为的航天专家呀！"

"这很重要吗？"向志远扬起脸问。

"当然重要。男人没有事业怎么行？"

向志远马上说："那我可有言在先，我热爱事业胜过生命，我把工作看得比婚姻和家庭都重要。"

陆莎不高兴了："向志远，我们的婚姻和家庭只能排在你的工作之后吗？"

"当然！陆莎，你现在后悔还来得及。"

"向志远，那你也得支持我的工作。"

"当然，女人也要有自己的事业。"向志远突然问，"陆莎，你还喜欢王延安吗？"

"我们已经分手了。"陆莎肯定地说，"志远，你要没话说，咱们就回吧。"

"那好，我还得到发射场看看火箭去。"向志远说完转身急匆匆走了，把陆莎孤零零丢在了河滩上。

陆莎看着向志远的背影越来越远很快消失了，心里很不是滋味，看来自己在他心里没位置、没分量，她有点后悔自己没有找到爱的感觉就主动出击，是不是太莽撞了？可事到如今已经无法挽回了。

4

发射场坪上,王延安向匆匆而来的向志远招招手,走近后故意问他:"感觉怎么样?心跳加速了吗?"王延安心里情不自禁涌出一种说不出来的滋味。

向志远明知故问:"什么感觉怎么样?"他没找到啥感觉,连手都没敢拉,还有点尴尬加紧张。

王延安看他无所作为的表情,心里突然释然了,鼓励他:"向大哥,亏得你还是男子汉,你要打进攻战,总不能让女同志主动吧?你要张开双臂拥抱她,告诉她,你爱她。"

"我怎么说不出来呢?我和她谈恋爱为啥没话说?咋也找不到感觉呀?还是满脑袋火箭卫星。"向志远实话实说。

王延安看向志远眼神迷惑,清了清嗓门,换了一种语气给他讲了一个故事:有一个学识渊博的哲学家,年轻时风度翩翩,迷住了许多漂亮姑娘。其中有一位美丽的姑娘主动找上门来要做他的妻子。哲学家很中意,只是他要认真研究一下结婚与不结婚的好坏比例各占多少。他对姑娘说:让我考虑考虑。等他考虑了十年终于决定上门求婚时,那姑娘已经是两个孩子的妈妈了。哲学家遭受到沉重的打击,一病不起,临终时说:如果把人生一分为二:前半段的人生哲学是不犹豫,后半段的人生哲学是不后悔。这就叫思路决定出路,看准了,你就上!

"你是让我不要优柔寡断吗?"向志远更加如坠云里雾中,"那要是没看准呢?"他觉得这件事还是哪儿有点说不清的问题,那就守株待兔吧,还是慎重点好。

王延安看他迟疑不定,干脆说:"你别拖泥带水的,按我说的办,冲上去,速战速决!发射任务一个接一个,没有时间让你谈恋爱打持久战。人生到什么季节,做什么事,错过了别后悔。"说完走人。

陆莎见向志远总是按兵不动,心里没着没落的,干脆主动来招待所房间找向志远摸清虚实。

向志远正在翻看一大堆技术资料，不知所措地看着陆莎问："你有事吗？"

"向志远，你是不是没有把我当你女朋友看？你好几天不来找我，连个电话都不打。你这个大男人怎么一点激情都没有，你不主动，难道还让我主动去追求你吗？"

向志远面对陆莎来势凶猛的爱情表达，却异常沉稳平和，直截了当说："陆莎同志，组织上让我和你谈恋爱，那种在花前月下的谈情说爱我没时间，我要的是结婚成家，我要的是安稳和谐地过日子，你能给我那种生活吗？"

"可以！"

"陆莎，那好，我答应你。"向志远彬彬有礼，鼓足勇气说。

陆莎瞪着眼睛看着他，不知如何回答好。四目相对僵持在那儿。陆莎突然扑上去一吻定情，主动拥抱他。

向志远笨拙地摘掉眼镜，小心谨慎地向她靠拢，慢慢伸出双臂来拘谨地拥抱她。让陆莎不能忍受的是，向志远将一切都搞得滑稽不堪。他们没有一点激情燃烧的感觉，当向志远的嘴靠近她时，陆莎猛地把头转了过去，把向志远闪空了，他实在不像个正常男人。她和王延安谈恋爱时心有灵犀，情不自禁升腾起强烈的想拥抱的亲密感觉，现在却毫无感觉了。

向志远一个趔趄一下子抱紧了陆莎，陆莎真没想到一个高智商的大专家，竟连谈恋爱都不会，一点不浪漫。于是说："你拿出点男子汉的勇气来好吗？"

向志远站稳脚跟，担心地问："陆莎，我们的性格好像差异太大，你像个女汉子好胜要强，我却淡泊宁静，以后过不到一块儿怎么办？"

"傻样！"陆莎用手指点了一下向志远的脑门，"咱们正好取长补短，要是两个人都厉害就麻烦了。一个山头怎能有两只老虎占山为王？"

"那家里就听你的。其实你只要会管家、会过日子、会教育孩子，我就没有后顾之忧了。"

"俗！"陆莎愤愤然了，但既然如此，他们达成共识，简化恋爱程序，直接进入主题，学李双双先结婚后恋爱。

陆莎和向志远的结婚报告很快就批了下来，他们一同来到结婚登记处登记结婚。那位管结婚登记的女同志看了一眼精干的女军官陆莎，又看了一眼干瘦的穿着一身蓝色工作服的向志远，似乎是觉得他们这对新人不太般配，有点怀疑地问："你们是自由恋爱，自愿结婚吗？"

陆莎和向志远异口同声答："是。"

向志远还从工具包里提出了一袋喜糖，放到了桌子上，说："这是我们的喜糖，同志，你吃，你吃。"

陆莎看了他一眼，不满意地皱了皱眉头。然后说："同志，你别介意，他是航天专家，刚从发射架上下来，连工作服都没来得及换，我们就来登记了。"

"没关系，咱们航天城的社会服务保障部就是要为参试人员做好服务保障工作。衷心祝你们喜结良缘！白头到老！"女同志边说边站起来，很郑重地把上面有大红喜字的结婚证书双手递给了这对新人。

陆莎的心情既复杂又兴奋，她伸出手去接过结婚证，她知道这个男人从此就是她丈夫了，心里百感交集。而向志远把结婚证给了陆莎，转身出门直奔发射场。

陆莎领了结婚证，就到办公室广而告之，邀请大家届时来参加他们的婚礼。大家纷纷向她表示祝贺。当她路过一个门口时，虚掩着的房门里传出了男男女女的谈话声。陆莎驻足侧耳倾听。

"真邪了门儿了，向总怎么会看上她呢？"

"可不是嘛！王延安那边还没凉透，这边又把饭做熟了，而且还是顿老少混搭的二米饭！"

"就是！再说这速度也忒快了吧，速战速决闪婚哪！"

"还是人家陆莎有心计呗！女追男，隔层纱，你们行吗？"接着就传来众人的嬉笑声。

陆莎越听越气，不想再听了，神情黯然地走向走廊最东头王延安的办公室。她来邀请王延安到时一定参加他们的婚礼。王延安见陆莎进门，立刻站起来祝贺陆莎双喜临门！

陆莎瞪起眼睛问："啥双喜？是大喜！你来不来帮忙吧？"

"你可以同时拿到结婚证和工作调令。我当然前去贺喜！"

陆莎的脸上立刻阴转晴，看来真有贵人相助向志远，她很自豪地昂起头来说："不过我暂时还不想离开发射场。"

"陆莎，你别稀里糊涂的！向志远可是有发展潜力的航天专家！"王延安郑重其事地说。说实话，他在听到陆莎和向总要结婚这个消息的时候，确实为他们的神速闪婚吃惊。但他很快就想明白了，无论是谁，都该正视今天，不能总是回过头去看昨天，让那些剪不断、理还乱的感情头绪把自己捆住，深陷其中不能释怀。所以他很高兴地祝福他们相亲相爱过好日子……

这时，郭志民进来把王延安拉到一边说："王延安，陆莎可是名花有主了，大庭广众之下你和她说话要注意影响。"

王延安把头一扬理直气壮："郭指导员咋的啦？陆莎现在是我嫂子。我祝贺她和向志远喜结良缘！"

陆莎见状连忙说，"延安，我谢谢你的祝福！郭指导员你们谈吧，我先走了。"

"王延安，你过去的对象和别人结婚，你心里就不难受吗？"郭志民问。

王延安一拍胸脯说："古人宰相肚里能撑船。今人我王延安肚子里能撑航空母舰！我就担心一点，他们闪电式结婚是不是太快了？"

"王延安，人家陆莎是共产党员、女军官，自告奋勇嫁给向志远，他老向还是非党群众，出身不好，知识分子'臭老九'有了陆莎这个红色保护伞，他知足吧！"郭志民见王延安态度还不错，说完就走了。

5

实践一号卫星发射成功，王延安去找高建军谈心，说他现在无牵无挂了，前女友嫁给了他的好搭档，他现在一定要化悲痛为力量，和向志远比着干，看谁干得更好。不是说有一种幸福叫成就目标吗？说这些话时他心里五味俱全。

高建军笑着说："王延安同志，我说句公道话，是你要跟陆莎分手的，你自己还悲痛吗？"

"那当然啦！不过每一种创伤，也都能成为一种成熟。"王延安偏不正面回答，他知道现在组织上正在考虑发射成功后的立功受奖问题，而他有更重要的事需要组织支持，于是他一本正经地说："高团长，我不要立功受奖，只想知恩必报。"

高建军心想，你少给我添点乱，少找点麻烦，我就省心了。于是开玩笑地问他："你是不是又想别出心裁给我找点什么麻烦事？"

果然不出高建军所料，王延安马上提出他要搞一个科研项目，这个科研项目既是对领导工作的支持，又需要领导给予人力和经费的支持，他如此这般地一通说辞。还从文件包里拿出一沓厚厚的方案报告。高建军接过来这一摞材料，说回去再研究，让他先简明扼要说说情况。

王延安详细讲了他的指挥自动化系统，简称它为C3I指挥自动化系统。指挥自动化是指英文字母3个C打头的：指挥、通信、控制，加上情报，就是I，所以简称为：C3I。指挥自动化系统通常来讲，就是进入发射状态以后，特别是一小时准备以后，它就会由计算机去自动采集所有的信息，看看是不是具备30分钟准备的条件了，符合条件就可以给你发一个信号，说可以进入30分钟准备了。然后它再收集其他准备情况，15分钟准备，它可以再给你一个信号，这样的话，我们的发射指挥基本上就是有约束的自动化作战准备。

高建军担任过发射调度指挥员，喊过发射口令，知道最早发射阵地先是用潜望镜，现在都是电视通信系统，把潜望镜取消了。指挥口令下达是根据情报指挥，信息采集后决定指挥，只有把指挥、控制、通信综合利用，才能给指挥员大大减轻负担。他当然知道，指挥控制通信，还有搞电视传输的，关系到各大系统，王延安要设计完成的这个指挥自动化系统谈何容易，这是关系到发射成功与否的大事。

高建军看完《指挥自动化系统研制方案》，让王延安列一个详细的计划，组织一个团队来研制，从设计到实施，由王延安牵头。

于是，王延安就像套上了缰绳的战马，全力以赴开始设计指挥自动化系统，他夜以继日在机房里忙，有目共睹，他写写画画的图纸堆得像小山一样越来越多，可是他的头发一撮一撮的越掉越少，眼看就要秃顶了。

郭志民看着王延安这"一多一少"，不明白王延安搞的是什么名堂，竟让他痴迷到自毁形象的地步，认为他是异想天开，不计后果，试验出事怎么办？

王延安在担心怀疑的目光中，觉得压力越大，越要给自己争口气，他不断给自己打气，只要自己不抛弃梦想，梦想就会变成现实。不是因为有了希望才坚持，而是因为坚持才能有希望，他的奋斗一定能成功！他像头犟牛把自己的誓言贴在工作台边，一根筋干到底。

然而一年后，他的成果还没出来，他却犯了头晕头疼病，后来头发一片一片逐渐掉光，先是斑秃，后是全秃。更糟糕的是，他喝浓茶饮咖啡，想方设法提神不睡觉。结果习惯成自然，白天晚上都睡不着觉，这位超级工作狂严重失眠了。

徐指挥长来检查工作，一见王延安吓了一跳，这臭小子咋成了未老先秃的狼狈相？于是亲自把王延安押送进医院，临走前对王延安说："你小子照镜子看看自己，别人是衣带渐宽终不悔，你还要加上华发不再也操劳。你还没娶媳妇就成了秃顶，我怎么跟你老爸交代？"

王延安本来觉得自己长得像电影里的英雄一表人才，对着卫生间的镜子一照，心里顿时备受打击，赶紧戴上了军帽。徐南征听说他住院了来看他，王延安头疼得厉害正在用头去撞墙。徐南征见状问，你的脑袋里是不是长了合金钢，为什么撞到南墙不回头？让他吃点止疼药，王延安就是不吃，说把他吃傻了怎么办，求徐南征让他回单位去。徐南征觉得这也不是一天两天能治好的病，让头发长出来是一个漫长的过程，把王延安关在医院只能如虎关进了笼子来添乱，还是让梁欢用中医的方法给王延安治治看。

王延安根本不相信黄毛丫头梁欢能治好他的病。星期天，这位超级工作狂照样马不停蹄干到凌晨5点才睡觉，9点钟梁欢就来敲门了。他非但不开门还出口伤人，躺在床上喊："今天是周末，哪个周扒皮来半夜鸡叫？"

"王延安同志，不是你昨天打电话告诉南征姐，约我9点来给你治病吗？"梁欢站在门外不高兴地小声嘟囔，"太阳都晒到屁股了，大懒蛋！"

王延安突然想起来是有这回事，赶快穿上衣服跳下床，戴好军帽，把梁欢让进屋来。他打心眼儿里喜欢这小姑娘，眼睛透彻明亮，长得喜庆清纯，银铃般的笑声让人心醉。可是今天梁欢笑不出来了，看着乱七八糟的宿舍皱了皱眉头，直奔主题让他坐好先针灸，好完活走人。

可王延安就是不摘帽子，梁欢就生气了，这病号也太不配合了，超极限一天连续工作十几个小时不休息，可惜他不是变形金刚而是血肉之躯，王延安的头疼就是人为大脑过劳不睡觉引起的，治疗失眠的百会穴和四神聪穴位都在头顶上，王延安不愿意让梁欢看到自己的光脑瓢，他始终不摘掉军帽，他让梁欢隔着军帽给他针灸。梁欢一挥手就把他的军帽摘下。

王延安恼羞成怒训斥她："你这个女兵怎么动手动脚的！"

"啥叫动手动脚？"梁欢委屈得要哭了。

王延安昂着秃脑袋，瞪着布满血丝的红眼睛。他误以为小丫头嘲笑自己的秃顶，站起来挥着手指着门外，大发脾气："你滚！谁让你摸我的头！你不知道智慧的脑袋不长毛吗？"

梁欢快速反驳："你自以为是，固执未必是美德。坚持、倔强、执着、偏执狂、轴到底都可以被称为固执。你什么情况啊？"

王延安一下被问愣了，哑口无言。

梁欢没有想到王延安的脾气来得如此快，没有序幕直接进入高潮。她觉得自己好心不得好报，于是乘胜追击，严厉批评王延安美其名曰搞科研，实际是不参加集体活动、不打扫卫生、不打猪草、不帮厨……统统数落一遍，然后拿起针灸盒转身走出门去找徐南征了。

徐南征劝梁欢别跟王延安计较，那家伙爱面子，又是肝郁火旺型。拉起梁欢的手就来找王延安算账。

梁欢一走，王延安就后悔了，赶紧刷牙洗脸，把自己收拾干净。他估计徐南征会来打抱不平。果然不出他所料，徐南征刚进门就劈头盖脸大着嗓门说："王延安你有病呀？你不知好歹！"

王延安想想自己如今这个未老先秃的模样，也太不体面了，还得求助医生护士帮忙妙手回春，他赶紧从抽屉里拿出两个大苹果，亲自削皮送上，还连连道歉："对不起！对不起！医生不计病人过，白衣天使肚里能撑船。请笑纳！"然后，他摘下帽子，露出光亮的秃脑壳，给这两个女兵弯腰鞠躬,那滑稽样一下子就把徐南征和梁欢逗笑了。王延安晃着秃脑壳,咧着大嘴说:"我有一句名言:人生最大的快乐是做到别人说你做不到的事。如果事情这么容易,为什么还要我来完成?神医们来吧!"他为自己的双关语一箭双雕暗自得意,乖乖地坐下来让梁欢给他在头顶上扎针。

之后,这一扎就是一个月,失眠症果然见好。梁欢又给他针灸配合按摩来疏通经络。梁欢端来了一盆热水让他先泡泡脚,说这样可以缓解头痛。王延安脱掉鞋袜时,梁欢闻到了一股脚臭味,她皱了皱眉头却什么也没说,拿来了一块香皂给王延安洗脚。王延安挺不好意思的,可头顶银针只能任凭小女兵摆弄,他突然觉得眼前的这个小女兵怎么变得像大姐姐那样温柔细心。梁欢接着又用艾条给他灸脚底涌泉穴,他的头疼减轻了很多。

梁欢问他这样拼命搞科研,头发都掉光了,万一不成功呢?王延安信心满满地告诉她,因为已经看到了他能实现目标的美丽前景,还意味深长地告诉梁欢,他现在已经感动"上帝"了……

梁欢知道他话里有话就转了话题,耐心给他讲解,脚底与人体多条经络相连,而这些经络又与头部相连,这样就起到了扩张血管、温煦脏腑、上下贯通、缓解头痛的作用。边说边给王延安按摩起了脚底的涌泉穴,还说,涌泉穴直通于脑,按摩它即可引血下行,刺激经络,减少头痛发作。太冲穴可以让他少发脾气。坏脾气影响健康。

王延安感觉舒服多了,他没想到那双柔弱的小手能给他减轻那么大的病痛。这之后他每天都要洗脚,只要一头痛就想起梁欢。他变得有点离不开梁欢了,他每天盼着她来。然而,让他苦恼的是,那个口无遮拦的发小徐南征告诉他,梁欢有一个小秘密,让他莫名其妙地难受了好几天。

徐南征隔三岔五就来看他,聊天时说起了梁欢这小丫头没心没肺太单纯了。王延安马上反驳说,梁欢就像个安琪儿,是个快乐的小天使,你们医院的医护人员都像她就好了。徐南征笑了,说王延安误会了,梁欢的确单纯得可爱。她有一个青梅竹马的干哥哥姚明伟在珍宝岛当卫生员,在战斗中立了三等功,还参加了英雄报告团在全国巡回做报告。这姚明伟的爸爸是梁欢爷爷的学生,两家还是世交。这傻丫头把你的头疼病写信不仅告诉了她的爷爷，还告诉了姚明伟，说你很了不起，正在搞一个发明创造。结果姚明伟一个月没给她来信，小丫头就有点着急，总是担心她那干哥哥是不是负伤了？每天心神不宁的。要我看，那姚大哥早已经把对梁小妹的感情上升到男女爱情了，没准正在欲擒故纵，钓鱼上钩呢。

王延安觉得这话像是在说自己，他没说话，然而他的脸却控制不住地突然发起烧来，通红通红地发涨。其实徐南征说者无心，他听者有意。那个年代军营里长大的年轻人都有英雄情结，尤其是子承父业的子弟兵，更是希望自己像父辈一样当兵上前线，打仗当英雄。所以徐南征说那些话时，还流露出羡慕梁欢有一位英雄干哥哥的意思。现在巧的是，这两个"兵哥哥"对梁欢都有了好感，这好感都开始在心里悄悄萌芽长大。

徐南征见王延安表情怪异，还以为王延安头疼得厉害，赶紧叫来梁欢。

梁欢气喘吁吁地跑来，二话不说就给王延安的鼻子上抹了一点药面，让他吸进去，头疼神奇地好了很多。梁欢告诉王延安，这是爷爷寄来的梁氏家族的祖传秘方：全蝎定痛散，里面有全蝎、冰片、麝香和人工牛黄，爷爷把这四味中药研磨成细粉，只要头疼就用鼻子闻一闻，吸一点就好多了，简直太神奇了！

自从那天梁欢走后，王延安就又多了一份心事。这小黄毛丫头，到底喜欢哪个"大哥哥"呢？想到这儿，他狠狠地打了自己一巴掌，英雄难过美人关，自己咋那么没出息！现在必须心无旁骛，全力以赴把指挥自动化系统研制完成。

然而，设计自动化发射系统绝非易事。王延安遇到了困难，深夜12点他还在办公室查看资料书籍。鼓励自己没有做不到的，只有想不到的，一切皆有可能。

曙色临窗，太阳照了进来。高建军来了，翻看了一下那堆专业书，催促王延安快回去睡觉，不可能一口吃个大胖子。文武之道，有张有弛。身体累垮了，就什么都没了。

王延安抬起头说："领导给我这个平台，我就要革命加拼命，干出成果来。决不半途而废，我不会为失败找理由的，现在就是要为成功找出方法来。"

高建军知道他已经熬了好几夜了，今天来就是一件事——让他回宿舍睡觉。王延安只好遵命打道回府。

一个月后，王延安在地下发射控制室里，看着电脑控制的仪器仪表，仪表盘上闪着红、黄、绿的光，数据显示正确，他刚想伸出胳膊高呼，又突然拿手捂住了嘴，强忍住内心的喜悦不喊了。他要告诉高团长，赶快带人来验收他的科研成果。

恰逢发射前总检查，高建军很快来到发射控制室，经测试这个系统非常好用。高建军握着王延安的手，祝贺他的自动化发射系统研制成功！周围的同志都纷纷鼓掌。

王延安也很激动，感谢高团长对他的精神鼓励和智力支持，尤其是向志远帮他校正了许多数据，还要感谢这个研制团队的所有同志团结一心，群策群力，终于获得了成功！

高建军却说："不过我可提醒你，这事可没那么简单，我会请专家来开鉴定会，给你横挑鼻子竖挑眼，你可要做好思想准备呀！"

果然不出高建军所料，王延安呕心沥血了两年半，最后设计研制出了指挥自动化系统，要求发射时投入使用，满心欢喜请向志远带专家到大漠发射场来开专家评审会和鉴定会，却遭到了向志远的冷遇。

向志远人没来，电报却十万火急地从北京打来了，电文很短，还签上了部长的大名，只有一个意思：不准使用新研制的指挥自动化系统。还说这次发射任务结束后，火箭研究院给发射场造个合练箭，合练箭试验成功后再用新系统。要不然发射失败怎么办？谁能负得起责？

向志远不让用，还上报了航天部的部长。王延安气坏了，找到徐指挥长把军帽一摘，"啪"的一声重重地放在了桌上，冷不防亮出了他光闪闪的秃头，气冲冲地说："我们这么拼死拼活搞了两年多，都累坏了，结果他们一句话就是不让用，我们不是白忙活了？事到如今，我们只有去争取，才能有机会。我们呕心沥血不能白干！"

徐指挥长看了看王延安没有几根毛的秃顶，不紧不慢微笑着说："延安，你别急呀！这次发射后，我保证让他们搞一个合练箭来，用合练箭做试验，经过专家鉴定论证再用你的发明，争取一次成功，我看这个办法稳妥可靠，你我都不用担风险岂不是更好？"

王延安却迫不及待，他催促徐指挥长马上办，还说："我的工作就是只争朝夕，你交代的任务我都是马上办，决不拖拖拉拉。"徐指挥长笑着反问他："秃小子，要我马上办是你的要求吗？"尽管这么说，徐指挥长还是亲自督办，很快落到了实处。

果然，合练箭测试完以后，专家进行评审、鉴定，结论是：合格，都说这个指挥自动化系统可以用。很快各发射场指挥调度系统大屏幕都用上了王延安研制的指挥自动化系统，海军、空军也派人到发射场来学习，王延安的光辉事迹还上了《解放军报》。

王延安大获成功，兴奋劲儿很快就过去了，因为他每天整理军容风纪时就会在镜子里看见自己的秃脑瓢，太有损于自己的英雄形象了，于是他愁眉不展，开会、吃饭都不摘军帽。

梁欢每天照常来给他针灸，王延安觉得这个小女兵秀外慧中，活泼可爱，一举手一投足都淡定优雅，非常让人喜欢。可是梁欢喜欢自己吗？他一看到镜子里的秃顶就非常不自信，总是拿不准，他想试探一下梁欢为什么对他那么好，可她的回答却总是让他不满意，她充其量就是把他当作一个病号。

梁欢告诉他，她的爷爷医术高明，爷爷总是说医者仁心，对所有的病人都要尽心尽力，对得起良心，才能当个好医生。在她的记忆里，她家求医问诊的人每天络绎不绝，上至中央首长，下至远道而来的普通百姓，爷爷都尽心尽力给他们看病。梁欢还说，她身边崇拜的有两个英雄：一个是爷爷，一个就是在珍宝岛立功的姚明伟……

王延安虽然觉得梁欢说得非常有道理，可心里终究还是涌起一股说不清的滋味。自己拿什么去跟梁欢心目中的英雄比呢？如今自己成了秃顶青年，两眼茫茫然，苦苦上下求索，希望改变形象，还有求于梁欢治病。现在想起这些，他心里就涌起一股说不清的苦涩味。可是转念一想，他唯一的办法就是，努力成为梁欢心目中崇拜的英雄，因此必须改变形象，想到这儿，他一激动突然站起来，一把摘下了头上的军帽，露出了秃脑瓢。

那青皮秃头猛地亮相，把梁欢吓了一跳，愣愣地看着他。

王延安不好意思地摸着光脑瓢，问："我是不是特有佛相？"

"不！你那个狗脾气不像佛。"梁欢说。

王延安笑道："我知道你心中有佛，对我常行善举，要想方设法让这秃头长出头发来。"

"可我不信佛！"梁欢扭头走了。

王延安看着那个娇小的背影，心想，我非让这小黄毛丫头佩服我不可！走着瞧吧！

第八章

1

郭志民一回到青山绿水围绕的沂蒙山老家,心情就格外舒畅。他呼吸着家乡的新鲜空气,感觉比凛冽的戈壁雄风温柔多了。家乡是生他养他的地方,也是他成长见证爱情的地方,虽然此情一波三折,但终归现在是修成正果了,他成了家有了大胖儿子,可李翠华偏偏又一次提出了令人扫兴也很不光彩的事情——离婚。正因为如此他才请假回家,解决这个难以启齿的家庭难题。

那天,郭志民本不想家丑外扬。但不扬出来就解决不了问题,事到如今还得请高建军给想个办法,于是,他拿出老婆的来信和离婚协议书,说:"我那老婆真不是个省油的灯,总是让我两难选择,当初非要嫁给我,现在又非要离婚不可。还说什么:嫁汉嫁汉,穿衣吃饭。我这个大男人理所当然要让她随军到部队来生活。这不是为难我吗?"

高建军心里明镜般地知道这话是故意说给他听的,那是要探探他的口风,领导下一步对他有何打算,能不能提副营,解决家属的随军问题。可高建军却故意淡淡地说:"老郭啊,常言道:清官难断家务事。我管得了发射,可管不了你老婆。"

郭志民一听就急了,自己离营级一步之遥,可这个台阶就是迈不上去,他涨红着脸拿出老婆的信给高建军,看看他放出的这个"探空气球"有什么反应,他心里打着小算盘,高建军如果能帮他的忙就再好不过了。

高建军却什么话也不说，接过信来，他知道李翠华的信是找人代笔的，没啥隐私，但信写得言辞犀利："俺家的房子让洪水冲走了，房子就是俺农村人的命！房子就是俺农村人的家！农村的男人没有房子，一辈子都别想娶媳妇，一辈子都不会有家、有老婆、有儿子。没有了房子，俺和儿子没地方住，要个不管家的老公，不离婚，还留着他有甚用？"

高建军看了这信好心酸，为军嫂的困难心里好沉重，真得设身处地为郭志民想想这事咋办才好。换位思考，李翠华家连房子都让洪水冲跑了，她带个小孩住在哪儿？吃什么？怎么活？她想改嫁都是情有可原的。于是他问郭志民："我就问你一句：你想不想离婚？"

郭志民斩钉截铁地说："不想！我不能让老婆把我儿子带走！再说，离婚，老婆、儿子都跑了，糟糠之妻不下堂。我这个指导员也丢不起这个人，咋办呀？"

高建军说："我不能眼看着美好姻缘散了。我批准你请探亲假，先把他们娘儿俩接到部队来住，解决当务之急，随军的事我说了不算，但我会尽力相助！"

"高团长，你说，我一个人的粮票、布票、油票、棉花票、肉票，要养活全家人，能不困难吗？"郭志民的眉头紧锁着，满脸愁云。

"困难也得养活老婆、儿子！我帮你想办法解决点困难。"高建军说到做到，作为特殊情况当天就批了郭志民的探亲假，还和后勤部门打了招呼，准备好了家属临时住房。

归心似箭的郭志民终于站在了自家的小院前，他看着自家破烂不堪的房子和院子，心里忐忑不安，老婆不识字，写那封信必定要有人帮忙，说不定是有候选人了。于是他站在门前，没有马上推门。

小院里，李翠华正抱着胖儿子，指着将要落山的夕阳，说："娃儿，你爹在大山那边很远很远的戈壁滩上。你爹是解放军，咱们可是光荣军属哪，看谁敢欺负咱娘儿俩。"说完就拍拍儿子的小屁股，教娃儿说，"俺爹是解放军！"

小男孩举着胖手奶声奶气地说："俺爹是解放军，俺要爹爹！"

郭志民听到这话顿时心花怒放，推门而进。抱过儿子就亲，吓得他儿子哇哇地大哭起来。这宝贝儿子一哭，夫妻俩齐心协力赔着笑脸哄孩子，他们彼此的怨气也就在儿子的哭声中烟消云散了。剩下的事情就好办了，谁也没再提离婚的事，一家人赶快收拾好行装，第二天就一起坐上了火车。

　　李翠华的目的达到了，心满意足地抱着儿子。郭志民剥香蕉喂儿子，儿子不吃，用手推，郭志民顺手抱过儿子来。却没想到儿子哇地大哭起来，挥舞着小手大喊："不要爹爹抱！"喊声把旅客们的目光全都吸引过来，郭志民赶紧把孩子递给李翠华。他给老婆赔着一脸苦笑。

　　李翠华安抚丈夫，孩子认生，没吃过香蕉，一会儿就好。又转过头来哄儿子："让爹抱抱，爹喂你吃香蕉。"李翠华从郭志民手里拿过香蕉吃了一口，这是她有生以来第一次吃香蕉，真好吃，赶快给儿子尝尝香蕉的味道。

　　小智勇看了看娘，又看了看香蕉，张开嘴吃了一口香蕉就让郭志民抱了。

　　郭志民这才恍然大悟，老婆还挺有心计，使出小诡计，离婚是假，向丈夫靠拢是真。把他逼急了，只有来接他们娘儿俩。李翠华说的发洪水是真。变坏事成好事，全家团聚也是真。他现在明白了老婆的心思。

　　小男孩吃完香蕉，就伸开双手喊着要娘抱！

　　郭志民长叹一口气："这小兔崽子，吃了香蕉就不要我了。"

　　"谁带的孩子，孩子就跟谁亲。记着，你以后对我们娘儿俩要好点。"李翠华脸上露出了自豪的笑容，儿子就是她的命根子，为了儿子能上幼儿园，能上部队子弟学校，她也要想方设法随军到部队。

　　李翠华到部队的第一天，就把郭志民的宿舍收拾利落，做好饭洗了碗。还抱着儿子出门认识了几个随军家属，她琢磨着自己也有两只手，要找点事做。

　　夜深人静时，郭志民独自在灯下读书写字。李翠华看着丈夫不睡觉就心痛，她不知道丈夫在写什么，也不感兴趣，她静静地走过去送上一杯热茶。郭志民头也不抬，眼睛还是盯在稿纸上。李翠华忙活一天累了，就先睡了。接下来的第二天、第三天、第四天、第五天……天天如此。

　　周末的晚上，李翠华看丈夫仍然如此，就转身进了厨房，过了一会儿，她又端上一碗面条来，还叮叮几句："你天天在熬夜，写也写不完的讲话稿，一个不睡觉的人，写出让人一听就想睡觉的讲话稿。你为什么搞这么多政治教育？"

"你的话怎么那么多？你个家庭妇女懂啥？"郭志民转过头来对老婆瞪眼睛，教训她，"你是部队家属，应当学文化，积极要求进步，你看看社会在发展，你还是文盲，照这样下去，你就成老落后了！我还怎么去教育别人？我不能灯下黑！"

李翠华说："我还真不懂这是啥道理，你写材料省被窝、费灯泡、掉头发，可我听你念稿，一听就睡着，比安眠药还灵。我就想不明白一个报告，改了又改，多一个字不行，少一个字也不行，又不当吃不当喝，要那么精确干吗？打起仗来等你动员完，炮弹和子弹也找到你头上来了。"

郭志民一听这话就不是老婆原创的，问道："老婆，我就奇怪啦，你这大字不识几个，咋说起话来一套一套的？你都是听谁说的？"

"王延安说的，我觉得就是有道理！"

"又是那个捣蛋鬼！看我不收拾他！"郭志民愤愤然了。

"你别小肚鸡肠好不好？"李翠华不高兴了，"王延安那可是大好人！他给咱儿子买了好多小画书呢。"

"不许要别人的东西！拿人家的手软。"郭志民说，"李翠华，你现在的任务就是，让我吃饱吃好，工作上的事，你别管，也管不了。管好家，带好孩子就行了。"

"那是革命的小人书，让咱儿子学知识的小人书！"李翠华分辩说，"你管过儿子吗？你管过家吗？告诉你，咱家粮食不够吃。人家王延安还给我粮票呢！人家说的话在理，让我支持你工作，你好好干，我就可以早点随军。"

郭志民顿时心里暖暖的，他知道老婆和儿子是农村户口，没人给他们发粮票，他家只能是忙时吃干，闲时吃稀。他也觉得自己是无能为力、英雄气短啊！看看人家高建军连跳三级，他们的职务一下就拉开了距离，自己咋没这好运呢？看来真得革命加拼命，拼命干革命，自己一定要努力奋斗提上这正连跨副营的关键一级，让老婆儿子随军，能吃饱饭，这才是硬道理。

2

王延安在发射团业务测评中,取得了总评第一的好成绩。他研制的指挥自动化系统,获得了军队科技进步三等奖,还作为光辉事迹登上了《解放军报》。现如今是墙里开花墙外香,他万万想不到在自己的单位却难以立个三等功,争议的焦点就是捕风捉影的生活小细节。

发射成功后,发射团的领导坐在会议室里研究给有功人员立功受奖。最后就剩下一个有争议的人物王延安议而不决。

高建军觉得王延安属于刺头人物,工作很有成绩,但评功授奖有争议,那么他先引个路,希望大家能顺杆爬。他的意见:王延安具有创新和实干精神,肯动脑筋总结经验,在关键岗位上,发挥了重要作用。应该给他立功。他看了看郭志民,这个山东大汉长得人高马大,却有一张弥勒佛的团团脸,于是让他先说。

"我不同意给王延安立功,我的理由是他和战士谈恋爱,违反军队纪律。"郭志民的回答大大出乎高建军的预料。这看似性格随和的郭志民又针锋相对较起劲来,当时连党支部往上报的时候,他就是个人服从组织,现在既然让他说话,他就怎么想怎么说,他觉得王延安有点个人英雄主义,按了几次龙头也没把这小子按住,如果让他立功,那他就会龙抬头、翘尾巴,更不好管了。所以他毫不犹豫投了反对票。

高建军针锋相对发表了意见:"我们响鼓也要重槌敲。但是,我们更应该看到王延安的进步。他虽然有点骄傲情绪,但是在工作上确实很出色,成绩突出。关于他谈恋爱的事情不能乱说,梁欢并没同意,没有既成事实,不要草木皆兵,乱扣帽子。"高建军说这话是很有底气的,老婆是医院的内线,他知道姚明伟这个珍宝岛英雄,所以他态度明朗。

政委看两种不同的意见针锋相对。又看了看高建军,最后表态,人的问题要慎重对待,王延安的立功问题要少数服从多数,他让大家先休会,然后举手投票看结果。他已经想好了,得会儿下去做工作,有时候就得去和稀泥,让两块硬板砖粘到一起。

最后，政委宣布投票结果，王延安荣立三等功。这是大多数人的意见。求大同存小异。

郭志民立刻表态："我服从组织决定。"

郭志民和高建军曾经是多年的搭档，两个人出身经历不同，又曾经是连队的军政一把手，分管工作不同，看问题的视角不同，所以经常要拌几句嘴。可郭志民对这个老资格政委却是毕恭毕敬。他既然表了态，就会把工作落到实处。

郭志民在营区树下找到了发射连长，新上任的连长很年轻，他这个资深的指导员说话也就有了居高临下的味道。他嘱咐连长发射团马上就要开庆功会，给王延安立功，要确保王延安不出问题。

连长不以为意，王延安能出什么问题？

郭志民很严肃地说："有人向我反映，王延安和医院那个女兵梁欢关系密切，你得给我管严点，青年男女接触密切，就要出生活作风问题。"

连长看郭志民绷着脸，就没作声，觉得他是小题大做。

郭志民又强调说："咱们要突出政治，要绷紧阶级斗争这根弦。我提醒你，千里之堤，溃于蚁穴。要防微杜渐。我现在就找王延安谈话去，让他不能居功自傲。"

郭志民走后，连长看着他的背影，心想这是哪儿和哪儿啊？啥叫阶级斗争的弦？都是当兵的，都是阶级兄弟，难道让我们发射连用火箭打蚊子吗？岂有此理！不就是立个三等功吗？我都立了三个三等功也没这样呀？

郭志民结婚前曾多次做梦娶媳妇，他第一理想人选就是找个女军官；第二理想人选就是找个有稳定工作的女干部；第三理想人选就是找个国企工人。总之，是找个有工作的带粮票的。现在他的三个理想统统落空，心里难免不甘心。但他还是真心诚意地去找王延安谈话。

郭志民掏心窝子坦诚地说："王延安，我就不明白，人家陆莎是共产党员，又是革命干部、大学生，你说她哪点儿配不上你？你非要找个战士去谈恋爱？违反部队纪律！"

"这是我的个人问题！"王延安想了想这样回答不严谨，又说，"当然，我的个人问题组织是可以管的。记得拿破仑说过一句话，要真正了解一个人,需要在不幸中考察他。你是知道的,在我最困难的时候是陆莎离开了我,而且她现在已经名花有主了。"

"拿破仑是资产阶级军事家。而陆莎同志是共产党员。此事不可同日而语!"郭志民也意识到陆莎已经嫁给向志远了,现在是要解决梁欢的问题,好心提醒他,"要是那小女兵提不了干,你热爱航天事业,那是在戈壁滩搞发射,还是跟梁欢一块儿走呢?"

"那我告诉你,我当不上发射团长就一辈子打光棍!"王延安说完扭头就走了。

郭志民看着他的背影,小声嘟囔着:"哼,狂妄!吹牛吧!当不上团长你就别结婚!一辈子打光棍!"这臭小子简直就是个空想家!居然有这样大的野心!

王延安虽然有点"牛",但却不是空想家。他的本质就是一个不安分的人。在他看来保持激情的秘诀,就是要不断树立新目标,攀登新高峰。他懒得和郭志民啰唆,来到计算机房研究他的新课题。

高建军进门时,王延安正聚精会神趴在桌上看图纸。高建军叫了他几声,王延安连头都没抬。高建军走过去,拍了他肩膀一下,说:"你还琢磨什么呢?已经吹过熄灯号了,赶快收拾一下回宿舍。"

王延安终于不情愿地抬起头来:"高团长,我的灵感都让你搅没了!我在想,现在我们发射卫星用的是'长征一号'火箭,以后还会有'长征二号''长征三号'火箭,我们应该研究一种自动监测运载火箭发射故障的控制系统,确保我们的后续发射万无一失。"

高建军马上赞同这个想法很好,支持他申报这个科研课题。还特别提醒他立功以后,要夹着尾巴做人,不许骄傲。

王延安却说:"高团长,我是一个刚强铁汉,夹着尾巴不是太难受了吗?"

"你小子刚有点进步就想翘尾巴?"

"团长大人,你有话直说,别给我扣帽子。"

"我是给你敲响警钟。对你呀,就得警钟长鸣!"高建军喜欢王延安这样干实事的干部,他虽然有缺点,说话没大没小,把他这个团长当哥们儿，可在工作上却无可挑剔，所以他批评王延安也是一针见血，让他改正不拘小节的毛病，不能违反部队纪律，不准和战士谈恋爱。

王延安爽快答应："没问题，那我就一直等到她提干。"

高建军突然问："梁欢要是不爱你呢？你不就白等啦？"

一句话把王延安给问住了。然而，王延安很快反驳道："你不是总在批评某些人一提成干部，首先把农村对象甩了，要找大城市、大学生、大个子的女军官，你还说他们想入非非，干脆到国外去找对象好了。我可是脚踏实地想做爱兵模范！这点自信还是有的！更何况，组织上给我制造了满城风雨，大造革命舆论形势喜人啊！"

"王延安，你别给我耍贫嘴！"高建军严正警告他，"要认清形势，在连队里，男女之间的交往是根本没有私人空间的，是完全处在人民群众雪亮的眼皮子底下的，大家都在互相监督，你要自找苦吃就是飞蛾扑火，违反纪律就要处分你！"

王延安听明白了，高建军说了那么多，就是不让他因小失大。可他觉得找老婆也是重中之重，也是终身大事。他该何去何从呢？

3

高建军和郭志民分别做好了王延安立功的铺垫工作，一切问题也就顺理成章落实了。

这天，发射团召开立功受奖大会。发射连最先到达会场，连长一声令下："向前看！放凳子，坐下。"一切就绪，连长让王延安指挥唱个歌。

王延安天生一副男中音，嗓音洪亮浑厚，唱起歌来不用扩音器照样向四面八方传播，很有穿透力。可惜他不那么爱唱歌，一般来说大庭广众之下金口难开。不过今天他情绪非常好，三步并作两步站在了队伍前，亮开了洪钟般的大嗓门："同志们，一会儿拉歌，咱们要有集体荣誉感！可着嗓子喊，谁的嘴张得大，谁出汗多，谁就唱得好！战场上无亚军，我们发射连唱歌也要拿第一！"

这时，其他连队陆续走进会场。只听到那齐刷刷的步伐，在踏着发射连嘹亮的歌声："向前，向前，向前，我们的队伍向太阳，向着祖国的胜利，向着人民的解放……"的节拍，整齐一致向前进。

发射连的歌声刚落，王延安就站在队前开始鼓动："发射连的同志们，拉歌时，大家要雄狮张大嘴，要把最后一丝声音从肚子里喊出来。"他一挥手喊了起来："加注连来一个！"

大家齐喊："来一个，加注的！"

王延安："谁英雄谁好汉，唱支歌比比看！"

全连齐声大喊："比比看！"

会场里的歌声似汹涌的浪潮，此起彼伏。各连队随着指挥的手势，扯着嗓子唱着革命歌曲。歌声此起彼伏，在会场里翻江倒海。

最后，王延安指挥发射连唱起了："团结就是力量，团结就是力量，这力量是铁，这力量是钢……"发射连的战士歌声响亮，一个个唱得满头大汗，青筋暴突。

高建军没想到王延安这个刺猬头，还有这两把刷子，毫无疑问，发射连就是最棒的！这歌声就是战斗力！王延安把会场气氛搞得既热烈又隆重。

郭志民走过来对高建军耳语："高团长，你说王延安这小子是不是有点出风头？"

"郭指导员，你是不是觉得自愧不如？"高建军说完就转身走上会场主席台就座。

立功受奖大会开始了，高建军宣布发射团圆满完成了发射实践一号卫星的任务。下面荣立三等功的同志请上台领奖：王延安、陈楠、樊永耀、王建波、罗宏杰……

接着就是给王延安等立功人员戴上了大红花，发立功证书。

王延安还代表立功人员讲话，他慷慨激昂地说："我就是认准了一点，我们中国军人就是要有一种精神，勇往直前，狭路相逢勇者胜，要忠实于自己的使命，按周总理的十六字方针做：严肃认真，周到细致，稳妥可靠，万无一失。前面就是发射塔，千难万险也敢上！"

散会了，兴奋的冲击波让王延安心里还是平静不下来，他激动地给梁欢打电话，想和她分享成功的快乐。梁欢在上班，他们约好吃过晚饭在胡杨林边见面。梁欢碍于情面勉强答应。

王延安顿时心花怒放，他觉得这个小女兵身上有一种神秘感，激发了他的探索欲，他希望了解她，还希望把两个人的关系进一步发展，当然今晚还要约定，他们的关系先潜伏下去按兵不动。

为这次约会，两个人都分别做了充分的准备。

晚饭，梁欢和一帮女兵在食堂里吃包子，她突然放下饭碗跑到炊事班要了一头大蒜，坐在旁边的胖护士奇怪地瞅了梁欢一眼问："你们南方人不是不吃生蒜吗？"

梁欢辣得龇牙咧嘴地说："这是秘密武器，让臭蒜味把他熏得远远的。"说完，梁欢像在完成任务，把整整一头大蒜都吃了进去。

吃过晚饭，王延安就在洗漱间里仔仔细细地刷牙。平时他粗粗拉拉的不太讲究个人卫生。可今天不一样，人逢喜事精神爽，和自己喜欢的姑娘约会，那得留下一个好印象。王延安还特意从抽屉里翻出一块口香糖，高高地举起扔进嘴里有滋有味地嚼着，这样自己一张嘴就香气扑鼻。

一切准备就绪，王延安提前来到胡杨林边，看着火红的胡杨树叶，他觉得自己心里燃着一团希望之火。他越等越着急，梁欢还不来，他心里那团热烈的火慢慢变小了，好不容易才等来了梁欢。王延安笑脸相迎说："梁欢，你咋才来？"

"王延安，我是看在你为祖国立功的份儿上才来见你的。"梁欢不客气地回答。

"我就知道美女爱英雄。"

"王延安，你还真以为你是英雄啦？"

"我可不敢！"王延安知道自己说漏了嘴，补充道，"这次让我按下发射卫星的按钮，那是领导给我一个立功的机会。"他想趁此机会，促成好事成双，可有些想表达爱意的话，绞尽脑汁也不好说。说不好被拒绝就很尴尬，尤其是部队明文规定战士不准谈恋爱。王延安可不想错过一生的幸福，他想表白：我非你不娶。我等你到提干，一直等个十年八年不变心。如果错过了缘分，那才是一生的遗憾。然而这些心里话他只能找机会说出来。

梁欢有点生王延安的气，他们还没谈恋爱，却搞得满城风雨。于是她快言快语地说："我从小就知道杨志坚是战斗英雄，我崇拜他。可是你无情无义，为了自己当英雄，你和父母划清界限，断绝母子关系，你想过你妈妈的感受吗？他们辛辛苦苦把你养大，你却这么狠心！我实话跟你说，我的父母亲都是知识分子'臭老九'……"

"那咱们更是同病相怜，共患难！"

"可我不想和家庭一刀两断。"

王延安心里"咯噔"一声，顿时翻江倒海，他呆呆地看着梁欢，艰难地说："为了航天事业，我只能选择这条路。希望你能理解我，在我们从事的航天事业中，对于我们个人来说，亲情、友情和爱情都要和祖国的大目标挂钩。"

"王延安，你是一个高度理性的人，说好听点，你是把事业看得比什么都重要；说难听点，你是六亲不认。"

"别忘了，你是一个革命战士，要服从领导！"王延安觉得这话不像是自己对梁欢说的，这黄毛丫头太单纯，还头脑简单。于是他半开玩笑道："咋对你的救命恩人这态度？我舍命救你，不图以身回报，你也该给我个笑脸呀？"

"当然，滴水之恩，我当涌泉相报。"

王延安自己都没想到，革命大道理有时还不如开玩笑的话在梁欢心里有力度。他连连说："我信！我当然相信你会涌泉相报！"

梁欢愣了，她陷入了两难境地，无言以对。她想起了自己的父母亲也在困境中。

王延安说："我们现在为什么不能说善意的谎言呢？人生最大的幸运不是我们能一帆风顺，而是我们要有具体情况具体对待、审时度势、不断变通的生存智慧，因为我们要成就目标！"他的话说得很原则，还有点抽象的哲理，可是梁欢似懂非懂，他们不欢而散。

王延安呆呆地看着梁欢的背影消失，颓然坐在了胡杨树下。他后悔莫及，还是心照不宣好，说出来就遭到了当头一棒。他万万没想到，在他立功得意之时，梁欢给他当头泼了一盆凉水。而且还是因为他和母亲断绝关系，他突然想起现在报纸上正在批判"孔老二"的"小不忍则乱大谋"。

不批判他还不知道，他是学理工的，过去对孔夫子研究不够，看来以后真应该吸取"孔老二"的经验：忍耐，为了大谋。审时度势，把握全局。他不想给自己的人生留下遗憾，可现在他到底该坚持什么？放弃什么？在这个年代，不管是谁，在母亲和人生前途之间要做出选择，都会矛盾和痛苦的，一个是世上最疼爱自己的妈妈，一个是他最热爱的航天事业，哪个都割舍不下呀！这让他心里久久地纠结不安。

4

王延安认准的人和事，决不善罢甘休。他会明知山有虎，偏向虎山行，直到降服虎。那么梁欢就成了他心目中的假想"虎"。当然这"虎"只有勇没有谋是降服不了的，感情毕竟是两个人的事，勉强不得。他经过深思熟虑，想好了作战方案。

那天晚饭后，梁欢刚走到食堂不远的马路上，突然一辆绿色吉普从身后开过来，停在了她的身边。车门打开，尚达飞伸手一拉就把梁欢拉进了汽车。

梁欢吓了一跳："尚达飞，你干吗？你抢人啊？"

尚达飞嘻嘻一笑："到了你就知道了。"他一挥手，汽车向胡杨林飞奔而去。"嘎"的一声汽车停下来。尚达飞跳下车打开车门，伸出右手，说："请吧，梁欢，你该下车了，有人等你呢。"

梁欢莫名其妙地下车，猛一抬头看见王延安高兴地迎上来。王延安给尚达飞和司机挥挥手让他们先走。

梁欢急了，瞪着圆眼睛喊道："王延安，我跟你没什么谈的。尚达飞，你把我送回去！"

尚达飞做了个鬼脸，司机一踩油门，汽车飞驰而去。

夕阳西下，给火红的胡杨林镀上了一层金光。王延安和梁欢在弱水河边默默地走着，各想各的心事。梁欢终于忍不住了："王延安，你到底要干啥？有话快说！"

"你不是说我不到黄河不死心吗？我是走到弱水河边更不死心呀！"

"王延安，你好让我失望。你以为立功受奖就怎么啦？你的父母枪林弹雨里打天下，辛苦操劳培养你这个大学生，难道他们等来的就是断绝母子关系吗？"

王延安感觉到，梁欢的火力好猛，他没想到梁欢把这事看得很重，甚至影响到对他人品的评价。他没有正面回答，而是看着她的眼睛真诚地说："梁欢，请你相信我，爱祖国、爱事业，爱家庭，也爱你。男儿有泪不轻弹，只因未到伤心处。我也不怕你笑话，卫星上天那一刻，别人都在欢呼，我心里却在流泪。"

"你以为你是谁呀？你想当英雄，你就可以创造历史，地球离了你就不转了。这个事业你不去干还有别人来干。可你妈只有你一个儿子，你就不该为了自己的前途抛弃母亲。一个连母亲都不爱的人，还能指望他会去爱谁呢？"梁欢理直气壮、不依不饶地说。

"我是被逼无奈！如果不按指导员说的做，他就不让我搞发射，就让我转业，你知道吗？"王延安委屈地道出苦水。

"你为了理想、为了事业，在你父母最困难的时候举刀切断亲情，你怎么忍心离开你最亲的人？你不要忘了人生的短暂，不要忘了生命有不堪一击的脆弱，等你想报答父母之恩的时候，也许后悔莫及了。"

让王延安万万没想到的是，梁欢这些话当时听起来没有什么更深的感觉，却在几十年后应验了，让他屡屡在睡梦中懊悔不已。而此时，他把早已准备好的一封信拿出来，模仿父亲的声音念道："孩子啊！你长大了，应该自己闯天下了。你妈像你这么大时，早已参加革命了。相信爸爸妈妈，更要相信党组织，为了你的前途和国防事业，脱离母子关系吧。只要你精忠报国，心里有爸爸妈妈就行了，自古以来忠孝就不能两全。"

梁欢敬佩王延安的爸爸，杨志坚是她小学课本里的战斗英雄，那是柔情铁汉，而他妈妈更是一个深明大义的母亲。

王延安看梁欢的脸色阴转晴了，心里敞亮了许多，话也就多了，给她讲小时候的故事：母亲是个事业型的女人，没有那么多儿女情长。我从小长在部队大院，羡慕会骑马、会打枪的军人，所以，我穿上新衣服就故意上墙爬树，学土八路，衣服蹭脏了，挂破洞，弄得满身满脸都是土，还趾高气扬地回家说自己又打胜仗了。气得我那高雅干净的妈没少埋怨我。我说她是小资调，她说我是小调皮。

梁欢忍不住笑了："我看你就是白眼狼。"梁欢说完转身就要走。

王延安一个箭步，伸开胳膊拦住了她的去路，追问道："难道你没感觉吗？你不知道我喜欢你吗？你把我吸引了，你自己却是一副浑然不知的样子，难道你就没想过，错过一个好姻缘，就错过了一生的幸福，你可别后悔！"

"我是战士，我可不想跟你谈情说爱，我想上大学。"

"那我就助你一臂之力，我帮你成就目标，等你提干上大学。咱们一言为定！"王延安情不自禁伸出手去和梁欢的手拉钩。

"谁跟你一言为定？咱们现在是要拉开距离。"梁欢猛地把手缩回去，然后向前指过去说，"快看，那边来人了！"

王延安回头环顾四周，胡杨林边只有晚风轻轻地吹着，静悄悄空无一人，这个小丫头居然虚晃一枪！

王延安不想让梁欢因为感恩而和他谈情说爱，他知道每个嘴里说不想恋爱的人，心里必然还装着另外一个意中人，也就是还没想好。

"好人做到底，你要是真心，就等我考上大学提了干再说这事！"梁欢想好了缓兵之计，王延安这把年龄、这样感情丰富的人，他绝对等不起的，到时他就知难而退了。

正在黯然神伤的王延安顿时看到了希望，惊喜地看着梁欢，指着那边落日下的发射塔架说："那咱们说定了，不许飞鸽，只要永久。我就在这里等着你，等你五年够不够？"

梁欢扬起眉毛故意问："如果等十年呢？"

"等，等一辈子！非你不娶！"王延安的语气坚定，他想好了战略方针两步走，第一步是暂时不公开秘密保持联系；第二步是打持久战，帮梁欢考大学辅导功课，感化她。他要看远点，才能不后悔。

"王延安，请你莫愁前路无知己！"梁欢话里有话，说着从衣兜里拿出了一些粮票递给王延安，让他先别想入非非、好高骛远，把这些粮票转交给郭志民，他老婆、儿子没城市户口，儿子正在长身体，粮食不够吃。

"给那个革命左派？他拒腐蚀永不沾，不会要我给的东西。"王延安马上拒绝。他是个聪明人，他知道，人有一种天生的能力，就是可以在无意识之中洞察和预感到别人对这件事将要采取的态度，他了解郭志民的为人处世，有这个先见之明。

梁欢学着领导的口气说："王延安同志，这点小事你都办不了？你知道不知道郭指导员家有多困难？他也需要别人的关心和帮助。再说你们之间也应该改善关系呀！"

王延安不得不佩服这个人小鬼大的小女兵，比他会来事，看得远。梁欢救了郭志民的儿子，还要想方设法帮助他，心地有多善良！不过他可不想讨好郭志民，他打心眼儿里不喜欢这种假正经的人。不过这事不想办也得办，他得让梁欢高兴。

事情就是这样的，往往两个人都有同样的感觉。郭志民也不喜欢王延安，此刻他来办公楼找高建军就是来告状的，他拿着民意测验的一张纸递给了高建军。让他管管这个刚立功，就别出心裁的王延安。

高建军拿着那张纸一看，忍不住大笑道："这小子就是敢说真话！"

郭志民气愤道："你说他是不是故意向我挑衅，该不该把他抓典型？每天我都给大家讲要突出政治，要天天学习毛主席著作。大家都知道在个人爱好一栏上填写：学习毛主席著作，关心时事政治，读两报一刊。你看看这个王延安，爱好：乘梦飞翔，如嫦娥飞天。飞天还说得过去，这喜欢嫦娥能告诉别人吗？心里想就算了，还非要说出来。"

"老郭，这样吧，咱们不妨理解为，王延安喜欢敦煌壁画上的飞天，那嫦娥也是中国神话故事里的仙女，他那是做着飞天梦。你大可不必为这事小题大做、较真动气。戈壁滩上的航天人，都是充满了雄心壮志去飞天的人。"高建军对郭志民笑着挤了挤眼睛，"你呀，就是办事太认真。这事到我这儿就画句号了。这是王延安让我转交给你的粮票。"

"我才不要那个刺猬头的东西呢。"郭志民一想起王延安就头疼，他宁肯饿肚子也不想要王延安的任何东西，谁知道以后会生出什么幺蛾子来。

高建军连忙解释："这是梁欢让王延安转交给你的，她们女兵吃得少，部队男女定量一样，女兵吃不完，也浪费了，那姑娘心眼儿好，你就收下吧。"

"你说他们是不是此地无银三百两？走得太近了。"郭志民竖起了眉毛说。

"梁欢就要去上海上大学了,这事你不用操心了。"高建军补充一句说,"我来找王延安谈话,让他知难而退。"

那时发射场没啥文体娱乐活动,除了看革命样板戏电影,就是看篮球比赛。傍晚,王延安在球场上打篮球,他是前锋,打得满场飞,博得场外一阵阵的叫好声。

还有最后一分钟就要分出胜负了,王延安飞快地跑上前抢了一个篮板球,"唰"地一下投进了球篮里。随着"当"的一声敲锣,球赛结束了。发射团篮球队以一球领先获得胜利。全场观众为王延安一球定胜负热烈鼓掌。

高建军走过来找王延安,他把军用水壶递给了王延安。两个人在篮球架下席地而坐,促膝谈心。

高建军开门见山地说:"延安呀,你这样的技术尖子现在有了干事业的舞台,组织上信任你,还立了功,就要多出成果,可不能因小失大,因为个人问题影响政治进步。"

王延安大口喝着水,突然停下来,瞪着眼睛说:"中国有句老话,叫作婚姻大事乃终身大事。我知道,心急吃不了热豆腐,我已经冷处理啦!"

高建军一笑,道:"我们都是男人,我理解你,男大当婚嘛!可是梁欢无论是年龄上还是学历上和你都不般配,又违反军队纪律。我给你介绍一个……"

"高团长,你可不能乱点鸳鸯谱!萝卜白菜各有所爱。我就喜欢梁欢。"王延安直言不讳,"对于爱情,不合适的我绝不将就,有合适的我绝不放手。"

高建军好心劝他,你别和战士谈恋爱,部队是不允许的。要注意影响。看他油盐不进,干脆挑明说:"王延安,你是个聪明人,能处理好个人问题,梁欢也是好同志,你们可不能违反部队纪律,影响她的前途。梁欢要去上海军医大上学啦。"

"那我就偃旗息鼓,一直等到她学成提干,行不?"王延安梗着脖子问。他觉得,找老婆可不是选拔干部和评选优秀党员,而是看双方是否相爱，喜欢不喜欢那都是个人主观感觉。就像穿鞋子，只有自己知道是否舒服，又不是给别人看的。感情这事可无法勉强。爱上了就不想放弃。

高建军认为有必要提醒他："万一时过境迁，梁欢不跟你谈呢？"

"那我就非她不娶——那我就一辈子等她！"

"此话当真？"

"当真！"

"说这话为时太早！你可别一厢情愿。"

"高团长，这是领导故意拆散我们吗？"王延安气得脸红脖子粗，质问高建军："你是饱汉子不知饿汉子饥！你明明知道我喜欢梁欢。她到了上海军医大，天高皇帝远，以后的可变因素太多了。"

"现在政策允许推荐政治思想好、身体健康，有初中以上文化程度的工农兵学员，梁欢去上军医大学，谁也没有理由阻拦啊！老弟，这事我可管不了，那是医院领导决定的。"高建军让王延安冷静点，距离产生美，是你的跑不了，不是你的，你也不要盼着天上掉下来个林妹妹。

王延安听着越发生气，大声喊："你明知道大学里群英荟萃，咱们这是戈壁滩，梁欢要是上大学真成了飞鸽，怎么办？"

高建军不急不恼道："王延安，你说是让梁欢复员好，还是让她上大学好？"

王延安小声嘟囔了一句："当然是上大学好。"

"那不就得了！你小子想明白就好！"高建军拍拍王延安的肩膀走了。王延安半天没缓过神来，梁欢要去上大学他拦不住，如果拦住，梁欢就会跟他翻脸。他很快就想明白了，他必须支持梁欢上大学，爱一个人就要帮助她实现目标，让她梦想成真。他们的爱情才能可持续发展。

偏偏梁欢上大学是好事多磨一波三折。本来年年被评为优秀卫生员的梁欢，已经被基地作为推荐工农兵上大学的人选，基本定局，领导却突然通知她参加基地文艺会演，跳她最拿手的芭蕾舞《红色娘子军》。紧接着陆莎的闺密何飞飞就打好背包告别基地，成为上海军医大学的一名大学生。一切是那么突然，以至于梁欢觉得自己是在做梦，怎么会是这样？难道自己有跳芭蕾舞的特长就不该去上大学吗？她壮着胆子找到了医院政委,眼睛里充满了疑惑,问清楚为什么不让她去上大学,她只想请领导给她一个说法。

政委说:"你要服从革命工作的需要,革命战士是块砖,哪里需要哪里搬。"

梁欢说:"我现在最大的愿望就是能去上大学。"

政委很严肃地批评了她:梁欢你表现一直不错。可是你现在最大的愿望是上大学是有错误的。许多老一辈革命家没有上过大学,自学成才不是照样成为革命家、军事家吗?你现在最重要的任务是宣传毛泽东思想,宣传革命样板戏。

梁欢一句话也不说,眼泪无声地顺着脸颊滚落下来。她找到徐南征,扑到她身上号啕大哭,泣不成声讲述了找政委的经过。徐南征气坏了,拿出手绢给梁欢擦了擦眼泪。然后,将实情告诉了梁欢。

徐南征说:"何飞飞就是一个投机分子!"现在北京来了一个工作组。何飞飞找他们反映,党中央让推荐工农兵上大学,可基地不推荐工农子弟,而是推荐梁欢这样的知识分子"臭老九"的孩子,而且她还违反部队纪律谈恋爱。医院领导的立场站错了。工作组为此找到了医院领导,批评医院领导,何飞飞出身于工人家庭,工人阶级领导一切。应该选送根正苗红的何飞飞上大学,让医院重新研究。就这样她把你顶掉了。徐南征说完长叹了一口气,"医院领导也无能为力了!"

梁欢不哭了,她用衣袖抹了一把眼泪说:"我这辈子一定要上大学!非上不可!而且我要自己考进大学的门。"

"有志者事竟成!你现在就开始准备吧,我想以后会有机会的。"徐南征劝她别哭了,眼睛都哭肿了,今晚还有演出呢。

那天晚上,梁欢扮演的红色娘子军吴清华的独舞跳得相当出色,淋漓尽致表现出她苦大仇深要参军。可是倒踢紫金冠那个动作没跳好,当场摔倒把脚踝扭伤了。梁欢当天晚上就告别业余文艺宣传队,一瘸一拐回医院上班了。

一天、两天、一年、两年……日子平静地过了下去。舞台上再也看不到梁欢的身影,她从人们关注的视线中隐去。

当然，许多基地的观众还经常回想起这位"红色娘子军"的魅力舞姿，于是有些官兵就借看病的名义去看看梁欢，结果她那个科室的病号特别多，一些非议又包围了她。徐南征仗义执言站出来说话了，"男人是视觉动物"那是众所周知的。梁欢天生丽质没有错，那是爹妈给的。建议梁欢去妇儿科工作，没有男病号，再说发射场的妇女和儿童少，工作量也小，可以腾出时间复习功课。

医院领导和梁欢都觉得这是一个好办法，既可以减少无病呻吟、小病大看的男病人，也可以减少医药费开支。梁欢顺理成章去了妇儿科，她表现好，又略通中医，很快提干了。然而，梁欢看上去波澜不惊、一切照旧，她还是一边努力工作，一边做着考大学的准备，她不死心，上大学的目标自然成了她拒绝恋爱结婚的理由，当然，王延安作为众多的追求者之一也被拒之门外。

王延安审时度势、因地制宜及时改变了"作战方案"，那就是搞秘密活动的"地下党"可以公开活动了。他开诚布公地告知梁欢：你提干了，我是单身汉大胆追求不违纪，追求爱情是我的自由，接受不接受我的爱，是你的自由。孟子说："食色性也。"只要不是立志做和尚的人都有恋爱结婚的需要。梁欢沉默良久，说出了八个字："我在此一搏，你等吧。"

"等就等！"王延安决定对梁欢心照不宣，既然暗恋她，在行动上就要帮助她复习数理化和英语，他想：我帮助你了，即使你考不上大学，你也会感谢我，再说了，"在此一搏"不是两搏、三搏……一直搏下去，一个连高中都没上过的初中生，想凭实力考上大学谈何容易？梁欢冰雪聪明，考不上也就会偃旗息鼓了。王延安既然明确了目标，有的放矢地制定了战略战术，他还要投资自己，让自己在工作上更加出类拔萃。而且，他这人追求的目标越明确，追求的意志越坚定，他觉得自己越充实，也就越有成就感。

让工作和学习累得满脸憔悴的梁欢，每当看到王延安红扑扑斗志昂扬的脸，总会随口说一句："你咋像打了鸡血似的？"

"我是在给自己打气，永不放弃，去争取胜利。"说这话时，王延安就像是一个强大的放射源，整个房间的气场都到他身上了。梁欢觉得王延安这话不仅是他的宣言，也像是说给她听的。

"你牛吧,你!"梁欢瞥了他一眼。

"当然啦,自古以来就是美女爱英雄。等我当了发射团长就结婚,那才叫牛呢!"王延安话音刚落,梁欢转身走了。王延安想:哼!我非要露一手给你看,让你这小黄毛丫头心服口服爱上我。

5

郭志民人穷志不短,在他眼里,不占别人便宜是他做人的本分。但他万万没想到,老婆会因老家突如其来的洪水冲走了房子,无法生活要离婚。他百思不得其解,当初李翠华找上门来非他不嫁,现在闹离婚让他没面子。人有脸树有皮,他郭志民站在全连百十号人面前是领导,站在他们家乡的大树郭村那是最大的官。好在高建军批准李翠华带儿子暂时住到了部队,事态没有继续发展下去,保全了他这个指导员的脸面。

现在老婆儿子来了,家里多了两张嘴,本来他在连队食堂吃饭,想到自己这份口粮还得养老婆儿子,干脆退伙,领出粮票供全家享用,即使这样郭家的生活还是陷入了困境。

郭志民按照娘的习惯,忙时吃干,闲时吃稀。给李翠华订下做饭的原则:晚上没有工作,郭家三口人吃的就是玉米面粥和自制的咸菜,最奢侈的时候,外加大白菜炖粉条或清水煮萝卜土豆。

那天,李翠华听说郭志民晚上要加班,特意提前蒸了一锅馒头准备第二天早上吃,晚饭先给老公递上一个大馒头,让他吃得饱饱的好加班工作。

郭志民接过大馒头又放到了碗里,责怪李翠华,晚饭吃馒头太浪费了。"以后你要把细粮票都换成粗粮票,窝头比馒头顶饿。"

李翠华心里挺委屈,这白面馒头她从来都舍不得吃一口,但这话她从来没说出口,而是说:"你吃个馒头吧,咱家都指着你挣钱养家呢!"

"娘,我爱吃馒头。"儿子郭智勇伸出了小手。

郭志民把馒头掰了一半的一半递给儿子,剩下的一小半递给老婆。李翠华还是舍不得吃,又把那小块馒头推过去,说:"孩儿他爹,你不吃饱怎么行?你还要工作。我是四川人不喜欢吃馒头。"

郭志民这才想起，真委屈老婆啦！他们一家三口好久没吃米饭馒头了，作为男人，养家糊口应该是他的责任，吃不饱，老婆从来没有埋怨他，巧妇难为无米之炊，这点他明白。所以老婆做啥饭他也从来不提意见。

郭志民为人处世比较严肃刻板，家里的客人不多。但他家有两个常客，一个是应邀来找李翠华的梁欢，李翠华最欢迎她来，只要他们家做好吃的，李翠华总要给梁欢留一份。李翠华是个知恩图报的人，梁欢是儿子的救命恩人，儿子闹个头疼脑热的，梁欢就上门给看病，而且细心的梁欢还把自己省下的粮票送给李翠华。当然，这个小秘密她绝不告诉郭志民。

还有一个常客就是郭志民的老乡尚达飞，也常来找郭志民汇报思想。自从他当上了司务长，来得更勤了，连队有啥新动向，战士们有啥新意见他都会及时汇报给指导员。不过今天他可是找了一个郭志民不在家的时间来登门的。他在门外明知故问地喊了一声："郭指导员——"

李翠华迎出来说："尚司务长快到家来，孩子他爹还没回来呢，你喝杯茶等他会儿就回来了。"他们是山东老家的熟人，尚达飞的爹是生产队长，过去常关照郭家，在部队尚达飞也和郭志民走得比较近，毕竟是山东老乡常来常往。今天尚达飞手里提着五条带鱼，进门就说："嫂子，给你送点带鱼来，你们南方人爱吃鱼。"说完把带鱼放下就走了。

李翠华继续在厨房做饭。儿子看到带鱼，拉着她的衣角不停地喊："娘，我要吃鱼。"

李翠华摸摸儿子的头说："等你爹回来再吃鱼。别人送的东西你爹不让动。娘给你煮玉米吃，这玉米是娘种的。"

李翠华快手快脚地忙着煮玉米，择青菜，炒菜。很快饭菜都做好了。李翠华把饭菜端上了桌，怕凉了又拿碗扣上。左等右等不见郭志民回家，儿子饿了不依不饶地喊："娘，我要吃饭！"

李翠华抱着儿子哄着说："儿子听话，等你爹回来一块儿吃饭。"

"不！我饿！"小智勇大哭起来。李翠华只好给儿子一个玉米吃。

李翠华开始给丈夫擦皮鞋。擦完皮鞋，她又端着大盆，拿着搓衣板，去公用水房洗衣服。活都干完了，回到家看到儿子满脸泪痕，把啃光的玉米棒子扔在一边，趴在饭桌上睡着了。

军营里吹响了熄灯号,郭志民才回到家。其实他的肚子早已经饿得咕咕叫,即使这样他也不会去连队食堂蹭饭吃。回到家,他顾不上洗手,端起饭碗就开始狼吞虎咽。

李翠华看饭菜都凉了,不由分说,拿过饭碗去厨房热饭了。郭志民可没那么多臭讲究,凉着凉吃,继续往嘴里大口喝玉米粥。

就趁这工夫,郭志民看到了地上的带鱼,问李翠华:"败家娘们儿,这带鱼是你买的吗?今天是什么日子,怎么舍得买鱼了?"

李翠华实话实说:"这带鱼是尚达飞送来的。"

郭志民就气了:"我想你也舍不得花钱买带鱼。你知道尚达飞是干什么的吗?他是司务长,司务长就是管食堂的柴米油盐。也就是说,这带鱼是食堂的,你懂不懂,不能去占公家的便宜。你现在就把带鱼立刻给送回食堂去。"

这咋往回送呀?李翠华发愁了。"这不是伤了尚司务长的面子吗?"李翠华为难了。

郭志民板上钉钉,一字一顿地说:"伤面子也得送回去!我这人从不占公家便宜,清正廉洁,两袖清风。"

"咱们给他付钱不行吗?儿子刚才就想吃这带鱼。"李翠华想起儿子一年多都没吃带鱼了,看到公用厨房里别人家红烧带鱼,儿子就站在旁边馋得流口水。

郭志民大声喊道:"不行!原物退回!"

李翠华也提高了嗓门:"要退你去,我不管!"

李翠华累了一天,已经晚上10点多了,她每顿饭都舍不得吃干粮,只喝点玉米糊也饿急了,吃完饭,没理郭志民就睡觉了。郭志民看着睡梦中的老婆,这李翠华生了孩子变难看了,简直是典型的农妇,怎么到部队以后脸晒得黑红黑红,皮肤也粗糙得像松树皮了。

第二天,尚达飞正和一帮炊事员在食堂里打扫卫生,郭志民提着带鱼进来了。

尚达飞像是早有思想准备,放下手里的活,迎上去说:"指导员,你也太清正廉洁了,嫂子和家属们开荒种地,种的菜都给了食堂,我要给钱你不让给，经委会开会研究，给家属来队的干部每户送去五条带鱼，现在你把带鱼给退回来。那别的干部也不敢要了，都退回来咋办？"

郭志民怔了一下："哦，这当真是开会定的？"

"当真！"尚达飞一脸委屈地说，"指导员，有人说，水至清则无鱼，人至察则无徒。我给领导送带鱼是拍马屁，一不小心拍到马蹄子上了。"

"这话是谁说的？"郭志民知道这话不是尚达飞的原创，他没那水平。

尚达飞吭哧了半天也没敢说，因为这是王延安说的，借给尚达飞一个熊胆，他也没这个胆量呀。他心里七上八下的，额头上直冒冷汗，后悔自己这张臭嘴没有把门的，真恨不得扇自己一巴掌。

郭志民也觉得自己不该责备老婆，但这些带鱼还是要退给炊事班，因为这是用战士们的伙食费买的，他绝对不能要。

郭志民这一举动深深感动了发射连的官兵们，发射连的工作更加红火，炊事班被评为基地的五好食堂。尚达飞司务长在基地后勤部的交流会上，把郭志民的优秀事迹宣讲出来，引起了基地领导的重视。考核干部工作组肯定了郭志民的工作成绩，建议党委将他提拔为副教导员。

让王延安没想到的是，郭志民上任的第一件事，就是书面建议党委提拔王延安为发射连连长……

第九章

1

辛苦了一天的向志远踩着满地的落叶,从发射场走回了招待所宿舍。此时已经夜深人静,他累得腰酸背疼,却总也睡不着。他望着窗外那轮圆月好生奇怪,今夜的月亮怎么是淡蓝色的呢?

今天吃午饭的时候,向志远和王延安在一个饭桌上边吃边聊,这时陆莎走过来,她要和向志远商量明天办一个革命化的婚礼,而且要让王延安听着,他们不搞结婚仪式,既然已经领了结婚证,趁着这次发射前请大家吃顿喜宴,图个双喜临门。

向志远嘴里的饭顿时咽不下去了,张着嘴发不出声音来,他没想到结婚也要速战速决。还是王延安打破了尴尬,笑着说:"老兄,喜事都送上门来了,快表态呀!"

向志远真的要办婚礼了,他却满腹酸甜苦辣,一夜无眠。他曾经极力想忘掉自己的初恋,却偏偏爱是不能忘记的。他躺在床上,从枕头下的日记本里拿出林依然的照片,这是他心里始终铭记着的最美的女同学、女朋友,他们的友谊从大学的校园开始,彼此慢慢地靠近,深深地扎根、发芽、开花,然而却没有结果。

向志远对着照片说:"依然,咱们分手了,我对不起你,你恨我吗?我好想告诉你,我永远忘不了你,我们还是朋友、知己。我多么想再见到你!你在哪儿呢?"现在他必须整理一下思绪,王延安告诉他,爱之深,恨之切。一旦他和陆莎结婚了，他和林依然之间就隔起了一道墙，一道不能逾越的墙，从此再也无法走到一起了。可是现在他已经和陆莎领了结婚证，从法律上说，他们已经是合法夫妻，他们就差一个结婚仪式了。当然，从此这婚姻也成为他干事业的政治保护伞。

第二天，发射场坪上工作按部就班进行着，发射准备一切就绪。当火红的夕阳挂在发射架旁时，王延安把手放在嘴旁当作大喇叭，大声给大家打招呼："向志远今晚请同志们喝喜酒，闹洞房。欢迎大家光临。"

向志远的脸涨得通红，他本不想声张，什么也没准备，也没空准备，他也不像别的新郎官那么高兴，甚至没去想这个婚该怎么结，要办点啥事。这个陆莎要先结婚后恋爱，太突然、太仓促了！他连忙说："发射任务在即，我们先国家后小家，结婚仪式就免了。"

向志远说完一低头拉着王延安就逃出了包围起哄的人群。他心里还有一件事没有底数，就试探地问："延安，我和陆莎结婚，你该不会生我的气吧？"

"哪儿的话？向大哥，你是我的朋友，陆莎是我的前女友，当着你的面我把话说清楚，我们的性格不合感情结束了，我支持陆莎去追求她的爱情，更希望你们幸福！"王延安举起右手宣誓道："我向毛主席保证，从此对陆莎做到心无旁骛。"

向志远一时不知说啥好，他知道，王延安已经告诉他，他们分手了。翻篇了就不能再提这事了。并且，王延安直言相告："陆莎是有缺点的。爱一个人你既要接受她的优点，也要容忍她的缺点，不过萝卜白菜各有所爱，只要你喜欢，只要你爱她，这事你一定要想好！"

王延安希望他们结婚不要太急，先恋爱再结婚。可是现在结婚证也领了，那就帮他们热闹热闹，也算明媒正娶、广而告之。王延安知道陆莎是个说出来就要做的人，而向志远没空想这些个人的事，那么他就要为向志远的终身大事如何办提前做好安排。

既然要结婚就要有新房，向志远和陆莎的新房是郭志民特意让与陆莎同屋的女军官临时搬走给腾出来的。陆莎请了一天假，把自己的宿舍设为婚房，向志远是她的上门丈夫，她感觉在自己的小屋里居住更有话语权。

热心肠的李翠华帮着陆莎把两个单人床并在了一起，还特意在床上撒了一把花生和红枣。说是早生贵子，有了孩子，就把男人的心拴住了。

陆莎不想要孩子，她原想先立业后成家，女人总围着锅台和孩子转多没意思！陆莎要站在巨人的肩膀上，靠自己的技术实力去当业务骨干、技术尖子，他们要比翼齐飞，让王延安羡慕嫉妒悔。

李翠华快言快语说着话："陆莎，我真羡慕你，有文化，自由恋爱。不像我，结婚时我问老郭，你在部队做啥工作？他说，这不能告诉你。我又问，你们部队在什么地方？他说，这不能说。你就记着给兰州市7信箱写信就行了。结果我要生孩子了，找不到他在哪儿，只知道丈夫在信箱里。你说我心里有多难过！"李翠华手脚麻利边干活边说话。

"嫂子，你说我一个黄花大姑娘结婚，连个仪式都不办，就把自己一辈子交给这个男人了，我现在想起来心里就挺委屈，这算什么明媒正娶？"陆莎开始后悔自己不该中午去逼婚，但说出来的话已经收不回来了。

李翠华倒不这样看，她想起自己结婚时郭志民的冷淡就郁闷，结婚仪式都是做给别人看的，劝陆莎想开点："傻妹子，结婚仪式就是个形式，不耽误入洞房就行。我看向志远是个好人，你这辈子靠得住他。"

陆莎总觉得向志远是个闷葫芦罐，不像王延安那么幽默风趣。她在脑子里已反复比较过这两个男人的特点，对他们早已有了综合评估。

李翠华已经把被子缝好了，她是个直肠子，有话直说："向志远在家里会听你的，那个王延安能听你的吗？我看你降不住王延安，这屋里要是有两只老虎占山为王，非打架不可。"她又剪了个大红喜字贴在窗户上，眉开眼笑地说，"今晚圆房了，你就在这个新房里开始幸福生活吧，还缺啥子？嫂子给你准备。"

那个年代，部队一般干部的家属楼都是筒子楼。一条长走廊串联着许多单间，每个单间有十几平方米的面积，各家各户都在属于自己的小单间里吃饭、睡觉、看书写字和娱乐，居者有其屋，在这狭小局促的空间里，就是新婚的年轻军官第一个甜蜜的安家之地。部队的年轻军官下班以后回到家，回到筒子楼里依然过着集体生活。楼道里热热闹闹，大伙儿在公用的厨房、水房里奔忙着，家家户户的饭菜香气飘满了楼道，当然公共厕所的臭气也不时地来干扰大家。在这简陋的居住环境里，正好便于大家互通信息，交流做饭经验，互相帮忙照看孩子。

当晚，王延安和向志远刚走进楼道里，楼道里已经摆好了一长排三屉桌，长长的一溜儿各种颜色的桌子上摆着碗筷和酒瓶、酒杯。向志远正在纳闷，疑惑地看着这一切。王延安拿出一个哨子使劲吹了一声。

李翠华热心肠地率先出门，亮着大嗓门招呼着："我们娘家人，都把自己的拿手好菜端上来！"于是，公用厨房里的人们开始纷纷端上饭菜来。

"翠华嫂子，你可是娘家人，你做的猪肉炖粉条、小鸡炖蘑菇，还有东北大拉皮快点上啦。"王延安特意点了几个陆莎平时爱吃的东北菜。

李翠华满口答应，东北菜最先上桌。

"延安，你怎么只想着陆莎爱吃的菜？"郭志民故意问。

王延安笑着故意用东北话说："俺们部队这旮儿是娘家，新娘子是东北人，根据女士优先的原则，必须助人为乐嘛！"

大家笑了起来。

王延安带头举起酒杯，说："今天是向志远同志和陆莎同志大喜的日子，发射在即，咱们喜事新办。我向大哥是优秀的航天专家，他的优点是只挣钱没时间花钱，缺点是工作忙没时间顾家。陆莎自告奋勇嫁给向志远，那就是嫁给了航天事业。大家举起酒杯来，共祝新郎新娘喜结良缘、白头偕老，军民团结如一人，共建美好家园。来，干杯！"

众人举杯同祝新郎新娘新婚快乐。

郭志民觉得王延安真是抢风头，向志远和陆莎喜结良缘那是组织的帮助和他的功劳，于是说："现在请新郎新娘公布恋爱经过。"

向志远憋红了脸，半天也说不出一句话来。倒是陆莎大大方方牵着向志远的手，举起酒杯给郭志民敬了一杯酒，感谢他牵线搭桥。

向志远和陆莎又来给王延安敬酒。陆莎眉毛一扬，挑战似的说："王延安，谢谢你成全了我们的美好姻缘，我也祝你最后不要成了老大难光棍王。"

王延安并不生气，他觉得好男不和女斗，他怎么能和陆莎一般见识呢？他和两位新人碰了杯喝了喜酒，高兴地说："我王延安借吃喜宴的机会，发表一个筒子楼单身汉宣言。没有找到意中人的男女王老五们，不要再蹉跎岁月，孤军奋战，独守空房。要积极寻觅，找准目标，主动进攻，穷追不舍，不达目的誓不罢休！"

大家哄笑着，这时王延安身后传来一个声音："你呢？"

"当上发射团长，我就结婚，宴请各位老战友们。"王延安刚说完话，回头一看，糟了，他这话正好撞到枪口上，发射团长高建军来了。

高建军笑道："我看你能当上副团长，就结婚吧。别把大好时光耽误了。"

王延安顿时满脸通红。

向志远和陆莎就这样在筒子楼里热闹地走进了婚姻的殿堂。

新婚之夜，这对新人躺在床上陶醉在幸福之中，陆莎握着向志远的手不停地抚摸着说："志远，喜欢你！我这辈子能找你这个航天专家，真是当兵修来的福啊！"

"陆莎，我的一切都给你，只要你支持我的工作。"向志远也很高兴，但是他觉得两个人之间还是有点生疏感，陆莎虽然已经是他名正言顺的妻子，可作为男人他不敢轻举妄动。

陆莎试探地问："你喜欢二人世界吗？你不会在乎我不给你生孩子吧？"

向志远吃了一惊问："你真的不想生孩子？"

陆莎说："我要先立业，再当妈。在事业上有所成就，然后再要孩子。"

向志远终于松了口气，可手脚依然规规矩矩，不敢对陆莎有更亲近的举动。

"那咱家不做饭吃食堂，省下时间好好工作钻研业务，好吗？"陆莎进一步问。

"你说好，就好。陆莎，咱家里的事都听你的，照你说的办。"

"那今晚咱们分开睡。"

"为什么？"

"我没准备好，不想要孩子。再说后天就要发射了，要保持精力充沛。

咱们男左女右分开睡。"陆莎转身面向墙壁，闭上眼睛。

向志远突然意识到不恋爱就结婚，双方需要一个适应的过程，于是自我解嘲说："你说得对，任务第一，结婚第二。那我们分开睡吧。"可是第一次和一个女人睡在一个大床上，又是自己新婚的妻子，问题远没有那么简单。向志远累了一天很快进入梦乡，却不知怎么想起了林依然，恍惚觉得林依然就在身边，怎么也睡不着了。他年轻的身体已经不听他大脑的指挥了，心里开始躁动不安。他终于忍不住说："陆莎，我想要你……我们睡在一个大床上靠得太近，我不习惯。我还是睡地上吧。"说着他抱起被褥铺在地上，拉灭了电灯。

陆莎也失眠了，躺在床上她的思绪飘得很远，在戈壁滩上飘荡，她不明白自己的新婚之夜为什么会想到王延安在干什么，眼前总是晃动着王延安的身影：王延安意气风发地指挥连队唱歌，突然他的身影又跳到了篮球场上抢篮板球。一会儿又变成王延安戴着立功的大红花站在主席台上。接着是她和王延安站在巴丹吉林大沙漠上，中间是一轮火红的夕阳，周围一片波澜起伏的沙海。沙漠上突然刮起了一阵黄沙风，大风淹没了他们相对而视的身影……

2

1974年11月5日，蓝天白云下，一望无垠的戈壁风和日丽。陆莎的心情无限好，因为她准确地预报了发射日的天气。她盼着自己命里注定能双喜临门，气象室的主任已经放出话来，发射成功后，给她立三等功。新郎官向志远昨天夜不归宿，她不生气，新婚的丈夫责任重大，一定是在发射场上连续作战，陆莎能理解，而且她站在发射场坪上还有种夫贵妻荣的感觉。

这时，乳白色的运载火箭挺胸昂立、整装待发，因为这枚新型运载火箭马上就要把中国第一颗返回式遥感卫星送上太空。现在已经完成星箭对接和各项检测，矗立在发射台上的运载火箭接着按程序完成了推进剂加注、完成了功能测试、完成了升空前的综合检查……一切顺利进行。

发射场坪上回响着指挥口令声。陆莎非常熟悉这个声音，因为此次任务由王延安担任发射调度指挥员,她喜欢听这洪亮的口令声:"10分钟准备!""5分钟准备!""1分钟准备!"

卫星发射已经进入倒计时一分钟准备,随着王延安"电缆摆杆打开"的口令,电缆与火箭、卫星连接的电信号插接件、气源连接器纷纷按程序依次脱落下来,它们连同发射塔架电缆摆杆那长长的钢铁巨臂一起摆向火箭的身后。

发射指挥台上的倒计时指示计上的时间正在一秒钟、一秒钟地递减,所有人员都屏住呼吸在静等那火箭点火的轰鸣声,整个指挥控制室、整个发射场都异常安静。这时,离火箭点火的时间只剩下数十秒钟。

就在刹那间,火箭就要托举着卫星点火起飞时,向志远突然发现,卫星没有接收到成功转内电的信号。在这紧急关头,卫星没有按照预先设定的程序转入卫星内部自供电,即专业术语的"内供电"状态,这一现象意味着在不到一分钟内火箭点火,运载火箭将会带着不能正常供电的卫星起飞升空。

就在这千钧一发的时刻,王延安听到了身后向志远的一声大喊:"停止发射!"王延安不顾一切地果断执行了向志远的命令。从扬声器里发出了"停止发射!"的口令。发射程序立即终止了。

众所周知,如果按照正常程序,发布"停止发射程序"的命令需要一级一级逐级上报批准。当时,等待发射场的总指挥长发布"停止发射程序"的命令已经根本不可能了。按正常情况也绝不该由技术总负责人向志远发布这个指挥口令。但是,王延安相信向志远正确的决策力,坚决果断执行了他的命令。

正常的发射在一刹那间停止了,人们还没有从高度紧张中完全醒过神,整个发射指挥室里发出一片疑问声,许多人不知道是怎么回事,有问情况的,有提供信息的,大家都在询问下一步怎么办,如何处置目前的状况。

发射程序终止后,大家的目光不由自主都转向在发射场的技术权威向志远。可偏偏这时向志远却由于神经高度紧张头向后一歪,晕倒在椅子上。周围的人拍拍向志远,他没有一点反应。大家都吓坏了,该不会他神经短路做出错误决定,又出什么危险吧?

王延安跑过来，拍了向志远一下，看他昏迷不醒，就掐他的人中穴位，在他耳旁大声喊："老向，快醒醒！你咋啦？"

　　向志远睁开了眼睛，急切地问："发射停止了吗？"

　　"停止了。"王延安拿着一条湿毛巾给向志远擦着脸说。

　　他们心里都明白，"停止发射程序"的命令，根本不该由向志远发布。按正常情况这要逐级申报总指挥长批准。走完那套报批手续，一切都来不及啦！如果不果断停止发射，火箭送入太空的卫星将会是一个两吨重的毫无用途的铁疙瘩。

　　向志远知道，在这紧急关头果断处置不仅需要非凡的胆识，还需要承担巨大的风险！在那个年代，还不仅仅是技术风险，更可怕的是那无法承担的政治风险。向志远顾不上那么多了，他把个人的一切得失置之度外，此时此刻他必须很快拿出办法来。

　　这时，王延安端来一杯白糖水递给向志远，老向太累了，可能是低血糖头晕，喝了一杯糖水清醒过来，向志远马上布置要检查卫星为什么没有转入星内自供电。

　　向志远赶忙叫道："你快把发射卫星的数据记录都拿来。"

　　王延安递过来计算机打出来的一连串卫星数据记录，让向志远快看！此时，火箭已经加满了特种燃料，必须尽快排除卫星故障。否则火箭满肚子装的特种燃料会引起连锁反应，那可是枚巨型炸弹啊！

　　向志远一口气喝干白糖水，就起身和卫星专家一起去检查卫星排除故障。他们认真检查了发射时卫星的数据记录，结果发现外供电插头脱落引起星内电路的脉冲波峰干扰了卫星转内电的执行。故障原因被证实后，卫星操作人员立即在电路上并联了一个等值电容，用以隔离供电插头脱落时产生的脉冲波峰。

　　然而，当天可供发射卫星的时间段仅为11：00～18：00，这个时间段被称为卫星的"发射窗口"。此时的火箭早已加满了燃料，加满燃料的火箭对停放时间是有严格要求的，很容易发生危险情况。

　　向志远让王延安派人快把卫星设计人员和组装人员给找回来！站在旁边的张参谋一脸茫然："他们都撤退到观测点了，怎么找啊？"

　　此时，在发射指挥控制室里的人员都是指挥人员，负责卫星的技术人员随着工作的完成已经分批撤离到距离发射台十几公里外的观测点，安装这个电容需要召回卫星电路设计人员和组装人员，那个时候还没有手机之类的移动电话，当时王延安急中生智用最原始的高音喇叭把有关人员喊回发射场来执行紧急任务。

时间一分一秒地过去，操作人员重新将插头插好，卫星故障排除，卫星和火箭又重新进入发射程序，各系统也将状态恢复到了发射前一小时准备状态。火箭重新进入发射程序。发射场坪上又拉起了急促的撤离警报声。场坪上的人们迅速离开了发射台。

"10、9、8、7、6、5、4、3、2、1……"倒计时口令发出。17：40，随着"点火！""起飞！"的口令，火箭在震耳欲聋的轰鸣声中飞离了发射台……但运载火箭点火起飞6秒钟后，火箭的飞行姿态失去稳定，出现俯仰摆动且摇摆越来越大，飞行20秒钟时由于火箭的俯仰姿态角偏差太大，姿态自毁系统使爆炸器起爆，火箭自毁。

顿时，卫星连同火箭在巨响声中随着爆裂的火焰凌空炸成碎片，如仙女散花般散落在离发射台不远的地面上。火箭像个重磅炸弹似的掉下来，一间平房被一块火箭碎片砸漏了顶，地下指挥室也感觉到强烈震动。发射场上空一团巨大的黑红色烟火在蓝天下显得异常惨烈，一片火海红遍天际，仿佛点燃了大漠天边的火烧云。

向志远惊愕地目睹了这一切，痛心万分，眼泪夺眶而出。王延安也目瞪口呆，悲痛交加，欲哭无泪。他真正体会到，搞航天如同在悬崖边上干活，稍有疏忽就会从天上一落千丈。他永远不会忘记1974年11月5日这一天，"长征二号"运载火箭第一次执行发射返回式卫星付出的沉重代价。

向志远和科技人员为之操劳了上千个日日夜夜的火箭卫星，瞬间化为灰烬，几年来的心血还没来得及亮相就消失了。许多人用双手捂住脸失声痛哭。

这时候，徐指挥长站出来说："同志们，我们都不愿意看到失败，但是，科学试验不会一帆风顺，就像不是所有的播种都能获得丰收一样。我们必须查找出失败的原因，吸取教训，下次发射才能成功。"

向志远痛定思痛，终于控制住自己的感情，面对当场落泪的技术人员坚定地说："我知道大家心里都很难过，虽然事故是由于火箭的故障造成的，但我们要从火箭的故障中找出共性的东西，以此总结经验教训，引以为戒，狠抓质量。当然，上级领导会追查事故责任的，全部责任由我来承担。"此时他已经预感到，等待他的将不仅仅是承担技术责任……

3

分别前的那天晚上，王延安邀请向志远夫妇一起吃一顿发射场最后的晚餐，也算是他为新婚夫妇的送别宴吧。他们在王延安的宿舍里，面对一桌子饭菜谁也吃不下去。

向志远本来就沉默寡言，现在更是闷葫芦罐了。他满脑袋里装的都是：自己好不容易把卫星故障排除了，怎么偏偏运载火箭又在发射中出现故障呢？发射安全控制指挥员不得不按照发射故障紧急处置预案，实施了安全自毁指令，火箭飞行21秒钟后爆炸。那么火箭如果不自毁将会出现什么情况呢？他简直不敢想象。他自信总体设计方案没有问题。那么问题究竟出在哪儿呢？他百思不得其解，难道真是有人搞破坏吗？

陆莎也不吭声，她觉得自己天气预报报准了，如果发射成功，这次她肯定能立三等功。可偏偏发射卫星是一个大系统工程，哪个环节出纰漏都不行。她的心情沉重也吃不下饭去。这次她跟向志远回北京休婚假，也是犹豫再三才决定走的。

"明天你们就要回北京了，"王延安打破沉默，"向大哥，今天我给你们饯行，你不吃是不是嫌我的饭菜不好，我可告诉你，咱当过老炊，手艺好得很。"他给向志远的碗里夹了一大筷子鸡蛋炒西红柿，这当时在戈壁滩上是数一数二的好菜。

向志远长叹了一口气，一句话不说，把鸡蛋放到了嘴里，他今天忙得没顾上吃饭，也不觉得肚子饿。

陆莎瞟了向志远一眼，心里很矛盾，但她觉得王延安是个聪明人，就把自己的想法和盘托出："延安，我本想来个双喜临门。没想到刚结婚就碰上这倒霉事！现在我想办转业手续，随同向志远落户北京。可又真舍不得这身军装，心里挺矛盾的。"

王延安内心里觉得陆莎嫁给向志远能去北京工作，这是多少人都羡慕的事，陆莎跟向志远去北京，也免得和他在基地低头不见抬头见，大事小事不断找麻烦。但这次发射失败，查找故障原因，还要追查责任，向志远压力很大，也许会遇到麻烦，这时去不太合适。于是，他好心给陆莎提了个醒，毕竟他们曾经是朋友，以后也应该是朋友。他劝陆莎："事情都有两方面，有得必有失。要是你转业了可别后悔！我看你还是到北京后看看情况再做决定吧。再说，部队也舍不得放你这个气象专家走。依我看，你正好借此机会到北京休个婚假，你们好好商量一下以后的工作和生活。"

陆莎瞥了向志远一眼，说："你看他，赢得起，输不起，像个闷葫芦罐。"

王延安在饭桌下伸腿踢了一下陆莎制止她。然后转过头来说："向大哥，失败是成功之母。这可是千真万确的真理。失败了，咱们吃饱饭还要继续干。新型号的火箭第一次试验难免冒风险。经验是从犯错中得到的，咱们吃一堑长一智，在总结经验教训中提高。"

向志远强忍住就要滚出的眼泪说："这次发射卫星失败了，咱们几年来的心血瞬间化成了灰烬……"

"失败是成功的妈，妈说了你们这次失败是有原因的，一个字：找！老哥，科学实验不可能总是成功。"王延安话题一转说，"想当初，我研究发射系统自动化控制，把头发都掉光了，别提多寒碜了。"

向志远看了一眼王延安长得已经很茂盛的黑发，说："我们为这颗返回式卫星操劳了上千个日日夜夜，卫星还没来得及见人，便在一声轰鸣中坠毁爆炸了。你说我能不痛苦吗？我的心都碎了。"

"你老哥，刚当上新郎官，可别掉光了头发！那可自毁形象了！"

向志远和陆莎扑哧一声都笑了。

王延安赶紧岔开话题，转向陆莎："陆莎，今后我就该喊你嫂子了。我向大哥是好人，拜托你照顾好我向大哥，他可是中国航天的栋梁之材，栋梁也要娶妻生子，吃饭睡觉，你可要爱护我们的航天栋梁，他现在压力太大，你要照顾好他，体谅他的难处。"

"那你现在就喊嫂子！"陆莎故意气他，心想，我们两个人闪电结婚。人家都说：男人如山，好男人是女人的一座靠山，还不知我以后有没有福气靠上他呢？

王延安爽快地举起酒杯："向大哥和大嫂，我祝你们夫妻手牵手，同甘共苦，互相帮助，白头偕老。"

向志远抿了一口酒，就不喝了。他像思想者雕塑似的托腮沉默，心事重重。

"咱们把酒论英雄！你堂堂的男子汉要有魄力！"王延安说着一仰脖子咕咚一下，酒杯底朝天了。

向志远和陆莎也把杯中酒一饮而尽。

第二天中午，向志远和陆莎乘飞机回到了北京。汽车经过长安街，陆莎透过车窗看着繁华的街道，对向志远说："卫星发射失败了，你的笑容也不见了。你别哭丧着脸，别人还以为你带回来的新娘是个扫帚星呢！"

向志远沉默不语，他脑子里还在检索发射时的那些事，要是再稳妥一些就好了，现在后悔莫及啦！虽然他知道，干这行就是提心吊胆冒风险，有成功也有失败，但还是觉得自己无脸见同事们。向志远不高兴了，冷不丁地蹦出一句："陆莎，打住吧！越说越不像话了。"

陆莎也意识到自己刚才说错了话，在发射场就是担惊受怕，军人就是流血牺牲往前冲。也许脱了军装就能一身轻了。她赶紧宽慰老公说："咱们总算回北京了，过去的事别想了，你这人也别和自己较劲，重打锣鼓另开张吧。"

汽车里，向志远沉默了，他在想下一步该怎么办。

向志远回到家的第一件事就是给杨志坚打电话汇报情况，他既是求助，也是希望老首长能给他信心和勇气。

杨志坚安慰和鼓励他，既然是发射试验，就有失败的可能性，凡事不可能都是一次成功。咱们这次发射失败，吸取经验教训，下次就能成功。

向志远的眼泪忍不住滚落在电话上，说："老首长，我们没干好，对不起党和国家，对不起你对我的帮助。"

"向志远同志，我相信你！不要怕失败，中国有句俗话：失败是成功之母。失败的经验教训比成功的经验更重要。你们现在搞科技和我们过去打仗一样，必须在各种成功与失败的经验教训中摸爬滚打，杀出一条血路来，科技领军人才要在实践中摔打出来。我们可不能遇上困难就患失败恐慌症！要从失败中吸取教训，打一仗改进一次工作，我相信你们下次一定会成功的！"

"请首长放心，我们一定要把事故原因查出来。"向志远坚定了信心。

杨志坚转移了话题："小向，我听延安说，你结婚了，祝贺你们新婚之喜！向你的新娘子问好！祝你们幸福！"

"谢谢首长！"向志远放下电话，脸上挂着两行热泪。他的心里热乎乎的倍感温暖，此时向志远并不知道他尊敬的老首长也靠边站了，正面临史无前例的"文革"冲击。

向志远没有休息，用凉水擦了把脸，就去了火箭研究院。他刚走到大门前，把出入证拿给卫兵看，没想到卫兵拦住他，让他等一下。

这时保卫部吴干事走出传达室的门，说："向志远，你跟我们走吧。"

"上哪儿去？"向志远满脸疑惑。

"隔离审查，交代问题。"

"为什么？"

"你自己知道，还用我说吗？记住：坦白从宽，抗拒从严。"吴干事不愿多说，一脸阶级斗争的严肃样，把向志远送进了禁闭室。

向志远刚进禁闭室不久，天就阴了，接着就下起了大雨。他站在窗户前，望着窗外的大雨，觉得老天都为他感到委屈，化作倾盆大雨帮他洗刷不白之冤。可是此时此刻他想得更多的是，还没来得及和陆莎说一声，自己就被关起来了。以什么办法告诉陆莎呢？他横下一条心：绝食！

他一绝食，卫兵就急了，劝向志远可不能饿坏了身体，身体是革命的本钱。年轻的卫兵想尽一切对身体有利的话好言相劝。

向志远借此提出条件，我家属是解放军也是共产党员，让她来看我，我就吃饭。

卫兵想了想说："我可不敢让你家属来，目标太大，还得请示领导。但可以悄悄让她给你做点你喜欢吃的送来，行不？"

向志远的目的达到了，他把家里的电话号码给了卫兵。他现在觉得自己真是英雄气短，一个大男人如今到了被迫和新婚的老婆玩失踪的地步，想要老婆知道他的去向，才会想办法救他。

戈壁大漠地平线上一轮红日冉冉升起。新的一天开始了，王延安揉了揉布满血丝的眼睛,又是一个不眠之夜,自从发射失败,他的失眠症又犯了,他满脑子想的都是故障原因出在哪儿,总是不停地做噩梦。他用凉水洗了把脸,清醒了许多。他已经想好了,今天上完业务课,哪怕"挖地三尺"也要把问题搞清楚。现在他已经任发射团副营长。他要以这次发射为教训,狠抓业务技术。

今天团长高建军亲自主持这次业务培训,还特别点名让郭志民参加,让他的政治思想工作要有的放矢。会议室里,王延安在给年轻的军人们业务培训,他一手叉腰,一手握粉笔,在黑板上写着公式。他用手指着黑板上的火箭,滔滔不绝地讲着火箭控制系统的工作原理。官兵们看着他不用讲稿,就把整个黑板写满公式和技术参数,脸上露出佩服的表情。

郭志民听不太懂发射技术,更看不懂那些公式,他正在考虑如何突出政治,抓好思想教育,比如:每个人写一份查找原因的思想汇报,还可以背对背互相揭发,查找一下有没有人搞破坏。

这时,王延安发现有人在会下思想开小差,故意清了清嗓子,给大家提出了一个问题:"谁知道美国的'发现者'号返回式卫星的研制发射,第几次才获得成功?"

课堂上鸦雀无声,没有人应答,谁都知道,王延安讲课只要发现谁不注意听讲,就会突然袭击式地点名让其站起来回答问题,而且还要计入业务考核成绩。许多人悄悄把头低下去,希望他开恩别点到自己头上。这次王延安真是开恩了,他知道在这闭塞的戈壁滩军人城里,封闭式的管理,使大家只会喊东风压倒西风的口号,并不甚了解西半球的情况。而他总往情报资料室跑,他的外语不错,可以直接查阅一些外文资料。今天他算是手下留情了,自问自答继续讲课:"我们搞卫星发射的人都知道,发射卫星入轨不容易,卫星返回更艰难。美国和苏联的返回式卫星都经过多次失败后才获得成功回收。美国1959年开始了'发现者'号返回式卫星的研制工作,历经了38次飞行试验,最初经过了7次成功发射入轨,7次回收失败的经历,直到第八次才获得了回收成功。我们失败了一次,但是,绝不能失败第二次!大家集思广益查找失败的原因……"

这时外面有人递上了一个条子,让王延安去接北京长途电话。他看看手表，早已经过了吃饭时间，把饭盆从讲桌下拿出来，咣咣一敲，大声宣布："下课了，大家把问题留在课堂上。轻装上阵吃饭去，痛痛快快地喂脑袋。下节课继续，谁要是思想再敢开小差，我就让他带背包来听课，我奉陪到底。"说完他就走出门去接电话了。

王延安来到值班室，电话机静悄悄躺在桌子上。王延安刚拿起电话"喂"了一声，电话里就传出哭泣声。他赶紧安慰道："陆莎，你别哭啊！有话慢慢说。"

"向志远被抓走了。我咋办呀？人生地不熟的。"陆莎边哭边说。

"有我呢！"王延安问陆莎，"你知道为什么抓他吗？"

"有人揭发向志远私自下达指挥口令，发射失败和他有直接关系。他家庭出身不好，有人还说他原来的未婚妻有海外关系，这是阶级斗争的新动向。要挖他的历史根源，狠批活靶子。"

"这是哪儿和哪儿啊？明明问题出在火箭上，怎么动不动就上纲上线牵连到政治问题上。"王延安又问，"陆莎，你准备怎么办？"

"领导让我站稳立场，写揭发材料。"

"发射失败了，我们一定会找到原因的。陆莎，我一定要找出故障点，洗清向志远的责任。同时，我要提醒你，技术问题就是技术问题，你不要听那些人说屁话！"

"王延安，你知道向志远原来有一个未婚妻吗？"陆莎突然问。

"我知道，他们早分手了。咱们不是也分了吗？谈恋爱有成有吹很正常。"王延安故意清了清嗓子，郑重其事地说，"陆莎同志，现在是我向大哥最艰难的时候，你不许提出离婚！否则，我永远不会再帮你了！"

"延安，我听你的。不过我现在不想转业了，听说四川正在建设一个大山发射场，我想调到那里去工作。"

王延安满口答应："行，不转业当然可以，那里正需要业务骨干。可是这样你们就两地分居了，我看你还是和老向好好商量一下再做决定。等你休假回来再说。现在你给向志远写个纸条，就写老王要……"

陆莎放下电话，还是半信半疑，事到如今，她举目无亲只有听王延安的。她想自己是应该给丈夫做点好吃的，借此也去看看禁闭室里的情况。饭菜熟了，刚装进饭盒。窗外一道闪电过后，雷声隆隆，大雨瓢泼。她是搞气象的，自然不怕老天爷变脸，相反，她觉得这时候去看老向比较安全。她特意穿上军装，披上军用雨衣，把自己裹得严严实实，提上饭盒，直奔禁闭室。

卫兵是一个解放军战士，心眼儿很好，看到陆莎是一个女军官，还给她敬了一个军礼。但是卫兵也很坚持原则，耐心地对陆莎解释，饭可以由他送进去，因为老向两天没吃饭了。人不能见，这是规定，必须遵守。

雷雨交加中，禁闭室的房门打开了，一小包东西放进了屋，很快门又关上了。向志远走过去，从包里拿起了一个面包，面包里夹着火腿肠和一张纸条。

他在昏暗的灯光下看纸条上写的字："老王要一查到底！大象要吃饭！小鹿爱你等你！"

向志远看明白了，脸上露出欣慰的笑容，情不自禁流着泪啃起面包来。

要想还向志远清白，首先要把发射的故障原因找出来。王延安这时才感到当领导的责任和压力，过去他是天马行空，独来独往，现在他要发挥团队的作用，把发射架周围戈壁滩上的火箭残片找出来。而且他有与生俱来的能言善辩的本领，靠着极具煽动性的嘴上功夫，打着手势给全营官兵做了战前动员。本来被发射失败折磨得身心疲惫的官兵们让他说得热血沸腾，恨不能立即找出故障原因，雪耻失败，打一个大胜仗。

天刚亮，发射架附近的戈壁滩上，发射营全体官兵一起出动，拿着铁锹在挖地，把沙地翻了一尺多深，把火箭和卫星的残片一块一块捡起来，然后堆成一座小山。他们再拿筛子筛，炸得再碎，也要把那些小火箭残片都筛出来，绝不能让一块小碎片漏网。

大家连着干了几天，早穿棉袄午穿单衣，官兵们脸上晒脱了皮，两颊通红，嘴上起疱，手上布满了血口子，看着那堆火箭残片，愁眉苦脸，大眼对小眼找不到结果，大家心急如焚啊！

一连几天下来，每天火红的太阳升刚起来，发射台不远的戈壁滩上就会出现一片国防绿的身影在奋力翻沙土。

正午的太阳火烧火燎，官兵们干渴的嘴上裂着血口子，有的还起了小水疱，脸晒得黑里透红。在大漠瀚海里寻找火箭残片，像是在大海捞针。那些火箭残片逐渐地堆起了一座又一座小山。

下午，远处的地平线上，黄沙飞扬，沙尘暴来临。王延安用自己的军大衣去盖住火箭残片，他趴在上面，这时，他的手触摸到一段2寸长的小导线，他牢牢地握住那根小导线，千万不能让导线随风而去。高建军看到他那样子，随口说了一句："王延安，你是不是抓住了救命稻草？"

官兵们也纷纷学着王延安的样子，用军大衣盖在火箭残片上，人再压住大衣，大家冻得瑟瑟发抖，保卫着这些好不容易捡回来的"战利品"。

第二天风过天晴，王延安的队伍发展壮大了，不仅有穿绿军装的，还有穿蓝工作服的。原来是王延安把研制运载火箭试验队的工程师也给召集来了。

王延安让火箭工程师和官兵们聚在一起坐在戈壁滩上，分门别类对这些残骸一块一块地认真检查，来识物招领！大家低着头翻着火箭残片一一辨认，领回自己分管的东西。

王延安尽量把语气放平和说："各位工程师，你们没人要的我就上交，一定要把失主找到，物归原主。"

有些工程师原来怕追查责任找到自己头上，确认没有问题的才敢认领，现在只要自己分管的部件仪器统统领回，大家分门别类挑选着被炸得面目全非的火箭残片。

这时，王延安想起自己衣兜里还有根小导线，于是他用磨破的右手举起了这根2寸长的小导线，喊着请大家来认领，可是这段导线却找不到主人，没人来认领。王延安对着阳光看了看导线，皱了皱眉头，又放回自己的衣兜里。火箭卫星上那么多的电缆和导线，谁知道这一小段是哪里的呢？

王延安回到宿舍，满身满脸都是土也顾不得洗干净，他透过灯光又在看那根导线，因为他发现完整的外皮里面的铜丝似乎时连时断。为了慎重起见，他又拿到X光下透视，发现完好的胶皮包裹着的铜丝是断开的。

王延安拿起电话找到高建军，他压抑着内心的激动说："高团长，你还真说对了，我手里有根救命稻草。那根导线现在还没人认领。但我有预感，问题的关键点找到了，我马上去你家。"

王延安是个想到就要立即行动的人。虽然和高建军很快商量好了下一步行动方案，王延安还是度过了一个令他煎熬的不眠之夜，因为他知道，找到这根导线还不算充分的证据，还要弄明白这根导线是在火箭的什么仪器上，是在什么时间断的，断了之后会出现什么样的现象，当然他也担心会不会小题大做……

第二天一早，徐指挥长亲自带队，高建军、王延安和几个试验队的工程师一起登上飞机，飞往北京。

4

据此，任务指挥部召开了各有关方面参加的紧急会议。会议室里，有军有民，有领导、有专家，一起讨论总结发射失利的经验教训。

王延安环顾四周不见向志远，马上给徐指挥长建议，向志远作为这次发射任务的技术负责人，应该参加这次总结发射经验教训会。

徐指挥长觉得王延安的建议有道理，又转述给火箭研究院领导，但他们有顾虑，认为向志远的问题还没查清，还是暂时不来好，因为涉及军事机密。

王延安激动地站起来："我替向志远担保，我了解他。我去接他，出了问题我承担责任。再说，向志远又跑不了，应该给他说话的机会。"

最后，总指挥长批准王延安立即请向志远到会。

王延安乘车来到禁闭室门前，火急火燎地对警卫战士说："让向志远同志去开会，请你放行。"

警卫战士忠于职守，严肃认真地回答他："报告首长，我还没接到上级指示，不能给他打开手铐。"

王延安也急了："你这个小同志，我担保还不行吗？你看我也是解放军。"

"不行！我不能违反规定。"警卫战士坚持原则。

"这是指挥部定的。"王延安火了，"你这个新兵蛋子，办事咋这么死板？"

"不行！我还没接到保卫部的通知。我马上请示。"警卫战士一根筋、认死理。

王延安扯开大嗓门:"紧急情况,我没拿批示。但我们都是军人,我是副营长,你是战士,现在请你服从命令听指挥,打开手铐,一只铐向志远,一只铐我,我担保他跑不了!"

"你何苦呢?"向志远心里很过意不去,他知道王延安是个爱面子的人,戴上手铐出现在众人面前,等于当众受辱。

"为兄弟两肋插刀,咱们同甘共苦!"王延安不容置疑地说,"让他跟我们一起去会场。"

警卫战士疑惑地看着王延安,他迟疑了。

王延安大吼一声:"你小子还发什么愣?执行命令!出了问题我负责!"

警卫战士让这个英气、霸气十足的军官给镇住了,他不得不按王延安说的办,用手铐把王延安和向志远连在了一起,反正他们现在是谁也跑不了。而且他跟着他们上了一辆军用吉普车直奔会场,这样他万无一失,跟上级领导也有一个交代。

会议室里,指挥部会议还在紧锣密鼓地进行着。高建军正在发言,总结这次发射的教训……不知谁"啊"了一声,所有目光惊愕地转向大门口。只见王延安和向志远肩并肩地站在门口。一只明亮的手铐一左一右地铐在了他们两人的手腕上。后面还跟着警卫战士。高建军惊愕地愣住了,话到嘴边戛然而止。

徐指挥长皱着眉头指了一下:"这是干啥嘛?"

警卫赶紧上前给他们摘去手铐,悄悄退出了会议室。王延安和向志远两人神态自若肩并肩坐在会议桌旁。

高建军当机立断把这个露脸的机会给了王延安,他可不想贪天功为己有。详细情况让王延安向大家介绍。

王延安定了定神,开始汇报第一颗返回式卫星发射失败的原因,在于运载火箭出现故障。为了找到火箭失败的原因,发射部队的官兵把那片火箭爆炸落地的戈壁滩翻了一米多深,用筛子一点点筛出火箭残片,把那些碎块让火箭专家们分门别类去认领,然后一起分析研究。最后终于找到了原因,火箭里头有一根导线的铜丝质量不好,里面芯断了,可外头胶皮套没断。火箭发射时剧烈震动，就是这根小导线造成了整个发射的失败。多么惨痛的教训啊！王延安讲到这儿，会场里发出一阵唏嘘声。

王延安的话触发了向志远的灵感，他猛然想起，那天火箭发射时，遥测系统测到了很多数据，唯独没有测到控制系统的速率陀螺信号，这个系统应该成为重点怀疑对象。于是向志远推理，这根导线应该是连接在俯仰速率陀螺通道上的。假设这根导线在生产时有暗伤，火箭点火起飞后，导线受到剧烈振动而发生断路，运载火箭稳定系统未接到该通道的输出信号，导致火箭失稳爆炸。

会后，根据向志远的意见，那段导线被有关部门迅速拿去做试验。研制人员通过蛛丝马迹顺藤摸瓜找到了问题的症结。事故分析结果，正如向志远所说。问题导线被认出是速率陀螺连接平台上的导线，大家终于找到失败的根源。后来查到生产厂家，由于十年动乱，生产秩序被打乱，导线不合格，在火箭发射的强烈振动下，导线里的铜线断裂了。一根导线引起了惊天大祸。大家认真总结经验教训，下大力要狠抓质量，一定要把卫星送上天，还能收回来。

指挥部会议即将结束，总指挥长问大家还有什么问题要说，王延安挺身而出，顾不得会场上有那么多首长和专家，他觉得自己有责任为向志远说几句公道话，他一激动，干脆站起来说："我叫王延安，我是这次发射下达口令的0号指挥员，虽然这次事故是由于火箭的故障造成的。但是负责技术的向志远同志却和这颗卫星一样多灾多难。一分钟准备时，卫星没有按照设定的程序转入卫星内部自供电状态，这就意味着运载火箭将会托举着卫星起飞升空，若是那样，送入太空的将会是一个两吨重的铁疙瘩，没有一点用途。千钧一发时，向志远不顾一切地挺身而出，果断命令：停止发射！当然，这个命令按正常情况绝不该由向志远发布。应该按照正常程序逐级上报，但当时根本不可能了。向志远在这紧急关头果断处置既需要胆识，更需要承担巨大的风险！他把个人的一切置之度外，排除了卫星故障。可是有些人却偏偏把发射失败的责任推到向志远身上，现在火箭的故障点找到了，这根质量不好的导线才是导致这次发射失败的元凶。我们应该还向志远同志清白！为他平反昭雪！"

大家把敬佩的目光转向向志远。

王延安指了一下向志远说:"向志远同志深爱航天事业,并把火箭看成生命的一部分,他报国誓言无声,组织上理应为他挽回精神损失。"

向志远顿时热泪盈眶,在一片掌声中,向志远挺直腰杆站了起来,激动地说:"由于一根导线的暗伤,我们损失了整个运载火箭和卫星。同志们啊,小小细节决定任务成败,在惨痛的教训面前,我们今后一定要抓好产品质量!"

向志远总算能扬眉吐气地回到新家,新房里也总算有了温暖的气氛。陆莎正在厨房里手忙脚乱地做饭,她买回来一大堆食品,夫妻俩要好好庆贺一番。

向志远一进家门香味扑鼻而来,他耸耸鼻子深呼吸,好几天没吃饱饭,就想吃一盘炒鸡蛋。他连衣服都没换,直接进厨房来帮老婆打下手,可他从小到大都没进过厨房,拿着鸡蛋不知如何下手。

陆莎一把抢过来鸡蛋,像训孩子一样地训老公:"老向同志啊!你简直就像个外星人,连炒鸡蛋都不会?真是要多笨有多笨!"陆莎给他做着示范,把鸡蛋往碗边上一磕破了一条缝,然后倒进碗里,放上葱花,再放上一小勺盐,把鸡蛋和葱花搅匀。

向志远看着陆莎炒鸡蛋,连声赞叹:"有老婆真好!"

陆莎把一盘炒鸡蛋端上了饭桌。向志远拿起筷子就迫不及待地吃了一口炒鸡蛋。

陆莎看着丈夫狼吞虎咽说:"你只会绝食。比猪八戒他爹还笨!要不是王延安仗义,你还蹲在禁闭室呢。"

向志远现在是打心眼儿里感谢老婆找王延安救了他,同时他也很庆幸自己找了陆莎这样的女军官,因为自己出身不好,他想干好航天事业,在当时的社会环境里确实需要一个政治保护伞。所以他任凭老婆唠叨也不生气,埋头狼吞虎咽。

陆莎让向志远别急着吃炒鸡蛋,还有一条红烧鱼没做完呢。向志远的脸顿时烧得通红,他觉得自己是先结婚后恋爱,得给媳妇留个好印象。放下筷子就进了厨房,三下五除二就把陆莎洗干净的鱼放进了炒菜锅,倒上水放上调料就开始炖。陆莎走过来，拿汤勺尝了尝锅里的乱炖鱼，直叹气："唉，可惜了这条大鲤鱼！你这厨艺到我家咋办呀？我爸我妈怎能看上你这个笨女婿？"

"现在不会，不代表以后不会。"向志远说，"我发现你是个军事管理人才。以后咱家你主内，你指挥，我听你的。"

陆莎竖起眉毛说："甭说好听的，拿出实际行动来！"

"老婆，咱们俩来个君子协议，家里的事你管，我的工资也都统统上交给你，行吗？"

陆莎眼睛一瞪道："你想一日三餐让我为你做饭？告诉你，办不到！"

向志远和风细雨地说："你想哪儿去了？我是说，以后你调到火箭研究院工作，我还得一门心思搞火箭卫星，总不能让别人说我结婚了守着老婆一事无成，那不是丢你的人吗？"

陆莎转过头来看着丈夫反问道："你是说家务事都归我干？"

向志远连忙解释说："我是说，家里归你一元化领导，都归你管，你说了算。让同事们看我向志远娶了一个有才有貌的好老婆，会理家，让我的事业如虎添翼。"

"那我的事业呢？"陆莎反问道，她知道那个单位不需要气象预报员。

向志远把鱼放进了盘子里，说："咱们当然比翼齐飞。不过现在快吃饭吧，老婆，我都快饿死了。"

他们又坐在了饭桌前，向志远心情爽，觉得饭菜美味可口，可陆莎吃不下去，她觉得这些菜让向志远乱放了调料，味道全都怪怪的。于是她放下筷子不吃了，看着丈夫吃得大汗淋漓。

"你就是个死脑筋，不懂灵活机动的战略战术。不过话还不能这么说，因为我发现了你的小秘密。"陆莎边数落丈夫，边翻开桌上的一本英文书，神秘兮兮地从里边拿出了一张漂亮姑娘的照片，陆莎高举着照片，质问向志远："她是谁？你说！"

"你怎么随便翻我东西？"向志远的眼睛离开了饭碗，他有点不高兴了。

陆莎连忙解释说："你看这家乱得像猪窝，我打扫卫生整理书架发现的。"

向志远后悔自己小心眼儿了,他的脸马上阴转晴了,故意逗老婆:"你看她像电影明星吧?"

"她是有点像电影演员夏梦,是你的梦中情人吧?"

"她叫林依然,是我留苏时的同学。"向志远实话实说,"陆莎,这没啥秘密的,我们分手了。"

陆莎一转身,从桌子上拿来一面镜子对着向志远:"好好照照你自己,别癞蛤蟆想吃天鹅肉!天下美女纵然多,可她们都不属于你!坦白吧!"

"别闹了老婆,我什么都告诉你,林依然家有海外关系,我们早就天各一方了。"

陆莎不依不饶地说:"为什么你不早说?瞧她长得狐狸精样子,我就知道她出身不好。"她一直认为,过去有钱的大户人家才能娶得起漂亮老婆、姨太太什么的,遗传基因呗。但这话陆莎没敢说出口。

"你胡说八道什么?"向志远还是生气了。

陆莎心里的醋瓶子打翻了,质问丈夫:"你对我不热情,原来是让这个狐狸精迷住了!那你干吗要跟我结婚?你说啊!"

向志远不想跟老婆吵架,说:"我跟党走,听老婆的话,咱们是一家人,难道你还不放心吗?"

"放心?"陆莎瞪大了眼睛,竖起了眉毛,说出的话也很有杀伤力:"我知道你不爱我,为什么娶我,我也知道你想要什么。我必须告诉你,我嫁给你,你对这个家庭就不能三心二意,过去的事情我也不追究了,你想事业有成,我支持你。我也懂得夫贵妻荣的道理。如果你们再有什么来往,你的一切都会前功尽弃,你也永远不会有自己的孩子,你们老向家从此断了香火。"

"你这人简直不可理喻!我现在都不知道林依然在哪里。"向志远放下筷子,这顿饭再也吃不下去了。

陆莎看丈夫急了,用东北话跟他半开玩笑说:"我知道你在事业上很有抱负,我会支持你的。现在我就是后悔,没让我爸我妈看看你,我妈肯定会说,俺们这旮儿还没见过这么笨的女婿。"

"可以。"向志远满口答应去见老丈人,反正生米煮成熟饭了。

"还有,我暂时不转业,在发射部队我是响当当的气象预报员。咱们牛郎织女距离产生美。你明年一定要打个翻身仗，反败为胜，让那些迫害你的家伙们看看，我丈夫向志远就是航天顶梁柱！咱们要比翼齐飞。"

向志远毫不犹豫答应了陆莎的决定，这些话陆莎不说，他也会这样去做的，把这颗遥感卫星送上天是他的神圣使命。第二天，他就开始带领大家夜以继日地排查故障。

陆莎一个人在家待着，蜜月孤独寂寞，闲得无聊，她探亲假没休完，就提前返回部队了。

5

为了能让新型运载火箭尽快矗立在雄伟的发射塔架上，王延安带领着参试人员夜以继日地搞技术攻关，发射团接连累倒了一些技术骨干，住进了医院。高建军团长对此高度重视，试想一下，一旦进入发射准备阶段，关键岗位上的技术人员都累病了怎么办？因此，他就又多了一项巡夜的工作，每天半夜12点钟出现在机房大楼，高建军宣布：全团官兵要按时作息，违反规定者只要让他逮住，非但不表扬，还要受罚。所以晚上11点半大家准时收工，迅速撤回宿舍。

那天夜里，高建军蹑手蹑脚走进楼道，走向那个亮灯的房间，他要看看谁又违规了。

此时，王延安正在聚精会神地操作计算机，也许是太投入，他一点也没意识到已经到了凌晨，过了团里规定的时间警戒线。他仍然聚精会神，大脑高度兴奋正在编程，以至于有人走到他背后都没发现。高建军伸过头去看计算机屏幕，心疼地说："延安啊，看你眼圈都黑成熊猫眼了，天快亮了，你怎么还不回宿舍睡觉，别把身体累垮了。"

王延安注意力太集中，吓了一跳，愣了一下，布满血丝的双眼从屏幕上转过来，说："高团长，我在想……"

"你有什么想法明天和我说吧。"高建军打断了他的话，"创新不能只靠你在这儿突发奇想，要靠团队的力量，集体的智慧。我会全力支持你的。现在我命令你立刻回去睡觉！"

王延安伸起双臂，活动了一下胳膊，电话铃突然响了起来。他看了一眼高建军说："你看还真有半夜鸡叫的。"

王延安拿起电话，是尚达飞打来的，尚达飞哭哭啼啼的，王延安说："你哭什么呀？有话就说，有屁就放。男子汉大丈夫别动不动就哭天抹泪的！让人家笑话！"

电话那边，尚达飞立刻收住了哭声，说明情况："我爸爸去世后，村主任说要包产到户，把我们家的祖坟地分给了他家，村主任要把地统统推平，他说想盖厕所，想盖猪圈，那是他们家的事，反正不能在坟头上面盖新房，所以他们要在我家祖坟上盖茅厕。你看他们欺负到我家祖宗头上了！我妈跟村主任讲理，一气之下喝了农药……"

王延安的表情急剧变化，浓眉紧锁，前额青筋都暴了起来："岂有此理！欺负咱当兵的，没门儿！"王延安越听越气，怒火中烧，用力一拍桌子，桌上的墨水瓶蹦起好高，啪的一声摔在了地上，流了一地蓝墨水。

王延安粗着嗓门儿喊道："还有这等事情？欺人太甚！他以为他村主任就是土皇帝了，什么？他家养了八个儿子，他就敢在你家祖坟上盖厕所？咱们当兵的保家卫国，不能流血又流泪，你马上休探亲假回家，我的援兵随后就到，让村主任负责厚葬你妈。当众赔礼道歉。我王延安说到做到！绝不放空炮！"

"王副团长，我……我……"尚达飞还想说，郭志民没同意他回老家处理这事，他越级请假回家不符合部队规定，可这话他不敢说又咽回肚里了。他是个聪明人，不想得罪领导，可又咽不下这口气。他那帮老乡听说此事后，把拳头一挥，七嘴八舌咬着牙齿煽呼他："打他狗日的，欺负到咱们当兵的头上来了！咱拳头底下出真理。""尚达飞，你小子是不是想当缩头乌龟？要不要我来给你出这口恶气？""咱们一起休假回老家揍那狗日的村主任。"话是这样说，闹腾了一阵，毕竟是部队，想要一起休假谈何容易。

尚达飞和郭志民是同乡，关系一直很好，他找到郭志民那里，郭志民怕他回老家打架惹事，干脆不让他回家。尚达飞想到母亲喝了农药，干脆在电话里号啕大哭。

"尚达飞，你哭什么？咱们当兵的有理怕什么！"王延安"啪"的一声把电话扣下了，他实在不想听一个男人撕心裂肺的哭声。

高建军在旁边劝王延安冷静点，农村的事他管不了，让郭志民回老家帮尚达飞去处理吧。说着拿起扫帚把地上的碎玻璃打扫干净。

王延安看高建军帮他打扫战场，满脸歉意，双手抱拳致歉："对不起，高团长。我是个粗人，让你见笑了。不过你想想，战场上率兵打仗的将军能斯斯文文吗？文弱书生能指挥胜仗吗？当官不为兵做主，不如回家种红薯！这事我非管不可！"

高建军没搭茬儿，心想你王延安是啥事都想管，那个郭志民也真够呛，该管的你不管，政治思想工作的威力哪儿去了？我现在是火烧眉毛管不了这些事了。但是，高建军支持王延安为战士伸张正义，尚达飞的事，让郭志民去管。而王延安主管发射任务要抓大放小，发射团的头等任务是把火箭卫星打上去！

王延安当然知道郭志民的态度，如果他能帮得了尚达飞，尚达飞绝不会来找他王延安，他们才是一个村的山东老乡。如今王延安已是发射团的副团长，尚达飞还是连队司务长，差距大了。这也算是把尚达飞逼急了才张口求援。

那夜正值寒冬腊月，月亮把戈壁滩照得如同白昼。四周静寂一片，整个大漠都在沉睡。唯有王延安和尚达飞一夜无眠。王延安满脑袋都是尚达飞家的事，一个战士哭天抹泪地来求你帮忙，他为此死了亲娘老子，你能袖手旁观吗？不能！绝对不能！天一亮，他就来找郭志民，郭志民正在操场上检查连队出操情况。

郭志民的回答简单明了："王副团长，不是我不想管。你不了解农村，天高皇帝远，无处讲理。"

王延安一张口嘴里就冒出一股很冲的热气来："郭教导员，你们是同乡，你肯定比我了解情况。即使那个村主任再厉害，咱也不怕他！兵熊熊一个，将熊熊一窝。咱得够爷们儿，咱的兵才能个个是好汉。"

王延安说完，看着郭志民戴着皮帽子，穿着皮大衣，还有脚下的大头鞋踩着戈壁滩的碎石头咯吱咯吱地响着，彼此都能听到呼吸声，可这深沉的郭志民唯独没有自告奋勇说尚达飞家的事他来管。于是，王延安直截了当告诉他，让尚达飞休探亲假，不管从哪方面说，老母亲去世，他当儿子的都应该回家奔丧办理后事。

半个月后,尚达飞归队,虽然他家里出了大事,可一天也没超假,他提着旅行包从山东探家归来,刚到营房前战士们就一窝蜂围上他,七嘴八舌地问他家的事怎样了,那狗日的村主任认怂了吗。

尚达飞觉得这次回家乡自己特有面子,全村的军属都扬眉吐气,纷纷上他家来慰问,他也不知道,凶恶的村主任怎么突然来赔礼道歉。正在绘声绘色地讲着,郭志民向尚达飞他们走过来。战士们正说笑着,看见郭志民走过来,有人做了个手势轻声说:"郭马列来了。小心!肃静!"

大家顿时不吱声了,谁也不说话面面相觑。郭志民心里真不是滋味,这种冷场排斥他太明显了,太没面子。他被孤立在那儿,一时不知该对大家说啥好了。为了摆脱这种沉默无声的尴尬局面,他把头转向了尚达飞,特意把话说得亲切一些:"小尚,家里可好?"

尚达飞立刻立正答道:"郭教导员,我正想去给您汇报呢。"

郭志民上下打量了一下满面红光的尚达飞,看来家里的事已经妥善解决了。于是和蔼可亲地问:"尚达飞,你是怎么解决的啊?"

尚达飞的报告词简明扼要:"我回到家,村主任带着儿子就来了。我想跟他们拼了。没想到村主任是来赔礼道歉的,他拿来了给俺娘做的寿衣,还放在桌上一沓钱,说后事他负责办。俺家的祖坟地归还俺。"他也挺纳闷,这事挺没面子的,自己只跟王延安和郭志民报告过,那些知道此事的农村兵也帮不上忙。

霸道村主任怎么突然180度大转弯?郭志民感到奇怪,让尚达飞把详细经过给他说说。

尚达飞回到山东农村老家,看到一家人围着老母亲的尸体在哭泣。他是家里的男人,在农村男人就是家里的顶梁柱。全家人泪眼模糊地都看着他。人活一辈子,窝囊到了这个份儿上,尚达飞也就豁出去了,兔子急了都咬人呢,当兵的没钱没势,但是不怕流血牺牲,要命有一条。他举起铁锹就要去拼命。

哭成泪人的小妹拦住他:"哥哥,你一个人打不过他家,他家的男人多。"

就在这时,村主任带着8个儿子来赔礼道歉,把寿衣和一沓钱放到他家的旧木桌上。

"老二,你给尚家兄弟跪下,赔礼道歉!"村主任赔着笑脸说,又一想不对呀,人家死了老娘,你还敢笑,赶快哭吧。

老二跪下皮哭肉不哭连连说:"我错了!我不敢了!"

尚达飞一愣,铁锹掉在了地上。不知为啥村主任变成了笑面虎。

村主任又指挥着他的所有儿子都跪下,给尚家赔礼道歉,并给尚达飞承诺,让老二当着全村的老少爷们儿给他娘披麻戴孝。现在就归还他家的祖坟地,厚葬他娘,给他家赔钱。说着还甩手扇了他家老二一巴掌,挤出几滴狼哭羊的眼泪说:"都怪我没教育好儿子!你家是革命军属,咱们沂蒙山是革命根据地,咱们村以后还要争当拥军模范村。你要实在气不过,就给这浑小子一拳头出出气。"

尚达飞举起拳头真想狠狠地打他一拳,可看到自己身上的绿军装,拳头却落到自己的腿上,长叹一声,解放军不能打老百姓,这是纪律呀!

后来,尚达飞才知道,王延安调动了他的人脉关系,请求当地政府来帮他解决家庭问题。而且他还听到村民们口耳相传的经典故事,王延安"先礼后兵"给村主任寄来一封信,这封信里写了一个《狼、兔子和狮子》的故事。这个寓言故事是这样写的:兔子在深思,狼走过来,问兔子在干什么,兔子战战兢兢地说:我在构思答辩论文:《兔子怎么打败狼?》狼骄傲地大笑道:这怎么可能?你的论据呢?兔子故意胆怯地指着背后的山洞,论据在里面呢。狼不相信就走进山洞。一阵惨叫之后,兔子走进山洞,看到狮子在剔牙,兔子说:大王怎么样了?狮子冷笑道:这个世界要什么论据啊!关键看背后是谁。

村主任是半文盲,认字不多,也不喜欢看书,开始当然没兴趣看信里的这个寓言故事,也许他根本看不懂其中的深刻含义,不就是一群动物吗?动物怎么会说话?瞎编吧!

村主任的儿子也没认真看这个寓言故事,他们忙着在新圈来的地上盖新房,儿子多就得多盖房,没房子就娶不来媳妇,在农村谁都懂这个道理,这可是关系到村主任家人丁兴旺的大问题。村主任家还要通告全村准备大办婚礼,这样不仅家族体面而且能多收礼。

村主任的儿子随手把这封写动物的信放在了饭桌上,让村主任上小学的孙子看到了，村主任的孙子还小，许多字都不认识，更没看明白这个寓言故事，但他很爱学习，也喜欢小动物的故事，于是他悄悄拿着信请教了他的老师。老师深刻领会了这个寓言故事的意思，讲给了学生听。顺便也悄悄告诉村主任孙子，人家部队上的人是先礼后兵。村主任孙子火速回家报告了此事，村主任全家人迅速展开大讨论，但意见很难统一。

村主任环顾了一圈站在自己周围的八大金刚似的儿子说："一个村就一个村主任，当然是我说了算，甭管那些啦啦咕叫，难道啦啦咕叫就不翻地种粮食了吗？"但是这次村主任可估计错了。没过几天，县武装部长带领一群民兵骨干亲自到村主任家登门拜访，武装部长义正词严说了一大堆话，村主任一家人没见过这阵势，紧张出汗，脑子吓得也不转了，归根结底只记住一句话："那尚家祖坟地里埋着一位革命烈士，这是原则问题。在具有光荣传统的革命根据地，谁胆敢欺负革命烈士军属，没他的好果子吃！"

村主任一家老老少少这才想明白，此事断不可为，尤其是在革命烈士军属的祖坟地上动土，那就要激起民愤，是捅了马蜂窝，是可忍孰不可忍，政府一定要追究责任，严惩他们。最后，村主任一家悬崖勒马，改过自新，赔偿尚家损失。

尚达飞说了一大堆话，郭志民知道，王延安的一封信对于那个半文盲村主任不会有那么大的作用，只有枪杆子里面出政权。所以很严肃地问："那是谁把县武装部长请去的？"这句话一下点到了关键，把尚达飞给问愣了。

郭志民这人就是喜欢"打破砂锅问到底"，他觉得远在天边的发射场只能鞭长莫及。那偏僻的小山村离奇古怪，农村的村主任就是一村之主，名副其实的地头蛇，再加上儿子多势力就是大，谁也惹不起。所以，他一定要把来龙去脉搞清楚。

晚上，王延安要去发射场坪上查岗，郭志民就找上门来相约一起查岗去。他终于有机会把思索许久也没想清楚的尚达飞家事提出来了："你说那个霸道村主任，为什么来个180度的大转弯？"

王延安也终于有机会说说自己过去的老领导了，心里话说出来他就舒服了，当领导仅仅会讲大道理是远远不够的，有时还得根据具体情况，拿出解决办法来。"郭教导员,道理很简单,欺负咱们的兵咱们就不能放过他。我有一个同学在济南军区,我让他帮忙找山东省军区,又找到当地武装部,再找到县政府,军队和地方领导都为咱们当兵的做主,不能让战士流血又流泪,他一个小村主任敢炸刺吗?再说了,那村主任欺人太甚自然引起民愤。我就是觉得,当官不给兵做主,那咱们发射团里那么多农村兵能安心在部队干吗?"

戈壁滩的夜风在旷野上呼啸着,嗖嗖地从他们身边刮着,脸上像刀割一样生疼,他们不得不转过头来背对着风走。郭志民倒吸了一口冷气,这戈壁滩寒气逼人,真冷啊!郭志民把大皮帽子的护耳拉下来,说:"天寒地冻,咱们没办法管老天爷的事。"

王延安说:"咱们当领导的,不能总说官话,不办实事啊。咱们得让战士们心里暖和。"

这时,他们只听背后的哨兵大喊一声:"口令——"

王延安答:"保卫。回令——"

"国防。"哨兵答。

王延安拍拍郭志民:"老兄,你可千万别小题大做啊!送你四个字:难得糊涂!"

郭志民的眉毛拧在一起问:"为什么?"

"我看你的优点是过于认真,缺点也是过于认真。"

郭志民不服气道:"你举例说明。"

王延安指了指哨兵:"郭教导员,你看,咱团怎么有这么胖的兵?"只见全副武装的哨兵给他们两人敬礼,胳膊僵硬不打弯,手不到位。王延安干脆走上前轻轻一推,那个胖哨兵就像一个棉花球似的躺倒了。

"你给我站起来!"王延安命令道。

哨兵却笨呆呆地仰面朝天起不来。王延安上前把哨兵一把拉起来,才发现哨兵穿了两件皮大衣,其实这是一个又瘦又矮的小兵,冻得红里发紫的娃娃脸上长满冻疮,看上去最多18岁。王延安又好气又好笑:"你这个哨兵站那里不能动,推倒自己站不起来。你这叫站的什么岗?敌人来了怎么办?"

"报告王副团长,这戈壁滩太冷了,零下30多度手脚都冻僵了。班长刚才送来一件他的皮大衣,让我穿两件大衣站岗。"小哨兵反应极快地承认了错误,"我错了,我违反了部队的着装规定。"

"毛主席教导我们说,要一不怕苦,二不怕死。"郭志民不愧是教导员,很会上政治课,他还举了一个例子:"我们的老团长说,刚建发射场时,和苏联专家一起安装光学仪器,在场的苏联专家穿着专门配发的羊皮大衣,别看他们一个个长得人高马大,冷得他们受不了,有个苏联专家举起一瓶擦拭仪器的酒精一口气灌进了肚子。我们部队的人不仅手脚上长冻疮,很多同志的脸上和耳朵上都是冻疮。但是,我们照样完成了发射任务。"

王延安赶紧碰了碰郭志民胳膊,示意他不要继续说了。一把拉过战士冰凉的手,他看到战士满手都是冻疮,又红又肿,心疼极了。于是他对战士说:"你们班长很关心你!这很好!可是你知道,守卫这座发射塔架责任重大啊!当然我们有责任给你们解决困难。"

回来的路上,王延安和郭志民心里都有一种说不出来的滋味,他们顶着寒风边走边说。

"那个小班长比你人情味浓哟!为了保证完成任务,咱们不能让哨兵手脚都冻成柴火棍啊。"王延安半开玩笑说,他还瞄了一眼郭志民,看看他有什么反应,毕竟郭志民比他的资历老,说话还要注意方式方法。

"我过去怎么就没这样想呢?"郭志民也在反思,应该来点人性化管理。

"我的大教导员,我们应该给哨兵建一个岗楼。"王延安心里憋不住话,有些话早就想说一直找不到机会,如果不是身临其境体会寒冷,他还是不好说出口,这下好了,他推心置腹地说,"郭教导员,你是我的老领导,为人表率,以身作则都很好,可我就是觉得你有点左。比如,我们在新兵连训练时,寒冬腊月多冷啊!部队发的军用棉手套,你偏偏出操不让戴手套,战士们的手都长了冻疮,手指又红又肿就像胡萝卜。你还给我们讲革命大道理,一不怕苦,二不怕死。好像你就是真理的化身……"

郭志民一路上什么也没说,就听王延安滔滔不绝地翻旧账,可那都是实情,他从心里慢慢喜欢上王延安这个"刺猬头"了。

第二天,当灿烂的阳光洒满发射架时,一座简易岗楼从天而降竖立在发射场坪旁。

原来是王延安这个急性子说干就干，起床第一件事就是找工兵团长帮忙，紧急调来活动板材，火速盖岗楼。这特种工兵团可不是一般的部队，二十层楼高的发射塔架都能盖，一个小岗楼那就是小菜一碟，一声令下岗楼立马组装完成。

接着，王延安就去了警卫连驻地，向全体官兵宣布：从今天起，哨兵就在岗楼里站岗，当然还要定点巡逻。有言在先，如果谁出了问题，照样军法从事。我们守卫着发射塔架，发射火箭卫星，责任重大！使命光荣！

大家一起鼓掌，掌声雷动。连长一激动，站起来带领战士们一起高呼口号："提高警惕！保卫祖国！忠于职守！报效祖国！"就是这些看起来不起眼的小事，使王延安的群众威信大增。更重要的是，大家的心往一处想，劲儿往一处使，全团上下一条心，要把火箭卫星送上天。

可眼下，火箭的故障难点不在官兵身上，而是产品本身出了问题。

这可把向志远急坏了。他在家里，趴在桌上不停地计算着卫星的轨道参数，座椅旁边的地上放着一个盘子，里面都是烟头。

陆莎生气了，一边打扫卫生一边唠叨向志远："你好不容易从北京来到戈壁滩，能有个星期天休息，也不帮我干点活。不干家务活也就算了，还随地扔烟头。"

向志远抬起头，充满血丝的眼睛看着妻子，说："陆莎，你知道我的工作多重要吗？"

陆莎当然知道丈夫肩上的责任重大。可她不知道为什么当自己远程遥望丈夫的时候，他的一切都是那么美好。当他们零距离接触生活在一起，却有那么多不尽如人意的事。丈夫不管家里鸡毛蒜皮的小事，陆莎掌握着家里的财政大权，事事都要多操心。陆莎看着丈夫稳如泰山地忙着自己的工作，嗓门就提高了八度说："你看看你，把家里抽得烟雾弥漫。我的脸上、衣服上、被子上都是烟味，真叫人受不了！"

向志远太累了，抱歉道："我抽支烟提提神。请夫人理解我，让我安静一会儿。"陆莎一唠叨，向志远就无法工作了，无可奈何地看着她问："老婆，你知道我们这次执行的任务有多大的危险吗？"

陆莎摇摇头，她只管气象，用她的话说："不怕招招会，就怕一招绝。"气象预报员，只要把天气报准确就行了，没必要知道那么多。

向志远什么也没说，转身进了书房。他坐在写字台前，在一张白纸上写着炸药包，又一个炸药包，他在满张白纸上画着炸药包和问号。他作为卫星和火箭的技术负责人，那几天白天晚上都在研究这个炸药包问题，精神压力就更大了，确实有点支撑不住了，曾经累晕好几次。

向志远做梦都在想，我国发射返回式卫星是第一次，能不能返回他心里没底，尤其是让卫星从北往南进入中国上空后落在四川。假设卫星继续往南飞，如果掉到公海里还好办，要是跑到国外，就会引起外交问题。有人建议：我们在卫星上装一个炸药包，一旦控制不了卫星落点时，地面指挥控制系统就下指令把它在空中赶快炸掉。然而，按正常情况，卫星入轨正常返回后，最不安全的就是卫星里的炸药包，怎么办？

王延安提出：现在炸药包安置好了，卫星也都进入发射场开始了电测，就要临近发射。试想一下，如果我们的卫星没出毛病，正常返回落点，等收回卫星后，拉到胶片处理工厂去打开、分解、取出胶片盒，由于卫星里面有个炸药包，上天以后又跟着回来了，如果一开盖，里头的炸药包崩了，那就出大事了。这不是给自己找了个危险的大麻烦吗？这炸药包到底是装还是不装？在指挥部会议上，两种意见针锋相对，最后异口同声把皮球踢给了向志远。

向志远一夜未眠，经过这样正反两方面的反复权衡，他觉得王延安说得还是有道理的。向志远既然是总体技术负责，他认为从概率上讲，卫星安全返回祖国是大概率，而出现意外，卫星掉在国外是小概率。他心里有数了。

第二天，王延安大清早就来找向志远，开门见山阐明观点：我认为卫星万一飞出国外，属于外交问题的处理范畴，如果卫星带着炸药包从发射场点火起飞，在空中运行那么长时间，返回落到地面的很多环节都有危险。两者的风险权衡，前者的风险毕竟要小于炸药包的风险，我建议取消炸药包。两利相权取其重，两弊相权取其轻。向志远表示同意，建议发射指挥部取消炸药包方案。

当时，卫星已经在发射场完成了各项测试，操作人员接到方案修改的通知后，又制定了拆除炸药包的程序，当操作人员小心翼翼地将炸药包从卫星上拆除后，向志远这颗悬着的心才算落地。

1975年11月26日11：30，随着发射指挥员"点火""起飞"的口令，"长征二号"运载火箭携带着返回式遥感卫星离开地面、冲出大气层、飞向太空……

在卫星航区跟踪测量站一声接一声的报告口令中，指挥大厅的调度中传出"卫星准确入轨！"返回式遥感卫星发射成功。

有意思的是，当卫星从九霄云外绕地球飞行了47圈后，这颗卫星按计划在太空运行三天、完成了地球的遥感探测任务后按预定方案返回了地球。人们眼看着卫星拖着色彩醒目的巨大降落伞落到了四川省中部农村的水稻田时，回收人员才发现对这个天外回来的宝贝疙瘩无法回收，原来是设计卫星时没有设计挂钩，所以干瞪眼也没有办法把这个硕大的钢铁圆疙瘩从稻田中弄出来。正在一筹莫展的时候，坐在山坡上看热闹的一个老大爷出了个奇招，用两根长木头杠子把卫星夹住，众人像抬轿子一样，硬是人工把卫星抬到了汽车上。

这次卫星顺利返回，向志远感叹道："发射入轨不容易，卫星返回更艰难。只有想不到的，没有做不到的。"王延安高兴地拥抱了向志远，眉飞色舞地帮他总结了一番：老哥，咱们研制发射返回式卫星所拥有的技术，在当时堪称是世界最为复杂和尖端的技术之一。美国和苏联的返回式卫星都有过多次失败后才获得成功回收的经历。美国1959年开始了"发现者"号返回式卫星的研制，历经38次飞行试验，历经12次回收——失败——改进——再回收，第13次回收才获得成功。苏联的航天器返回技术是以载人航天为目的的，所进行的试验次数更多。而中国的返回式遥感卫星则首次飞行试验即获成功，使中国成为除美国和苏联之后的第三个掌握卫星返回技术的国家。以后我们也可以搞载人飞船啦。

6

发射成功了，自然皆大欢喜。可偏偏人的性格和命运不同，也就有了悲欢离合的不同结果。

最幸运的是，向志远和陆莎这对从结婚就看似不和谐的夫妻，却在业务上都独树一帜，在各自的岗位上都立功了。不知情的郭志民还对陆莎说:"你们这对业务技术尖子真是互帮互学,比翼齐飞,看来还是爱情的力量大啊,可不能忘了请我这个介绍人喝庆功喜酒啊!"

陆莎撇撇嘴,心想:都怪你郭政委,乱点鸳鸯谱。可转念一想,那是她自告奋勇扑上去的,既然梦想和航天专家比翼齐飞,有得必有失,啥也别说了。

星期五,郭志民气冲冲地来团长办公室,找高建军告状:"高团长,你得说说王延安,他当众顶撞我,一点面子都不给我留。咱们发射团的人都知道王延安'牛',可他凭什么跟我牛啊!他不听招呼,我这个副政委怎么干?"他刚上任,就把自己的新职务张口闭口地挂在嘴边,提示大家要尊重他。

王延安正好走到门口,无意中听见高团长批评郭志民:"你们老说王延安爱顶撞人,怎么就不想想,他什么时候顶撞过我啊?"

这时王延安故意亮着嗓门喊:"报告!"

高建军向他招了一下手,示意他进来,笑着说:"巧了,说曹操,曹操到。"

王延安的气也不打一处来,气哼哼地说:"我王延安'牛',那是因为我业务技术考试回回拿第一,给咱们发射团增光添彩。你想牛,你得有牛的本事,我就从来没顶撞过高团长,人家办事正,抓发射试验比我强,我凭什么顶他啊?现在组织上让我抓业务技术,发射试验上如果出了问题,领导可以打我的板子。可郭副政委总是强调突出政治,不给业务技术训练留出时间。打了败仗,军事科技干部挨处分,打了胜仗,是你们政治工作做得好。高团长你评评这个理!"

"我们发射团是一个整体,政工干部和后勤干部都是我们科技干部荣辱与共的搭档,工作中闹点小误会也难免,这样吧,党委开会研究,专题讨论怎样以试验任务为中心开展各项工作。老郭你先忙去吧,我和王延安谈件事。"高建军巧妙地把郭志民支走了。

高建军不想给王延安讲什么大道理,因为他受部队教育多年,什么都懂,就给他讲一个郭志民的故事吧。

高建军说的故事大大出乎王延安的预料。郭志民是个山东兵,在发射连当兵三年喂了三年猪，年年是模范饲养员。可是在技术连队他没有技术，文化程度也不高，复员回老家已经成为不可改变的事实，他只好洒泪收拾好行李，准备复员了。偏偏那天戈壁滩刮大风，送老兵的汽车路上出了故障，来晚了。

老兵们穿戴着没有领章帽徽的军装、军帽在宿舍里闲聊天。郭志民打好背包放在床上，看还有点时间，就去喂猪了。旁边的复员老兵嘲讽他，就要复员回家了，还假积极什么！

郭志民一点也不在意这些嘲讽，照样顶着黄沙风喂猪去了。

老兵们上车时，连长发现少了郭志民。于是，连长按老兵们说的地方，跑到猪圈旁找到郭志民，果然发现他正在喂猪，还给新兵介绍猪娃儿的名字，"这头猪叫大花，那头猪叫二黑，最会抢食吃……"郭志民俨然像介绍他的战友那样认真，那些大猪小猪围着他高兴地叫唤着。

连长感动至极终于发话了："郭志民就是活雷锋嘛！这么忠于职守的好兵不留下，咱们部队还留什么人？"连长想方设法把郭志民留在部队，后来还提了干。

很多时候，人的命运转机就在一瞬间。于是，郭志民留在了部队。他每一步都走得踏踏实实，兢兢业业。后来他提了干，再后来他当了指导员、教导员、发射团的副政委。高建军最后语重心长地说："老郭是个好人，他对你是八个字：严格要求，给予重担。让你在不同的挑战前接受全面历练，你要和他搞好团结啊。"

王延安那天懂得了，对于发射团的官兵，品行比能力更重要，有些人也许并不是最聪明的人，也并不是能力最强的人，但他们对航天事业忠心耿耿，人在阵地在，就能与发射塔共存，留在部队里。

然而，高建军说的话应验了，人的命运转机瞬息万变。"文革"时代的干部命运也是变幻莫测。

大功告成之时，总有人想下山"摘桃子"。发射有功的徐战旗指挥长突然面临了严峻考验。

那位"文革主任"又坐飞机来基地检查工作了，面对久经战争考验的徐指挥长，他一点不脸红地让将军给他汇报工作。当然，他这个外行连发射术语都听不明白，那么多专业用语让他感到如坠云里雾里，那都不是他所关心的问题。于是,这位"文革主任"说话了:"徐指挥长,你们大漠发射场,只知道抓发射试验,不突出政治,这是走白专路线的表现,你详细汇报,杨志坚的儿子王延安为什么还在你们大漠发射场?你为什么不把他处理走?"

"王延安是革命烈士的儿子,他是技术骨干,没有犯错误,我没有理由处理他走,何况他在发射任务中还立了功。"徐指挥长语气平和,却很有力度。

"你是发射场的第一把手,你可以说,王延安不宜在发射场工作,找个理由,让他从部队转业复员嘛!""文革主任"支招,他觉得处理一个团级干部就像拍死一个蚂蚁般容易,只是部队组织严密,他现在还无法伸进手去拍。所以他要狐假虎威吓唬徐指挥长几句,"现在关键时刻要看你的表现,这可是你的政治立场问题。你是谁的人,站在哪条路线上?首长就是要看你的实际行动,看你跟得紧不紧。"

"部队干部管理是有政策的,要党委开会研究决定,我一个人说了不算。"徐指挥长义正词严地回答他。心想,我怎能和你们站到一起?我穿的是国防绿。当然他对事情的结果也早已有所准备,那个年代没有章法,谁官大,谁有权,谁就有可能为所欲为,行使手中的权力。

"文革主任"说的话,并不仅仅是吓唬徐战旗指挥长的,也并非空穴来风。他率领着工作组离开了基地,徐指挥长很快接到通知到北京开会,结果是一去不复返,被迫靠边站写检查去了。

当时既然有——一人得道鸡犬升天,也就有——一人倒霉,全家受难了。

高建军因为是他的女婿也被迫转业。还特别加上一条"罪名",就是不让大家革命加拼命,加班加点工作,尤其是规定晚上12点前必须睡觉,影响了大家的积极性也就影响了工作。高建军一句话都没辩解,只要想整你,何愁找不到罪名?发射成功了,圆满完成了祖国交给的任务,他问心无愧。过去别人说他是乘龙快婿,娶了一个高干的女儿,现在他就体验到高处不胜寒,大有大的难处。走就走,反正是回北京,徐指挥长老两口需要人照顾。

然而,医院党委没让徐南征转业,理由是,戈壁滩试验任务多,远离地方医院，医生救死扶伤是人命关天的大事，基地医院需要好的外科医生，等来了外科医生接班再走。徐南征只好表态，个人服从组织，一切听从党安排。全家人竟然对此没有任何异议，一致认为：部队官兵的身体健康最重要，部队利益大于个人利益。当然，这是因为徐战旗首先表的态，他还有一个想法没有说出口，过去全家都是当兵的，现在他虽然不当指挥长了，但发射部队地处戈壁荒漠，官兵身体健康最重要，加上他的军旅情结长存，他希望女儿还是军医，不要脱掉这身军装，有朝一日……女婿还能返回发射场。

翌日，起床号一响，王延安头上冒着热气跑进了招待所，他直奔向志远的房间，把房门擂得山响。屋里传出来向志远睡意正浓的声音："谁呀？"

"向总，快开门呀！"

"王延安同志，你怎么回事？你催命啊！"陆莎不耐烦地喊道，"告诉你，老向昨晚看你那些奇思怪想的革新方案，一直看到凌晨三点多。他刚睡，你就来半夜鸡叫。"

王延安突然想起执行任务每天是白加黑连轴转，六加一都是工作日。好不容易发射成功了皆大欢喜，人家两口子牛郎织女才团聚，久别胜过新婚，可是自己却拿一摞方案材料让向志远加班加点看，真不好意思。但一想，他们和高建军的战友情，送战友更重要，也就顾不得那么多了，他急迫地说："我的好大哥，今天我可是有急事相求，你们快开门啊！"

"大清早王延安就来闹咱们，岂有此理。"陆莎一翻身面朝墙想再睡一会儿，让向志远出去和王延安说话。

向志远睡眼惺忪，坐起来穿衣服。

陆莎不得已也从被窝里钻出来，急急忙忙边穿衣服边说："王延安，你兴奋什么？创新不是创奇迹，你别想一夜成名！"

王延安站在门口等他们穿戴完毕。

陆莎打开门就说："王延安你怎么像打了鸡血，说风就是雨！技术革新又不是娶媳妇，急不可待。"陆莎越想越气，王延安搅了她的鸳鸯梦，越气嘴里的话说出来就越刻薄。但她还是照着镜子，赶快把蓬乱的头发梳

重托

理整齐，她就是要光彩照人面对王延安，在这个前男友面前她就是要晒幸福。

向志远也穿好衣服，告诉王延安，技术革新可急不得。懂得原理不等于工程上能实现。搞出了设计，最后还可能因为调试不出来而失败。发射系统的改进方案，数学模型，那都是要反复论证的。采取一种新的方法是要进行试验鉴定的，航天发射牵一发动全局。

王延安急匆匆地进门来，拉着向志远就走，陆莎立刻拉下脸说："王延安，你火急火燎的，是救火去，还是救人去？"

王延安让陆莎一说，愣了一下，抱歉地说："嫂夫人说得对。我现在是火烧猴屁股了！向大哥你快洗把脸，我等你。"

向志远到卫生间擦了把脸就出来了。

王延安转向陆莎，给了她两张火车卧铺票，让他们今天就回北京。

陆莎看着手里的火车票，奇怪道："王延安，你有没有搞错啊！我们的回京车票，你急什么？"

王延安拉上向志远就走，走到门口回过头来说："陆莎，我先借你老公用用，一会儿我还你。你赶快梳洗收拾一下，一会儿车来接你上火车站送向总。"

"你搞什么名堂？王延安！"陆莎对着他们的背影自言自语，"我们又没住你家，你还下起逐客令来了，岂有此理！"

王延安懒得跟她嚼舌头，随手把屋门关上，把陆莎的唠叨声也关在了屋里，拉着向志远急匆匆地走了。

向志远走得气喘吁吁，不知道王延安葫芦里卖的什么药。

王延安呼哧带喘地说："这事极其重要，我向高团长保证，谁都不告诉。咱们是男子汉说话算数。我就全权拜托老哥了。"

向志远更奇怪了："拜托我什么？说清楚啊！"

王延安告诉他，老团长高建军转业，今天就走。

向志远一下站住不走了，瞪圆了眼睛问："为什么？"向志远怎么也想不明白高建军年富力强，干得好好的，为什么突然要转业？

王延安把高建军受株连转业的事说了，并说："徐指挥长和高团长对我好，我可不能忘恩负义。高团长不愿意让大家知道这些详情，他想默默地离开这里。我理解他,就是想让你和他一块儿回北京,一来路上安慰他,二来他在研究一条投入少、效益高的发射试验的新路子。现在咱们一块儿去见他。"

王延安和向志远统一了步伐在公路上快步前进。

高建军整洁的宿舍突然变得乱七八糟,桌子上堆满了笔记本和课题资料。他正在往箱子里装东西,王延安和向志远推门进来。高建军抬起头来,眼睛里闪现出复杂的感情看着他们,指指椅子说:"你们来了,坐吧。"

"高团长,向总和你一块儿回北京,我都安排好了。"王延安让向志远坐下,他帮着捆纸箱子。

"谢谢你们!"高建军心里涌上一股暖流,眼睛也湿润了,他真舍不得这些同甘共苦的战友啊!他指着桌上的书本,那些都是留给王延安的。他在试验一线奋战了10个春夏秋冬,这些笔记本记录着发射试验过程的经验教训和有关参数,还有收集的课题资料,数学模型。他一直在想,要研制一套火箭弹道数据自动判读系统。当时用的人工判读精度差、可靠性低,费时费力。现在他要走了,这些资料可能会帮助王延安解决一些技术难题。高建军鼓励王延安要不怕困难,完成科技创新任务,但创新不等于完美,不要怕在创新中有风险。有志者,事竟成。

"高团长,这都是你的心血,感谢你!从我到发射团遇见你,就是我的幸运。我知道自己个性强,爱翘尾巴。但是你了解我,帮助我。我不会辜负你的希望。"王延安发自肺腑地说。

"延安,我转业了,到北京我就不跟你联系了。咱们发射团高度保密,我不能影响你进步……请你理解我的心情。我会永远关注你们的发展。"

向志远劝道:"咱们都别难过了,现在大家都变着法进大城市。高团长家上有老下有小,我看回北京对他个人和家庭都是件好事。依我看,是金子到哪儿都会发光。"

"对!高团长,此处不留爷,自有留爷处。"王延安马上表示赞同。他劝高团长要想开点,他也曾受到家庭的影响,在困难的时候要看到光明,他相信徐指挥长是好人。

"延安，这几年我当团长，从严治军一定得罪了不少人。让你全副武装越野跑万米，你可别记恨我！"高建军半开玩笑道。

王延安双手抱拳道："老团长，你那是给我来个下马威，我现在想起来还心有余悸呢！不过我不恨你，要不我怎么成了铁打的汉子！"

高建军说："延安，响鼓也要重槌敲啊！就要发射卫星了，你的任务很重！我喜欢你身上那股初生牛犊不怕虎，天不怕地不怕的劲儿。我把积累了十年的工作笔记本全都留给你，上面既有成功的经验，也有失败的教训，你可以借鉴。"高建军此刻笑不出来，心里苦涩口难开，长叹一口气嘱咐王延安，他想坐晚上的火车悄悄走，其他人就不要来送了。

傍晚，夕阳西下，高建军站在发射团的营房前恋恋不舍，十载情怀现在竟然说走就得走，多么不情愿啊！他看着营房前缓缓流过的弱水河，这条河原名黑河，流到发射场就改名叫弱水河，其实还是那条河。我高建军要走了，走到任何地方，还是我高建军。他突然出口成诗："最爱弱水落日圆，大漠空旷入我怀。遗憾今日要离去……"

王延安不想让高建军太伤感，接过话茬说："高团长，戈壁、荒漠、星空和发射塔架是我们这里最美的风景，不过这里只有超级耐旱的植物，红柳、梭梭草、骆驼刺，单调了点。要我说，祖国地大物博、海阔天空，凭你的能力和胆识，我相信您在北京会天高任鸟飞，海阔凭鱼跃，大有作为的。"

高建军觉得戈壁滩的星空是最美的，夜空中好像伸手就能摘到星星，自己仰望星空，就能摘星揽月。发射场的军旅生涯给了他超人的勇气，让他受用一生。高建军突然换了个话题，说："延安，我一直在想，你提出的用大规模集成电路全面翻新改造计算机的方案，只要认真研究论证，听取有关科研单位的意见，一定会成功的。你一定要坚持做下去！"

"遵命！我决不半途而废！"王延安拍拍胸脯说，"知我者，高团长也！滴水之恩，当涌泉相报！"然后他诡秘地一笑，转过头来对向志远说："高团长有令，打枪的不要，今晚你们一路同行悄悄地走。"此话正中高建军下怀，他不想兴师动众。

夜幕很快降临，漆黑一片的戈壁滩上，只有部队驻地营房亮着灯光，像一个小小的孤岛。天上的星星也奇怪地眨着眼睛，今晚这条路上的路灯为啥还不亮？

王延安他们几个人边走边说从营房里出来，高建军想，我要悄悄地走，也没想黑灯瞎火地走，这王延安又搞啥名堂？于是他忍不住问道："延安，今晚停电了吗？这条路怎么这么黑啊？"

"那就柳暗花明又一村吧。"王延安说着打开了手电筒，手电光对着前方画了一个圆圈。戈壁滩的星星之火"唰"地一下子把发射团营房前的路灯全都点亮了，两排长长的亮光照亮了远方漆黑的戈壁滩，延伸而去一条光明之路。

高建军眼前突然一亮，这才发现路灯下道路两旁整齐地列队站着发射团官兵，为他送行。

"敬礼！"王延安洪亮的口令声在戈壁滩回荡。发射团官兵"唰"地一下一齐举手敬军礼！那场面让摘掉领章帽徽的高建军顿时热泪盈眶，他习惯性地举起右手敬军礼，沿着战友们的这条光明之路前行，星星之火向远方的天际延伸。

"这叫走向光明送行仪式。"王延安就是想给高建军意外的惊喜，颇有几分得意地说。尽管高建军想悄悄地离开发射场，但此时此刻他还是被官兵们的真情感动了，他眼睛里泪光晶莹，深情地说："同志们，我们发射团永远是响当当、硬邦邦的火箭团！"高建军向全团官兵庄严地敬最后一个军礼。

火车上，高建军含泪喊："再见啦，同志们！再见啦，发射场！"

徐南征含着眼泪站在列车门前，带着儿子送高建军上了火车，儿子使劲儿挥着手，大声地扯着嗓门儿哭着喊："我要爸爸！我要爸爸！"儿子的哭声把徐南征的心都哭碎了，夫妻两人分工，高建军回京照顾父母，儿子由她来带大。

王延安一拍脑袋突然想起什么，从军装衣兜里掏出一张他和高建军的合影送进了火车窗口，大声说："高团长，记住我！你关上了这扇窗户，还会打开另一扇大门。那咱们有缘再相见，我会照顾好嫂子，我王延安欠你的情还没还呢！我一定要加倍还！"

高建军看着那张发黄的黑白照片，照片上的王延安是被他惩罚跑了10公里武装越野后，满头大汗背着枪和背包，一副狼狈不堪的样子，当时高建军是新兵连长不愿跟他照相，可王延安让前女友陆莎拿相机抢拍了这个镜头，这张照片一直由王延安收藏，没给高建军看，现在时过境迁却拿出来送给高建军留作纪念，也不知道这小子咋想的，照片背后陈旧的笔迹依稀可见地写了八个王体字："谋虑尽善，未来尽美。"不知怎么，高建军对着照片笑了，灰暗的心情一扫而光，抬头望去，那一个个绿色的身影让他豁然开朗。

这时梁欢气喘吁吁地跑到了车窗前，上气不接下气地说："我来晚了！高团长，您是金子总要发光……"话没说完，已是泣不成声。

绿皮火车鸣笛，离开站台向前缓行。站台上，王延安和部队官兵举起右手庄严地行军礼。

车轮滚动，就像是一把铁锤，敲击着王延安的心。高建军走了，这不应该是他的最后一个军礼，高团长太热爱部队了！现在他离开了热爱的岗位，离开了这片他曾舍命相搏的发射场。

火车远去。王延安一直目送着火车在大漠的夜色中消失，那是黎明前的黑暗，明天太阳就要升起来。在这里我们一起分享成功的快乐，同时也一起承担孰能无过、孰能免祸的经验教训。不管多难，我们都会勇往直前！

一年后，党中央粉碎了"四人帮"。改革开放的春风吹绿了戈壁滩。

第十章

1

1976年，雨过天晴，"文革"结束了。

1977年10月21日，中央人民广播电台传出即将恢复高考的消息。关闭了11年之久的高考大门即将打开，考生用激情和渴望驱散了寒冬。

梁欢的大学梦又一次干柴遇烈火被点燃了，一定要抓住这个机会！她豁出去了，拿出破釜沉舟的气概，壮着胆子把医院大大小小的领导从下到上找了个遍，表达她要参加高考的强烈愿望。她第一次大张旗鼓地表明了自己的愿望：我要考大学。于是大家都瞪着疑问的眼睛看着她，报纸上说，当年全国有570万名考生，只能录取百分之五。梁欢这个连高中门都没进过的温柔女护士能考上大学吗？可她一根筋地非要考上海军医大不可。

于是，梁欢的考学申请报告开始逐级上报，从妇儿科党支部报到医院党委，过五关斩六将，总算领导们为信里的真情表达而感动，同意梁欢报考大学了。可王延安和徐南征都替她捏把汗，这还有一个多月的复习时间，梁欢万一考不上大学，动静这么大她咋收场？这丫头也不知道给自己留点后路。

梁欢似乎很有定数，她只填写了一个志愿，就是上海军医大学，而且她就是一根筋，认定了这所大学。

还是那位医院政委找她谈话："梁欢同志，你只填写上海军医大学这一个志愿，没有留有余地。你想上大学我理解，如果考不上上海军医大学，你报考其他医校和护校也可以嘛！不要错过这次高考机会。"

梁欢毫不动摇，目光直视政委，毫不含糊地说："我就要上上海军医大学！"

"你就不怕考不上落空了？"

"不怕！"

"那就好，你现在已经提干了，我看不上大学也没啥问题。考不上你也就安心工作了，记住，组织上只给你这一次考大学的机会！"政委笑着说，但说话的语气很坚定。

"你咋知道我考不上上海军医大学？"梁欢反问道，她又想起上次上大学的事情，既然话已经说出去了，她就要破釜沉舟背水一战，她的语气强硬起来，"梦在前方，路在脚下。就算做梦我也要试一把。政委，既然领导给我开绿灯，给我一次考大学的机会，即使考不上我也无怨无悔！"说完她一转身走了，把一个冰凉的背影留给了政委。

政委这次很有气度，他觉得自己过去在上大学的问题上欠梁欢的。毕竟梁欢是医院的优秀护士，技术能手，服务态度好，众人口碑好。给她一次考试的机会还是应该的。再说了，梁欢连高中都没上过，就想考名牌大学，不是那么容易的。让她的异想天开碰碰钉子，以后就能死心塌地工作了。想到这儿，政委一点都不计较梁欢的态度，年轻人就是好高骛远，雷声大雨点小，由她去吧。

可是这次政委真低估了梁欢的能力，整个基地就只有梁欢考上了上海军医大学。政委拿着梁欢的上海军医大学录取通知书，愣了半天才说："人不可貌相，出人意料啊！这丫头没上过高中，还考上了名牌大学，就是会考试。"

"小瞧人了吧？"徐南征一把抢过录取通知书说，"梁欢人小鬼大，给点阳光就灿烂！"话音刚落，人就不见影了。

这时，梁欢正在产房为一个难产的孕妇接生，随着婴儿呱呱的响亮哭声，她看到徐南征站在了她面前，双手举着她的录取通知书……

梁欢入学前来和王延安告别，她兴奋得满脸放红光，说："延安，谢谢你的帮助！我的梦想终于实现了！"

"那是你运气好！国家恢复高考，不仅可以改变国家的政治经济面貌，也必将改变我们这一代人的命运。"王延安话是这样说，心里也为梁欢高兴，可他却隐隐约约不想让她走！他说的"改变"这两个字，也包括眼看心爱的"鸽子"展翅飞翔了。更让他担心的是，梁欢美丽温柔，到了军校还能没人追吗？军医大学的高才生怎能让一个漂亮女生独来独往？更何况那位珍宝岛英雄姚明伟已经是上海军医大学学员了。他们可以哥哥妹妹近距离接触，而他王延安远在戈壁滩鞭长莫及使不上劲儿。可上大学这事他得换位思考，拦得住人也拦不住心。何况是对梁欢，这样一个不达目的誓不罢休的"轴"人，她会痛打"拦路虎"的。

傍晚，戈壁落日的余晖照着王延安和梁欢，他们靠在胡杨树下席地而坐。王延安盯着发射架发愣，良久无语。

"你把我叫来，你倒是说话呀？"梁欢觉得心里藏不住事的王延安有点反常了。

"梁欢，你有选择的自由。"王延安没头没尾地说。

梁欢瞪着圆眼睛看着他，让他有话直说。

王延安把父母被下放到黄河滩农场劳动的事和盘托出。他又想起他的亲生父母，谁都敬佩革命烈士，可是谁又愿意自己的父母成为革命烈士，甚至都不知道他们长得什么模样。他还想，要是出生在一个普通的工人家庭多好，生活得风平浪静，也不会有人在背后说我是谁谁的儿子，总有人算计我。养父母为建设新中国在枪林弹雨里洒热血，和平年代又被人整得活受罪。他们这些革命前辈多不容易呀！

梁欢没有正面回答他，而是说："你的父母为开创新中国浴血沙场，立下战功，理应受到我们年轻人的尊重。"

王延安虽然觉得梁欢这话说的是革命大道理，但他想明白了，梁欢认可他的家庭出身。但要想抱得美人归，归根结底他要做最好的自己，增强个人魅力和竞争力。

王延安觉得人这辈子碰到投缘的不容易，既然碰到了怎么舍得让她离开，于是把手伸过去，抓住了梁欢的手，深情地注视着她问："你会离开我吗？"显然这句话无解。

梁欢上大学美梦成真。上大学那天,许多人来火车站送她,说了许多祝福的话。因为祝福的语言都是相似的,只有徐南征的话特别。她说:"梁欢,你去上大学可别蹬了王延安,他会让我一辈子不得安宁的。"

梁欢当然不能忘记南征姐和高建军的帮助,为了能让她当兵上大学,他们两口子倾力相助。她理应"滴水之恩,当涌泉相报"!

徐南征不求回报,只求安宁。她指指王延安说:"你可不能忘记他帮你复习功课啊!我也快调回北京了。"此时,她最同情的就是发小王延安,大龄单身孤独地留在戈壁滩。

李翠华领着娃儿也专程前来送梁欢,这是她儿子的救命恩人,她还特意提了一篮子鸡蛋来。

"救命之恩可不能忘!"王延安一语双关,他也是梁欢的救命恩人,碰上李翠华这个厉害女人,他最好的办法是惹不起躲得起。王延安的身影一晃就不见了。

梁欢有点失落地看了一眼他淹没在人海中的背影。

火车拉响汽笛轰隆隆开动了,梁欢趴在窗户上向送行的人挥手告别。她向车窗外望着,直到送行的人看不见了,她才收回了目光,忍不住流下了眼泪。

坐在梁欢身旁的一位男兵问她:"你也是去上大学的吧?"

梁欢点点头,用手绢擦干了眼泪,心想,上大学是好事啊,自己哭什么呢?

男兵接着说:"你们女兵就是多愁善感,眼泪多!我们能考上大学,也就有了鲤鱼跃龙门的机会,机会能改变命运,机不可失,时不再来。"

梁欢看着车窗外茫茫的戈壁大漠,现在真要离开还有点舍不得呢,她百感交集地说:"一念之差就是一生的选择。"

"什么一生的选择?"王延安的两个胳膊架在中铺上,低头看着坐在下铺的梁欢。

梁欢闻声抬头,突然发现王延安站在她面前,吓了一跳。王延安得意地坐在了梁欢的旁边,随手把一大包东西放到了对面的座位上,那都是梁欢爱吃的战备粮。

王延安是专程来送她的,当然要抓紧时间说出他想说的话,尤其是这丫头总是一副没心没肺没感觉的样子。真叫他着急！这世上最困难的事，就是人与人心灵的沟通出现障碍。既然如此，不如开诚布公。

"梁欢你知道不？男怕入错行，女怕嫁错郎。"王延安铺垫成功，准备言归正传：男大当婚，女大当嫁。我现在心里只有你！遏制不住地想你！梁欢同志，咱们两人可是战友加朋友，我就是觉得人生苦短，儿女情长。既然命运让我们相遇，我就永不言弃，勇追到底。可这些话只能想，说出来一旦遭拒绝就很没面子。

王延安看了一眼梁欢，话到嘴边又咽回去了。的确，爱，不需要理由。可梁欢没有感觉，他也无奈。王延安情不自禁叹口气说："梁欢，你这人怎么不开窍呢？我死心塌地等你5年，大学毕业后你可不能远走高飞啊！"

"谁让你等啦？那是你一厢情愿。"梁欢突然冒出一句。

王延安措手不及，他只好转换话题，把自己的照片递到梁欢手里。梁欢不好拒绝，接过照片，那是王延安在发射架前的留影。照片后面写着："分别战友，相会英雄。"王延安还嘱咐她，把照片带到大学里给同学们看看，你的解放军哥哥多像电影里的英雄！

梁欢心想，你这家伙就是自我感觉良好，老王卖瓜自卖自夸吧。梁欢笑了。

王延安又从兜里拿出一支金笔晃了一晃，自豪地说："真正的派克金笔！是我老爸的战利品，那位毕业于黄埔军校的国民党将军把这支派克金笔拿给老爸，然后挑战似的问，'杨师长，你会用它写字吗？我就想不明白，你们这些没文化的泥腿子是怎么打赢我的？'我老爸说了真话，'我土豹子第一次见到派克金笔，但是你已经是我的手下败将了。'那位国民党将军哑口无言。"

梁欢接过派克金笔仔细看着，她听说过这是世界名笔，现在眼见为实。

王延安接着说："后来，我上大学，这支金笔传到了我手里。老爸还送了我一句话：我们军人要有文化，解放军要建设成有文化的军队。现在我把这支笔送你了。"

"谢谢！"梁欢迟疑了一下，收下了这无法拒绝的礼物。

王延安叮嘱她:"我爸说,不管时代怎么发展,读书都是这个时代最要紧的事情。我希望你上大学一门心思读书,千万不要三心二意,让别人干扰你。"

"我知道上大学的机会来之不易。"梁欢听明白他话里有话。

王延安顽皮地伸出右手小拇指要和梁欢拉钩:"记住,我在发射场等你!你可别让我失望!"梁欢迟疑了一下,伸出小拇指和他拉钩。

"我等你!一直等你回来!不管几年我都等。你要不心疼我,我就等一辈子,直到成为白头翁!"王延安信誓旦旦地举起右手。他想:我现在不紧锣密鼓,以后可就鞭长莫及了。

这时火车缓缓地停在站台上。这个小站离发射场坪很近,火车只停一分钟,他飞身跳下火车,恋恋不舍地向梁欢挥手告别:"好好学习!有志者事竟成!"这话像是说给梁欢听的,也像是说给自己听的。

梁欢从车窗里若有所思地凝视逐渐远去的王延安,人影越来越小,她美丽的眸子里只剩下茫茫的戈壁滩,这里的生活是那样艰苦和单调,她甚至不敢想四年以后,她大学毕业还回不回来,还能不能见到王延安。

2

王延安并不十分清楚父母所受的磨难,因为这老两口都是硬骨头,那几年日子不好过,有多难,爸妈都不告诉儿子,也很少给他写信,生怕影响他的工作。不过只要父母大人一来信,都会涉及一个重要话题,那就是王延安的终身大事。于是,王延安向父母大人汇报了梁欢的情况,比如最值得王延安骄傲的地方,梁欢是部队宣传队跳芭蕾舞《红色娘子军》的,长得比跳样板戏的吴清华还漂亮,她不仅舞姿优美,性格温柔,说话的声音也有磁性特好听。不过那姑娘什么都好,就是没学历。

于是,母亲觉得不理想,当演员是吃青春饭的。父亲责怪母亲,你以为你儿子最优秀,天底下的好姑娘都等着你儿子去挑,这么好的娘子军你都不喜欢,人家都不怕咱们连累她……从此母亲再也不提这事了。

现在王延安可以骄傲地告诉母亲,梁欢考上大学了。只是他拿不准她毕业后能不能放弃大上海,回到戈壁滩。但是王延安喜欢这个自信的姑娘自带光芒，不仅仅是成就了自己，也让他努力改变自己，激发潜能不断实现目标，变得更加优秀。所以他有信心想方设法要让梁欢毕业后重回戈壁航天城来。

那几年，王延安父母的档案被翻了个底朝天，内查外调实在是查不出什么问题，但有些人就是不想放过他们。轮番批斗让白雪洁的自尊心和人格受到了极大的伤害，她觉得自己连累了丈夫和儿子，终日郁郁寡欢。她写好了离婚协议书放在桌子上，丈夫只要签名立刻就能从困境中解脱出来，而她也不想再继续忍受人世间的烦恼了，她想不通，她大学没毕业就投奔延安参加革命，怎么现在革到自己的头上了？

杨志坚回到家，看到了那张离婚协议书，拿起来撕得粉碎，他态度明朗，坚决不离婚！

白雪洁轻声说："我要离婚！你应该好好干工作。"

"糊涂啊，老婆！你不知道有人别有用心在抓军内一小撮吗？造反派整你是为了整我啊！这是权力之争！"杨志坚说到这儿就不说了，他不愿意让老婆为自己担心。他秉性耿直刚强，无论是审查还是批斗，无论是文斗还是武斗，他都不承认自己是"走资派"，以致饱受皮肉之苦，依然理直气壮。他就坚信一条，相信共产党，相信人民群众，所有的事情最终都要让历史来说话。

白雪洁看着丈夫欲言又止没吭声，想当初嫁给杨志坚时，因为他的性格强硬，家庭背景和受教育程度都与自己差别很大，她很长时间都没想明白自己为什么嫁给他。但这个喜欢冒险、会打仗的男人非常有心计，想方设法把她调到团里当了文化教员。一个独立团一千多号人，白雪洁是唯一的女军人，她只好和男兵一样的打扮，头发剪得短短的，穿着男式军装，即使这样也掩盖不住她的端庄秀丽，依然是军中一枝花光艳夺目，一枝红玫瑰谁也不敢摘，因为她有一个护花使者。全团的人都听团长的，都佩服团长智勇双全。大家都公认她是团长的未婚妻，只有英雄团长配娶她为妻，她嫁给团长才是郎才女貌天仙配。结婚那天，这个勇敢的男人举枪发誓，他会一辈子爱她、保护她，终生相爱相守，决不变心。现在，他仍然信守承诺。

杨志坚语重心长地对妻子说:"过去家里大大小小的事都是你张罗,你不要离开我,我更离不开你!难道你想让我一个人孤独地度过晚年吗?"说着他拿出了一张发黄的纸,上面清晰可见的是白雪洁结婚时亲笔给他写的字:"在天愿作比翼鸟,在地愿为连理枝。天长地久有时尽,此情绵绵无绝期。"那时,他觉得美丽而多情的老婆满满的小资调,现在不了。他时常在想爱情老了的模样,当爱情褪去激情的外衣,爱情就变成了亲情,一份割舍不去的亲情,这里唯一剩下一个字:"守。"你守着我,我守着你,永不分离。于是,他深情地看了一眼妻子,也浪漫了一句:"路漫漫其修远兮,我们一直相伴到老。"

白雪洁看到这张纸顿时泪如泉涌,丈夫领军打仗南征北战,解放后又身居高位工作百忙,还居然把她写的这张粗糙老旧的纸保存了25年。

在杨志坚看来,头上这顶乌纱帽未必那么重要,搞国防科技要靠知识分子,把他们扶起来就尽到了责任。过去工作忙顾不上家,顾不上老婆,现在他理应做老婆的坚强后盾,他心甘情愿陪白雪洁去农场劳动锻炼。只有老两口好好活着,才能看到前途光明。

杨志坚动情地把妻子搂在怀里,说:"你要相信党。即使现在造反派给你扣了莫须有的罪名,我也相信你是好人,是革命者,我要一直在你身边陪伴你,我陪你去黄河边修理地球,让你永远不孤独。"丈夫的一番话深深打动了白雪洁,使她增强了活下去的信心和力量。

杨志坚这辈子认准的事就要坚持到底。如果说他自己是家穷没饭吃扛枪闹革命的,他的妻子过去能放弃优裕的生活条件,放弃大学学业投奔延安,那可是自觉自愿的革命者,因此他认定妻子是值得牵手一生的革命伴侣,他们这辈子都要生死相依。妻子16岁就跟着共产党走,凭什么让他们离婚?他想明白了,反正他也靠边站了,干脆主动向组织打了报告,和白雪洁一起下放到黄河滩农场劳动。看在白雪洁被"批斗"得已经生活不能自理的份儿上,双方单位协商后,算是批准了杨志坚的请求报告。

杨志坚夫妻随着一帮"五七战士"离开北京的时候正是严寒冬季,车站上人很多,一个个默默地走上火车,车厢里是硬座,旅客都是下放干部,没有人议论火车开到哪里去,沿途经过哪些地方,因为问也没有用,不想去也得去,所以大家都很麻木,一切听任上天的安排,走哪儿算哪儿。大家迷迷糊糊地靠在椅背上睡了一夜，睁开眼睛的时候看到车窗外白茫茫的一片。不管是知识分子的近视眼，还是老革命的老花眼都一时迷惑了，白花花的是霜？是雪？还是盐碱地？看不到人烟，就连一马平川的荒草地也是稀稀落落的，只有几棵干枯的树在寒风中颤抖。这就是他们的目的地黄河滩农场。一眼望去，看不见一个村落和一家民居，给人的第一感觉是荒凉和空漠，不由得使人心中发紧，大有凄凉之感。

杨志坚不在乎，苦不苦想想当年长征爬雪山过草地，还怕这荒无人烟的地方吗？只是他感觉最不好的是，下了火车，"五七战士"就站在了黄河边，河边激起的水花落在身上，满身都是黄泥点点。使人联想到，"跳到黄河里也洗不清了"……

这是黄泛区，说是农场，实际上是把"有问题"的干部下放到这艰苦的地方劳动改造。大家的心情似乎和周围一样死寂，连队伍里面押送他们来的造反派也变成了哑巴，一声不吭跟着领队走进了一座黄泥巴墙围着的破院子。

大院里是一排排简易的土坯泥瓦房，于是有人猜测这是一座废弃的劳改监狱，但这只能想不能说不能问，每个人都瞠目结舌，暗自嘀咕怎么会是这样破烂不堪的环境？

带队的干部身材壮实黑脸膛，显然是久经风吹日晒的劳动人民。他拿来了一面五星红旗插在屋前头，扯着嗓门宣布：黄河滩五七干校正式成立了！

"五七战士"们把行李放下，大家阴沉着脸不说话。

带队的干部环顾了一下，大家情绪低沉，他感到问题严重了，于是自我介绍他是农场革委会主任朱满堂，同时也是农场场长。说完他就带领大家举手向毛主席宣誓：走五七道路，扎根农村，炼一颗红心，彻底改造世界观。

这支二百来人的杂牌队伍，宣誓结束后，首先要解决吃住问题。说是杂牌队伍，是因为既有经过史无前例的批判审查，被扣上"叛徒""特务""走资派"和老牌"右派"大帽子的人来干校接受改造；也有监督他们改造的造反派和来广阔天地炼红心的革命群众。

朱满堂接着布置了第二件事：组建连队，分工负责——有盖房的、种地的、做饭的、养猪的……然后,他意味深长地看了一眼杨志坚,特别强调说:"我们这支队伍里有参加过长征的老红军,咱们苦不苦,想想红军两万五;累不累,想想革命老前辈。人人都要投入生产自救的劳动中,否则在这没有人烟的地方就无法活下去。"

因为农场的房子有限,50岁以下的人住集体宿舍,像沙丁鱼一样密密麻麻挤在了曾经是仓库的大房子里,背对背、面朝面的大通铺也有利于全天候互相监督。

别看朱满堂是劳动人民出身,人长得憨厚,心眼儿却很灵光。他有自知之明,凭自己那点本事,想领导面前这些暂时遭受打击的"走资派"和"牛鬼蛇神"那是不容易的。所以他处处留心皆学问,一路上看到,白雪洁瘫软着身子连路都走不动,而那个杨志坚是红军老前辈,不言自威,只要他一说话就是金口玉言,极有号召力。朱满堂的工作方针是要抓重点人物,美其名曰照顾他们老两口,分给他们一间小土屋。白雪洁望着没有门窗的房子,大风在屋子里自由穿行,心里就凉透了。杨志坚收拾着床铺,他把军用被褥往黄土炕上一铺说:"咱当年长征都走过来了,这点苦不足挂齿。再说了,现在没电没灯,黑灯瞎火的你躺在床上,还可以晚上望月亮思故乡,白天见太阳晒被窝,多方便啊。"

白雪洁悲伤地看着丈夫,苦着脸长叹一声:"都是我连累了你!"

"老夫老妻的,说那些干啥,同甘苦共患难嘛!"杨志坚安慰妻子别太悲观,总有一天他们还会重见天日派上用场的。

白雪洁脸上浮现出一丝苦笑,凄惨地说:"我们年过半百了,身体也不好,我也许等不到那一天了……"

"我可不想永远留在这地方。如果我先走,你就把我送到大漠发射场去。"杨志坚想起了巴丹吉林连绵起伏的大沙漠,额济纳旗火红的胡杨林,当时他去勘点建设的发射场已经戈壁变绿洲了,这里虽然也一定会旧貌换新颜,可毕竟让他感觉政治上很压抑,他一定要从这里走出去。

杨志坚说完就用小脸盆煮了两碗面条端过来,只可惜没有别的调料,就放了一点盐。他开导白雪洁,人是铁,饭是钢。白面条也要多吃点。朱满堂让他们住单间,虽然房子破旧四处漏风,但老两口有一个小小的生活空间,可以有滋有味地同吃、同住、互相照顾,也就释然了。

当然让他们感觉方便的是，这个一贫如洗的房子，能躲开互相监督的眼睛，让他们可以小声议论这一言难尽的年代，对诸多过去没有看透，或者没有亲身感受到的事情，可以交流看法。比如：白雪洁过去是副总编辑，每天都要审编报纸上 N 多的版面，上面一篇篇文稿都在告诉读者，你们是这个世界上最幸福的人民，全国山河一片红，到处都是莺歌燕舞。你们要大力支持第三世界的人民也过上好日子。可是在这里，他们看到了每天挥汗如雨辛勤劳动的人们，饿着肚皮，喊着艰苦奋斗，成天想的都是国家大事。那些负面的消息是不能登上报纸的。现在他们每天望着变幻莫测的天空，才觉得自己脚下的生活是多么艰难，在报纸上是看不到神州大地上也会发生痛苦和灾难的。

那时，在这里的人们都体会到了穿衣吃饭的重要性。不管男人女人，年轻年老，何种派别，在这里的处境和命运相差无几，大家虽然嘴上都是"以阶级斗争为纲"，却因为在这艰苦的环境里"同吃、同住、同劳动"，互为生存。过去大家对经久不息的斗争习以为常，现在又变得松懈乏味。大家在一起有了更多的交谈和了解，亲身体验到只有与天斗其乐无穷，人人都在饥寒交迫中，越发感觉到民以食为天，吃饱肚子是头等大事，谁还有劲儿瞎闹腾。尽管上边的人经常发出警告，审查的人要和被审查的人划清革命界限。可大家现在都生活在贫困线上，都要团结协作忙着盖房子、种地，解决人的基本生存问题，彼此间的关系也就亲近了许多。

杨志坚和白雪洁更是同呼吸共命运，在艰苦生活中磨炼。那时别看在农场干农活，人们却吃不饱，因为农场革委会常把大好时光用来组织学政治、开批斗会。杨志坚就心平气和地说："你们这些人不好好生产劳动，年轻力壮不种地，地里就不产粮食，将来吃什么？如果大家都不劳动，天天开会搞斗争，咱们的国家怎么富强起来？"他说到做到，冬去春来，杨志坚找到农场场长朱满堂说："春耕生产马上就要开始了，年轻人不懂得种庄稼，可我是泥腿子出身，开荒种地是我的专业。咱们要想吃得饱，就得开荒种地。"朱满堂采纳了他的建议，在农场的院子里贴出大标语：抓革命促生产。心往一处想，劲往一处使，不怕苦中苦，荒地变良田。

朱满堂觉得天高皇帝远，他说了算。于是他口头任命杨志坚为开荒队队长,让他每天带着大家去开荒,殊不知带兵打仗的将军开荒种地照样是把好手。杨志坚趁此时机让朱满堂把白雪洁划归到"老弱病残"里,她可以不下农田,坐在院子里编草席、编筐了。

杨志坚想起了昔日创建革命根据地,他就信心十足。他白天干农活,在田间地头谈笑风生,让艰苦也充满了欢乐。晚上他累了躺在硬板床上立即入梦。果然,丰收不负苦心人,农场把口粮问题解决了。当地的老百姓看到这荒凉的地方有了农田,也开始往这里移居,农场附近有了人烟。

但是,让杨志坚没想到的是,就在他身边,一个年过半百且身患心脏病的老翻译在收麦子时,突然脸色发白,额头冒冷汗,手捂胸部,一头栽倒在地上,连一句话也没来得及说,就永远闭上了双眼。大家联想到自己的处境,精神压抑,农活劳累,担忧着自己这把老骨头是否能活着走出这里。

那时,最让人难受的不是劳动的辛苦,而是夏天蚊虫的叮咬,蚊虫从草丛里飞出来,一抓一把。出工劳动时每个人都从头到脚包得严严实实,以免黑压压一群蚊虫包围过来咬得满身大红包。

当地的旱厕所更是惨不忍睹,上面是黑雾一般的蚊虫,下面是白色的蛆虫滚动爬向脚面。因为当地买不到手纸,更有极"左"分子让大家向农民学习用土坷垃擦屁股。

后来杨志坚联合"五七战士"们上书农场革委会,要割资本主义的"狗尾巴草",把芦苇、麦草和玉米秆废物利用作为造纸原材料,大家集资买来了造纸机,开办了一个小型造纸厂,不仅解决了上厕所没有卫生纸的问题,还有效地减少了蚊虫滋生。后来纸越做越好,还被做成笔记本供大家学习革命理论用。由此杨志坚的威信大大提高,在"五七战士"中一呼百应。

蚊虫解决了,鼠害还猖獗,本来大家的粮食就不够吃,还有深藏在地下的老鼠偷食,深更半夜胆大妄为居然敢登锅台上笼屉,与人同食一锅饭,这帮硕鼠找不到粮食就啃皮鞋咬衣服,成群结队的硕鼠耀武扬威地祸害人。为此,农场场长引进了三只小花猫,鼠多力量大,肥鼠们居然把小花猫吓得溜之大吉。场长知道杨志坚的办法多,找上门来以他和白雪洁可自选农活为条件,让他解决鼠害难题。农场场长还有难言之隐,农场的劳动果实经常不翼而飞，他明明知道是当地贫下中农生活困难随手顺走，也不敢兴师动众去追查，那样岂不是转移了斗争大方向。

杨志坚为了让老伴少干点体力劳动，满口答应了场长的要求。因为他家的炊事员老赵头受他牵连，被发配到训练航天员的研究所，不给人做饭了，而是改为给试验用的动物做饭吃，当上了饲养员。饲养员老赵头儿脑瓜子灵活有办法，在他率领的动物大军里有一条有功之狗，名叫"小豹"。就是这只名叫"小豹"的小花狗，曾在1966年7月15日清晨，乘着生物试验火箭发射升空，周游太空一圈，安全返回地面。这只身上有黑、白、黄毛的小花狗，和其他住集体宿舍的狗不同，它享受着特殊待遇，住单间，吃小灶，仗着它漂亮，又是第一个从太空飞回来的功臣狗，它每天神气活现地尖叫着。老赵头很快给它相亲，找了一条德国纯种牧羊犬同居，生下了一条杂种牧羊犬，这条中西合璧的混血小狗继承了"小豹"满身漂亮的花纹，体形高大健壮，是一条很聪明的小狼狗。

杨志坚把小狼狗带回了农场，白雪洁一看就乐了，给小狼狗起名叫"花豹"。"花豹"有良好的遗传基因，还没满周岁就长得体形健壮威武。谁要是给它点好吃的，它两只前脚一并就站起来向人表示感谢。所以，花豹在物质极其困难的农场照样有口福。

杨志坚以训练军犬的模式训练花豹，它的嗓音也发展成凶狠响亮的男高音，陌生人不敢靠近，谁也不敢从它的眼皮子底下偷拿农场的东西。再后来勇敢的花豹还"狗拿耗子多管闲事"，凭着超强的嗅觉准确找到老鼠洞，主动出击摧毁之，老鼠一见花豹就惊慌失措，坐以待毙。但这狼狗血统高贵不吃老鼠，把咬死的老鼠统统都送到农场场长的屋门前，以显示辉煌战果。很快鼠害消除，花豹功不可没，成为农场的大功臣。

当时粮食紧缺，花豹长到半人高，随着体重增加，饭量也越来越大，杨志坚找到了场长朱满堂要求奖励有功之狗。建议朱满堂专门给有功之狗——花豹授予军犬"大胃王"的光荣称号，其用意是：此军犬口粮定量同人相等，为此农场还要为花豹养老送终，谁也休想偷吃狗肉。可谁要叫它"大胃王"，这条狼狗理都不理，它不爱听这名字，就喜欢好听的名字：花豹。花豹具有爱憎分明、感情专一的特点，除了杨志坚它不喜欢别的男人，总是龇牙咧嘴地狂吠吓唬人。对女人尚友好，特别喜欢漂亮的女主人白雪洁。不幸的是有一天黄河滩发洪水，花豹凭着超强的游泳本领，从洪水中救出白雪洁，自己却献出了生命。老两口为花豹的离去难过了好长时间。

那时，白雪洁和杨志坚白天干农活，晚上回到破旧的农舍里，他们一起烧火做饭，想着他们的儿子已经是大龄青年尚无婚配，老两口心里别提多急了。好不容易远方来信告知，儿子找到了意中人，他们却没机会见到准儿媳。

吃晚饭时，白雪洁和杨志坚商量，儿子成了大龄青年困难户，好不容易找了个对象，他们也该去看看。杨志坚知道老伴想儿子啦，可他不想让儿子看到自己这副悲惨样。于是打岔说："今天我请夫人品尝老家陕西饭：面条赛腰带、烙饼赛锅盖、辣子是道菜，来多吃点，咱们要好好活下去。"

白雪洁看了一眼饭桌上的"粗面条"一点胃口也没有，她是南方人，喜欢吃米饭，可是在这农场里玉米面窝窝头能吃饱就不错了。显然今天丈夫是想让她高兴，做出家乡的拿手好饭，不容易啊！丈夫在她最困难的时候，和她生死相依，支撑她活下来，她还有什么可挑剔的？

"这么好的家乡饭，儿子没吃上多可惜呀！"白雪洁好几年没见儿子了，真想他。

"我说老太婆，咱们不是早就商量好了吗？为了保护孩子，咱们宁可远离，也要让他平安无事。"杨志坚说着拿起大烙饼掰了一半给老婆。

白雪洁一直对王延安视如己出，比亲生的还亲，当然认同这样做。她不想让孩子看到他们现在这样子。现在想起来，当初让儿子随他亲生父亲和养母的姓叫王延安，那也是有先见之明。

白雪洁长叹一口气："志坚，儿子的婚礼咱们不去，如果他王娘代表咱们去也行。当年王娘为了救咱儿子，搭上自己儿子的命，我心里一直感觉亏欠人家，过去还能每个月都给王娘寄钱，可现在咱们停发工资了，就不能连累她啦。"

"是啊，咱们落难，就不能再连累王娘了。"

"老杨，儿子这一生最看重的就是事业和爱情。他们能在发射场牵手一生，咱们该放心啦。我现在就是盼着他事业有成，生活幸福。"

杨志坚说："雪洁，咱们也要积极面对生活，总有一天形势要发生变化，咱们要改变命运，永不放弃！"

白雪洁看着丈夫，这个男人改变了她的人生，靠在他的肩膀上她就什么也不怕了。杨志坚是军人，一贯以服从命令为天职。唯独对婚姻例外，这是他的个人问题。过去他从来没有跟老婆讲过他是怎样爱上她的，跟任何人他都没有讲过，他觉得讲不出口。因为白雪洁吸引他的正是跟他从小见到的农村姑娘不一样的地方，你想想，朴实的脸上有两坨高原红的粗壮的铁姑娘他不爱，偏偏喜欢上了细皮嫩肉的富家洋学生，那不是阶级立场问题吗？他们第一次相见是在延安的文艺晚会上，礼堂里挤满了人，鲁艺学员白雪洁的陕西民歌赢得了全场的掌声，接着她的秧歌舞吸引了全场的眼球。准确地说，白雪洁根本不可能注意到台下的观众杨志坚，可她的表演却像一束阳光，一下子照亮了杨志坚的内心，深深地镌刻在他的心上。

那次晚会给杨志坚带来了异常的兴奋点，晚上躺在延安窑洞的大土炕上，他久久不能入睡，眼前总是浮现出白雪洁的身影，那红扑扑的脸庞上一双会说话的大眼睛，就像在勾他的魂，就在那一夜，他深思熟虑，确立了自己要牵手一生的主攻目标——有文化、能歌善舞的白雪洁。然而，延安男多女少且数量悬殊，让一个漂亮的洋学生爱上自己这个没文化的土豹子，并非易事，但他杨志坚有信心和他心仪的人走到一起，按照作战模式，他有计划、有步骤地开始进攻了。

杨志坚想起这些往事，突然哈哈大笑道："雪洁，你还记得不，当年咱们结婚的时候，军长说，你们两个大八岁、小八岁可是天地姻缘啊！"

白雪洁当然记得。当年军长找上门来对她说："小白，我今天是专门给你解决问题的。"当时她正想向军长请示工作。军长大嗓门一亮：今天不谈工作，小白呀，我打开天窗说亮话，杨志坚那是赫赫有名的战斗英雄！组织上认为你们两个可以做夫妻，不过他没有时间和你坐在窑洞里谈恋爱，他必须到前方带兵打仗！你就服从组织决定吧。我保证他是个好丈夫，一辈子都对你好。

果然，杨志坚对老婆几十年如一日一往情深，他觉得自己没上过学，文化水平不如老婆，可白雪洁有文化却不如他智勇双全心计多。他既不相信上帝，也不相信命运。但他觉得上帝是公平的，他出身贫寒没上过学，可记忆力却极好，过目不忘，老婆教他读书认字，只需说一遍他就记住了。计算敌我双方的实力，比如人数、枪支装备等也快速准确，知己知彼，百战不殆。他认为性格即命运，自己就是那种天生大智若愚的人。当然，他也知道找个有文化的老婆对他太重要了，那就是找了一个随叫随到的家庭教师，正好优势互补。但"家庭教师"要听他这个学生的，他要学啥，教师就得教啥。就像他指挥打仗一样，士兵必须听指挥员的。也就是说，他绝对就是唱主角的料，家里家外他都是顶天立地的栋梁，心地善良的白雪洁这辈子都甘当配角离不开他，服从他的领导。如今他是好汉不提当年勇。他们现在是将军白头，美人迟暮啦！

白雪洁长叹一口气，她丝毫不想隐瞒家里的困境，担忧地说："也不知道咱们那个准儿媳，知道不知道咱们现在的情况？"

杨志坚拿起笔要写信告诉儿子，让他襟怀坦白，告诉梁欢家里的困境，不能勉强人家。他对儿子有个要求，找媳妇也得找一个有事业心的姑娘。他可不喜欢混日子的人！

白雪洁担忧地说："等等，你别标准太高！你以为你儿子是谁呀？天底下的好姑娘都等着你儿子来挑选？万一儿媳妇让你这封信吓跑了呢？要我说能找一个同甘共苦，像你这样专一的人就行。"

"那我可太优秀了！"杨志坚自豪得眼睛直放光，当即挥笔写家书，可当时路途遥远，邮路不畅，准儿媳看到他们的信时，已经到千里之外的上海去上大学了。老两口得知后，有了心病，将来那个才貌双全的女军医还会不会要他们儿子？

这一年国事家事都发生了变化，他们还得到一条更重要的消息，1977年夏天，邓小平同志官复原职了。杨志坚很有信心地对白雪洁说："中国很快就会拨乱反正，逐步走上正轨，现在已经恢复了高考制度，梁欢是参加全国高考被大学录取的。国家会有新的面貌，党中央会给老干部平反冤假错案，我们很快就会回到北京。"他有这个自信。

3

梁欢终于如愿以偿走进了军医大学的校门。上大学是她从小的梦想，为此她一直努力奋斗去实现梦想，这也是父母和爷爷奶奶对她的希望，她从小爱读书成绩好，立志当个好医生。现在她更要珍惜这个来之不易的学习机会。

梁欢来到军医大学最高兴的是姚明伟，那天在阶梯教室里上大课，姚明伟早早就给梁欢占位子，他们坐在大教室第一排正中间，能够清清楚楚看到老师在黑板上写板书并画着人体器官，讲台上的模型也一目了然。

老师讲课的声音很有穿透力："人体的正常细胞和万物一样，都有着发生、发展到死亡的规律。但是医学发现癌细胞却不同。西方医学曾认为，人由于体液失衡、黑胆汁淤积而引发癌症。如果癌症长在关键部位，即使很小，也能成为我们生命的杀手。"

同学们听课都很专心，姚明伟旁边坐着梁欢，他不时地看梁欢几眼，还几次张嘴想跟她说话。梁欢用眼神告诉姚明伟必须认真听讲。下了课，梁欢就警告他，以后再也不跟他坐同排相邻座位了。姚明伟连连道歉，最后无奈地坦白说："我心里长草了，没办法控制自己的感情，以后一定改正。"

老天好像故意给他们安排见面的机会，在军医大学校园里两个人经常不期而遇。

清晨，梁欢早早起床，站在僻静的花丛边背英语单词。不远处的香樟树后姚明伟就拿本书念念有词，他们隔树相望互不打搅。

傍晚，校园篮球场上，总能看到姚明伟身穿运动衣连蹦带跳的身影。他是一米八多的大高个，球技好，长得帅，只要进球，女生的喝彩声便划破篮球场的上空。这自然少不了姚明伟的忠实观众梁欢和女同学田岚。

不过今晚姚明伟的邀约方式比较特殊。他堵到食堂门口，亲手交给梁欢一封信，还特别强调说："地址是兰州保密信箱，每周鸿雁传书。"

梁欢瞪圆了眼睛故意说："观察还挺仔细！你吃醋了？"

"梁欢，我何止是吃醋？是醋坛子打翻了。"姚明伟毫不掩饰地坦白道。

梁欢知道这是王延安来的信，又不是情书，里面全是教导她珍惜上大学的时间好好学习的大道理。她心怀坦荡，当着姚明伟的面，把信撕开，脸上顿时由白变红了。这次信纸上只有六个字："我爱你！我等你！"梁欢惊得满头冒汗，赶快把信纸叠上。

姚明伟很爷们儿地一笑，举起篮球自信地说："梁欢，这是你的隐私，我才不看呢。走，去看我比赛，今天是冠亚军决赛，你来给我鼓劲儿，咱们军医队肯定赢。"他知道男人有一个吸引力法则：如果有目标，就要勇敢地去追求。你必须展示出自己的才华，才能吸引意中人。

姚明伟高大俊朗，是校篮球队的主力队员，打得积极主动，在球场上满场飞。所以，他在球场上最吸引女同学的眼球。梁欢的大眼睛也是紧盯着姚明伟手里的篮球。每当姚明伟投篮成功，他就会和场外的梁欢相视一笑。

梁欢总是高高地举起手来带头为他鼓掌。观众们也会连锁反应为他投篮成功热烈鼓掌。这时他就像打了强心剂，越发勇猛顽强。

只听"咣"的一声一锤定音，裁判吹哨宣布："比赛结束。军医队获得全校冠军。"篮球场上一片欢腾。

梁欢情不自禁地从观众席上第一个站起来使劲儿鼓掌。姚明伟回头看她，满脸洋溢着胜利的微笑。

姚明伟是个聪明人，他曾多次邀请梁欢到家里来坐坐，都被梁欢婉拒了。一转眼过去三年半，也没如愿。这次他乘胜追击，还找了一个借口，说他的母亲董芳教授专门研究治疗肿瘤，要招研究生了。他摸透了梁欢的心思，梁欢是书香门第长大的姑娘，偏偏生不逢时，没机会上大学，现在好事多磨考入大学，当然希望能读研啦。所以这次梁欢欣然接受邀请，去见姚明伟的母亲董芳教授。

星期天，姚明伟热情地把梁欢邀请到家里，他的父亲——军医大学的姚校长正好出家门，打了个照面。姚明伟迎上前去给爸爸介绍梁欢。

"姚校长好！"梁欢穿着军装，行了个军礼。

姚校长伸出手来和梁欢握手，说："欢迎你。"接着转向儿子说："明伟，爸爸出去办点事，一会儿回来和你们共进午餐。"说完，姚校长就急匆匆走出家门了。

姚明伟的母亲董芳教授迎上来，梁欢主动给董芳教授敬军礼，说："阿姨好！"

董芳教授气质优雅，是军医大的博士生导师，和蔼可亲，她非常喜欢梁欢，拉着梁欢的手，让她坐在沙发上，说："这姑娘女大十八变，越变越好看，有才有貌，我儿子有眼光！"

梁欢心里咯噔一下，不知道姚明伟是怎么跟他妈说的。

姚明伟赶紧说："妈妈，你给梁欢说说考研的事，你不是又要招研究生了吗？"

董芳教授端来两杯咖啡，又拿来了香蕉和苹果，让他们吃。她把招研究生的事说完，就留梁欢在家里吃午饭，还从冰箱里拿出鱼和肉，亲自下厨房做饭。梁欢不好拒绝，赶快帮忙打下手。

"梁欢，穿上围裙，别把军装弄脏了。"董芳教授这时就变换了角色，自己也穿上围裙，像一个普通的母亲一样，在厨房给孩子们烧菜。

梁欢穿上围裙，自告奋勇来做红烧鱼。她妈妈是中医，爸爸是上海大学数学教授，父母都工作忙，所以她从小就学会了做饭。她觉得会做饭就不会亏了自己的嘴和胃。

董芳认识梁欢的父母，喜欢这姑娘懂礼貌、有教养。再加上两家门当户对，就问梁欢喜欢上海吗？

"喜欢。"梁欢说，"阿姨，我爸妈家也在上海。"

"那就更好了，我们有缘分啊！"董芳更高兴了，笑着说，"梁欢，只要你喜欢，毕业分配就留在上海军医大学，你还可以考我的研究生。"

姚明伟趁热打铁说："梁欢，快给我妈表个态！"

梁欢心里很矛盾，家在上海，她自然喜欢留在上海，对她的医学事业发展也有利，是件两全其美的事，只有一点她还没有想好，迟疑地说："阿姨，上海固然好，可我是部队学员，按规定哪儿来的回哪儿去。"

"这孩子就是老实，军人又不用办户口，军医哪个部队都需要，穿军装的调动手续也好办。不说别的，留在军医大是没问题的。"董芳笑了笑，蛮有把握地说，"按规定我是可以配一个助教的，再说我正在招研究生。"

梁欢没接茬，董芳教授一眼看透了她的心，觉得这等好事，这姑娘还含含糊糊地不表态，也搞不清梁欢是什么意思，那就不要强人所难了。董芳教授依然像一位慈祥的母亲一样和梁欢拉着家常，她不会强人所难。他们聊着天等姚明伟的父亲回来共进午餐，谁也没有提出让梁欢难回答的问题，梁欢觉得这一家人是那么通情达理。

梁欢吃完午饭就去教室复习功课，明天就要期末考试，她想好了不走捷径，要凭真本事考研。直到天黑，教室里只剩下她一个人，她才想起该回宿舍了。

同宿舍的女同学田岚是个细心的姑娘，晚饭时没看到梁欢，知道她看书经常忘了时间，给她买回来两个肉包子放在桌上。

梁欢吃了包子，心里突然纠结起来，他们就要毕业了，两个出色的男人只能二选一，回发射场还是留在上海也只能二选一。她躺在床上和田岚聊天说着心里话。她告诉田岚，今天到姚明伟家还问了董芳教授招研究生的事。

田岚不失时机地递给了梁欢一封信，说："你的骆驼哥哥又给你来信了。"田岚总是这样称呼王延安，她看过王延安骑骆驼的照片，那得意扬扬的牛样使田岚对高干子弟有一种仇恨，因为她的初恋就毁在高干子弟手里。不过她对知识分子家庭却情有独钟，当然也不排斥有知识的高干家庭，像姚明伟和他的家庭是田岚最理想的追求目标。

梁欢知道田岚不喜欢干部子弟，她那个白马王子在自己父亲挨整的时候，想尽办法追求田岚，因为田岚出身于工人家庭，上学前她也是工人，是响当当的红五类。而前男友的父亲被释放之后，他立马离田岚而去，还说什么门不当户不对，以后生活习惯不一样，过不到一起去。作为青春补偿，前男友还助田岚考学一臂之力。

现在田岚暗恋姚明伟，她试探地问梁欢："你坦白交代，对骆驼哥哥感觉如何？"

梁欢对王延安难以忘怀，于是坦诚相告："那个骆驼哥哥总是居高临下地看着我，就爱谆谆教导我，我觉得他优点突出，缺点也突出。总之，不好说。"

田岚故意意味深长地说："你是不好说，那戈壁滩的美好回忆挥之不去，浓浓的相思情真叫人嫉妒。我好羡慕你那从信箱里飞出来的白马王子，挡不住的热情和诱惑。要是有人给我写那么多情书就好啦！我特想告诉姚明伟不要太痴情，做好思想准备，最后梁欢花落谁家，还得看他们谁有竞争力。"

梁欢警告说："我对他们都是八字还没一撇呢！对王延安我不能自作

多情。我是守株待兔型，我不喜欢主动追求别人，可别人追我还要看他是否能打动我的心。姚明伟是咱们的同学，校园里低头不见抬头见。你可不能到他那儿胡说八道。"

田岚早想好了，姚明伟他爸爸是大学校长，她要是和姚明伟好，准能留校，留在上海多好！所以，姚明伟是她心中的如意郎君。她的每一步都走得很艰难，如果背后有一棵大树靠一靠，那就可以走捷径了。谁心里没有小九九呀！当年她和男友分手时只提了一个条件上大学，果然实现了。

"田岚，快睡觉吧，明天还要考试呢。"梁欢把灯拉灭。

"梁欢，我知道你是两难选择，反正一女不能嫁二夫，你就把姚明伟让给我吧。"田岚挑明说完心里踏实许多就睡觉了。

梁欢却失眠了，脑子里各种问题纠缠在一起，好不容易睡着，就进入了梦乡，梦里沙海与蓝天中耸立着一座发射架，王延安顽皮的影子时不时地跳到她眼前，说："你与我真情相遇，这是天意不可违。"一会儿眼前又是绿树成荫的大学校园，姚明伟对她说："咱们有共同的事业，有缘千里来相会！"突然眼前又变成戈壁滩火红的胡杨林，王延安追上来拦住她："你是名花有主，谁也甭想横刀夺爱。"梁欢瞪起眼睛："你咋这么霸道？也不问问我爱你不？"她猛然睁开眼睛，意识到自己是在做梦。真是日有所思，夜有所梦。

4

有时还真不能不信有情人的心灵感应之说。

这天傍晚，王延安下班时来验收设备，发现仪器上少了一颗螺丝钉，当即命令那些年轻人"找不出螺丝钉，谁也别想回去睡觉"。有人实在太困，小声嘟囔说："不就是一颗小螺丝钉吗？何必费这么大的劲儿去找！"

王延安担心螺丝钉掉到发动机里，让大家不能放过任何蛛丝马迹。

偌大的火箭总装厂房，找颗小小螺丝钉谈何容易。何况大家连续奋战一个多月了，又累又困，有人干脆东倒西歪躺在地上就睡着了。夜深了，厂房里已经很冷了，王延安担心把年轻人冻病，让他们先回去打个盹儿再回来，可以提高工作效率。大家都走了。已经是凌晨两点钟，戈壁航天城高大的火箭厂房里只剩下王延安一个人。

厂房里顿时静悄悄的,王延安上好闹钟,这样可以放心大胆地睡上三个小时。他把军大衣一裹就睡在厂房的地上。他眼皮一合就进入了香甜的梦乡,在胡杨林里追着梁欢边跑边喊:看你往哪里跑?

这夜,向志远也没睡踏实,他不放心,虽然火箭把卫星送上太空飞行时间不足10分钟,却是开弓没有回头箭。火箭这个庞然大物是玩"火"的,是不能失败的事业。所以,他与其躺在床上提心吊胆,不如起个大早去解决问题。

向志远来到火箭厂房里,细细地察看火箭和机器。他不忍心叫醒王延安,就独自干他的事,终于在一个仪器旁发现了那个小螺丝钉。向志远压抑不住心中的欢喜,走到王延安身旁,他犹豫了,欲言又止,没有惊动王延安,可这小子连喊带叫地做着梦,梦中还得意扬扬伸出手一把抓住向志远的一只手,王延安高兴地笑出了声:"哈,我终于抓住你了!"他猛地睁开眼睛,看见向志远蹲在面前,不好意思地嘟囔了一句:"怎么是你?"

向志远问:"你小子梦见谁了?该不是做梦娶媳妇吧?"说着把一颗小螺丝钉放到他的手里。

王延安拿着小螺丝钉说:"这才是梦中情人哪!"两个人如释重负地笑了。

就在高大的火箭厂房的不眠之夜里,王延安还做出了要去上海见梁欢的决定。这起源于向志远的"丑媳妇要先去见公婆"的建议。当然他自信漂亮的梁欢人见人爱。

那天清晨,解决了火箭难题,王延安和向志远看看时间还早,起床号还没吹响,他们从工作又谈到个人的恋爱婚姻。王延安生怕向志远与陆莎分居两地的婚姻不幸福,向志远也担心王延安与梁欢的异地恋爱发展不顺利。向志远就当笑话一样讲了自己第一次见丈母娘的酸甜苦辣。

因为是第一次见丈母娘和老丈人,所以要备足见面礼。向志远买了很多吃的穿的上门礼物,陆莎还是觉得不够,东北老家的七大姑八大姨还有他们的孩子、孙子们要人人有份,于是陆莎列出了长长的名单。向志远一看陆家人丁兴旺,只好把所有的积蓄都拿出来去买见面礼。

火车站台上，向志远身上扛着大包小包，累得满头大汗，他真不明白老婆为什么带这么多东西，可真够孝顺的！他站在火车门口使劲儿往上爬，陆莎在后面推他的大包，才终于上了火车。

陆莎老家在东北白城。向志远随陆莎到岳父母家，两位老人很热情，不停地问长问短。向志远毕恭毕敬地坐在椅子上，小心谨慎地回答岳母大人的提问。

"志远，你父母都是干什么的啊？"陆母说着一口的东北话。

向志远由于紧张，说话有点结巴了："是商人。不，现在不是了，不，祖上是晋商。"

岳母就说："能发家致富那可是本事。我娘家是富农，嫁给莎莎她爸爸一个穷工人一辈子受穷。"

陆莎插话说："妈妈，你家有钱有什么用？你的富农老爸还不是不让你读书。我爸是工人阶级成分好，思想先进，供我读了大学。"

陆母没理女儿，对女婿说："我这女儿让我惯得总顶嘴。志远，你比莎莎大10岁，你要多让着她，家务活你要多干点，我女儿从小就爱学习，在我们白城那是高考第一名。"

向志远就实打实地说："妈，我不会做饭，但我可以学。"

岳母问："你家有几口人？"

向志远就有点结巴了："七口人，不，八口人，还有姐夫，不，还有陆莎，不，我家六个孩子，我爸去世早，我妈一人带大我们姐弟六个……"

陆莎终于忍不住了："妈，你就别查人家祖宗三代，打破砂锅问到底了。志远是航天专家，即使他能力超群，也不可能无所不会，更不可能无所不知、博古通今。您老就不要考家谱了，千万别指望他成为理家能手。"

陆母继续问："志远，你们结婚后，谁来管家里的钱啊？"

向志远干脆利索地回答道："当然是女人来管家。如果男人管家，得到了家里的财政大权，也就失去了事业的领军大权。男人要事业有成，让老婆孩子生活幸福。"

陆母对向志远的回答很满意，脸上露出笑容又问："你们什么时候要孩子啊？"

这老太太的问题也太多了！向志远一时不知怎样回答，眼巴巴地看着陆莎，希望她来解答她妈妈的问题。

陆莎在旁边挤眉弄眼，一个劲儿地摸她的袜子。啥意思？向志远不明白。他知道陆莎对他今天的表现不满意，疑惑地看着陆莎。

陆莎看他傻呆呆的样子，赶紧找了个借口，招呼向志远走进另外一间屋子。向志远红着脸总算逃离了百问不烦的丈母娘。他慌里慌张地撤退，胳膊捎带着把桌上的水杯也碰翻了。他扶起水杯，暗暗庆幸自己刚才把杯子里的水都喝光了。

陆母撇了下嘴，看着女婿的背影，对老伴说："我姑娘怎么找了一个笨手笨脚的女婿，他不配我们陆莎。"殊不知，她对向志远的评价——说航天专家笨——也算天下第一人了。

向志远假装没听见，走进屋里总算松了口气，陆莎妈怎么像户籍警察一样审查他？再想想，这也是人之常情，当妈的就要对女儿负责，审查清楚了，她才能放心，把女儿的一生托付给你。这时，陆莎眼睛一瞪，一提向志远的裤子："你瞧瞧你，二五眼，一双脚上穿着一黑一蓝的袜子。"

向志远一看袜子果然是两种颜色。

陆莎很严肃地说，"老向同志，你瞧瞧你，一双脚上如此不注意细节，别人就会笑话你！你这个航天专家，穿鞋子、选袜子也要讲究，才能显示出男人的品位。你呀，你！聪明才智都哪儿去了？"

向志远心里好郁闷，他觉得这一天就像在接受审查，浑身不自在，嘴里突然冒出一句："陆莎，那你当初为什么会选择我？"

陆莎坦言道："你事业有成，人厚道、宽容啊。"

向志远运了口气说："见你的七大姑八大姨，我怎么感觉比发射火箭还紧张？"

陆莎说："要不是咱们生米煮成熟饭，我妈肯定不同意我找你这个面瓜。"让他快换上新袜子，一会儿全家人都来了，亲戚们第一次见他，千万别出洋相。

其实，陆莎妈是个刀子嘴豆腐心的老太太，她拿出了精心准备的两条大红裤衩和两条红背心，走进屋来，对陆莎和向志远说："这是我给你们准备的结婚礼物，咱这地方，结婚是大喜事，按说都应该穿红戴绿。你们不习惯，那就里边都穿红的，外面军装正好是绿色的，里红外绿的心里美萝卜，图个喜庆吧！"

陆莎拿出一瓶治气管炎的咳嗽痰喘丸，说："妈，你有哮喘病，冬天老咳嗽，这药吃了就不咳嗽了。"

陆母不认字，看了看药瓶说："妈不爱吃药，你留着吃吧。别得病，好好工作。"

陆莎哄着她妈说："妈，这是珍珠顺气丸，补养药，专治咳嗽，药到病除，长命百岁。"这回轮到向志远笑了，跟这个没文化的老太太没必要计较。

陆家闹腾了一天，总算夜深人静。穿着红内衣的新婚夫妻也终于上床了。

向志远一下搂住了陆莎，他真想让老婆快给他生个儿子，他妈做梦都想抱孙子！

陆莎一把推开他："你又来了，你当我是你家老母猪，就会下猪崽儿吗？我现在不想要孩子。"

向志远迷惑不解地说："咱们有个儿子多好，我一定好好培养他学航天科技，子承父业，去实现我的理想。"

"你只知道当爸爸好，你想过没有，咱家的孩子谁来带？吃喝拉撒谁来管？我知道，你是优秀的科技人才，如果你不优秀，我当初也不会嫁给你。可是你知道吗？在日常生活中，优秀是不能当饭吃的。"

"莎莎，今晚是家庭诉苦会，你有什么苦水就往外倒，咱两人也难得有时间沟通，说出来咱们求同存异。"向志远心生歉意地看着陆莎说。

陆莎却咄咄逼人道："一年中咱们聚少离多，家不像个家样，每当我下班独自一人吃饭睡觉，周末独自一人走在街上，独自一人去买衣服，我只能感到'冷冷清清、凄凄惨惨'，这种孤守的意念有多坚定我不知道，天长日久下去会怎样，我也不知道。再说我也有事业，我也要上班！谁来带孩子？"

向志远心平气和地说："陆莎，那你就调过来吧！常来给我吹点枕头风说说心里话，好吗？"

"让你老婆给空枕头和凉被窝吹热风吗？"

向志远拉过陆莎的手:"你摸,我的心多热。我保证,我这辈子只爱你和航天事业。如果你爱我,你就应该支持我,理解我!"

陆莎不依不饶道:"那你把我放到什么位置?"

向志远随手拉灭了灯,往陆莎的被窝里钻:"老婆家和万事兴,把你放到心窝里。"

黑暗中,陆莎不想没有准备好就同床,情急之下只听咕咚一声,向志远被陆莎一脚踹到了地上。向志远不高兴了,站起来抱着被子真的睡在了地上,陆莎怎么哄他都没用,说不上床就不上床。从此,他们夫妻有了分床而居的习惯。

5

王延安最近日有所思,夜有所梦,父母这几年在农场身体状况不好,到上海治病,等待落实政策重新安排工作,他想到上海航天研究所出趟差,顺便看望父母,也去看看梁欢。

王延安一上班就到郭志民的办公室商量此事,郭志民正在写政治教育材料,抬起头来,一看是王延安就站起身迎上来,说:"王副团长,你有事吗?"

王延安就把自己的想法告诉了新上任的副政委郭志民。郭志民想起自己曾经让王延安与他妈妈断绝母子关系,心生歉意。马上同意王延安公私兼顾,一举多得!

王延安晃着脑袋心满意足地笑道,"我今天就是知会你这件事,明天我就走。"

郭志民看着王延安的背影想,这小子"兵者,诡道也",肚子里还有那么多弯弯绕。副团长都当上了,还不结婚!

让梁欢措手不及的是,她刚考完试,成绩还没下来,那个远在西北大漠的王延安,竟然"说曹操,曹操到"。

梁欢走在学校林荫大道上,她刚到图书馆门前,一辆军牌小汽车的门打开,王延安仿佛从天而降,突然出现在梁欢的面前。

梁欢一愣:"王延安,你怎么来了?"

王延安开门见山，请梁欢作为他的女朋友一起去看他妈妈，妈妈病重，她唯一的愿望就是能看到她未来的儿媳妇。

梁欢不想跟王延安走，不知道他在耍什么花招，就说要写论文，走进了图书馆。

王延安心想，这黄毛丫头还挺傲，他跟在梁欢后面也进了图书馆，坐在梁欢身旁。

梁欢趴在图书馆的桌上埋头看书。王延安坐在她旁边的椅子上，就侧着头看梁欢。梁欢被他看毛了，瞪了他一眼。王延安扫视了一圈周围的学生，把目光转回来小声恳求她，帮个忙还不行吗？

梁欢不理他。他凑在梁欢耳旁，压低声音，语气坚定地说："你要是不出来，我就站在图书馆门口大声喊你，自我介绍说我是梁欢的男朋友。"

梁欢怕他真去喊，小声说："你怎么像羊群里的狼？这可是公共场所。王延安，你真够闹人的！咱们出去说！"梁欢憋红了脸站起来，无奈地往门外走，这正中王延安的下怀，他心里美滋滋地跟在梁欢身后。梁欢走出了图书馆，突然转过身来说："众目睽睽，你怎么专到人多的地方添乱呢？"

"梁欢，白衣天使的任务就是救死扶伤，我知道你能帮我满足老母亲的最大愿望，假装演习一次准儿媳还不行吗？"王延安连劝带哄。

梁欢气得呼呼直喘，王延安的脸皮厚得像城墙。可他说这次是演习，并非实战，自己只有前去帮忙了。她觉得，王延安就像牛皮糖，粘上了就不好对付。

其实，王延安对这次见梁欢思虑了好久，是打进攻战，还是打糖衣炮弹？他犹豫不决时突然想到——女人一旦恋爱，就会立马变成白痴。他心诚，石头也该开花了！他的聪明过人之处在于他说出来的，也是能让梁欢接受的。王延安拉梁欢上了小汽车，汽车飞驶出校园。王延安自从那次无证驾驶差点被处分，接受了教训，他名正言顺考了驾驶执照，现在可以开车拉着梁欢去见父母大人了。

王延安边开车边介绍了父母的情况，"文革"画上句号，现在落实干部政策，父母平反解放了。母亲在牛棚和干校关了十年之久，身体一直不好。今天就是想让她老人家高兴高兴。

梁欢故意说："你现在后悔断绝母子关系了吧？"

"后悔？不！我爱祖国，也爱我的母亲。我妈抚养我长大，母子之情怎能割断？可航天事业不能等待，就像我们的青春不再返回。"王延安话锋一转说，"俗话说得好，男怕入错行，女怕嫁错郎。我没入错行，梁欢，你也别嫁错郎。"还有一句潜台词他没好意思说出口，那就是希望你选择我，我要努力做出让你刮目相看的成绩来。

梁欢心想，你以为你是谁啊？别以为你是高干子弟就怎么样！你想爱谁就爱谁，爱是两个人的事，你该先问问我爱你吗？

王延安觉得自己是男人该主动进攻，于是调皮地说："我学历职务比你高，工资比你高，年龄体重也比你高。跟我谈婚论嫁，你一点都不亏。"

梁欢板下脸来说："你处处比我高，那我要不想高攀呢？我可不想寄人篱下，多压抑！"

王延安郑重其事地说："梁欢，睁开眼睛看看中国，你不要老想着男女平等，男女还是有别的，要不部队咋爱招男兵呢？女人的青春折旧比男人快。女人有才，得找一个比她更有才的男人，才是组合家庭的最佳搭配。"

"王延安，你别自我感觉良好了！你有你的江山，我有我的江湖。"

"不敢，不敢！与天才超人比，我可是凡夫俗子。我只是觉得爱情和事业是人生最重要的追求。"

"告诉你，我有男朋友了，我的同学姚明伟，和我门当户对，又是同行互帮互学……"梁欢坦诚相告，想试探一下王延安。

王延安感觉当头一棒，差点把车撞到树上，一个紧急刹车，梁欢的头猛地撞到了车窗前玻璃上，王延安趁势摸摸梁欢的前额："疼吗？我可怕你掉金豆。"

梁欢吓了一跳说："莽撞鬼！你就不能冷静点？"

"我能冷静吗？你都要让人抢走了！"

"你瞎激动什么？"

"我激动了吗？你还是白衣天使呢？你咋不问问我心脏骤停是否需要人工呼吸？"

梁欢一愣，什么人工呼吸？她恍然大悟，想起郭志民娶媳妇的故事，于是举起小拳头给了他一下。

"我承认,男人的霸气和英气我都有!"王延安故作镇静地说,"但我现在很有危机感。"在他看来,男人活在世上,就是要勇于改变命运,敢于征服世界。只要梁欢没嫁人,他就可以竞争夺爱。

"你不是一贯自我感觉良好吗?"梁欢反问他。

"我觉得咱们合适呀!虽说性格不同,却是和谐互补!我是理工男,你是医生女,咱们各有特长,又都跟比自己强的人在一起,才能学到东西,有所收获。"王延安的双关语让梁欢回味琢磨了许久,鬼使神差般地变成"愿者上钩"了。

那天,在医院病房里,白雪洁躺在病床上,正在看儿子穿军装的照片:"好几年没见儿子,不知延安长成什么样了?"

杨志坚给老伴剥着香蕉,说:"一会儿,儿子就带着女朋友来看你,你可得热情点儿。咱儿子非梁欢不娶,你这当婆婆的可不能挑准儿媳的理。"

白雪洁看着丈夫问:"你看我像恶婆婆吗?"

杨志坚笑了:"我看你是贤妻良母。吃个香蕉吧。"

白雪洁接过香蕉,说:"谢谢!"她这辈子还真不习惯丈夫为她服务,从结婚起,丈夫在部队是首长,在家里是领导,她都在听丈夫指挥。现在病了不由人了。

杨志坚知道老伴儿的心思,说:"过去都是你照顾我,现在我来为你服务。保证有求必应,让你满意。"

这时,王延安走进病房,爸爸妈妈和记忆中的样子完全不一样了,头发全白了,人却瘦了黑了许多,脸上布满了纵横交错的皱纹,不知道的人会以为这是两个风吹日晒的老农民。王延安一阵心酸,扑上去喊:"妈妈,我好想你啊!"

白雪洁看了看儿子,故意冷淡地把手拨开,说:"儿啊,娶了媳妇忘了娘吧?"站在王延安身后的梁欢心里一惊,这老太太还挺难对付。

"妈,你看我是不是老啦?"王延安一句话,把白雪洁逗笑了。

王延安赶快给父母介绍梁欢,还说:"我就知道妈妈会喜欢她。"

白雪洁拉着梁欢的手说:"喜欢!这姑娘一看就让人喜欢。多喜庆!其实选择一个终身伴侣也就选择了一种生活方式,夫妻是一辈子的事。他爸爸在我最困难的时候都没有离开我。"

杨志坚挥了一下手说:"过去的事不说它了。我理解儿子,我从朝鲜战场转战到戈壁滩建设发射场,那里是天上无飞鸟,地上不长草,风吹石头跑。我们这些穷当兵的有句口号:再穷的叫花子也要有根打狗棍!没粮食吃,我们得了夜盲症、浮肿病,没有人叫苦,我们军人责无旁贷。现在发射场建好了,儿子能发射火箭、卫星,那是我们的自豪和骄傲。儿子,把我写给你的信读给你妈听。"

王延安拿着父亲的信读道:

"儿子,一个男子汉应该把自己的生命与祖国的事业相联系,你前面有座发射架,那就是你的奋斗目标,任何时候都不要丢失你的目标。历史告诉我们落后就要挨打。爸爸对你只有一个希望,用你学到的本事报效祖国,长中国人的志气。"

白雪洁对梁欢说:"你看我那老头子一嘴的革命大道理。他比我大8岁,可他却说,共产党讲的是男女平等,凭什么我让着你啊?按理说,我是你的领导,你要听我指挥!军人的天职就是服从命令听指挥。"白雪洁是一个极聪明的女人,话题一转就拉起了家常,"延安爸当年向我求婚可不是这样说的。"她笑着讲起了往事。

那是在延河边的一个傍晚,杨志坚骑着一匹枣红马来见我,他身穿瓦灰色军装,腰系宽大的牛皮带,见到我他勒住马缰,矫健地跳下马,快步奔过来,出人意料地给我敬了个军礼,莫名其妙地给我手上塞了一包狗头大枣。战乱年代,我们军人生死无常。他把追求爱情当作打仗主动进攻,他开门见山地说:他只爱过我一个女人,人生一世,草木一秋。可是我们军人也许还没有草木一秋的生命长度,我们的爱情也要抓紧时机速战速决,我喜欢你!你就嫁给我吧!我抱着那包大红枣不知所措地看着他,情不自禁点了一下头。他一下子把我举上了战马,飞身一跃他就上了马背,我只觉得耳边风声呼呼,他把我送进了宝塔山下的司令部,我就像他的战利品一样,被带到了司令员面前,司令员笑着说:"杨志坚啊,你真是有勇有谋的将才！郎才女貌，天生一对！我来当你们的证婚人。"我们就这样闪婚了。

白雪洁打开了话匣子，给梁欢讲故事，就是希望这姑娘对他们的家庭有所了解，不要爱情马拉松，而是拿出军人的风格速战速决。

王延安曾经有一个未曾谋面的小哥哥。那是1943年，杨志坚指挥独立团打了一场大胜仗，于是，他在团部摆下了酒席，请政委和各营长一起来喝庆功酒，顺带也告知大家，他就要当爸爸了。说是酒席，实际上没啥菜，除了白酒就是花生米，碰巧师长来视察部队，见状大怒："现在是什么时候，马上就要打一场硬仗，你们还敢在这里摆酒豪饮？"

杨志坚端起酒碗说："喝碗壮行酒，咱们打仗去！"

师长说，那是敌人的主力部队，数倍于你们，拖住他们就行，让大部队实行战略转移。

果然杨志坚带领部队打了胜仗。他回来才知道白雪洁给他生了个大胖小子，只可惜让他这个当爹的未曾谋面就永别了。

后来，司令员问他，牛头山战役敌我兵力悬殊，你这家伙以少胜多消灭了敌军王牌师，怎么打赢的？

杨志坚答："咱是把老婆生孩子的劲儿都用上了，打不赢对不起士兵兄弟和老婆孩子！"

司令员祝贺他打了一个大胜仗，团长升师长，双喜临门哪！

杨志坚的脸上却突然晴转阴，眼看就要下起雷阵雨，因为这场胜仗他的警卫员小牛子牺牲了，儿子也没啦。多少年过去了，杨志坚只要想起这段往事就悲喜交加、潸然泪下。不过今天杨志坚要告诉梁欢，王延安是烈士遗孤，却比他们的亲儿子还亲。

王延安知道老爸这辈子男儿有泪不轻弹，赶快给爸爸转移话题，因为爸爸学文化就是跟着妈妈从读《孙子兵法》开始的，而且活学活用"兵者，诡道也"。记忆超群的老爸至今都能背诵孙子兵法13篇。开篇就讲：兵者，国之大事，死生之地，存亡之道，不可不察也。大约六千字，一字不错。连司令员都对他的好记性刮目相看，称赞他是面粗心细，勇夫儒将也。

杨志坚即兴背了一段《孙子兵法》谋攻篇：知彼知己者，百战不殆；不知彼而知己，一胜一负；不知彼，不知己，每战必殆。打仗如此，找对象也如此。要不大胡子他们都羡慕我，你个大老粗怎么把能歌善舞的军中一枝花娶到手的？说着就爽朗地笑起来。

白雪洁转过头笑着说："儿子，瞧你爸又表扬与自我表扬了！"

杨志坚颇为得意地挤了一下眼睛说："我儿子也像我！无情未必真豪杰。"杨志坚告诉白雪洁，儿子去的大漠发射场那地方好啊！当地的蒙古族牧民是土尔扈特部落，他们从1731年游牧于额济纳旗，三百多年来一直居住在祁连山脉旁。当年建设大漠发射场时，蒙古族牧民响应政府号召，为了祖国的国防事业，他们举家迁徙，离开了祖辈居住的戈壁绿洲。咱们也要支持儿子在那里大有作为。

白雪洁见老伴儿三句话不离本行，抓住时机说："梁欢啊，我儿子像他爸大智若愚，虽然他从小就调皮捣蛋，但他长大了却是一个可以托付终身的好男人，我给他打包票。"

王延安站在旁边暗自得意，还是妈妈能说到他的心坎上。

梁欢走后，白雪洁拉着王延安的手说："儿子，梁欢是个好姑娘，很招人喜欢。你如果只凭着自己的爱心和执着是很难得到她的。因为她是一个志存高远的姑娘，不会去爱一个没有事业心、没有追求的人。妈妈希望你更加出色。"

王延安马上接过话茬："妈说得对。我要靠自己的实力，把梁欢从大学吸引回大漠发射场。"然而这句话说起来容易，做起来难。要让梁欢自觉自愿为了他，放弃读研究生，离开繁华的大上海，回到艰苦的戈壁滩上谈何容易啊！

第十一章

1

王延安回到基地摩拳擦掌准备大干一场,他要干出个模样来,让心中的女神梁欢刮目相看。可偏偏郭志民不给力,他们各有各的高见。这天,王延安疾步走进食堂,见刚提升的发射团政委郭志民,正在亲自动员布置后勤工作要抓好伙食改善。他不好打扰,在会场后面站着等。

郭志民正振振有词地说,发射团是大漠发射场的红旗团,突出政治就要抓好政治教育,学习毛主席著作和马恩列斯的六本书……这时郭志民见王延安来了,用眼神示意他先等一下。他的套话说完,终于转到正题上。"俗话说,兵马未到,粮草先行。你们这些司务长都是大大小小的粮草官,要下大力气抓好伙食。冬天我们饭桌上是老三样:萝卜、土豆、大白菜。今天,我请各位来亲口尝尝发射连先进食堂的饭菜。"

尚达飞坐在郭志民面前的第一排,认真听讲,做笔记,带头鼓掌。王延安心里说,马屁精,小心拍马屁拍到马蹄子上。

郭志民讲话过程中掌声不断,他的脸上颇有几分得意,话就多了起来。在掌声中,郭志民发现王延安有点不耐烦,转身往外走了。于是收住话茬儿,让尚达飞领着大家先参观一下先进食堂。

郭志民走过去问王延安有事吗?

王延安开门见山地说:"发射卫星马上就要进行总检查了,明天一天的政治学习时间能否让路给试验任务准备?"

"政治是统帅,是灵魂。每星期一天的政治学习雷打不动,怎么能让步呢?"郭志民一板一眼地说。

王延安据理力争:"郭政委,你抓政治工作是第一位的。这些司务长抓后勤保障是第一位的,因为民以食为天。大家都喜欢在工作中体现自我价值,强调自己分管工作的重要性。那么我们发射团应该以发射任务为中心开展各项工作。"

"你分管发射任务,就以你的工作为中心。难道就不要政治挂帅了吗?"郭志民生气地说。毕竟他现在比王延安的职务高,觉得王延安挑战了他的权威,自然不肯让步。

王延安心里窝火,又不好当众争吵,一转身走了。他这人脾气直,再加上从小战争题材的小说、电影看多了,天不怕、地不怕,直肠子大炮筒。对领导敢回嘴,对部下敢批评,事先不考虑后果,事后不过脑子,对事不对人。越是对自己喜欢的事业,越是全心全意,毫无保留地为工作去提意见,管你接受不接受。

郭志民自知理亏心里有火没处发,穿着解放鞋的脚狠狠地踢了一下墙,疼得龇牙咧嘴。不过让他没有想到的是,晚上王延安又主动来找他了,而且还说,他要给郭志民的儿子那个班上一堂航天科普课,郭志民喜出望外,觉得王延安真给面子,儿子的班主任让他去东风小学讲航天科普课,他知道自己没那两把刷子,又不好拒绝,就请王延安代劳,可王延安迟迟不回话。

郭志民的儿子调皮得出奇,很让他头疼。儿子郭智勇居然在课堂上画了一个猪八戒贴在讲台下面,引得全班同学哄堂大笑。班主任马老师让郭智勇站到讲台前,马老师刚转身往黑板上写字,郭智勇就把猪八戒画像贴在了老师背后,课堂上又是一片笑声。马老师一气之下把郭智勇塞进了讲台底下,讲台下如战鼓咚咚。无奈的马老师只好让郭智勇回自己的座位去。

郭智勇把自己的两只毛皮鞋放到耳朵旁,像猪八戒一样晃着耳朵,光着脚回到自己的座位上,课堂上又是一阵哄笑。

马老师的脸顿时气成了紫茄子。下课后就拨通了郭志民的电话,不客气地请郭政委亲自到学校来领儿子,并严肃地说:"郭政委,开家长会你从来都不来，不重视对儿子的教育，你儿子上课调皮捣蛋，门门考试不及格，你要好好管教他。"马老师说完，不容置疑就把电话放下了。

郭志民急匆匆地来到马老师办公室，看见郭智勇正用衣袖擦鼻涕，满身是土。他刚进门，马老师就质问他："郭政委，你能带好一个团，为什么教育不好自己的儿子？郭智勇考试不及格准备留级吧。"

郭志民气坏了，刚想打儿子，被马老师拦住，说是学校里不准打学生，让他把儿子带回家好好管教。郭志民临走，马老师说他是发射团政委，希望他能给小同学们讲一堂航天科普课，启发教育孩子们从小爱航天，好好学习。

郭志民想都没想就答应了，他知道儿子的过失应该由他来弥补。他揪着儿子的耳朵就出了办公室的门。

郭志民拎着儿子回到家，脱下解放鞋把儿子按在床上狠狠地揍了一顿，郭智勇扯着嗓门儿号啕大哭，使劲儿叫着："解放军爸爸打人啦！妈妈来救我啊！"偏偏那天李翠华不在家，郭志民越打越生气，又拎起儿子到楼下，塞进了门外的垃圾桶里，还盖上了盖。

暮色降临，李翠华扛着铁锹种地回来，刚好听到从垃圾桶中传出儿子的哭声，李翠华把满身是土的儿子从垃圾桶里拎出来。郭智勇满身是土，像个要饭的小叫花子。李翠华解下头巾给儿子拍拍身上的土，心疼得直流眼泪。她回到家里随即展开了一场家庭大战。郭志民如此这般地给老婆说了儿子在学校的表现，李翠华顿时急了，儿子留级多丢人！她当即找邻居借了两斤肉票，排队买了两斤猪肉，还特意跟售货员说要猪屁股肥膘的。让郭志民拿上给老师送去，给儿子说说情别留级。

郭志民皱着眉头、粗着嗓门儿："你瞎整啥？我这当政委的，丢不起这个人！这肥肉咱们留着自己吃，咱家半年不吃肉，都快成回族了。"

"你想得美！你儿子留级丢人不？"李翠华说。

"儿子丢人，还要赔上老子丢人？要说你去说，我不说！"郭志民打心眼儿里觉得老婆没水平，怎么会想出这蠢办法来。

李翠华生气了："你能做啥子？家里的事你除了吃饭，啥子也做不了！"

"我做不了啥，你还让我走后门。告诉你，我这人不搞歪门邪道！"

郭志民斩钉截铁地说。

夫妻两人最终达成共识，郭志民既然答应了老师去给学生讲航天科普课，为了儿子的进步，就要履行诺言。这事让郭志民纠结了，他是一个爱面子的人，小学生们要是知道他堂堂的发射团政委郭志民，是个留级生的爸爸，那可要多丢人有多丢人。

星期六，郭志民坐在沙发上看报纸，正在想儿子的期末考试成绩不知出来了没有。儿子郭智勇喜滋滋地拿着奖状跑回家："爸爸，爸爸，你看我得了年级第一。"

郭志民面露喜色，赶紧接过奖状看看儿子怎么得了第一？

郭智勇把奖状给了爸爸，歪着脑袋得意扬扬地等待爸爸表扬他。

郭志民看了一眼奖状，顿时心凉了一半："儿子，你要是学习能得第一就好了。赛跑得第一有什么用？别人会说你，四肢发达、头脑简单！"

郭智勇伤心地一抹眼泪跑了。

郭志民拿着奖状对李翠华说："看看你孩子，学习门门不行，跑得快有什么用？怎么一点不像我？就像你不爱学习！"

李翠华瞪起眼睛，话锋直刺过来："老郭，你给儿子操过多少心？知足吧你！俺儿子有进步，这次期末考试数学和语文都考及格了。"

郭志民无奈地摇摇头，没文化就是没文化，和文盲老婆他没道理可讲。他下定决心，以后家长会他再也不去开了，因为这个不争气的儿子，年轻的女老师屡屡批评他，实在丢面子。

今天王延安欣然答应他去小学代为授课，郭志民自然喜出望外。不过王延安还提了个条件，什么条件暂时没说，只说要是郭志民的儿子听了这堂课，对航天有了兴趣，对学习有了兴趣，他再说他的条件。郭志民猜不透王延安的心思，但一想到他没脸面去见老师同学，他的调皮捣蛋的儿子能爱学习，就毫不犹豫地答应了。

现在，郭志民一颗心可算放进了肚子里，亲自带着后勤处长下各连队食堂检查工作。他的儿子郭智勇像个小尾巴跟在后面跑了几个食堂。司务长尚达飞还悄悄给郭智勇夹了几块刚出锅的红烧肉。郭智勇吃得满嘴油，津津有味地吧唧着嘴说："真好吃！叔叔做的红烧肉，就是比妈妈煮的白菜香！"

郭智勇回到家对李翠华说："妈妈，食堂的红烧肉和红烧鱼可好吃了！"说着还舔舔嘴唇。

李翠华端上饭来，招呼儿子来吃饭，郭智勇趴在饭桌边，看着菜盘子噘起嘴来说："这水煮萝卜块不好吃！还不如爸爸的牙膏好吃呢！"

李翠华看着儿子嘴边的牙膏白沫一阵心酸，说："我儿听话，等过年时，娘给你烧鱼烧肉，让你管饱吃。"

这时，郭志民回家，一边脱军装一边说："儿子，有萝卜吃就不错了。爸爸刚当兵时，正逢困难时期，吃骆驼刺，捡沙枣，只要能吃的东西，树叶树皮都吃。现在日子好过多了，你可不能忘本！"

郭智勇跳着喊："爸爸，我也要吃沙枣！"

"行！爸爸明天给你整点沙枣和骆驼刺吃。"郭志民满口答应。

李翠华插话说："你是当政委的，回到家就别搞你的政治教育了，多干点活比什么都好。连家属们都说，我们吃不上鸡蛋、鸭蛋，你们还要搞导弹、原子弹……"

郭志民生气地打断她的话："你还是政委的老婆，说这话不嫌丢人！如果中国没有导弹、原子弹，咱们早成亡国奴了。"

李翠华很不服气："别人都说你，要发射卫星了，你老让大家政治学习，天天读。"

"老娘们儿懂个啥！把家管好，把饭做好吃点就行了！"郭志民一摔筷子走人了，说心里话连他都不爱吃老婆做的饭，还不如连队的大锅饭好吃呢。

李翠华猜透了郭志民的心思，晚上郭志民下班回家，一眼就看到饭桌上一大碗红烧肉，高兴地抓了一块放到了嘴里。他有滋有味地吧唧着嘴，这红烧肉真香啊！他问老婆，今天咱家有什么喜事？

"你想喜事，喜事不想你。"李翠华对郭志民撇了一下嘴。

郭智勇满头大汗地跑回来，腰里拴着一根破草绳，满脸都是汗和土，一下就爬上凳子，伸出脏手就抓肉吃。

李翠华猛地把儿子的手拨拉到一边："你咋成了戈壁滩的野孩子，洗手去！"

郭志民刚要用手抓第二块肉，儿子大声嚷："爸爸洗手去！"他的手就停在了空中，突然问："老婆，你还没告诉我，今天是什么好日子？"

李翠华答："是人家尚达飞知道咱儿子过生日，喜欢吃红烧肉，从食堂端来的。"

郭志民顿时对老婆大发雷霆："咱家穷也不能拿集体的。我这个政委怎么能喝兵血？"

李翠华就不服气，她听那帮家属说，有的连队杀猪，司务长就给连长、指导员家送去猪肉。可家里有个大政委没见有啥好处，尚达飞就送来这么一碗红烧肉，瞧瞧老公吹胡子瞪眼的，有啥大不了的事。

郭志民板着脸说："家里困难，就我一个人挣钱，你为什么不工作？为什么不学文化？在家吃闲饭还要拿部队的。"

"嫁汉嫁汉，穿衣吃饭，我去工作，你有钱请保姆带孩子吗？"李翠华毫不示弱地说，"老郭，咱家困难，儿子想吃肉，想吃糖，什么也吃不上，儿子把你的中华牙膏都当糖吃了。你这当爹的不心疼吗？"

郭志民压了压火气，说："翠华，咱们人穷，志不短！咱是干部，不能从战士嘴里掏食吃。你去交钱算账，做检查。"

李翠华看郭志民真生气了，就试探地问："志民，就这一次还不行吗？下不为例。"

郭志民斩钉截铁："一次也不行！因为我是政委，上梁不正下梁歪。吃肉付钱，谁也不能白拿连队的！"

李翠华嘟囔着："就你清正廉洁！别人家的独生子女都金贵，咱儿子馋了就吃炒黄豆，一天到晚放黄豆屁，老师都说了，不让给孩子吃黄豆，会消化不良，影响课堂秩序。不吃黄豆吃啥？你这当爹的有甚用？"

"老娘们儿，你唠叨个啥？现在能吃上黄豆不错了，当年建设发射场，聂帅特批只给科技干部每人每天二两黄豆，基地政委都吃不上黄豆。你知足吧！"郭志民的嗓音提高了八度，下达了命令，"部队有规定，咱不能带头违反纪律。让你去,你就快去!"

"去就去。"李翠华撇了一下嘴,拿起丈夫给的钱,走出了家门。

李翠华是个有心计的女人,知穷而后勇。她给连队付了肉钱,路过一片荒地,她想,发射场是戈壁军人城,只有少数文化程度高的军嫂来了当上子弟学校的教师,大多数随军家属来自农村,到了戈壁滩就是在家里带孩子做饭,何不动员家属们开荒种地呢?李翠华能说会道很有号召力,挨家挨户地动员家属组建了家属生产队,她泼泼辣辣带领着一帮家属娘子军在戈壁滩上开荒种蔬菜,敢叫戈壁换新装。

几个月后,部队营区旁出现了一个生机勃勃的蔬菜园,黄瓜、西红柿、豆角、茄子长势喜人。李翠华的心劲儿可大了,从早忙到晚,对那十亩菜园精心培育。

郭志民认为她不好好管孩子,每天去种地,晒得黑不溜秋的,何苦呢?可一想是他说老婆在家里吃闲饭,刺激了李翠华,如果那些农家军嫂在这兔子不拉屎的荒滩戈壁上种的蔬菜大丰收,也是一件大好事。把这些蔬菜给发射团的官兵们吃,多发射几颗卫星,家属们也做出了贡献。

从此郭志民对农村老婆刮目相看了。李翠华带领着家属们艰苦奋斗收获着她们的希望和梦想。于是,儿子郭智勇也像农村孩子,放养在田间地头,每天滚得满身泥沙,晒得黑不溜秋。

一天,李翠华正给黄瓜施肥。郭智勇跑过来,拉着妈妈的衣角,又跳又嚷:听同学说,北京的动物园里,有老虎、有狮子还有斑马,有好多好多动物!我也要去动物园看动物。

李翠华不耐烦了,她不知道动物园在啥地方,让儿子找爹去!

郭智勇一屁股坐在地上:"小朋友们都看过动物,我就要去看动物!"

李翠华把手往衣服上抹了一把,拉上儿子到猪圈看小猪。李翠华也没见过动物园是啥样,还恍惚地认为,猪圈也可以叫动物园,哄儿子说:"这就是戈壁滩的动物园,小猪也是动物呀!"

"妈妈,这就是动物园吗?"郭智勇天真地问,"妈妈,动物园养的都是猪吗?都很臭吗?怎么和北京来的小朋友说得不一样呢?你骗人!"

李翠华只好说实话:"儿子,北京动物园可远可远了,娘也没去过。

你的那些小朋友说的动物,娘也没见过。"

郭智勇坐在沙地上又哭又叫,要去真的动物园!要去看老虎!要去看斑马!

李翠华怎么也哄不好儿子,幸亏旁边的阿姨从兜里掏出了一块糖给她儿子,那小子才算止住哭声,从地上爬起来。

那天晚上,郭志民在桌前准备政治教育材料。郭智勇白天闹累了早早就躺在床上睡觉,还说梦话:"爸爸妈妈,我要看的不是小猪,也不是大猪,是身上有黑道道的斑马和老虎。"

李翠华让丈夫听,儿子做梦都想看斑马和老虎,她把白天的事讲给郭志民听了。

郭志民没吭声,看李翠华坐在床边翻看着一本书。心想老婆不识字,怎么对书突然产生了兴趣,好奇地问道:"翠华,你在看啥?"

李翠华翻到书的最后一页,看了许久答:"这本书三块多钱,太贵了,又不顶吃不顶喝,白费钱。"

"没文化!"郭志民说着叹了口气。

"你有文化,明天星期天,你带儿子看动物去。我儿不能没文化!"老婆说得理直气壮。郭志民这下为难了,无奈这戈壁滩,天上无飞鸟,地上不长草,他带儿子上哪儿看动物去呀?

刀子嘴豆腐心的李翠华想起儿子就伤心,突然唠叨起来:"你这个当政委的就会讲大道理,连自己的儿子都教育不好,一天到晚忙!回家像住店,不干家务活我说过你吗?你是给儿子买过一双鞋?还是买过一件衣服?你是怎么当爹的,不管儿子学习,还打儿子,你军阀残余!"

郭志民最烦老婆唠叨,厉声说:"你是怎么当妈的?你儿子像个戈壁滩的野孩子!"

李翠华心里的火一下就蹿上来,说:"郭智勇不是你儿子?我为你老郭家生儿子,儿子犯点小错,你就归罪于我。有你这样当爹的吗?儿子调皮就塞到垃圾箱里。拉拉蛄叫,难道就不种庄稼了吗?我嫁给你这个大军官,没过上一天舒坦日子。我现在是戈壁滩上的农民,整天带着家属们开荒种地。你不是有文化吗?你教育呀!"

郭志民知道老婆一开口就没完没了，他工作忙没空管家，也不想听老婆唠叨。故意一拍脑袋说："我今晚开会，来不及先走了。"

郭志民走出家门，就像走出围城，看到寂静的戈壁上，天上挂着圆圆的月亮，繁星点点眨着眼睛，还有那座耸立的发射塔架。他心情好了许多，去找王延安吧，让他赶快去学校讲科普课，王延安当即给郭志民拍胸脯，这事他一定办好。题目就叫——探秘星空的故事。

为此，王延安做了充分准备，后来那堂课获得了小学生们的欢迎，他应邀在东风小学翻来覆去讲了好几遍，成了孩子们的故事王。他从地球是人类的摇篮，讲到人不会永远生活在摇篮里，再讲到人类开始进军太空，他还讲了三个国家的航天小故事，后来被打印成《航天小故事》发给小学生们。

一是中国：从远古"嫦娥奔月"的传说，到敦煌壁画上的"飞天"；中国人渴望飞上太空，于是明代的勇士万户，不惜以生命的代价乘坐自制的火箭开始人类首次飞向太空的尝试，虽然失败了，中国人追逐飞天梦想的脚步却一刻也没有停止。中国人不甘落后，因为我们中华民族是龙的传人。1966年7月15日清晨，生物试验火箭载着名叫"小豹"的小狗发射升空。幸运的"小豹"安然无恙返回了地面。1966年7月28日，中国又发射成功了第二枚生物试验火箭，箭头生物舱完整无损回收，上天的小狗"珊珊"与白鼠等小动物也都活着返回地面。1968年，中国科学家还满怀希望地设计了中国第一艘载人飞船的宏伟蓝图，并命名为"曙光一号"飞船……

二是苏联：1957年10月4日，苏联成功地发射了第一颗人造地球卫星。1961年4月12日，苏联"东方"号飞船把世界上第一名宇航员加加林送上太空，加加林乘着飞船，从太空看到了地球是圆形的球体。

三是美国：1969年7月20日，美国"阿波罗"11号飞船把两名宇航员送上月球，宇航员阿姆斯特朗迈出飞船登月舱，双脚踏上月球，成为人类历史上登月第一人，与此同时，地球人听到了他从月球传回的声音："这是我个人的一小步，但却是全人类的一大步。"

最后他问，同学们，你们想不想飞上太空，用自己的眼睛看看地球？课堂里顿时童音嘹亮，小学生们异口同声回答：想！

王延安把飞天的梦想种在了孩子们心里,他让孩子们为梦想插上翅膀,有梦想,有奋斗,就有成功。梦在前方,路在脚下,你们要好好学习,天天向上。叔叔希望看到你们将来飞得更高更远!

王延安一通国内国外天文地理,把小学生们讲得如坠云里雾里,似懂非懂,却勾起了他们强烈的好奇心。他的航天科普课不同凡响,很受同学们的欢迎,从班讲到年级,又受邀再讲到学校,从此成了名副其实的孩子王。

不过他当时还没有意识到自己神侃的铁嘴做了一件多么有意义的事情,有多大影响,他只是为了让郭志民答应一个交换的条件,毕竟他太需要一个大显身手的平台了。

2

王延安正在机房检查设备,郭志民来了,自从高建军去了北京,团长的位置一直空缺,现在由王延安代理发射团长,也就是说郭志民要注意和王延安搞好军政一把手的关系。他很想帮王延安解决点实际问题。

王延安一见郭志民来,不失时机地提出了自己的想法,开门见山道:"我完成了你的讲课任务,现在想去上海出趟差!"

"你不是刚回来吗?"郭志民诧异地问。

"你别饱汉子不知道饿汉子饥。咱单着,还不知道什么时候能娶上媳妇,你得帮我这个忙……"

"你身边一群姑娘追着,还有什么发愁的?"郭志民认为王延安特有女人缘,典型的钻石王老五,一人吃饱了全家不饿。不像他,发愁的事太多了。

"我是大龄青年愁婚姻大事啊!你应该了解我,弱水三千,我独取一瓢饮。"

郭志民问:"你那女朋友在上海吗?"

王延安直率地说:"郭政委,梁欢医大快毕业了,她有个男同学姚明伟对她紧追不放,要她留在上海,我要去把她拉回戈壁滩来。"

郭志民这才想起梁欢,当年自己还反对过他们谈恋爱,如今条件具备，只有支持他们修成正果，他马上表态，正好团里最近要到上海接设备，你可以公私兼顾，办好你的事，把设备完好无损地运回来。不过，能不能让梁欢回来，那要看你的个人魅力啦，你可不能学普希金去和情敌决斗。

王延安没想到郭志民这么痛快就答应了，于是他说走就走，第二天就启程到了上海。他先把设备的事都办好，然后来到军医大学校长办公室找姚校长。秘书挡驾说，姚校长正在开会。

王延安就站在楼道里焦急不安地等待，他觉得万事不能靠别人，还得靠自己，要主动打进攻战，成功才能属于你！

姚校长散会后上厕所，王延安也跟进了男厕所。王延安开门见山问："你是姚校长吧？我等了你一上午！"

姚校长一愣，问他有什么事，看王延安急迫的表情，微笑着请他到办公室谈。

他们一起走进了校长办公室，王延安就说他可是千里迢迢从卫星发射场来的。

王延安自我介绍说，他是发射阵地的01指挥员。01只是个代号，确切地说是大漠发射场发射团发射指挥员的调度代号。在那里，因为保密什么都是用数字来做代号，地名是代号，人名也有代号。发射调度指挥员，通俗地说就是在发射时，扯着嗓门喊倒计时——"10、9、8、7、6、5、4、3、2、1，点火，起飞"的人。校长，你可千万别把0和1读作"零壹"，一定要读为"洞幺"，因为只有这样发音，才能使人联想到01指挥员在发射场上，代表着至高无上的指挥威严，同时也代表着责任。因为整个大漠发射场只有一个发射团，发射团里只有一个01指挥员下达发射口令……

姚校长听得云里雾里，这个年轻人，绕了这么一大圈，到底想说什么呢？于是问他："我是搞医的，隔行如隔山。我能给你什么帮助呢？"

王延安和盘托出他的女朋友梁欢就要面临毕业分配……

姚校长惊奇地插话问王延安："梁欢怎么是你的女朋友？"

王延安就详细讲了他和梁欢是一个部队的战友，他还在一次投弹训练中救过她。没想到姚校长却说："小伙子，我是过来人，救命之恩和革命友谊都不能和爱情画等号……她爱你吗？"

王延安一下子被问住了，虽然他自我感觉过去和梁欢志同道合，情深意笃，她上大学后，他每周给她写一封信……王延安从背包里拿出一堆信件，恳求姚校长把梁欢送给他的照片、信件和他们准备结婚的东西一并转交梁欢。他还有任务，最近就要回戈壁航天城了。

"王延安同志，这是个人感情问题。我看这些东西还是你亲手交给梁欢好。"姚校长说。

王延安说着还拿出一件红衣服给姚校长看，说："这是我给梁欢买的结婚礼服，还有这枚订婚戒指。"

姚校长一看，这哪里是什么订婚戒指，分明是手榴弹环，忍不住笑了："王延安同志，我可以告诉你，梁欢是个好学员，学习好，人品好，可这婚姻大事谁也不能勉强谁。"

"校长，我立志献身国防，扎根戈壁的卫星发射场，如果梁欢留恋大城市，我不想勉强她。"

姚校长被感动了，他告诉王延安："我们军医大学培养的学员主要是面向全军艰苦地区分配，作为校长，我愿意把最好的学员分配到你们大漠发射场，支援国防建设。"

"谢谢校长！"王延安高兴地站起来，激动地给姚校长敬了一个标准的军礼！

姚校长站起身把王延安送出了门，看着他的背影，心想这事难办了，儿子可是碰上了对手。

不出姚校长所料，这事的确不好办，晚上，他给儿子姚明伟说了此事，没想到姚明伟愿意跟梁欢一起分到戈壁滩去。他说婚姻是个人的事情，当父亲的无权包办婚姻。

这天晚上，王延安躺在招待所的床上夜不能寐，他呆呆地看着窗外的月亮，月光透过梧桐树叶洒进屋内一地清辉，王延安的心充满了迷惘。他满脑袋都是梁欢的身影和她蒙娜丽莎式的迷人微笑，他遏制不住地想她，像梁欢那样的女人决不会向男人主动示爱。爱情这种事，就是贵在胆大心细脸皮厚，有爱就要表达，有梦想的"癞蛤蟆"终能吃到天鹅肉。他给自己打气，是男人就要主动进攻，他看看表还没到熄灯时间，就主动打电话约她见面。没想到梁欢今晚不见。

王延安干脆来到梁欢的宿舍门前,隔门说话:"我可是千里迢迢来的。你出来一下好吗?"

梁欢说:"我睡觉了,明天见吧。"

王延安固执地站在门外等着,他无奈地说:"梁欢,我会尊重你的选择,我知道,戈壁滩和大上海毕竟有很大的生活反差。我知道你想要的,你所需要的,和我能给予你的。请你相信我能给你带来快乐和幸福。"王延安的语言天赋可是派上了用场。

梁欢沉默良久说:"给我一点时间,让我考虑一下,再回答你好吗?我会慎重选择相伴一生的人,而不是地方。"

"梁欢,我向你承诺,一定会给你一个幸福的未来!"

"咱们明天见面再说吧!"梁欢来了个缓兵之计。

王延安深知机不可失,时不再来。他抓住梁欢知恩图报的特点,明天"临门一脚"是决定胜负的关键,他此行无果,将错失良机。

第二天大清早,梁欢宿舍门前围了不少人,同宿舍的田岚一出门,看见门上贴着一封信,就忍不住笑得直捂肚子。梁欢出门一看,原来是王延安把情书贴在门上,公之于众。

梁欢战友:

祝贺你光荣毕业!相信你会学习雷锋好榜样,对我有春天般的温暖,夏天般火热的革命情感。到祖国最需要的大漠发射场去!千言万语汇成一句话:我爱你,革命战友!

王延安

梁欢一把撕下那张纸,这个王延安,真够捣乱的!

田岚笑得上气不接下气,直喊肚子疼,总算把笑声咽下去了,说:"梁欢,这叫爱情火辣辣!如果哪位白马王子给我写一封爱情宣言,贴到门上就好了。"

"去去去!我可不喜欢把情书广而告之!弄出这么大的动静,唯恐别人不知!"

田岚却认为这个王延安是勇者无敌,以防第三者插足。他有追求爱情的自由!这表现了他不达目的誓不罢休的自信心,也是他能成功的法则。田岚调皮地撇撇嘴,她觉得自己马上就有机会了……

梁欢知道王延安走到哪里都要闹出点动静来,真担心今天还会发生什么事,拉上田岚就去了篮球场。

篮球场上正在热火朝天地进行篮球比赛,这是军医大学的冠亚军决赛。姚明伟是红队前锋,打得满场飞,带动整个球队都激奋昂扬。

姚明伟每投中一个球,田岚就会举着一面小红旗不停地叫喊:"好球!"声音比梁欢还要高八度,清脆响亮,犹如嘹亮的冲锋号。梁欢和田岚鼓着掌,兴奋地喊着:"红队加油,红队加油!"

也许是她们的助威给姚明伟鼓了劲儿,他的英雄主义大涨,篮球一到他手上,就直奔对方突破投篮,命中率极高。这样为他加油的叫喊声就更加疯狂响亮。姚明伟投中球后,还要瞄一眼梁欢,他在场上超水平发挥,打得勇猛顽强。最后,他跳起来抢了一个篮板球投篮成功,博得全场雷鸣般的掌声。

红队大获全胜,高兴欢呼,又蹦又跳,把姚明伟高高抛向空中。

这时,王延安走过来主动伸出手和姚明伟握手,并自我介绍叫王延安,祝贺他们大获全胜!还对姚明伟挑战似的说,也想比试比试。

"比什么?"姚明伟好生奇怪,眼睛上下打量着面前的王延安问,"你也喜欢打篮球吗?"

"当然,愿比服输。"王延安说。自从他穿上这身军装,就懂得了在部队这个男性世界里,靠嘴皮子别人口服心不服,想得到别人的尊重,最简单的做法就是露一手给他们看,只要你的本事比他们强,他们就服你。当年高建军就是这样让他心服口服的,现在他也要让这大高个儿服他。他知道自己这样有点过于张扬,可他不这样做,就失去了较量的机会。

周围的人都好奇地看着他们。姚明伟立即应战:"好!咱们就比三步上篮!"

王延安并不怕比赛打篮球,他看看比他高半头的姚明伟,显然打篮球也是姚明伟的特长,于是他说:"篮球比的是进攻力,打篮球是集体项目,比的是集体的进攻力。而我们是单兵作战当然不能比打篮球,现在我们是旗鼓相当，势均力敌，要单兵教练。你是学医的，我是发射火箭的，咱们各有专长，隔行如隔山，术业有专攻。但咱们都是军人，就比军事共同科目投手榴弹吧。"

姚明伟脸上浮现出自信的笑容："行，你说比投弹就比投弹。"

王延安把军装扣一解，周围的人看到他腰间插了一枚手榴弹，都吓了一跳。

梁欢一个箭步冲上前去，拦住他，大声说："王延安你要干什么？你想学普希金决斗吗？"

王延安调皮地一笑道："我还不想永垂不朽呢！"他举起手榴弹晃了晃，笑笑说，"梁欢，别怕，这是训练弹，我们都是军人，比赛军事共同科目。请你告诉大家，我和姚明伟谁投得远，你就嫁给谁，行吗？"

梁欢看了看姚明伟，点头默认了。

姚明伟自信地看了一眼比他矮的对手，欣然同意，男子汉说话算话！

王延安把手榴弹递给姚明伟让他先投弹。姚明伟信心满满，让篮球裁判给他们当裁判。操场上的人们让出一片空地。

裁判哨音一响，姚明伟做出一个漂亮的投弹动作，手榴弹出手飞出了一个优美的弧线落地。周围一片掌声。

接着是王延安投弹。他做出一个助跑动作，一个箭步上前，手榴弹远远地飞了出去，落点超过了姚明伟的手榴弹。这让姚明伟万万没想到，比赛投手榴弹他根本就不是王延安的对手，几分钟就决定了他们的胜负。

梁欢站在旁边观战，回想起她第一次投实弹的情景：当时她穿着肥大的新军装，瘦小的她神情紧张，把手榴弹一下子就甩在了自己身边。王延安一个箭步上前，将冒烟的手榴弹投出……

这时，王延安很有风度地向姚明伟伸出手来："兄弟，友谊第一，比赛第二。咱们都是男人，我很理解你，咱们都喜欢梁欢谁也没有错！我想还是让她自己做出选择吧。"

大家的目光全都看着梁欢，看她如何做出选择。

梁欢的眼里充盈着泪水，心怀歉意地对姚明伟说："明伟，你知道吗？王延安是发射场的投弹冠军，他曾经临危不惧救过我一命。"梁欢的智慧就表现在大家都把目光转向她的时候，她偏偏不高调闪亮出场，而是说出一句非常低调的话:"你们两个人都这么看好我,可我却没有那么好,一不会做饭,二不会缝衣服,三不想因为成家丢掉事业。"此时此刻,梁欢心里很纠结,她和姚明伟是同学同行,在医学上可以互帮互学,比翼齐飞。而且在上海,她的医学事业会有更好的发展前途。可是现在她只能二选一了,该如何是好?

这时,田岚拿着一封信故意大声喊:"梁欢,你的信,骆驼哥哥来的!"

王延安顿时眼睛放光:"梁欢快拆开看,那是我写的。你看信封上还画了一颗红心呢!戈壁滩路途遥远,我怕耽误事就飞过来了。"

梁欢又好气又好笑,说:"你是让我一颗红心两种准备吗?"

王延安严肃地说:"不!我让你一心一意,现在我就当众读给你听。"

梁欢心想,他的信无非就是让她一心一意好好学习之类的话,读就读呗。

王延安打开信读道:

"梁欢:我深深地爱着你,也深深地爱着我的事业。失去你,我会痛苦一生。失去我所从事的航天事业,我的生命将失去意义。我爱你,也热爱我的航天事业,热爱发射塔架。请你理解我,相信你能让我变得更自信、更有力、更好!梦在前方,路在脚下。希望你能跟我回戈壁航天城去,让我们的青春梦想,在祖国的航天城比翼齐飞。请你回答我!"

梁欢看着两个出色的男人迟疑了,她一时不好回答。

这时,王延安主动向姚明伟伸出了手:"咱们都是男人,应该尊重梁欢的选择!"

王延安还有一个秘密武器,那就是他买了很多"大白兔"奶糖,他知道过去梁欢特别爱吃这种上海奶糖,为此他曾经笑话过梁欢是幼儿园爱吃糖的大班生。现在他打开了手提包,像变戏法似的拿出了许多上海的"大白兔"奶糖捧在手里请大家吃,有口福同享。

大家谁都不好意思吃糖,田岚走上前,拿起一颗奶糖放进嘴里,有滋有味地吃着说:"梁欢,我看王延安能给大家带来快乐、激励和信心,他是受人欢迎的人,也是你可以信任的人。你就把姚明伟让给我吧,皆大欢喜啦。"她的话淹没在一片笑声中。

梁欢抬起头来，看了一眼她的好朋友田岚。田岚还没有男朋友，她身材苗条，身高一米七二，不穿高跟鞋，班上一半的男生和她对话都得作仰望状。其实田岚个人条件相当好，相貌出众，冰雪聪明，无论是身高，还是文化智慧，都是让人仰视的军医大女生，可她偏偏喜欢冷眼看世界，常挖苦人。这样自然曲高和寡，难觅知音，现在终于有了目标寻求到归宿了。

梁欢不再犹豫了，看着众人的目光大声宣布："现在我决定了，毕业后回戈壁航天城去！"

毕业典礼结束后，为了抢时间王延安和梁欢一起乘飞机先到兰州，再乘火车回大西北戈壁滩的发射部队。火车离大城市越来越远了，梁欢从车窗向外看着，火车进入内蒙古草原，天苍苍，野茫茫，风吹草低见牛羊……后来牛羊也不见了，放眼望去戈壁大漠上只有红柳和骆驼刺。

王延安明知故问："现在你想上海了，还是在想姚明伟？"

梁欢毫不回避地说："都想。上海是我的家，姚明伟在大学里给过我许多帮助，这是不能忘的！"

王延安笑道："我又不是小肚鸡肠。我们都是男人，能理解，美好的东西，众人之所爱，众人之向往。我喜欢你，他也喜欢你。这没什么奇怪的，这很正常。我们从此休战。"他知道梁欢有颗感恩的心，她会滴水之恩涌泉相报。现在跟他回发射场，她放弃的不仅是姚明伟，还有上海，还有读研究生。

梁欢见王延安美滋滋的，她故意拉下脸来，点着王延安的脑门说："你是江山易改，本性难移。把求爱信贴在我门上，公布于众唯恐别人不知道。众目睽睽下，你向姚明伟挑战，你干吗呀你？"

"爱美之心，人皆有之。《孙子兵法》曰：兵者，诡道也。有勇有谋，方能夺取胜利。"王延安语气一变，振振有词道，"当你讨厌一个人的急性子时，你为什么看不到他的行动力？当你讨厌一个人的强势时，你为什么看不到他的决断力？"

"当你讨厌我迟迟不表态时，你为什么看不到我的包容、慎重和淡定？"梁欢的反应也相当快。

"我当然看到了,所以才勇往直前。"

梁欢噘着嘴:"王延安,你厚脸皮,反正我不喜欢你太张扬,搞得众目睽睽,逼我就范似的。"

王延安觉得这不算什么,借古说今讲起了海伦之战。美女海伦是希腊公众的梦中情人,后来她跟特洛伊的王子私奔了。希腊各城邦为此而怒吼了,他们组成一支十万人马、一千多艘战船的联军,浩浩荡荡向特洛伊杀去。两国为此干了十年仗,双方心甘情愿,无怨无悔,甚至还说,为了海伦再打上十年也值!王延安故意卖关子不讲了,盯着梁欢看。

"快说!后来呢?"梁欢的好奇心被勾起来了。

"冲冠一怒为红颜,这种气势能打不赢吗?结果当然是希腊获胜,美女海伦完璧归赵。梁欢,你说值吗?"王延安看梁欢不回答,就自问自答:"我看值!所以,我既然认定了非你不娶,等了八年就要争取到底。而且还要速战速决。我还要回去执行任务。"

不知怎么,梁欢突然想起了陆莎,她突然冒出一句:"王延安,你要是花心大萝卜咋办?你发誓,你一辈子只爱我。"

"我发誓,我只爱你!一辈子不变心!"王延安信誓旦旦地举起了右手。

"你说,人一辈子只会爱一个人吗?"梁欢问。

"这很难!我管不了别人。"王延安鬼灵精,当然知道梁欢的潜台词,这是一个无法回避的问题,但又必须回答,他变被动为主动说,"只要你不嫌弃我父母身处逆境,愿意陪伴我在戈壁滩为航天艰苦奋斗,我愿意用一辈子来爱你!"

"小点声,别人都在看你呢。"梁欢环顾了一下周围注视他们的目光,心想这个王延安,追求爱情怎么跟打仗似的敢打硬拼?我得考验考验他,于是说:"我虽然现在回戈壁滩了,但是还没答应要嫁给你呢。"

3

夜色朦胧,火车长喘了一口粗气停在了戈壁滩火车站,王延安提着箱子和梁欢走下火车,他们商量好了,今天谁也没告诉,先到王延安的宿舍去共进晚餐，吃个团圆饭。

梁欢走进王延安的宿舍，皱了皱眉头笑道："这哪里是英雄住的地方，分明像狗窝嘛！你是想让我帮你打扫卫生吧？"

"亲爱的，你就是有悟性，女人为心疼男人而存在。男人为事业而拼搏。我知道你善解人意，热心助人，梁欢，咱们可是本着自愿的原则。"王延安放下东西，拿起饭盒就去食堂买饭了。

"你别有所企图，给我灌迷魂汤啦。快去快回吧！"梁欢说着就快手快脚帮他收拾屋子，把他塞在床下的脏衣服、臭袜子统统拿出来洗干净。梁欢时不时地看看闹钟，皱皱眉头，左等右等王延安还不回来，3个小时过去了，还不见王延安的身影。他怎么这么不靠谱！

原来是王延安在食堂打饭时，郭志民一眼看到王延安就像看到了救星。于是，郭志民把王延安直接拉进了会议室。闹钟已经指向凌晨一点了，会议才结束。等王延安急匆匆跑回宿舍打开门，宿舍里空无一人，梁欢已将房间收拾得干干净净。

王延安顾不得多想，明天还要全力以赴把卫星打上去，他倒头就睡。

第二天，戈壁滩上升起一轮红日。王延安起了个大早来到发射场坪上。火箭正在加注，看上去一切顺利，他还不放心挨个检查一遍。

王延安来到发射场坪旁边的救护车旁，梁欢和救护队员在一起待命，真是"拼命三娘"，也不休息一天就上岗。王延安乐了，志同道合，不是一家人不进一家门。现在他既心疼又心生歉意，昨晚让她饿着肚子给自己打扫卫生，于心不忍。他赶快走过去大声招呼："梁医生，你们医疗队救护演练，要不要我给你当一回伤员？"

"王延安，你别捣乱！注意影响啊！"梁欢提醒他。

"看见你们白衣天使，我就放心了。别紧张，你们这些医护人员最好是派不上用场，那时候我们就发射成功啦！不过你们现在还得有备无患。"王延安心里说我得大造舆论，广而告之自己的天地良缘，于是故意说："梁欢同志，卫星上不了天，我决不白日做梦娶媳妇！"

梁欢瞪了他一眼，说："你别自我感觉良好，自命不凡了！"

旁边的医生护士都笑了起来。王延安的目的达到了，心情无限好，信心满满地走进指挥控制大厅。

发射日，01 指挥员王延安的口令喊得格外带劲儿，随着他喊出的"点火"命令，长征火箭烈焰喷腾，托举着中国自主研制的返回式卫星冲上云天……很快指挥控制大厅里传出了测控系统发出的"卫星准确入轨"的报告。

发射任务顺利完成。正当王延安自我感觉双喜临门，卫星上天，媳妇到手之时，向志远走过来提醒他，千万别高兴得太早了，这颗卫星打上天只是第一步，别忘了卫星还要顺利返回才行！

不幸让向志远言中，卫星入轨后出了故障，他们必须紧急飞往航天测控中心解决问题。

一个好汉三个帮，更何况航天发射全国一盘棋。当他们走进测控大厅时，已有五位航天专家从外地赶来紧急支援测控系统。

此时，王延安心中胜利的喜悦已经被担心代替了。因为卫星绕地球转完一圈后，卫星上的气源曲线就直线下降。卫星上自带的气源瓶设计能保障 3 天飞行，现在卫星已经飞行一天了，出现了异常，不知还能不能坚持到底。

这时一位领导走过来问向志远："向总，你看卫星还能不能坚持飞行 3 天？"

向志远果断地回答："能坚持！"

领导又问："你凭什么敢担保卫星能按时返回地面？"

大家的目光都盯着向志远。向志远猛地把头上的帽子甩在了桌上，憨声憨气道："就凭我这一头白发！"

王延安吃惊地看着向志远的头发，怎么一夜之间黑发变白发了？看来问题严重了！

"向总既然认为卫星能坚持，就按他的意见办吧。"领导还是不太放心，又补充一句，"一旦没有气源，这颗卫星将永远无法返回地面了。"

"我愿意承担责任！"向志远果断表态。他从测控和轨道计算方面考虑，认为卫星工作正常，不应该出什么意外，坚持认为可以按时返回。

这时，有人发表不同意见，建议卫星少飞 2 天，立即回收，避免前功尽弃。

王延安激动地站起来支持向志远的意见。卫星在天上已经飞行了一天半，气压数值应该继续下降，现在却没有什么变化了，说明数据传导系统出现问题，气压数值也就出现误差。他请首长和同志们一定要相信向志远，他这人金口玉言没有把握是不说话的。

总指挥长一直站在旁边听大家争论，这时开口了："我看向志远和王延安说得有道理，就按他们说的办，出了问题我负责。"

果然，3天后那颗卫星顺利返回到预定地域。

当晚，大家在餐厅里热热闹闹吃庆功宴，为胜利干杯。

王延安举着酒杯来给向志远敬酒，却找不到他，问大伙儿："你们谁看见向志远了？"有个参谋告诉他，向志远已经吃完饭悄悄走了。

王延安来到招待所，推开房门进去，看向志远躺在床上，关心地问："向大哥，你病了？要不要我叫医生来给你看看病？"

向志远说："我累了，就是想睡一觉。"他突然问王延安，"你说，发射上天的卫星能返回，人乘飞船上天也应该能返回吧？我想提前做点这方面的准备。"

王延安说："搞飞船，国家还没立项，你就不怕做无用功吗？"

向志远认为，搞科学的人应该有做无用功的勇气。很多事需要前瞻性，也许现在还不能给我们带来利益，但我们要为后人去做铺路石。航天事业是需要有人来铺路的。当年党中央决定，由工程兵做窝，国防科委下蛋。数万工程兵开进了大沙漠，在戈壁滩上建起了航天城。许多建设者却没有机会来看卫星发射。他认识许多这样默默无闻的创业者。

王延安半开玩笑说："向大哥，我佩服你！咱们只有想不到的，没有做不到的！但是可不能愁白了少年头！"他居然笑嘻嘻地从衣兜里拿出一把剃头推子要给向志远剃个光头。

向志远不由自主地摸了摸自己的花白头发，他可不想剃光头当和尚。可这满头白发回去怎么见老婆呢？王延安说向志远剃光头后，让梁欢给他开点特效中药，催生黑发。旧的不去新的不来。

"延安，你给我剃成了秃瓢，陆莎要是不喜欢我这副样子，我找你算账！"向志远话是这样说，却任王延安把花白的头发全都剃了，他站起身摸摸光头，又抖抖碎头发说："王延安，我要光着脑袋参加你的结婚典礼当证婚人哟！"

"说话算话！"王延安就想要喜剧效果，伸手和向志远拉钩，此事就算说定了。

现在王延安万事俱备，只欠梁欢金口玉言以身相许喜结连理。可他的意中人却不是那么好搞定的。王延安觉得娶媳妇也和测控卫星一样，要拽紧风筝线，不能让"风筝"飞跑了。他给梁欢打电话说："小梁医生，我好像累病了，你快来看看我。"

梁欢答应马上来。

王延安放下电话，高兴地在床上翻了个跟头。一听到梁欢的脚步声，他赶紧躺在床上，装病，让梁欢摸摸他的头，好像有点发烧了。

梁欢摸摸王延安的前额："你不烧呀？"

"你的手摸不出来，用你的头碰我的头试试。"

梁欢伏下身子，用前额顶着王延安的前额，不发烧啊。

王延安就势拥抱梁欢："好想好想你！"

"王延安，你装病！"

"我真得相思病了！你摸摸我的心跳都加速了，你再不嫁给我，我就要得恐婚症了。"王延安说，"咱们最珍贵的感情只有通过婚姻才能升华。"他的脸突然通红通红发起烧来，真不知道这丫头听懂了吗？

"你提了个很好的建议……"梁欢用手指戳着王延安的脑门。

王延安捂住她的嘴："别说话，好幸福！"这时电话铃突然响起，王延安松开手接电话。电话是杨志坚打来的，老两口看了电视新闻，祝贺儿子发射的返回式卫星回收成功！不过他今天还要敲打敲打儿子，让他不要翘尾巴。不要羡慕有人当上火箭干部走捷径，要凭真才实学干出业绩来。

"老爸，我知道。"王延安给梁欢使了个眼色让她别吭声。

白雪洁从老伴儿手里抢过电话："儿子，妈妈就说一句话，你别累病了。木秀于林风必摧之，关键是根要深，大风吹不倒。妈妈就喜欢你百折不挠地追求成功！不过妈妈知道你脾气不好，要克制自己，你也老大不小了，早点和梁欢结婚吧。"

王延安让爸爸妈妈多保重！他放下电话给梁欢解释，我家老革命就喜欢教育我，还是我妈说得对，我娶了媳妇，她就不管我了。我不忍心再让她老人家为我操心了。王延安说着话给梁欢削了个苹果。

"梁欢嫁给我好吗？"

"王延安你为什么急着要娶我？"

"上帝告诉我，他派梁欢来管我！我快等不及了！"

梁欢说："我还没准备好。何时结婚听我的。"

"那不公平！下盘棋，谁赢了听谁的。"王延安发出挑战，他觉得女兵都不会下象棋，即使会水平也不高。

"王延安，你真是好战分子，我累了，改天下棋吧。"梁欢推托。

"你怕输吧？"王延安来劲了，摆好棋盘非要开战。

梁欢若有所思地答应："好！"二人坐在桌前对弈。

王延安暗自得意，嘴里念叨着："当头炮，把马跳。等你成为我的手下败将，马上嫁给我！"

梁欢正好抓住时机，将军抽车。王延安急得直挠头皮，又走了一步棋。梁欢的一步棋直逼老帅，王延安想悔棋，却发现自己已经输给了梁欢。这时他才清醒过来，后悔也来不及了，他确确实实输给这个黄毛丫头了。

梁欢笑道："王延安同志，输了就认输，别以为自己天下无敌手。想结婚你就得好好表现，别一脑门子大男子主义！"

"老虎也有打盹儿的时候，我是大意失荆州！咱们再来一盘！"王延安手里摆着棋子说。他哪里想到面前的小女子七岁开始学棋，师从多位高手，每天苦练，棋龄与学龄同步增长，曾多次获市少年冠军。

"甭吹牛！你还想输，咱们就再来。"梁欢说。

王延安立马醒悟过来，不服他还得输。赶紧把棋盘棋子收起来，说，"梁欢，我可不想打持久战了！物理学有条定律，叫异性相吸。咱们正好用上，你说个日子，咱们快结婚吧。"

"王延安，你别打个喷嚏也充满了霸气和王者之气，要好好想想咱俩怎么男女平等，想明白了再说。"梁欢站起身要回去睡觉了。

王延安伸出双臂："来，亲一下！亲一下再走。"

梁欢闭上眼睛。王延安吻了她一下，趁势把她抱起来原地转了一圈，他觉得自己好像抱了一个小火炉暖烘烘的。他的心也随着梁欢的身体悠来荡去，本能地把梁欢抱紧向床边走去，而理智突然提醒他，如果你做出了进一步的举动，会不会违背梁欢的意愿？如果你出格，她会翻脸。想到这儿，他把梁欢放在地上，深情地吻了她一下。梁欢转身走出门去。

月明星稀的夜空下，王延安把梁欢送到宿舍楼下，他站在那儿恋恋不舍，路灯下只有王延安一个孤单的身影，依然久久地看着梁欢宿舍的窗户，他还想去找梁欢，又犹豫，又特别地想她，这个才貌双全的女军人堪称完美，不仅拥有漂亮的外貌，还聪明智慧。跟他回到了发射基地，放弃了上海，放弃了考研，可她为什么还不嫁给我？她到底在想什么？王延安内心着急纠结，直到看到梁欢的窗户灯光熄灭了，他才心有不甘地回宿舍睡觉去了。

王延安回到宿舍，躺在床上，闭上眼睛想入非非，他觉得自己命好，关键时刻就会人生急转弯，总有贵人相助。突然电话铃响起，他抬头看了看墙上的表，表针指向凌晨一点半。他嘟囔了一声，"谁半夜鸡叫？"王延安随手拿起了电话问："哪里？"

"延安，我发烧，头疼得厉害……"梁欢微弱的声音还没说完，接下来是一阵剧烈的咳嗽声。

"我马上就到。"王延安放下电话就穿衣服，他火速跑到梁欢宿舍。

梁欢躺在床上发高烧，深更半夜的，也不好打搅别人，只有叫王延安来，把她送医院就行了。

王延安伸手一摸梁欢的头，滚烫，他不由分说背起梁欢就往医院跑。梁欢不好意思，让王延安赶快放下她，王延安就是不肯。

夜深人静，昏暗的路灯下已经看不见行人。王延安背着梁欢气喘吁吁地飞跑。他的心跳随着脚步越来越快，感到自己心爱的人在最困难的时候首先想到的是他，能帮心爱的人解除困境是他最大的快乐！王延安心里美滋滋地开玩笑说："谁的媳妇谁心疼！连猪八戒都知道背着媳妇跑，你怕什么？黑咕隆咚，又没人看见你。"

"我是心疼你！"

"咱们结了婚住一起，还用我深更半夜地背着你跑吗？"王延安加快了步伐。

"我就觉得猪八戒有所企图嘛。"

"梁欢，你可说对了，猪八戒背媳妇可是心甘情愿，其乐无穷啊！"

王延安把梁欢送进医院急诊室，医生说，梁欢得了急性肺炎，高烧39.8度，再晚来点就危险了。护士来挂上输液瓶就走了。王延安细心地照顾梁欢，用毛巾给梁欢擦脸擦手，跑前跑后忙了一夜。

第二天清晨，梁欢退烧感觉好多了。王延安说："我没想到你还会发烧，看你从容淡定的样子，每天自动调温、持续恒温，迟迟不提谈婚论嫁，我就心急火燎。这下好了，咱俩同病相怜了。"

"你想让我也心急火燎，持续发烧呀？"梁欢的脸红彤彤的。

"哪里呀？我是说，我小时候也得过肺炎，咱们有共同语言了。"王延安把橘汁给梁欢端了过来，让她喝点鲜橘汁。

梁欢喝了橘汁，又说想吃五香瓜子。王延安就坐在一旁给她嗑了一堆瓜子仁，梁欢脸上露出感谢的微笑，突然问："你洗手了吗？"

王延安知道她有洁癖，洗干净手回来，用毛巾使劲儿擦手，故意做给梁欢看。正好病房开饭了，他端起饭碗给梁欢喂饭，梁欢不好意思，王延安执拗地说："能喂一个美人吃饭，我心里特甜蜜！"其实他就是故意让大家看看他们的亲密关系。

为了让梁欢住院住得开心，王延安天天下班后就到医院陪她，给她讲笑话，吸引来一群病友和女护士。王延安知道梁欢喜欢吃糖，就给她买来各式各样的水果糖，让她分给大家吃。于是大家开玩笑说，他们提前吃喜糖了。

梁欢病愈出院时，厚厚的一本《红楼梦》里夹满了五彩缤纷的糖纸还有一封情书。上面写着：

丘比特爱神之箭倒计时开始：10、9、8、7、6、5、4、3、2、1，发射、起飞——

我 10 在太想你了，魂牵梦绕已经很 9 了，请 8 你交给我吧，我绝不会 7 负你，期盼你永远 6 在我身边。5 发 4 这辈子，对你决不 3 心 2 意，此生此世就爱你一个！

梁欢又好笑又好气，王延安的求爱方式独特，这个威猛的男人还有幽默温存的一面。几天下来，他在医生护士里落了个好人缘。

王延安觉得机会来了，他要趁热打铁收获爱情了，找梁欢摊牌说："这次你近距离接触我。应该发现我是外表粗犷，内心温存，体内硬件装配功能先进强大，居家过日子是最佳极品。加上我对你一见钟情，持续高温。如果过了保质期，就要小心死机了。最重要的是老爸官复原职，老爷子想孙子等不及了……"

没想到梁欢从"糖衣炮弹"中回过味来，一撇嘴："臭贫！我就看不上你开口闭口都是老爷子，婚姻与权力无关。"

"你这话不对！老爸是战斗英雄，理应孝敬。"王延安告诉梁欢，他这辈子只沾了老爸两次光。第一次是老爸让他到连队当大厨，先锻炼再搞技术，结果老爷子自己靠边站了。他这火头军历经艰难才奋斗出来搞专业。梁欢这才知道他当炊事员，是位高权重的父亲授意所为。

"还有一次……"王延安不说了，用手指着自己的腮帮子，想让梁欢吻他："你得让我 Happy、Happy！"

梁欢拿起一瓣橘子塞到王延安的嘴里："好了，快说吧！"

王延安这才打开话匣子：那是我上中学时，爸妈各忙各的事业。哪儿有空管我！放学了，我就和一帮同学踢足球，突然肚子疼痛难忍，我挣扎着走到军队大院门诊部，满身是土、满脸是汗地蹲在门前。穿着白大褂的医生护士，没人理我，有人说，别哭了，瞧你那脏样。我捂着肚子，扯着嗓子喊：你们没有人道主义！你们见死不救！不给我看病。我是杨志坚的儿子，我要告诉爸爸，你们不给革命接班人看病！我的身边立刻围满了医生护士。他们七手八脚把我放到推车上，推进了手术室，结果我挨了一刀。

梁欢忍不住笑了起来："你是自找的去手术室挨刀子！还吓唬人。"

"错！那次我得了急性阑尾炎差一点穿孔，好危险呀！只能急中生智，借用一回老爸的大名自救。从那时起我才知道，老爸的名字还是很好用的，只可惜他不让用，老革命正统得很！他的专车都不让我妈坐，更轮不上我了。过去我一直觉得，我妈和我在老爸心中没位置，他心里只有工作。后来，我才知道这是他的原则，其实他很爱我妈和我。"王延安说完老爸，转入正题，让梁欢该嫁就快嫁！要不就打开天窗说明原因！

梁欢讲出了自己的心结，问他和陆莎到底怎么回事？如果王延安不能正面回答，不讲清楚，现在她还来得及悬崖勒马。

王延安坦诚地回答了她的问题，他和陆莎从恋爱到分开，各自寻找意中人，是因为在特殊的历史环境下，发生了很多矛盾，没有谁对谁错之分，因为考虑问题的角度和处理问题的方法不一样，也许再加上追求不一样，尽管她一直在追求我，但是有一点我认定了，我的性格决定了我的人生定会有曲折，我的爱人必须能同甘共苦。现在社会进步了，没有爱情的婚姻还可以离婚呢，何况我们还没有进入婚姻殿堂。为了避免以后出现更多的问题，我必须当断则断。不过，我们不做夫妻还是朋友。

梁欢肯定地点了点头，确实也没有什么可挑剔的了。

王延安又接着说："我喜欢你，爱你，追求你，这是我的自由。当然，如果你不爱我，也可以拒绝我。不管什么原因，现在都还来得及。即使我们分手也还是好朋友。"然后，他坦然地笑了笑，还欲擒故纵补充了一句："我不是人民币，没办法让人人都喜欢我。我应该公正地说，姚明伟是个好男人。"

梁欢没想到王延安的最后一句话"姚明伟是个好男人"触动了她的心，她面对的王延安是一个善良、正直的人，也是一个可以托付终身的好男人，然而要结婚，志同道合是第一条。但是，婚姻家庭里最大的考验不仅仅是有共同的革命大目标，更是现实生活中的柴米油盐，朝夕相处过日子谁也不能勉强谁。于是，梁欢提出："咱们结婚必须约法三章。"

"你快说，什么约法三章？"王延安没想到梁欢明明是个军医，有时却深沉得像个哲学家，居然还会提条件。他连忙说，"我这男人可是科技含量很高哟，你咋忘了我是多功能组合体，上得厅堂，下得厨房，当年还是特级火头军。"

"你答应不？"梁欢突然问。

王延安想都没想就答:"你说什么我都答应,但是,我今天是来下最后通牒的,你打算什么时候嫁给我?"

"你当是上级命令下级,强娶强嫁呀?"梁欢质问道。

王延安紧张了一下,赔上笑脸说:"不敢,我哪里敢?"

梁欢由被动变主动:"王延安,你说,你为什么急着结婚?"

"我有自知之明,我的缺点主要表现在,生活上脏乱差。你的优点主要表现在女性的真善美,我和你可以取长补短。"

"原来你是实用主义呀!"

"梁欢,我喜欢你由来已久,可你总是没感觉。你还记得英雄救美吗?"

梁欢点了一下头。

"我理解女人的美中一定要有柔肠,但不能没有坚强。所以我由衷地喜欢你,爱你,爱之弥深!"

"王延安,你从哪儿学来这么多甜言蜜语?"

"世界名著啊!我是缺什么补什么。"王延安的话把梁欢逗笑了。王延安说的是实话,梁欢卓尔不群,吸引他不由自主地去牵挂。

梁欢和王延安的目光撞在了一起,就像闪电不期而遇擦出火花。梁欢提出约法三章,有一条做不到就不结婚。第一,永远爱我,终生相守;第二,尊重我的事业,不许妨碍我的工作;第三,讲卫生——不许抽烟,上床洗脚。

王延安把右手举起来宣誓:"我保证做到!"他心想这都是什么啊?小儿科!没问题。他大笑道:"就这些呀?我当你会提些什么难办的事呢?没问题,不就是些鸡毛蒜皮吗,我全能做到。哦,梁欢你好像告诉过我,你喜欢小孩子。"

梁欢一板一眼说:"你别打岔!咱们要结婚,必须约法三章。结婚以后,这都是天天要做的事,不能让我天天说啊!"梁欢今天给王延安说正事一脸严肃。她看看窗台上放着的一盆仙人掌,又看看临窗而坐的王延安,虽然他满身刺,但她要以柔克刚降伏这个古灵精怪的刺猬头。

王延安看透了梁欢在想什么,面带微笑问:"你知道世界上第一个飞上太空的宇航员加加林吗?当时苏联有几十个宇航员在培训,加加林能脱颖而出，起决定作用的就是一件偶然的小事。加加林原来排名第三，后来因为他有迷人的微笑，他就成了幸运之星。"

梁欢神气活现地耸耸翘鼻子告诉他，加加林的成功，就是从脱鞋开始，在确定上天的宇航员前，总设计师科罗廖夫发现，在进入飞船参观前，只有加加林一个人把鞋脱下来，只穿袜子进入座舱。就是这个细节，一下子赢得了科罗廖夫的好感。科罗廖夫说，我只有把飞船交给一个爱惜它的人才会放心。于是一锤定音！

王延安若有所思地看着梁欢，女人就是注重细节！不过此时他无话可说，细节决定成败，加加林的好运的确得益于良好的习惯。

王延安想，谢天谢地总算把梁欢搞定了。真是一物降一物，我这个堂堂的发射团副团长，咋让这黄毛丫头搞得魂牵梦萦了？下一步要乘胜追击。

4

秋天是收获的季节，发射场周围到处可见火红的胡杨林，漂亮极了。周末的黄昏，公路上王延安一路小跑，引来路边好奇的目光看着他，问他干啥去？

"锻炼身体，生命在于运动。"王延安人逢喜事精神爽，他挥挥手喜气洋洋地说，"我要结婚了，欢迎你们到时候都来喝喜酒啊！"

王延安心情愉快地跑着，步伐矫健有力，一路传播着喜讯，热情地邀请着战友们。现在他直奔郭志民家求援。

王延安到来时，郭志民一家人正准备吃晚饭，今天改善伙食，李翠华做了几个菜刚端上桌，递给王延安一双筷子，让他尝尝四川麻辣鸡。

郭志民站起身给他倒了一杯酒，热情招呼他一块儿吃。

王延安爽快地坐下，吃了一口鸡丁，大张着嘴直喊："怪味鸡又辣又麻，真是爽！"然后他直言不讳地说明来意，"我可要结婚了，请嫂子到时帮我做喜宴啊！"

李翠华满口答应："只要你信得过嫂子，床上铺的，桌上吃的、喝的，我都管了。"李翠华还说，她今天给儿子的干妈梁欢打电话，请她来吃儿子的生日宴,她有手术没空来。

王延安调皮地敬了个军礼,说:"那我和梁欢谢嫂子啦!我就只管安心工作,等着良辰吉日入洞房,当新郎啦。"

郭志民问:"你真的要结婚啦?"

"郭政委,我要还不结婚,别人都说我是困难户啦!可这发射任务一个接一个,我这婚期一年拖一年,我和梁欢都成了大龄青年。我想好了,结婚这事也得依靠组织、依靠党。"王延安说。

郭志民拍着胸脯满口答应王延安,他来张罗,把部队领导请来,搞一个革命化的、热闹非凡的婚礼。结婚仪式就在发射架下,和战友们一块儿为他这个晚婚模范,好好热闹热闹。

"那我和梁欢就谢政委了!"王延安话音刚落,人已经没影儿了,他要赶快把这个决定告诉梁欢。

梁欢刚下手术台,就心急火燎地直奔办公室,医生办公室里,科主任正在主持一个特殊的活动,发给医院小儿科一张飞鸽牌自行车票,当时名牌自行车非常难买,谁都想要,最公平的办法就是抓阄。大家也都赞成这个办法。于是,穿着白大褂的医生们开始抓阄。大家各拿起一个小纸球看自己的运气如何。

梁欢今天手气好,抓到一张飞鸽牌女自行车票。她早就想要了,以后上夜班可以骑车了。

梁欢兴冲冲去找王延安,没想到他旗帜鲜明反对她买飞鸽牌自行车。梁欢奇怪地问:"为什么?一年我们科只能分到一辆自行车,我好不容易撞大运抓到了。"

王延安斩钉截铁地说:"梁欢你记住,从今往后只要是飞鸽牌的东西,咱家坚决不能要!我给你买一辆永久牌的自行车。"

梁欢生气了:"王延安,你说得好听!自行车多难买啊!没有自行车票就是空话,先买一辆吧。"她觉得王延安真是不可理喻,也太霸道了!

王延安赔着笑脸说:"这是因为我太珍惜你了,我怕你骑上飞鸽牌自行车就展翅远飞了。"

梁欢最终还是把那张自行车票让给了别人。

晚上,王延安在宿舍拿着笔又写又画,堆了满桌子的红纸。见梁欢进门,他抬起头,脸让大红纸映得通红,兴奋地说:"有一种幸福叫牵手,有一种幸福叫在一起,亲爱的,再不结婚我们都老了。"此时,他正在做结婚请柬,他们要亲自登门去艰苦的小点号诚心诚意地邀请老战友前来参加婚礼。

梁欢拿起他自制的请柬看,还挺好看,可她不希望婚礼大张旗鼓人太多。

王延安亮着大嗓门说:"咱们的结婚大事,我已经交给郭政委全权办理。你就放心吧。"王延安就是想在航天城广而告之,梁欢从此名花有主,而他就是护花使者!

郭志民把帮王延安操办婚礼的事交给了尚达飞,特别强调:此事一定要办好!体现领导和组织对科技干部的关心,办一个有教育意义的革命化的婚礼。

尚达飞马上表态:我保证让领导满意,请郭政委放心,一定给王副团长办个革命化的样板婚礼。尚达飞领受了任务,马上给王前进打电话,商量几个人凑个份子给王延安送份结婚礼物。

王前进马上表示赞成,问他送什么好?两个人商量来商量去。尚达飞很想借此机会表示一下心意,一来感谢王延安帮他家出了气,找回了尊严;二来也可拉近和领导的关系,两全其美。因此他想送个贵重点的东西。

王前进觉得自己曾和王延安在清沙连朝夕相处了一段时间,对他的脾气个性有所了解,于是建议道:"送王延安太贵的东西不会要,他给你退回来咋办?"尚达飞对领导的事向来很慎重,也非常同意王前进的意见。他们又和唐水娃去商量,千万别把马屁拍在马蹄子上,得让领导高兴才是。

老兵们还没商量好给王延安送什么结婚贺礼,王延安和梁欢已经乘绿色吉普车给他们送请柬来了。航天城里什么都是代号,人名是代号,地名也是代号。小汽车在戈壁滩公路上开得飞快,路过一个个部队营房的小点号,来到了小5号。

王延安提前告诉梁欢,那是个"和尚庙",清一色的男兵。梁欢马上发愁了，没有女厕所怎么办？

王延安觉得这根本不是什么问题，火车和飞机上不都是男女通用厕所吗？你去方便，我给你站岗。他开导梁欢，咱们都是当兵的，你可别瞎讲究！唐水娃说了，水库给咱们准备了好多西瓜和哈密瓜，管饱吃，吃够了，再拿车拉，能拉多少拉多少。

"王延安，你可不能白吃人家的！"梁欢生气了。

王延安拍拍衣兜说："这次你可说错了，我带银子了。唐水娃说了，他的床底下都是西瓜、哈密瓜，吃不完就要烂了。这地方没有老百姓，没地方卖瓜去。他们那里没有女人，今天让他们饱享眼福看看我的红色娘子军。"

梁欢假装生气："王延安，你又胡说了！"

"梁军医，那地方真是荒漠一片，缺人气，更缺女兵。你送医送药，外加给大家唱歌跳舞，他们保准最欢迎你。"

果然，王延安和梁欢到了戈壁滩的水库，成了一道亮丽的风景线。仅有的8个战士都围了过来。王延安、梁欢和他们一一握手。战士们高兴极了，拿出自己种的西瓜和哈密瓜请他们吃。

这里西瓜有的是，就是难得来个人，白天兵看兵，晚上兵看星。看不到外面来人，更不要说看女兵了。就连这儿养的黑狗和大白马都是公的。

王延安笑道："那你们这儿应该叫辛格尔水库。"

战士们不懂啥叫辛格尔？

王延安说："辛格尔，蒙语的意思就是雄性世界。"

"雄性世界、男性世界，都不好，太寂寞了。"几个兵坦露心声。

王延安拿出喜糖让战士们吃。他们艰苦在于寂寞，光荣在于戈壁雄风刮不倒男子汉，航天城的人都要喝水库的水，谁都离不开他们，可生活在这儿确实不易。

长期的寂寞生活使唐水娃变得有点木讷，他见了王延安和梁欢还有点紧张，说话也有点结巴："王、王副团长，水、水泵坏了，我先去修、修理。不然发射场停、停水怎么办？"

"我刚来你就想跑？"王延安一把拉住了唐水娃。

"真……真的！真要去干……干活。"唐水娃一紧张更结巴。王延安就和他一起修水泵去了。水泵没啥大问题，很快就修好了。

当月光洒满大漠时，面对着水库里的圆月亮，官兵们坐在一起吃喜糖和西瓜。王延安是急性子，吃西瓜不吐籽，吃得比谁都快，一会儿，他面前就堆起了好多西瓜皮。他边吃边对战士们说："你们别看见梁欢就不好意思啦。男女搭配干活不累！吃饭也香。都快吃呀！"他拿着西瓜给大家分，"快吃！快吃！我借'瓜'献佛。"

有个战士却拿起西瓜去喂大白马，还轻轻地抚摩着马头："快吃吧，以后你就是我们的辛格尔马了。"

王延安一高兴，就为辛格尔马赋诗一首：喝的是矿泉水，吃的是中草药，拉的是中药丸，走的是黄金道，撒的是口服液，哼的是流行调。

梁欢瞥了他一眼："王延安，你又作歪诗啦。谁家的马粪是中药丸？又大又臭！"

几个战士回过味来，忍不住笑了起来。

"以苦为乐的比喻啦！这都不懂。"王延安不但不生气，还颇为得意，"我这人虽说不笨，可就是缺少点文艺细胞。还是苏轼厉害，他的词跟月亮一样千古。我借他一句用：但愿人长久，千里共婵娟！"

这时，唐水娃给王延安递上一块西瓜，王延安接过西瓜起哄说："大家欢迎，我的新娘子梁欢唱首歌。给点掌声好不好？"

战士们一起鼓掌，齐声喊："好！"

梁欢太了解王延安了，所以早就做好充分准备，她大大方方站起来给战士们唱了一首歌：

> "轻轻踏在如银的月光里，
> 好想走到你的心田里；
> 悄悄地告诉你，
> 我是多么爱你。
> 你是高山一座，
> 在风雨中默默思索。
> 你是红柳一棵，
> 深深扎根在戈壁大漠。

你很伟大，
用青春燃烧着神剑的天光地火。
你很平凡，
在银河里找不到你的星座。
你为共和国搭起了通天的云梯，
你用双手托举起卫星遨游太空……"

梁欢的歌声刚落，唐水娃的神经放松了，也不结巴了，直言不讳地说："这是新娘给新郎唱的情歌，多好听啊！"

王延安大声宣布：作词王延安，作曲梁欢。此处给掌声。顿时，战士们开心的笑声和掌声回荡在水库上。

第二天，王延安和梁欢前往清沙连，邀请沙宝石连长和王前进来参加他们的婚礼。王延安故意板起脸来特别声明："我可不搞请客送礼！你们也别无产阶级装资产阶级，当兵的没钱，谁也不要给我送礼！送来也退回去！"

一阵大风刮来，沙连长让他们赶快打道回府，以免路途危险。

王延安回到宿舍，就打电话请远在北京的向志远和陆莎来大漠发射场参加他们的婚礼。王延安说："志远大哥，我要请你喝喜酒，你一定要带着陆莎来参加我的婚礼。你想想，我老爸老妈不能来，你再不来，我这终身大事，没个家人来参加，好像是咱私订终身，总有点不对劲儿。向大哥，你快从北京飞来吧！我请你来当证婚人。"

向志远一看是星期天正好有空，就答应了，乘飞机，明天就到。

王延安担心陆莎不来，故意开玩笑说："向大哥，你雷厉风行，说话算话啊！我可看上你这个儿女亲家了。你得赶快给我生个儿媳妇，让她嫁到发射场来。我这次可是为我还未出生的儿子预定儿媳妇。晚了来不及天仙配啦，哈哈哈……"王延安的笑声很有穿透力，顺着电话线跑到了北京。

陆莎正在北京休探亲假，怀疑王延安打埋伏，请他们去戈壁滩参加婚礼，准有什么事。陆莎插话说："王延安，你让我们两口子千里迢迢去参加你们的婚礼，你打什么小算盘就直说吧。"

王延安哈哈笑着一语双关:"大哥嫂子,我可是真心实意请你们来看牛郎织女天仙配的!"他就是要让前女友陆莎来看他娶了个好媳妇。

其实陆莎也想借此机会提前离开北京,早点结束休假,和厉害的婆婆同住一个屋檐下,惹不起还躲不起吗?还是回到部队舒心惬意。

5

向志远家刚进行了一场婆媳大战,原因很简单也很可笑。向志远有了媳妇有了家,趁着陆莎来北京探亲的机会,想着自己的老母亲含辛茹苦把自己带大不容易,现在应该尽孝道了,就把老母亲从山西接到了北京。陆莎刚开始也很高兴,她觉得向母从年纪轻轻起就守寡,一个人带大了五个女儿一个儿子,一定是一个吃苦耐劳能持家的女人,到北京来帮他们管家也会是把好手,这样他们一心干事业就没后顾之忧了。

婆婆刚来那天,陆莎为婆婆准备了吃的用的穿的,里外三新堆了婆婆一床,婆婆一见到儿子和媳妇也是眉开眼笑。婆婆穿上媳妇给买的新衣服说:"你们的日子好过多了,房子也大,钱也比老家多,娘来给你们管家,你们好好工作就行了。"

陆莎睡到半夜,想起来上厕所,睁开眼睛看到婆婆站在他们卧室里,伏下身子正在摸她儿子的脸蛋。陆莎忽地坐起身来,婆婆吓了一跳连忙说,她是来给儿子盖被子的。儿子从小睡觉不老实,爱蹬被子,别冻感冒了。

陆莎觉得那种异样的感觉真是难以形容,可是看向志远还在睡觉,没吭声,就去洗手间了。等她回到卧室,婆婆已经回她的房间了。

第二天,陆莎把这件事告诉丈夫,向志远白天工作太累,晚上睡得太沉,他什么也不知道。陆莎觉得他们夫妻太没有隐私了,可那是婆婆,自己也不好说什么。

婆婆确实很能干,干活麻利,很快就拿出当家做主的样儿,先把儿子的工资全部拿到手,买什么,吃什么,全是婆婆定,家里大小事必须听从她老人家的,丈夫百依百顺从不提反对意见。婆婆每天都做儿子喜欢吃的菜,陆莎只能打小工洗菜择菜,婆婆亲自掌勺。饭桌上,婆婆把儿子喜欢吃的好菜先夹到儿子的碗里。婆婆还转过头来对陆莎说,在山西老家,当媳妇的要在厨房等着吃剩下的饭菜……你这个女军官不懂规矩,我这个当老人的也不跟你计较。陆莎的眼泪唰地就滴到了饭碗里,放下碗走了。

婆婆刚来虽然强势但也勤快,每天到他们的卧室里,把她儿子的裤衩收出来洗干净。她自己和儿子的外衣以及那些床单被套都让媳妇洗。婆婆还对陆莎说,儿子从小都是穿我洗的裤衩,他穿得舒服。陆莎无语,转身就走。

陆莎过生日那天,向志远跟他妈妈说,要给陆莎准备一份生日礼物,他要上班请妈妈代办。晚上,精美的包装盒放在客厅的沙发上。陆莎回到家,打开礼品盒,里面躺着一个漂亮的男娃娃。

婆婆说:"我都跑断腿了,才买到一个男孩子,怎么商店里卖的洋娃娃都是丫头片子?谁要呀?你看我儿子都是快奔四十的人了,我家是单传,我就想要个孙子。"

陆莎不敢说婆婆,对丈夫说:"你怎么是封建主义脑袋瓜啊!咱们可是有言在先呀!要先立业,再生孩子的。"

向志远还没吭声,婆婆看着媳妇厉声说:"你是个女人,难道你不给我们老向家留下一条根吗?不孝有三,无后为大!那你结婚干什么?那不成了不下蛋的母鸡啦?"

陆莎气坏了,脸憋得通红,但她不想与没文化的婆婆争吵,他们夫妻分居两地,工作又忙,谁来照顾教育孩子?

向志远看陆莎生气了,劝她要理解妈,老人家早就想抱孙子了。他欲言又止,他想,陆莎有了孩子就会转业回北京,他们家也就像个家样了。

这时,婆婆拍着胸脯大包大揽,孙子由她来带,她生养了六个孩子有经验了。但是,前提是要把两人工资全交给她,婆婆就留在北京不走了。

吃完晚饭,向志远一推饭碗,站起身又坐在沙发上看报纸。陆莎要洗全家人的衣服,让丈夫去洗碗。婆婆发话了:"让我儿子洗碗,那我儿子娶你干吗?"婆婆理直气壮地布置陆莎先洗碗收拾桌子,再扫地擦地,然后洗衣服。陆莎一想自己是部队干部怎么能和老太太吵架呢,就忍气吞声干完一整套家务活,一看表已经是晚上11点了,她的生日就这样过去了。她气哼哼地冲进卧室关上门,两口子像斗架的公鸡吵了起来。

陆莎一肚子火冲口而出:"你妈就知道传宗接代,抱孙子。封建脑袋瓜把儿媳当保姆用！你快让她回老家吧，我太压抑了。"

向志远轻声说："你知道我妈多想抱孙子吗？她老人家天天念叨：不孝有三，无后为大。你得理解她，她毕竟年龄大了，也没文化，改也难。"

陆莎觉得婆婆太不可理喻，赌气说："让老封建年年想、月月想、天天想孙子吧！我就不给她生！"

向志远抱着枕头和被子躺到沙发上，嘴里嘟囔着："不生就不生！也别像只母老虎！"

"你说什么？"陆莎嗓门提高了八度。

"不是老虎是老婆，你就不能温柔点，有点女人味？"向志远不想让母亲听到，也就不跟她一般见识，心平气和劝慰道，"老婆，你别生气，切记要保持冷静。"

"你还是男人呢，不敢对你妈说半个不字。"陆莎火冒三丈，她很想看看有涵养的丈夫生气发脾气是啥样的。

向志远偏偏不爱发火，你火你的，我惹不起你，还躲不起你吗？他躺在沙发上睡觉，还假装打呼噜。

陆莎无论说什么，向志远都不理她了，那感觉就像对牛弹琴。陆莎这个生日郁闷得一夜无眠，也没想出好办法来对付厉害的婆婆。听人说，恶婆婆养好男人。向志远没有官气，为人平实随和。大家都喜欢他，因为他从不对属下发火，即使谁有错误，他也会巧妙地点出来，或者单独叫到办公室来谈，从不伤害对方的自尊心。陆莎最终想通了，这也许是多年从事科学技术研究的缘故，他不会官大一级压死人。何况对他自己的母亲更是温和孝顺。

陆莎知道，向志远惹不起就躲。不过，他是大智若愚，还真有傻福气，组织上看重他，把他提到总师的重要岗位上，懂技术的人多了，能当专家型领导的可并不多。

陆莎始终想不明白向志远这种无私奉献、不求索取的人，她这个党员都自愧不如，为什么入不了党？看到婆婆她明白了，丈夫家庭出身不好，又是苏联留学生，入党很难。

向志远最大的福气是娶了陆莎，有了政治保护伞，从此得到了组织的信任。

"别难过，入不了党也没关系。你有技术专长，走遍天下都不怕。男人还得靠本事吃饭。"陆莎现在想起来，也觉得自己是有眼光的。不过婆婆确实是个让她头疼加闹心的人。好在她也能回到部队躲婆婆。

向志远接到王延安邀请出席结婚仪式的电话，当即给姐姐打了电话，并买了许多礼物，第二天就把母亲高高兴兴地送上了回山西老家的火车，陆莎的心病总算随着火车的轰鸣声远去。他们可以放心地飞到大漠航天城去了。

6

王延安和梁欢的婚礼选择在风和日丽的星期天。地点就在发射场坪旁的开阔地上。王延安和梁欢穿着军装，戴着红花，迎接着亲朋好友入场。

向志远和老兵王前进、唐水娃成为王延安的家人代表。陆莎和李翠华成为梁欢的伴娘。陆莎看着王延安心里就酸酸的，后悔自己嫁给了向志远，只知道工作，不会生活，缺少幽默感，最让她难以忍受的是，婆婆的刁难和挑剔。想到这里她忍不住回过头去悄悄掉了几滴眼泪，但很快克制住自己的感情，回过头来对梁欢耳语道："看来王延安是真心爱你的，我祝你们白头到老！"

尚达飞在忙着招呼来宾。他坐在一张桌子后边，专门登记来宾送礼。他身后的贺礼大都是：暖水瓶、洗脸盆和锅碗瓢勺之类居家过日子的生活用品。虽然不值几个钱，但什么都有，数量多得可以开日用品商店了。

郭志民来了，他与众不同提着一个方方正正的红布包，外面用绿色军用背包带捆着，看上去挺沉，他把贺礼使劲儿往上一提放了桌子上。

大家都想知道，郭政委送的什么贵重礼品？这么重！

郭志民颇有几分得意，说："礼物非常贵重！现在暂时保密！"他对王延安耳语："新郎官，你今天可要听我指挥。这是我在部队主持的第一场婚礼。你不听招呼我就罚你唱歌。"

"郭政委，我唱歌跑调。但我保证服从命令听指挥。"王延安转过头来说："向大哥，你是证婚人，关键时刻要救场。咱知恩必报！"

梁欢突然看到来了长龙般的部队，紧张地拽了一下王延安的衣角说：

"延安，咱们这婚礼怎么来了这么多部队呀？你当这是打人民战争呢？"梁欢看到呼呼啦啦来了这么多的兵，众目睽睽的，好紧张！脸上火烧火燎的，心跳也加速了。

王延安看到发射团的兵就眼睛发亮，精神振奋，自豪地说："这都是我们发射团的精兵强将。"他就是想让发射团的官兵都看看，他爱发射架！也爱老婆！他要在发射架下，当众承诺和梁欢相守一生，白头到老。

王延安拉住梁欢的手往前走，梁欢羞红了脸不好意思地低下了头。王延安贴近梁欢耳语："结婚和发射一样，要处事不惊，众人面前勇者胜。快抬起头，让大家看看美丽新娘素面朝天也漂亮。"

结婚仪式正式开始。主婚人郭志民宣布：王延安和梁欢今天结婚，一个是发射英雄，一个是救死扶伤的女军医，一文一武，郎才女貌，非常般配。现在发射架做证，结婚典礼开始。

郭志民转过头来说："新郎，新娘，你们都是革命军人，共产党员，战友加同志，你们愿意结为夫妻，同甘共苦，终生相守，彼此相爱，白头偕老吗？"

王延安昂着脖子大着嗓门回答："我愿意！"

梁欢红着脸说："我也愿意。"

郭志民主持婚礼：一拜天地，天上是我们发射的卫星，地上是我们的发射架，两位新人向发射架敬礼。王延安和梁欢向发射架敬军礼。

二拜父母，两位新人父母都没来，就分别向老家方向敬军礼。王延安向北，梁欢向南，他们背靠背碰到一起敬礼，人们发出了笑声。

郭志民清了清嗓门镇住笑声说："三是夫妻对拜，两位新人互敬军礼。"王延安和梁欢面对面敬军礼。

部队官兵突然爆发出雷鸣般的掌声，在大漠回荡。梁欢把脸羞红了，不好意思地低下了头。王延安却把胸脯挺起，面带幸福的微笑，转身立正给官兵们敬了一个标准的军礼。

接下来是新郎新娘介绍恋爱经过。王延安嗓门洪亮，说："同志们，我们军营是男子汉的世界，戈壁滩更是雄风浩荡，男多女少，物以稀为贵！瞄准好姑娘就牢牢抓住，不能放手，谈恋爱如同打仗，我们铁血男儿永不言败，不获全胜决不收兵！今天你们是我们的证婚人，明天腾飞的火箭是我们新婚的礼炮。"王延安用右手举起了拳头作宣誓状,引起了一片掌声和笑声。王延安更来劲了:"今天是我和梁欢大喜的日子,我们祝大家幸福快乐!同喜!同喜!"

梁欢红着脸,瞥了他一眼。

郭志民清了清嗓门说:"下面请新郎新娘为大家表演节目。"

王延安美滋滋地清了一下嗓子,仰着脖子翻来覆去地只大声唱一句歌词:"甜蜜的生活,甜蜜的生活……"

大家一片笑声。

梁欢拉了他一把:"不会唱就算了,别出洋相。"

于是,王延安又故意清了清嗓子,下意识地看了一眼郭志民,换了一种口气严肃地说:"同志们,我的歌唱完了,我再给大家宣布一条纪律:我们结婚不收礼,婚礼结束后所有礼品物归原主。我们穷当兵的钱要用到刀刃上。大家这份战友情意我都收下了!"王延安和梁欢不约而同向大家敬了一个标准的军礼。

这时,两个老兵抬着一个红布盖着的礼品走上来。王前进涨红着脸说:"新郎新娘,这份礼品你们一定要收下!"大家的目光一起转向那神秘的礼品。

王延安掀开红布盖着的礼品,这是一个胡杨木雕的火箭模型。还挂着一个红布条,上面写着:神箭在手,永结同心。王延安接过火箭模型,高高举起说:"这个礼物我收下啦,我要感谢士兵兄弟们,你们才是真正的英雄。发射勇士们,咱们在天边的发射架下共创中国航天的辉煌,让中华民族为我们骄傲和自豪!"他煽情的话语赢得了一片掌声。

郭志民突然严肃地说:"我送你们的结婚礼物是绝对不能退的!"

众人愕然,目光聚焦在那个红布包袱上。郭志民在众目睽睽下,小心翼翼解开绿背包带,打开红布包袱。那里面装着一摞厚厚的精装本红宝书。所有惊愕的目光聚焦在那摞书上,那是一套《马恩选集》、一套《列宁选集》和《毛泽东选集》。当然,这份礼物王延安必须收下,这是政治任务。

婚礼结束后,陆莎很感慨也很羡慕,自己当时怎么就不明不白地嫁给了向志远,连个明媒正娶的仪式都没有。想起来就后悔,这辈子都遗憾!

向志远也后悔当时听陆莎的,结婚也要革命化不搞仪式,他们的结合缺少一个良好的开端。两个人现在悔得肠子都青了。

王延安的新房门上贴着向志远写的对联:举杯邀月,恕儿郎无情无义无孝;献身航天,为国家尽心尽力尽忠。横批:永结同心。门口放起了鞭炮。王延安拦住了要闹洞房的人:"大家听着,今晚谁也不准闹洞房。我们要执行任务了,谁明天打瞌睡,我就罚谁扫楼道。"官兵们都走了。

王延安拦住向志远和陆莎让他们等会儿再走。

向志远说:"王延安,我可不想为你打扫楼道。有事咱们明天说。"

"老兄,你可不能走啊!我有要事相商。"王延安一把拉住了向志远。

向志远奇怪地问:"什么事,比你新婚之夜都重要?"

陆莎接上话茬儿:"王延安,你要冷落了新娘子,大哥大嫂可不饶你!"

他们坐在王延安的洞房里,洞房极其简单朴实,两张单人床并在一起成为双人床,放着两床绿色豆腐块似的军被。

王延安这才对向志远打开天窗说亮话,请他不远万里到航天城来,更重要的任务是帮忙看看技术革新方案是否可行,王延安要充分利用向志远航天专家的智慧大脑,不能资源浪费!

陆莎说:"王延安,你可真会抓公差,明天请我们吃喜宴。"

王延安一拍胸脯说:"那当然,你们在发射场的食宿和飞机票我统统包了。梁欢负责落实。"

梁欢笑道:"没问题,我落实。"

王延安不管那些婆婆妈妈的事,他的眼睛要盯着航天技术前沿,要向志远助他一臂之力,给他智力支持。王延安把一摞材料塞到向志远手里,送他们出门时,王延安征求意见说:"向总,听说大山发射场需要技术力量,我还没想好去不去,你说呢?"

向志远没说话,这事一时半会儿不好回答,他们就先走了,陆莎的心里却掀起波澜。

这时,李翠华在新房里拿着一把把红枣和花生往床上撒,嘴里还念念有词:"一把花生一把枣儿,大的跟着小的跑,多子多孙多富贵,吉祥如意白头老。"

郭志民觉得老婆大字不识，儿孙满堂的理论还一套一套的。部队不兴那一套，现在是计划生育，只生一个孩子。让李翠华快点齐活走人。

李翠华边干活边说："梁欢呀，我说的可是老人传下来的老理，我们老家就是儿女多，家道盛。谁家儿子多，谁家就有劳动力，自留地都能多分点。打架也人多势众，别人不敢欺负你。"

"少说两句，没人把你当哑巴卖了。走，回家。"郭志民拉着老婆就走，众人笑着跟着他们走出门去。

王延安的新房终于静下来了。梁欢正在卫生间洗脸，就听到王延安在床上兴奋地叫着："哎哟，哎哟！哎哟喂！双人床真宽敞啊！太美了……"

梁欢满脸香皂沫一个箭步冲进屋，满是香皂沫的手捂住了王延安的嘴："干吗呀你？让别人听到了，还以为你怎么着了呢！"

王延安一脸顽皮："梁欢，你快躺下，这被子真舒服！"

"王延安，你自己舒服就偷着乐吧，别那么夸张，让别人听见了多不好意思。"

王延安高兴地在床上翻了个前滚翻。他好高兴啊！就是要让大家知道，他打败天下无敌手，娶了梁欢真幸福！

"咦，你怎么童心大发了？我是该把你当领导一样敬着？还是当孩子一样宠着？"梁欢真不知道他今天哪根神经搭错了位。

"你应该是像情人一样爱着我。我每天上班神经多紧张，发射工作不能有丝毫的纰漏，每个工作环节都要尽善尽美，好累呀！现在我有了自己的家，可以彻底放松绷紧的神经。在老婆面前，我可不想装模作样假正经，戴着面具多累呀，我的天性就是追求幸福和快乐！"王延安说完高兴地在床上来了个头朝下倒立，眼睛倒着看梁欢。

梁欢洗漱完毕走到床边，王延安热情地拥抱她，猛地亲了她一口，说："送给我的新娘子新婚第一吻。有老婆真好！那个大哲学家费尔巴哈说：人活着的最主要的任务是让自己幸福。太对了！"

梁欢提醒他："大家都在批判费尔巴哈……"

"毛主席教导我们要一分为二，好了，今天咱们不谈政治，其实，人人都在追求幸福。"王延安说着，一把就把梁欢搂入怀中，"从今天开始，梁欢就是我老婆！不管谁来抢，我都会把他打得落花流水！"

"王延安，你咋那么好战？"

"军人就是打仗用的。我就是护花使者。"王延安的嘴唇贴近了梁欢，"高尔基说，快乐是人生中最伟大的事。咱们要一起快乐快乐！"

梁欢枕着王延安的胳膊，全身莫名其妙地紧张起来，在他耳旁提醒他："别忘了，军人不仅要打仗，还有和平使命！你对我温柔点！"

"梁欢，我胳膊都麻了，咱们换个姿势。"王延安说完，一个翻身像老鹰抓小鸡一样俯冲下去，又接着一阵手忙脚乱，热血澎湃的他不知道该如何享受新婚"盛宴"，梁欢不说话，柔情蜜意地展开双臂把他拥抱在怀里，他用热情冲击着梁欢，自己呼哧带喘，满头大汗，很快进入高潮，这可是幸福的人生第一次啊！

第十二章

1

从王延安的婚房出来，向志远和陆莎回到发射场招待所的房间里，陆莎一路无语想着心事，她心里有一种说不出来的羡慕嫉妒恨，不过想到居家过日子，相爱容易相处难。各家都有各家的难处，不管怎么说，自己家是仰头的老婆低头的汉，王延安家反之，她就不相信火暴脾气的王延安能和心比天高的梁欢永远和平相处，等着瞧吧，好戏还在后头。

向志远正在翻看王延安给他的那堆文字材料，他没想到王延安的脑子里会出现这么多奇思妙想，这一大堆技术革新方案也真够让人琢磨的。

"你快睡觉吧，我就知道这小子热情地邀你来参加婚礼，肯定另有所图。王延安陶醉在幸福的新婚之夜，你却在这儿熬夜劳神，真是傻大哥！"陆莎洗过澡上床睡觉了。

向志远让她先睡，他觉得王延安考虑的问题很有意思，他要研究的东西一起步就要去赶超科技前沿，是前瞻性的科研项目，很有价值。王延安的这些技术改造方案他得好好琢磨琢磨，如果能实现，不仅能提高发射可靠性，而且还能为国家节约几百万元经费。

陆莎拿手在向志远面前晃了晃说："向志远同志，你不是在做梦吧？美国人已经登上了月球。"

向志远很不服气："那你就等着看吧，外国人能做到的，中国人也能做到！"

"好了，好了，我的好老公，王延安已经洞房花烛夜了，你就不要为他人做嫁衣了，早点睡吧！"

向志远试探地问陆莎，咱们今晚也亲热亲热？

陆莎不置可否，她在想，王延安和梁欢的婚礼多有意义啊！突然冒出一句："结婚是一个人的终身大事，你看咱们连个像样的仪式都没办，我怎么不明不白地就嫁给你了。"

向志远放下材料，把脸凑过去，赔着笑脸说："老婆，咱们结婚虽然不如他们隆重，咱们生孩子可要赶在他们前面，生个儿子，让王延安的姑娘嫁给咱儿子，你看好吗？"

陆莎马上反对："咱们可是有言在先呀！要先立业，再要孩子。"

向志远失望地看着陆莎说："莎莎，我真的很想要一个孩子。我妈很想要一个孙子。"

"我现在不想生孩子！"陆莎气哼哼地想，你就像温开水，连点激情都没有，我生儿子谁带？

向志远的激情被老婆泼了冷水，尴尬极了，赶快给自己找台阶："人到中年，哪还有那么多浪漫激情，家里平平淡淡才是真，安安稳稳才是福。陆莎，你快睡吧，让我安静会儿。"

"你是机器人啊？脑子里怎么只输入了工作程序？唉，没情趣！"陆莎长叹一口气，把脸转向墙壁想心事，她和向志远结婚好几年，深知航天事业才是丈夫的最爱，他满脑袋都是参数，整天想的都是数据，连他自己的生日都记不得。就让他绞尽脑汁帮王延安解难题吧。不过王延安透出的一个信息很重要，大山发射场初建需要技术骨干，也许能给她的发展带来机遇，与其调到北京专业不对口，还要受婆婆的气，不如去大山发射场闯荡一番，反正他们夫妻分居也不来"电"，还不如自己在事业上大显身手。

第二天，发射场晨曦微露，一缕阳光照在了新房的婚床上。王延安醒来看见梁欢，心情无限好，俯下身子吻了她一下。然后，一骨碌爬起来，起身穿军装。

梁欢惊醒了，睁着一双大眼睛奇怪地问："咱们不是有一个星期的晚婚假吗？你干吗去呀？"

"我出操去。不能让别人笑话咱们结婚就睡懒觉！"王延安穿好衣服说，"谈恋爱是隔着层面纱眉目传情，不带劲儿。还是结婚好，激情燃烧的青春。我老婆纯洁美丽又可爱。有了精神原子弹，我浑身都是劲儿！"说着系上武装带，他整理军容风纪一点都不耽误嘴上说话，"老婆，咱带兵的人肩上的担子重。从今天起咱家大权交给你了，家务事你来办。我这个 01 指挥员要在其位，谋其政，从严治军，全力以赴抓发射。"

"我也是军人呀！咱们要共同分担家务。"梁欢很不服气地噘起嘴。

"常言道：国家的事再小也是大事，家里的事再大都是鸡毛蒜皮。你就在家做早饭吧！"王延安下达了婚后的第一道命令，他话音刚落，就风风火火出门了。

梁欢看了一眼墙上的钟表，突然在后面喊："大清早你看错表了，早起了一小时，起床号还没吹呢！你干什么去？"

"出操！"王延安出了门，就不想往后退，神清气爽地在大操场上溜达了好几圈，部队才吹起床号开始出早操。

王延安人逢喜事精神爽，他吃过早饭，来到发射控制室，作为副团长他分管发射任务，他把喜糖首先带给了这里的嫡系部队官兵，让他们都沾点喜气。当然这些技术干部一见他也都有点紧张，他往操作员潘建新身边一坐就考他，让他说这个"点火"按钮按下去后，将会引起火箭上哪些仪器做出反应，这个控制过程都经过哪些环节，箭上仪器动作之后又会引起地面控制台上有什么显示，一连串的问题难住了潘建新，他支支吾吾红着脸说不出来。

王延安收起微笑，严肃地说："潘建新，你这个国防科大的高才生光有理论知识还远远不够，虽然你刚来，但是你也要理论联系实践，你这一按下去，你都不知道会产生什么后果，你不是盲目操作吗？"

王延安指着墙上的挂图，要求他从这几张大图上，遥测、外测、动力以及火箭燃料加注和各系统的联系部位都要分辨出来，并按照顺序跑出大图来。

潘建新站在大图前神情紧张，跑着跑着图就"跑"乱了，脸上的汗珠涔涔而下。

王延安拍拍他的肩头："好啦，我知道你潘建新在大学时成绩名列前茅，所以我要把你放到这个关键岗位上。记住，你的岗位没有一般，只有最好！今晚我还来检查。"

可是那天晚上王延安没来。潘建新可松了一口气，掌握那些设备不是那么容易的，他得赶快进入状态。后来他才知道，不是王延安想放过他，而是王延安的家里出了状况。

王延安和梁欢结婚的幸福小屋在筒子楼里。他们的婚房着实狭小，楼道里也拥挤不堪，而且一出房门正对着楼道的公共厕所，男左女右的厕所不时飘出屎尿味。紧靠着的就是盥洗间兼厨房，无论里边做多香的菜，也盖不住楼道里飘荡的臭味。

最糟糕的是，这天医院正赶上一台手术把梁欢叫去上班了，王延安下班回家，打开家门一看，满地都是屎尿汤。原来是女厕所堵了，屎尿流了一地臭气熏天不说，还把床底下王延安的技术书和梁欢的医学书统统都淹了。王延安立刻给梁欢打电话，梁欢一进家门看到她的沾满黄色尿迹的医学书当时就哭了，让王延安万般心疼。两口子只好连夜卫生大扫除。

第二天上班，王延安去找郭志民述说这件事。王延安愤愤不平地说："住房条件太差，我要是当后勤领导，首先改善军人和技术干部的住房条件，这是安居工程，没房住怎么搞国防？我得给基地政委写封信，请党委关心群众生活。"

郭志民劝他，这也不是你一个人的困难，现在国家还要勒紧裤腰带过日子。党委一直号召咱们要自力更生艰苦奋斗，要忍耐，你还是不要写这封信啦。集中精力把本职工作干好。

王延安却认为，改善群众生活和艰苦奋斗发射卫星不矛盾。这封信他一定要写，这应该成为党委的一项工作，不能只让大家忍耐；要力争三年改观，让科技干部有房住，才能吸引更多的年轻大学生愿意来航天城工作。王延安知道他和郭志民总是说不到一起，即使郭志民不同意他的意见，他也要向上级反映。

但这些飘荡在楼道里的烦心臭味并不影响王延安的幸福生活。让他没有想到的是，梁欢特别会做饭烧菜，结婚以后自然而然就成了家里当之无愧的大厨。王延安从此坐享馋嘴美食。

梁欢每天下班回家，脱下军装，第一件事就是到厨房洗菜做饭，王延安进家门就会边脱军装边乐呵呵地说:"老婆,谢谢你!咱俩丢卒保车,要有一个为家庭而放弃事业光环的人。"

梁欢很爽快地说:"行,我支持你!我要值班的话,你把家务活都留给我好了。"

他们家洗碗是成批处理,早中晚的锅碗瓢盆统统泡在大锅里,晚上下班回家集中优势兵力打歼灭战。王延安有时也会卷起衣袖大干一场,他抢过堆泡在水池里的锅碗瓢盆洗起来。梁欢刚走,他又愁眉苦脸地探出头来喊:"万能的好老婆,你看这个不锈钢的高压锅咋就是洗不干净呀?"

梁欢无奈地走过来,原来是高压锅里的稀饭汤已经干在上面了,梁欢按住锅把洗刷干净后,举起锃亮的锅给老公看。王延安对着锅左看看右看看,把那个锃亮的锅底当镜子照,然后潇洒地理理头发说:"锅里的帅哥必成大器也!"

"美得你,还自以为是帅哥呢。"梁欢真是又好气又好笑,"我知道你在外面是英雄,回家像狗熊。三分钟没动静,就是大睡熊。"

"什么熊都行,只要老婆把我当作重点保护动物就行。我累了想眯一会儿,打个盹儿就行。"王延安说完喜滋滋地走了。

梁欢知道王延安工作压力大,下班回家就累了,躺在客厅的沙发上一闭眼睛就能睡着,他还打起了香甜的呼噜。做梦都是他这辈子运气好,选择了自己最热爱的事业,娶了聪明贤惠的老婆,才貌双全,还特别理解他、支持他,从不怪他早出晚归,从不怪他加班加点干工作,从不怪他不干家务活。他在外是团领导,在家是爷们儿,活得多自在,有老婆真好!所以,他睡觉都畅快自如地喘着粗气。可惜好梦不长,梁欢叫他起来吃饭了。

王延安伸了一个懒腰。梁欢连拉带拽,王延安腾地站起来,走到饭桌边,顺手就抓了一个饺子放到嘴里。梁欢看着王延安狼吞虎咽,自己却因为妊娠反应,加上从早忙到晚累了,吃不下去直想吐。

王延安饭后还有一大堆事。狼吞虎咽吃完饺子,他一抹嘴想走,可回过头来看看梁欢,心里觉得挺抱歉,其实他也想过,等这颗卫星上天,他就休息一天,亲自掌勺给梁欢做顿好吃的。王延安皱了皱眉突然想起什么,一放筷子:"有啦,我去发射控制室了……"

梁欢在他后面喊："王延安，你吃完再走……"可王延安已经没影了。

王延安来到发射控制室，潘建新等一帮年轻人正围着一张图纸讨论着问题。等他解决了技术问题回到家中，梁欢已经先睡了。

饭桌上是梁欢给丈夫做的夜宵红枣银耳粥，她每次只煮一小碗，即使怀孕她自己也舍不得喝。王延安从饭桌上端起那碗红枣银耳粥，走到床前推醒梁欢说："我知道你舍不得喝银耳粥。可你怀孕了，那可是咱们的希望宝宝。这银耳粥你喝了还可以给我生个胖儿子。"

梁欢故意说："我偏要生个女儿，女儿才是娘的小棉袄，才能有人心疼我。都像你这号不顾家的秃小子，以后还不把我累死了。"

"反正生男生女都一样，生个女儿像你一样漂亮我更喜欢！"王延安举着自己编写的《发射手册》给老婆看，他以实际行动告诉老婆他没白喝银耳粥。这才是有所为有所不为，有所失才能有所得。

梁欢脸上浮出一丝苦笑，他们结婚以后才真正体验了柴米油盐的具体生活。王延安在这个家就像在旅馆，他吃饱了就走，连说话的时间都很少。王延安还跟别人说，他们从没红过脸。可梁欢现在就想跟他吵一架，吵起来可以让他在家里多留一会儿。

可王延安并不想干伤感情的事，他总是赔着笑脸说："你想想，我30多岁了才找到了你，如果按人的平均寿命75岁算，和你结婚就剩下45年了，再减去每天8小时工作，每天加班最少三小时，还有把吃饭睡觉学习的时间一减去，我们还有多少时间来相爱呢？爱一天少一天，我怎么舍得把相爱的时间用来吵架呢？"他一说，梁欢就笑了。

王延安看老婆高兴了，就故意神秘地说："我的医生娘子，你到医院别忘了给我开点'超人'胶囊，我要发射和家务两副重担一肩挑。老婆快把我培养成大力神吧。"

"去，去，越说越没正形了。忙你的去吧。"梁欢说。

王延安知道，成功的男人背后总是站着一个无私奉献的好老婆！他想自己明天一定要好好表现，给老婆做顿好饭吃。

第二天，王延安下班就回家。筒子楼大家共同做饭的大厨房里，王延安拿着菜刀在削土豆皮，土豆已经长芽了，他没舍得扔，好歹也能炒一盘土豆丝，再煮一锅白菜汤面条就够了。

旁边一个管冷库的胖助理很少看到王延安进厨房，就随口问他："你这个发射火箭的指挥员，怎么也当大厨师了？"

"梁欢今天有手术回来得晚，我做饭。"王延安拿着大白菜，剥去烂白菜帮子，洗菜。他扫了一眼胖助理正在做鱼，拿起大菜刀把一条大鱼的头和尾砍掉，随手扔进了垃圾堆。王延安说他："你咋这么浪费？"

胖助理把鱼的中间一段扔进油锅里煎着，说："别看你指挥发射牛，可这年头靠山吃山、靠水吃水，你发射火箭，你吃火箭去呀？"

王延安气坏了，那年头物资匮乏，有钱也很难买到鱼和肉。王延安一想到梁欢怀孕需要补充营养，看到别人浪费，自己老婆工作辛辛苦苦，却想吃条鱼都买不到，他的气就不打一处来，拿着菜刀使劲儿地剁着案板上的白菜帮子，白菜叶子碎片乱飞。他愤愤不平道："真是岂有此理！"

郭志民听到厨房里人声喧哗，息事宁人地把王延安拉走："你别做饭了，到我家吃吧。"

王延安一进郭家门，就闻到郭志民家里满屋子飘着饭香气，郭志民这个山东大男人在家是不做饭的，都是老婆李翠华干活。所以，郭志民奇怪地问王延安为什么今天要亲自下厨炒菜，难道是什么特殊的纪念日？

王延安一笑道，今天梁欢在医院值班，自己不动手就没饭吃。他不得已亲自下厨，饿肚子的滋味告诉他自己动手丰衣足食是个硬道理。再说梁欢太累了，他怎么忍心坐等她回家做饭。

两个男人说笑间，李翠华手脚麻利，一会儿饭桌上就摆上了窝头、炒白菜和土豆丝。王延安尝尝饭菜，不由自主地皱了一下眉头，李翠华做的是农家饭，色香味皆不如梁欢的厨艺，显然是差远了，当然两家的经济条件不一样，巧妇难为无米之炊。他的嘴已经让老婆给喂刁了。

细心的郭志民发现这菜不合他的口味，可王延安故意有滋有味地吃着，还说："嫂子，以后我没饭吃就到你家来蹭饭，不过下次我要提着五花肉来，让嫂子给梁欢做红烧肉炖土豆，她怀孕了需要营养。"

"好啊！那你就提上猪肉到我家来入伙吧。"李翠华把平时舍不得吃的猪油罐子捧了出来，给王延安的米饭碗里放了一勺白花花的猪油，再加点盐。

儿子郭智勇一看猪油就眉飞色舞，舔舔舌头说："妈，我也要吃猪油拌米饭，可好吃啦！"

王延安记得梁欢告诉他少吃猪油和肥肉，可那年月肚子里缺油水，就是想吃油大的、味香的，那可是挡不住的诱惑。那一勺猪油让糙米饭格外香，他很快吃完饭，滋润地趴在窗户上往外看，一眼看到灯光球场上，胖助理吃饱了正在打篮球。

王延安气得直咬牙，可无奈，那个胖助理是后勤部机关管冷库的，发射团管不了他。郭志民劝王延安，何必跟胖助理置气。他儿子郭智勇站在旁边嗅了嗅小鼻子说："爸爸，那个胖叔叔做的鱼好香啊！我都闻到香味了！"气得郭志民骂儿子："臭小子馋嘴，没出息！"

王延安真咽不下这口气！发射团官兵吃一肚子白菜帮子还得去加夜班，冒着生命危险发射火箭。过去他不想管那些鸡毛蒜皮的后勤工作，能填饱肚子就得，一门心思搞发射。从今往后他要转变观念，改善发射官兵的生活，发射团不仅发射要成功，官兵的伙食也要呱呱叫数第一。

2

新年快要来临，航天城里一片节日景象。大礼堂门口挂上了大红灯笼。

可是戈壁滩的冬天依然显得很萧条，没有新鲜蔬菜吃，每家都在秋天大白菜收获时储存上几百斤大白菜，楼前楼后堆的都是白菜和大葱。部队里的孩子都喜欢玩打仗的游戏，屁股下夹着一根木棍当战马骑，手里举根大葱当战刀，萝卜和土豆当手榴弹，于是白菜堆就成了孩子们抢占的山头，胜利的孩子王在白菜山头上欢呼雀跃，郭智勇"作战勇敢"当之无愧成了山大王，把大白菜搞得一片狼藉，惹得大人们气愤无比，没少找郭志民家告状。

平常，大获全胜的郭智勇回到家总是满脸大汗、满身泥土，第一件事就得洗脸洗手。这天，郭智勇放学回家衣服干干净净，却耷拉着脑袋噘着嘴，拿着成绩册，站在李翠华面前，半天不说话。

李翠华觉得反常，奇怪地看着儿子问："你得鸡瘟了？说话呀！"

郭智勇低着头，小声说："妈妈，给你成绩册，老师让家长签字。"

李翠华接过成绩册一看,就火了,儿子期末考试就得 59 分,她气哼哼地说:"不及格!找你爸签字去!子不教父之过!"

"爸爸工作忙,老不在家。老师说,家长不签字就不让上学了。"郭智勇说着就拿衣袖抹了一把鼻子,理直气壮地说,"学习不好没关系,我长大以后去当最可爱的人。"

"胡说!学习不好可爱个屁!"

"妈,你咋连解放军是最可爱的人都不知道啊?爸爸就是最可爱的人。"郭智勇刚学过课文《谁是最可爱的人》。

李翠华一阵心酸,长叹了一口气说:"儿子,妈没有文化当不了解放军成不了最可爱的人。你看梁欢阿姨,她有文化就当女解放军。"

儿子歪着小脑袋看着妈妈,他从小就听妈妈说梁欢阿姨是他的恩人,也是他的干妈,让他长大要像梁欢阿姨一样当解放军多光荣。

正巧这天发射团官兵庆元旦会餐。郭志民饭后回到家,看儿子正吃饺子,就问儿子:"你妈包的饺子好吃吗?"

郭智勇吃得满脸冒汗随口答:"饺子没肉,光是大白菜。"

郭志民这才想起他把买肉的事给忘了。他满脸歉意拿着香油瓶子来给李翠华和儿子的碗里倒一点香油,说这叫一滴香。下次一定记着给你们买肉包饺子吃!

李翠华觉得丈夫没把他们娘儿俩放心上。随手把儿子的成绩册递给了郭志民,让他赶快签上字,郭志民拿过儿子的成绩册签上了自己的名字,突然长叹一声:"丢人呀!"

郭智勇看到爸爸签了字,拿上本子就想溜。郭志民大吼一声:"站住!"郭智勇吓得一抖。"臭小子,你趴到床上去!"郭志民脱下解放鞋就打儿子屁板,边打边说:"我让你记住,不好好学习就挨打!"

李翠华上前护住儿子:"你儿子本来就是戈壁滩的石头,你偏偏要把他磨成一块玉。打烂了,他还是一块戈壁滩上的石头。"李翠华心疼得哭了。郭智勇却咬着嘴唇就是不哭。

"你懂啥?儿子不打不成才!"郭志民说,"我让他记住,农民的儿子不努力,永远没饭吃!"郭志民今天就是要狠狠地修理儿子,打够了又踢了儿子一脚,怒吼一声,"滚!"

郭智勇这才"哇"的一声哭着扑到李翠华怀里。

与此同时，王延安家也热闹起来。王延安回到家时，梁欢正挺着大肚子行动笨拙地在厨房做饭，饺子刚出锅，她端到了饭桌上。王延安进家换拖鞋，直奔饭桌顺手拿起一个饺子就吃起来。刚才会餐各桌敬酒，他没吃饱。

梁欢在厨房里烧汤，一看王延安坐在桌前狼吞虎咽。梁欢生气了，王延安就知道吃现成饭！怎么连问都不问一声我累不累？我工作一天，还要家务全包，于是说："你这个大男子主义，一点儿都不知道心疼人，我都要生了，你什么家务活都不干，当初就不该娶老婆。"

王延安奇怪地看着梁欢忙碌的背影说："咦，老婆，你还会生气？"

梁欢就越发生气道："你满脑子都想的啥？你想过我咋办吗？我不管你在部队当个什么长，在家男女平等，共同分担家务。"

王延安赔着笑脸道："梁欢，你别生气，让你管家，你就是一家之主，你说了算。我知道你舍不得让我来干这些婆婆妈妈的家务活，舍得舍得，有舍才有得。"

梁欢真生气了，走过来夺过王延安手里的筷子，啪的一声放到桌上，说："让我管家，现在不许你吃饭，看着老婆的大肚子反省吧。"

王延安猛地把碗放下，赌气道："不吃就不吃！梁欢同志，你应该有大局意识呀，你想想，鸡毛蒜皮的事那不是男人干的活，我从技术室主任到参谋长，再到副团长，那靠的是有作为才能有地位。我容易吗？"

梁欢瞪圆了眼睛，说："你忙我也忙，你累我也累，我上班要治病救人，下班就该伺候你吗？"

王延安站起来在客厅来回走着，大声说："梁欢同志，我最烦干点事就斤斤计较！你应该懂得国家的事再小也是大事，家里的事再大都是鸡毛蒜皮。在我的天平上，发射火箭、卫星永远是最重要的。你应该顾全大局！"

梁欢更火了："我跟你计较了吗？你是脾气随着官气长！"

"我这是屁股指挥脑袋，坐在这个位置上，就要在其位，谋其政。想我该做的事，说我该说的话。"

梁欢俏眼圆睁，说道："王延安，看来自命不凡的领导就是应该经常检查以身作则的问题。告诉你，咱家没有领导，只有一个男人和一个女人，一对平等的夫妻。"

王延安知道，不吵不闹体现不出平等来，不温不火，就没有生活的浪花，他得让老婆有气发泄出来，然后他再来点甜言蜜语："我亲爱的老婆，最亲切感人的语言，可不是吼出来的。你很辛苦！但这都是生活琐事，咱们不值得为此争吵。"

梁欢边干活边说："王延安，你不觉得家务琐事也能反映一个人对公平、尊重、关怀和爱情的理解吗？"她认为，不管啥领导回到家就是一个丈夫。

王延安当然知道自己理亏，对老婆关心不够。老婆的肚子一天比一天大了。王延安一想到他要当爸爸了就喜上眉梢，说："梁欢，我希望你一下能生两个小宝宝。那你就是英雄母亲啦！"

"你想得美，你以为生小猪崽呢？越多越好，生多了谁带？"梁欢已经发愁好几个月了，一肚子委屈倾泻出来，"你咋就不知道心疼老婆呢？我一天要看五十多个病号，连上厕所的时间都没有。下了班直奔菜市场买菜，大包小包提回家，进了家门脱下军装，赶紧洗菜做饭，你吃完了把嘴一抹就走，我刷锅洗碗带扫地。铁打的机器人还要上油检修呢！何况我是凡人肉长的，是马上就要生孩子的女人！你怎么能把老婆当保姆用！"说着，解下围裙就摔在了王延安的身上。

王延安吓了一跳，自知理亏就不能和老婆吵架，惹不起还躲不起吗？他一抹嘴，放下筷子就走。

梁欢一把拉住王延安："你听着，男人，应该非常爱他们，非常非常地爱他们，否则就不可能忍受他们！"她说完这句话腿一软不由自主地靠在了丈夫的身上，直喊肚子疼。

王延安一看大事不好，赶紧送老婆去医院。医生说梁欢肚子里真是有对双胞胎，现在肠子痉挛了。王延安不解地向医生坦白说，两口子吵了几句嘴，这女人咋这么娇气，我们是第一次吵架，刚吵了两句她肠子就抽筋了，我以后再也不敢了。

然后，他转过头来，摸着梁欢的头发说："老婆，你千万不可动气，千万不可伤着胎气。我非常爱你，非常非常爱你，我以后一定让着你。"他站起身给梁欢沏上一杯茶虔诚地端到她面前，请她喝口茶清清嗓子，要是还生气，喝完了再接着教训，他一定洗耳恭听。站在旁边的医生护士忍不住都笑了。

王延安不笑，故意可怜兮兮地说："笑什么？女人生孩子，男人下降的是地位，上升的是压力。俺可不想让夫妻感情受重伤。拜托了，白衣天使们，把我老婆照顾好。"

梁欢真是又好气又好笑，让他该干啥干啥去！

"那咱就翻身农奴得解放。"王延安给自己找了个台阶溜出了医院，直奔办公室，因为马上要参加试验任务，如果有万一……他应该给家人有个交代。他趴在办公桌上开始写遗书。

王延安一边写一边自言自语："遗书上应该有年轻人对生命的企盼，军人对死亡的无畏；应该铭刻着一个年轻的生命甘愿为国捐躯的誓言，甘愿以身殉国的真情告白。为了将来儿孙们能理解我，受命于重要而危险的任务时，我应该写一封遗书留给亲人们……"

尚达飞悄悄溜进来，手里提了一堆东西，轻轻放在了门口，无意间全听到了。他顿时大惊，赶紧劝说："王副团长，你别写遗书啊！你都快当爸爸了！"

王延安抬起头来问尚达飞："你找我有事吗？"

尚达飞这才说明来意，他从老家回来带了点山东特产煎饼和大枣，给梁医生补补身子，并说："团长，你想想梁医生和孩子离不开你，你也得好好活着，写什么遗书呀？"

王延安连忙解释说："你想哪儿去了？要发射卫星了，我照顾不了梁欢，让她一人回家生孩子去。我要是有个万一……让她知道我的心，我要当爸爸了，总该对未曾谋面的儿女说点什么。要是光荣了，也得给老婆孩子留下个话儿来。"

尚达飞放心了。他走到门口，突然回过头来说："王副团长，给你提个建议好吗？你该早点回家，帮梁欢准备准备东西。她一个人乘火车回上海还是挺困难的。"

"你真是够操心的！我家是拼命三郎娶了拼命三娘，不是一家人不进一家门。"王延安话是这样说，然而现在最当紧的是，老婆要生孩子了，咋办？王延安和梁欢毕竟是第一次做父母，王延安后悔自己整天忙于工作，竟忽略了妻子的情感需要，尤其是现在妻子就要为他生儿育女，他不但不能帮妻子分担家务，还让老婆生气，他刚才强硬的态度一定伤害了梁欢。想到这儿，王延安觉得很内疚，他知错就改，急急忙忙写好了"遗书"，提着尚达飞给的山东煎饼和大红枣就回家了。

王延安一进家门，才想起梁欢在医院，他马上去接梁欢回家，还检讨说："亲爱的老婆，我宣告家庭内战结束。你可千万不要生气。你现在生气，肚子里的孩子将来就会脾气不好。"

"告诉你，坏脾气是要遗传的！"梁欢哭笑不得，王延安咋立地成佛了？

王延安一脸无辜："老婆，我们吵什么呀？周围的人都羡慕我有福气，娶了个漂亮的女军医。好老婆，如果你生儿子，虎父无犬子。如果生女孩儿就一定要遗传你的美丽和温柔！"王延安一想到老婆肚子里是双胞胎，心里就美滋滋的，计划生育只能生一个，他们一下就来了两个宝贝。

王延安赔着笑脸哄梁欢："今天我要给老婆颁发特级厨师证。"

"谁要你的厨师证？我是医生！"梁欢说着，搡了王延安一拳。

"哎哟！脱臼了！"王延安故意捂住胳膊，"老婆大人息怒！注意淑女形象，要文斗不要武斗！"王延安向来是小两口吵架不记仇，早忘到九霄云外去了。他总结出一条黄金法则：不干活就没有发言权。于是向老婆保证，以后决不跟梁欢发生正面冲突，家里的事老婆做主。

梁欢可怜巴巴地看着王延安，她真的有点怕生孩子！

王延安趴在梁欢隆起的肚子上听了听，对着肚子里的宝宝说："我的好儿子，千万别折腾你妈妈了，你要想出生就别犹豫。"

梁欢扑哧一声笑了。

"老婆，要发射卫星了，这临阵换将乃兵家大忌呀！我照顾不了你，怎么办？"他看着梁欢的大肚子发愁了。

梁欢愁眉不展地挺着出奇大的肚子，生出双胞胎咋办啊？

王延安觉得很有可能，老婆一使劲儿就能生两个小宝贝，就像发射一箭双星。

现在只有让梁欢求助娘家帮忙了，两个人商量，梁欢明天就回上海娘家，说走就走，千万别把儿子生在路上。

梁欢一个人咋走呀？她想起李翠华生孩子难产，撕心裂肺地哭喊，痛苦不堪的表情，真是又担心又害怕。

王延安看着老婆也发起愁来，他想起自己写的那封遗书，心里七上八下怦怦乱跳……

3

尚达飞自从看见王延安在办公室写遗书，左思右想这是人命关天的大事，必须将此事及时报告郭志民。郭志民听闻王延安写遗书，眉毛顿时拧到了一起，吃惊地问："他写遗书干啥？"

尚达飞一急就结巴了："郭、郭政委，你、你听我说完话呀！"

郭志民让他慢慢说。尚达飞这才把事情说清楚，王延安想让梁欢回家生孩子，梁欢预产期快到了，一个人回上海路途遥远会不安全的。尚达飞从当新兵起就喜欢梁欢，所以对梁欢也就多了点关心和担心。

郭志民话里有话道："你还懂预产期？你操心的事还不少呢！真是关心他人比关心自己还重！"

尚达飞说："上次我给郭智勇送学习用具，嫂子告诉我的，嫂子经常去帮梁欢……"

郭志民打断他的话："我知道你的意思，我会安排好的。政治工作也是服务保障工作，你放心吧！"但他想，你这个尚达飞真是咸吃萝卜淡操心。

尚达飞走到门口，鼓了鼓勇气说："郭政委，我还有一件事，听说机关食堂的司务长要复员了。你看我行不？"尚达飞说着转身从门外提进来一个大编织袋子，里面装着山东煎饼和大红枣，说是给郭智勇带的，让小家伙别忘了咱们是沂蒙山枣花峪人。这话是双关语，郭政委提拔个山东老乡当司务长还不是小菜一碟。

郭志民回答知道了，他挥挥手，尚达飞走出了房门。

郭志民马上行动，他真心想为王延安排忧解难，何况梁欢是他儿子的救命恩人。郭志民在发射场坪上找到王延安，关心地问："王副团长，梁欢快生了吧？"

"是啊，我老婆一下就能给我生个双胞胎。羡慕不？"王延安两眼放光自豪地说。

郭志民心里有点不服气，嘴上却说："现在大力抓计划生育，生个双胞胎当然好。我还想再生个女孩呢！可惜办不了准生证。"

王延安美滋滋地说："火箭发射都能一箭三星，要是我老婆生个三胞胎更好！"

"你想得美！"郭志民说完就告诉王延安，他已经安排好了，让要回家为老母亲奔丧的王前进先护送梁欢回上海生孩子。王延安皱了皱眉头，他虽然信任王前进，可郭志民这红白喜事混搭帮困的做法，总还是让人感觉有点不对头，可事到临头只有如此。

晚上，王延安把郭志民的安排告诉了梁欢。王延安还帮梁欢把明天路上用的钱和东西都准备好了。让她早点睡吧。

王延安从没看到老婆发过愁，梁欢家里家外白天累得筋疲力尽，为病人累，为王延安累，现在又要为肚子里的孩子累，晚上倒在床上就睡，今天挺着大肚子艰难地翻着身子，怎么也睡不着。梁欢的眼睛里飘过一丝忧郁，说："我怕，怕把孩子生在路上。你看我这样……你就不为我担心吗？"

王延安抚摩着梁欢的手，安慰她："你是医生，心里有数。别怕，明天路上会有人帮助你的，我都给你安排好了。你放心睡吧。"

梁欢终于睡着了。王延安从床上起来，轻手轻脚拉开了客厅的窗帘，在月光下，又急急忙忙把一堆衣物装进梁欢的手提包里。

第二天清晨，火车站台上，王延安送梁欢上火车，王延安突然伸出双臂拥抱了一下梁欢。

"王延安，别闹，众目睽睽的……多不好意思。"梁欢小声说。

"亲爱的，有了我的拥抱，会有人帮助你！"王延安说完，赶紧跑下火车。

火车汽笛响起。梁欢向车窗外的王延安挥手告别，王延安挥着手跟着火车跑。他跑出站台站住了，望着远去的火车消失在戈壁滩，阳光照在他泪光闪闪的脸上。他很快克制住自己的感情，跑出站台，登上汽车，直奔发射阵地。

果然，火车一开，梁欢就成了吉祥之星，有人给她端水放在茶几上，车里的服务员和乘客对她都很热情，梁欢好生奇怪，谁也不认识谁呀，为啥都看她对她微笑。

这时，王前进跑过来，给梁欢端来饭菜，说他正好要回老家探亲，他们一路同行。梁欢问王前进，为什么大家都看着她笑？

王前进从梁欢的背上摘掉一张纸条给梁欢看，上面写着："这是一位军人的妻子，丈夫要去执行任务，感谢大家来帮助我的妻子！"梁欢读了纸条才知道，原来是王延安拥抱她时，在她背后贴的。梁欢又好气又好笑，真出洋相！她理解王延安的心情，养兵千日用兵一时。何况临阵换将乃兵家大忌，有困难她自己想办法克服。

王前进说："梁医生，延安大哥就是聪明！其实，家家都有一本难念的经……"

梁欢看着王前进，不知道他其实了半天到底想说什么？他到底有什么难处？

王前进把头转向车窗，想着10年前，他穿上新军装，娘拉着他的手，把一个小长命锁放在他手心里，千叮咛万嘱咐，让他到部队打听一下王延安，代娘把这个长命锁给他，就说娘想他了。王前进在想该不该告诉梁欢这事呢？但是他想，娘已经走了，帮助别人不能求回报，既然如此就先不说这事了。王前进只是告诉梁欢，他收到电报："娘病故，请速归。"郭政委得知后亲自帮他给清沙连请假让他回家奔丧，并且和梁欢一路同行送她回上海。

梁欢拿出五百元钱给王前进，说这是她和延安的一点心意，给老母亲买一身新衣服尽孝心吧。火车开到陕西境内，梁欢说服王前进不要送她了，她到上海有人接，送老母亲远行可是不能等的事。

王前进赶回家时，他娘已经发丧了。娘的坟在山坡上，是乡亲们给办的后事。王前进跪在坟前泪光晶莹，对娘说："娘，请你原谅儿子不孝，我没告诉王延安来看您老人家。您说过忠孝不能两全。我们革命根据地的人民不能忘了是共产党和解放军救了我们。延安大哥的长命锁我以后一定还给他。您说过,我们不应该去要回报。如果现在我就还给他,他会觉得欠了您的养育之恩,娘,我知道你一辈子不愿意给别人添麻烦。"

王前进突然听到身后传来了脚步声,他回过头来,村里的男女老少都站在他的身后,许多人在流泪,村支书告诉他,你娘把她所有的爱心都给了咱村的人,你寄给她的钱她也拿出来帮助村里的老人和孩子了。现在你娘走了,你还有什么要求,我们都给你办。

王前进没有提什么要求,默默无语地流泪给父亲的坟扫了墓。他又默默无语地给娘的坟前立下一块碑,种下一棵小松树。村支书还介绍了一个眉清目秀的小学女教师胡杨来和王前进见了一面,劝他成个家,老母亲在九泉之下也就放心了。王前进喜欢胡杨,他还联想起了戈壁滩上的胡杨树,可现在娘走了家没了,他很快就返回了部队,部队才是他的家。

梁欢平安地回到上海娘家,梁欢妈高兴得合不拢嘴,在厨房里忙着给女儿煲莲藕排骨汤。

梁欢躺在床上,用手摸着大肚子,嘴里唱着自编的宝宝歌:

宝宝,你早!宝宝,你好!
宝宝,宝宝,你快找找!
是谁在早晨向你问好?
是妈妈在盼着没见过面的小宝宝。

梁欢妈端着一碗热腾腾的排骨汤,让梁欢多喝点,大人和孩子才不缺钙。

梁欢一撇嘴:"妈,我刚喝完猪蹄子汤,再喝排骨汤太油腻了!"

"那妈妈就给你煲鲫鱼萝卜丝汤,生孩子好下奶。"梁欢妈把排骨汤给了老伴儿喝,自己一转身又进了厨房,只要女儿爱吃的她都给做。

梁欢爸一边喝汤一边说:"我说老伴儿,你应该给女儿制订一个营养食谱,也不能让她一口吃个大胖子啊!"

"你看女儿瘦得可怜,只能看见一个大肚子压着她,她那肚子像个气球呼呼地往大长，孩子长得太大，我闺女生孩子可就遭罪了。"梁欢妈手脚麻利，边干活边说着，"女儿是我身上掉下来的心尖肉，我不心疼谁心疼？我那女婿怎么就不懂得心疼媳妇？他不心疼我心疼！梁欢，你把衣服换下来，妈妈一会儿都给你洗干净。"

梁欢从提包里拿出一件肥大的军装穿上，梁母笑了，女儿一定是把女婿王延安的衣服给穿上了。梁欢对着镜子一看也笑了，王延安真是个马大哈，把他的男式军装给梁欢装包里了，她一摸口袋还有一封信，她奇怪地看着信封嘟囔了一句："他给谁写的？"梁欢还没来得及看信，突然捂住肚子叫起来："妈妈，我肚子疼！"

梁欢爸爸妈妈急了，马上找车送她去医院。梁欢把信随手装进了军装兜里，拿上自己早已经准备好的军挎包。一家人急急忙忙直奔上海军医大学附属医院，刚进医院门就碰上一个人正在医院交费处和护士吵架。他说自己是大凉山公安民警，孩子得了急病，他到上海出差没带那么多钱，先把孩子收下住院，他以后一定还钱。

女护士不相信，出差带什么孩子？分明是骗人嘛！医院看病不交钱悄悄走的病人多了，就是不给他办住院手续。

便衣警察急得满头大汗说："我办案子，这孩子突然就病了。我一句两句说不清。"

"同志，你以为部队医院就是白吃白住啊？地方病号看病住院按规定交押金三千块钱。"

"你这个同志怎么说话哪！"便衣警察知道女护士话不中听，但人家不输理，按规章制度办事。他摸摸衣服口袋，一脸难色，一个大男人没钱送孩子住院，这话不好张口啊！于是他拿出笔来写了一个欠条，说："我保证把钱还给医院。"

女护士看了看他，没有接那张欠条，谁知道他是谁？谁知道这钱能否还上？医院已经有N多个病号，病治好，人失踪，住院医疗费没办法解决，这个大窟窿怎么补？再说她一个小护士也做不了这个主，于是她板着脸说："你去找院长批条子吧。"

梁欢穿着肥大的军装挺着大肚子走过去，摸了摸孩子的头滚烫，看来是发高烧了，她对孩子的爸爸说："同志，这孩子病得不轻，我这儿有三千块钱，先给孩子用，救人要紧！"

"欢欢，这三千块钱可是你半年的工资。再说这钱你生孩子还要用的。"梁母出面阻拦道。

"妈妈，我在部队医院生孩子，军人不收费，拿军官证就行。"梁欢还是从军挎包里拿出那三千块钱塞给了便衣警察，说："你先用吧。救孩子要紧！以后还我就行了。"

便衣警察把欠条塞到了梁欢手里，说："解放军同志，谢谢你！我是凉山公安局的，请你相信我。这钱就算我借的，以后一定还你。"便衣警察接过钱，拿出工作证给梁欢看。

"我是医生，救人要紧！"梁欢摆了一下手没去看，她肚子开始阵痛，额头上冒着冷汗，转过头说："妈，我肚子疼得厉害，要生了……"

几个医护人员赶紧把梁欢送进了妇产科。妇产科大门一关，梁欢爸被挡在门外，急得直跺脚。

医生走出来让家人要做好准备，梁欢早产以防万一，先把手术通知单签上字。梁欢妈看完手术单胆怯地问："这上面怎么写了那么多意外？"

医生说："那是万分之一的可能，我们告诉家属和病人，并不意味着就一定发生在你女儿身上。"

梁母说："万分之一发生在我女儿身上也不行！我是中医，给她摸脉那可是双胞胎！"

医生说："阿姨，出现万一我们会先保大人，再保孩子。"

梁欢说："孩子是两个，大人是一个，少数服从多数吧。"

梁母就不高兴了："要保就保大人！留得青山在，不怕没柴烧。"

护士问："孩子的爸爸怎么不来呢？这一生就是两个娃娃，又是难产！"

梁欢的泪水唰地流了出来，说："孩子的爸爸是军人有任务。这两个孩子保下来，他爸爸和我有个万一，两家也有个后人。"

梁母赌气道："保不住大人我就不签字！我还要我女儿呢！"

不签就不签吧。梁欢是个医生，她决定自然分娩，她当然知道生孩子的诸多难题，首先是疼痛，世界上的疼痛分为10级，它把最疼痛的一级无可辩驳地授予了分娩之痛。经历了十多个小时的疼痛试产，肚子里的两个孩子一个也没露面，医生告诉她，由于孩子胎位不正实在难以自然分娩，还是转为剖宫产吧。梁欢想既然为人母，只要是为了孩子，她愿意承受更多的痛苦。只是那两个在她肚子里踢腿的小家伙，东一脚西一脚就是不肯出来，让她疼得浑身冒冷汗。

手术单没人签字医生就急了，眼看着大人孩子要出危险了，好在是部队医院，军线很快就接通了远在发射场的王延安。

王延安拿着电话心急如焚恳求医生说："您一定要帮忙！我老婆太瘦，那对双胞胎在我老婆肚子里实在待不住，不生不行，你们可要帮梁欢保平安啊！"

女医生直言道："你是怎么当爸的？老婆生双胞胎难产还不回来？告诉你，梁欢需要剖宫产，你这当丈夫的要来医院签字，你要对你老婆负责。"

王延安真恨不得能坐上火箭飞到老婆身边，可那是白日做梦，他只好无奈地说："好医生，我现在是远水解不了近渴啊！我先口头承诺我同意手术！我的话和签字一样具有同等法律效力。我认账！我老婆和你们一样是白衣天使，这辈子积德治病救人，孩子一定会平安无事的。不过有一条：我老婆可不能有三长两短！"

医生放下电话，对梁欢妈说："老人家，你这个女婿还挺幽默。但是我们的手术单上一定要直系亲属签字。这是医院的制度。"

"他狗屁幽默！女人生孩子是人生中的头等大事。他怎么当丈夫的？不管我女儿死活，还有心开玩笑？"梁欢妈心里不高兴，但她还是在手术单上签字了。在她眼里，女婿不顾家，生孩子这样的大事他都不管，他既不是好丈夫，也不是好爸爸。

这时，病房的门推开了，姚明伟和女医生一起走进了梁欢的病房。女医生介绍说："这是我们医院的姚副院长，你们的情况我都向他汇报了。"

"我们认识。"梁欢惊喜道，"明伟，你来了，太好了！"

姚明伟让梁欢放心，安排医院最好的医生给她接生。然后转向梁母说："阿姨好！我们会让大人孩子都平安的。你一定要相信我们的医生。"姚明伟说完就和女医生走了。

梁欢妈看到姚明伟就像看到救星，连连夸奖道："姚副院长真好！多会关心人,年轻有为,一看就招人喜欢。孩子,你真是在戈壁滩待傻了,你这位同门师兄多好啊!你当初怎么就看走了眼,选择一个不食人间烟火,不疼老婆的王延安。王延安有什么好?不就是会甜言蜜语哄你吗?要我说,找男人就要找姚明伟这样的,长得帅、业务好,有发展前途,他对你能知冷知热心疼你。我看还是上海男人知道心疼老婆。"老太太这一席话不仅说给梁欢听,还说给大女儿梁敏听。

"妈妈,您老瞎比啥呀?我肚子疼,疼极了!我要生了!"梁欢疼得满头冒汗。

"哟,梁欢,一说你家王延安不好,你就肚子疼。"梁母说完就去叫医生了。很快护士用平车把梁欢推进了手术室。

4

梁欢的父母和姐姐焦急地等待在医院的手术室门口,突然产房传出来婴儿的哭声,两个女护士抱出来两个小婴儿,女护士高兴地祝贺他们,梁欢生了龙凤胎,你们家这下儿女双全了!

梁欢爸看了一眼孩子转身就走,让梁欢妈一把拉住:"老头子你往哪里跑?你乐糊涂了,还不快来抱你的小外孙!"

梁欢爸说:"我得先给老亲家打个电话报喜!"

"你得告诉亲家,他们儿子忙工作不在这儿,这一对双胞胎怎么带?奶奶家和姥姥家要有个明确分工。"梁欢妈认为女人生孩子是人生中的头等大事,双胞胎问世了,还是不见女婿回来照顾,嘴上不说,心里可不太高兴,当妈的生怕女儿受委屈。当务之急,这两个小婴儿以后怎么带?

"婆婆妈妈的事,这话得你说,我不能说。"万事不求人的梁教授可不愿意张这个口。

"我说就我说。反正不能让我女儿自己带两个小孩还要上班,影响了我女儿的前途。"梁欢妈觉得这是摆在面前迫在眉睫的事,两个小宝宝时刻离不开人。

梁欢爸想了想打通了电话,他得探探老亲家的口气。

杨志坚接到电话喜出望外,说:"梁教授,我们老两口感谢你们全家啦！延安工作忙，顾不上家里的事，你们多原谅他。梁教授你有学问，你给孙子孙女起个名字吧。延安是烈士的儿子，我看这双胞胎都随他爸爸姓王好了。我们老两口都退居二线了，也想帮他们带一个孩子。"

梁教授说："老亲家，这龙凤胎孙女比孙子整整大一分钟，我看女孩叫王晓帆，男孩叫王晓航，搞航天的人要让孩子能扬帆远航。你看好吗？"

电话里传出杨志坚的笑声："要得！这名字起得好啊！咱们老亲家分工，一家带一个，男孩女孩你们挑吧，我们都喜欢。"两个老亲家越聊越高兴。

梁欢躺在病床上，妈妈端着小盆站在床旁，用热毛巾给她擦拭胳膊和腿脚，擦得很仔细很干净，就像面对一个大婴儿，细心照顾着。老母亲知道，女儿这时候最需要亲人的疼爱了，女婿不在身边，她不能让女儿心里有一丁点委屈。

姐姐梁敏正在剥香蕉皮，看见姚明伟进来，眼睛一亮，把香蕉递给了姚明伟："姚副院长，我妹妹这次生孩子多亏你帮助了！"

姚明伟提了大包小包的补养品来看梁欢，把东西放到茶几上，说："梁欢，祝贺你生了一对龙凤胎，儿女双全了。你在医院里好好调养，有事就说，甭客气。"姚明伟说着从背后拿出了一束鲜花，笑着给梁欢放到床头柜上，半开玩笑说，"快给你老公打电话，让他赶快回来尽他当丈夫和当爸爸的职责，不然他的地位可就不保了呀！"

"明伟，谢谢你！"梁欢笑了。

"姚副院长年轻有为，多亏有你帮助。"梁敏羡慕地说。

"梁姐，你可别夸我，我是碰上了机遇，去年，我为一位首长动手术，首长的病好了，市委领导说医院要培养年富力强的专家型领导，我做手术成功率高，于是就碰上运气了，其实我并不想当官。"姚明伟谦虚地说。

梁欢说："明伟，我这次也运气好，多亏碰上老同学啦！"

姚明伟说，既然是老同学就不要见外了，以后你们家里就不要送饭了，这两个小宝贝就够你们忙活的。医院食堂的大厨师手艺不错，可以给梁欢做产妇的营养配餐。

梁欢心里挺过意不去，说："明伟，孩子满月后，我想请你和嫂子一起吃顿饭。"

"你还没嫂子呢。我还有台手术先走了。"姚明伟说完转身走了。

梁敏看着姚明伟的背影，说："梁欢，你就是在戈壁滩待傻了！我看这个姚明伟对你一往情深，找丈夫千好万好不如对你好，你当初找姚明伟多好！可你偏偏找个没心没肺的王延安。那高干子弟有什么好？政治运动一来，有个风吹草动，他老爸老妈就跟着运动几起几落。再说他从小有人伺候，家里警卫员、司机、保姆，都是别人为他服务，他还没学会照顾别人。好像你们部队工作离开他，地球都不转了。"

"姐姐，你没见过王延安，你不了解他。"梁欢心里还是挺理解丈夫的。

梁敏长叹了一口气，她知道妹妹心眼儿好，可找了个不管家的丈夫，不管老婆死活的老公，还毫无怨言。于是换了一个话题："你呀，就是人太善、心太好，心太软，白白给人家三千块钱住院看病，那人连个招呼都没打就人间蒸发了。现在人没影了，钱也打水漂了。"

"姐姐，你就当我捐善款好了。"梁欢说这话时心里也不那么舒服，她好心好意去帮助的便衣警察居然会玩失踪，她拿钱去救警察的孩子，孩子病好了，大人孩子出院时连个招呼都不跟她打，连个谢谢都没说，更别说以后还钱的事了。

梁欢在医院住了一个星期，就出院了。因为姚明伟天天下班都来看她，梁欢不好意思太麻烦他了。梁欢回到家，两个孩子都要妈妈抱着，放在床上就号啕大哭，这个哭了那个哭，像两个小喇叭在比赛，哭声此起彼伏。梁欢和妈妈手忙脚乱地给他们喂奶喂水、换尿布。

梁欢妈让梁欢一手抱一个孩子，让他们都趴在胸前吃奶，一起倾听妈妈的心跳声，这是他们在妈妈肚子里听到的最熟悉的声音，只要有妈妈在身边，孩子就有安全感不会哭。果然两个小宝贝趴在梁欢怀里吃饱喝足都睡觉了。梁欢和妈妈才长舒了一口气。

梁欢看着妈妈日渐消瘦的脸庞，于心不忍了，让妈妈快去休息一会儿。妈妈心疼女儿又去给她做饭了。梁欢半躺在床上，看着自己身边的一双儿女。她这人不怕吃苦，结婚总要生孩子，女人总要过这关。所以从有妊娠反应到离开发射场，她坚持上班没请过一天假。她原想让王延安晚点休假，有效利用假期，因为孩子出生更需要人照顾，可是丈夫至今未回家。

梁欢想起妈妈洗衣服时发现的那封信，她从枕头底下拿出了信，打开一看是王延安写的遗书。她知道王延安是烈士的儿子，他这辈子的遗憾是，亲生父母为什么不给他留下一封遗书？什么痕迹都没留给他就走了。他一定要接受这个教训，给亲人留下真情告别。梁欢觉得他是杞人忧天，还笑他现在想这些是不是早了点？可现在王延安的遗书真的就在她手里。信是这样写的：

我亲爱的妻子，我的爱人：

如果你见不到我，你就会看到这封信。搞我们这一行的人，对发生在60年代初，苏联火箭部队的元帅、将军、设计师等一百多名科技人员随着发射场的巨响在火光中献身的教训，耳熟能详。谁都知道稍有不慎发射试验就会出现风险和事故，谁都要有发生万一的思想准备。

当我选择了这项神圣而危险的事业时，我已经做好了牺牲的准备。我承认，我不是一个好丈夫，也不是一个好爸爸，可我从心里想做一个好丈夫和好爸爸。过去发射我在第一线，你在发射场的急救队。这次不同了，你和我不得不单独作战，我在发射场为祖国放卫星，你在产房为咱家构建希望工程。

我们是夫妻，是战友。你的爱情、理解和支持已经成为我奋斗的巨大推动力。我无限留恋我们在一起点点滴滴的美好时光，亲爱的，别生我的气，我发誓，以后再也不气你了。让你高高兴兴生出我们的小宝宝，要是我能亲眼看着小宝宝长大成人，那真是赏心乐事！我期盼着发射成功咱们再相见……

她又打开王延安写的另一封"遗书"。

我亲爱的"小问号"和"惊叹号"（我只能暂时这样称呼未曾谋面的小宝贝）：

你们是我未曾谋面的孩子，我只知道你们是双胞胎，你们结伴来到这个世界上，还不知道你们是男孩还是女孩？叫什么名字？爸爸都喜欢！都高兴！因为你们是上天赐给我的最好的礼物，爸爸的飞天梦、航天梦后继有人了！

可是在你们将要来到这个世界上时，我不能陪伴你们的妈妈，不能看到你们出生，这将是我永远的遗憾。

如果你们长大以后见不到我，你们一定会经常问妈妈：爸爸到哪里去了？妈妈也一定会告诉你们：爸爸到很远很远的地方出差去了。就像你们的爸爸再也见不到你们的亲爷爷奶奶一样。我知道，你们也许埋怨过爸爸为什么不回家，为什么别的小朋友都有爸爸，我却要离开你们和妈妈，可你们的爸爸是一名军人，为了我们祖国的繁荣富强，心甘情愿地献身于中国的航天事业。孩子，你们应该知道，正是中华民族有着无数愿意舍小家、为国家的人，我们的祖国才能日益强大。当然爸爸并不想离开你们，其实没有从天而降的英雄，只有关键时刻挺身而出的凡人，只要祖国有需要，爸爸便责无旁贷。

爸爸王延安时刻准备着，因此给你们留下这封信……

梁欢读着读着泪水长流，眼泪一滴滴掉在了信纸上。梁欢妈从厨房出来，双手端了满满一碗汤，刚走到卧室门口就听到梁欢在读信，她停住脚步仔细听：

死神即使来到了面前，我们也要让它感到羞愧。你们一定要记住：困难面前，狭路相逢勇者胜。记住我们的约定，我爱我家！来生还要牵着手，咱们全家一起走！

梁欢妈听到这儿神情顿时紧张，走进卧室来，小心翼翼地问："欢，你咋了？"梁欢赶紧转过头去把眼泪擦干，接过妈妈手里的鲫鱼汤碗，母亲看着梁欢满脸泪痕，一脸诧异，说："快趁热喝了，鱼汤可鲜了。喝了就有奶了。想吃啥告诉妈，妈给你做。孩儿，你有心事？"

"妈妈你真好！"梁欢抹了一把眼泪，她真恨自己怎么变得那么脆弱，但她不能告诉妈妈她在担心王延安……

梁欢妈看着女儿喝鲫鱼汤，心里疑惑得很，女儿生了一对龙凤胎，要是在别人家那简直是天大的喜事，可她家的女婿为什么还不回来？结婚不回来，这生孩子也不回来，这女婿怎么就这么傲气？也太不把我们放在眼里了！如果不是这样，那就是发射场出了什么大事？于是梁欢妈收起一堆尿片子转身出去洗，她要借故告诉梁欢爸，刚才听到女儿在悄悄读着一封信，好像还哭了，但她不告诉我。

"你别胡思乱想，瞎操心！"梁欢爸指着报纸说，"报上登了，又发射了一颗返回式卫星，国之大事，家自然就是小事，可以理解。"

梁欢妈更担心了，她觉得梁欢他们两口子都是事业型的，也都很要强，这两个宝贝孙子咋办？小夫妻将来非吵架不可！吵架也没用，孩子总要有人带。她有亲身体会，老伴儿在大学当教授，在家里当甩手掌柜。她这个中医成了家庭医生加保姆，手上的老茧越长越厚，摸脉都没感觉了。幸亏梁欢妈是梁欢爷爷的得意门生！他老人家非常高看这个女弟子，觉得儿媳妇是不可多得的好中医，要把祖传的医术传给儿媳妇，家务活请奶奶指挥保姆来做，家里谁也不许挑剔梁欢妈，必须支持她行医。

梁欢爸当然赞成，按照价值规律，老婆治病救人要比刷锅洗碗扫地的贡献度更大。于是他不失时机自我表扬道："我可比你女婿强多了，你想想看，在咱家你让我干啥就干啥。"

"现在咱们家是秀才遇上兵，有理说不清。找对象就应该门当户对，我女儿以后真说不准成了女婿和小外孙的专有保姆。"梁欢妈发愁了。

"幸亏你舍不得让我干家务活，我才能当上一个好教授。"梁欢爸说。

梁欢妈被哄高兴了，她还没来得及笑，那边突然响起婴儿嘹亮的哭声，此起彼伏。她急忙跑过去手忙脚乱地给小外孙换尿布，喂奶，她嘴里还念念有词："乖宝宝，别哭了，姥姥给你们喂牛奶。你们两只小老虎，怎么这么能吃啊！"她刚想问梁欢怎么没奶了，却发现女儿嘴上起了好多小水疱。

梁欢妈摸摸女儿的头，好烫啊！发高烧了！这下老两口真急了。

5

1983年8月19日，大漠发射场风和日丽。发射架上耸立着乳白色的运载火箭。发射场坪上高音喇叭回响着王延安发出的口令："30分钟准备！""1分钟准备！""点火！"

在地动山摇般的轰鸣声中，搭载着返回式遥感卫星的长征火箭冲天而起，把一团橘红色的烈焰留在了湛蓝的大漠长空。

遥感卫星在太空飞行了5天，于8月24日成功返回了祖国大陆的预定地点。

那天，王延安特意嘱咐食堂包肉包子犒劳发射官兵，以表庆祝卫星成功返回。可是潘建新和食堂司务长尚达飞却吵了起来，一群人围观看热闹，正好让王延安撞见了。

尚达飞高着嗓门理直气壮让潘建新把肉包子放下。

"为什么？"潘建新也高着嗓门问，他觉得就为这两个小小的包子，司务长竟然让他当众丢面子，他绝不示弱。

"咱们吃的是大锅饭，只能在食堂管饱吃，不能带出食堂，这是规定。你是干部要带头遵守规定！"尚达飞自认为他坚持原则语气强硬。

潘建新觉得这话说得也对，自己是干部不应该为这点小事吵架，于是缓和了态度，平心静气地说："司务长，我今晚要加班，这两个包子给我当加班饭还不行吗？"

尚达飞轴劲儿上来了："不行！食堂有食堂的制度，都要像你这样，还不把食堂吃空了？"

潘建新的火气又冒了上来，反问道："我把食堂吃空了？我们发射火箭容易吗？我天天熬夜搞科研，夜里吃饼干直吐酸水。我又没成家，上哪儿吃夜宵去？食堂不给做夜宵就是失职！"

"你还别吓唬我！等你当了指挥长，我给你开小灶随叫随到！你想吃啥做啥！"尚达飞依然底气很足，越说越来劲，"你以为你是大学生，是技术干部就了不起？告诉你，我当兵时，你还背着书包上学呢，见了我，你得叫解放军叔叔！凭什么你想吃夜餐，我就要给你做夜餐？潘建新你是怎么艰苦奋斗的？你一天就交六毛九分钱的伙食费！你还想吃什么？"

潘建新气得说不出话来，在众目睽睽下把包子放回大盆里。

王延安走过去，站在他们中间说："尚达飞同志！你别得理不饶人啊！我知道你为食堂好，坚持原则。但你别倚老卖老，后勤工作就该给试验任务做好服务保障。让参试人员吃饱吃好，有好身体，才能干好工作。

潘建新为了技术革新，熬夜加班，已经干了好几个通宵，你这个老兵应该理解他，他刚毕业，年轻气盛，你别计较，吵架影响不好。夜餐的事，团党委研究一下，看看经费怎么解决。"

王延安又转过头拍了拍潘建新的肩膀，说："潘建新同志，你是干部要尊重尚达飞，炊事员很辛苦，我干过火头军，我知道。人家给你做饭，你总该给人家个笑脸吧！"

"我就是看不惯尚司务长。不就是个肉包子吗？小题大做。"潘建新小声嘟囔了一句。

王延安和蔼地说："潘建新，你自愿报名到基地来，刚来不习惯，有困难可以找领导提。戈壁滩生活条件差，比不上你在大城市生活。干我们发射火箭卫星这行的，决定了我们要在这艰苦的戈壁滩生活。有句话说军人这个词，往往都与牺牲、奉献、苦累紧密联系在一起的。在航天发射的大事业里，每个人都是一颗螺丝钉，起的作用不同，你是科技干部，他是志愿兵，年龄比你大，军龄比你长，你该尊重老同志啊！加班饭问题，我们尽量解决。"

潘建新是个聪明人，王延安的话说服了他，自己是干部理应遵守食堂的规章制度，他硬着头皮向尚达飞道歉。

尚达飞心情好了，让王延安别操大家的心了，该回家看看嫂子了。王延安因为工作紧张，家里的事没过脑子，这才想起梁欢和孩子不知怎样了，战友们都替他惦记着呢。可今天这事他必须落实了再走，他打电话叫来了郭志民，三个人边吃边说把加班夜餐落实了。

王延安心里踏实了。第二天清晨，他匆匆忙忙上了火车。这时他归心似箭，他太想老婆孩子了。

梁欢发高烧，孩子离不开妈，她只好躺在自家床上输液。看着两个小婴儿躺在小床上，她真担心自己的病传染了孩子。幸亏妈妈忙里忙外照顾着她，梁欢觉得在自己最困难最无奈的时候，才深深体会到，世上只有妈妈好，"怀抱儿女才知父母恩"。

梁欢妈自己有切身的体会，她太了解自己的女儿啦，梁欢生性好强。当医生能当个好医生，当妈妈会当个好妈妈。可现在女儿不可能什么都尽善尽美，好女儿，好妈妈，好医生，还要当好妻子，女儿现在累病了，妈妈心疼啊！梁欢妈是过来人，她知道女人的精力是有限的，有所舍才能有所得。于是提示女儿："你现在就面临着选择与放弃。"

梁欢问："妈，你说我该舍哪头呢？事业和孩子，我都舍不下。"

"你要是累倒了，那就全要舍下了。"

"妈妈，你不是常说，人吃五谷杂粮，哪有不得病的？我很快就会好的。"梁欢想让妈妈宽心。

"梁欢，孰轻孰重你要排排位，谁排先谁排后？但是有一条，妈妈要提醒你，你千万不要使自己成为家庭保姆，你是妻子，是母亲，但是你更应该是一个好军医。女儿呀，你从小就聪明，妈妈觉得你如果舍弃事业多可惜呀！"

"妈妈，我们发射场只有一个01指挥员。王延安的任务关系到国家使命。而军医却很多，我应该丢卒保车，舍我保他，他的工作更重要。孩子还小，我不能只生不养啊！"

"女儿啊！你一定要学会放弃！到了妈这把年纪，你就知道人不可能什么都要。只要你舍得，两家老人支持你们工作，帮你们带孩子。这事你跟延安商量商量。"梁欢妈迟疑了一下又说，"不过有妈的孩子是个宝，孩子跟着妈妈会有安全感。"她担心，将来这两个孩子跟着姥姥和奶奶长大，以后不亲父母怎么办？

梁欢内心纠结，着急上火，嘴上起满了水疱。她是不忍心让王延安聪明的大脑干这些家务粗活，用爸爸的话说，那不符合价值规律呀！那不可惜了延安？两个孩子刚出生，她真舍不得交给别人带。可她自己拖着两个孩子怎么上班呢？

梁欢妈觉得一时半会儿也讨论不出个结果，这事还得等女婿回来商量，孩子谁带还是当爹妈的做主吧。老太太一转身就进了厨房准备给女儿炖一只老母鸡，好好补一补。

这时，家门口有人大声在问，梁欢家在哪儿？接着就听见有人用洪钟般的声音在喊，"梁欢我回来了！"

梁欢妈没想到说女婿，女婿到。她闻声开门，街坊四邻的窗户上露出许多脑袋在向外张望，都在看是谁在大声喊话。梁欢妈刚露头，只见面前一个军人立正敬礼，张口甜甜地叫了一声："妈，您好！"

梁欢妈一愣，后退一步："什么？我是你妈？"

王延安连忙自我介绍："我是王延安，是您老人家的女婿啊！梁欢好吗？孩子们好吗？"

梁欢妈迎头就是一句："王延安，你才回来呀？亏你还是丈夫？是孩子的爸爸！怎么关键时刻就指不上了。"

王延安一点都不生气："妈妈辛苦啦！我给您老鞠个躬，向您和爸爸表示感谢！我保证一辈子对梁欢好。您老放心！"

梁欢妈忍不住笑了，她觉得这姑爷就会说好听的，幽默加贫嘴。让王延安快进来吧。

梁欢正在厨房给孩子煮牛奶，王延安悄悄地从背后把一枚二等功奖章挂在梁欢的脖子上，把梁欢吓了一跳。王延安激动地把梁欢抱起来在厨房转了一圈，说："老婆！好想好想你！快为我高兴吧！我和潘建新历时3年，终于研制成功了发射场自动化指挥系统，填补了我国航天发射领域的空白，用于这次发射实战，检验成功了！"

梁欢激动地端详了半天奖章，然后把围裙一解大声喊："爸爸妈妈，咱们今天出去吃饭，庆祝庆祝。"

梁欢妈走过来，笑着问："你这疯丫头，咱们出去吃饭，你那一对小宝宝怎么办？"

王延安高兴地拿出二等功喜报给梁欢妈看，梁欢妈却从床下拖出几十个输液瓶子给他瞧，这都是梁欢产后得病，光输液就几十瓶。

"妈妈，我知道，没有梁欢的支持，我怎么能当爸爸？没有你和爸爸的支持，我那一对小宝贝也不会健康成长。妈妈，这军功章有梁欢的一半！也有咱们全家的一份功劳！"王延安说完，立正敬了一个军礼。

梁欢一句埋怨的话都没有，还给妈妈解释，延安忙的是国家使命。反正我是医生，自己的病自己治。他也帮不上忙。这话让王延安心里百感交集，他忍不住泪光闪闪紧紧拥抱妻子。

梁欢在王延安耳旁轻声道："妈看你呢，快抱你孩子去吧。"

王延安唰地变成了大红脸，吐出舌头做了个鬼脸，他看看婴儿床上自己的一对小儿女，不知如何下手了，摸摸孩子的小手说："孩儿们，爸爸是英雄无用武之地呀，连给你们的遗书都白写啦！老天没给机会，让我回家当个好爸爸啦！"

"王延安，你简直就是个老顽童，真是够捣乱的！遗书如果不白写，我们就只有哭的份儿了。"梁欢说完，看了一眼爸爸妈妈，全家人都笑了。

王延安满心欢喜，说："走，我请全家一起吃家宴犒劳大家。"

梁母突然接过话茬说："梁欢，你一定要把姚副院长请来，咱们应该好好感谢人家！"

王延安疑惑地问："哪个姚副院长？"

梁欢郑重其事地说出三个字："姚明伟。"

王延安不由一愣，这情敌的名字如雷贯耳。

第十三章

1

王延安设家宴请梁家人,既然丈母娘要邀请姚明伟,他便意味深长地看了一眼梁欢满口答应,让梁欢负责邀约老同学姚明伟赴宴,他去饭店订包间。

王延安提前到饭店点好菜,服务员拿着菜单走了,王延安在基地连续加班太累了,现在神经终于放松下来,一歪脑袋靠在椅子上睡着了。

梁欢和爸妈、姐姐走进包间,就听见王延安在说梦话:"大家努把力,咱们加班可以减肥瘦身,加班有利于健康快乐,返回式卫星发射成功,咱们也可以回家了。"

一家人围着王延安听他说梦话。梁欢推了推他问:"王延安,你说什么呢?"

"我老婆在娘家生孩子,还等着我呢!"王延安睡得糊里糊涂继续说梦话,"告诉你们都听着,我老婆生的是龙凤胎,我儿女双全了,现在我家是动物园,有一山二虎再加一对小龙凤。"

梁欢乐了,王延安在梦里念叨她呢!日有所思夜有所梦,看来王延安心里有他们娘儿仨。

梁欢妈一撇嘴道:"一山难容二虎,我可担心你们家两只老虎卧在一个山头上打架。"

也不知王延安是听明白了还是没听明白,闭着眼睛回答:"不会打的,我们家是一只公老虎和一只美丽的母老虎相亲相爱，所以，一山能容二虎。我要让母老虎高兴，更要让老丈母娘高兴。"

"狗屁。"梁母笑了。

梁欢家人全都哈哈大笑起来，把王延安笑醒了，他猛地坐起来，睡眼惺忪地看着他们，两眼迷茫。

"我女儿嫁给你真是受苦了！"梁欢妈感叹了一句。

"妈妈我向你保证，我一定要让梁欢幸福！"王延安环顾了一下四周问，"姚明伟还没来吗？"

梁欢答："他说有台手术，晚点来。让咱们先吃。"

王延安自言自语道："爷们儿有啥不敢来的？小事不追究，大事不放过，和平共处是一贯方针。"

梁欢眉毛竖起，拍了一下他的肩膀："王延安，你还说梦话呢？"

王延安揉了揉眼睛，说："我是滴水之恩，当涌泉相报。姚明伟是咱家的特邀嘉宾，咱们等他来一起吃吧。"

全家人在饭店包间里聊着天等姚明伟。王延安正好借此机会请教梁欢爸爸，他可是德高望重的数学教授。

王延安知道，中国搞导弹之初，当时除了钱学森，在全国找不到其他见过导弹的人。外国要封锁我们，更不要说导弹资料了。1964年10月16日中国成功爆炸了原子弹，可那时许多数据运算用的是手摇计算机。1966年，发射第一枚导弹核武器时，复杂的导弹测试发射流程和轨道参数，几乎全是手工完成。尽管这几年进步了，但他一直想用计算机对发射全过程进行自动化和智能化监控。所以，想请教梁教授一些数学问题。一旦建立了数学模型，许多难题就可以迎刃而解了。

梁欢爸欣然答应。不过告诉他，这不是一个简单的事情，研究创建一个新东西，就要有勇气放弃过去的旧模式。创新是有风险的。不能仅凭年轻气盛，不谋一世者不足以谋一时，不谋天下者不足以谋一域。

梁教授举了个例子，不妨学学古代四川李冰修建都江堰的方法：因地制宜，代天行化。他打开了话匣子，他们回家后要认真讨论王延安遇到的技术难题。

服务员把菜盘子一个一个端到饭桌上。梁欢急了:"这姚明伟怎么还不来?"

王延安胸有成竹地说:"你别急嘛。我刚才亲自给姚明伟打了电话,他一定会来。"

梁欢爸夸奖说:"我这女婿办事周到。延安虽非数学专业出身,可研讨起数学模型来极有心得,治军之闲暇,仍能研究学问,手不释卷,将来学问之造诣,兴事之成功,无可限量矣。"

"爸爸,王延安有这么好吗?我怎么不知道?"梁欢嘴上谦虚,脸上却笑开了花。

梁教授说:"还是我女儿有眼光,王延安是个胸有大志的人,欲顶天者必须立地。"

此时姚明伟就站在门外,他听到里面在说话,就犹豫不前了。

"爸爸,我听你的,既要志存高远又要脚踏实地,还要海纳百川,有容乃大。"王延安说完突然站起来走向门口,他热情地迎上去主动伸出手和姚明伟握手,欢迎姚副院长。

王延安把姚明伟的座位安排在自己的身边。他拿着酒瓶子给大家酒杯斟满长城干红。他端起酒杯先敬岳父岳母,祝二老身体健康!

他一口气喝光酒又满上,举着酒杯走到梁敏面前,祝大姐青春永驻,找一个如意郎君!

王延安端起第三杯酒走向姚明伟:"这杯酒我敬你!表达我和我老婆对你的感谢之情!"王延安还像变戏法似的拿出了一枚火箭模型送给姚明伟。两个男人相视一笑,两只酒杯碰到一起又分别一饮而尽。

王延安倒上酒来到梁欢面前:"这第四杯酒,敬我老婆劳苦功高,一下生两个宝贝。"

梁欢一把拿下他的酒杯:"王延安,你别借口祝我什么再喝酒了。回家还指着你干活呢!"大家笑了起来。梁家人也开始喜欢幽默的王延安了。

王延安心知肚明,他初次上门到梁家,一定要挣个好表现。他想尽量在丈母娘面前表现出自己是个好女婿、好丈夫。他嘴勤、手勤、腿勤，可无奈，笨手笨脚，洋相百出。他洗尿布，洗衣粉放多了，盆里的泡沫涌出来像小山，流了满地洗衣粉水。梁欢妈急急忙忙拿着奶瓶去灌牛奶，一不小心滑了一跤，手里的奶瓶也打碎了。

王延安赶快冲过去扶起丈母娘赔礼道歉："妈，摔疼了吗？大人不计小人过，我这人是大事不糊涂，小事不清楚。"

王延安赶紧拿来拖把擦干净地。

梁欢帮王延安开脱说："妈，其实，延安他挺勤快的，就是因为他的战斗力强，破坏力更强。平时我轻易不用他干家务，好钢要用在刀刃上，他忙外，我主内，家里的事不能政出多门。"

"我这个女婿，真是够添乱的！"梁欢妈无可奈何长叹了一口气问，"剪刀呢？我刚才还在用哪，怎么一会儿就不见了？"

王延安答："我看桌上的东西挺多，刚才擦桌子时，把东西全都塞到抽屉里了。"

梁欢走过来，让王延安去杀鸡。王延安把鸡腿上捆的绳子先解开，让母鸡吃着碗里的小米。他还念念有词安慰母鸡说："我先给你喂饱饱，再送你上餐桌。"

王延安看老母鸡吃饱了，举着菜刀刚要下手，老母鸡却受了惊吓在家里乱飞起来。王延安围追堵截，家里飞起一地鸡毛，最后他无奈地说："我在连队做大锅饭时，真是没杀过鸡。咱们干脆放这只老母鸡一条生路吧。"老母鸡吃饱了金黄的小米，还被放生了。全家人都被笨手笨脚的王延安弄得哭笑不得。

王延安转过头来对丈母娘说："妈，我不仅会发射火箭，还干过火头军，我会做饭，尤其会烧菜。"王延安系上围裙，拿起刀来切土豆丝，果然切得又快又细。他手脚麻利，很快就在饭桌上摆满了部队食堂常吃的那几种炒土豆丝、萝卜丝和大米饭，外加一条他最得意的松鼠鳜鱼。

梁欢妈拿起筷子尝了一口松鼠鳜鱼，一脸惋惜道："这鱼烧得好看，可没放盐，真是可惜啊！"

梁教授看到这种情况夹起一块鱼放到嘴里，有滋有味地品尝说："还不错，鱼熟了，加点儿生抽就更鲜了。"

梁欢妈说:"我女儿真是发扬共产主义风格,嫁给共产主义战士了。"

王延安自知工作太忙,烹调水平下降,连忙端起酒杯:"妈说得极是,我王延安能摊上梁欢这样的好媳妇,那真要感谢二老了。我敬爸爸妈妈一杯酒,干!"

梁教授喝干了酒,说:"老伴儿,我看咱女婿是好样的。你可要从实际出发,降低一点对女婿的要求吧,你想让他当关老爷,你就该常想他过五关斩六将,少想他走麦城。你想让他当拿破仑,你就常想他奥斯特里茨战役,少想那滑铁卢。你要想他是楚霸王,就应该常想他如何破釜沉舟,千万别想他要霸王别姬。干脆就想,这女婿是个东坡先生,只要他能和咱女儿千里共婵娟,咱老两口就该心满意足了。"

梁欢妈看了一眼老伴儿说:"你这老学究,今天是酒逢知己千杯少,开始说酒话了,咋跟姑爷一样贫嘴了?"

"父母大人,你们再尝尝青椒土豆丝,味道不错吧!俺专门会做戈壁滩军营大锅菜!"王延安说。

大家一尝那些素菜连连称赞好吃!王延安转过头来悄悄对梁欢小声说:"做鱼时,妈站在我旁边我一紧张,忘放盐了,偶然的疏忽。"

"甭说好听的!你能回家睡觉就不错了!"梁欢心里发愁的不是吃饭问题,而是两个小宝宝将来谁带?她知道,徐南征就是又带孩子又上班,累得精疲力竭,最后只有转业回京了。

吃完晚饭,王延安洗完碗刚坐下来,就接到郭志民的电话,告诉他上级通知,他调到四川大山发射场发射站任总工程师,20天内去四川报到。而且三天后他们都去北京,一起到京东宾馆开会。

王延安放下电话,半天不说话,军令如山,作为一个军人是不能讲价的。梁欢的病稍有好转,看着一对双胞胎正发愁,最后夫妻两个商量决定,把女儿送到北京奶奶家去,儿子留给姥姥抚养。梁欢很伤感,一家四口将要分四个地方,已经找不到家的感觉了。

王延安为了让老婆宽心,说:"放心吧,老婆。咱们的龙凤胎让他们在不同的家庭氛围里长大,那是文武双全了,你就等着瞧吧。"

"王延安,你把孩子当试验田了?"梁欢瞪起了眼睛说。

"那有什么不好？一儿一女正好文武兼备，两家老人都比你有经验。"

"王延安，你爸妈忙了一辈子，年龄大了，身体也不好，本该安度晚年。再说连你都是他们的养子，他们还要帮你养孙子，这合适吗？"

"梁欢，话可不能这样说，我爸我妈对我比亲儿子还要亲！你不了解老革命，他们是枪林弹雨打出来的人，身上一辈子都挥之不去的是为人民服务。他们觉得只要活着，就要做贡献，自我感觉还不老呢！不信，你听我给老妈打电话。"

果然，王延安打电话给妈妈说了他要调到大山发射场工作，请他们帮忙带孙女的事，白雪洁欣然答应，还让他问姥姥家，喜欢男孩带男孩，喜欢女孩带女孩。告诉梁欢，别急，要不要他们马上买机票去上海接孩子？

王延安高兴地说："妈，我知道您老高瞻远瞩，祖国在我们心中，孩子的未来就交到你们手中。我们当然是送孩子上门了。姥姥说喜欢带男孩，你们就带孙女吧，女孩可比我小时候乖。"他放下电话，就让梁欢和爸爸妈妈说了这个情况。

梁欢妈欣然同意，她有两个女儿，没带过男孩，非常愿意带外孙，并且表示为了女儿和女婿的事业，为了孙子辈王晓航的希望工程，她要培养一个超级小神童，甘愿提前退休。中医是吃在心里的本事，是忘不掉的，等外孙长大了，她再重操旧业。还有一点她没说，那就是这个要强的姥姥要和奶奶比比看谁把孙子带成才。梁欢感动地扑到妈妈怀里哭了起来。

王延安和梁欢说走就走，第二天登上了飞机，把女儿带到了北京奶奶家。他们回到家，爷爷奶奶都非常喜欢孙女，争着抢着抱王晓帆。杨志坚喜上眉梢，说："延安，你们回来好啊！你妈没女孩，就喜欢抱孙女。"

白雪洁从梁欢手里接过孙女，连连夸赞：孙女大眼睛，长得漂亮，就像商店里的洋娃娃人见人爱！

王延安故意说："漂亮啥？满脸皱皱皮！我就奇怪了，漂亮妈妈咋生出个丑小鸭来？"

"女孩像爸呗。"梁欢瞪了他一眼。

白雪洁笑得合不拢嘴："对对，女大十八变，越变越好看，丑小鸭长大就变成白天鹅了！"全家人都开心地笑了。

王延安把他要调到大山发射场工作的事告诉了爸爸妈妈，就到京东宾馆开会去了。

郭志民先到京东宾馆，正在房间里拿着洗衣袋看，问王延安这是干啥的？王延安说咱们把脏衣服放进去，服务员就都给咱们洗干净啦。郭志民高兴了，他把衬衣、衬裤、裤衩、背心和袜子都装进了洗衣袋里，还笑呵呵地说："住宾馆就是好，老婆不在也有人给洗衣服。"

一天后，他们的衣服被洗得干干净净，熨得平平整整，放在了床上。郭志民美滋滋地说："这可比老婆洗得干净，连袜子和裤衩都给我熨平了，咱得给宾馆写封表扬信，看人家这服务多周到。"

又过了一天账单来啦，郭志民一看他的账单上一共五块七毛钱，就心疼坏了，悔得肠子都青了，指着洗裤衩的一栏说："洗一条裤衩要七毛钱，两毛钱一尺布，我老婆买三块钱的布能做三条新裤衩还富余，真亏啊！"

"这就是对你们山东男人不干家务活的惩罚！咱们无产阶级装资产阶级就别铁公鸡一毛不拔，这洗裤衩的钱我给你出啦。"其实王延安心里也挺舍不得的，他离开上海时把自己多年来攒的钱悄悄留给梁欢妈了，毕竟丈母娘为了带孩子连工作都辞了。可他突然想起，是他忘了告诉郭志民饭店洗衣服是要收费的，于是他毫不犹豫掏出钱包帮郭志民付清了洗衣费。

郭志民心里过意不去，连连叮嘱他，这事可千万别告诉我老婆，她该心疼啦！

王延安不爱管闲事转身走了，他觉得自己老婆大病刚好，还眼巴巴地盼他回家抱孩子呢。自己白天开会，晚上一定要回家多干点家务活，他这个大男人不能对不起爸妈和老婆，他得有良心。

2

陆莎这段时间正在北京探家，她这次探亲的主要目的是和向志远商量，她也想调到四川大山发射场工作，因为是新建的发射场，那里需要业务骨干，有更多的提职提级受到重用的机会，依陆莎的业务能力会有更多的发展空间。反正她无论在戈壁滩还是在深山沟，他们都是分居两地的牛郎织女。向志远听完老婆的调动设想半天没表态,他想让老婆转业回北京工作,可要脱军装老婆一定不愿意,这话就不好说出口了。

陆莎回到京城,看到满大街的女人都穿得很时尚,于是她也上街买了许多漂亮衣服,回家后一件件试着穿,还照着镜子问:"志远,你快帮我看看合适不?"

向志远看也没看陆莎,有点心不在焉,随口说:"你喜欢,就好看,就合适。"

陆莎在镜子前穿了一件又一件,不厌其烦地脱了穿、穿了脱。她换过来换过去地搭配着衣服和皮鞋,明知丈夫不看她,还是忍不住地问:"老向,穿什么衣服得配什么鞋,这鞋和衣服搭配好看吗?你帮我看看嘛!"

向志远突然抬起头来看了陆莎一眼,皱着眉头道:"陆莎,你穿这些衣服都不如穿军装好看!"

陆莎愣了一下:"真的吗?这些时装都是名牌,好贵呀!难道不如军装好看吗?"

向志远很认真地点了一下头,说:"当然,你穿军装多精神啊!不爱红装爱武装!"

陆莎如获至宝,开心地笑了,知道老公支持她在部队干,那她就争取调到大山发射场工作。陆莎认定的事就要想办法干成。

向志远听说王延安和梁欢回京了,他们生了一对龙凤胎,他们商量明天去看看。

第二天,向志远和陆莎登门拜访时,王延安正在家里当摄影师,给爷爷、奶奶、梁欢轮流抱着王晓帆照相。

"延安,你真是有福气!为什么不把儿子也带回北京?让我们看看龙凤胎。"向志远说这话时,流露出特别渴望做父亲的表情。他现在就是羡慕王延安,也想当爸爸。

陆莎的眼睛里也闪现出羡慕之意,梁欢真会生,一次痛苦换来了儿女双全。

白雪洁端来了一盘水果说:"现在男孩女孩都一样。延安说了,女孩让我们军人带大,能长武气,不受欺负。男孩姥姥家带多点文气,别像王延安小时候调皮捣蛋不好管。"老太太高兴地留向志远和陆莎在家吃饭,她现在就买菜去。白雪洁叫上杨志坚一起走出门去。

陆莎感慨道:"梁欢真有福气!找了个有知识的温暖婆婆。"

梁欢劝陆莎,也赶快生个孩子,别等到成了高龄产妇,生孩子容易难产。两个女人边做饭边聊天。

陆莎说:"梁欢,你是不知道他们老向家是山西人,重男轻女,老想生儿子传宗接代,我要是生不出儿子,我那厉害婆婆还不吃了我!还不如找人帮他生一个得了。"

向志远趁机开玩笑说:"那好,我马上找人帮我生一个儿子,到时你可别不认我儿子啊。"

陆莎生气了,发怒道:"你敢?我知道你过去有个相好的!"

王延安赶紧打圆场:"陆莎别生气,那是玩笑话,你和我过去也曾经是男女朋友呀!但咱们结婚未遂啊!我相信向大哥根本不会越雷池一步,他这种男人爱面子,你在外要给老公留点面子哟!这点你要向梁欢学习。"

王延安这话让陆莎无言以对。向志远说:"来看你们的双胞胎宝贝,我们受到点启发,赶快生个孩子,咱航天队伍要后继有人,建立希望工程。"陆莎却借此机会向王延安提出,找机会帮她调到大山发射场去,她想换个地方,到新基地做技术骨干。向志远和梁欢同时用诧异的眼光看着他们俩。

晚上向志远回到家,依然像往常一样趴在桌上忙着写写算算。书桌上堆满了技术资料,旁边一个烟灰缸里扔满了烟头。

陆莎对他熬夜拼命工作,使劲儿抽烟表示不满,拿着一条毛巾,倒了点醋,在家里使劲儿挥着毛巾,大声喊:"老向,快睡觉吧!你的香烟毒雾尼古丁熏死人了,睁不开眼睛了!"

向志远耸耸鼻子问:"陆莎,我怎么闻到一股醋味?"

"醋味能去烟味。"陆莎说着穿上睡衣,喷了点香水,站在了向志远身旁,摸了摸他的耳垂,他们好久没亲热了……

向志远头也没抬,说:"老婆,我现在睁眼闭眼都是通信卫星,压力山大,掐着手指头算时间都不够用。今天的任务干完才能睡。"

"志远，你快洗澡去，我等你。"

"陆莎，咱们不是一直分床睡吗？那样挺好，也省得你老嫌我不洗澡。"

陆莎腾地火了："告诉你，人和动物的根本区别就是，人是有感情需要的，你怎么就冷冰冰的没有点人情味呢？"

向志远的书呆子较真劲就来了："我觉得人和动物的根本区别是，人有文字记载，而动物没有文字记载。许多动物也有精神需要，鸳鸯也是一夫一妻制，而它们没有文字。你再看看我这堆书，这些火箭、卫星资料，只有人能记载下来他们的科研成果，我们才能站在巨人的肩膀上，人类社会才能发展得更快。"

陆莎厉声道："老向，你冷淡我不要后悔！是你想要儿子，还是我想要儿子？你搞搞明白是你老向家断子绝孙！你看看人家王延安英气十足。再看看你冷血动物，沉默寡言没激情，每天只知道耷拉着脑袋搞科研。"

向志远今天累了，不想跟老婆吵架，老婆的嘴杀伤力太大。他就想安静点！

"我还没说完呢！现在当官靠跑，政绩靠炒，亲朋好友靠走动。你就知道埋头拉车……我才不求你呢！"陆莎机关枪般地说了一大堆，越说越气拿起枕头甩在了向志远身上。

向志远不急不恼，问："你今天到底想说什么？我洗耳恭听。"

陆莎越发火冒三丈，质问他："你还想要儿子吗？"

"要啊！"向志远这才回过身来吃惊地看着陆莎，偏偏这时家里突然停电，漆黑一片。没电向志远什么也看不清了，工作是不能干了，只有听老婆唠叨了，索性说："陆莎，停电了，你接着说，咱别浪费时间呀！"

"向志远，黑灯瞎火的你才有空和我说话。你看看别人都是下班夫妻双双去散步，你还从没陪我散过步，早就说好到北海公园去转转，看看北京城里的夜景，都是空话。"陆莎越想越气愤，她到北京探家只有一个感觉——孤独寂寞！

向志远等老婆说完了气消了，抓住时机说："那咱们就抓紧时间生个孩子，你当妈妈就不寂寞了。"他不知道陆莎是哪根神经短路了，今天一反常态想生孩子了？

"向志远，你知道不知道你的ED病重了！要影响夫妻感情的！你为什么对我一点兴趣都没有？"陆莎火药味十足，句句扎心窝子。

"陆莎，请你把话说明白！"向志远一时没反应过来陆莎啥意思。他不知怎么想起"文革"那几年批判"孔老二"，小不忍则乱大谋。生孩子只有靠老婆，那就别跟老婆斗气，男不跟女斗，在家庭里同样适用，所以他不急不恼，说："什么ED？我是坚挺的中流砥柱，你想试试吗？"

其实，他们实行家内分居，可婆婆不知道小两口不同床的秘密，老太太爱骂人，张口闭口说儿媳妇是不下蛋的母鸡，要在农村不生娃的女人早该休了。所以处处刁难儿媳妇。陆莎憋了一肚子的气，可身为女军官怎么好跟文盲婆婆吵架，只好不跟她一般见识，任其百般挑剔。可她心里有气总要发泄出来，此刻把脸一沉说："向志远，难道你就是为了让我给你生孩子才结婚的吗？"

"老婆话不能这样说，我是有家庭责任感的，我会一生都爱你，呵护你，我保证，你以后有病有灾有何不测，我都不抛弃你，和你相伴一生。"向志远举起右手宣誓说。

陆莎心里一热，突然跑过来拥抱他："我知道你这种人说话算话。可我总是觉得有人在跟我争夺你的感情。"

"咱们不是有约在先，谁也不许再提过去的事吗？那些早都翻篇了。"

陆莎真诚地说："志远，我想当妈妈，为了咱们的儿子，你就别抽烟了好吗？我要给你生个聪明的小虎崽儿……"

向志远让这突然降临的温馨表达感动了，用眼睛盯着陆莎问："你是说把火箭和卫星对接，试一试？"他伸开双臂拥抱陆莎，一下子把她抱上了床。

陆莎心里荡漾着幸福，嘴上却说："你就是冒傻气！我怎么当初找了你这个书呆子，三句话不离本行！真是不可救药的理想主义者！"

向志远激动地把陆莎放到了床上，念念有词："是时候了，火箭起竖！对接！"

当向志远和陆莎两个人同时躺在一张双人床上时，夫妻之间就迅速展开了实质性的合作。向志远讲究办事效率，他们两人既然都想"造人"就用不着上演耳鬓厮磨的铺垫序幕，向志远对陆莎从来没有亲昵的语言和举动，既不亲吻，也不爱抚，直接进入夫妻生活的主题，气喘吁吁、速战速决完成"造人"任务。

这时陆莎的脑子里不断地开着小差，她想起王延安，他们曾经恋爱过，虽然没有达到夫妻之间的深度，可她却感受到干柴烈火相遇的亲热，王延安会尽情地表示出他喜欢陆莎，而又适可而止，绝不越雷池一步。她陶醉在美好的回忆中。想到这些她会尽力配合身上的丈夫完成"造人"合作。当沉重的呼吸变成呼噜声，她知道向志远已经进入香甜而满足的梦乡，而她却觉得，和这个理性单调的男人过一辈子，毫无乐趣可言，他的思维和表情都太职业化了，婚姻没有调味品，那就是一碗没有味道的白开水。

陆莎看着身旁那个沉睡的男人后背，在想入非非中失眠了。

3

北京会议结束，王延安立即启程，乘飞机返回戈壁滩。他要调到四川大山发射场工作，尽快办理完交接手续，到那个神秘的绿色峡谷去开创新天地。

王延安不像许多领导那样要调走时都召集部队发表一个告别演说，老团长高建军的离去给他留下了深刻的印象，他准备和重点人物谈谈话，交接完工作就算告别了。他来到机房，潘建新正全神贯注面对电脑，一双灵巧的手在敲击着键盘，显示屏上跳动着数字。

王延安站在他身后看了许久才说："建新，我调到大山发射场工作了。不管到哪儿，我都会和你联系，我们一定要把智能化的发射测试系统搞出来，有志者，事竟成！"

潘建新赶快站起来，说："王副团长，我想对计算机动大手术，真不想让你走！"

"小伙子，我得给你们这些有作为的年轻人让位子，让你们有平台去追求事业成功啊！科研项目经费我已经给你申请到了，通往成功的桥和船也都给你准备好了，就等着你站在我的肩膀上去夺取胜利了。好好干吧！"王延安拍了拍潘建新的肩膀，发现潘建新的眼睛里闪着感动的泪花,他见不得别人流泪转身走了。

王延安又来到郭志民的办公室,想诚心诚意地和郭政委谈谈心里话。郭志民这次和王延安在北京开会,热心的王延安提议陪郭志民到北京动物园去转一转,因为郭家三口子从来没见过动物园是啥样,所以他们照了一堆动物照片,老虎、狮子、斑马应有尽有。王延安还特意加快洗出照片送给郭志民的儿子。梁欢也特意给没吃过水蜜桃的干儿子郭智勇买了一箱水蜜桃,所以,郭志民这次从北京出差回家特别受到老婆和儿子的欢迎。老婆一高兴特意给郭志民做了一桌好吃的川菜,郭志民一想起自己的麻辣老婆李翠华也变温柔了,心里就暖乎乎的。郭志民告诉王延安,你去的四川大凉山可是我老婆的老家,她想家想得厉害,正闹着要回老家看看呢。

王延安热情邀请郭政委和嫂子回大凉山老家一定来看他。并建议郭志民找机会读个大学,要想在部队长期干,学历很重要。部队在新形势下,开始提高官兵知识层次,这是大势所趋。

"我的文化基础差,考不上大学。现在又是两眼一睁忙到熄灯,哪有时间学习呀!"郭志民坦言道。

"郭政委,你工作的热情和责任心,办事的认真劲儿,我打心眼儿里佩服。可是在满负荷和超负荷的工作中,你还要学习新知识,才能用政治工作去牵引高科技的航天发射,因为你领导的是一群年轻的大学生,你得想办法让他们服你。这话我想了很长时间,不管你爱听还是不爱听,咱们要分开啦,我打开天窗说亮话。"

"延安,我可不能跟你比,你聪明,有文化,家庭环境好。而我必须努力工作,兢兢业业地干,不能出一点差错,这样才能长期留在部队。"

王延安突然站起身,指着大漠中耸立的发射架:"郭政委,你看天边那座发射塔,以后科技含量越来越高,需要我们去拼搏、竞争向上。其实,发射任务的特殊性,使我们技术干部面临许多常人难以想象的心理压力。你让我懂得,不能怀才不遇,牢骚满腹。不管在什么岗位上都要努力做最好的,才能有展示的新平台。"

郭志民不敢想新平台,他现在有危机感了,自己属于党让干啥就干啥的好干部,没有更多追求。不过他仔细想想自己过去有些事挺对不起王延安,可王延安小事不计较,大事不放过,他虽然脾气急躁,两人总是磕磕碰碰，但跟王延安一起干工作很痛快！现在王延安要调到大山发射场去，还真舍不得他走。

王延安和同志们告别了一圈回到家，梁欢正在翻箱倒柜搜家底，因为部队正在开展为贫困地区献爱心活动，她准备把穿不着的衣服都捐了。梁欢当兵早，穿衣服又省，攒了好多套军装都打好包，她还特意买来一套女学生穿的棉衣棉裤和一些学习用具，一块儿打包，要捐给陕北贫困儿童过冬。

王延安看了一眼色彩鲜艳的新棉衣说：“梁欢，你怎么重女轻男？你知道不知道，农村贫困家庭只送男孩上学，女孩不上学能有啥出息？这身漂亮的棉衣还不如留着给我女儿穿。我女儿肯定有出息！”

“你呀，别老想着你女儿，你女儿不缺吃穿。”梁欢边干活边说。

"老婆，我看你是母爱泛滥了。"王延安刚想说自己的一对小儿女就缺母爱，可话到嘴边没敢说出口，怕勾起梁欢想孩子掉眼泪。于是来了一个脑筋急转弯，"我从来不反对你的决定！人民养大了我，我有责任让老区的孩子上学读书。不过，我可不是重男轻女，我可以多捐助些钱，希望帮助一个对社会有用的人！"

夫妻俩一商量达成共识，写了封信，并写清他们的姓名、地址、邮编。梁欢拿着信念给王延安听：

"孩子，当你穿上这身新棉衣时，我们便幸运地相识了。如果你上学有困难，就写信给我们，我们愿意资助你所需的全部学费，期望能为祖国培养一个出色的女大学生。解放军叔叔和阿姨：王延安、梁欢。"

王延安忍不住笑着逗老婆："梁欢，你是自己的儿女没空带，还想着去培养干儿子、干女儿，洒向人间都是爱。"

梁欢突然想起自己的一对龙凤胎不知怎样了，眼圈红了，眼看着晶莹的泪珠就要滚落下来。王延安急中生智给她唱首歌："世上只有老婆好，有老婆的家有多温暖，热菜热饭热被窝，真是好极了！老婆老婆我爱你，我愿永远保护你，让你健康又美丽，咱们永远不分离！"

梁欢故意绷着脸说:"贫嘴,我不听甜言蜜语,要实际行动!说!你错在哪儿了?"

王延安一脸茫然,他不知道错在哪儿了,开玩笑说:"我可是全能超人丈夫,上得了发射架,下得了厨房,到了大山发射场要把老婆也调来!"

梁欢忍不住笑了,用手指戳着他的脑门说:"不许放空炮!"

4

王延安来到大山发射场,这里和戈壁滩的景色截然不同,放眼望去,蓝天、白云、青山绿水,连绵的群山包围着正在施工的发射架。他来的第一天,山沟里就下了场瓢泼大雨,这要在戈壁滩,许多南方籍的战士会高兴地站在屋外,穿着裤衩背心享受淋雨的快意。而这里的战士们面对下个不停的大雨都皱着眉头,雨天发射塔架上照样在施工,战士们顶风冒雨手脚不停地干着活。一身泥水加汗水,衣服洗了干不了。

王延安住进了工地的招待所,晚上钻进被窝,被子里散发着一股霉味,潮乎乎、凉哇哇的,他突然怀念起戈壁滩的干燥气候来,想着现在如果暖洋洋的太阳照在身上是多么惬意呀!曾几何时,这山沟里晒太阳也变成了一种享受。越是这样想就越是觉得被子潮,越是睡不着觉,他索性起身坐到桌前给梁欢写信:

> 我从戈壁滩来到月亮城大山发射场。过一年这里就要发射中国的第一颗通信卫星。可现在男兵女兵都是建设发射场的工程兵。我这人,越难的事越能激发出我的斗志,越有压力也就越有动力。我瞄准的目标是当发射卫星的01指挥员,可领导偏偏让我当发射团的总工程师。现在萝卜种到白菜地里了,下一步我该咋办?

王延安琢磨了一晚上该怎么成功转行,也没想出个眉目来。所以没写完的信就放进了抽屉里,他决定还是报喜不报忧吧。

第二天一大早,雨过天晴,第一件事就是从床上爬起来把被子晒到外面去。午休时,他就躺在河边的大石头上享受阳光。那天晚上他像泥鳅一样钻进了被窝,将脸贴在被子上,品味着太阳的温暖味道,让那暖暖的感觉一点点地蔓延至全身。那个夜晚他想老婆了,过去洗衣服、晒被子这些小事都是梁欢负责落实,从来不用他去操心。看来以后这些鸡毛蒜皮的小事都得自己打理了。

尽管王延安明白了自力更生奋发图强的道理,可他一看到房间里散落的那些搬家搬过来的、没有开封的木头箱子就头疼。现在箱子上又堆上了一卷卷的技术图纸和日益增高的技术资料,更是让他伤脑筋劳神。

宿舍的四面墙壁上,挂着火箭"发控大图"和地面测试设备电器连接图。环顾四周,这哪里像宿舍?简直就像办公室加仓库。没有女人的日子,连家也不像个家样了。

但这丝毫不影响王延安站在墙前看图纸,更不影响他的想象力。他喜欢站在火箭大图前琢磨,就像作战指挥员总喜欢站在军事地图前研究敌我态势一样。作为一个好的 01 发射指挥员,需要有超前的预测能力。对火箭进行点火前的一系列条件了如指掌。眼观六路耳听八方,看着卫星系统准备好,遥测系统准备好,电缆摆杆摆开,发射塔架打开,发射中能当机立断处理故障,多有挑战性啊!他已经暗自做好准备,只要机会来临,他就要竞争上岗。

这时电话铃声突然响起,王延安拿起电话,是梁欢,真是心有灵犀呀!

王延安抓住时机把自己正想的工作问题,说给梁欢听,他这性格不太适合当总工程师,这总工名字听起来好听,实际上是技术阵地建设的施工头。他正琢磨怎么能从总工干上老本行 01 发射指挥员呢。

梁欢问:"你为什么老想当 01 指挥员?你不觉得当机立断的风险太大了吗?"

"老婆,01 是属于那种在发射场官不大、权不小的人物。我这人思维敏捷,能临危不惧,当机立断,解决高难度的技术问题,喜欢惊心动魄的挑战,指挥发射成功会使我更有成就感。"

梁欢又问:"你不觉得当 01 指挥员压力大吗?一个口令下错,就满盘皆输!"

"老婆,我为什么要犯错!没有理想的人生是平庸的人生,我拒绝平庸！我的生命时刻保持在冲锋状态！"王延安说这话时觉得自己活力四射，信心满满。

梁欢提醒他："你现在好比空降兵，平安落地到新的发射场要先打好地基。地基结实了，别人才能信服你。"

王延安觉得老婆根本不知道，总工程师每天要面对一堆枯燥的设计图纸，他生性好动不好静。于是无奈地说："我现在是压力山大，尤其是家里缺个后勤部长，我的包装箱现在都没开封，等着你来收拾东西呢。"

"王延安，敢情你想让我当搬运工呢？没说的，男人能干的事，女人也能干。我啥时候能调去啊？"

王延安立刻英雄气短，他知道自己官太小调不来老婆。他又要面子万事不求人。幸亏冰雪聪明的梁欢给了他一个台阶下，接着说刚才的话题："现在大山发射场正在创建时期，发射团大量的技术工作都担在你这个总工身上，你干工作不要挑肥拣瘦，这山望着那山高。别忘了想当01发射指挥员更要沉着冷静！"

王延安让老婆扎扎实实地教育了一番，难怪当初基地医院想让梁欢由医生改行当政委。反正老婆说啥他都爱听，能听到老婆的声音就觉得幸福。可惜老婆要放下电话去医院值夜班了。不过有一点他想明白了，是金子就一定要发光，只要发光就会有人来关注你，你的困难也就自然有人来帮你解决了。

王延安在深山沟里白天工作热火朝天，晚上的生活单调寂寞，这里正在建设现代化的发射场，可是这里的彝族群众连电视都没有见过，他们是从奴隶社会直接跨入了社会主义社会。部队带来的电视，来到这里也没有图像，成了多余的摆设。为此，王延安领着一帮技术干部在天王山上安装了电视插转机，解决了深山沟里官兵看电视的难题。这让发射场的雷震山指挥长刮目相看。

果然，王延安的"金子发光理论"得到验证，他没有操心找领导调老婆，组织上已经考虑他们的夫妻分居问题，把梁欢调到了新建的基地医院。可是梁欢刚来就发现丈夫真是让她不省心。

基地要在天王山头建设气象台和测控站，首先就要给安装电影经纬仪的山头上装自来水管，施工部队遇到了阻力，向王延安报告，有一个彝族阿妹子好厉害，领着一帮彝族老乡死活不让自来水管通过他们的稻田，部队只好停工待命。

为此，王延安实地考察了彝族村寨，在这深山老林里，彝族人民刀耕火种过着艰苦的生活。尤其是寒冷的冬季，四面透风的土屋里，晚上全家祖孙几代人共居一室，围着火塘的余热而卧。有的家庭还把幼小的牲畜也放在室内和人挤在一起互相取暖，以免冻死。夜晚山风穿过土屋，人们只能忍耐着寒冷，至今温暖和饥饱都解决不了，至于更高的生活需求，只能是可望而不可即了。

王延安对工程技术干部讲了一堂生动的民族政策课：彝族人民是从奴隶制社会直接跨入社会主义社会的，他们生活贫困，民风淳朴也很彪悍。在风俗上大家都要注意。不能摸男人头顶上的天菩萨，更不能去摸人家姑娘的百褶裙，那裙子虽然漂亮，却只能欣赏不能动手。除非你要娶她为妻。以前，因为彝族人民家里穷，没有什么家具，地面又很潮湿，要是躺在地上睡就可能得风湿病。他们在屋子的中央用砖头石块垒砌个火塘，晚上披上查尔瓦，就靠在墙角睡。他们平时吃土豆和苦荞，能吃上大米那就是过大年了。

王延安最后加重语气特别强调："这叫适者生存，你们都记住：咱们施工谁也不能违反民族政策。我们面对的是，现代文明的航天发射场与大凉山贫穷落后的巨大反差！谁违反民族政策就处分谁！"

王延安的话音刚落，会场后面就发出一个声音："理论上说得都很容易，你去亲自实践解决问题呀！军令如山，我们工兵连完不成任务怎么办？"

"说得好！人家是被逼上梁山，我现在是被逼下稻田，去就去！"王延安说完，当即就和提意见的那个工兵连长来到稻田旁的施工现场。

他们的汽车在一个积着雨水的泥坑旁停下来，一群三五岁的孩子光着屁股泡在泥水里开心地玩着，汽车一过溅起一片水花，孩子们被溅得满身满脸都是泥，他们却哈哈地笑着，与城市孩子的反应截然不同。这里的孩子们就像牛羊一样被放养着自由生长。

旁边男男女女的彝族老乡用彝语和夹生的汉话正在和几个军官争执不休。王延安快步走过去，就听那个彝族阿妹子在质问当兵的："你们解放军为什么要挖我们的水稻田？"

"阿妹子，部队建了自来水厂，我们要装自来水管。"王延安的话把大家的目光一下子吸引过来。

这个阿妹子是大凉山黑彝土司的女儿，上过学，伶牙俐齿，瞪着一双漂亮的大眼睛说："自来水我们不知道。我们知道祖祖辈辈喝的都是安宁河的水。现在你们架水管，把我们要收割的水稻田都挖坏了。"

王延安想起，昨天他在一个小学校的破旧房子帮助接电线，老师在给同学们上自然课，老师在黑板上写：水是无色透明的液体。一个小男生站起来当场反驳："老师，你说得不对，我们喝的水都是黄色的。不信咱们去河边看，水就是黄色的。"老师指着黑板问："大家说，水是什么色的？"小学生们异口同声答："黄色的。"王延安想到这儿，急中生智邀请老乡们，跟他到部队营房去看看，亲口去尝尝自来水，并答应包赔老乡因修建水管带来的农田损失。水管所经过的村里，安装上自来水管和水龙头，以后可以不用到河里挑水吃啦。

连长把王延安拉到一边，轻声说："王总工，你可不敢轻易许愿，咱们能给他们接水龙头吗？我看悬！"

王延安没有丝毫犹豫，既然他已经给指挥长立下军令状，保证完成任务。那么现在他只要结果，不问过程。"先把问题解决了再说。"说完，他头也不回领着一帮彝族老乡往部队营房走去。

王延安打开自来水管，水哗哗地流出来。这在大城市连三岁小孩子都会打开自来水洗手，司空见惯的事情，彝族乡亲们却惊奇地瞪大眼睛看着，觉得神奇得不得了。

阿妹子带头表态："这自来水多清！你们先挖我家的水稻田吧。我家愿意接自来水管！"她还自我介绍说，她名叫布谷阿鸽，会唱歌，说着就亮开金嗓子唱了起来：

"星星和月亮在一起，珍珠和玛瑙在一起，阳光和祝福在一起，我们永远在一起。"

让王延安没想到的是，布谷阿鸽的歌声竟然如此悠扬动听，在绿色峡谷里回荡，彝族老乡一呼百应。旁边的人告诉王延安，布谷阿鸽是月亮山城的月亮女儿，不仅人长得漂亮，而且很有号召力。果然，矛盾很快得到解决。

天王山测控站和气象台都接通了自来水管，各项工作进展顺利。雷指挥长一高兴还在会上口头表扬了王延安。巧的是，这边刚散会，那边一群彝族老乡就上了天王山，测控站长笑脸相迎，可彝族老乡提出的问题把他难住了。

"当初解放军答应给我们装自来水管，现在要兑现呀！"一群男男女女闹闹哄哄不依不饶地说，"你们部队挖水沟架水管，我们的水稻都烂在地里了，这损失要赔！"

站长一个劲儿地赔笑脸，部队挖了人家稻田，水管经过谁家都要给装上自来水管，这笔经费从哪儿出？再说这人多力量大，用水也多，自来水要花钱的。可当初答应村民们，现在怎么往回收呀？测控站长愁得浓眉紧锁，这可是关系到群众纪律的大问题，得火速报告雷指挥长。

雷指挥长问明情况心里也火烧火燎的，可他的火暴脾气此时却变成了闷葫芦罐，让人找来了王延安。

王延安跑得气喘吁吁站在了雷指挥长面前，满头大汗，他准备硬着头皮听雷指挥长劈头盖脸的训斥了，并且早已经想好此事他不解释，因为雷指挥长刚刚当众表扬了他完成任务突出，在众人面前肯定了他的工作。现在他必须火速想好办法解决难题。

此时，站在大白球状的电影经纬仪旁的雷指挥长并没有大发雷霆，他不动声色地看着王延安把气喘匀了才说："你王延安给彝族老乡许的愿，别人可没法为你擦屁股，你说这事咋办吧？"

"我保证摆平。"

"你别吹牛！"

"雷指挥长，请你只看结果，不问过程。"

"记住，不能违反群众纪律，这里还有民族政策问题。"

"交给我办，你放心！"

"咱们有言在先，出了问题处分你！"

王延安向雷指挥长立正敬礼，转身急急忙忙跑回家，翻箱倒柜找存折。梁欢给他端来一杯茶，轻轻地放在桌上，问他把存折都翻出来干啥？

王延安只好对老婆坦白交代，最后故作可怜地说："这是我答应的事，不能为难部队，咱男子汉大丈夫说话算话！"

"鸭子死了嘴巴硬！"梁欢话是这样说，她却是个深明大义的人。同意他把家里的存款先拿去赔偿群众损失。

王延安趴在桌上算账，那时他们月工资也只有七八十块钱，省吃俭用攒了几千块钱，王延安生怕不够，厚着脸皮把这事告诉了妈妈，妈妈慷慨地把"文革"期间给老两口补发的工资5万块钱全部寄来，支援儿子讲诚信，弥补群众损失。

王延安提着5万块钱找到了村主任，村委会给家家户户的水稻田损失算了一笔账，逐一做了理赔。最后还剩下两千多元，王延安表示这钱给布谷阿鸽家装上自来水。布谷阿鸽家损失最大，她却不来要求赔偿。不过有言在先，自来水费由乡亲们自己承担。

王延安一直忙到深更半夜，一场群众风波总算摆平。这时已经没有车了，既回不了家，也回不了部队的招待所，他只好住进县里的喜来旺旅馆。旅馆很小，住的都是过路的彝族老乡，服务员说，还有一个单间没人住，是我们这里最好的房间啦，就是价钱要贵一点。

王延安从上到下找了个遍，只有10块钱了，给服务员好说歹说只睡一晚上，反正房间闲着也是闲着，天一亮他就走。服务员就把他领进了单间客房。

王延安折腾了一天确实累了，连脸都懒得洗就躺到了床上。被子和枕头都散发着强烈的臭汗味和霉味，他浑身痒痒起来，怎么也睡不着觉。他打开灯一看，顿时浑身起鸡皮疙瘩，被褥上都是一片一片灰色的密密麻麻的小虱子，他掐死了几个虱子，手上留下了斑斑血迹。王延安马上想到，要是把这些小虱子带回家就糟了，老婆是医生，有洁癖，他把家里的钱全部赔给彝族老乡不说，竟然还把虱子引进家门，那不是破财引灾吗？那就太对不起洁癖老婆了。

他急忙起床把衣服统统脱光，解下鞋带把衣服捆成一个卷，挂到灯绳上。他裸体睡在了布满虱子团队的被子里。那一刻，他觉得自己比老百姓的生活要好得多，该知足了。

第二天，天刚蒙蒙亮他就离开了喜来旺旅馆。虽然是休息日，却没敢回家，他怕把虱子带回家，如果以后虱子军团在他家里不断发展壮大那可就糟了。王延安沿着安宁河边足足步行了三个多小时，才找到一个僻静的河湾，他躲在河边树丛中把衣服脱个精光，洗了个澡，又把衣服洗干净，小河边有块大石头，他把自己一丝不挂地晒在大石头上，久违的太阳亲热地烤着他的皮肤，火辣辣地疼，他把自己晒成了一个大红人，把晾干的衣服穿在身上，回到了山沟里的部队招待所，又把被褥统统抱出去晒太阳。那个晚上，他睡在暖融融的被子里，尽情地呼吸着太阳味，他想着自己能在这落后贫穷的山沟里，建设现代化的发射场真是开天辟地的伟业啊！

王延安让这件事一折腾，对自己的工作又有了新想法，大山发射场就要发射中国第一颗通信卫星，他这个发射站总工就要在其位谋其政。于是将发射场的技术问题归纳总结，向雷指挥长提出管理建议。王延安回到家，把五万元钱的去向和自己的历险记向老婆做了汇报，就趴在写字台前一门心思写他的建议书。

梁欢扫了一眼王延安的建议书，劝他别自以为高明，就你爱提意见！

"知我者，老婆也。在发射场，成功才是硬道理，没有展示才能的平台，怎么成功？我这是在抛砖引玉……"

"王延安，你总是在操领导的心。说好听点你是想大事、干大事，喜欢以管理者的眼光提出建议，去干艰巨的任务，想有所作为。可别人会说就显你能！总想给自己创造机会，出头露脸，咋办？"

"梁欢，你那是女人思维。我不怕红眼睛、绿眼睛。让他们嫉妒去吧！"王延安头也不回，斩钉截铁认准了目标。

梁欢看着丈夫长叹一声："真是不省心！"然后告诉丈夫，陆莎作为气象业务骨干已调到了大山发射场天王山气象台任主管业务的女副台长。梁欢问王延安，这陆莎怎么就像影子一样跟着他呢？

5

陆莎来到天王山气象台，重打锣鼓另开张，女帅男兵春风得意，她信心满满要大干一场。陆莎这次调动，向志远是大力支持的，大山发射场很有发展前途。向志远以后要经常到大山发射场执行任务，陆莎在大山发射场安家，他们就可以牛郎织女来相会。

陆莎下班回家刚进门，就闻到厨房传出一股刺鼻的烧焦味，听到啪啪的响声，她脚一扬甩掉了高跟鞋，就往厨房跑。原来是一壶水烧干了，壶底烧穿了一个大洞。

"老向，你过来看多危险呀！"陆莎奇怪向志远在干啥呢，壶底都烧穿了也不知道。

向志远听见喊声跑过来，一看壶烧漏了，厨房玻璃上都是水蒸气，他挺愧疚地站在那儿，不说话，等着老婆训斥。不过他不后悔，刚才他突发灵感，想明白了发射通信卫星的一个技术难题。

陆莎哭笑不得，向志远简直是一根筋！他来出差，家里立刻变成了办公室。陆莎怀孕了，可丈夫眼里除了工作还是工作，她在他的心里根本没有位置，还要去给向志远洗衣做饭。

陆莎觉得这样下去不行，该告诉向志远她有孩子了，不能总是不食人间烟火，没有家庭观念。

"医生说我有了……"陆莎欲言又止。

向志远云里雾里地问："你有什么了？有病了？"

陆莎点着向志远的脑门："向志远，你有孩子了！"

向志远激动得一把抱起陆莎在地上转了一圈："我有孩子了！我终于要当爸爸了！"

"瞧你美的！快把我放下来！"陆莎看看丈夫现在头发花白，未老先衰，真该让他当爸爸了。好在他们老夫老妻，已经审美疲劳了。

陆莎的眼睛里突然流露出一丝忧郁，说："预产期就在发射通信卫星期间，如果因为生孩子参加不了任务，多遗憾！"

向志远说："航天事业是千人一枚箭，万众一颗星。不差你一个。再说大山发射场第一次发射通信卫星，我是总设计师必须去干活，叫我妈来照顾你……"

陆莎打断了他的话："我婆婆好厉害哟，你是让我照顾她，还是让她照顾我呢？"

向志远说："万一我顾不过来，我妈毕竟生了六个孩子，有经验。她早就想抱孙子了,让她帮你照看孩子总还行吧。"

"向志远,你妈就爱说我有六个孩子,生六六三十六个孙子,你快饶了我吧!"陆莎坚持说,"孩子没生前就先别来,我这个孕妇自顾不暇,可不能再伺候人了!"

陆莎和婆婆互相都有成见,当年婆婆说她是不下蛋的母鸡,她忘不了这句话。婆婆这辈子没文化,不就是乐此不疲地生孩子吗?生了一个又一个,把多生孩子当作幸福和快乐,仿佛只有生儿育女才能带给婆婆巨大的成就感。可惜啊,可惜他儿子连男欢女爱"造人"的激情都没有,造物主就是这样平衡人类社会的。这些话她已经想了很久,不是给丈夫准备的,而是将来和婆婆正面交锋时的"炮弹",她再也不想忍气吞声,不然真要憋出病来。

此时,王延安在家里,也在准备"炮弹",事关重大,他不能打无准备之仗。梁欢躺在床上,叫他快睡觉。王延安头也不抬地说:"梁欢,你看到发射场公示了吗?明天我要竞争上岗。"

梁欢知道,这是王延安给雷指挥长提的建议,竞争上岗,是骡子是马当众拉出来遛遛。当然选票多少还是很重要的。

为此,王延安信心满满,已经跟向志远打了招呼,关键时刻让他投一票。可梁欢提醒他,向志远那人看这颗通信卫星比他亲儿子还亲。他肯定六亲不认,只认卫星。但这次发射指挥部要择优录用01发射指挥员,如果竞争不上,王延安就应该认了。

实话说,王延安认可老婆的话,这种选人用人方式他也心服口服。考核前梁欢提醒他:"我们医生有句话叫:病从口入。中国有句古话叫:祸从口出。如果有人提出反对意见,你可不要当场锋芒毕露去反驳。切记他们都比你官大,都是考官。"

"老婆,我要是没了直言不讳,没了棱角,你说,那还是我吗?你还爱我吗?"王延安觉得自己要保持豪爽的英雄本色。

第二天,会议室里坐满了发射指挥部成员。雷指挥长宣布:中国发射第一颗通信卫星,01发射指挥员是发射任务的关键岗位,今天指挥部听取三位01指挥员候选人竞争上岗的报告。我们请来了九位航天专家,一起投票，择优录用。现在发言开始。

三位候选人站在讲台前简要介绍了自己的任职经历和科研成果。王延安还谈了他为什么要竞争上岗，他认为，01指挥员是发射前喊指挥口令的总调度。这个岗位，不仅要求熟练掌握数百条指挥口令，数千条数据，而且还要掌握发射场、火箭、卫星、测控、通信等各系统的全面情况，冷静、果断、敏捷地发布指挥口令，如果出现意外，需要勇气和决断力，及时准确下达应急预案，具备全面组织指挥协调的能力。最后他慷慨激昂地表态："我经过发射团从下到上的历练，也曾担任过大漠发射场的01指挥员，同时我有信心完成大山发射场首任01指挥员的任务。"王延安坐下，会场顿时响起一片掌声。

雷指挥长请专家们畅所欲言，对三位候选人进行评议，谁能胜任这项工作？特别强调一点，在座的都是领导，你们的发言是要对这三位候选人负责任的。就像指挥打仗一样，不能点错了将，谁点错了将，如果出了问题让他陪着打板子。

会场上寂静无声，没人发言。

王延安看冷场了，就打趣地说："雷指挥长，你的连带责任造成了冷板凳。依我看，我们三个谁能站在发射指挥员的位子上要有三个行：首先自己要行；其次要有别人说你行；最后说你行的人还要行。这样大家才能畅所欲言。"

大家笑了起来。这时，向志远果断地站起来说："我投王延安一票，我和王延安有过多次航天发射合作，他在大漠发射场喊过发射口令，我认为他综合素质好，业务技术全面，应变能力强，能胜任01指挥员岗位，能准确下达发射口令！"

最后投票结果是王延安当选，他在信任的目光和热烈的掌声中给大家敬了一个标准的军礼。然而，刚上任01发射指挥员不久，王延安还没来得及精彩亮相，就差点"光荣"了。

那天，群山环绕的大山发射场，发射塔架灯光明亮，发射第一颗通信卫星用的是新型的"长征三号"火箭，火箭的推进剂用的是特种低温燃料液氢和液氧。因为这是发射场第一次给火箭加注液氢、液氧，王延安自始至终在发射塔架的火箭三级加注排放连接器旁边，除了加注排放连接器操作手外，只有王延安和向志远站在那儿，初次尝试既新鲜刺激又充满危险。当液氢开始经过漫长的管道由贮存槽车流入火箭"肚子"里时，由于发射场第一次向火箭实施低温推进剂加注，大家都没有实战经验，所以根本不知道加注排放连接器软管法兰盘接口处滴下来的是什么。滴下来的水滴掉到发射塔架平台的铁板上，如同北方冬天取暖烧红的火炉盖上倒上水时似的，水珠在铁板上乱滚几下便蒸发掉了，王延安和操作手有点不知所措，把目光转向向志远。

向志远很冷静，让大家别紧张，这是液空。火箭推进剂液氢加注是一项具有危险性的工作，液氢加注管道虽然是双层抽真空管道，有着特殊的绝热功能，但当液氢从管道中流过时，管道周围的空气被 $-250℃$ 的超低温凝结为液体，滴滴答答地往下滴，这种周围空气被超低温冷凝成的液体称为液空。

王延安立刻担心这么低的温度会对铁板平台的焊接处造成影响，情况紧急，他马上从操作间找到一张大五合板就垫到发射平台的钢板上，这样液空顺着管道滴下来时可以先在木板上过渡一下。但他们惊讶地看到，液空挥发得极快，在木板上还没滚到木板边缘便奇妙地消失了。

这时，发射塔架工作平台的调度喇叭里传来"火箭贮箱液位到"的口令声。向火箭里加注燃料的阀门立刻被关上了。紧接着，调度喇叭里又传来"加注连接器脱落"的口令声。只见外表包裹着亮光闪闪的加注管道银光一闪，像脐带一样瞬间从火箭的"肚子"上"嘭"的一声自动脱落下来。长长的柔软的管道顷刻间垂下来，准确地挂在发射塔的摆杆悬臂上。

王延安和向志远站在液氢加注排放连接器旁，观看加注管道自动脱落的情景，这种情景以后可能不会再重现，而他们需要掌握第一手的情况。因为这是加注合练试验。火箭真实点火发射时，是不允许有人在旁边的，指挥人员只能依靠远程摄像镜头监控。火箭加注完毕后的几小时内，一直处于不断自动补加状态，直到火箭点火前倒计时1分钟准备时，才会执行加注管路排空、连接器脱落、摆杆摆开的一系列紧张而有序的动作，之后，卫星发射任务才能够进入"30秒""20秒""10秒""9、8、7……3、2、

1、点火"倒计时程序。而这次除"摆杆摆开"和"点火"是模拟状态外,其他都是真实发射状态。

随着加注连接器那"嘭"的一声响,连接器虽然从火箭"身上"自动脱落下来,也稳稳地卡在防止甩动的装置上,但就在这一刹那,大概是液氢加注管道拐弯处还有一些残留液氢,"哗"的一声,液氢从管道中一下子倾泻到了发射塔架的工作平台上。

此时情况危急,王延安站的位置就在距离火箭一米处,喷洒在火箭发射平台上的液氢,迅速弥漫成白雾状。在场的人都被眼前突然发生的景象惊呆了。王延安惊奇地发现站在他身旁的向志远头发、眉毛和睫毛上都挂上了一层白霜,像一个雪人。向志远看王延安也是如此。绿色的发射塔架上猛然间好像进入了冰雪神话世界。这是谁都没有意料到,也不知道该怎么办的突发事件,液氢像是施了魔法,大家被白茫茫的雪雾笼罩住。工作平台上的"雪人"都慌乱起来,有人大叫"怎么办?"

只听王延安大喊一声"不要动!大家原地不要动!"这喊声如定海神针,让全体"雪人"瞬间一动不动地立在了原地。

王延安脑子里飞快地闪现着加注的安全规程,在高浓度液氢笼罩的空间里,任何电火花、摩擦火花、静电火花都会造成"星火燎原",只要有0.007毫焦耳的能量就可能引发爆炸,火箭的"肚子"里装满了易燃易爆的推进剂,那后果将不堪设想。

几分钟后,一阵高空风吹过,极易挥发的白色雾气被吹散,发射塔架恢复了原样。王延安这才感觉到手背上的刺痛,原来就在那危险的一刹那,液氢溅落的一颗颗小珠珠落在了他的手背上。王延安觉得究竟是冻伤还是烫伤并不要紧,他和向志远在发射塔架旁,又一次经历生与死的考验,真不知道点火发射时,还会遇上什么紧急状况?

第十四章

1

大凉山头顶上多变的天空,就像孩子哭闹的脸一个月来连续阴天下雨,发射场的人们愁眉不展,因为他们奋斗多年,才迎来即将发射的中国第一颗通信卫星,天公偏偏不作美。为此,陆莎领导的天王山气象台一星期前预报出,1984年4月8日大晴天,符合发射的天气条件,而自信的陆莎预报完天气就回北京待产去了。

这是发射日前的最后一个白天,火箭在发射塔架上一切准备就绪。王延安早晨8点准时来到山洞里的先锋指挥所,各系统的操作人员也陆续来到发射场进入各自的工作岗位。王延安连加了几天夜班,眼睛里布满了血丝,向志远劝他到休息室眯一会儿,两个人互相看看笑了,谁也别说谁,都熬成了兔子的红眼睛。

王延安毫无睡意站在了发射控制室的山洞口,这时,两辆卡车停在了发射场坪上,三个战士从车上卸下成筐的面包和瓶装的饮用水,然后往隐藏在山洞内的先锋指挥所里搬运。王延安熟记在心的发射程序中是没有这个环节的,于是,他走过去笑着问:"你们这是备战备荒为人民吗?"

旁边指挥卸车的发射场勤务站长用手挡着嘴对着他的耳朵悄悄说:"这是为你们这些在山洞里指挥发射的家伙们准备的救命物资,雷指挥长说了,要以防万一。"显然,这些食物和水是以防火箭出现最严重的壮烈情况,山洞坍塌,人员被困,为山洞中发射控制室人员准备的救命食物和生命之水。

王延安若有所思地抬头看去,墨绿色发射塔架怀抱着80多米高的"长征三号"运载火箭,新的发射塔架,新型号的火箭,还是第一次点火发射通信卫星。发射塔四周的建筑物为了防止发射时的震动和冲击波,所有的窗户玻璃都贴上了米字形白纸条。

因为这个发射场是第一次使用,山洞中的发射控制室要首次经受火箭轰鸣的巨大震动,注满100多吨高能燃料的巨型火箭距离山洞不足百米,这百米距离就把生死拉近到咫尺之间。王延安身后就是山洞的大门,火箭点火发射那一刻,他的岗位就在山洞中发射控制台旁边。这之前,他虽然知道火箭发射会出现异常,会发生危险,但还没有想到会危及参试人员的生命。他满脑袋想的都是共和国的第一颗通信卫星,大山发射场的第一次使用,第一枚"长征三号"运载火箭发射,多么光荣的使命!现在他猛然意识到了辉煌背后的险峻,感悟到了振奋中隐藏着的危机。他突然想起,发射场还在建设中,他曾随雷指挥长查看山洞中的控制室,雷指挥长不仅认真询问了控制台上的有关问题,而且非常细心地把山洞中沟沟弯弯走了个遍。然后指着一个露出太阳光的小洞口说:"万一出现意外,这个出渣孔可以作为应急逃生口。"

当时,王延安就联想到雷震山指挥长这个老八路,一定是过去打地道战有了成功的经验,正好那时发射场在连续几周放映电影《地道战》,让他们不断温故而知新。

现在临近发射了,一切平静的背后似乎都存在着危险。光荣与恐惧,辉煌与险峻,振奋与紧张,交织在王延安的心里。神圣的使命感,使他想到期盼已久的这一刻,喊发射指令必须临危不乱。他旁边坐着航天专家们有条不紊地进行工作,王延安想好了,为了共和国的火箭升空他豁出来了,即使在发射控制室光荣了,也值了!他甚至想到他以前写的遗书仍然有效,他的老婆梁欢就在阵地救护队……他该想的都想过了,该准备的都准备了,一切准备就绪没有什么遗憾了。

王延安有条不紊,坚信机遇青睐勇敢者。临发射前准备工作出奇顺利,王延安用洪亮的声音喊出倒计时指挥口令:10、9、8、7、6、5、4、3、2、1,点火、起飞!

火箭喷吐着橘红色的烈焰腾空而起,向太空飞去。群山地动山摇,发射场上欢声雷动。

当晚,基地举行庆功宴,大家举杯共庆发射成功。

向志远和王延安在一个饭桌上。与别人欢天喜地不一样的是,向志远的眼睛里藏着一丝忧虑,把通信卫星打上天这才是第一步,好不好使还不好说。这颗通信卫星的发射出奇顺利,难道真的没有一点问题吗?

王延安今天从早到晚只吃了一顿早饭,饿坏了,他招呼向志远:"来先吃饭,快吃饭。"

雷指挥长过来敬酒说:"我先敬你们两个有功之臣一杯酒,我还有事先走了。"

这时有人来叫向志远接电话,他放下筷子匆匆而去。向志远刚走,一个参谋又来叫王延安接电话。

桌子上的人一起笑了,跟他们这些大忙人吃饭,都吃不消停。

王延安拿起值班室电话,是郭志民打来的,祝贺他们开门红!郭志民很兴奋,告诉他发射团又受到上级机关的表扬,他也立了三等功。

"郭政委,我有一个小小的体会,如果领导批评你,又给你重担子挑,那就快提拔你了,不提你也有好事等着你。如果领导使劲儿地表扬你,你可要小心点。"王延安想到就随即说了出来,"前段时间我可没少挨领导训,现在天上掉馅儿饼,让我很快就出国去做访问学者……"

这时,进来一个参谋报告:"01指挥员,雷指挥长叫您马上到他那去。卫星发烧了。"

郭志民没听明白,在电话里问:"王延安,什么发烧了?"

王延安知道一定是通信卫星出了问题,电话里不便多说,于是他神秘兮兮地说:"老郭,我听说,部队快要精简整编了。我现在有急事,咱们回头再说。"他放下电话就走。

王延安和向志远前后脚走进办公大楼的小会议室,雷指挥长在等他们。雷指挥长简明扼要交代了任务,通信卫星经变轨、远地点发动机点火进入地球准同步轨道,向预定工作位置漂移的时候,卫星测控中心通过遥测数据发现,装在卫星上的镉镍电池温度超过设计指标的上限值,卫星的外壳和其他部分仪器的温度也偏高，卫星现在危在旦夕。如果控制不住，温度继续升高，后果不堪设想。现在大家都在成功的喜悦中，这事要保密。雷指挥长让他们立即乘转场飞机去腾飞测控中心，抢救卫星。

"请雷指挥长放心，这颗卫星就像我儿子，我一定要救活它！"向志远此时一门心思去救天上的卫星，却不知刚回北京的陆莎在家里打响了婆媳大战，他那盼望已久、未曾谋面的孩子也面临着难产的考验。

2

向志远要执行发射任务，临产前的陆莎没人照顾，只好火速回京待产。正好向志远刚分了三室一厅的新房，向志远让老母亲来北京照顾儿媳和即将出生的孙子。

殊不知，陆莎和婆婆从结婚时就埋下了不愉快的种子。因为他们速战速决在大漠发射场闪电结婚，婆婆很不高兴，认为这准是新媳妇的主意，自己唯一的儿子娶了媳妇忘了娘，结婚这样的大事都不回老家办婚礼不符合礼俗。后来又得知亲家也没给姑娘陪嫁什么东西，就觉得你出身工人阶级怎么啦？你不就是无产阶级吗？再说婆婆并不喜欢儿媳妇有多少文化，她信奉"女子无才便是德"，有没有文化跟她没关系，反正她也不认字。她喜欢嘴甜、勤快、孝顺、会理家的儿媳妇。

陆莎却对此一无所知，她只知道婆婆始终对她挑剔和不满。婆婆坚持不懈地生了五个女儿，好不容易生了个老六——男孩向志远，把老向家三代单传的优良基因都遗传给了这个儿子，自然看成掌中宝。可是总也不见这个不争气的儿媳妇生孙子，把老太太气得够呛，用山西土话骂她："球的，养只老母鸡都能下蛋，要不会生娃的媳妇做甚？"婆婆整天阴沉着脸骂骂咧咧，那难看的大长脸拉得老长老长，故意刁难儿媳妇，严重影响了陆莎的心情。陆莎到底是军人，不能跟她一般见识，惹不起还躲不起吗？再说山西和四川、北京都远隔万水千山，她们自然可以井水不犯河水。

可现在不行了，婆婆到北京儿子家理直气壮地住下来，本来婆婆快要有孙子了很高兴，可老人家满脑袋旧观念，只要媳妇在家，家务活都该媳妇干，她还要监听家里的电话，时不时地检查儿媳妇是否守妇道。

几个月前，陆莎到北京出公差，因为怀孕反应大，一闻油烟味就想吐，向志远偶尔下班回家早，心疼陆莎让她休息，自己挽起袖子到厨房去做饭，婆婆不高兴了，张口就训儿媳妇："男人在外累死累活挣钱，回家还做饭，你这个媳妇怎么不知道心疼男人？"

陆莎不爱听了："我也不是家庭妇女，我工作也辛苦。向志远身强力壮，胳膊比我粗一倍，做顿饭怎么啦？"

婆婆大怒："做饭洗碗是女人的活儿，我就从来没让儿子做过饭、洗过碗。"

陆莎更生气了："你儿子难道只能张嘴吃饭吗？那你给他请个贴身保姆，家里啥活也不让他干，把他当菩萨供起来。"陆莎越想越生气，自己在部队是军官，和婆婆住在一个屋檐下立马变保姆。

向志远虽然"旁观者清"，可对这两个最亲的女人却是"当局者迷"，一个是老母，对媳妇不是骂就是责备；一个是老婆，受不了这份气就顶老太太。他谁也惹不起，老母亲一直把他当作心头肉，全部的爱都给了他，现在家里多了一个儿媳妇，老太太总是跟她过不去。向志远急中生智告诉妈妈陆莎要生儿子的喜讯，老太太这才转怒为喜，喜上眉梢。继而跪在送子观音前磕了好几个响头，还从庙里求来了生男孩的神符，然后扬眉吐气走出家门，逢人就说她要当奶奶了，她要亲自伺候儿媳妇生孩子坐月子。老太太在外面和左邻右舍八卦完了，估计家里饭菜上桌，才回家吃现成饭。

陆莎孕晚期胃口不好，闻到油腻的东西就想吐，饭菜做好了，却吃不进去了，尤其是羊肉从来都是一口也不想吃，婆婆说："不想吃也得强吃，这是为了肚子里的孩子吃，我孙子需要营养！"婆婆把那些肥羊肉都夹到陆莎碗里，她吃了一口吐得稀里哗啦。

婆婆吃完饭把碗一推，说："饭后百步走，活到九十九。我身体健康是你们当儿女的福气。"爱说话的婆婆就又到楼下找老太太们聊天显摆去了。

陆莎一再对向志远说："你妈太厉害了，我压抑！生孩子容易患产后抑郁症。坐月子期间还是让我心情愉快好。"向志远答应，那就生孩子时请个保姆吧。陆莎和向志远回基地，婆婆一个人住得无聊就回老家了。

这次令陆莎始料不及的是，她刚到京，婆婆也来北京了，生孙子事关老向家的香火后继有人的大问题，老太太说到做到，不怕劳累，背上老家人给带的一大袋子白面馍馍和一大包旧衣服和老布床单拆洗的尿布片就上北京儿子家来了。让婆婆万万没想到的是，儿媳妇根本不愿吃她千里迢迢带来的白面馍馍，后来储存了好几天的白面馍馍干得像石头似的，还都长了绿毛毛，陆莎给扔了，让老太太心疼得直掉眼泪。那些尿布片陆莎更是看不上眼，城里的布是细纱织成的，婆婆带来的尿布片，不仅是旧的、不规则多边形的五颜六色的废布片子，还是些自家织的老粗布，线条粗细不匀，一沾水就掉颜色。陆莎悄悄塞进了一个塑料袋里都扔进了床底下。

婆婆气鼓鼓地告诉向志远："儿啊，你这媳妇可是个不攒陈粮的败家娘们儿。以后你来管家吧。"

向志远对抗母亲那是不可能的，让他按母亲说的去做也是强人所难，他连连说："妈，这可不行！你看我哪儿有时间呀！我一个大男人还要工作，我把工资全交给你们，你们谁管家都行，咋办我都没意见。"

向母干脆宣布她来管家，让小两口发了工资统统上交给她，由她来安排家用。

陆莎不愿意为一点钱把家里闹得鸡犬不宁。何况她不缺钱，就让向志远把工资都给他妈，她的工资看着给家里买点吃的用的，还时不时地买点好菜好饭，免得一家人每天都吃全素斋。她知道婆婆把钱攥在手心里就舍不得花了。

婆婆对陆莎很不满意，说她买菜不会砍价，拎回来的菜太贵。对她的烹饪水平也很失望，不会做莜面条，婆婆让陆莎把那种黑面揉好，然后要一根一根在案板上用手搓出一条一条来，陆莎觉得太浪费时间了！又不好吃。婆婆见儿媳妇还敢顶嘴更生气了，瞧那败家媳妇洗碗浪费水，洗完碗不用抹布擦干。地板和桌椅擦得不干净，书报到处堆放乱七八糟。总之，婆婆对这个媳妇不满意的事真是太多太多了，数落起来就翻箱倒柜没个完。

向志远夹在老妈和老婆中间，哪个他也惹不起，哪个他也不想惹，大事还干不完，哪儿有那么多时间管这些婆婆妈妈的鸡毛蒜皮呀。

只有一点陆莎让向志远必须管！否则她就要离家出走，因为老太太上厕所不冲水，他们家的新房里飘着一股公共厕所的臭味，陆莎怀着孕一闻就想吐。向志远给他妈说了几次也无效，因为老太太自有她的道理，老家都是旱厕所，从来不用冲水。尿尿不冲水盖上马桶盖就行了，这样省水。败家媳妇臭讲究！向志远觉得母亲年龄大了改也难，以后母亲只要从厕所出来，他就马上进去冲厕所。不好办的是他出差在外时，只能让他的新居充满公共厕所的臭味了。

陆莎顶看不起婆婆的"抠门"，心想，还号称大户人家土财主的千金，深宅大院有钱怎么啦？有钱的父母也舍不得花几个小钱让女儿上学，大门不出，二门不迈，整个一个目不识丁的文盲。婆婆裹着个"三寸金莲"的小脚，只因为日本兵到了山西到处去抓花姑娘，大姑娘和小媳妇得漫山遍野地躲鬼子，才总算放开了小脚好逃命。可那个悲哀的变形小脚不用布条子裹着也放不大了。就像她满脑子老观念，时过境迁改也难。

这不，陆莎回家看婆婆手里正起劲儿地撕着旧床单，准备给孙子做尿布。婆婆见媳妇回家，告诉她厨房里给她留着饭。

"妈，我啥也不想吃，就是想睡觉。我累了。"陆莎嘴上没说，心里却在想，我挺个大肚子还让我做饭，可婆婆炒菜连油都舍不得放，白菜萝卜炖一锅，一看就不想吃。

婆婆担心陆莎吃饭像小猫吃食一点点，肚子里的孩子能长胖吗？根据她的经验，想吃辣的就是生儿子，想吃酸的就是生丫头。于是，婆婆拿出两个大馒头和一瓶油炸辣椒让陆莎吃馍馍夹辣椒。

陆莎摆摆手说："妈，我不想吃。"

婆婆盯着陆莎的肚子连看带说："懒小子，馋丫头。我生儿子的时候就是懒。你站起来，把裤带解开，让我看看你的肚脐眼是不是翻着长？"

陆莎烦了，婆婆怎么这么啰唆？肚子有什么好看的！

婆婆絮絮叨叨说："你嫁给我儿子这样的航天专家那是你的福气！我们老向家三代单传，五个姑娘加起来都不顶志远这儿子有出息，你得给我生个大胖孙子！"

"妈，老向家女不如男，那是您老人家重男轻女的结果！"陆莎不软不硬顶了婆婆一句，"你咋不送女儿读书呀？"

向志远的母亲出身于山西的土财主家庭，贵为千金小姐。糟糕的是她家恪守祖训，女子无才便是德，不许女孩读书。旧社会她家老老少少的女人都有人伺候，却一概不识字。婆婆从小聪明过人，精于算计，虽然没有进过学堂，对钱上写的数字却很敏感，买东西算账从不吃亏。大户人家礼数多，讲究多，现在从媳妇熬成了婆，挑起儿媳妇的毛病来自然也是火眼金睛，一丝一毫决不放过。

有一次陆莎把饭做好，婆婆一面吃一面数落鸡蛋放多了这不好那不好，还说香油那是"一滴香"，倒多了就不香，浪费了。向志远在一旁闷头吃饭想着他的工作一句话都不说。陆莎埋头吃饭，吃完饭放下筷子，站起来把那些婆婆正在唠叨做得太多，"投诉"不好吃的饭菜，一股脑儿全都倒进了垃圾桶。婆婆因为一直在数落媳妇，吃饭和唠叨都是打持久战，饭菜没吃完就让媳妇都给倒了，气愤地大骂起来："你这媳妇，不能干还不让人说了！我看你这败家娘们儿不修理不行了！"说着把碗和筷子就扔到了陆莎身上，顿时陆莎身上挂满了五颜六色的西红柿鸡蛋面条。

向志远赶快出面劝解调停："陆莎，妈说你是为了让你以后改正，也没让你把饭菜都倒了，你看妈生气了，你快认个错吧。"

陆莎的眼泪夺眶而出，一句话没说，转身回卧室换衣服去了。

向志远连忙劝母亲，不爱吃陆莎做的饭，就吃蛋糕吧。老太太这才说，不是饭不好吃，是儿媳妇做得太多太浪费。

这件事发生后，陆莎彻底潇洒起来，再也不去买菜做饭了，干脆请了个小时工上门做饭。

这次陆莎回京待产，怀孕的女军人不允许穿军装，于是，陆莎星期天就买回了一大堆衣服，一件一件试穿。

婆婆看到就心疼，唠叨陆莎："这衣服生了孩子就不能穿了，少买几件够穿就行。"

陆莎丝毫不理会，继续兴致勃勃地试穿衣服，她累了不想做饭，对婆婆说："我出去吃一碗面就行了。你愿意吃啥自己做，别什么都指望一个孕妇！"

婆婆看看媳妇的大肚子，为了那肚子里的孩子，她必须忍下这口气。

从此，老太太每天都要跪在佛像跟前磕头，极其虔诚地求好运："娘娘保佑，送子观音显灵，让媳妇给我们老向家生个大胖孙子。我六个孩子,六六能生三十六个孙娃子就好啦!"

"妈,现在是计划生育,生多了就让你儿子停职反省没商量!"陆莎一句话,就让嘴里念念有词的老太太顿时祷告卡壳。婆婆生气地瞪了一眼陆莎,现在向志远出差未回京,陆莎把工资就放在抽屉里,让婆婆随便买,随便花。她挺着大肚子行动不便,却食欲大开,一会儿想吃清蒸鱼,一会想吃红烧排骨,她买回来的烤鸭烧鸡,婆婆都抠门地放到冰箱里,说等向志远回来全家一块儿吃。陆莎馋得不行,觉得自己这辈子就生一个孩子,现在一张嘴管两个人,连肚子里的孩子都缺营养了。婆婆心里只有儿子,没有她。婆婆知道她不爱吃牛羊肉,可婆婆爱吃牛羊肉,家里天天吃清真,陆莎就吃全素斋。陆莎想到这儿,趁机溜出家门找饭吃去了。

陆莎一想起自己眼看着快生了,可向志远还不回家,还不知自己坐月子时要吃没吃,要喝没喝的怎么办呢。

3

月亮在厚厚的云层中缓缓穿行。汽车在蜿蜒的山路上疾驰。汽车内坐着王延安和向志远,他们心急如焚赶往飞机场,乘转场飞机去腾飞卫星测控中心。一路上他们都在讨论卫星在天上为什么会发烧。

王延安刚才特意问了电源总工程师,她拍胸脯打包票,星上电源不会有问题。而向志远推测:那也许就是卫星姿态出了问题。

王延安突然问:"向大总师,你老兄是不是能让天上的卫星翻个跟头,调整一下对太阳的姿态角?"

"你把我当孙悟空了吧?那是神话!"向志远说完又后悔了,王延安这想法也许真还有点门道呢。在飞机上向志远沉默不语,一直在琢磨这事。

现代化的交通工具真让他们像孙悟空似的,三个多小时后,他们走进了卫星测控中心大厅,各路专家到齐就开始开会了。对于这颗通信卫星为什么会发烧,专家们第一次遇到,一时间无从下手。

王延安看会场静悄悄的,就首先放了一炮:"我来抛砖引玉吧。我是搞发射的,不是研制卫星的,我是无知者无畏,意见仅供参考。依我看卫星发烧主要是两个可能：一是星上电源有问题，现已排除；二是卫星姿态有问题。"

"你说卫星姿态会出现什么问题？"通信卫星工程总师魏老总突然插话问。

"比如卫星对太阳的角度不合适，太阳给卫星的太阳能电池供电过多。向总师是卫星专家，让他详细说。"王延安看向志远不发言，干脆点名将他一军。

向志远被逼到这个份儿上，不说不行了，他初步判断，卫星发热是由于卫星相对太阳姿态角的变化所引起的，现在卫星远在赤道上空36000公里的高度，沿着太空运行轨道飞行。如果不立即让卫星退烧，将会引起卫星蓄电池损坏，使整个卫星失效。应该对卫星进行大角度姿态调整，降低太阳电池阵与蓄电池之间的电压差，减小充电电流，让蓄电池降温。根据他的分析，立即向卫星发出应急指令：将星上所有功耗仪器设备全部打开，尽可能多地消耗电能，多次调整卫星姿态，改变太阳照射角，以减少太阳能电池对卫星的供电，最大限度地增加镉镍电池放电量，迫使蓄电池降温。

魏老总顿时两眼放光，赞同道："好，我看就这么办！就按这个方案给总指挥长报告。"

大家在测控大厅各就各位，目光全都聚焦在大屏幕的卫星飞行曲线上。

这时，大厅里传出操作口令："星上接到指令，执行完毕！"

"报告：卫星的电池温度已经得到控制。"

卫星终于化险为夷了！向志远松了口气，靠在椅背上，拿出手绢擦着脸上冒出的汗珠。

王延安跑过来推了向志远一把："老兄，你先别闭目养神，卫星还是不能正常通信传输。"

向志远沉着冷静，语气坚定："对卫星姿态角立即再调整5度。"

测控工程师提醒向总师，您发出了打破常规的指令，根据规定您下达的指令，必须由指挥部审批签字才能执行。

王延安急了，现在情况紧急，卫星危在旦夕，等层层上报办完审批手续，黄花菜都凉了！

向志远突然急中生智说:"请你给我录音,向志远要求立即再调高5度。出了问题,由技术负责人向志远承担责任!"

那位测控工程师依然站在那儿不动。王延安火了,推了他一把:"你还愣在这儿干吗!向总从来都是敢于负责的,他现在敢于做出决定,你还犹豫什么?快去执行命令!"

测控工程师一脸难色,为了慎重起见,他从桌上拿起一张白纸,在上面草草写上:"向志远要求立即调高5度。"让向志远签字。

向志远毫不犹豫拿起笔签上自己的大名——向志远。测控工程师看看向志远,拿上那张字据去执行了。

旁边有人问向志远:"你勇于承担责任固然好,一旦出现问题,就要追查责任,难道你不计个人后果吗?"

王延安看向志远不说话,插话道:"现在废话少说,为了抢救这颗卫星,必须有人敢于承担责任!"

这时魏老总被他们冒风险担责任的勇敢精神而感动,走过来说:"年轻人,我是总师,我支持你们!我来负责!"然后还拍拍向志远的肩膀信任地笑了笑。王延安这时可笑不出来,他目不转睛地盯着屏幕上的卫星飞行轨迹。

天上的卫星执行了地面发去的指令后,调整了角度,温度开始下降。通信卫星终于化险为夷,正常运行。之后,通信卫星在太空开始成功实施卫星通信、广播和电视传输。

就在大家高兴地欢呼、鼓掌时,谁也没有注意到,向志远靠在测控大厅的椅背上静悄悄地闭上了眼睛,他脸色苍白,眼角挂着一滴无声的眼泪。

王延安开始还以为他太累了,想打个盹休息会儿,可走过去轻轻叫了几声没反应,这才发现向志远是晕过去了,他赶快找来几个医生、护士把向志远抬上救护车送医院。

第二天吃过早饭,王延安提了一大堆补养品来医院看向志远,向志远正在看电视,示意他也赶快看,中国的通信卫星转播电视效果还真不错!

王延安看他好点了,劝他住院好好检查一下,是什么原因导致头晕休克的。

向志远说他是低血糖没关系，说什么也不住院，他让王延安马上去帮他买飞机票，必须马上回北京，陆莎生孩子还不知道情况如何呢，千万不能有什么闪失。

向志远当天回到北京，从首都机场乘车直奔医院。此时陆莎在医院里已经撕心裂肺地疼了一天也生不下来，医生建议剖宫产，可婆婆认为顺产对宝宝更好，生怕委屈了她的大孙子，让陆莎硬生下来。婆婆的理论是——她生孩子都是自己生的，不用医生动刀子拿出来。

生孩子是老向家的头等大事，向志远的老母亲一声令下，他的五个姐姐全部到齐，一大群人围着妇产科门口，都在关注着陆莎生男生女的大问题。因为向志远是独子，向家人七嘴八舌地说着山西话，都盼着生男孩。没人关心陆莎疼得要死人了，也没人想在手术单上签字。

向志远一到医院，老母亲郑重宣布："你们都别瞎吵吵，我儿就是生儿子的命！"楼道里才算静了下来。向志远让母亲和姐姐们先回家。

医生走过来对向志远说："陆莎是高龄产妇又是生头胎，胎位不正，不能再拖下去了。为了母子俩的安全，必须马上剖宫产，请你立刻在手术单上签字。"

向志远锁紧眉毛，一声不吭地看着那几张纸，汗珠子顺着脸颊往下掉，表情极其严肃认真，盯着医生问："我要是签了字，你们有多大的把握？"

医生已经见惯了这个情况，板着脸说："百分之八十的把握。但是你不签字，孕妇难产，我们不能手术，出了问题我们不负责。你老婆已经不能等了！"

向志远拿着手术通知单三步并作两步跑进病房，看到陆莎肚子疼得满头大汗，他立刻把字签了。医生护士马上把陆莎送进产房。

手术室里终于传出来婴儿的哭声。医生走出门来。别人都在问医生，生的是男孩，还是女孩？只有向志远冲过去大声问："医生，我老婆还好吗？"

医生答："好。"

向志远这才小心翼翼试探地问："孩子也好吗？"

医生答:"好,是个男孩。"

向志远让突然降临的大喜事给击晕了头,他呆愣在那儿,回过神来拔腿就往家跑,他要把这个好消息首先告诉娘。

向志远冲进家门时,他母亲还在佛像跟前跪着。向志远把母亲从地上半搀半拽拉起来,说:"妈,您这是求啥呢?生的是男孩!您老有孙子了!"

老太太拍拍手上的灰尘,眉开眼笑道:"儿啊,告诉你,那是我求送子娘娘求来的!我心诚啊!"

"妈,这次可是遂你的心愿了!是个大胖小子!"

老太太拉着儿子的手喜形于色地走过去,拿起皇历看孙子的生日好不好,她把皇历举到向志远跟前,一迭声地说:"我的儿啊,你还说我迷信,让我讲科学。你看这上写了,今天是求子嗣。这皇历特别准!"

向志远不信皇历,也不敢反对,他知道跟自己的妈有些道理是讲不通的,妈没文化,又迷信,接受不了新事物,只能顺着她。

老太太激动得老泪纵横,连连说:"我儿就是有本事,不仅是个航天专家,还生个大胖小子,我们老向家有后了,老向家十全十美了!"向志远看妈妈激动,他想趁着妈高兴的时候说出自己的想法,让妈多表扬媳妇,孙子可是陆莎生的,别老夸自己儿子好,媳妇不行。

"儿子,你怕媳妇呀?我看出来了陆莎厉害,我儿在外面是大领导,在家里不能让媳妇管一辈子,多委屈呀!别怕,妈给你做主!"老太太梗着脖子,脸上洋溢着母以子贵的神气,拿出当家做主的气派来,"媳妇不管上房揭瓦,不管咋行?你记住,女人生了孩子拿擀面杖都打不走。"

"妈,媳妇不是咱花钱雇的用人,人家没要咱一分钱彩礼,咱们打不得!再说两口子谈不上谁怕谁,您老就别管了!少操点心吧。"向志远可真不想让老妈每天劈头盖脸训斥陆莎,陆莎不是农村的小媳妇,不靠男人养活,人家不仅自食其力,还是个营职女军官,能领导百十号人的气象台,让她在家里甘心当受气包那是不可能的。可老太太咋弄不明白这个理儿呢?

不出向志远所料,他来医院病房接陆莎和孩子出院时,陆莎提出,让你妈回山西老家，行不？

这话向志远说不出口，他抱起孩子，在小脸上左亲右亲，脸上洋溢着初为人父的幸福与快乐。他赔着笑脸问："那谁照顾你和孩子？"

"你妈太厉害了！数不清的礼数。我这辈子就生一次孩子，就坐一次月子，不能生气，一生气就没奶了。咱们请个保姆吧！"陆莎很严肃地说。她想清楚了，宁可花钱请保姆，也不愿意听婆婆的唠叨和责骂。陆莎一想起婆婆的话心里就窝火，她挺着个大肚子走路都困难，婆婆却千叮咛万嘱咐，儿子要上班，千万不能让他干女人的活，不能洗碗做饭，不能洗尿布，不能扫地擦地，向志远是干大事业的，陆莎是女人理应照顾好丈夫，带好孩子，孝顺婆婆。当时陆莎差点没气晕过去，她嘴上没说话，心里早想好了，我们夫妻能生就能养，别的孩子爸爸能做到的，向志远这个当爸爸的也应该能做到。

"陆莎，我随你，咱出院回家吧！你现在是我们老向家的有功之臣，我妈妈高兴还高兴不过来呢。"向志远无可奈何道。

"向志远，我只想躲过56天产假还不行吗？我回部队上班了你妈再来，你也尽尽当爸爸的职责。"陆莎的语气不容置疑，向志远只有答应的份儿，可这回家怎么跟妈说，把他难住了。现在废话少说，赶快和陆莎一起装东西准备出院，回家见机行事。

让向志远没想到的是，母亲既不想回山西老家，也没打算照顾儿媳坐月子，老太太让儿子花钱请个月嫂，给儿媳妇和孙子洗衣做饭。她有了孙子就心满意足放心了。母亲说，孙子刚出生她就回山西老家，不合礼数，将来别人说闲话。既然家务活由月嫂来干，那她就不回山西了，住在儿子家当老祖宗监督月嫂干活。向志远顿时两眼迷茫，陷入了两难选择，他这个大孝子张不开口让妈走。

好在陆莎见月嫂来了，有人干活了，婆婆愿意跟着儿子住那也没啥说的，她也希望和婆婆搞好关系，婆婆毕竟带大了六个孩子有经验。而接下来的事情让她万万没想到。

婆婆说产妇吃小米有营养，让儿媳妇只能顿顿喝小米粥，婆婆的老理儿还特别多，说陆莎这个大学生连"女怕坐月子，男怕割麦子"的道理都不懂，女人坐月子要喝一个月的小米粥，男人割麦子要累弯腰，该受的罪都要受。结果陆莎饿得肚子咕咕叫,她缺乏营养,也没奶喂孩子。婆婆说她怎么这么不争气,奶都不够孩子喝的。你怎么当妈的,老让我孙子哭?陆莎每天做梦都想吃鱼和红烧肉,退一步说要是能给点连队的炒大白菜该多好!

陆莎和月嫂说了,月嫂面露难色做不了主,对向志远说,她在别家干活,都给产妇煮鲫鱼汤喝,炖猪蹄子汤喝也能下奶。向志远到超市去买来鲫鱼和猪蹄子让月嫂炖好汤,满屋都是诱人的香气,可婆婆说了,只许媳妇喝汤下奶,他们吃鲫鱼和猪蹄子。陆莎眼巴巴地看着一家人在吃着香喷喷的饭菜,眼泪一滴一滴掉在了汤碗里,她想不明白婆婆为什么对她百般刁难,先是嫌弃她不生孩子,可生了儿子自己在这个家里为什么受到这样的待遇,每天只能灌个水饱。这时她想起自己刚刚经历了生产时的命悬一线,又要忍受坐月子只能喝小米粥和喝汤的饥饿感。现在她有钱也不能出去买,真正体验到一个女人最无助的就是生孩子坐月子。

幸亏王延安和梁欢到北京出差,顺便看陆莎和孩子,还带来好多营养品,陆莎当即狼吞虎咽起来,把王延安和梁欢看得目瞪口呆,她怎么会饿成这样子。梁欢还给陆莎带来一只洗干净的老母鸡,月嫂听婆婆的指挥炖好鸡汤端给陆莎,陆莎一看碗里除了汤只有两只鸡爪子和一个鸡头,顿时泪崩。她非但没有母以子贵,还成为排在家里最后一名,只能吃汤汤水水和"边角料"的人。

梁欢当即告诉向志远,产后是女人最敏感、最脆弱的时候,也是最需要关心和照顾的时候,很小的一件事也许就能把她压垮。你们这样做,陆莎很容易出现产后抑郁症。

王延安从来没见过这么厉害的妈,就劝向志远,孝顺儿子要当,可当丈夫的理应好好照顾产妇和孩子,劝他还是先让他母亲回山西老家吧,以后还可以再来。不然陆莎真要患上产后抑郁症就难办了。临走王延安告诉向志远:"你要对你妈说,她让儿媳妇不好过,她儿子也过不好。"

向志远终究没敢说这句话,他惹不起厉害的妈。可是没过多久,向志远发现老婆总是看着窗外默默地流泪,后来开始吃药。他悄悄地看了一下药盒,那个奇怪的药名:氟哌噻吨美利曲辛片,是丹麦产的治疗抑郁症、焦虑不安和神经衰弱的药。他劝陆莎,给孩子喂奶不要吃药,对孩子不好。

向志远又去请教梁欢,没想到那位梁医生很严肃地说,吃药固然对孩子不好,可婆婆要刁难刚生完孩子的产妇,一旦患上产后抑郁症,母子俩就难保平安了。有抑郁症的产妇甚至会不想活了。向志远这才觉得问题真的严重了,他发电报叫来了姐姐,买了大包小包的北京特产,又把当月的工资都给老母亲装上,让母亲先回老家休息一个月再来。老太太临走告诉儿子,让陆莎休完产假把孙子带到大山发射场去养,让孙子吃母乳长得好,千万不要把孙子留在北京,别影响向志远的前途和工作。当然,奶奶不是不管孙子,有苗不愁长,只要孙子能走路、会说话、上幼儿园了,她就来带孙子。那时候孙子才能记住奶奶好。

婆婆走后,陆莎顿时有种翻身农奴得解放的感觉,压抑的心情荡然无存,治疗抑郁症的药也就不用吃了。向志远也立即转变观念,过去老娘不让他干活儿,现在他主动为陆莎端水端饭,为孩子洗尿布,这让陆莎很感动,平心而论,陆莎觉得向志远是个不可多得的好男人,儒雅博学,宽容大度,她甚至在琢磨那样刁钻的母亲,怎么会生养出这样优秀的儿子?后来她想通了,向志远从小求学住校,出类拔萃的学习成绩使他一直受到学校老师的重视,良好的教育对他的成长至关重要。想到这些陆莎决定还是要珍惜这段姻缘。他们的感情也逐渐变好。

自从向志远有了儿子,许多人提着东西上门来看望孩子,以示关心。可是,向志远并不欢迎,他没有那么多时间接待客人,所以听到敲门声,他常常谢绝来客。

陆莎不高兴了:"别人来看你是人之常情。你怎么不知好歹、不领人情啊?"

向志远说:"咱们流自己的汗,吃自己的饭。咱家生个儿子,凭什么收别人的贺礼?再说我还有工作要干,没时间应酬。"

向志远让陆莎以后招待客人,有电话她先接。向志远白天伺候老婆和儿子,晚上就得加班加点研究火箭和卫星,让陆莎不要干涉他工作!

陆莎瞥了他一眼说:"向志远,我知道你事业第一,家庭第二。别啰唆了,去看看你儿子又尿了。"

向志远答应着老婆:"好吧,我儿子要子承父业,他的大名就叫向天翔。"向志远举着儿子说:"儿子,我的宝贝!你是爸爸的希望!可你也太累人了！"儿子咧开小嘴笑着，美滋滋地尿了他一身。向志远想，反正忍两个月，按照老妈的办法，让陆莎休完产假带儿子回部队。

可是有一件事，陆莎耿耿于怀，却隐忍不发，她甚至想好了怎样惩罚丈夫。因为陆莎发现向志远写字台上的抽屉总锁着，抽屉里放的啥保密东西？向志远越不让她看，陆莎就越想看。陆莎想两口子有什么可保密的，再说都是干航天的，彼此彼此，我就要看！于是有一天，她借着给儿子上户口要找户口本的理由打开了抽屉，拿出户口本的同时还拿出来一张照片，照片是向志远和一个漂亮的女同学在莫斯科红场上的合影。照片的背面还写了八个字："曾经相爱，我心依然。"陆莎把这张照片悄悄藏起来，一旦需要就可当作证据。

向志远这段时间忙晕了头，没有发现因为自己的疏忽授人以柄，让妻子发现了心中的小秘密，其实他和前女友林依然早就断了联系，可初恋是不能忘记的，那是一段美好的留学回忆。

向志远好不容易坚持到陆莎休完产假要回部队去，殊不知，陆莎亮出了底牌，铁了心坚决不带儿子走，理由很充分，基地生活条件差，没有牛奶，儿子会营养不良的。再说，那地方是少数民族地区找不到保姆，儿子太小，上幼儿园不够年龄，没人管。她是气象台的领导，总不能抱着孩子去上班吧？现在做一名好军人和一个尽职尽责的好母亲之间发生了矛盾冲突，她只能二选一，军人必须遵守纪律，按时返回部队。何况儿子需要受到良好的教育。结论理所当然就是：儿子必须在北京生活、受教育。他们的儿子绝不能在起跑线上输给王延安的儿女。

陆莎走的那天，含着眼泪抱着儿子，吻着儿子的小脸和小手，留下一句话："向志远，你实现了当爸爸的梦想。我也该回部队去实现梦想了。让你妈赶快来北京照看她的大孙子吧！"

向志远很无奈，过去他只知道单位里的军嫂生活困难，现在他才体会到，他这个军人丈夫独自带儿子比军嫂困难得多。

向志远怀抱着小儿子默默地送老婆走，看着老婆上了火车的背影，他百感交集。陆莎很快从车窗伸出头来，她已经想明白了，女性，尤其是女军人，要想在事业上获得成就，必须付出一定的代价。此刻她硬了心肠挥了挥手说："老公，相信你不仅事业能干，而且会更出色地教育咱们儿子，将来儿子也会像你一样成为科学家！咱儿子总不能和山沟里的野孩子一样每天玩泥巴吧！"陆莎心里有数，婆婆虽然对她不好，但婆婆对儿子和孙子好。

火车鸣笛开动，在广袤空旷的蓝天下飞驰而去，逐渐没了踪影。家里的那"半边天"挥一挥手走了，站台上的人也都走光了，只剩下他们父子俩，儿子突然哇哇大哭起来，向志远的眼前也变得一片模糊迷茫，以后没女人的家将如何是好……

4

王延安和梁欢再次看到女儿的时候，王晓帆已经4岁了。那时双军人结婚后四年才有一次探望父母的15天假期。他们回到北京休假，小女儿瞪着圆眼睛用陌生的眼光上下打量着父母。

王延安四年没见女儿，女儿像一个漂亮聪明的小天使，太可爱了！可他一伸手女儿就躲开了。梁欢一看到女儿立刻蹲下身，伸开双臂笑着喊道："小帆，快让妈妈抱抱。你看，妈妈给你带的玩具和巧克力。"

王晓帆的大眼睛警觉地盯着她说："阿姨，奶奶不让我要别人的东西。"

梁欢急了："我是你妈妈呀！"

王晓帆立即指着墙上的照片，骄傲地回答："阿姨你看，我爸爸妈妈在墙上挂着呢！他们都是解放军！"

王延安伸出双臂一把就把女儿抱了起来，吓得女儿哇哇大哭起来："我要奶奶，我要奶奶！"王晓帆不顾一切地挣脱了爸爸的怀抱，抱住了奶奶的大腿。

白雪洁赶快摘下墙上的那张照片送到孙女手里，摸着孙女的头爱抚地说道："宝贝儿，你仔细看看照片，你爸爸妈妈今天没穿军装呀！"

梁欢再也控制不住自己的感情，眼泪哗哗地流了下来。她的心都碎了，女儿最需要的爸爸妈妈，已经从一个有血有肉的人变成了挂在墙上的一张平面照片。

"阿姨你哭了？爷爷说爱哭不是好孩子！"女儿从来没看过大人掉眼

泪，在她幼小的心灵里还有疑问，大人也哭吗？于是她跑过来，用手搂住梁欢的脖子安慰她别哭了，爷爷说爱哭就不是好孩子，爱哭就不能当解放军！王晓帆还掏出手绢给梁欢擦眼泪。梁欢不好意思地破涕为笑。

王延安微笑着说："宝贝女儿，爸爸要出国学习了，你都不理爸爸？"

"奶奶说了不让跟陌生人说话！"女儿噘着小嘴说。

"奶奶可没说不让跟爸爸说话呀。"白雪洁把孙女抱在怀里说，"延安，这次你到法国学习，帮妈妈打听一个人，我有个双胞胎妹妹白雪滢。"

王延安一脸为难，有口难言，她们老姐妹几十年没有联系，这不是大海捞针吗？再说还有很多外事纪律。

这时，杨志坚插话："老伴儿，'文化大革命'时因海外关系你可遭了不少罪，咱得小心点！你也不知道她现在情况如何，我看这事缓缓再说。"

白雪洁想起"文化大革命"时的不白之冤，摸着孙女的头发不说话了，她在掩饰自己的感情，换了一个话题对孙女说："小帆，给你爸爸妈妈背首诗吧。"

王晓帆神气活现地站在地中间，连表演带背诵："飒爽英姿五尺枪，曙光初照演兵场。中华儿女多奇志，不爱红装爱武装。"

"这小家伙太好玩了！我来抱抱。"王延安情不自禁又伸出双臂来。

王晓帆立刻摆出有板有眼的跆拳道架势，举起了小拳头。王延安愣了一下，这个漂亮的小女孩颇有点小男孩的调皮捣蛋劲，当时他还不知道这小丫头有武功，是个小霸王花。幸亏他眼明手快，躲过了小姑娘突然蹦起来的前腿踢。

"我的宝贝，我可是你爸爸，咱们来文的，不来武的！你好好看看我，你长得像不像我？"王延安警告女儿说。这小丫头竟敢不认亲爹，拿爸爸练手。

王晓帆仰起脸，小脸对大脸很认真地看着他说："不像，你长得不好看，黑不溜秋的。你就不是我爸爸，要不你为什么不管我呢？"

"小丫头，你要再敢打人，看我不收拾你。"王延安故意吓唬女儿。

"那让我爷爷来打你。"小姑娘毫不示弱地挥了挥两个小拳头。

全家人都笑了起来。小姑娘像是受了刺激，将跆拳道的红带子系在自己的细腰上，凌空一脚，将旁边的一块木板踢为两截。然后把小脚丫高高地举到头顶上，再高高地昂起头，瞪起眼，握紧小拳头。爷爷奶奶赶快鼓掌。

王延安笑不出来，因为他发现女儿从胳膊到腿有许多瘀青，他心疼啊！杨志坚像是看透了儿子的心思，告诉王延安，王晓帆从小就在接受军事化管理，她的启蒙教育和别家女孩不同，我们没有让她学钢琴和芭蕾，不想让她成为小公主，而让她学跆拳道和武术，她从不叫苦叫累。小家伙要是犯了错误，我们从没有打过她，而是惩罚她站军姿，然后写检讨贴在门后面。

杨志坚招了一下手，孙女就像小猫一样乖乖地趴在了他的膝盖上，爷爷摸着孙女的头无限疼爱地说："这孩子从牙牙学语就不知道该叫谁爸爸妈妈，从小你们当父母的都不在她身边，我们就想多给她点补偿，让她多学点本事，不受人欺负。小孩子调皮，你们谁也不能打她！"然后转过头小声说，"刚才那块木板是奶奶特意为孙女准备的，保她的小脚丫能将木板踢断。不然她总是学电视上练习武术腿法，踢木板和木凳，把东西都踢坏了。"

王延安有点担心地问女儿："小宝贝，你的花拳绣腿能对付坏人吗？"

"爷爷说，遇到坏人要有灵活机动的战略战术，三十六计走为上。因为我小，打得过就打！打不过就走。"小姑娘稚气而幽默的回答把全家人逗笑了。王延安心想，这爷爷奶奶以孩子为中心，把小孙女给宠坏了，如今怎一个闹腾了得？以后咋办？会不会闯祸真不好说。

王延安想和女儿加深感情，就把女儿举到自己的脖子上一坐，出门带她上商店买东西。他们在北京大街上没走多远就被警察拦住了，警察用怀疑的目光看着他们，上下打量着问："这小女孩多漂亮啊！是你女儿吗？"

王延安答："是呀！警察同志你凭什么怀疑我？"

警察一想到多起拐卖儿童案还没破，就不客气地说："小女孩长得不像你，瞧你黑不溜秋的，能有这么漂亮的女儿？"

"爸爸，我说你黑不溜秋的吧！"王晓帆搂住王延安的头，突然神气活现骄傲地大声说，"我爷爷说，爸爸是解放军发射卫星指挥员。"

王延安赶快拿出军官证来给警察看，耐心解释说："警官同志，我常年在高原工作，长得黑。可她妈妈是漂亮女军官，女儿像妈呀！"

警察一笑，挥了一下手，放行了。

父女两人进了商店，女儿想要什么，王延安就给买什么，光连衣裙就给女儿买了五条。回到家王延安把新裙子给女儿穿上，还教女儿朗诵一首自己即兴作的诗："我们仿佛刚走出海底深渊，又从古树的洞穴和猴儿们道别，时间飞逝几千年，我们追随着嫦娥去奔月，踏上月球跳板，爸爸和小帆相会在神秘的银河边……"

王晓帆抬起头问："爸爸，人真能飞上太空吗？"

王延安摸摸女儿的头发："那当然！晓帆，爸爸告诉你，苏联宇航员加加林是世界上第一个飞上太空的人。美国宇航员阿姆斯特朗是世界上第一个登上月球的人。爸爸就要出国做访问学者，以后也要把中国的宇航员送上太空。"

"爸爸，那你带我去飞，我要像小鸟一样飞上太空。"王晓帆张开双臂做出展翅飞翔的动作。

王延安把女儿举到自己脖子上坐好，他在客厅里来回走着，嘴里喊着："飞呀，飞呀，我的宝贝女儿飞上太空！"

可是到了晚上，王延安和梁欢想方设法哄女儿睡觉，王晓帆躺在床上就是不睡觉，嘴里喊着："我不要爸爸妈妈，我要爷爷讲故事。"杨志坚过来，坐在孙女的床边，让王延安和梁欢先离开卧室。王晓帆才安静下来，听爷爷讲红军的故事。

杨志坚极有耐心地轻轻地拍着孙女的背，给她讲红军过草地的故事。红军长征走进了一大片茫茫无际的水草地，那时爷爷举目四望，没有人烟，没有树，分不清东南西北。草丛里水是黑色的，散发着臭味。红军战士都是钢铁汉，草地行军没有粮食就吃野菜。后面的队伍连能吃的野菜和树皮也没有了，就开始吃腰上的皮带。皮带硬，咬不动，就把牛皮带煮着吃。就这样红军走出草地，到达了延安。后来有了你爸爸，我就把他送到延安保育院和小朋友们玩……杨志坚想，这次王延安和梁欢一走，他就要把孙女送入幼儿园，现在就要做好铺垫工作。

夜深人静，梁欢躺在床上翻来覆去睡不着，女儿不认亲妈，这让她心里很难过。梁欢的眼角湿润了，她觉得自己总是在两难选择，活得身心疲忐，犹豫再三才推醒王延安说:"你和老爸说说，把我调回北京军队医院吧，我是医生，在什么地方干都是治病救人。这样可以上管老，下管小，对我的业务发展也有好处。"

王延安打了个哈欠说:"老婆，你的事我不能求老爸。这老爸同志的面子那是轻易不能用的。他是正统老革命不让以权谋私。"王延安知道老爸的办事原则，不愿意碰钉子。再说他热爱发射场，也不希望把老婆调走两地分居。

梁欢话里有话道:"哟，你还贵口难开呢!"说完把灯关了，把头一扭面向墙壁睡觉了。

王延安凑过来说:"梁欢，我要出国了，你还跟我生气呀。这样吧老婆，明天你去试试，别怕碰钉子。"夫妻俩各有各的心事，后半夜才睡着。

第二天一大早，王延安起床，提着裤子站在床边找不到皮带了。

这时，就听厨房里梁欢在嚷:"晓帆，你怎么玩火呀? 煮的是什么? 这多危险。"

王晓帆站在小凳子上，正拿着饭勺子在稀饭锅里搅，她稚气的尖嗓门理直气壮地说:"爷爷说的红军吃煮皮带，都是钢铁汉，我也要吃煮皮带，当钢铁汉。"

梁欢哭笑不得，走进卧室说:"延安，你的宝贝女儿悄悄把你的牛皮带放到稀饭锅里给煮了，你就吃肉皮冻吧。叫你睡懒觉，现在可有人治你了!"

王延安只好拿了条绳子系裤子，无可奈何地说:"这不是有损革命军人形象吗?"

梁欢笑道:"一物降一物，找你的宝贝女儿要皮带去吧!"

吃早饭的时候，梁欢把昨夜翻来覆去想的调回北京工作，既可以照顾老人，也可以照顾孩子的话跟杨志坚说了。以后他们有了北京根据地，就没后顾之忧了。

杨志坚沉默良久，问:"梁欢，延安就要去法国做访问学者，你要再调回北京，别人会说这好事怎么都落到了你们干部子女头上，领导怎么去做基层干部的工作? 你说这公平吗?"

王延安笑着插话说:"历史的经验值得注意,杨志坚的儿子不去艰苦奋斗,让谁去艰苦奋斗?"

"爸爸,我是不忍心你们受累,以后孩子上学还有教育问题要操心。"梁欢说话时觉得自己的脸在发烧。

"咱们都是一家人。我和你妈都喜欢老有所为,我们现在是空巢老人,晓帆是我们的快乐天使,我们带好孙女是老有所乐,义不容辞。"杨志坚说完话,扬起手招呼孙女,那小调皮立刻跑来用小脸蹭蹭爷爷的脸,杨志坚高兴地搂住了孙女。

白雪洁找了条皮带给王延安,让他去穿好裤子。白雪洁转过身悄悄劝杨志坚:"老头子,你太耿直,办事缺少灵活性,你现在已经离休了,趁着还有点余热,找在位的老战友老下级给儿媳妇帮个忙,也就是一句话的事情。"

杨志坚回敬了老伴儿一句:"你常说江山易改,本性难移。难道你想让我去做违心的事吗?"

"老头子,人们都说有权力不用过期作废。你这英雄迟暮,不要老是自我感觉良好!"白雪洁故意板起脸来,她希望儿媳妇调来北京工作,他们老两口年龄不饶人了!让这调皮的小孙女折腾得太累了。

杨志坚斩钉截铁地说:"你应该告诉你儿子,不要靠老子,让他们靠自己!"王晓帆一看爷爷说奶奶,奶奶有点不高兴了,她就跑去搂住奶奶,还大着嗓门喊:"奶奶好!我爱奶奶!"

杨志坚指着王晓帆说:"你们都看看我孙女,是个开心果,谁给她吃、给她穿,她就亲谁。延安,你们要拿得起,放得下。小帆交给我们,你们就放心吧。你出国学习,要为咱们中国人争光啊!"

下午,全家人到首都机场,送王延安上飞机。王延安恋恋不舍地抱起女儿说:"小帆,爸爸要走了,你要听爷爷、奶奶的话。和爸爸拜拜!"

谁也没想到,王晓帆突然亮开嗓门使劲儿哭喊:"爸爸,就不拜拜!我要爸爸!小朋友又该说我没有爸爸妈妈了!"王晓帆的哭声把候机大厅的人都给吸引来了。

王延安赶紧在众目睽睽下溜出人群,走进机场国际安检门。

5

人一出生问世，父母就给予了孩子不同的生活条件，也许这就是命中注定吧。孩子降临世界，生活在什么样的家庭里，就要面对什么样的生活，各有各的幸福，各有各的不幸。

这是陕北黄坡头一个小山村，圪崂村的一间破旧的农房就是老兵唐水娃的老家。

那年土地干裂，庄稼无收。正逢寒冬大雪天，家里冷冰冰的，唐水娃的母亲躺在土炕上，身上盖着旧军被。唐水娃的老婆孙大凤坐在土炕上，女儿唐巧妹交上了好运，那身捐来的新棉衣像小大衣一样盖住了小巧妹的腿，非常暖和。

孙大凤给女儿唐巧妹试穿棉衣棉裤，对婆婆说："这捐来的新棉衣多好看啊！就是太大了。"

"不大不大，正合适。巧妹过几年就可以穿上新棉衣体体面面地去上学了。"老奶奶翻来覆去看着孙女和新棉衣，说，"大凤啊，村里受了灾，解放军给咱们捐钱捐衣服，多好啊！我的病，你可不能告诉狗娃，咱们得支持他在部队上好好干。"

"娘，我懂这个理。"孙大凤说，"娘，你儿改名不叫狗娃了，解放军不兴叫狗娃，还是唐水娃这名字好听。"

老太太看着墙上唐水娃的照片，觉得自己儿子穿上军装多好看啊！

孙大凤翻来覆去看那身新棉衣，还从棉衣口袋里翻出一封信，上面写着：

"孩子，当你穿上这身新棉衣时，我们便幸运地相识了。如果你上学有困难，就写信给我们，我们愿意资助你所需的全部学费，期望能为祖国培养一个出色的女大学生。

解放军叔叔和阿姨：王延安、梁欢。"

孙大凤知道丈夫唐水娃当了十几年兵也挣不了几个钱，她是军属可不能张口要解放军的钱。她对女儿说："村里的女娃能读个小学就不错了，将来你能认字写信，买东西会算账就行啦。"

"娘，为什么男娃能读书，女娃就不能读书？"唐巧妹想不明白男孩和女孩有什么不同，她穿上新棉衣后，就悄悄把这张小纸条放到一个小玻璃瓶里，收了起来。

孙大凤长叹一口气说："人的命天注定！女孩子长大都要嫁人，书读多了也没用。"

唐巧妹没说话，但她想，将来一定要好好学习，考第一，上大学。就要比男孩强！长大了要像爸爸一样当解放军。

郭志民的儿子郭智勇自从受到王延安的航天科普课启蒙，学习成绩突飞猛进，郭志民对儿子的要求也在节节升高。因为部队刮起了文凭风，本来就是科技部队，分来的都是大学生，文化科技知识越来越重要。

王延安出国学习前打电话向他告别，特意提醒他，铁打的营盘流水的兵，你要想在部队长期干，就不能当万金油，部队不是慈善机构，精兵简政在部队体现得最充分。尤其是在我们高科技部队，每个人都要有自己的专业特长。这些话在郭志民的脑子里琢磨了很长时间，他就是吃了没文化的亏，绝不能让儿子输在读书上学的起跑线上。现在儿子的学习成绩突飞猛进，已经是全班的第五名了。

郭志民对儿子的要求也越来越高，考不上前三名，照着儿子屁股就打。郭志民最近火气旺，一想到自己没文化就成了部队精简的对象，气就不打一处来。

郭智勇天生犟牛筋，不叫疼，不流泪，瞪着眼睛，握紧拳头。

李翠华挺身而出挡住了儿子："老郭，你咋打儿子，你管过儿子学习吗？"

郭志民扬起的解放鞋重重地落在自己的大腿上，呼出一口粗气："我是恨铁不成钢啊！郭智勇啊郭智勇，你怎么就不能成为一块最好的钢啊？"

李翠华一把夺过郭志民挥舞的解放鞋，她猜想丈夫一定是遇到了什么烦心事，在拿儿子出气。果然，不出李翠华所料，这几天郭志民心里七上八下、心烦意乱。

这段时间，基地部队正在自上而下地传达1985年中央军委会议精神，按照军委部署，百万大裁军从1985年到1987年，将原来的11个大军区撤并为7大军区。全军经过撤并、改制等减少军级以上单位31个，撤销师团级单位四千多个，精简一百多万人，这是一个多么令人震惊的数字。用此方法精简，只能留下精兵强将。

基地政委带领工作组到发射团，亲自给部队上党课，让大家一颗红心两种准备。还特别讲了发射团的光荣历史。1960年，中国准备进行第一枚导弹发射试验时，苏联撤走全部援华专家。徐指挥长拍着桌子说：他们能搞导弹，难道咱们就搞不出来？老子就不信这个邪！就在外国专家撤走后的第73天，我们成功发射了中国制造的第一枚近程导弹。聂帅高兴地说："这是一枚'争气弹'！从那时起，大漠发射场发射了中国第一枚导弹、第一枚导弹核武器、第一颗卫星、第一枚远程洲际火箭……"

我们发射团不仅不精简，还要加强，为未来发展航天事业做准备。精简整编以后，发射团要升格为发射测试站，庙大了和尚也升级，水涨船高。

郭志民听了这些话暗自高兴，可政委接下来的话让他心跳加速了。

政委继续讲，人民解放军正朝着规模适度、结构合理、机构精干、指挥灵便、战斗力强的目标迈出新的步伐。中国军队的职能使命正在从保家卫国向维护世界和平拓展。我军要精兵强将，现在党中央和中央军委已经宣布裁军100万。我们这支高科技部队，更要走科技强军的道路。

同志们都愿意把青春献给发射场，可是现在部队要精简，共产党员、革命军人要一颗红心两种准备，服从部队建设的需要。这次部队重点转业那些年龄大、资历老、文化低的营团干部。老的走了，补充进来新的大学生，提高部队文化层次。

郭志民坐在台下，心里在敲鼓，看来这次是泥菩萨过河自身难保，他知道部队就是这样，你学历高是技术骨干，你越想走越不让你走；没学历的农村兵，你越不想回农村就越让你转业，这就是科技部队的特点。他有自知之明，再往上提拔已经很困难了。可是如果让他转业，郭志民首先就想到，他上小学时学的那首诗：锄禾日当午，汗滴禾下土。接着想到他初中毕业就开始务农，面朝黄土背朝天，挥汗如雨种庄稼。每天累得腰酸背痛还吃不饱肚子，那滋味刻骨铭心啊！如果转业让他回老家去，不仅吃苦受累，而且是最没面子的事，乡亲们都知道他在部队是军官，现在解甲归田，乡亲们也许会看不起他，再说母亲已经去世了，他在山东老家已经无牵无挂了。

散会了，郭志民没有马上回家，他独自一人走进胡杨林，呆呆地坐在一棵干枯的老胡杨树下，他特别喜欢这棵胡杨树，当新兵时，这棵独立的胡杨树还生机勃勃，夏天树叶是绿的，秋天树叶是红的，没有人来雕塑它，树干却像一匹扬蹄而奔的骏马。现在树干上已经没有一片绿叶，虽然这棵树姿态依旧，却没了生机和活力。这几天他总是坐在这里看夕阳西下，后悔自己为什么没有给这棵胡杨树浇浇水，只想到它耐寒耐旱，却忘了生命是需要呵护的。

郭志民想起，曾几何时年轻气盛的王延安跟他开玩笑说："你和这棵胡杨树一样该浇水施肥啦。"那臭小子说完就兑现，照着树根就撒了一泡尿。当时气得他直咬牙。

现在，他靠在干枯的树干上，看着眼前一片火红的胡杨林，那些年轻的胡杨树都长得很茂盛，生生不息地往上使劲蹿。

在这片戈壁滩上，他入伍20多年没有挪过窝，一直在发射团转悠，从战士一直干到团政委。铁打的营盘，士兵如流水，一茬又一茬，士兵们像麦子，青嫩地来，黄熟了去，他就像种地的老农收获着，看着士兵们成长成才，一批批来了，又一批批送走，而他就像身后的老胡杨树，还戳在原地不动窝，奉献了，干枯了，也老了。

他想起自己给士兵们说得最多的话就是"献青春、献终身、献子孙"这九个字。想想过去弥足珍贵的坚守信念，现在眼看着部队不要他献了，谁能想到部队要让他脱军装转换岗位呢？他知道迟早要从这个位置上下来，让位于年轻人，可真要让他转业，他的心就翻江倒海起来……

晚风吹着胡杨树叶在他身边打起了旋儿，他伸出手来抓住了一片飞舞的红树叶，多好看的叶子！他站起身来，无限深情地看了一眼那棵干枯的胡杨树，拿着那片美丽的红树叶，怏怏不快地回家了。

郭志民心事重重，一筹莫展，自己该如何一颗红心两种准备呢？

第十五章

1

王延安来到法国,在世界空间大学做访问学者,让他大开眼界的是,校园内不仅有各种风格的现代化建筑,还拥有现代化的教学设施和设备。

两年的学习时间过得真快,转眼间他就要毕业了。那天,科尔教授特意给前三名的全优生安排了一场毕业演讲,会场前方的大屏幕上赫然写着中英文会标:世界空间大学《月球基地》研讨会,主讲人:中国王延安。

王延安走上台,面对一个个黄、白、黑不同肤色的外国人,还有耸着骄傲的鼻子、瞪着蓝眼睛的法国教授,他以幽默的开场白开始了:"人类只有一个地球,和平发展是我们共同的愿望。一个上午的国际合作,永久性月球基地终于落成了,但我却无法向诸位表示祝贺。因为还没有通信设施,侨居月球基地的人类英雄们还只是些聋、哑、盲俱全的残疾人。"

全场听众惊愕不已,瞪大了眼睛。

王延安用流利的英语讲道:"They have received no letter from their relatives. They could not hear the call from the earth and cannot read China People's Daily."意思就是:"他们收不到亲人的书信,听不到地球的呼唤,也看不到中国的《人民日报》。"

在会场前方的屏幕上打出中英文字幕:同一个世界,共同的星空——中国王延安主讲。王延安清了清嗓子继续说:"大家看到,世界还从来没有像今天这样紧密相连过。于是,人类想要国际合作,共同征服宇宙的愿望越来越迫切了！"讲到这里，场下爆发出一阵阵热烈的掌声。

王延安站在讲台前，环顾了一下四周说："对于这个问题，各国有各国的情况，大家有什么好的想法，可以提出来我们共同探讨。"

这时，一位挺着将军肚的美国男人站了起来。会场上有个白人赶紧站起来介绍他是大卫先生，是大学的校董，也是赞助商。他原是美国空军三星上将，退役后开发航天事业。会场上立刻响起了一片掌声。

大卫满面红光，自我介绍说："我曾经是一名美国军人，参加过朝鲜战争，到越南指挥过战斗，现在是一家跨国空间技术开发公司的董事长。我给王延安提个问题：20世纪50年代初，你们中国为什么出兵朝鲜？这样不利于世界和平。"

王延安答："我虽然没有参加过朝鲜战争，那时我还在上小学。但是，大卫先生是亲历者。请问你们美国军队为什么要跨过太平洋出兵朝鲜呢？"

大卫傲慢地说："我们是联合国的部队。"

王延安反驳道："联合国的部队是谁组织的？炮弹落到我们中国的家门口了，还想让中国坐以待毙吗？你们出兵是干涉别国内政，我们出兵是保家卫国。可惜那时我还在读书，没有机会和你交战。"

大卫突然问："那么，你认为中国人民解放军是把我们美国当作敌人吗？"

"请问现在是中国强大，还是美国强大？"王延安没有正面回答。

大卫很自信："当然是我们美国啦！"

"我想，在国际舞台上，还没有哪个发展中国家愿意主动把一个强国树为自己的敌人。但如果有人非要把中国当作敌人，中国将会接受挑战，做一个称职的敌人！"王延安的回答赢得了各国朋友的一片掌声。

大卫用钦佩的目光注视着王延安："王先生，你的回答太妙了！看来美国要认真考虑，还是把中国人当作朋友比较好。"

"今天，我们中国改革开放，要和在座的来自各国的航天界的朋友们，在同一个世界，共同的星空下携手和平发展造福于人类的航天事业。这就是我的结论。"王延安说完，会场上又响起一片雷鸣般的掌声。

大家议论纷纷，讲得真好！会后，大卫把他的母校西点军校的纪念册送给王延安。西点军校是美国军队培养陆军初级军官的学校。大卫认为西点军校也是培养领袖的地方，培养了众多的美国军事人才，其中有3700人成为将军。"责任、荣誉、国家"是西点军校的校训，更能映照出西点军人的灵魂。

王延安看到西点军校的画册上，有一段英文讲到军人的勇敢："勇敢"是一个想获得成功的人必不可少的品质。"理性的勇敢"更多地表现为临危不惧、冷静分析、坚持到底的原则。案例是：中国军人杨志坚冒着危险，毫不退缩，以少胜多伏击了日军的"战地观摩团"。这位中国军人具有非凡的勇气和智慧，半个小时全歼敌人，即使在面对敌人的炮火时也毫不畏惧。

王延安自豪地告诉大卫，这个勇敢的中国军人杨志坚是他的父亲。大卫激动得两眼放光，还兴奋地用中文说，他是最棒的军人！

两年的学习时间飞逝而过，王延安以全优的成绩毕业了。他回国那天，没想到大卫亲自到飞机场来送他："中国军人王，我一直在想，你为什么每天第一个到教室？为什么总喜欢坐在第一排？为什么学习成绩突飞猛进变成了全班第一？"

"大卫先生，因为我是中国军人，战场上只有第一，没有第二。"王延安说，"我也有一个问题，你比我年龄大许多，为什么还要重返大学和年轻人一起读书？"

大卫笑问："你觉得我老了吗？"

王延安说："NO，NO，NO！如今人的寿命变长了，很多人都能活到90多岁。"

"那么我50岁正是人生的中年，也是顶峰时期，就像12点钟的太阳，哈哈！12点钟的太阳，重新规划人生还来得及，我忏悔自己曾经参加过侵略战争，那么我现在就应该去弥补过失，去做我最喜欢的事了。"大卫拿出一张他曾参与指挥的航天飞机发射时的照片，用夹生的汉语将他写在照片背后的话读给王延安听，"美国空间技术开发公司董事长大卫，向中国的杨志坚将军致敬！向中国的01发射指挥员王延安致意，祝我们共同探索太空，取得更大成功！"

"大卫先生，如果有一天我们中美国际航天合作，咱们将再次握手。"

"王延安先生，请你记住，我们美国人是要强强联合的。"大卫说完还俏皮地笑着耸耸肩膀。

王延安自信地说："探索太空是全人类共同追求的目标。我们中国人有句古话，叫作君子成人之美。只有美人之美，才能美美与共。探索浩瀚宇宙是我们共同的追求，后会有期。"

大卫拿出一张名片给王延安："当然，我们都希望中美以后能开展国际航天合作。"说完，主动伸出一只白手去和王延安握手告别。

2

王延安一踏上祖国的土地，就给梁欢打电话，他名列前茅学成回国了。更重要的是，他开阔了视野，看到了世界航天科技的飞速发展，中国要实现飞天梦想，完全要靠实力说话。可是梁欢却告诉了他一件发愁的事：李翠华打电话求到门上来了，说部队可能让郭志民今年转业，她说王延安点子多，路数多，一定要帮帮郭志民！他不想离开部队！李翠华当初嫁给老郭，就是看上了他是解放军。他们两口子就喜欢部队，儿子长大以后也要当兵，他们老了也还是光荣军属。梁欢最后说，这可是十万火急的事！一旦党委研究决定，谁说话都不好办了。

王延安虽然一时也没想出什么好办法，可不能让老婆着急呀！人家张回口不知为难了多长时间，尤其是爱面子的郭志民，过去是他的领导，现在让两个女人先沟通看看有多大可行性。王延安告诉老婆，把话传过去吧，就说我知道了，只能尽力而为，不敢打包票。

王延安为郭志民不想离开部队的事，赶紧打了几个电话，为自己的事，他从来没有求过人，可这次不同了，连梁欢都让自己能帮忙就帮个忙吧。有关领导的答复是，郭志民家庭确有困难，可以再留两年，但是部队不是养老的单位，郭志民以后还是要做好转业去地方工作的准备。王延安总算放下心来。

王延安回到家发现，杨志坚和白雪洁领着小孙女王晓帆去军事博物馆看枪炮了。那是他们常去的地方，可王晓帆其实对看枪炮没有什么兴趣。

杨志坚带着孙女特意去看当年用过的手枪，白雪洁摸着孙女的头说：

"那手枪是你爷爷的命根子，你爷爷就是拿着它打仗立战功的。"

老两口又领着孙女去看革命先烈照片，久久地站在烈士的照片前。杨志坚深情地用手摸着玻璃窗，说："晓帆，这些都是爷爷的老战友，他们打仗牺牲了。"

"爷爷，为什么要打仗呀？"

"爷爷要打败日本侵略者，解放全中国。孩子，记住：人不犯我，我不犯人。人若犯我，我必犯人。"杨志坚那天看了昔日老战友的遗照，想起了往事，情绪波动大，身体不舒服了，司机把老两口直接从军事博物馆送去医院看病，又把王晓帆送回家。

王延安端详着女儿，两年不见，宝贝女儿长大了，越长越漂亮，而且也不认生了。王晓帆高兴地穿上爸爸给她从法国买的滚轮旱冰鞋，在家里客厅展开胳膊溜着滑着，像个快乐的小天使。

王延安拉着穿上滚轮鞋的女儿出了家门，去附近餐馆给父母买几个好菜。一路上人们都看王晓帆脚上的滚轮旱冰鞋。王晓帆得意极了。

王延安兴高采烈地把饭菜买回家，父亲和母亲从医院回来了，一家人一边吃饭，一边听王延安讲在国外学习的所见所闻。王延安特意告诉父亲，西点军校教材上有杨志坚以少胜多打仗的案例。

父亲杨志坚神秘地对母亲一笑，说："当时有人劝我，这仗打得太危险，敌众我寡。我说，敌人的肚皮已经顶到我们的枪口上了，我们不打他，他就要打我们，让狗日的领教一下中国军人的厉害。再说，上级调咱们这支部队是去延安保卫党中央和毛主席的。要是连自己的老婆都保卫不了，怎么能保卫好党中央、毛主席？于是，那一仗不仅救了你妈，还出其不意打了个大胜仗……"老爷子说完就哈哈大笑起来。

王延安还想听下去，父亲却三缄其口不说了。

可是女儿王晓帆对这个故事耳熟能详。她就鹦鹉学舌般地把一个与爱情相关的战斗故事，像背课文一样原原本本讲给爸爸听：

那是抗日战争时期，爷爷神兵天降，打得日本鬼子的"战地观摩团"屁滚尿流。那次正赶上爷爷率部队得胜返回延安，途中忽然听说奶奶所在的部队被敌人包围了，爷爷听说后心急如焚，当时通信设备落后，爷爷派通信员火速骑马向上级报告，等待战斗命令已经来不及了。爷爷果断率领部队杀个回马枪，解救奶奶所在的部队。歪打正着，迎面碰上了日本鬼子的"战地观摩团"，爷爷向来是勇敢的战神，岂肯让送到嘴边的肥肉丢掉？爷爷果断指挥部队全歼"战地观摩团"，日本鬼子紧急调援兵来支援，奶奶的部队乘机突围了。爷爷的部队士气高昂，如猛虎下山，打得敌人落花流水，围歼日军500多人，仅有"战地观摩团"带队的小野太郎等三个人逃生。

打了胜仗，爷爷去见军长的时候却是忐忑不安，因为战斗结束后，通信员策马回来爷爷才接到战斗命令，爷爷见军长神情严肃，于是诚恳检讨，处分还是立功，请领导酌定，他都认。

军长让他准备接受处分。并神情严肃地告诉他，你让小鬼子颜面尽失，他们一定会恼羞成怒寻机报复，你一定要保证部队安全哟！

果然不出军长所料，几天后，日军司令官山本亲自率兵围攻爷爷的部队。当时敌众我寡，爷爷诱敌深入黄土岭，他通过望远镜发现远处的山包上有一个人穿着黄呢军官服、挎着日本战刀，也正在用望远镜观察周围地形，山包下面有一座独立小院，有日军走动。爷爷判断小院子就是敌人的指挥所。当机立断急调迫击炮上来，以最快速度测距定向，调整炮位，爷爷一声令下，两发炮弹不偏不倚在小院子里炸开了花。硝烟刚散，爷爷用望远镜惊奇地发现日军在小院子里慌乱地进进出出，拖着伤员仓皇撤退。

爷爷一头雾水，小鬼子怎么这么不经打？后来还是军长告诉他，日本《朝日新闻》以通栏标题哀鸣："名将之花凋谢在黄土岭上。"并称："大日本皇军自从成立以来，中将级指挥官是没有这样牺牲先例的。"

爷爷这才知道，他们在黄土岭一战，为抗战史上写下了辉煌的一笔。为此，军长特意奖励爷爷一把手枪。军党委决定，爷爷杨志坚那一仗功过相抵，既不给处分也不给立功。

后来，爷爷没有挨处分的包袱了，勇敢地向奶奶展开恋爱攻势。结婚那天，爷爷还悄悄地对奶奶说，这一胜仗就是上级给他处分也打值了，因为他救了心上人，有了这场胜仗才能有他杨志坚今后的美好姻缘。

总之，爷爷奶奶结婚以后，奶奶就成了女侦察员和文化教员，形影不离地跟着爷爷去打仗，爷爷带着部队南征北战所向无敌，奶奶也屡建战功。

王晓帆讲完这个故事问："奶奶我说得对吧？刚才我们还去看了那把

小手枪呢！"然后她欢快地叫着："爸爸，你也快去和妈妈结婚吧。以后我也打遍天下无敌手！"

全家人都开心地笑了起来。王延安对女儿刮目相看，竖起了大拇指。

白雪洁却悄悄小声告诉儿子，这个淘气丫头就像你小时候，不知为什么总是喜欢爬上一步一险的矮墙，为了便于往返设在房顶上的什么"秘密基地"，而固执地与运动裤为伍。别的同龄女孩都爱穿蕾丝纱裙，可这假小子却不爱穿裙子，给她买的新裙子只好压箱底。老爷子传授给小孙女几招防身用的"擒拿术"，如果有男同学欺负她，小丫头就会把对方扭倒在地，接着一脚踏上去。如果那坏小子不求饶、不投降，小丫头就不依不饶，直到对方认输道歉。

糟糕的是，谁也没想到王晓帆这个漂亮小丫头，在学校靠武术花拳惹出祸端来。

那天，王延安突然接到老师电话，说女儿王晓帆在学校和男同学打架，他开始误以为女儿挨了打，急忙穿上军装跑到学校。

女老师劈头盖脸的第一句话是："你是王晓帆的爸爸？我怎么没见过你和小帆的妈妈来给孩子开家长会啊？你们当爸妈的也太不负责任了！"

王延安连忙解释，他们长年在外地卫星发射场工作，难得回北京看看孩子。还特别强调一句，王晓帆刚上小学，你们老师有责任保护我们革命军人的后代。

女老师指指两个小学生说："解放军同志，问题是现在这个男同学被你姑娘打得鼻青脸肿。家长找到学校来了。"

王延安看到女老师面前站着瘦小的王晓帆和又高又胖的男同学，打起架来显然女儿不占优势，王延安赶快低头看看女儿身上有没有伤。

王晓帆一看爸爸来了，就快嘴快舌说了事情的起因。课堂上老师让王晓帆站起来背诵课文："锄禾日当午，汗滴禾下土，谁知盘中餐，粒粒皆辛苦。"王晓帆突然发现，同桌的男生拿了她的铅笔盒，她回过头就去抢。

那男生长得高大，骄横地说："我奶奶说了，凡是我喜欢的东西，就是我的。我喜欢这个铅笔盒，给我吧。"

王晓帆不给，两个孩子抢起铅笔盒来。王晓帆突然尖着嗓门大喊："人不犯我，我不犯人，人若犯我，我必犯人！"王晓帆从小练武术，连蹦带跳地打起拳来，劈头盖脸使劲打那男生，而且越打越勇，还飞起一脚，踢向高她半头的男生，就把男孩的鼻子踢得鲜血直流。教室里的孩子们惊叫着拍手喝彩起哄，课堂里乱成了一锅粥。那男生号啕大哭喊着："救命啊！老师救命！"跑到了讲台前。

老师厉声喝道："王晓帆不许打架！"一把抓住了小姑娘的胳膊，这场闹剧才算结束。

后来，男生的爸爸领着鼻青脸肿的儿子找到学校问老师："是谁把我儿子打得鼻青脸肿？我一定要好好教训那个混蛋小子！"

女老师一个劲儿地道歉说："对不起，这是我当老师的没尽到责任。"

男孩对他爸爸说："是王晓帆打的，爸爸你打她！"男孩家长也不依不饶。

女老师无奈，就把王晓帆和她的爸爸也叫来了。那男生家长一看，王晓帆是个女孩，比他儿子矮半头。当场骂自己的儿子是窝囊废、大熊包！

王延安简直哭笑不得，让女儿赶快给男同学道歉。

"爸爸，他们就是欺软怕硬。他拿我的铅笔盒不还给我。"王晓帆却理直气壮地说，"我爷爷说，别人欺负我，就要敢于正当防卫。"

这事让王延安很纠结，也很愧疚，父母已经高龄，他不但不能照顾父母，还把这个小捣蛋留给二老照顾，怎能再埋怨父母没带好孙女呢？他无奈之下给梁欢打电话，让她马上请假到北京来看女儿，商量一下女儿以后怎么办，因为对于子女的教育，做父母的理应负全责，尤其是当妈的，不管你工作多么重要，都必须把女儿带好。没想到父亲在旁边不以为然，他认为孩子们打架大人出面显然是不合适的。孙女从来没有欺负过小同学，即使打起来也是正当防卫。如果不打回去以后还会受欺负。

偏偏那天梁欢刚进家门，就看见王晓帆挥舞着小拳头，要和解放军爸爸比试比试。梁欢笑道："你这小家伙，居然敢向你爸爸挑战？来吧，你们两个比顶头，谁输了谁扫地。"

王延安和王晓帆头对头开始顶牛。梁欢看乐了，没想到她这个温柔贤惠的妈，能生出这么勇敢聪明的女儿。她心满意足地为女儿加油鼓掌。可是不管他们多想跟女儿拉近距离，王晓帆都不想跟父母走，这实在是一个很头疼的难题。

到了晚上，梁欢想哄女儿睡觉，女儿扑闪着大眼睛就是不睡。王晓帆还喃喃地说："妈妈，不是我不要你，是我不习惯和妈妈一起睡觉。"

梁欢一把搂过女儿潸然泪下："晓帆，你怎么不亲妈妈呀？"

这时，杨志坚推门进来，他每天晚上都给孙女讲故事。杨志坚上了岁数以后变得极有耐心，经常喜欢回忆过去的事情，于是他就一段一段分成小故事讲给孙女听。他轻轻拍着孙女的背说："小帆，爷爷今天给你讲到戈壁滩建发射场的故事。1958年，当时我比现在的你爸还年轻，带着部队去戈壁滩建设发射场，那里缺水呀！脸脏了就用毛巾擦擦，脚臭了就光着脚在沙漠里走走，吃完饭，往碗里倒一点开水涮一涮，连洗碗带喝水一举两得。后来打了深井，有水了，我们也舍不得浪费水，一盆水先洗脸，再洗脚，再浇树。小帆，以后你可不能再浪费水了。"

王晓帆对爷爷是百依百顺，答应着睡着了，还用小手搂着爷爷的脖子。坐在旁边的梁欢心里很不是滋味，悄悄抹了一把眼泪，站起来走出了房间。

夜深人静，一家人还坐在客厅里一起商量家事。白雪洁可真舍不得孙女到山沟里去，她希望孙女在北京受到最好的教育，再说奶奶和姥姥在比赛，看谁把孙儿带得更有出息。于是她试探地问："梁欢，要不想办法把你们都调回北京？"

杨志坚的眼睛立刻瞪圆了："没我的同意，谁也不许胡来。基地送你儿子出国学习，现在王延安刚学成回来，就活动调回北京不太合适。"

梁欢赶紧说："爸爸，别生气。我知道王延安的人生战场就在发射场，那里有他的事业，离开了发射场，他很难找到更适合的人生定位。我就陪伴他在发射场吧。"

"还是我这儿媳妇善解人意！"杨志坚想，他现在退居二线，不能给组织和领导找麻烦。于是对儿子说："现在改革开放，时代造就英雄。谁都想当英雄，可英雄的付出要比常人的付出大得多，大家都能看到英雄胸前的奖章，而英雄的痛苦、挫折和无奈是许多人看不到的。我杨志坚的儿子，就要像个男子汉！你们能不能调到北京工作，那要看革命工作需要不需要。"

王延安马上表态听爸爸的，我们应该吃苦在前。

杨志坚赞赏地看了看儿子和儿媳，满意地回卧室睡觉去了。

王延安和梁欢却怎么也睡不着，他们更担心儿子王晓航变成什么样了，因为男孩比女孩更调皮！

第二天一起床，梁欢就往上海挂长途电话。梁欢妈一听是女儿打来的电话可高兴了，说起来就滔滔不绝："梁欢，你就放心吧，小航好着哪！我和你爸爸给他制订了一套完整的教学计划：英语和数学是主课、是重点，音乐和美术我们也兼顾到。那天我给他出了一道考题，我说，小航，姥姥问你：假如有一天咱们家的房子被火烧了，穿的用的也被强盗抢光了，你将带着什么东西去谋生呢？你猜小航说什么？他说，姥姥，我一定好好学习，你告诉过我，智慧和知识是任何人都抢不走的，只要我活着，智慧和知识永远都会跟着我走。你看这小家伙像个小大人多聪明呀！在全班总考第一。"

梁欢说："妈，你受累了！"

电话那边却变成了王晓航的声音："妈妈，你为什么不来看我？我的同学都说我是没妈的孩子，我就想让妈妈到学校来开一次家长会。让同学看看，我的爸爸妈妈都是解放军！"

"爸爸妈妈明天就要回发射场了，妈妈很快就要去上海看你，一定会去学校给你开家长会的！"

"真的吗？"王晓航简直不相信他妈说的话，在他的小脑瓜里爸爸妈妈模模糊糊的，只有妈妈电话里的声音还比较熟悉。

"真的！妈妈说话算话，军中无戏言！"梁欢跟儿子的交流和沟通都是在电话上，放下话筒，她的眼泪不禁夺眶而出。

当天下午，北京火车站站台，一家人送王延安和梁欢回四川大山发射场。王晓帆还调皮地穿着爸爸给她买的滚轮溜冰鞋滑上了火车站台。

梁欢搂着女儿在脸上亲了亲，王晓帆立刻搂住梁欢哭起来："妈妈，我好想您啊！我很乖，我不要好吃的，也不要新衣服，我只要妈妈和爸爸回家住。"

王延安对白发苍苍的父母说："爸爸妈妈多保重！我们走了。"他和梁欢转身上了火车。

火车长鸣。王晓帆出乎他们意料，哭喊着："爸爸妈妈，我不让你们走！我想你们！我就不让你们走！"

"拜拜！"王延安在车上挥手再见。

梁欢泪水长流看着窗外，王晓帆哭着喊："我就不拜拜！我要爸爸妈妈！我就不拜拜！"

火车开动了。王晓帆穿着滚轮溜冰鞋，在站台上飞快滑着追火车。爷爷奶奶异口同声使劲地喊："小帆，快回来吧！你追不上火车的！"

3

月亮在云层中穿行，月光下一个孤独的身影在发射架旁的戈壁滩上来回走着。几天来，郭志民心事重重，一双眼睛深情地注视着发射架，他从穿上军装起就陪伴着发射塔架忙碌。在发射团他从士兵干到了团政委，一门心思扑在工作上，他舍不得离开这里呀！

郭志民不想转业，可能穿一辈子军装的人毕竟太少了！现在部队整编，没有提升的可能就要安排转业。郭志民思前想后，这是他必须面对的难题。他已经找过王延安一次了，不好意思再开口求人，何况过去他挺对不住王延安的……

郭志民心情纠结走进家门，李翠华看到丈夫一副失魂落魄的样子，问："你怎么了？这么晚才回来？"郭志民没吭声，低着头走进了卧室，把自己关在房间里闷闷不乐地抽烟。

李翠华觉得他有点不对劲，进屋来给他端了一杯茶，摸摸他的前额说："不发烧呀！你怎么蔫儿了？"

郭志民憋了半天才说："我每天是两眼一睁忙到熄灯，让我转业，我想不通！"

"郭志民，你一心为公，家里的事也不管，儿子的学习也没空管。革命加拼命地工作，凭啥让你走？"李翠华也想不通，为丈夫打抱不平。

郭志民长叹一口气，他后悔没文凭！找老婆又没文化、没工作，生孩子又赶上了计划生育，现在部队要授军衔，又让他转业回老家，多没面子。

李翠华一看丈夫没精打采气就不打一处来，找男人干什么？男人就是养家的顶梁柱，遇到困难推到女人身上那就是没本事。她知道郭志民看不起她，也瞧不起女人。

果然郭志民气哼哼地说："大裁军，应该先把女的都转业！部队就应该是男人的天下。"

"女的怎么啦？你不服气还不行，人家梁欢是大学生、是军医，会看病。你呢？"李翠华是乡野里放养长大的，热情、野性、直爽，虽然不识几个字，可郭志民知道老婆知恩图报、悟性极高，经常在胡说八道中点出事物的本质。

"欠揍！"郭志民恼羞成怒扬起了拳头。

李翠华把头迎上去："没本事的汉子才打老婆呢！有本事出去厉害！去找领导问清楚，为什么让你转业？"

郭志民的拳头重重地打在自己的大腿上。他压根儿惹不起老婆，也从来不敢打老婆一巴掌。

李翠华看郭志民一支接一支地抽闷烟，推了他一把："咋闷葫芦罐了？找领导去呀！"

郭志民被老婆逼到这个份儿上，只好硬着头皮去找政治部王主任。

王主任也正想找他谈谈。王主任觉得郭志民在部队一直表现很好，工作兢兢业业，一贯服从组织决定。上次让他转业，有领导出面替他说话，考虑到他家的具体困难，让他在部队多干两年。可现在部队要年轻化和知识化，精简任务这么重，希望他能理解和支持领导工作。

郭志民坦率地说出了自己的想法："王主任，我当了二十多年兵，一直把部队当家，热爱部队生活，我老家在农村，老婆没工作，生活很困难，回地方连住房都没有。转业到地方该干什么？能干什么？眼前一片茫然。如果我有什么缺点和错误，组织上可以对我进行批评教育。我自打穿上这身军装，从没有计较过个人得失，一直在忠心耿耿地工作。总之一句话，我热爱军营，喜欢部队。"

王主任回答得很实在："我知道你的困难，政工干部转业到地方，安排一个理想的工作比较难。你是老同志了，又多次立功受奖。组织上考虑到你的困难，部队会派人帮你联系工作，安排好工作再走也行。"

"王主任，难道部队就不能留下我吗？只要能留在部队，我干什么都行！"

"郭志民同志，部队是铁打的营盘，流水的兵。你是团政委应该知道，百万大裁军和走中国特色精兵之路这一战略性转变的重要意义。现在大批团职干部要安排转业。早点走，趁着还年轻，地方单位还愿意要，对干部本人发展也好。"

郭志民一听王主任把话都说到这个份儿上了，干脆高姿态表了决心："主任，我在部队奋斗了二十多年，真舍不得离开部队！可是想想，我当了这么多年兵，都听组织的话，这次也不该给领导出难题。听说山东对转业干部安置很重视，我回老家找找工作看吧。"话是这样说，可他离开老家的时间长了，回去人生地不熟两眼一抹黑，一家人怎么办啊？

郭志民心里憋闷，一筹莫展回到家。李翠华一看丈夫满面愁容，也发愁了，他总说部队就是他的家，可现在部队不要他了，咋办？

"孩儿他爹，你别愁，你走哪里我都跟着。转业就转业，哪儿的黄土不埋人，咱干农活总行吧？"李翠华安慰丈夫说。

郭志民生气道："妇人之见，你不嫌丢人，我还嫌丢人呢！你懂啥？吃饱了肚子就心满意足。每天就知道中午吃什么，晚上吃什么？萝卜白菜多少钱一斤？土豆多少钱一斤？辅导孩子做道算术题都不会。"

"我不懂算术题咋啦？儿子是我生的！我多会儿拉过你的后腿？家里的柴米油盐你管过多少？你别没本事怪老婆。常言道：嫁汉嫁汉，穿衣吃饭。男主外，女主内。我管好家里的事就行了。"李翠华也不高兴了，嘴里唠叨着，但还是手脚麻利地把丈夫爱吃的山东煎饼卷咸菜和大葱蘸大酱端上了饭桌。她让丈夫吃饱了再想办法，她不信天下如此之大，他们会无路可走。

4

王延安和梁欢回大凉山了，汽车沿着公路向深藏在青山绿水中的发射场开去，王延安从车窗里兴奋地看着路边的变化，就要回到这个离太阳最近、离城市最远的大山发射场，那里有多少美好的回忆让他朝思暮想，他心里别提多激动了。王延安没有直接回家，而是让汽车直接开到发射场坪上，他眯着眼睛深情地看着发射架，对着连绵起伏的青山放声大喊："我回来了！"

王延安回到部队，正好发射团已接到上级通知扩编为发射测试站，单位升半格，干部水涨船高，绝大部分军政主官都提升一级任用。他暗自庆幸自己回得早不如回得巧，他觉得自己曾担任过01发射指挥员，任务完成得漂亮，又刚从世界空间大学学成归来，乘着部队整编水涨船高，正好再上一个新台阶。

果然，一周后雷指挥长亲自来到新组建的发射测试站，召开干部大会宣布一批新的干部任命。

会场上，王延安站在一群军官中间，用期盼的目光看着主席台，他的心怦怦直跳，甚至在心里早就琢磨好了，临危受命，决不婉言谢绝。等命令宣读完了，一定要找机会对大家谦虚几句：感谢组织上对我的信任和重用，把我放到关键的领导岗位上。今后我要把它作为新起点、加油站，更加谦虚谨慎，戒骄戒躁，一定不辜负领导的厚望。同时我向大家承诺，我会注意倾听官兵的心声，竭尽全力解决你们的困难……诸如此类的话他想了N遍。

雷指挥长声如洪钟："发射测试站是咱们大山发射场的主力部队，承担着运载火箭和卫星发射测试任务。现在全军都在精简整编，我们的编制却升格了，这是总部领导对我们的关心和重视……"

王延安站得笔直，看上去聚精会神地听着，实际上他的思路开了小差。他甚至想到自己上任后要让那些不服气的人心服口服，因为他知道很多人未必想让他站在新的领导岗位上。大家都想有施展才华的平台，也就是说都想能被委以重任去建功立业，究竟谁是最合适的人选？等待揭晓。但是如果领导重用我，大家信任我，那会是全站官兵事业有成的希望，不重用我，那是我老婆的幸福，我有更多的时间和精力为家庭做贡献……他还在想入非非时，就听到雷指挥长已经宣读新组建的发射测试站干部任命了，他赶紧拉回思路竖起耳朵听。

雷指挥长宣读任命：王青山为发射测试站站长，李建明为政委，宋江涛为总工程师，夏云飞为副站长，彭海平为副政委……

然而，让王延安万万没有想到的是，长长的任命名单念完了，根本就没有他的名字。他从头凉到脚，被晾了。他郁闷啊！海外留学镀金，这么长时间的辛苦学习名列前茅好像一下子打了水漂，他的情绪顿时跌落到谷底，对自己的前途产生了怀疑。王延安没处出气，回到屋里关上门，举起饭碗狠狠地摔在了地上，饭碗打了几个滚没摔碎，只摔掉了几块瓷片。他后悔啊！人挪活树挪死，当初真该想办法留在北京啊！这时楼道里有人大声喊："王延安吃饭啦！"他突然觉得自己怎么这么孩子气，很可笑，捡起饭碗去了食堂。

失落的王延安低着头一脑门子官司，进门时没有看清玻璃门，一头撞去，脑门上顿时碰起了一个大红包，他"唉"了一声，自己怎么到处碰壁啊！

更让王延安气不过的是，他在食堂里排队买饭，看到那些新提拔的干部容光焕发，有些人还抑制不住心头的喜悦谈笑风生，他越发气不打一处来，端着饭碗来到大食堂的角落里，坐在战士们的中间，闷头吃着饭。

雷指挥长走过来，拽着王延安的胳膊走进小食堂。雷指挥长要和王延安共进午餐，特意多准备一副碗筷，多加了红烧肉和西红柿炒鸡蛋。

雷指挥长看王延安端着饭菜心事重重吃不下去，半开玩笑问："你王延安不是个乐天派吗？怎么现在脸绷得像块木板似的？是不是因为我没有给你任命个什么长当当？"

"不当领导就不当领导，还让我跟着一帮年轻的大学生、研究生去参加技术职称考试。"王延安小声嘟囔了一句。

"王延安同志，组织上让你考高工，是因为考虑到你不怕考外语和计算机，精通业务技术，从专业技术上发展也是一条路。和你同龄、同资历的同志大多数在深山沟里奋斗多年，考外语有困难，只能干行政领导。"

"难道考不上高级工程师的人，就应该领导能考上高工的人吗？"王延安梗着脖子居然顶撞了发射场的最高指挥官。

"话不能这样说，整个发射场是一盘棋，各种干部都需要。你的位置重要不重要，那要看你的能力和贡献。"雷指挥长慈父般地开导王延安，"你可不能光想着好事都落到你头上。你有多大本事，那要看你的工作业绩！哪个领导不喜欢精兵强将，我是不会埋没人才的。"

"雷指挥长，我知道无功不受禄。可我也需要一个施展才华的平台呀！"王延安话里有话，他知道奋斗改变命运，也知道西方不亮东方亮的道理。有一个游击战术叫打不赢就跑，他在推测领导对自己的看法，也许领导认为，他有能力，主意大，不好指挥，要限制使用。既然如此，他得替自己想个后路。

雷指挥长意味深长地一笑，他可是粗中有细、恩威并重的将军。他既会打雷又会下雨，发布命令有雷霆万钧之势，做起思想工作却像毛毛细雨滋润你的心田，雷指挥长虽然是没读过几年书的工农干部，但他领导的一群知识军人都很佩服他。在这座大凉山里，他一跺脚大山都得抖一抖，没人敢顶撞他。然而，对王延安这样的天不怕地不怕的"小刺猬"，他自信有办法制伏他。响鼓不用重槌敲，王延安是个聪明人，他会独立思考做出选择的。

王延安一顿饭的工夫憋在心里的郁闷已经发泄出来了一半，心情也好了许多。但是有些话不便跟领导说，还是老婆最知心，说轻说重都没关系，他最需要的是尽快把自己的烦心事都说给老婆听，看看她有何高见。

王延安从山沟回到首区大院，推开家门看梁欢正坐在书房里复习功课。平日老婆虽然是他的"情绪垃圾桶"，可此刻王延安知道，老婆不想听他倾诉，也不想充当"灭火器"。老婆天天学业务雷打不动，果然梁欢看了他一眼，点点头就算打了招呼，视线又迅速回到书本上，显然现在没心思跟他说话。

王延安却想把不满情绪发泄出来："你怎么还不睡呀？何苦啊？你们女同志干得再好，能让你们当领导吗？部队是男人的天下，有男不用女。别苦了自己，瞎子点灯白费蜡，贡献不小，收获不多，到头来心理不平衡。"

梁欢不接下茬，不搭理他，还是埋头看书。王延安知道，老婆性格温柔安静，做出的事却总是出人意料，不容小视。梁欢还是个清纯的小女兵时，他觉得她特别纯洁，甚至有点傻，就知道听领导的、听组织的，把大把的时间用在跳舞上，用在学雷锋做好事上，用在对病号无微不至上，医者仁心让那些热爱女兵的男兵想入非非。王延安觉得梁欢根本不知道自己的未来在哪里，对自己的前途毫无规划。可是她出人意料考上了上海军医大学，令人不得不刮目相看，现在梁欢像头犟牛，任他说破嘴皮，仍一板一眼地走自己认定的路，让他无可奈何。他简直想不明白，这女人咋这么学而不厌？

王延安翻了翻书桌上堆的一摞书，看了看旁边的凳子上也是书，老婆坐拥书山不理他。今天这事他不告诉老婆心里就不痛快，别人都水涨船高升官了，就把他剩下了，他哪点比别人差，论业务技术、论英语和计算机、论组织管理，他想起英雄无用武之地就窝火，总得找个发泄的地方，于是，他一定要说出来，要竹筒倒豆子都倒给老婆听。

梁欢这才抬起头来，听完丈夫的一肚子委屈，她却一脸淡定道："为这点事你就不快活？你可不能老把自己当个人物，老想当领导去指挥别人，把别人对你的关照视为理所当然。要是部队把我送到国外去进修我就知足了，我肯定会揣一颗感恩的心好好报答部队。"

不想当将军的士兵不是好士兵！想当将军不给你工作平台也是白想。王延安就是咽不下这口气。

梁欢站起来给丈夫沏了一杯茶，递给他，看了看丈夫那拉长了的脸，说："你不是觉得自己挺能的吗？攻克技术难关给大家看看，是骡子是马拉出来遛遛，这才能让别人服气呀！实力永远是最能证明自己的武器。"

"这是大材小用！"王延安气鼓鼓地嘟囔了一声，"我看你就是缺少点上进心！"

"我这个当医生的，知道自己吃几碗干饭。从来不梦想去当将军，我只想做个好医生。连我儿子都知道，只有智慧和学问才是陪伴一生的财富。不过你可别使激将法，小心我的上进心让你大吃一惊。"梁欢边说边翻着手里的书本。

"老婆，你又想干啥了？"王延安迫不及待地问，他知道老婆可是说到做到的人。

"快考研了，我想试试自己的实力。"

"你人到中年，又是两个孩子的妈，就爱异想天开！你看看咱家乱七八糟的，你有空把家收拾好！"王延安马上投了反对票，他觉得老婆是说说而已，考研也不是那么容易的，何况梁欢没上过高中直接考的大学，跨越式的学业基础，系统知识有许多断裂带。

然而接下来梁欢的话让他不淡定了，今天政委和她谈话，说医院女医生和女护士多，需要配一位懂业务的女副政委，她现在是科主任，让她改行当医院的副政委，征求她的意见，被她当场拒了。她还是喜欢当医生。

王延安对老婆刚才透露的信息着实吃了一惊，半开玩笑地说："你要是当副政委，有职有权，咱家分房子都排在前边。告诉你，我们男人可喜欢当官，没见哪个人推辞当官的。你咋连这点自信心都没有？"

"你刚才还说部队是男人的世界，女同志就该实际点，你想想，部队能有几个女领导？你再想想，我们医院政委常说，我老婆在家做饭、看孩子，能在家属工厂找个临时工干就不错了。你们女军官在部队能穿军装，有稳定工作，比我家属待遇好多了，该知足了。"梁欢把自己的顾虑说了出来。

"谁让你闯到男人的地盘来转悠呢？我在法国学习时，有一家专挖人才的猎头公司出了一份咨询报告指出，男性的晋升基于其自身的潜力，而女性的晋升则是基于已获得的成就。也就是说领导得承认你工作得出类拔萃才行。不过说实话，我觉得娶老婆还是贤妻良母好！咱家更需要你！"

"你别歧视女性，我就是不服气，女人怎么啦？能力大小、医术好坏又不是以男女性别划界线的。治病救人是靠医术，我能干，他能干吗？"梁欢想起医院里许多男医生都想当领导，他们把时间和精力更多用到建立人脉关系上，科主任都成了竞争的目标岗位，何况是院领导呢？只不过她的目标是做一个好医生，没兴趣争官位。

"我的好老婆，咱家都快成医院急诊室了，人来人往的，慕名来看病的人都把你当今日华佗能治百病了。你要是改行，咱家也能清静点。对不？"王延安说完这些话就有点后悔。这分明违背了老婆的心愿。无论是在医院里，还是在家里，老婆见到病人总是面带微笑，而病人在老婆面前就像是个受伤的孩子，能得到理解、信任和帮助。挽救病人的生命，减轻病人的痛苦，在老婆的眼里是头等大事。

果然，梁欢发起了反击："病人信任我，那是我们当医生的荣幸。"说这话时她的眼睛炯炯发光，她从小就喜欢医生这个职业，因为医院是上演生死离别、悲欢离合最多的地方，这就给了他们医生创造奇迹的精彩舞台。通过他们的手，让生命垂危的病人重新站起来，恢复健康，这是当医生最幸福的事情。她为什么要去当那个官？

王延安自知理亏，双手扶住梁欢的肩膀给她按摩道："好老婆！你又不想当官，别太辛苦了！我就喜欢你青春永驻，让别人看看我老婆才貌双全。"

梁欢现在想得很清楚，她有自知之明，学而优，不谋仕，最初当医生的梦想始终没有改变，那就是做一个人民"健康所系，生命相托"的好医生，这是她上上海军医大学时的誓言，所以她一直努力去做一个好医生，在治病救人的职业中去实现自己的人生价值。为此她根本没有动过当官的念头。

王延安虽然对此有不同的看法，但他明白男人和女人的想法往往不同，这他能理解，不过他还是想不失时机给老婆泼点冷水，她都这么大年纪了，还上什么学呀？一个女人，非要拿个硕士、博士的，生活在雄风浩荡的部队里，忙活半天，到头来还是个军医。王延安坐在沙发上长叹一口气说："老婆，好久没有吃你包的饺子了，明天咱们吃猪肉韭菜馅饺子吧。"

梁欢看了一下表，已是晚上九点多了，这才想起还没吃晚饭，系上围裙，开始洗小白菜，煮面条，边干活边说："我不羡慕权高，不喜欢虚荣。我就想当一个称职的好医生！老公你得支持我考研！"

他们结婚多年，王延安知道，他要想改变老婆的想法那是一厢情愿，除非你说服她，让她心服口服。王延安总不能说，家里需要你，我也离不开你！你却非要去上学，你不管这个家。可这都不是理由，他那巧嘴就是说不服老婆。比如他说，你看咱发射场的医院里有几个硕士、博士？你一个小兵出身的大学生，没上高中就上大学，又突发奇想读研究生，你考得上吗？梁欢回答得干脆利索，考不上我不后悔，人生能有几回搏？我搏过了。再说，我要是考上了呢？王延安立即无语。他越是说不出道理来，心里就越堵得慌，气就不打一处来。

性格一贯温柔的梁欢这次是认准了就不回头。无论王延安怎么把在外面的强势派头带回家，说家里乱糟糟的也不收拾，大呼小叫地指责老婆，梁欢就像听不见，对家里的卫生也变得视而不见，居然宣布，她考研期间，干脆家里不开伙，都到食堂吃饭去。

王延安腾地就火了："这还叫家吗？"

梁欢瞪了他一眼："你还知道家呀？你忙的时候不顾家，不忙的时候不管家，我不是你的下属，不归你领导。现在要抓重点，你不是常说要以事业和学习为重吗？告诉你，发脾气是本能，把脾气压下去那才叫本事！"

王延安无话可说了，他的脾气再怎么长也没用，反正是一个巴掌拍不响。他们各自下了班，直奔食堂去吃饭。

那天晚上，王延安冒雨指挥施工，回到家就发起了高烧，连日的劳累使他头重脚轻，没吃晚饭倒头就睡在了床上。一觉醒来已经是半夜了，还没见梁欢回家，甚至连个电话也不给他打。他也赌气不给她打电话，心里那个委屈，这老婆只管别的病号，不管老公。

第二天清晨，窗外的起床号把他从睡梦中叫醒，他睁开眼睛一看，梁欢正坐在桌前抹眼泪呢。把他吓坏了，猛地从床上坐起来，惊呼道："你怎么了？"

梁欢这才告诉他昨晚在抢救病人，天王山气象台的赵大姐，发烧好几天，总是感觉憋气，呼吸困难，导致心脏衰竭，他们几个医生用尽了抢救的办法，也没挡住死神的脚步。临走时大姐拿出一份遗嘱递给她说："梁医生，你看我身上的器官，如果哪个病人需要，就捐给他们吧。谢谢你给我治病！请你转达我对医生护士的谢意！"梁欢讲完这个故事，深有感触：治病救人是医生的核心能力，是我的立世之本；这是我一辈子都要做的事，所以我要去学习深造。

王延安心情沉痛许久没有说话。

梁欢接着又告诉他，她的妈妈也得冠心病住院了，妈妈年逾花甲好不容易才退休，心脏搭桥了还不服老，现在儿子在姥姥家，妈妈是上有老下有小，疾病缠身还为孩子无私奉献，舍身忘我地操持家务，教育外孙。可我是医生却不能照顾母亲，还要把儿子放在姥姥家，让妈妈吃苦受累，我要是能到上海读研，照顾妈妈，管管儿子，自己也能深造提高，岂不是一举三得吗？

梁欢发自内心的话也深深地触动了王延安的感情深处，可真要让他支持梁欢去考研，他觉得自己也是面临两难选择。

王延安回到大山发射场，他本以为留洋深造回来，过去一直欣赏他的雷指挥长会提拔重用他，可现在事与愿违。组织上没有给他安排明确的领导职务，让他去凭本事考高级工程师。他在世界空间大学苦读两年如今前途莫测，而老婆弃官考研的选择更是让他不可思议。

人啊，咋想得那么不一样！

5

郭志民现在却是别无选择,此时他坐在火车卧铺车厢里,望着车窗外,戈壁滩上刮起了沙尘暴。车上的喇叭里一个女高音唱起了《沂蒙山小调》:"人人那个都说哎沂蒙山好,沂蒙那个山上哎好风光。青山那个绿水哎多好看,风吹那个草地哎见牛羊。"

郭志民的家乡沂蒙山好,可他此时却不愿意离开他曾经战斗多年的戈壁滩发射场,他不怕生活条件艰苦。让他转业他心里还有点委屈,为了工作他失去了很多,两眼一睁忙到熄灯。老母亲他顾不上孝敬,最多就是寄几个钱,母亲曾经提出过想到部队看看,他狠了狠心没同意,真要是来了他也顾不上管。儿子他也顾不上教育,他每天早上走时儿子没起床,他晚上下班回家儿子睡觉了。明明知道老婆没文化,却把儿子的事都推给了老婆。自己当了二十多年兵,也没混个大学学历,现在却要脱下军装另谋出路了。

下了火车,郭志民才发现自己对山东老家大城市街道已经很陌生了。省会济南是他转业的首选地,满眼高楼大厦,马路上一辆接一辆的汽车飞驰而过。他站在马路边上看着川流不息的汽车,犹豫不前。为了职业生涯请客送礼,在他是从未想过的事。但这时,他必须接纳这些原本不齿的做法,现在需要工作挣钱养活一家老小,要供儿子读书上大学,绝不能让儿子吃没文化的亏。

郭志民一路拿着转业地方的战友给的地址打听,济南市的经纬路像蜘蛛网让他徘徊迷惘,好不容易找到了纸条上的门牌号,他急匆匆的脚步停留在一座小楼前,踌躇再三才敲开一扇大铁门。从里面走出来一个中年女人,不屑地瞄了一眼他手里的一串点心盒子,毫不犹豫地说:"钱局长不在家,我有糖尿病不能吃甜食。这些点心你还是留着给孩子吃吧。"

大铁门在郭志民的面前"咣"地关上了。铁门里还传出女人冷冰冰的声音:"什么年代了,不值几个钱的东西拿来送礼,真还送得出手。他当转业干部安排工作那么容易呢!"

郭志民眼里一片迷茫,这真让那些转业干部说中了,他在戈壁滩待傻了,没有人脉关系,只能是提着猪头找不到庙门。在大城市住宾馆一晚上都要上百元,他舍不得花那么多钱,住到了澡堂里。

第二天,他乘长途汽车回农村老家看看,阔别多年老家依然贫穷,他是村里走出来的最大的官,乡亲们对他都很热情,许多人送来了大红枣,求他帮忙把孩子带到部队当兵。他推说部队有任务,当天就离开了老家。

郭志民踏上了返回戈壁滩的道路,他一路上都在想看来老家是不能回了,乡亲们会怎么看他?他这个男人爱面子,无法面对这个心理落差。

郭志民回到家,疲惫不堪地躺在床上,一筹莫展想着心事,心烦意乱地哗啦哗啦翻报纸。

李翠华开着灯睡不着觉,关切地说:"孩子他爹,深夜两点了,你别看报纸了,关上灯快睡吧。"

郭志民关上灯,躺在床上翻来覆去睡不着觉,硬板床嘎吱嘎吱地响着。

李翠华又说:"孩子他爹,你能不能不翻身?床板老动,我睡不着觉。"

郭志民怒了:"李翠华,你就知道睡觉吃饭,你还知道什么?我马上就没饭碗了,咱家吃什么?你考虑过吗?"

"郭志民,你嚷什么?还是男人呢!拿不起放不下!不就是让你转业那点事吗?"

事到如今郭志民只好给老婆摊牌了,他回老家没熟人,别说找工作,送礼都找不到门!

李翠华想起自己的老家,她从四川逃荒出来的,如果能带着丈夫儿子把家回,那可是光宗耀祖的事。于是说:"咱到大山发射场找王延安帮忙,我看王延安那人仗义。以后咱儿子中专或者大学毕业,就让他给郭智勇安排在部队。咱家照样是革命军属。"

郭志民的脸上顿时阴转晴,老婆就是聪明!他怎么没想到呢?他突然又为难道:"我过去折腾王延安,现在又上门去求他帮忙,张不开口呀!"

"你小心眼吧!我看人家王延安有气度,是个乐于助人的热心肠,你没见他尽给那些当兵的帮忙吗?他才不会和你计较那些鸡毛蒜皮的事。再说还有梁欢呢,梁军医可是咱儿子的救命恩人哪!"李翠华说到最后也没底气了，她觉得欠人家的情太多了。

"过去那些事，要是鸡毛蒜皮就好了。可惜啊！咱们现在就说好，到时你张口去求人。"郭志民很后悔过去对王延安太苛刻，处理问题太左。现在自己有困难了怎么好意思求别人帮忙呢？

李翠华知道郭志民"轴"，为了丈夫、为了这个家，她立马表态由她给梁欢打电话求援，让王延安帮忙。

周末的晚上，王延安从赶羊沟回到家，因为发射测试站驻地当时还在山沟里，王延安只能每周回家度周末。用他的话说这叫小别胜新婚。今天一进家门，梁欢就告诉他，明天郭志民两口子来，要去接站。还特别提醒他："郭志民从给你当指导员、教导员到团政委，屡屡折腾你，现在求到你门上来啦，你要热情点。"

王延安一想起郭志民，他心底的火苗就噌噌地往上冒，年轻时在那儿受尽挫折，他心里委屈，心力交瘁，痛苦万分。他原以为自己能恨郭志民一辈子，却不知随着时光的流逝，年龄大了，他成熟了，再回头看年轻时候的事情，曾经的仇恨变得那么遥远了，那是时代和当时的政治环境造成的。人生苦短，他不会再为过去的事情耿耿于怀，不会为过去的痛苦，过去的不公平，心生怨恨。他要奋斗，去开启一个崭新的明天。

平心而论，郭志民给他当领导的确没少折腾他，他就是在折腾中锻炼成长，在挑剔中不断成熟起来的。不管怎么说，现在郭志民有困难，王延安还是要尽力帮他。不然梁欢这关都过不了。

第二天清晨，王延安和梁欢要了辆绿色北京吉普去火车站接郭志民一家。火车还没来，王延安突然冒出一句："日月如梭，斗转星移，他郭志民早知今日何必当初？"

梁欢提醒他："男子汉大丈夫别那么小心眼！过去的事翻篇了。"

这时火车进站了，郭志民和李翠华下车，他们迎上去。四个老战友拥抱一团。

"好几年不见了，真想你们！"郭志民在火车上搜肠刮肚早就想好了开场白。

王延安接过他们的旅行包，说："郭政委，欢迎你们来！别见外，就在我们家住。"

"那太给你们添麻烦了！还是住在部队招待所吧。"郭志民说。

"麻烦什么？咱穷当兵的，不该花的钱别扔给宾馆、招待所。"王延安笑着转过头来对李翠华说，"嫂子，你说对不？当兵的都是一家人。当年我头疼脑热有病时，嫂子亲手给我做鸡蛋面吃。就是没病我也常到你家蹭饭，如今咱们有机会再相见，也该让我好好表现表现呀！"

郭志民和李翠华也就不好意思再推辞了。四个人说着就上了汽车。郭志民长叹一口气，真是此一时彼一时。他现在才体会到，心里没着没落，求人都不知道如何张口的滋味。

王延安安慰他，这次裁军100万，就意味着全军部队要成建制撤销四分之一，一些有着几十年光荣传统、辉煌历史和显赫战功的王牌部队也会一下被撤掉番号。他们被精简掉，绝不是因为他们部队不过硬，而是大形势发生了变化。

王延安这些话让郭志民心里得到了一丝安慰，他想自己和那些英雄部队相比还是差远了，心里也豁亮了，他一直把部队当家，可现在才明白家也有离开的那一天。

"郭政委，别愁眉苦脸的，其实我们每个人既要尽力去改变能改变的事，也要学会接受不能改变的事。既然定了转业，我们就要面对现实，想办法找一个你理想的工作吧。"这既是劝郭志民也是自我安慰，这次雷指挥长宣布发射测试站领导没有他，他也必须接受现实去考高级工程师。

梁欢知道丈夫是直肠子，她引开话题拉着李翠华的手说："嫂子来了，我买菜，嫂子做饭，你们想吃什么做什么，我就喜欢吃嫂子做的川菜。"

汽车开进了部队营区的大门。郭志民突然让司机把汽车停在操场边，他们走下汽车，看部队出早操。

操场上，一支支队伍从他们面前排队跑过，喊着响亮的口号："一、二、三、四。"郭志民突然指着领队对王延安说："你看看那个领队，就像你刚到戈壁滩时的样子。"

"是吗？"王延安转过头看，猛然发现郭志民的眼睛里充满了对部队的留恋之情。

"延安，你真的不记恨我吗？"郭志民长叹了一口气，可惜这个世界上没有后悔药。

"男子汉大丈夫怎能小肚鸡肠？我在你的磨难中成长起来，人像宝石，在磨砺中去粗取精。从这个意义上来说，你让我坚强起来。谁都可能受点委屈，陈芝麻烂谷子的事，你老记着累不累啊？不过有一点不能忘，你那时总让我们背诵最高指示：要认真总结经验。"王延安开玩笑说。

郭志民虽然知道王延安话中有话，可经过这么多年的历练，王延安确实成熟老练了许多。

他们回到家，王延安和郭志民在客厅里聊天。

梁欢和李翠华在厨房忙着做饭，又是鱼又是肉，直往屋里飘香味。李翠华指着墙上贴的英文单词小纸条问："梁欢，你这贴的都是啥？"

"要考试了，我就边做饭边背医学英语单词。"梁欢说着话，就把一条大鲤鱼放入锅里煎。

李翠华帮忙准备葱姜蒜，想着梁欢又要工作，又要干家务，还要考学读书，问她："你累吗？"

"习惯了，不觉得累。来，嫂子你给咱们做个麻辣鸡。"

客厅里，王延安耸了耸鼻子："真香啊！可惜我的好日子不长了！"

郭志民问："梁欢也要走吗？"

王延安指指墙上挂的英语条子说："梁欢要考研究生。我早想好啦，等咱中国强大了，全叫老外考中文四六级，文言文太简单，全用毛笔答题。这也太便宜了他们，惹急了一人一把刀，一人一个乌龟壳，让他们刻甲骨文，口试唱京剧，论文就写八股文。"

"王延安，你小子真够坏的！"郭志民话音刚落，梁欢和李翠华都笑了起来。

"那是因为我爱老婆，看我老婆考英语累的，温柔美人快成黄脸婆了，她认准的事，不获全胜决不收兵！"王延安突然感叹一句，"老婆成功之日，就是男人孤家寡人吃食堂之时。"

郭志民一想起上大学，肠子都悔青了。早几年，他怎么就没想到也去考个大学呢？

王延安拿起床上那件毛衣，梁欢织了五年还缺两只袖子。他故意说：

"老婆留下话来，走时能让我穿上毛背心。"

郭志民笑了："这好办，我老婆两天就能给你织完。"

"郭政委，好羡慕你啊！饭来张口，衣来伸手。我当时一念之差，让幸福生活擦肩而过。"王延安故意逗他。

"你别得便宜卖乖了，你们强强联合，多让人羡慕！"郭志民说的是心里话。

"你没看到呀，在家里是梁欢领导我。高度决定视野，这年头女人要是翅膀硬了，想远走高飞拦都拦不住。她这种女人外柔内刚不可貌相，不达目的誓不罢休。"

"知足吧，不干活就得接受领导。"郭志民看看王延安说。他突然想到，王延安这小子一直梦想着当将军，将门虎子不是也没有当上将军吗？能够当上将军的只是极少数人，而绝大多数人只是普通的军人，他们在军营服役只是一生中几年的时间，穿军装的这几年只能是在默默无闻的岗位上无私奉献，做一些普普通通的工作。他已经想通了，在王延安的家，他清楚地看到了，也感觉到了，他虽然是个男人，却比不上梁欢的远见卓识和业务能力，不服不行啊。

梁欢端着一盘红焖大虾放到饭桌上，王延安拿起一只大虾就往嘴里送，被梁欢拦住，让他们洗手去。

王延安对郭志民开玩笑道："我老婆有洁癖。你就入乡随俗吧。"两个男人在卫生间边洗手边议论。

"王延安，你就知足吧。你看我老婆不识字，还挺厉害。但是，我吃准了一点，她善良，心眼好，我走哪，她都铁了心跟我跑，甩都甩不掉。"

"郭志民你就知足吧。找农村媳妇好，嫁鸡随鸡，嫁狗随狗，一辈子跟着你，处处为你着想。"

李翠华听到这句话，还真是接上了话茬儿，打开天窗说亮话，大凉山是她的家乡，让王延安帮老郭在这儿找个工作。郭志民这才吭吭哧哧说出，部队让他转业，眼下真不知往哪里走，转业干什么工作好，找上门来，就想请他们帮个忙。男子汉大丈夫找人帮忙张不开口！

王延安举起酒杯，说："咱们都是老战友，你们的事就是我们的事。我和梁欢尽力而为。来，干杯！"

四个酒杯碰到了一起。梁欢说:"郭政委,到了我们这儿,需要我们做什么,别客气,尽管说。"

王延安喝了一口酒说:"嫂子,谁都有走麦城的时候,你是不知道当年郭政委怎么教育我的。"

王延安回忆往事说:我喜爱戈壁滩上的胡杨林,郁闷时就独自躺在胡杨树下金黄色的落叶上。那天我正在胡杨树下坐着。郭志民气喘吁吁地跑来,对我大嚷大叫:"好我的王延安、王延安同志啊!我快急疯了!要不是梁欢告诉我,你在这儿猫着!我就要到发射场的广播站,用高音喇叭发寻人启事了!你知道吗?医院的病号丢了,全院医生护士紧急出动,满世界找你!"

王延安有声有色的回忆,差点没让饭桌上的梁欢、郭志民、李翠华笑喷了饭。

郭志民突然问:"延安,你说心里话,你记恨我吗?"

"瞧你说的,我王延安心眼儿就那么小?我当时被你的话感动了。男子汉大丈夫,难道还不如一棵胡杨树顽强?"王延安笑着说,"我这人抓大放小,看人就看他最可贵的地方,谁也不能总纠缠人家的不足。人无完人,我不是也有缺点吗?我至今都没忘记你对我的帮助。"

郭志民佩服他的度量,脸上热辣辣的,他恨自己只知道低头干活,抬头一看过去的部下都成了领导,想起来就觉得自己山穷水尽了,唉声叹气说:"你们都进步了,可是我……伤心啊!"

"别喝了!"李翠华夺下了郭志民的酒杯,说,"我看老郭办事一根筋,不中!还是延安兄弟办法多。"

"郭政委,山重水复疑无路,柳暗花明又一村。诸葛亮出生在你们沂蒙山区,后来他到蜀国发展功成名就。我看你也走他的老路,在大凉山重打锣鼓另开张。嫂子你说怎样?"王延安问。

"男到女家落户,那当然好啊!"李翠华巴不得了。

王延安又给郭志民倒了一杯酒:"郭政委,酒逢知己千杯少。我的快乐三要诀就是:舍得、放下、忘记。喝!"两个人真的你一杯我一杯地喝了起来。

郭志民是借酒浇愁愁更愁,把王延安也给感染了。王延安想起了自己的仕途不顺,于是酒后话多:"郭政委,我现在是参谋不带长,放屁都不响。自古学而优则仕。没有领导职务,你想实现你的设想没那么容易,你得看领导的脸,要层层报批。"

"王延安,在你眼里,当官就那么重要吗?"梁欢不想让两个男人的情绪互相传染,提醒丈夫说,"不管干什么,在其位就要谋其政。你不要总觉得怀才不遇。别人能考试,你也能考试。人人面前有座山,想登上山头,你就必须满头大汗去爬山。有怨言没用!"

"男人和女人想的就是不一样,我们男人哪有不想当官的,谁不想指挥部队?可是没听说哪个人喜欢考试的。除了你梁欢!"郭志民这时同情起王延安来,颇有点同病相怜的感觉,看来谁都不是一帆风顺的。

梁欢继续说:"延安,你不要觉得你曾经是01发射指挥员,又刚从国外学习回来,你就该官提一级。你想想,这几年,一颗又一颗卫星上天,在山沟里默默奉献的同志都挺不容易的。领导也会搞平衡,也要奖励贡献大的,否则,他怎么调动部队的积极性?怎么鼓励有能力、有贡献的同志安心在大山发射场干?你不该为这点小事不愉快。"

王延安觉得老婆的话确实有道理,每个人看问题的角度不同,得出的结论也就不同,但是他决不服输,他要据理力争:"女人之见!你不懂,领导职务是男人干事业的平台。如果你只是科学家,那必须有当官的用权力替你鸣锣开道,你的科研成果才能得到认可和推广。"

"王延安,你要觉得大材小用,憋屈,你可以回北京,凭你的人脉关系、专业技术和外语水平可以有多种选择。"郭志民突然想起他们在北京一起开会时,有个外企老板来看王延安,当时报出的那个天文数字的工资把郭志民吓了一跳,这辈子他都不敢想能挣那么多钱。现在想起来还觉得王延安是饱汉子不知饿汉子饥,于是试探地问,"你的老同学不是邀请你去一家跨国大公司当总经理吗?年薪百万也是挺诱人的。"

王延安却摇了摇头,坦言道:"老郭,像我这样军人家庭出身的技术干部,并不追求物质上的享受,我不缺钱,我也不羡慕别人有钱,钱这东西够花就行。我看重的是从事航天事业的荣誉感,我喜欢航天发射过程中的那份挑战和成功的快乐。可如今我空有一番抱负,有劲无处使。"

"王延安,我要是你,就瞄准一个目标,背水一战,以自己的才能和贡献创造一个平台。但是——"梁欢加重语气说,"没有人能永远成功,当我们向成功奋斗时,就要准备好承担失败。我也一样,也许我考不上母校的研究生,但是我尝试了就不后悔!"

郭志民对面前这个女军医梁欢刮目相看,过去他是大男子主义,在他们山东老家女的吃饭都不能上饭桌。他看不起梁欢,他在新兵连当指导员的时候,这个漂亮女兵梁欢连手榴弹都甩不出去,只是个会跳芭蕾舞的花瓶。现如今他不得不佩服,女军医梁欢不仅美丽温柔,还有那么强大的内心。难怪老婆李翠华一说起儿子的干妈梁欢就眉飞色舞,觉得给她们半边天大长志气。难怪王延安这个刺猬头在老婆面前服服帖帖,真是一物降一物啊!

可是今天王延安直言相告:"老郭啊,许多事谈何容易!现在有本事的人多了,还是那句话:功夫在诗外。你看我这人多会儿去给领导送礼,拉近乎?拍马屁的事我做不出来!如今你转业安排工作,要入乡随俗送点礼好办事,可我想了半天,当敲门砖的礼送给谁呢?"

于是,两个男人内心纠结,喝闷酒。

郭志民两口子来了,就住在王延安家,王延安和梁欢都是搞技术的,躺在床上翻来覆去睡不着觉,怎么帮郭志民安排工作,他们想了一夜也没想出眉目来。

第十六章

1

郭志民在这个不眠之夜总算想好了奋斗目标,第二天一大早他就开诚布公宣布了自己的想法,即使不能在发射场干到老,他这辈子也愿意守着发射场,尽其所能为发射场做贡献。他请王延安帮忙,希望能安排到大山发射场旁的公安局工作。

王延安和梁欢这下明白了,郭志民和李翠华千里迢迢来找他们,住进了家里就只能鼎力相助了,请神容易送神难,一时半会儿他们还找不到该进哪个门,找哪个人。王延安让郭志民自己先去侦察一下。

郭志民在人生地不熟的大街上转悠了一上午,才找到公安局的办公大楼,他忐忑不安地走进去,看到门上挂着人事处的牌子,他就轻轻敲响了房门,里面传来:"请进。"他走进去给坐在办公桌旁的女同志递上自己的简历,然后自我介绍他是部队转业干部,想到公安局安排工作。

女同志扫了一眼简历说:"哟,郭志民同志,你在部队立了这么多功哪!像你这样的有功之臣就该留在部队长期干。"

郭志民碰过许多钉子,早已准备好了一大堆话,诸如:现在部队精简整编,百万大裁军,他在部队是团政委,要带头响应号召,能到公安局工作不要安排领导职务,当个办事员就行。

女同志上下打量着他说:"现在都说中国经济建设缺这缺那,就是不缺人。我们机关正在反复做工作,动员大家提前内退呢!老同志,现在地方干部都年轻化了,你当办事员比处长还大几岁,他怎么领导你?再说了,你中学学历,也不好安排工作。"

郭志民再也听不下去了,他觉得自己很没面子转身就走,可又无路可走,只好回王延安家。他推开家门,扫了一眼梁欢的书房,门紧闭着,知道她正在玩命复习功课。郭志民耷拉着头一声不吭坐在客厅。

李翠华一看丈夫的脸色就全明白了,气不打一处来数落郭志民:"你整天老是提着东西去送礼,自己舍不得吃、舍不得穿,费尽周折找工作,怎么忙半天没有结果呀?"郭志民赔着笑脸提醒老婆,小声点!别影响梁欢考研。李翠华当时还不懂考研是考什么。打开话匣子就收不住了:"我看梁医生比你强!人家有门瞧病的手艺。你就会做报告、讲空话!"

郭志民让老婆唠叨烦了,瞪了老婆一眼,心想,你个老娘们儿连考研都不知道,还嫌我没本事。我一个大老爷们儿,低声下气去求人,张不开嘴!可这话他说不出口,只能干生闷气,他低着头任凭老婆数落。

王延安因为郭志民两口子住在他家,下班就得往家赶,不能冷淡了远道而来的老战友,一进家门就听到争吵声,他赶紧安慰说:"郭政委,你不就是提着猪头找不到庙门。别急,我给你想办法,咱们找个烧高香的地方去。"

梁欢听到外面吵起来也推门走出来,提醒王延安说话要靠谱:"咱们办不到的事不要空许愿,你当在地方安排工作容易吗?"

郭志民一想自己已经碰了不少钉子,不能再让老战友为难了,就表示不麻烦他们了,明天就去买火车票走人。

梁欢连忙解释说:"郭政委,你想哪儿去了?你误会了,我是怕延安给你们空许愿,办不到。"

王延安连忙拉住郭志民:"郭政委,我老婆的意思我懂,士为知己者死,人为诚信而活。你工作还没着落不能走!你这人优点是认真,缺点是太认真!你来找我,是看得起我!说明咱们有交情,感情深。咱们还没到山穷水尽的地步呢!"

郭志民是个要面子的男人,脸涨得通红,左右为难。他是真不好意思老住在王延安家了。

李翠华也觉得老郭转业工作没着落,现在老战友盛情款待他们心里不落忍，在别人家连吃带住的过意不去。可老郭如果没工作，全家吃穿都愁啊！

梁欢好言相劝："郭政委、嫂子，你们住我家挺好，原来买菜做饭都是我的事，现在嫂子给做川菜吃。等我去上海上学，你们在我家住正好和延安做个伴。"

"郭政委，你只要努力了，不成功也不后悔。梁欢考研就是屡败屡战，越败越战。"王延安开始揭老婆的老底，这样可以一箭双雕：一来可以让老婆对考研的事回心转意；二来可以让郭志民看到连梁欢这样的女人都不怕失败。

梁欢看王延安又揭她老底却并不生气。谁都难免失败，去年就差一分，本事不如人没什么好遗憾的。她曾获过好几项全军科技进步奖，现在就是要把总分考够就行，她不放弃继续考，还不失时机开导郭志民，敢拼才会赢！

王延安没想到他的话不但没有动摇老婆的决心，还成了激将法，他做了个鬼脸赶快赔礼道歉："老婆，我可不是打击你！"他知道，人不可貌相这个词用在老婆身上是再恰当不过的，老婆看似柔弱却是大有潜力可挖。人总是最容易忽略身边的能人，最容易忽略身边站着一个可依靠的肩膀和人力资源宝库。他恳求说道："老婆大人，你快想想，你乐于助人人缘好，还有什么社会关系借给咱用用？"

果然，梁欢拿出一张《凉山日报》让他们看上面的照片，那是市公安局的郑局长，也是她生孩子时，在上海曾经帮助过的警察，她曾经拿出3000块钱，给孩子住院看病当押金。那一面之交谁也说不准能不能帮上忙。

王延安一拍脑袋，喜出望外有办法了！让郭志民不可太认真，也不可不认真，一定要按他的主意办。没想到郭志民却一本正经地说："让我说假话不行！"

"老郭，一个人应该真诚，应该正直。可你现在要求人帮忙，就不能拿出当政委的派头。人家要是不见你，你连毛遂自荐的机会都没有。你要想办法让他见你，你必须拿梁欢的大名当通行证。"王延安苦口婆心，好说歹说才算说服了郭志民，还把自己出国穿的一身西装拿来给郭志民穿上。初次见面总要留个好印象。

李翠华站在旁边看着自己的老公赞不绝口，这身衣服穿和不穿就是不一样。把老公打扮得这么精干！

"谁都说不能以衣帽取人，可人靠衣裳马靠鞍，这找工作第一印象很重要，还是需要形象设计的。"王延安在旁边前后左右看着，用欣赏的眼光围着郭志民转了几圈，说："郭志民同志，现在你要有破釜沉舟的勇气，必须按我说的办……不获全胜决不收兵！"

梁欢也鼓劲儿说："郭政委，胜败乃兵家常事。咱们不要怕失败，鼓起勇气去争取胜利！"

王延安看郭志民还在犹豫，说："老兄，你怎么像大姑娘上轿似的？磨蹭什么？快走吧！"拉开门就把郭志民推出了家门。

公安局可不是什么人都能随便进去的地方，郭志民来到大院门口正在迟疑，就被一个警察拦住让他到传达室去登记。郭志民忐忑不安地进了传达室，按王延安教给他的说法，如此这般地一说要找郑局长，年轻的警察就满脸堆笑地让他稍等一下，立即拨通了电话，看着他的证件一丝不苟地向电话里通报了他的姓名。放下电话的时候依然是满脸笑容地告诉他，郑局长到市里开会去了，今天不在办公室。

郭志民顿时紧张的神经放松了，还有一种解脱感。可他回家如此这般地和王延安一说，王延安让他明天还去。

接连几天，郭志民轻车熟路地走进了市公安局的传达室，可任凭他磨破嘴皮，传达室里的警察虽态度极好，说出了N个不同理由，却没有丝毫通融的意思。他只好每天灰头土脸地打道回府，他终于明白，想见到郑局长也不是那么容易的事，许多人都会为领导挡驾。

王延安一看郭志民愁眉苦脸就安慰他说："郑局长很忙，如果不相识的人都去见他，他见得过来吗？都去找他帮忙，他帮得过来吗？"

郭志民一想此话有理，吭哧半天，憋红了脸小声央求说："你陪我去吧！"

"那不行！我和梁欢的面子借给你用，你咋不用？如果你不怕我急得突发心脏病，那么就请你拿出实际行动，展现出你的决心和信心，你就每天去公安局的门口，利用可能的机会向局长和他的秘书打招呼。而且还要学会灵活机动的战略战术，你现在必须听我的，就按我说的去办……"王延安不容置疑地说完，还从柜子里拿出一瓶五粮液，让他喝了这碗酒浑身是胆雄赳赳！

那天晚上，王延安把郭志民灌醉了，郭志民直往外吐酒菜，李翠华一把就夺下丈夫手中的酒杯，一边收拾卫生一边心疼地埋怨，王延安不陪郭志民去公安局找局长就算了，还把他灌醉了。

王延安喷着酒气说："这叫吐故纳新。明天老郭就有胆量了。"

翌日清晨，梁欢沏好了一壶浓浓的龙井茶，这特等明前茶是王延安专门买来给梁欢考研提神用的。王延安自己舍不得喝，老婆太累了，又没啥嗜好，就爱喝龙井茶。吃完早饭，梁欢亲自动手给每个人倒了一杯龙井茶，端到每个人的面前。

"有老婆这杯龙井茶垫底，咱今天保证完成任务。"王延安一饮而尽，放下茶杯就上班去了。

郭志民喝了两杯茶，连连赞叹这茶真好喝！李翠华没舍得喝她的那杯茶，在手里端了很久，闻了闻香气，看王延安和梁欢都走出了家门，让郭志民把她的那杯茶也喝了。

李翠华往茶壶里又添了一壶水，郭志民又喝了两杯茶，品着龙井茶，慢慢欣赏着味道，好茶啊！越喝越上瘾，一连几大杯茶水咕咚咕咚灌下去，郭志民心里滋润多了，顿时觉得自己神清气爽，对老婆说："我想好了，王延安说得对，咱当兵的虽然没啥钱，但有一颗执着的心，就靠这颗心去感动人吧。"说完他放下茶杯，浑身是胆雄赳赳跨出了王家大门。

郭志民又一次轻车熟路来到公安局的传达室，他早已经和传达室的小警察混成了熟人，彼此热情地打招呼，没人的时候他们像老朋友一样聊着天，只是今天郭志民没坐多久，就有点坐立不安，茶水确实发生了不可阻挡的作用，急需上厕所。那他也不能向后转，喝够了王延安的五粮液和梁欢的龙井茶，他就被逼上梁山没有退路啦！此时此刻，他让尿憋得脸红脖子粗，心里骂道，笨老婆咋尽添乱，帮倒忙！

"再不上厕所就该尿裤子了！"他对小警察哀求道。

"那你明天再来和我聊天吧。"小警察很会说话。

"帮帮我！我家远来不及了！"郭志民急中生智把军官证押在了传达室小警察那儿。

小警察看他一脸真诚，也觉得活人不能让尿憋死，何况他曾经是解放军的团政委，就动了同情心，告诉他，大楼一层就有厕所。让他快去快回！破例放他进了大门。

郭志民走进市公安局大楼，直奔厕所。解决完内急，他想自己不能出去，出去又进不来了，一次一次的失败，自己已经没有退路了。这次必须破釜沉舟豁出去啦！

郭志民思前想后，想起了发射团的光荣传统就是发射前要制订周密的预想方案，不打无准备之仗，他把昨天晚上王延安给他出的主意又仔仔细细想了一遍，心里头做出了多种预想方案才走出厕所门，就看到一个女警察迎面而来，他忐忑不安地问女警察，郑局长今天在办公室吗？女警察告诉他，郑局长上午在开会。郭志民恳切地说，他是郑局长部队的老战友从远处来。

热心的女警察领着郭志民，把他带到办公室，交给郑局长的王秘书，并介绍，这位同志是郑局长的老战友。

王秘书很热情地说："郑局长正在开会，你叫什么名字，我先向郑局长通报一声。"

郭志民有点打磕巴："我叫王……不，对不起！我叫郭志民。"

王秘书要马上报告郑局长，让他先在办公室坐一会儿喝点水。

郭志民赶紧说："不着急，让郑局长先开会，我在办公室门口等他。"

这时一片乌云遮住了太阳，外面刮起了大风，天上哗哗地下起了大雨。芭蕉树叶在风雨中摇晃。

站在局长办公室门前的郭志民心里也开始了疾风暴雨，脸上却强装镇静，像旗杆一样立正在局长办公室的门口。

王秘书把郭志民的名字通报了郑局长，回来对郭志民说："郑局在开会。你有什么事？跟我说吧。"

"我要见郑局长，亲自和郑局长说。"郭志民固执地说。

"我是郑局长的秘书，他说工作上的事，你和我说就行了。你先到我办公室坐一会儿，喝杯水吧！"王秘书很客气，但他看郭志民坚持要站在门口等郑局长，心想，这人还挺倔！他找局长一定是很难办的个人私事，就转身走了。

郭志民像哨兵一样站在局长的办公室门前等了三个多小时，郑局长终于开完会，和蔼地请郭志民进办公室来坐下，还端来一杯茶递给郭志民。问他有什么事。郭志民拿出一张《解放军报》递给郑局长看，并说："局长，你看这夫妻俩是我的老战友，发射卫星他们双双立功。"

郑局长疑惑地问："你就是为了让我看这张报纸吗？"

郭志民说："局长，你仔细看看认识他们吗？梁欢可认识你。"

郑局长看着报纸上的照片，他在脑海里回忆着似曾见过的梁欢。在上海的医院，挺着大肚子的梁欢拿出3000块钱为他重病的儿子治病，给他解了燃眉之急。于是，郑局长看着报纸肯定地说："我认识这位女军人，我很感谢她！"

郭志民立刻转忧为喜递给郑局长一封信，并说明写信的王延安是梁欢的爱人，信里的郭志民就是他。

郑局长眼睛里布满问号，他疑惑地打开了王延安的信。

尊敬的郑局长：

  郭志民同志是我们发射部队优秀的军转干部，在部队他历任连、营、团政治主官，他对党和人民无限忠诚。他渴望到大山发射场附近的公安局工作。你可以查阅他的档案，多次立功受奖，其中有一张二等功的奖励卡片，那是1966年两弹结合试验，把原子弹装在导弹上真刀真枪地干，他不怕流血牺牲荣立二等功。现在他虽然人到中年，但他看重人生中的第二次创业，会全力以赴投入工作，一如既往地无私奉献，极其认真地干好公安干警。故此，我们竭力向您推荐这个老战友，相信您能伯乐相马，使他再踏征程，再立新功！

  恳请您收下他，这将是明智之举！

您的朋友 王延安 梁欢

郑局长觉得这事不看僧面看佛面，得帮这个忙。他让郭志民把简历留下准备面试，简历由他亲自交给人事处。他还将3000块钱装进信封，请郭志民代为转交梁欢，又工工整整写了一封短信：

> 梁欢同志，深谢您在上海真心相助，我儿子现在身体健康，学习优秀，他准备以后考军校报答解放军的救命之恩。现将您倾情相助的治病款3000元如数奉还。常记友情，此生难忘。改日登门当面拜谢！

郭志民临走，郑局长还特意给他拿了一把雨伞，嘱咐司机送郭志民回家。

梁欢中午回家吃饭，李翠华一边择着豆角，一边说："你说老郭这人死性不死性？整个一个死心眼！这一上午过去了，他连个电话都不知道打。一个大活人失踪了，也不知他是否回家吃饭，真叫人着急！"

"嫂子，你别急！他一个大男人，丢不了！"梁欢边择豆角边说。

李翠华想把家安在大凉山，很爽快地大包大揽，她来帮着干点打扫卫生、洗洗涮涮的活儿。让梁欢放心，老郭舍不得离开发射场，他总想离发射塔近点！离你们老战友近点！李翠华把饭菜端上饭桌，她直言相告，说："梁欢，要不咱们两个去找找老郭和延安？"

"这么大的世界，上哪里去找？咱们先吃吧，甭等他们。我还要上班。"梁欢说着狼吞虎咽吃完饭，刚要出家门迎头碰上郭志民。

郭志民从包里掏出一摞钱往桌上一放，满面春风地说："梁欢，这是郑局长还你的钱。他看了你们的信，让我明天到人事处参加面试。"三个人开心地笑了起来。

"郭政委，可别高兴得太早。郑局长把钱还给我了，也就是说他会秉公办事的。机遇总是留给有准备的人。你先吃饭准备面试吧。"梁欢说完拿了把雨伞就急匆匆去上班了。

2

这场突如其来的大雨让发射场坪上施工部队措手不及，官兵们为了完成任务抢进度加紧冒雨施工。王延安跑过来大喊："大家注意了，赶快收工躲雨！"

雷指挥长突然出现在施工现场，走过来命令王延安："时间不等人，雷雨天不能停工，天上下刀子也要继续干！"

王延安一个立正："报告雷指挥长，部队正在铺设技术阵地的地下导线，雨天不能施工。"

"现在是雨季，天天下雨，老天掉几滴眼泪就停工，延误工期怎么办？"雷指挥长浑身上下已被大雨淋湿了，火冒三丈地说，"你是军人应该知道，军令如山，你们必须完成任务！"

"雷指挥长，你也应该知道，违背科学规律是要死人的！我不能执行你的错误命令！"王延安据理力争。

"死人我就处分你！"雷指挥长更加火了，他王延安竟敢顶撞领导，拒不执行命令！于是斩钉截铁地说："你知道不知道，那是中国和美国签订的发射卫星合同，白纸黑字，发射工位建设不好，不能满足发射条件，美国不但取消合同，还要倒罚美金。"

王延安毫不退让说："雷指挥长你是指挥长，下达任务你说了算；我是技术总管，负责导线施工我说了算。请指挥长相信我，安装部队一定会完成任务，按时建好第二发射工位，让中国的大推力火箭进入国际航天市场一飞冲天。"

"王延安，你这个年轻人太自信、太骄傲了！"雷指挥长加重语气说，"你不要老虎屁股摸不得，你小子不完成任务我就毙了你！"

"雷指挥长，如果我没完成任务甘愿受罚！"王延安心想，世界上最可怕的事情就是权力加无知。不要以为你是老八路、老革命，带兵打仗的常胜将军，你就可以不按科学规律办事。他终于忍住没说出来，因为整个基地的官兵都很敬佩这位德高望重的雷指挥长。

"完不成任务看我怎么收拾你！"雷指挥长两眼冒火说了一句狠话转

身就走。

"雷指挥长,我要是按时完成任务,你打算怎么奖励我?"王延安一句话把雷指挥长问愣了。

"你小子就这么自信?行,我只要结果,不管过程。"雷指挥长的火气让大雨浇没了,话到此处正中下怀,他当然要赏罚严明,有功必赏,有过必罚!他冻得打了个响亮的喷嚏就走了。

王延安直到晚上下班才浑身湿透地回到家中,要不是郭志民和李翠华在他家住,他就住在赶羊沟施工现场不回来了。王延安脱下水淋淋的衣服换上干衣服,和他们相对而坐,拿起筷子边吃饭边说,今天他和雷指挥长为下雨铺设导线的事吵了起来。

郭志民好心提醒王延安:"你以为你是谁呀!雷指挥长是多大的领导!你怎么敢和他顶嘴。你是一名军人就要服从命令听指挥。"

王延安反问道:"你知不知道要按科学规律办事?"他一句话把郭志民堵到了南墙,张口结舌。

郭志民觉得王延安身在福中不知福,顶撞领导可是犯大忌的,王延安这些干部子弟有时候就是没大没小,不给领导留足面子。他也不想想,雷指挥长打日本鬼子时,他还没出生呢!于是好言相劝:"延安啊!你一定要搞清自己的位置,别忘了,你的命运是抓在领导的手里的。孙悟空再能耐,也逃不脱如来佛的手心。小心穿上玻璃小鞋!当然,你们高干子弟后台硬,什么都不怕。我们农村出来的没法比,让你转业怎么办?"

王延安一脸不在乎地说:"反正我现在无职无权,就是一个普通高工,指挥长官大他能把我怎么样?大不了让我走人。正好西方不亮东方亮,没准还升起一颗科学新星呢!"

这时梁欢走进门来,接过话茬儿说:"别吹牛了!一个人的能力大小是由多方面因素决定的。能力包含两个方面:能量的强弱和力量的稳定。你有能量可以石破天惊,可是别忘了,也能让你的领导胆战心惊。人家不用你行不行?你别忘了,领导会想,你有八百匹马力,可你不听使唤,只能打个五折。而别人虽然是六百匹马力,却可以充分发挥出来。老公,怀才不遇和大材小用,有时也是自己造成的。"

王延安瞪起了眼睛:"梁欢,我怎么觉得你越来越喜欢引经据典了。"

"那当然。知不足才能进步,知不足,然后才能自省也!"梁欢坐到了饭桌旁,她得赶快吃饭,边吃边说:"王延安,我可是为你着想,你不想做无名鼠辈,也不能做张嘴就咬人的大灰狼,别人惹不起还躲不起吗?我今天没空和你多说,还要上夜班,你们慢慢吃。"

"呜呼!我老婆去上班,我在家才能翻身农奴得解放!"王延安的话把大家都逗笑了,可他自己没笑,他现在笑不出来,君子一言驷马难追,这发射场的地下电缆安装是他设计的、他画的图,按照指挥长的命令,还要负责领导部队施工,直到验收完成。这夸下的海口只能靠自己的实际行动兑现承诺。

发射二工位建在赶羊沟,这里离基地首区上百公里路程,需要坐两个多小时的汽车才能到。上班号吹响,王延安准时站在施工现场,放眼望去,这里四面环山,只有一条羊肠小道通往天王山顶,他不禁联想到"蜀道难,难于上青天",今天再难也要完成施工任务。施工部队有一个共同的心愿——绝不能让中国人在国际航天市场食言。

正午烈日高照时,郭志民和李翠华来给王延安通报喜讯,顺便看看发射塔架,看见王延安和官兵们还在汗流浃背铺设发射工位的电缆。王延安抬起头看见他们,用袖子抹了把汗,嘱咐连长让部队在工地上吃午饭,还递给了郭志民和李翠华一人一盒饭,让他们一起品尝工作餐。

李翠华快言快语告诉王延安:"我家老郭,今天上午去公安局面试通过了,还得谢你呢!"

王延安说:"嫂子,别客气!咱就帮着郭政委军转民,平安落地。"

"我可看到了,你们军人都是钢铁战士。老郭累了大半辈子,让他转业活得轻松点,他还不乐意呢。"李翠华笑着说。

王延安终于笑到了最后,他和官兵们天天从早到晚在工地上吃盒饭,晚上,顶着月亮在工地上加班干,工程终于收尾了。他远远看到雷指挥长向发射场走过来,他大声喊:"立正!"全体官兵一身泥土,瞬时立正站好。

王延安跑步上前："报告指挥长，电缆铺设完毕，正在打扫战场。请您验收。"

雷指挥长露出满意的笑容，亮开大嗓门："同志们辛苦了！"

"为了祖国，保证成功！"官兵们震天动地的喊声在夜幕笼罩的山谷中回响。他们已经连续干了12个小时，个个都是硬汉子，终于完成了施工任务。

雷指挥长给官兵们敬了一个军礼，然后让部队赶快清理工具，收工休息。

雷指挥长并没忘他赏罚严明的承诺。他对王延安带领部队连续奋战铺设地下电缆，按时完工，验收合格非常满意，他要犒劳犒劳王延安。可这发射工位旁边没有人烟，既没有商店也没有餐馆，深更半夜部队招待所食堂也关门了。雷指挥长把王延安领进二楼最东头他在山沟招待所住的房间，笑着说："你这个泥猴子先洗干净，我让你尝尝我的厨艺。"

"是！泥猴马上就变成孙悟空。"王延安做了个鬼脸。

雷指挥长笑了："孙悟空？我看你是个刺猬头。"

"你知道刺猬的心脏一分钟能跳动多少次？"王延安出其不意发问。

雷指挥长对这种稀奇古怪的问题从来没有研究过，又不能说不知道，这是领导的尊严问题。于是说："我知道你精力过剩，和小刺猬一样心跳过速！"他的回答真是歪打正着。

王延安调皮地说："刺猬的心脏一分钟能跳动300次，我的精力能不过剩吗？"

雷指挥长插上电炉子，坐上一口小锅，打开一盒军用红烧猪肉罐头煮挂面。王延安洗完脸，走过来，掀开锅盖，锅里冒出一股热气来，王延安嗅嗅，味道好香啊！都要流口水了！

雷指挥长并没忘了王延安当众顶撞他，点着他的脑门说："王延安你吃了豹子胆，你想想，这发射场上谁敢顶撞我，我跺跺脚，大山都要抖一抖。也就是你这个小猢狲。我抱在怀里的小刺猬，浑身是刺，抱着扎人，扔了可惜。"

"雷指挥长，当时我只想着完成任务，怎么就没想到谁官大听谁的呢？罪过，罪过。以后一定牢记下级服从上级。"

"你这刺猬头甭说好听的，咱们都要按科学规律办事。"

"我一定牢记雷指挥长高风亮节，伯乐爱惜千里马；我勇者无惧，没有压力就没有动力。"

"王延安，你小子甭给我说好听的！我还不知道你啊！不管是谁，在知识和真理面前人人平等，谁对听谁的，无所谓个人的体面和尊严。"雷指挥长的话让王延安深受感动，对老革命肃然起敬。

锅里的挂面开锅了，油汤流了出来，王延安拿手指抹了一把，把手指放到嘴里舔了一下，好香啊！把他的馋虫勾出来了，他忙了一天饿坏啦！王延安先给雷指挥长盛了一碗面条，碗里还特意多捞了几块红烧猪肉。两个人有滋有味地吃着军用罐头煮挂面。

王延安大口吃着还遗憾地说："这喷香的挂面里要是有一片小白菜叶子该多好！咱们吃的也算是绿色食品呀！"

"馋小子，你就凑合着吃吧。"雷指挥长对他真是急不得，恼不得，气不得。现在能把任务完成好，就算是皆大欢喜了！

王延安吸溜着面条说："雷指挥长，你就奖励我一碗面条不过瘾。我这人不适合搞技术，可您老人家偏偏把我这个心里美萝卜种到白菜地里，您让我当01指挥员才称得上是伯乐相马，人尽其才呢！"

"你小子，得寸进尺啊！别给我灌迷魂汤！再敢当众顶撞我就揍你啦！下不为例！"雷指挥长瞪起眼睛说完，哈哈一笑，语重心长道，"王延安，我可了解你，你在大漠发射场搞的发射系统自动化技术创新我去参观过，我这是知人善任，不会让英雄无用武之地的。其实你早已体验过，优秀的人都有一段沉默的时光，你在那段时光里付出了很多努力，忍受孤独和寂寞，全力以赴去拼搏奋斗实现目标。坚持、坚守，不放弃、不诉苦，做最好的自己。你成功了！日后你想起来都会为自己骄傲。现在我是把好钢用在刀刃上。"

王延安原以为雷指挥长没上过几天学，就是个会打仗的大老粗，现在他觉得自愧不如，差得远呢，雷指挥长看人入木三分，富有哲理的话让他心服口服。他拍拍肚子说："我知道指挥长您是上甘岭战役的英雄团长，常胜将军就是能海纳百川，肚里能开航空母舰，大人不计小人过，不稀罕跟我生气。那我豁出命来也要干出点让领导刮目相看的业绩来！"

雷指挥长意味深长地说："好小子，到时候咱们靠实力说话吧！现在老虎也该打盹了！"

他们一看表，此时已是凌晨一点啦。

周末，王延安完成了任务，心满意足地回到家。看到深更半夜，梁欢还在灯下看书。王延安洗完澡躺在床上心里着急像小猫抓似的，一个星期才能从山沟里回家度一次周末，他有些迫不及待，小别胜新婚啊，可老婆为了考研，眼睛里布满血丝，一脸疲惫，简直变成了书痴。

"梁欢，你就当瞎猫碰死耗子，撞大运去！考不上，你就升官，何乐而不为。快睡觉吧。"王延安说。

"我非要考上母校，到上海读研去。"梁欢就是一根筋。

王延安心想，老婆为什么要考母校？你是不是还想那个姚明伟？可这话他只能想不能问，忍不住冒问了一句："姚明伟现在干啥呢？"

"他在上海医院当院长了。"

"那小子爬得真快！都当院长了！我说你能不能不去上海读研呀？"

"王延安，你把醋坛子踢倒了吧？大男人别小心眼！你儿子可在上海呢！我考母校读研可以少走弯路。再说，我回上海还可以照顾父母和儿子。"

王延安因为生活上离不开梁欢，再加上姚明伟在上海，心里不愿意，嘴上不好说。无奈地叹了一口气道："梁欢，你这女人咋这么不知足？"

梁欢不想跟王延安贫嘴了，继续看书。她相信自己能成功，她一定要去争取成功。

王延安看梁欢生气了，拉她上床，还给老婆讲了个故事。数学家高斯19岁时在德国哥廷根大学读书。导师每天给他布置课外作业是三道数学题。一天，他很顺利地做完了前两道数学题，第三道题很难，他尝试着用一些超常规的思路去解这道难题。作业交给导师后，导师当即大惊：高斯，你解开了一道有两千多年的数学悬案啊！这道题，阿基米德没有解出来，牛顿也没有解出来，你竟然用一个晚上就解出来了！老婆，这就叫车有车道，马有马道，老婆睡一觉就会有灵感了！

王延安转过头一看,梁欢已经睡着了,他叹口气自言自语:"我白对牛弹琴了。"

3

圆圆的月亮高悬在大山发射场深邃的夜空上,给巍然耸立的发射塔镀上了一层银光。王延安特意在发射塔架旁的赶羊沟招待所,设宴庆祝郭志民被公安局录用为一名人民警察,同时也祝贺梁欢考上了研究生心想事成。

王延安举起酒杯来祝两家双喜临门,四只装满红葡萄酒的酒杯碰到一起。

郭志民人逢喜事精神爽,大口喝酒,脸涨得通红说:"延安兄弟,我这人从来都不忘本,念旧情是我们老战友的美德。我最见不得有些人,我当政委时,他们为了一官半职提着东西猛往我家跑,赶都赶不走。现在我转业,他们用不着我了,理都不理我。"

"别郁闷!你在得势的时候,朋友多,真的少;在你不得势的时候,朋友少,但真的多。许多人都在考虑你的利用价值,当你不能给他帮助时,自然要远离你。这叫以权相交,权失则弃。"王延安拍了拍郭志民的肩膀让他顺其自然,见怪不怪吧。

郭志民继续愤愤不平道:"更可气的是,让我转业后,有人跟我开玩笑说,跟着郭政委,天天挨批评。跟着某某,年年有进步。"

王延安知道,谁跟着郭志民干,他就让人家和他一样,吃苦在前,享受在后。家属随军、分房、提职等一切待遇都要高风亮节往后让,让到最后,高姿态换来个老实人吃亏。他是响鼓也用重槌敲,越器重的干部越严格要求,王延安开导他说:"郭政委,到了地方咱得想开点,你别老是开展批评与自我批评,咱们要多一点对别人的表扬和鼓励。"

李翠华一耸鼻子说:"哼!他改也难!这次还是延安兄弟帮忙,他才当上人民警察。你们看老郭好歹是部队的团政委,现在降级使用,成了治安大队教导员,还美滋滋的。"李翠华虽然是个头脑简单的直肠子,却说出了画龙点睛之语。

郭志民瞪了李翠华一眼："我愿意，我就愿意守着发射场！你这妇人懂个啥？少说两句，没人把你当哑巴卖。"

王延安好心建议郭志民，要不先别报到，再想想办法，看能不能安排到一个职务相当的单位。没想到郭志民爽快地拒绝了他的好意，端起酒杯一饮而尽，说："别麻烦了，咱能干什么就干什么，我喜欢这个工作，守着发射场，离你们也近，这辈子咱就傍上发射塔了，常来看看发射卫星，我看挺好。不就是职务低点吗？过去我常对大家说，共产党的干部能上能下，现在轮到自己头上了，就要说到做到。"

这让王延安想起郭志民上党课讲的："一个人对社会的贡献大小，不取决于职务高低，而在于尽心尽力，只要咱全心全意为人民服务，只要工作第一、革命第一，就是一个好共产党员。"

于是王延安对李翠华说："嫂子，找工作和找老婆是一个道理，只要自己觉得合适就行。古人言：智者尽其谋，勇者竭其力，仁者播其惠，信者效其忠。各得其所吧。"

"王延安，你别之乎者也的了，少喝点吧。"梁欢转过头来对李翠华说，"嫂子，咱们女人一定要记住，对自己好点，就会活得更精彩！男人才会更爱你，更珍惜你！"

郭志民摇了摇头说："什么爱不爱的，我们没共同语言。我是跟发射塔有感情。来，延安，咱哥俩再喝一杯。"

王延安一杯酒下肚，也有了醉意："郭政委，你好幸福，你走到哪里，老婆铁了心跟你到哪儿。你看看我老婆主意大，她想干啥，我拦都拦不住。我老婆去上海读研，我孤家寡人守空房！"

"你说咱都是大男人，还能怕老婆？你连指挥长都不怕，还能怕老婆？我看你对梁欢是百依百顺。"郭志民觉得王延安真是得便宜卖乖，娶了个有才有貌的女军官还不满足。

"你说得对。我就佩服铁血将军巴顿，战场上骁勇善战，天不怕地不怕，他的部队和他的敌人都怕他，唯独他回家怕老婆，那才叫男人呢！"王延安马上意识到他得让梁欢高高兴兴走，留个好念想。平心而论，他没有理由阻拦啊！

郭志民觉得历史真是给他开了一个玩笑，过去，他给新兵们讲，要迅速缩小从老百姓到军人之间的距离。今天他却从军人转业到老百姓，人生真是变化无常，让他措手不及，酒喝多了他话也多了，连连感谢王延安和梁欢的帮助！

王延安觉得他们是一个战壕的战友兄弟情深。他本来也想转业回北京，但是让郭志民热爱部队的军人情结给感动了，现在是铁了心在部队干，于是说："郭政委，一辈子有段当兵的历史咱们还怕啥？你早点把家搬来，梁欢一走，没了压寨夫人，你们来和我做个伴。"

"咱们实际点，你穿军装调回北京总部机关，应该说是最佳选择。"郭志民说了句真心话。过去他讲过那么多大道理，可是这次转业到地方安排工作还是要实事求是，面对现实。

王延安点点头："谁不想去北京？"他心里已经纠结好几天了，党的干部路线是能上能下，可怎么想，从指挥员变成技术高工，别人会怀疑是否犯错误，还是能力有限不称职？不管怎么说，男人追求权力，喜欢当领导这不可耻，只不过大家嘴上不说，心里都想当官，指挥别人总比让别人指挥好。谁都想活得精彩，有所作为！

王延安趁着醉意口吐真言："老郭，你不要以为我回北京是打退堂鼓，那就大错特错啦！我想到总部机关是为了打个翻身仗！不过这事八字还没一撇，你要保密，我正在寻找机会……"他话还没说完，头一低趴在桌上睡着了。

郭志民和李翠华回到大漠发射场，部队已经开始精简裁军。

郭志民家的卧室靠墙高高地堆着已经打包好的纸箱子。郭志民累了一天，躺在床上不知不觉进入梦境。梦中的郭志民走进戈壁滩的烈士陵园，站在了王来墓前告别："王来，我的亲密战友，我要走了，要离开戈壁滩了。我从十八岁当兵，就在戈壁滩上，在这里，我度过了人一生中最美好的青春年华。我多想在部队奋斗到生命的最后一刻，可是，铁打的营盘流水的兵，我就要离开部队了，真的不想走，真的不想离开你！真的舍不得这身军装呀！"他越说越激动，越说声音越大。正说着，睡在身边的李翠华将他推醒了。

郭志民的枕巾上，湿了一大片。真是日有所思，夜有所梦啊！人的一生能有几个二十年？他真是舍不得离开戈壁滩呀！

翌日朝阳升起来了，戈壁滩火车站的高音喇叭在播放歌曲："送战友，踏征程，默默无语两眼泪，耳边响起驼铃声……"站台上，许多热爱部队的发射团老兵坐在自己的背包上。

郭志民扫视着一大片稚气未脱的脸庞，以一种复杂的感情，面对摘掉领章帽徽的老兵们说："同志们，咱当兵的人，穿上军装，发射火箭卫星，事业重于生命，航天高于青春！脱下军装也不要忘了，我们曾经是一个军人！这是伴随我们一生的荣耀！"

郭志民想这应该是自己在部队讲的最后一堂党课，他自己做出了榜样，底气也足了，放开嗓门讲："同志们，我们竖着是擎天柱，横着是大梁。虽然我们渺小，在地球上找不到自己的坐标；但我们自豪，因为我们曾经融入过伟大的航天事业！两弹结合试验时，把原子弹装到导弹上发射，发射场上只留下了七人敢死队执行发射任务，每个人写好遗书，做好了为国捐躯的准备。我们的老团长高建军就是七勇士之一，是我们发射团赫赫有名的有功之臣，他转业离开部队照样是条好汉！还有我们基地的创业者，志愿军20兵团10万大军，在朝鲜战场征尘未洗就直接开赴戈壁大漠。同志们想想，创业大军现在还有几个人留在发射场？"

"我们发射团过去没有一个熊包软蛋，我们当兵的人连死都不怕，还怕什么！当年我们抱着死在戈壁滩，埋在青山头的决心来创业，吃苦不言苦，责任重泰山，青春为中国航天而奉献。我们个个都是钢铁汉，今天脱下军装，一辈子有段当兵的历史，奔赴新的战场照样建功立业。同志们，人生几十年孰能无憾？军人以服从命令为天职。铁打的营盘，流水的兵。今天咱们支援地方经济建设去，我们向发射场告别，向军旗敬礼！"

这时，广播里奏响了《中国人民解放军军歌》，满脸泪水的全体老兵庄严地向军旗敬礼！

火车一声长鸣，车轮滚动。郭志民庄严地敬了最后一个军礼。他庆幸自己这最后的政治课讲出了水平，他把老搭档高建军作为楷模讲得有说服力，他还牵挂起高建军现状如何了。这时，李翠华突然想起了陆莎，这次到大山发射场怎么没见到她？过去陆莎可是他们家的常客。

4

　　陆莎和向志远婚后两地分居，郭志民来大凉山时，她正好去北京开会顺便探家。部队规定，夫妻分居每年一次探亲假。所以陆莎每年能见儿子一面，可是每次回北京，婆婆总是不给她好脸色看，婆婆认为儿媳妇孝敬婆婆，相夫教子是天经地义，可儿媳妇不照顾丈夫和儿子，只管自己在十万八千里之外干自己的工作。婆婆怎么想都不能理解，所以总要找碴儿来教训陆莎，而且语言刻薄，什么话难听就说什么，总之要制伏儿媳妇。陆莎一想到婆婆给她带儿子，也就忍气吞声不说话了，她甚至觉得回到家里就心绪烦乱，压抑得喘不过气来，尤其是到北京出差开会，住在家里婆婆把她当保姆使唤，让她疲惫不堪、不得安宁。

　　婆婆很精明，只要知道陆莎近期回北京，就提前给家里的保姆放假，能省十天半个月的保姆费。婆婆仗着自己是长辈，经常对儿媳妇发号施令，媳妇回来了，家务活就该媳妇干。陆莎一进家门，迎接她的就是一大堆脏衣服、脏鞋，她要马不停蹄地都打扫干净。接下来，陆莎白天去开会，从会场出来直奔幼儿园接回儿子，进家门脱下军装就到厨房做饭。婆婆一见儿媳妇回来就关上电视机出门了，老太太喜欢热闹，要在楼下散散步聊会儿天再回家吃饭。陆莎刚在火上炖上红烧鱼，儿子要拉屎擦屁股，她手忙脚乱地就闻到厨房什么东西烧煳了，陆莎急忙跑去看，铁锅里烟熏火燎烤成了焦炭鱼。她只好重新刷锅烧菜。

　　向志远下班回家，陆莎把饭菜端到饭桌上，让向志远和婆婆先吃晚饭。她从厨房出来，端着一碗鸡蛋羹坐在儿子面前，一勺一勺喂儿子吃，小天翔吃几口在屋里跑一会儿。向志远让陆莎先吃饭，等会儿再喂儿子。

　　婆婆马上说："那不行，先让孙子吃饱了她当妈的再吃。这是规矩！"

　　陆莎心里觉得很委屈，自己本该住在会议宾馆里，吃得好，住得好，集中精力开好会。可她又想儿子，回到家里忙完家务还要准备第二天的汇报材料，几天下来她已精疲力竭，想着想着就靠着墙睡着了。小天翔刚会走路，拿起塑料碗咿咿呀呀地向陆莎手里塞。婆婆给了孙子一根筷子比画着教孙子，小天翔拿着筷子去敲陆莎的头，把陆莎打醒了。

向志远心里不落忍，放下饭碗走过来喂儿子吃饭。婆婆一把夺过饭碗，说："喂孩子是男人干的事吗？陆莎是怎么当妈的？喂饭都偷懒！"

陆莎的眼泪流了下来。小天翔看妈妈哭了，小手接过饭碗递给陆莎："妈妈，吃！吃！"

向志远几乎是在央求他母亲嘴下留情，"妈妈，陆莎白天上班开会，晚上回来还要洗衣做饭打扫卫生带儿子，她太累了，你就别说她啦。"

"女人谁不是这样过来的？她才生了一个，我生了你们六个都带大了。喂完孩子她再吃饭。盘里的剩菜让她最后都吃完了，菜汤倒点开水都喝了别浪费。"婆婆心里对儿媳妇积聚了太多不满和怨恨，觉得她不守妇道，不知道伺候丈夫和儿子，用老一套旧观念恣意妄为地数落她。无论陆莎怎么忍气吞声，婆婆都不想放过教训她的机会，似乎那股怒气永远也宣泄不完。

婆婆常说，俺儿是大官，俺儿子有房有钱孝敬她。她吃撑了就喝咖啡助消化，吃橙子捅个洞，挤水喝了就扔掉，一口气就干掉六个，六六顺气。可对儿媳妇却很苛刻，不许吃零食，一周只能洗一次澡，不许穷讲究。俺儿子的家当娘的说了算。

婆婆的话像一支支利箭直刺陆莎的心窝。她气坏了，她从小受到的教育是独立自强，女人能顶半边天。上学时她的学习成绩名列榜首，到了部队她又是业务尖子，一贯争强好胜，回到家里却让婆婆数落得抬不起头来。她终于忍无可忍大喊了起来："我还挣钱呢！不吃你们的，用不着你们把我当垃圾桶！"

向志远看了一眼母亲，又看看老婆，面对两个他最亲的女人，平心而论，这是两个不同时代的女人，有着不同的价值取向和生活方式，老母亲没读过书也没工作过，一辈子都在为丈夫和儿女操劳，可老婆却是知识军人，出类拔萃的技术骨干。她们分明就是两种格格不入的强势女人。向志远说谁也不是，不知该咋办了。

向天翔一转小脑袋看了一眼妈妈，突然端起碗，把碗里的饭不仅吃干净了，还伸出小舌头把碗舔得干干净净。

陆莎刚端起饭碗准备吃饭，婆婆的一群山西老乡就进了家门。他们是在附近打工的民工和做买卖的小摊贩，也是婆婆刚认识不久的山西老乡，还给婆婆带来了许多白面大馍馍。婆婆把儿媳妇介绍给老乡们,说陆莎是部队气象台的副台长,大军官回到家里什么活都干。说这些话时,婆婆满面红光自豪无比,还说,如果他们谁家的孩子想当兵就找她儿媳妇。陆莎只好放下饭碗,赔上笑脸,和山西老乡们说着客套话。婆婆一高兴拿出陆莎带回家的四川特产给老乡们品尝,于是老乡们就恭维婆婆:"家有一老,如有一宝。"婆婆就会得意地说:"我健康长寿是他们小辈的福气。"

家里乱糟糟的,陆莎吃饭的心情也就全没了,胡乱扒拉几口就算了。

向志远一看家里热闹得像个自由市场,就去办公室加班了。他虽然不喜欢母亲显摆自己的儿子、媳妇和孙子,可他却是个名副其实的大孝子,母亲愿意热闹就由她去吧,闲得没事别闷出病来。

说着满嘴山西话的老乡们都很羡慕老太太有福气,他们兴高采烈地聊着老家的事,喝了咖啡、吃了水果、瓜子和点心,晚上10点多总算意犹未尽地都走了。陆莎赶紧刷锅洗碗带扫地,都收拾干净了已经是11点了。她明天还要去总部机关开会,赶快哄儿子睡觉,结果自己躺在儿子身旁,先把自己哄着了,没脱衣服就迷迷糊糊睡了一夜。

第二天,陆莎晕头涨脑地开了一天会,回到家又跟打仗一样紧张地忙活着接儿子买菜做饭。陆莎把色香味俱全的炒菜端上饭桌,还有昨天老乡们送的一大塑料袋子山西大馍馍。

婆婆吃了一口菜,就唠叨起来:"这菜煮得不烂咬不动,盐也放多了,打死卖盐的。"

向天翔伸过小勺吃了一口:"奶奶,好吃极了!我爱吃我妈妈炒的肉丝。"

婆婆递给向志远一个山西大馍馍说:"儿呀,你再吃一个大馍馍。"

向志远接过大馍馍又放到饭桌上,皱着眉头说:"妈,老家的人带这么多大馍馍干吗?这么多大馍馍什么时候能吃完啊?"

"咱老家的人都喜欢吃馍馍。你看这红烧鸡块没烧软,我牙不好,咬不动。"婆婆说完还瞪了儿媳妇一眼。

"奶奶,咱家的人,除了你,我们都不喜欢吃大馍馍、干馍馍、剩馍馍。"向天翔也噘起了小嘴。

婆婆不高兴了:"小兔崽子,你们不吃,我吃。给我拿点油泼辣子来,我夹着馍馍吃。"

陆莎生气地摘掉围裙,说:"嫌我做的菜不好吃,你自己做啊。"她要赶紧吃饭,不然一会儿家里又来客人,她饭都吃不安稳。吃完晚饭,陆莎收拾锅碗,把长了白毛绿毛的馍馍扔进了垃圾袋里,婆婆看见,冲过来就骂:"你这个败家子!不攒陈粮的败家娘们儿!"说着还怒火万丈扬起手给了陆莎一巴掌。

"你看见没有?这上面都长白毛了!要吃你吃!"陆莎也火了,眼泪夺眶而出,冲进卧室趴在床上哭了起来。紧接着门外传来摔碗的声音,婆婆怒吼着:"她一个当媳妇的还想翻了天不成,我看谁厉害!"厨房里一阵噼里啪啦,婆婆摔东西立威给全家看。

向志远此时一言不发,他知道这两个强势的女人都在气头上,劝谁也没用。晚上,他看老婆哭得伤心,就走过去劝陆莎:"我爸去世早,我妈对儿女们打骂惯了,你就原谅她吧。"

"向志远,你妈凭什么打我?我从小到大,我妈从没打过我一巴掌!"陆莎凭直觉早就知道,她和婆婆不能在一个屋檐下生活,婆婆旧礼数太多,太挑剔,太苛刻,不让用保姆,说家务事儿媳妇都能干,不让雇人。但她万万没想到,婆婆不仅口无遮拦任意张嘴骂她,还当着小儿子的面打她嘴巴。

向志远也觉得自己的老母亲不该打儿媳妇,可他也不敢说妈,只好赔着笑脸哄老婆:"陆莎,在我们老家婆婆打儿媳妇的很多,她一个老太太打也不疼,她都80岁了,让她改也难。你就让着她吧。"

"向志远,这不是疼不疼的问题。这是做人的尊严。我不是你家的童养媳,也没要过你家一分钱,你妈她凭什么打我?"

"陆莎,老太太节俭惯了,请你理解。好歹那是我妈啊!谁不是人生父母养的,我爸去世早,我妈她守寡不容易!"向志远看到陆莎的脸和嘴红肿了起来,回家才几天就明显地瘦了一圈,他心生歉意,恳求老婆给点面子,看在他妈给他们带儿子的份儿上,原谅她吧!

陆莎并不想和没文化的婆婆发生恩怨纠葛,那是有理说不清的。儿子总是要有人带大的,她和老公都不可能为了儿子而放弃事业,所以只能委曲求全。她想好了,惹不起可躲得起,会议结束她就立刻返回部队,还是部队战友情深义重温暖得多。

那之后,陆莎下班回家就沉默寡言,照旧做饭打扫卫生什么活都干,只有晚上和小儿子在一起才说几句话。陆莎晚上给儿子讲了龟兔赛跑的故事,然后拍着孩子的背哄他睡觉。

小天翔瞪着一双滴溜乱转的大眼睛问:"妈妈和爸爸为什么不睡觉呢?"

"爸爸妈妈有工作呀。"

"我们幼儿园的小朋友说,他们的爸爸都跟妈妈睡在一个大床上。可是妈妈为什么老不回家呢?"

陆莎用胳膊搂住儿子,亲着他的小脸一阵心酸,第二天早上,宝贝儿子还没醒,她就要登上南去的火车。她对于大多数女性追求的穿戴不在意,而所在意的军装和事业让她付出了很多,她心里别提多纠结了,回到北京她天天做噩梦,梦中都是婆婆的百般挑剔和刁难,而她只有一个字"忍",真是要在心上插把刀啊!现在她远离了繁华的大都市,远离了婆婆的唠叨和咒骂,也远离了可爱的儿子,她不怕天王山气象台的生活艰苦,只要活得舒心就是女人爱自己的方式,她还有一个信念:女人当自强,少一点依赖就会多一份自尊。好在分居的丈夫经常到发射场出差执行任务,他们夫妻还能借此团聚。不过,只要向志远来基地,那一定是发射任务最紧张的时候。

5

这是王延安一辈子都忘不了的日子——1988年2月28日,发射场进行火箭总检查,乳白色的运载火箭已经竖立在墨绿色的发射平台上。接着就该把实用通信卫星从技术阵地转运到发射阵地。这之前做了许多周密的准备工作,比如道路平整清理,封路不再允许任何车辆通行,只等着把这个贵重的通信卫星送往发射阵地。

这天,运送通信卫星的汽车缓缓地行驶在道路上,卫星上有一个长得像小喇叭似的天线骄傲地昂着头，它所到之处，道路两旁的官兵们还要向它行军礼，气氛严肃而庄严。可是万万没想到的事却突然发生了，咔嚓一声，小喇叭似的天线有气无力地垂下了头。

王延安跑过去一看，原来是卫星天线被道路上方一根垂下来的黑色电线挂断了。向志远见状当场就急出眼泪。王延安上报雷指挥长，雷指挥长火冒三丈地说："哭顶屁用！立刻下令迅速查清谁拉的电线！拿出解决修复卫星天线的办法来。"

政委亲自带领保卫处火速查明原因。原来是前一天政治处架的高音喇叭电线，准备卫星转场结束，就召开发射前动员大会。谁也没想到那根黑色电线经过一夜山风的强劲吹动，终于支撑不住弯腰下垂，恰恰就挂在了小喇叭天线的脖子上，咔嚓一下卫星天线就拦腰折断了。

王延安让人立刻联系工厂，基地上报北京总部，迅速派出专机把卫星备用天线及时运到了发射场，才算把问题解决。

这天最顺利的要数陆莎领导的气象台，他们的天气预报非常准确，发射日艳阳高照。陆莎本想在发射场坪上露个脸，领导就会表扬她天气预报神机妙算。可是她在发射场看到雷指挥长的脸却是阴沉着，就悄悄溜边走了。

发射程序已经进入倒计时五小时，马上进行火箭功能检查。雷指挥长为这次发射捏了一把冷汗，他去先锋指挥所看到技术人员正在按照规定对火箭进行第二次功能检查，见王延安站在操作手身后，他就放心走了。

这时王延安突然发现，电脑屏幕上显示，稳定系统偏航波道输出信号超出正常值。王延安指着问操作手和旁边的工程师："你们看，陀螺平台有点异常，虽然输出信号仍在合格的范围内，但略有波动，能解释这是什么原因吗？"

在场的人都说不清。

王延安认为，不能当作一次偶然，对此现象必须说清楚。这是保证火箭卫星安全的唯一选择，只有做到零疑点、零故障，卫星才能安全入轨。他立刻把向志远叫来了。

向志远看了看还是有点顾虑，那么多老专家都没发现这个细小的异常信号，都没觉得这是什么大问题，是不是我们的神经过敏、判断有误？他犹豫了。但他立即叫来了赵工程师，赵工拍着胸脯说，设备在出厂前都做过试验，不会出问题的。向志远沉默不语，一时下不了决心。

王延安急切地说："向副总师，陀螺平台是火箭飞行控制系统里最关键的一个部件，不容忽视。咱们应该立即通知航天部试验队，在二楼会议室开会，讨论陀螺平台的事。"

"说是军方通知召开会议吗？"向志远思路清晰，把王延安问住了。

王延安愣了一下，当领导有职有权召开个会没问题，可他只是个高级工程师，不是领导没资格召开会议。王延安意识到自己办事不考虑身份、不计后果的老毛病又犯了。他很无奈，只好实话实说："咱们还是说上届01指挥员召开的会议吧。"

向志远显然觉得这个理由很牵强，王延安是没资格召开航天部试验队会议的。但又觉得王延安发现火箭陀螺平台出现故障不可小视，火箭绝不能带隐患发射，开弓没有回头箭。向志远决定由他出面请航天部各路专家来开会，他是主管技术的副总师，召开试验队专家会议名正言顺。

王延安走进会场时，各位专家都注视着他，因为会场上只有他身穿绿军装格外醒目。他属于那种在哪儿都有气场的人，经常能反客为主。他镇定自若地环顾四周，到会的都是各部门的总师和研究院的院长与研究所的所长，等级挺高，显然向志远没有调动部队人员的权力，也不想在没弄清原因时，就把动静搞得太大。他让王延安先介绍一下情况。

王延安这次一改平常的幽默和洒脱，极其认真地向航天专家们汇报陀螺平台出现的问题。讲技术王延安是内行，自然可以讲得很清楚，他突然看到雷指挥长和魏老总走进了会场，脸唰地红了，紧张地说："雷指挥长，您亲自来开会了。我们三个臭皮匠顶个诸葛亮，有结果了再向您汇报。"

雷指挥长爽快地说："我们发射场的工作，要把问题归零，没有做不到的，只有想不到的。我和大家一起来想办法解决问题。"

于是大家你一言我一语，经过讨论认识趋于一致，认为既然存在故障隐患，就应该立即向上级汇报，停止火箭由技术阵地向发射阵地转场。

雷指挥长认为，大家的建议有道理，但是，如果测试数据是在合格范围之内而要求停止转场的话，推迟发射，损失太大。现在远望船队已经到达太平洋，中央也初步确定了发射日，若没有确切的根据，该如何向中央报告？雷指挥长把自己的担心说出来，大家面面相觑，顿时冷场。

魏老总也觉得此事要慎重，他要去现场看看再定。他点将让向志远和王延安一起来到山洞内的先锋指挥所。这时他们发现，火箭发射控制台上显示的数据闪现不正常的信号，又出现瞬间异常的不稳定。

王延安请雷指挥长和魏老总及向志远快看，操作手立即重复操作，火箭发射控制台上的显示重现了数据异常。王延安向雷指挥长报告："刚才模拟火箭飞行过程，地面供电转换为箭上电池供电后，陀螺平台的输出信号突然出现了抖动，致使整个飞行控制系统失稳。"

向志远很生气，指着赵工说："你撒谎！你说设备做过试验不会出问题。现在出了问题怎么办？"赵工脸上红一阵白一阵直冒冷汗。

魏老总一看赵工很难堪，就说："我知道你不会撒谎，也许是记错了，但是记错了也不行！干我们这行的必须准确，我们天天讲质量是火箭的生命线，出现问题就要水落石出，故障归零！"

雷指挥长立即征求魏老总、向副总等几个火箭专家的意见，怎么办才好？

向志远认为，问题出在陀螺平台系统，王延安发现问题后他们曾经连续更换了两个备份的陀螺平台，再也没有可以更换的备份仪器了。

魏老总指出，苏联火箭在发射场爆炸是前车之鉴，必须以防万一。火箭的每个陀螺平台在单元测试时都是合格的，那么造成信号抖动的原因究竟是什么？发射程序不能走下去了，除非很快能找到故障原因，彻底解决问题。

雷指挥长果断决定，立即报告发射指挥部，停止发射程序，将火箭上怀疑有问题的仪器拆卸下来检查，排除故障。

为此，发射指挥部召开了紧急会议，军地双方面对面坐在一张长条桌旁。发射部队技术人员认为火箭上面的仪器有问题。研制火箭的技术人员觉得自己研制的仪器没有问题，而是发射控制台的检测仪器显示错误。

箭在弦上，发射时间在一分一秒递减，没有更多的时间用来争论了。以稳健著称的魏老总一锤定音：取消这次发射任务，火箭拉回北京检测，组织全国的专家实验分解陀螺平台，进行技术攻关，争取在六个月内给中央拿出结论性的报告。试验队的老专家一致同意魏老总的意见。火箭不带疑点上天这是必须遵守的原则。没什么说的，赶快制订停止发射的方案。

会场上顿时冷清下来。参会人员都是航天专家，高学历高智商，人人都有一个智慧的大脑。发射还是不发射？很严峻地摆在了大家面前。如果发射，失败了怎么办？那不是明知故犯吗？不发射，如果给火箭体检完无大碍，岂不是闹出天大的笑话？不管出现什么问题，都要层层追查责任。

"大家再想想还有什么意见，有什么办法？"雷指挥长心急如焚地问，如果没有别的意见，恐怕今天就要向中央正式报告，取消这次发射任务。那样等候在太平洋上的远望测量船队就得立即返航，白跑一趟。

这时，王延安站起来说："雷指挥长，火箭专家们研制成功的'长征三号'运载火箭使中国成为世界上第四个掌握发射地球同步卫星技术的国家。这枚'长征三号'火箭，全箭起飞质量204吨，全长44.56米，卫星整流罩最大直径3米。大家想想，这个庞然大物肚子里装上特种燃料竖在发射场上，犹如一枚巨型炸弹……"

真是一波未平一波又起。此时大家的表情都很紧张，目光全都聚焦到王延安身上，他的脸突然发起烧来，镇静了一下说："我在世界空间大学学习时，脑子里牢牢记住了一个数学公式，它专门用来计算火箭在发射台上，每推迟一天发射，直接和间接的损失有多少。我也曾经用它给'长征三号'运载火箭计算过推迟发射的损失，那是一个非常惊人的数目。中国的国情需要我们对发射经费精打细算，取消一次发射，六个月或者一年后再重新组织发射，损失就太大了。让我鼓捣鼓捣，给我几天时间，也许能解决问题。"

向志远一把拉住了王延安的衣角，让他赶快坐下来，在他耳旁轻声提醒："你这牛可吹大了！军中无戏言，你有把握吗？"

王延安却故意大声说："现在不是要把死马当活马医吗？临门一脚也许能踢出一线希望呀！虽然我不是什么长，但我这次算是自告奋勇竞争上岗担此重任。"

雷指挥长和魏老总交换了一下眼色，意味深长地看着王延安，没有马上表态。雷指挥长在考虑，让谁来担此重任，是否用王延安一时还下不了决心，事关重大，影响全局，他想缓冲一下，考虑考虑再说，于是先让大家吃饭，晚上七点开会再定此事。

王延安本打算发射成功就回家，和老婆共进晚餐，梁欢收到了上海军医大学的研究生录取通知书，他该为老婆庆祝一下，明早还想送梁欢上火车。可现在火箭显然无法按时发射，他打算趁吃晚饭的空溜回家转一圈，毕竟梁欢去上海读书，一别三年。他已经猫在山沟里一个月没回家了，老婆临走前他们夫妻总该见一面。再说他是列席会议，加上会上毛遂自荐主动请缨没有结果，既然如此，何不溜之。

王延安急急忙忙提着包从招待所大门跑出来，故意当着雷指挥长的面，一只脚刚蹬上一辆北京吉普，雷指挥长从后面冲过来，大手抓在他的肩膀上，一声大喊："王延安！你小子往哪儿跑？"

王延安吓了一跳，急中生智问："雷指挥长，有什么指示？"

"跟我一起到食堂吃饭。"

"雷指挥长，我可是无功不受禄。我要回家吃饭，不吃请。"

"咱们一起吃饭，这是命令！"雷指挥长不容置疑道，不由分说就把王延安拉进了小食堂，他们刚坐在饭桌旁，炊事员就端来了饭菜，雷指挥长让炊事员小刘再给加个西红柿炒鸡蛋。

王延安心中暗喜，明知故问："指挥长，您的意思是……"

"犒劳犒劳我们这位毛遂自荐的勇士呀。我就喜欢你初生牛犊不怕虎，敢于勇挑重担。不是有句话叫作'狭路相逢勇者胜'吗！"

"指挥长，您今晚想请我吃全素斋呀？我可是肉食动物，还是留着肚子回家跟老婆吃饭吧。"王延安欲擒故纵试探道。

"你小子，有大格局才能有大成就！别像个娘们儿似的光恋着家！干咱这行的，脑子里要想着国家！你那小家庭交给老婆管就行了。"雷指挥长笑着说，"我在家里可是听老婆的，一心为发射，不干家务活。"

炊事员小刘站在旁边笑了，很快像变戏法一样，端来了一盘西红柿炒鸡蛋和一碗红烧肉，放在桌上。

"看到没有？小刘在慰劳你呢！让你多吃点红烧肉补补脑子。"雷指挥长微笑着说，"王延安，刚才指挥部开会研究决定，由你担任排除故障小组组长。你有什么条件？尽管给我提。"

王延安立刻心跳加速，他突然后悔自己是不是太冒失了，这次出现的平台故障，到现在没有丝毫破解线索。这么大的事，他不该脑子一热就信口开河，现在真要赶鸭子上架了。他顿时满脸发烧说："雷指挥长，我的一句玩笑话，您可别当真！您是堂堂指挥长，一言九鼎，跺跺脚，大山都要抖一抖。您要让我干，反正我是无职无权，不在其位不谋其政。"

"王延安，告诉你，你小子现在想往后退可没门儿！军中无戏言，军令如山。"雷指挥长竖起利剑一样的眉毛警告说，"你小子可是男子汉，说到就要做到，不能放空炮！你好好想想，吃完饭，咱们再讲条件。"

王延安真是恨自己口无遮拦，直来直去，惹来这么大的麻烦。那陀螺平台是一门专门的学问，里面的道道儿可深着呢！他问："这么大的事，怎么事先也没有和我打个招呼？"

"既然你刚才在会上当众请战立下军令状，咱们还商量什么？"雷指挥长说着给王延安碗里夹了几块红烧肉和炒鸡蛋，笑着问，"小馋猫怎么啦？这菜不合你口味，还是你小子变秀气了？"

"雷指挥长，我答应和老婆共进晚餐了，得留着点肚子。"

"王延安，你就在这儿吃饱，小两口亲热的日子多的是，现在要以大局为重！吃完饭咱们就开会。"

"雷指挥长，我可有言在先，临危受命我是要提条件的。"

"你想好了会上说。现在吃饭不谈任务。"雷指挥长一句话不说，低着头狼吞虎咽吃完饭走了，把心事重重的王延安一个人留在饭桌上。

王延安看着雷指挥长的背影出了食堂门，心事重重吃不下饭了，反正我无职无权就是个高工，已经是虎落平阳不如猫。如果没找到故障原因，看你能怎么着我？谁不服谁来，最多再变成个龙困浅滩，鲸鱼搁浅，壮烈一回吧。要是能瞎猫碰上死耗子，大获成功，那可是改变我人生的大好时机。王延安想到这儿把饭碗一推，就给家里打电话。

梁欢正在家里收拾东西，把床上桌上的衣物装进旅行箱，把书本打包捆箱，不时地皱着眉头看看桌上丰盛的饭菜。那都是给王延安做的告别晚宴，全都是他喜欢吃的——红烧鲤鱼、炒虾仁和土豆烧牛肉，等来等去一大桌子饭菜都凉了，还没见他的人影！现在总算盼来了丈夫的电话，王延安才把今天会上的事简要告诉了老婆，说他不能回家共进晚餐了。

梁欢通情达理，知道王延安不甘寂寞，爱挑战，喜欢关键时刻毛遂自荐。鼓励他："是骡子是马拉出来遛遛，总是有成功的可能，也算是英雄有用武之地，省得你怀才不遇。你忙吧，你的衣服和鞋袜都给你洗干净了，放在卧室的衣柜里。我明早的火车，医院派车送我，你就放心吧。"

"梁欢，我今天是临门一脚，当众放了一炮，事到临头只能破釜沉舟拼死一搏，也许能踢开成功之门。也许会失败，但是我不是永远的失败者。"王延安说完挂断电话，尽管他对梁欢去上海军医大学硕博连读心有不悦，认为老婆颠覆了中国家庭的男强女弱，只知读书不管家。可他也不得不佩服老婆的聪明才智，那是人家自己考上的。那么他一个男人更不能熊包软蛋。

晚上，王延安走进会议室时，环顾四周，雷指挥长、魏老总和向志远都把充满希望的目光对准了他，舍我其谁的雄心壮志油然而生。

雷指挥长宣布了指挥部的决定，给王延安三天时间，要是三天之内解决不了问题，就正式向中央报告，取消这次发射。

"雷指挥长，为什么只给我三天时间？魏老总还说组织全国的专家研究查找故障原因，都需要六个月呢。我这么短时间完不成任务怎么办？"王延安快速反应，据理力争想多要点时间。

雷指挥长马上说："我们没时间了。今天是3月1日，争取在3月4日发射，这样远望号船就可以在太平洋待命，其他发射准备还可以沿用。所以必须在三天之内拿出明确的意见，打还是不打？王延安，军令如山，就看你是不是放空炮了！你就在三天之内拼死一搏吧。"

王延安此时没有退路了，当着大家的面，他只能浑身是胆雄赳赳了，于是勇者无惧地说："诸位领导，要我去攻关，我提三个条件。"

"说！"雷指挥长一声令下。

王延安鼓足勇气说："第一，陀螺平台牵涉的机构太多，有关的军地技术专家统统听我指挥，由我来全权负责组织检查故障。我来点兵点将组成一个精干的工作班子，让谁参加谁就干，别的人都躲我远点。"王延安对此已深思熟虑，他绝不能让那些滥竽充数的人混进他的工作班子。他要从第一线设计人员中挑选出精兵强将来。在这个节骨眼上，领导干部的多少和办事的效率不一定能成正比。比他官大的人太多，都要听汇报，他讲不讲？他没有那么多的时间层层汇报工作。如果各级领导都给他发布指示，他执行还是不执行？他到底应该听谁的？这些话不好讲出口，却是实际问题。

雷指挥长没有多问就果断表态："我同意！你说第二个条件。"

"第二，我现在请求向志远同志和我一起拼死一搏，去争取成功！"王延安双手抱拳打拱道，"向志远给我当助手，这是最重要的，他是搞火箭卫星研制的副总师，我需要向志远的配合。做可行性方案，他有大智慧，我是勇者无惧，我们正好是排除故障的黄金搭档。再给我配辆车。"

雷指挥长把目光转向了向志远："老向，你的意见呢？"

向志远深沉冷静、规规矩矩地回答雷指挥长："我按指挥部的意见办。"

"古有伯牙子期，今有王延安和向志远，高山流水遇知音，我非他不可。"王延安有些着急，恳求向志远，"关键时刻向总师得拉兄弟一把！你是我的良师益友！上刀山下火海，咱们也得绑在一起走！"

"王延安你别给我引经据典，啥伯牙子期的？现在我要你们快刀斩乱麻，来个干脆的！"雷指挥长正颜厉色道。

"我准备霸王硬上弓，和向志远一起完成任务，哪怕跟他上天堂我也愿意。"王延安的话，让大家忍不住笑了起来。

雷指挥长大手一拍桌子："严肃！"会场顿时安静下来，大家的目光都集中到雷指挥长脸上，"这时候你们还笑得出来？中国要想在20世纪末成为航天大国，甩掉落后帽子，眼睛必须瞄准当代运载火箭的高性能，不能因循守旧，故步自封。想四平八稳，就没法攀高峰！"雷指挥长的声音如同洪钟把向志远敲醒，他马上点头同意了。

"报告雷指挥长，要说风险，干航天本身就是冒风险。如果怕困难、怕失败就不配搞航天！有大家的支持，我王延安拼死也要完成任务。"

"王延安，这不是你个人的事，关系到全局，我们都会支持你完成任务！"雷指挥长爽快地说，"你提下一个条件。"

"第三，假如我把故障解决了，北京总部机关来调令，基地无条件放我走。"王延安的第三个条件让雷指挥长和与会人员都瞠目结舌始料不及。

雷指挥长犹豫了片刻，还是很爽快地答应："那好啊！我们大山发射场给领导机关输送人才嘛！尽管忍痛割爱，我老雷头是说话算数的。我也希望人尽其才！王延安，你还有什么要求，完成任务后尽管提出来。我可是赏罚分明的。"

王延安被雷指挥长的大将风度感动，他看了一眼会议室墙上的钟表，已是12点了，新的一天就要来到。他信心满满地走出会议室，抬头望去，大山藏在黑暗中，只有发射塔架灯火通明。他想起身经百战的父亲常说的一句话：面对枪口时，你只有敢冲到老百姓前面，你才是真正的军人。而现在枪口就好像顶在了他的后背。机遇和挑战同时来到他面前，一切不可能皆有可能实现。面对发射塔，敢拼才会赢！他大步流星向发射塔架走去。

第十七章

1

因为陀螺平台信号异常,这颗实用通信卫星不得已停止发射程序,远望号测量船在太平洋上待命,党中央在等待发射场的报告,是继续,还是取消发射?全航区的几万人马都在看着神秘的大山发射场,情况十万火急。为此,雷指挥长果断答应王延安的三个条件,让他三天内拼死一搏,查个水落石出。

尽管向志远对王延安在众人面前夸下海口,把自己也推向风口浪尖不太满意,可一想到自己这个副总师排除故障责无旁贷呀,自己理应与王延安有难同当。现在王延安头顶着"沉重的大山",拉上他还美其名曰:他们是将相和,敢拼才会赢。向志远对面临多方危机的王延安说,要学会不以成败论英雄,做好失败的准备。

王延安马上接上一句:"咱们要争取最好的结果!"

虽然他没有完全的把握排除故障,但还是说了一句响当当的话:"向老兄,我们虽然不是英雄,但我们必须要有英雄气概去完成任务。我们捆绑在一起,问题没搞清楚,谁也别睡觉!"

与此同时,还有一个人愁眉不展。王延安临危受命不能回家了,梁欢在家面对一桌精心准备的美味佳肴,紧急叫来同科室的鲁红医生一起分享告别宴。

鲁红招之即来,进门嗅了嗅:"好香啊!我就知道你重色轻友,也不早点给我打电话,我都吃完饭了,只能再吃一点溜溜缝儿。你老公呢?"鲁红说着伸手抓起一块鱼就送入了嘴里。

梁欢递给鲁红一双筷子,让她吃完饭就帮忙捆箱子。看来王延安今晚在发射场遇上了突发情况。

鲁红把鱼刺吐出来,就开始发表感慨:"你做的红烧鱼就是比食堂做的好吃,可惜平时没时间吃鱼享口福。你们两口子活那么累干吗?像小蜜蜂似的拼命奔忙,生活就像上紧了发条的钟表难以停歇。别人为自己忙,你们可好,一个忙发射不管送老婆;一个忙病人,当妈的只管生孩子不管养。你知不知道,心理学家认为,人类的感情生活最重要,亲情、友情和爱情一个都不能少!"

"你少啰唆,快吃吧。我的家门钥匙交给你,你帮我打扫战场啊。"

鲁红边吃边说:"梁欢,你可小心点,你去上海读书好是好,几年以后你硕士、博士有了,老公没了。那时你就该后悔啦!"

"乌鸦嘴!你吃着我的饭,还胡说八道!"梁欢笑着说。

"咱们的关系多铁,要是别人我还不说呢。你家王延安那么有魅力的男人,早有人盯上啦!"鲁红快言快语告诉梁欢,听几个新来的女大学生议论王延安,英气十足、魅力无限,听他风趣幽默的演讲胜读十年书!

梁欢淡淡一笑:"你就替他吹牛吧。"她一直认为,好的爱情就要旗鼓相当,你有展翅高飞的天空,我有一片知识海洋,互相都有让人佩服的一技之长。

鲁红指着墙上的行书:"天道酬勤,天道酬诚。"继续大发感慨,"你在学位上大获丰收,就不兴王延安个人魅力也来个大丰收啦?你老公可是天生的社会活动家,见面熟,三分钟不到就迷倒一大片。他蓬勃向上的满满正能量,魅力无限加上有趣的个性,你把阵地让出来,到大上海去读研,就不担心吗?"鲁红一抹嘴,吃饱了,开始帮梁欢收拾东西。

"王延安不会的,我有这个自信!"梁欢肯定地说。

"梁欢,你别忘了英雄难过美人关!心理的、生理的,孤独寂寞,统统远水解不了近渴!"鲁红耸耸鼻子。话是这样说,可她打心眼里感谢梁欢的知人善任,推荐她接任了科主任。她当然不能让梁欢的家庭后院起火,于是提醒她,男人就得警钟长鸣!小心有人鹊巢鸠占。

鲁红突然发现客厅里有个留言板，他们夫妻整日奔波忙碌，王延安加班是家常便饭，梁欢当医生是昼夜倒班，两个人经常碰不上面，约定好在留言板上互通行踪，结果夫妻二人正好以此斗嘴取乐，其乐无穷。鲁红边看边笑边读："梁欢：今为航天大计，只好连夜与火箭为伴。恭祝老婆在家独享清静。"

梁欢被笑毛了，就以其人之道，还治其人之身。她用钢笔在一张白纸上写道："夫君切记：以航天事业为重，发射场赴汤蹈火，本人不持异议。但绝不可让狐狸精趁空巢而入，否则女主人拖鞋伺候！"她把这张纸贴在了卧室门上。

鲁红看着那张纸，摇了摇头说："警钟长鸣，看似有点威慑力！不过你家女主人和孩子都不在，留下一个魅力无限的大男人坚守温馨小窝，纸上谈兵，我看悬！"鲁红知道梁欢这人看上去美丽温柔，可她认准的事决不回头，在任何时候，她都不轻易因为外界的干扰而放弃自己的追求和梦想。王延安的强势、固执，也难以改变梁欢不达目的誓不罢休的性格。所以她非常佩服梁欢，赶紧帮梁欢打包捆东西。

干完活儿，鲁红拿起电话就要通了王延安，她要为闺密伸张正义，没头没脑地就说了一通："大忙人，老婆读研一走几年，你都不回家送她，告诉你梁军医可是人见人爱的在世华佗，活雷锋，你要是对她不好，咱基地官兵都不答应！"这时总机插了进来，请梁欢先接长途电话，鲁红只好把电话给了梁欢。

这是姚明伟从上海打来的长途电话，他问梁欢什么时候到上海。考上母校硕博连读的研究生值得庆贺！姚明伟要去火车站接梁欢。梁欢婉拒，可架不住姚明伟的真诚劝说："你上学东西多，叔叔阿姨年龄都大了，我这个壮劳力可是心甘情愿去接你，老同学别客气！"姚明伟说完还不忘补充一句，"问你家王延安好！"其实姚明伟对王延安还是心有余悸的，万一他在家，会不会多心？不如开诚布公问他一声好，没想到这个护花使者没回家。

这天夜晚，梁欢不知给王延安的宿舍打了多少次电话都没人接，就心有不甘地放下电话睡觉了。月光照在床上，梁欢闭着眼睛，梦中全是鲁红说王延安的话，该不是老公的电话被迫中断生气了，故意不接她电话？

半夜电话铃声突然响起，梁欢从睡梦中惊醒，拿起床头的电话问："喂，哪位？"一听是王延安，梁欢总算放心了。

此时，王延安刚回到发射阵地的招待所房间，已是凌晨三点了，他就是想听听老婆的声音，就拨通了电话说："梁欢，真对不起！我刚才开会休息时接到了鲁红的电话。我现在想通了，要支持你读研，你那么聪明，千万别资源浪费了，祝我老婆成为天下名医！"

梁欢看看表，觉得王延安深更半夜有点反常，问："延安，你现在来电话有事吗？"

王延安就是想告诉老婆，自己现在既是自告奋勇，又是被逼无奈，当上了一个排除故障的临时小组长，压力山大！自己就是想抓住这个机会试一把，是输是赢？是胜是败？破釜沉舟背水一战。

梁欢了解丈夫，知道王延安渴望有所作为，于是提醒丈夫，领导给你一个干活的机会，要把压力变成动力，别的事都不要想，轻装上阵。这年头要想成功，就要把本领、眼光和机会统统集中到目标上。

"也许我三番五次地努力，豁出命来干，还可能是无疾而终，怎么办？"此时王延安意识到事态已经无法挽回，他希望老婆帮他想一个退路。

没想到老婆却说："不经过千锤百炼，谁也不会成为一块好钢。"劝他气可鼓不可泄。

"老婆，你太理解我了！要是你不去上海读研就好了。你想想，以后你是硕士，再读个博士，我是大本一个，咱家岂不是阴盛阳衰，有碍和谐吗？"

梁欢笑了，"你这个男子汉大丈夫刚才不是想通了吗？"

"老婆的进步，就是逼我上进呀。"王延安说，"我真的好想你！我现在就想从电话线里跑到你身边，抱住你，不让你走！"

"王延安，你现在要抱住的是这个施展才华的机会！快睡吧，我明天一大早就上火车了，相信你的努力一定会成功。"

"那我明天不能回家送你了。祝你一路平安！"王延安放下电话，觉得意犹未尽，又写了封信。然后，从墙边的鸡毛掸子顶头上揪下一根最漂亮的鸡毛来，抹了点糨糊，把鸡毛贴在信封上。他想好了，老婆出发时一定要有一个精彩告别，让老婆牢牢记住他的深情。这感情和工作一样，要表达，不放弃，坚持不懈，才能成功。

第二天清晨，一轮红日从发射阵地的青山头上一跃而起，王延安已经站在招待所楼前，堵住回机关大院的小车司机，他将一封鸡毛信递给了司机，还特别说明这是给老婆的情书，十万火急！请他务必送到。接着又把一大袋子板栗交给司机一起带给梁欢，算是孝敬岳父母的。王延安说完转身大步走向了群山环抱的发射塔，这才是重中之重。他望着连绵起伏的大山，越发感到压力山大啊！

当司机扛着一大袋子板栗气喘吁吁匆匆跑到站台上时，火车就快开动了，鲁红正对车窗边上的梁欢发表感慨，男人事业心太强，对女人不一定是件好事。他一心扑在事业上，就会削弱对老婆的爱。梁欢刚想为王延安辩解，司机就把那袋子板栗使劲举到了车窗上递给梁欢，接着又高举鸡毛信给梁欢。

这时，汽笛长鸣，火车开动离开了大凉山，奔向了大上海。梁欢心里酸酸的，百感交集。她随手打开了王延安的鸡毛信：

梁欢：

你到上海首先要代我问咱爸咱妈好！然后，一定要告诉儿子，他的爸爸是个好爸爸，干着神圣的事业——发射火箭、卫星。但没有时间照顾儿女，孝敬老人，请他们谅解我。

中国发射实用通信卫星是造福于全国人民的大事情，我现在责任重大。我太热爱自己的事业了，不想放弃这次拼搏的机会，因为世上没有横空出世的天才，只有成功背后不为人知的艰苦努力。请你静候佳音。

梁欢，我知道你懂我的心，一颗板栗一颗心，千言万语汇成一句话：我爱你！

你是我心中的女神，美丽温柔，内心坚强的好老婆。

梁欢终于忍不住了，眼泪夺眶而出掉在信纸上。她了解自己的丈夫，王延安是部队大院长大的孩子，从八一小学、中学到哈军工，从家庭到学校的教育及周围环境的影响，给他灌输的都是大公无私、艰苦奋斗的革命英雄主义理想，他会为了事业和工作不顾家庭，他的父辈也是这样言传身教的。既然自己选择了王延安，就必须接受他的办事规则。

2

王延安忙活了一天，眼见朝阳变成了落日，夜幕降临在发射场上，乳白色的火箭耸立在发射台上，问题仍然毫无进展。更可气的是有人在看他的笑话，王延安正无头绪时，就听到身后有人在小声议论："让王延安那小子傲，让他好好尝尝失败的滋味！他不是让别人都躲他远点吗？那好，咱们都别过去，看他有多大能耐。"危急时刻竟然有人冷嘲热讽，真没地方说理去。

王延安装作没听见，只当这是激将法。他紧紧地咬着牙，攥着拳头，心里暗压怒火，甭理他们！被别人忌妒，说明你能干；你忌妒别人，说明你无能。要想当01指挥员，那你就要有海纳百川的度量。

向志远此时也是满腹心事，他今天让人更换了一个备份陀螺，结果平台系统工作还是不正常，毫无头绪。发射程序已经停止了，整个发射场，整个航区，直至中央都在等待着他们的消息，千斤重担像一堵墙似的压在他们身上，他们的情绪不能再受干扰了。尽管他也觉得忙活了一天没有进展很焦虑，但仍然要鼓励王延安不蒸馒头争口气！

王延安这才想起来，今天忙得没吃饭，可食堂已经关门，他们连干馒头也吃不上了，他拉上向志远回到招待所房间，一人捧着一碗方便面吃了起来。

人是铁饭是钢，千真万确！有两碗方便面垫底，王延安顿时斗志昂扬，他要把那些冷嘲热讽的话用来励志，要用实力来证明自己，要让那些看他笑话的人明白他们的话是多么愚蠢。

王延安突然有了新思路，虽然宝贵的第一天过去毫无线索。那么明天一上班不能再重蹈覆辙，改为由平台系统涉及的每个仪器的主管设计师，分别汇报设计思路和图纸，或许能从中找到些线索。

向志远马上表示赞同，要亲自打电话通知设计师，要求他们严格检查本单位设计图纸的合理性。今晚就把可疑对象排个队，最值得怀疑的排在前面，先汇报，让他们一个一个过关。

向志远安排妥当，又提醒王延安不以成败论英雄，世上没有百战百胜的将军，让他要做好失败的准备。

王延安把碗里的方便面汤一口气喝光，用手抹了把嘴说："我的向大哥，胜败乃兵家常事。这句话不错，但这次只许成功，不许失败！咱们只能拼死一搏。"

向志远知道他爱较劲！还拉上他有难同当。反正天塌下来两个人头顶着。

王延安不相信自己这次走麦城，他狼吞虎咽把面条吞进肚里，感觉有劲多了，嘴也硬气多了："我王延安逆水行舟，不进则退。都说木秀于林风必摧之，我这人大风越吹腰杆挺得越直。非干出个样来让他们看看！"

向志远看了一眼王延安，说："那我就奉陪到底！给我再来一碗面。"

可是晚上王延安躺在床上细想起来，焦躁的情绪不断升温，虽然现在领导给你施展才华的机会，可面对这件引人注目的天大难事，你已经没有退路了，如果你不能让火箭卫星顺利升空，那么也就快逼到跳发射塔架的份儿上了。此时他的心高气傲荡然无存，心里着急上火，教训深刻，情况严峻啊。

王延安睡不着觉拉开了窗帘，看着深邃的天空上星星神秘地眨眼睛，他索性从床上爬起来，琢磨着排除故障的各种预案和诸多攻略，然后又躺回床上看着那些方案思前想后，他知道明天要汇报的人也一定睡不安稳，让他们人人过关解答难题。只有这样一团乱麻才能找出头绪来。

这又是一个难熬的不眠之夜，好不容易才把太阳盼出山来。

第二天，王延安和向志远就在会议室听与陀螺平台有关的各系统汇报，顺藤摸瓜寻找故障点。

负责平台回路放大器的赵工程师第一个进来汇报，没什么问题，放行。就这样出去一个人进来一个人，每个人的脸色都很凝重。如同面对考官，去回答出人意料、防不胜防的问题，别提多紧张了。

一上午就这样飞逝而去，毫无结果。王延安和向志远心情越来越急迫，急得头上不停地冒冷汗，雷指挥长要请他俩一起吃午饭，让王延安一口回绝。

吃过午饭，下午继续，还无果。

晚上又接着汇报，人一个接一个进来又出去，他们依然觉得两眼迷茫。王延安大喊一声："下一个进来。"似乎这样能把心中的郁闷都吐出来。可是，这次进来的却是满头白发、德高望重的魏老总，王延安不由得一愣。有好几个人看到这场面都觉得有点滑稽，想笑却又不敢笑，拼命地忍着，搞得王延安很不好意思，赶紧毕恭毕敬地站起来。

魏老总慈眉善目，不急不慌道："老王，我就进来听听，坐在旁边不吭声。"

"魏老总，您还是叫我小王吧。欢迎您亲自来坐镇指挥，有什么问题请您一定及时指教。您是我最敬佩的航天专家，在您面前我是童言无忌，绝不班门弄斧。"王延安毕恭毕敬地说。

魏老总就喜欢王延安这样敢挑重担的年轻人，干航天敢拼才会赢。他稳稳地落座，王延安感觉自己的腰杆都挺直了。

这时，负责招呼汇报人的李参谋站在门口喊："请上海航天研究所的林依然总工程师进来。"

先闻其名，再见其人，是一位气质优雅的中年知识女性，向志远只觉得眼前一亮，情不自禁地说："林依然，真的是你？"

林依然的目光也不由自主看了一眼向志远，点了一下头。

王延安的目光也定格在林依然的脸上，太让人吃惊啦！这个林依然怎么会长得像他妈妈白雪洁，天下有如此巧事！他初次看向志远的女朋友林依然的照片时，就觉得长得像他妈妈年轻时。可那次他很快就想通了，都是摄影艺术搞的鬼，拍摄的最佳角度，让美丽的女人都似像非像，所以照片长得像不等于真人像。可现在活见鬼啦，这大活人咋比照片长得还像！以至他一时思想开小差，冷场五分钟。

魏老总看到主持会议的王延安愣在那若有所思，冷场了，想调节一下气氛，一语双关，话里有话说："林总工，你看这两个年轻人眼睛发直，他们对你寄予无限的希望。"

王延安回过味来，连忙提问："对对！林总工，你们过去是否遇到过这种类似的问题？"

林依然坦诚相告："所里研制的陀螺平台电源，过去也偶尔出现过问题，更换一个备份的平台系统后工作就正常了。这次我们仔细查了一下，负责稳压电源设计的同志认为：在满足所有设计参数指标的基础上，电源的好坏与带负载的能力有关，电源的负载能力越大质量就越可靠。实际生产出来的电源最大输出功率比原设计方案大了 N 倍，我觉得问题也许就出在这儿……"

魏老总让林依然把可疑点详细述说了一遍。这种设计思想并没有什么不妥，但实际上却行不通。因为电源的电路设计采用了一种电子开关，如果盲目提高电源的负载能力，当某种原因引起外部供电电压升高时，电子开关控制的脉冲宽度就要自动变窄来保持输出电压不变。矩形波有可能会变成锯齿波，反而会引起平台系统输出信号的抖动。她的一番分析，让王延安眼前一亮，就像见到了曙光，觉得这个女人确实不一般。

"我看问题就出在这里。"向志远首先赞同，他有点喜出望外。

王延安扫了一眼向志远，一贯沉着冷静的向总师今天有点反常，这老哥从来没有用这样的眼神去专注地看一个女人。王延安也有种"踏破铁鞋无觅处，得来全不费工夫"的感觉，他激动地站起来说："林总工，我来按你的说法画张图，大家看看是不是这个理。"

王延安走到黑板前，拿着粉笔画起了电路中各个节点的波形图。不知怎么搞的，他脑子一兴奋，站在黑板前手也不由自主哆嗦起来，波形图怎么也画不对。

魏老总笑眯眯地望着王延安的背影，不紧不慢地提醒说："老王，你画反了！"

王延安转过头来反问道："魏老总，你不是说不吭气的吗？"

"老王，你不是让我魏老总坐镇指挥吗？"

大伙儿全被逗乐了，刚才憋了半天想笑不敢笑的人，这时候笑得最欢实。

"魏老总的思维总是那么敏捷，当众纠错也不给我台阶下。您高人指点迷津，咱们马上就去检验结果。"王延安兴奋得脸都红了，要立马行动。

"小猴王，你看看表，现在已经是凌晨三点了。老虎也该打盹了，你把大家放回去小睡一会儿，天亮正好柳暗花明又一村。"魏老总一锤定音，大家才算从会议室紧张压抑的气氛里解放出来。

王延安走出会议室，凌晨的圆月照在发射塔架上，那钢铁巨人如同泰山压顶般让他透不过气来。而林依然汇报电源系统的疑点又引起了他的注意，这简直是天赐良机必须抓住。王延安虽然觉得林依然长得像妈妈年轻时一样美丽优雅，可现在没心思想这怪事，当务之急是养精蓄锐，天亮一搏。

向志远也是浮想联翩，天上掉下来个林妹妹，初恋情人林依然在这种特殊的情况下突然出现，如同一石激起千层浪，他和她即使多年不联系，没来往，可还是彼此惦记，念念不忘。

向志远回到发射场招待所宿舍，躺在床上久久不能入睡，不让他想是不可能的！尤其是事业和感情上都遇到困难的时候，不由自主就会想到林依然。他和林依然的分手纯属无奈。那时，领导轮番找他谈话，向志远面临两难选择，不知如何是好，他终于到了崩溃的边缘，向林依然和盘托出，实话实说：在航天事业和未婚妻之间只能选择其一……

林依然听完沉默良久，毅然决然地说："志远，既然你爱航天事业，不愿意跟我出国，我也不想苛求你。我知道你可以放弃你的爱情、金钱，甚至于你个人的一切，唯独不能放弃你的事业。那咱们各奔前程吧。"她的家庭出身使她从小就懂得，应该学会接受她不能改变的条件，然后尽力去改变那些能改变的东西。她知道，在这个世界上并不是只有她一个人在痛苦，必须坦然面对痛苦。林依然知道向志远出身也不怎么样，不属于"红五类"的范畴，这使他入党倍加艰难，毫无进展。然而，他这人向来听党的话，把航天事业看得比婚姻家庭都重要。

向志远不想离开林依然，他的心理落差太大了，终于忍不住喊道："为什么命运对我这样残酷？"

但林依然无法选择自己的家庭出身，她只能坦诚相告："其实对于爱情，我们常常想到的是争取，有了爱情才会幸福。却很少想到要学会放弃，成全对方。我不想让你因为我，失去你所热爱的事业。"

还有一句话林依然没有说，那就是她决不放弃对父亲历史问题的调查，一定要查个水落石出。有一个秘密她始终没有告诉任何人，包括向志远。她的爷爷是一位著名的爱国民主人士、大学教授，一直珍藏着一个铁皮箱。爷爷亲手将这只挂着一把锈锁的铁皮箱交给林依然，她原以为里面装着什么贵重的传家宝，打开一看却是保存下来的发黄的旧报纸，从1948年至1949年父亲"失踪"一案的各种剪报资料。她长大后仔细阅读了那些报纸上的消息，对父亲了解的同时，也对父亲的"人间蒸发"有了疑问。

爷爷去世前告诉她，她的父亲林志明在临近全国解放时，让爷爷去给大学教授们做工作，不要跟着蒋介石去台湾。因此，爷爷到死都不相信儿子去了台湾，特意留下遗嘱，让孙女一定要把这个谜解开。

林依然想通了，向志远的出身本来就不算好，再加上她的家庭背景那更是雪上加霜，他们都是一根藤上的苦瓜。她应该让向志远奔一个好前程去，因为爱而离开他，不给他带来一点麻烦。于是淡定地说："向志远，我理解你，其实，爱一个人不一定要走进婚姻，爱一个人不一定要在一个屋檐下生活。也许我们相守不如怀念，失去我，你会得到事业的成功。"

后来，林依然对向志远的预言果真变成了现实。

不仅父亲的去世成为一个谜团，林依然还有个国民党名将的舅舅，尽管这个舅舅在台儿庄战役中被誉为抗日英雄，但"文化大革命"时还是因此受了牵连。那时她第一次感到家庭成分对一个家庭，对一个人的前程影响是多么巨大！她连结婚政审都不合格，这让她痛彻心扉。母亲认为，学会数理化走遍天下都不怕。母亲举了钱学森、朱光亚等著名科学家的例子，让没有政治出路、失去爱情的林依然到美国留学，如果她日后学有所成、功成名就，再回国干事业。林依然很快飞往大洋彼岸，考入美国耶鲁大学读博士去了。

每个人都有自己最看重的事情，既然上级领导让向志远在爱人和从事航天事业中做出选择，在"要感情就不要干航天，要干航天就不要儿女情长"的二选一中，他们只能分道扬镳，被迫各奔东西了。

如今时代不同了，改革开放，林依然这个女人依然一根筋，她学成回国就是要干航天。果然林依然在航天发射场和向志远不期而遇了。

翌日清晨，他们开始在平台单元测试间里做实验，看到示波器显示屏上电子开关上的电波信号，随着外部供电电压的升高，逐渐地变为锯齿波形状，陀螺平台也产生了震荡。向志远断定，问题就出在电源的负载上。王延安马上赞同，理论分析和实际测量结果完全相符。

大家情不自禁鼓起掌来，测试间里顿时沸腾了。只有林依然静静地站到墙角，王延安激动地走过去说："林总工，谢谢你！"

向志远也走过去，本想说声谢谢，张开嘴说出的却是："依然，你这些年过得好吗？"

林依然清澈的大眼睛突然泪光盈盈，眼神复杂地看着向志远。二十年啊，人生能有几个二十年？二十年后再相会，当年风华正茂的小伙子现在已经是两鬓斑白，他们心里能不浮起沧桑之感吗？可是此刻他们没有时间叙旧，当务之急是向发射指挥部报告故障分析和解决方案。

发射指挥部马上召开会议，雷指挥长和魏老总听了王延安和向志远的故障分析报告和解决方案，表示同意，并立即向北京总部报告，准备进入发射程序。

会议结束，魏老总站起来，指着那些白头发的老专家感慨道："我们这些老专家搞了一辈子的火箭，还不如一个娃娃！"

雷指挥长接过话茬儿，开了句玩笑："魏老总啊！我刚才可听到你一口一个地喊王延安这个娃娃是老王啊！"

大家忍不住笑起来。既然找到了陀螺平台电源开关故障的症结所在。向志远提出，在电源开关上加一个匹配电阻就可把故障排除了。王延安和向志远终于在三天的最后期限大功告成。

王延安一身轻松，从会场走出时，故意挺胸昂头迈大步。向志远拽了一下他的衣角道："王延安，你又翘尾巴了！别忘了卫星还没上天呢！"

"我就是让那些说风凉话的人好好看看，我王延安说到做到，绝不放空炮！"王延安拉上向志远就向发射场坪走去。

1988年3月7日，大山发射场，随着指挥员一声命令："点火！"火箭托举着卫星，以排山倒海之势直刺苍穹，轰鸣声在群山中回响，巨人般的发射塔架在熊熊烈焰的映照下巍然屹立。

中国第二颗实用通信卫星发射成功，很快就开始应用于通信、广播和电视传输了。

王延安激动得热泪盈眶。泪眼中，他发现一贯沉稳的向志远挥舞着手臂跑过来，王延安也挥舞着手臂迎上去，然而他的向大哥趁着发射成功这一令人喜极而泣的时刻，中途一个急转弯，激动地和林依然来了一个拥抱。按说历经艰难、坎坷获得了卫星发射成功，用什么样的激动表达方式都不为过，何况拥抱在西方就是一个礼节。可是这个平时不喜形于色的向志远，今天出人意料地在大庭广众之下，冲动地拥抱了他久别的前女友林依然。

王延安觉得他们意犹未尽时，一回头看到陆莎眼睛里燃烧着怒火盯着他们。王延安了解陆莎，他不能让这个愤怒的女人在众目睽睽下给这对旧恋人难堪，王延安走过去轻声提醒说："向大哥，你可不能重色轻友啊。"这话像一盆凉水泼了下来，两个久别重逢的知音立马清醒了，松开了双臂。

时间飞逝，他们已是不惑之年，但刻骨铭心的青春爱情，也许这一辈子都记在心头。

3

阴雨绵绵的星期天，向志远在招待所房间的凉台上久久地站立，他在听另一个凉台上传来的小提琴曲《梁祝》，他知道那一定是林依然拉的小提琴，这声音从他上大学时就让他魂牵梦萦。琴声停了，他追随着林依然的背影，走上发射场旁的山路，他三步并作两步紧追着喊："林依然！林依然！你等等！"林依然径直朝前走没有回头。向志远快步跑到林依然面前，伸开双臂拦住了她："依然，你听我说好吗？"

"你想说什么？"

"依然，你好吗？我真没想到咱们殊途同归都干航天了。你成家了吗？"向志远心里有太多的疑问，一时不知该从何说起，他发现林依然的脸上不知是雨水还是泪水，挂着晶莹的小水珠。

"你是想问我，我这个家庭历史不清楚的人怎么也走到中国航天的队伍里来啦？"林依然直截了当地说，"听说你夫人是革命军人，你的政治保护伞。"

向志远点了一下头。

林依然看着向志远的眼睛，一字一顿地说："我爸爸也是共产党员，是地下党。"林依然在极力控制自己的情感，简明扼要地给向志远诉说了事情的经过。新中国成立前，父亲名为国民党的高级军官——情报处长，实为共产党的情报人员，因上海地下党组织被叛徒出卖，父亲担心妻子和女儿有危险，让母亲作为访问学者赶快出国投奔她已经移居美国的哥哥，而国民党警备司令部不让母亲带着女儿走，林依然被作为人质留在了大陆爷爷奶奶家生活读书。后来那个叛徒要潜回苏区……是父亲及时送出了情报，才粉碎了敌人的阴谋。

1949年上海解放前夕，国民党军队与攻城的解放军展开生死决战，父亲源源不断地送出国民党部队的情报和潜伏特务名单，在一次策反国民党部队起义中遭了冷枪，后来生死不知。

母亲一直企盼父亲还活着，让女儿林依然学成归国，查找父亲下落。中国从海外引进人才，她是博士后，希望学有所用，安排到航天领域工作。一切如愿。

向志远听了这些话，别有一番滋味在心头，剪不断理还乱，满脑子疑问："你还是独身一人吗？"

林依然突然冷冷地说："咱们是飞鸟和鱼的绝恋，不是因为我父亲吗？我只想证明给你看，我们全家都是好人。"

向志远一时没想明白，什么是飞鸟和鱼的绝恋？他没有继续问，他们面前的山路前方是一个山洞隧道，废弃的铁轨向里延伸，里面漆黑一片。向志远和林依然并肩而行穿过山洞，绵绵细雨依然淅淅沥沥地下着。

"依然，你知道我无法忘记你吗？"向志远现在想起来，他们完全可以走到一起，他那时很幼稚，真对不起林依然。

"现在我们这把年纪了，你也没有必要后悔了。"林依然说道，她在报纸上看到过向志远的先进事迹，他现在已经是科技名人了。林依然现在也想明白了,放手是为了深爱。有些人明知是爱,也要放弃,因为没有结局。林依然想,向志远现在事业如日中天,家庭幸福,有老婆有孩子。过去的事都过去了,翻篇了。也想通了,飞鸟和鱼永远不会走到一起。因为飞鸟不能离开翱翔的天空,鱼儿也游不出蓝色的海洋。这就是命运。

向志远至今依然由衷地喜欢林依然,常常不由自主地想起她。经历了那个时代的爱情,他心里很苦闷,就是想说清楚自己的无奈:"依然,你知道那个年代,我不跟你分手,就要跟航天事业分手……"

林依然受西方的高等教育,思维理念已变,多年来既不喜欢听别人倾诉家长里短,也不喜欢向别人倾诉她的个人隐私,她知道向志远会把事业看得比什么都重要。而她就是向志远心中一个忘不掉的人。组织和爱情有什么关系?爱一个人,不爱一个人,那是一个人发自内心的感觉,爱情婚姻说到底是个人问题,而不是组织行为。

向志远长叹一口气:"可惜人生只有一次,生活没有回程票,有些事后悔也来不及了。"

"向志远,我提醒你感情不可错位,如果不能娶你所爱,那么就爱你所娶吧。虽然爱情是两个人的事,但是走进婚姻后,这就不是你们两个人的事情了,你面对的是上有老和下有小的两个大家庭。为你生儿子的夫人,才是你这辈子相伴终生的人。"林依然不想伤及无辜,当断不断只会给他们带来更大的痛苦,他们不能旧情复燃。

"依然,你该成个家了……"

"我的个人问题,好像不该归向大总师管吧?"林依然毫不客气地打断了向志远的话,这个男人给她的青春爱情抹上了永远挥之不去的痛苦底色,可她不恨他。

向志远尴尬地把想说的话又咽回到肚子里,却不知怎么冒出了一句:"老天不公,天妒红颜!"他突然想到,不仅林依然孤身一人可怜,自己追求轰轰烈烈的事业,却丢失了面前这个最爱的女人,心里会永远隐隐作痛。有些事可以后悔,重新再来。可被称为终身大事的婚姻,却连后悔的机会也没了。

"轰"的一声响雷,老天像是要把大山炸开似的,顷刻大雨倾盆,把他们从头到脚浇得湿漉漉的,头脑顿时清醒。好像情景再现,20 年前他们分手的那天,也是这样一场大雨浇得他们透心凉。而今天,是把他们都浇清醒了。

4

火车进站,梁欢看着闹哄哄川流不息的人群,一时眼花缭乱。好在细心的姚明伟亲自到火车站来迎接梁欢,才让多年没回上海的梁欢心里踏实下来。

姚明伟帮梁欢拿上行李,说:"老同学,几年没见,你还是那么精神,一点没变,在火车站的人群中鹤立鸡群,我一眼就认出你了。"

他们出了火车站,上了姚明伟的黑色奥迪车,梁欢坐在汽车里,看着城市繁华的街景,高楼大厦上五光十色的霓虹灯,与静谧的深山沟是那么不同。

梁欢忍不住打量了一下开车的姚明伟,他是那种在人群里非常引人注目的男人,他高大儒雅,衣着得体,岁月没有在他身上留下太多的痕迹。过去他经常从篮球场上带着满身汗味就跑进教室,太阳把他晒得黑不溜秋的,在文质彬彬的大学生里,他倒更像一个运动员。如今他英气勃勃,浓眉大眼,目光炯炯,嗓音浑厚而有磁性,说话的语速恰到好处,不紧不慢,很有分寸,让人听得舒服。总之,他是一个能给人留下美好印象的人。梁欢微笑着说:"明伟,我觉得你现在有点官样了。"

"是吗?男人的角色本来就是多变的,在医院是一院之长,在你面前依然是老同学、老朋友。"姚明伟似乎不经意地说出了自己的现状,然后说,"你也很出色呀!徐教授说,他最看好的研究生就是既懂中医又懂西医的梁欢。"

"别恭维我!我怎么一进大城市就眼花缭乱?真不知道该往哪儿走了。"梁欢暗想,姚明伟的进步真快呀!自己却又回到学生时代了。

姚明伟把梁欢送到军医大学报到,办完手续就回家了。临走,姚明伟说明天周末,正好梁欢过生日,请她吃生日晚宴。老同学叙叙旧,没别的意思。

梁欢忘了过生日这码事,她从16岁穿上军装起,父母也就没机会再给她过生日了。老公王延安每天忙碌得连自己的生日都忘了过，更不曾想起老婆生日这码事，现在姚明伟站在面前说出她的生日，她心里顿时感到很温暖，还有人想着她。梁欢欣然答应了。

第二天傍晚，姚明伟开车来接梁欢，他们一起走进黄浦江边一家五星级饭店，靠窗而坐，窗外江边高楼大厦彩灯闪烁，映照着一对对结伴而行的幸福恋人。

店里环境幽雅，菜品不错，重要的是窗下黄浦江涛声依旧，唤起他们学生时代的美好记忆。姚明伟举起红葡萄酒杯，祝梁欢生日快乐！两个人碰杯一饮而尽。

"时间过得真快呀！"梁欢发自内心地感动，他们好几年没见了，老同学还记得她的生日，还那么在意她。

"梁欢，八年过去了，你还是那么美丽而高冷！"

"我人到中年，姑娘儿子都上小学了。"

姚明伟感慨道："四十不惑，才觉得青春总是令人难忘，我经常会想起，在学校的梧桐树下、迎春花旁，咱们一起背英语，你到篮球场旁给我呐喊助威，就像我的精神原子弹，激发我的潜能。"

"明伟，我看咱们班的同学毕业后，你最出色。你在医学刊物上时不时地有一些成果发表，让我眼前一亮，祝贺你！"梁欢坦言。

姚明伟的眼睛直放光，心里暗自高兴，梁欢还在关注他。两个人举起酒杯碰杯，将杯中红酒一饮而尽。

梁欢脸红红地说："明伟，你今天应该叫上夫人一起来见见呀！"她想起了闺密田岚。

"本院长的夫人早就远走高飞了。"

"她飞哪儿去了？"梁欢问。

"到大洋彼岸去找自由女神了。"姚明伟就像谈论别人的事情一样很平静地述说，"这在大上海一点也不奇怪。1980年，感情破裂作为法定离婚理由，写入了新的《婚姻法》。过去人们觉得离婚要么是生活作风有问题，要不就是陈世美看不上秦香莲了。可我们不是，她出国进修以后思想解放了，开始追求自由，追求物质生活，我们一个在东半球，一个在西半球，既然如此，彼此都应该宽容地看待伴侣的选择，毕竟婚姻爱情谁也不能勉强谁。"

姚明伟说完了这些话如释重负，风卷残云般地吃完了饭，擦了擦嘴说："我吃饱了。"

"你这个职业习惯也该改改了，菜还没上完你就吃饱了，你看着我吃饭，多不好意思呀！"梁欢知道姚明伟算得上是年轻有为的成功男士，医院里有许多美女医生护士，不至于让院长姚明伟放"单"。

"没关系，你吃你的，不要见外。"姚明伟看着梁欢的眼睛说，"我特别想知道，你当初为什么选择离开上海，跟王延安回戈壁滩去，能告诉我吗？"

梁欢突然觉得爱情有时候是说不清楚为什么的。王延安虽然不具备姚明伟的一些优点，但他最大的特点就是阳刚气十足，铁血男儿斗志旺盛，认准了就不服输，敢拼才会赢呀！可她想起离开发射场时，老公居然没有送她，似乎这个拼命把她追求到手的丈夫，却生来属于航天，而不属于她。她有点无奈地说："这个王延安一根筋，天生就是一个为梦想奋斗的人，不达目的誓不罢休。你知道他救过我吗？"

"碰上那哥们儿，我只有甘拜下风。"姚明伟一脸苦笑，作为男人赢得起也输得起，他和王延安根本就是两种性格的人，不服不行，他明显地感觉到，当年他的竞争对手内心强大，身上散发着英气霸气。王延安会给梁欢幸福的，那么他也就退一步海阔天空了。当王延安把梁欢夺走之后，他也曾试图忘掉过去，而越刻意想忘掉梁欢，越让他难以释怀，爱是不能忘记的。

"你们男人总是看着别人的老婆好，自己的孩子好。其实你这个成功男人身边不缺好姑娘。"梁欢半认真半开玩笑说。

"梁欢，你不觉得你有责任吗？你成为我选择女人的参照系了。我试图忘掉你，于是和你的好朋友田岚走到了一起，然而，结婚后才知道她和你太不一样了，她虽然在艰苦的环境中长大，选择我后留校读研，其实我就是一个起跳板，她飞去美国进修，就像她的名字一样，刮了一阵山风无影无踪了。而我从小在部队大院长大，喜欢这身军装，我们只能分道扬镳了。"

梁欢惊讶得大张着嘴,她没有想到姚明伟和田岚走到一起,是因为她。梁欢心里有了一丝歉意。

姚明伟像是看透了梁欢的心思说:"田岚当初就是为了通过我父母的关系能留在上海读研究生,她太有心计了。"他长叹一口气道,"后来我妈常念叨,男追女隔座山,女追男隔层纱。"

梁欢了解姚明伟和田岚,男的英俊潇洒却是菩萨心肠,女的名如其人,田野里山风般的女汉子,挡不住啊!梁欢动了恻隐之心问道:"明伟,那你们的孩子呢?"

"这婚姻来得快也走得快,好在没有孩子,她就远走高飞了。"

梁欢知道,姚明伟这个名字在医生圈里那是叫得响的,他的手术诊断明确,动刀精准。好多被其他医生判了死刑的病人,送到姚明伟这儿来,即使不能完全治愈,也能延长生命。他不像有的医生,手术完了就不管了。他还要精心诊治,病人出院后他的博士生还要跟踪病人情况,及时复诊。因此,病人都称他为"救命刀"。何况,他在医院是一院之长,年轻漂亮的医生护士多的是。梁欢不担心他单着。

"我们是好朋友,同窗知己,我们之间的感情很高尚,心甘情愿、不求回报为对方付出,为对方的成功铺路搭桥。我非常珍惜我们之间的友谊。"梁欢说。

尽管"解铃还须系铃人",姚明伟并没有非分之想,只希望他们友谊长存。姚明伟述说了他现在紧张繁忙的生活,大部分时间是在医院里度过的,在医院里又多是在手术台上度过的,每天要排上N台手术,有时一个大手术就要做十来个小时,所以他总是穿着标志性的白大褂。因为是一院之长,开会多,事无巨细,他想把院长的头衔给辞了,未果,所以专门设了一个管行政的副院长包揽杂事,而他的主要精力依然用于医疗和手术,个人问题也就顾不上了。

梁欢理解姚明伟,他们都是医生,有共同语言,三句话不离本行,都是救死扶伤。姚明伟的兴趣爱好就是做手术,最后,他还不由得来了一句:"老同学,以后你家里人谁要是得了肾病,我有请必到,亲自看病主刀。"当时梁欢并不介意这句话有什么不吉利,人吃五谷杂粮谁能不生病？要不然为什么有医生这个行业。他们谁也没想到，姚明伟这不经意的话几十年后应验了。而且手术对象就是他的"情敌"——王延安。

5

自从梁欢去上海读研，王延安这个工作狂就跟办公室摽上了，每天办公楼里最后一个熄灯的就是他的办公室。除了晚上睡觉回家，一天三餐去食堂，剩下的时间他就在发射场和办公室忙他的科研和工作。雷指挥长既然答应他发射成功后同意他调去北京总部工作，那么他最后一定要打一场漂亮仗。

周末的晚上，基地付参谋长走进他的办公室，王延安看着领导进门来表情很怪异，与往常严肃的表情不同的是付参谋长今天满脸堆笑。上个月这位付参谋长带工作组来到发射站，当众批评他不安心在发射场工作，还让王延安在党支部大会上做检讨，如此这般地把他教训了一番，要杀鸡给猴看。他不怕，铁了心要调到北京总部机关工作去。他拒不做检讨，当场质问领导，他犯了什么错误？是违纪了还是犯法了？

付参谋长因为总是绷着一张发号施令的脸，所以王延安平时都是惹不起躲得起。今天领导满脸堆笑主动上门来找他，他觉得怪怪的。

付参谋长说："王延安，你是一个很有发展前途的干部，现在基地要升格了，庙大了，干部就能水涨船高，你为什么要离开发射场啊？"

"我在大漠和大山发射场已经干了很多年了，有了基层工作经验，希望去总部机关开阔视野，有更好的发展。"王延安直言不讳。

"年轻人有雄心壮志好！树挪死，人挪活嘛！我支持你！"

王延安没想明白他的领导怎么会一个月就180度大转弯，他没说话，用疑问的目光看着领导。

"延安啊，能调去北京不容易啊！谁都想去北京工作。北京总部想调你去，党委研究了，我同意放你去。"付参谋长看了看王延安的反应，又接着说，"我有一个女儿在门诊部，她一直想去北京工作，你给总部单位提一个附加条件，就是把我女儿也调到北京总部机关。"

"你女儿不是护士吗？"王延安本想说护士调到总部机关能干什么，后面这句话忍了忍还是没说出来，以免太难堪。

领导毕竟是领导，火眼金睛看到他的心里了，马上说："护士去北京大医院，选择一个好平台对一个人的发展太重要了。"

"那还要看具体工作岗位是否需要她，适合她。听说她是护校中专毕业，在门诊部你还可以罩着她，调到机关她适合当参谋吗？"王延安不软不硬地给了付参谋长一句，算是表明了他的态度。他想好了，宁肯不调去北京，也不张口搭上他那位护士千金，给总部机关找麻烦。

付参谋长立刻阴沉着脸，二话不说转身走了。王延安看着他的背影愤愤然，心想你马列主义照人不照己，批评我不安心本职工作，可我这是排除故障时当众打开天窗说亮话，你却是背地里脚底下使绊子。他又回想了一下刚才自己说的话，横竖我都是走，你休想官大一级压死人，反正我不怕穿玻璃小鞋。我活在阳光下，泰山压顶不弯腰。

王延安越想越气，心里憋得难受，什么也干不下去了，就拨通电话找梁欢倾诉，把刚才的事统统述说了一遍，有些人不干实事，仕途上却一路顺风。事到如今，火箭故障已经排除，发射成功后，必须见好就收，三十六计走为上计，让雷指挥长履行诺言，放他调回北京。王延安和老婆说了一大堆话，发泄完心里顺畅了许多。

梁欢表示同意，调回北京的事既然已经说出去了就要兑现，换个环境有好处。

梁欢再三嘱咐王延安："别让胜利冲昏了头脑。只要能调回北京，你啥条件都别提，立功受奖都不要，千万不要想着好事都让你得了。"

王延安放下了老婆的电话，又给北京的爸妈打电话，他想告诉妈妈，就要调回北京啦，妈妈一定会喜出望外。偏偏妈妈不在家，杨志坚接的电话，王延安告诉爸爸他要回北京工作了，爸爸认为既然是上级组织选调干部，让他自己决定。

王延安还给爸爸说了他和向志远一起攻克难关，还巧遇了向总的前女友林依然，而且这个林依然长得特别像妈妈，说她是妈妈的女儿，别人准信。王延安想和爸爸开个玩笑，没想到电话那头，杨志坚骂了起来："你这浑小子，咋尽想歪门邪道！你妈嫁给我时还是黄花大姑娘，不可能有女儿！"啪的一声电话挂上了。

第二天大清早刚上班，魏老总急匆匆地来办公室找雷指挥长，本来温文儒雅的魏老总，现在是心急火燎，一见面就说："雷指挥长，我是航天部的总师，本来不应该管部队上的事，尤其是不该管人事。但我要为王延安这个年轻人说几句公道话，他是个人才，应该大胆起用。"

雷指挥长给魏老总沏了一杯茶放在桌上，又把魏老总按在了椅子上，让他别着急，慢慢说。

魏老总却像竹筒倒豆子说了一大堆王延安的好话，特别强调王延安技术好，责任心强，当然他也有缺点，直肠子说话不拐弯，直言犯上不好管，有时还有点小骄傲。可他有骄傲的资本，啥事都干不成的人，让他骄傲也骄傲不起来。王延安的确是个不可多得的人才，人无完人嘛。如果基地领导给他一个施展才华的平台，对于调动他的积极性很有好处。魏老总最后提高了嗓门说："基地不要放王延安走！"

雷指挥长笑了，耐心地给德高望重的魏老总解释，基地本来也不想放他走。可现在难办的是，北京总部机关的商调函已经来了，这是调到北京上级领导机关，我们不好拦。再说我也答应过他，自然要讲诚信。事到如今，除非他自己表态不去北京了。

魏老总为王延安打抱不平了："我知道你们军人讲牺牲和奉献精神。雷指挥长，你能不能换个角度想，军人也是人，也要面临升职和发展前途问题，军人既要讲奉献，也要给他们用武之地。你们要给王延安施展才华的舞台，要想办法把他留下来，对大山发射场工作有好处，不能让人才流失啊！希望你们部队能认真考虑我的建议。"

雷指挥长看着魏老总，用商量的口气说："魏老总，我和政委商量一下，想办法把王延安留在发射场，但这事相当有难度，你想想，放到哪个天平上来衡量，北京总部大机关都要比我们这个偏远的基地砝码重。所以这不是人才流失，这叫人才流动。天高任鸟飞呀。"他停顿了一下，语气极其温和地给魏老总解释，请他换个角度想一想，王延安的特点是：性格爽朗，工作机敏干练，学习能力强，对从未接触过的领域，能在较短时间内熟悉情况，形成一套完整的思路和工作方法。如果去了总部机关就能开阔视野，对他的成长会更有好处，那时候他再回到发射场就如虎添翼啦！

"好你个雷指挥长，真是老谋深算啊！"魏老总肃然起敬，面前这个虎背熊腰、说起话来如打雷般响亮的雷震山指挥长，是个粗中有细的好领导，他说话算话，绝不给部下画饼看。

当天晚饭时，雷指挥长让人去叫王延安来小餐厅共进晚餐。王延安跑得气喘吁吁进来就说："指挥长，听说您给我摆鸿门宴了？"

"你小子心眼太多！坐下，我可不是鸿门宴，吃完你再下结论。"雷指挥长让王延安坐在身边。

王延安怕雷指挥长改变主意先开口为强："如今领导也要改变观念，人家美国人气最旺的总统，干八年也得走人。咱在戈壁和大山里干了两个八年还多，我想换个战场继续干航天。您大将军金口玉言答应我，卫星上天无条件放我调北京，军中无戏言啊！"

"小猴王，我答应过的当然是要兑现。不过魏老总给我们提出了一条非常好的建议，我和政委商量，如果给你安排个领导职务，你能不走吗？"雷指挥长问。

"不能。有了官职我就不走，别人该说我官迷啦！"王延安铁了心一口回绝，他又想起付参谋长，真想奏他一本，但还是忍住没说。

"你这个王延安啊！这次还真让我忍痛割爱呀？不给我这老雷头点面子吗？我们干航天的，把自己看大了，天空就变小了；把自己看小了，天空就变大了！何况做官是一时的事，谁也不可能当一辈子官，做人才是一辈子的事。你自己决定吧。"

王延安打心眼里感激雷指挥长。他去总部机关可以开阔眼界，但男人追求权力也不丢人，将军负的责任和起的作用就是应该比士兵大。

雷指挥长吃完饭，抬腿就走，走到门口回过头来问："你再好好想想，能不能不走？"

"不能！"王延安狼吞虎咽埋头吃饭，不说话了，他怕自己看一眼雷指挥长就会改变主意。

雷指挥长说："王延安啊！这样好不好？你要想调到北京工作，我不拦，反正大机关都要试用半年，你可以先去体验大机关工作，别搬家，如果你想回来，大山发射场什么时候都欢迎你。我给你留一块革命根据地，行吧？"爱惜人才的雷指挥长显然是真心挽留他。

王延安郑重地站起来说："遵命！"

王延安的目的达到了，既然决心已下，他就立即动身到北京总部报到，以免夜长梦多。

第十八章

1

王延安调到北京总部机关工作有半年的试用期,这期间他跟随中国航天代表团去了美国的肯尼迪发射场、俄罗斯的拜科努尔发射场、欧洲的法属圭亚那库鲁发射场、日本的种子岛等航天发射场,真是大开眼界。他一直学而用不上的英语也派上了用场,他觉得自己如鱼得水,海阔凭鱼跃,天高任鸟飞,鲲鹏展翅跃跃欲试了。就连他的领导和周边同志都羡慕嫉妒这位刚调来的试用高参,大家都想出国看世界,但军人出国有严格规定,如同中国火箭走向世界航天市场成为大家遥望的梦想。

当然中国航天代表团的团长放出话来,王延安不仅熟悉发射场,而且英语能顶翻译用,机智灵活的谈判风格呱呱叫。这些话听上去很励志,也很服众。王延安自然信心满满。

正当王延安甩开膀子大干时,他调到司令部机关当参谋试用半年也快到期了,满心欢喜等待正式下命令。

杨志坚嘱咐儿子:"大机关参谋不好当,参谋要会说、会写、会协调,会调查研究,会出谋划策,对情况清楚,领导问不倒,要想到首长前面去。不能领导说一件事,办一件事。那样的参谋不称职。要多向老专家们学习,家里的事不用你操心。"此时,杨志坚已身患癌症,他对自己的病情只字未提,让保健医生和老伴白雪洁对王延安严格保密。但他内心里还是希望儿子留在北京工作,陪伴他度过最后的岁月。

王延安很长时间都没休过星期天了，这天正和父亲说中国的火箭准备发射美国制造的卫星，已经初步达成协议。

杨志坚的秘书来报告首长，接外交部通知，爱国美籍华裔女科学家白雪滢明天来看她的姐姐白雪洁，请家里做好准备。白雪洁四十多年没见过妹妹了，简直无法想象妹妹现在是个啥样子，她翻箱倒柜找她们小时候的照片，杨志坚笑劝老婆别翻了："你们不是双胞胎吗？看看你自己，也就看到你妹妹了。"

人生真是殊途同归，一个娘胎里出生的一对双胞胎姐妹，半个世纪后又要相见了。王延安在世界空间大学时曾听说过这位女科学家亲姨，让母亲一定要好好收拾一下再见亲妹子。

白雪洁不以为意，她们姐妹两人走了不同的道路，历次政治运动中因为这个妹妹她受到牵连冲击，更可恨的是，还连累了她最小的妹妹白雪清，就是这个精明过人的白雪滢给小妹牵线的婚姻带来了不幸，王延安没了亲生母亲。对于这样一个妹妹，她见不见无所谓，可是由于妹妹功成名就的身份，现在却变成了政治任务，只能热情接待。所以星期一，白雪洁还是让王延安上班去了，她觉得儿子还是不见这个小姨为妥，以免事后给儿子带来不必要的麻烦。

当林依然陪着白雪滢走进杨志坚家大门时，杨家老两口全都愣呆了，姐妹俩长得真像！白家姐妹俩分别时还是青春少女，几十年后相见已经是两鬓霜白，只是妹妹要比姐姐保养得好，看上去要年轻10多岁。其实，妹妹只比姐姐晚出生5分钟。

白雪滢感慨万分，姐姐的脸上已经布满了历经沧桑的皱纹。她关切地问："姐姐，这几十年你受苦了吧？"

"受点苦算不了什么。我们一家同甘共苦，走向胜利。"白雪洁话里有话。

这双胞胎姐妹长得像，却选择了不同的生活道路，白雪洁早年参加革命，嫁给了共产党部队的指挥员。而妹妹嫁给了国民党军官林志明。当初白雪滢和林志明是大学同窗，林志明的父亲林教授是他们的老师，林教授非常欣赏白雪滢的聪明才智和名列榜首的学习成绩，让儿子好好向女弟子学习，给他们的婚姻搭起了鹊桥。然而那个风度翩翩的大学生林志明，虽然学习出类拔萃，却不走父亲科技救国的道路，投笔从戎成为国民党军队的少壮派。当时国共一致抗日，他在对日作战中英勇善战，很快成为抗日名将。后来国民党和共产党打了起来，让白雪洁更加气愤的是林志明还混进了国民党国防部。解放战争时期国共交战，刀光剑影斩断了亲情。后来总算妹妹明智去了美国，林志明也从此杳无音信。白雪洁想起妹妹的婚姻心里就堵得慌，早就声明跟妹妹一家人划清界限，从不来往，可"文化大革命"时偏偏因为妹妹在海外，竟被怀疑是美帝国主义的特务，遭受批斗，让白雪洁背黑锅抬不起头来。

事情就是这样不可思议，一对双胞胎姐妹竟然走上了截然不同的人生之路。白雪滢成为美国著名的华裔科学家，获得了科技成就和荣誉，过着安定富裕的生活。如今她头顶"爱国科学家"的桂冠，祖国欢迎她回国，给了她很高的礼遇，受到党和国家领导人的接见和宴请。

几十年过去了，白雪滢依然是大家闺秀的风度，看着憔悴多病的姐姐，试探地问："姐，你当年投奔延安，爸爸妈妈几十年见不到你都很想你，我们都想不明白你为什么不辞而别，离家出走弃学从军。"她看了一眼姐姐，眼神意味深长仿佛在说，你为什么要自找苦吃呢？

白雪洁针锋相对问："钱学森等科学家1955年返回中国时，一起回来了好多有志于报效祖国的海外学子。你为什么不跟着回国呢？"

白雪滢气质优雅，柔声细语地说："姐，用共产党的话说是穷则思变，才闹革命的。可咱家从来不缺钱，父母有条件送咱们上世界最好的大学，可你放弃了学业，放弃了优裕的生活，投奔延安，枪林弹雨里干革命。'文化大革命'混淆黑白，还把你关进牛棚受尽磨难，送到农场劳动改造。你不后悔吗？"

"我为什么要后悔？这条路是我自己选择的，谁也没有强迫我。"白雪洁斩钉截铁地回答。她从来没有后悔过。从小父母就告诉她们"生当作人杰，死亦为鬼雄"。她一想起自己的遭遇就心里冒火，终于忍不住说："现在该后悔的应该是你，你为什么嫁给国民党军官？"

"姐，你无怨无悔。可我做不到！更重要的是，你就不怕那时我回国会连累你和姐夫吗？"妹妹的真心话一下子就把姐姐问住了。

杨志坚一看这对老姐妹见面就抬杠，赶紧说："革命不分先后。我看雪滢现在回国就很是时候，中美航天合作就很需要她这样的专家智力支持、牵线搭桥。"

"姐夫的话我爱听。我现在回国来促进中美航天合作，中国政府把我当贵宾对待，我同样可以为国家做贡献。"白雪滢的情绪开始由平静改为激昂，越说越激动，"姐姐，我不要声名显赫，但我要寻求公道。我嫁给林志明是因为我爱他，我爱他是能谋善断、出生入死的抗日英雄。我不能让我的丈夫为祖国捐躯，还要忍辱负重含冤背着罪名。我不能让女儿一辈子受连累背黑锅，忍受精神上的折磨和痛苦，我们亲人永别，他们恋人分手。我不像你们共产党员，我做不到大公无私。但是我要讲社会公道！"

白雪洁愣住了，她默默地看着妹妹，心里百感交集，毕竟爸爸妈妈的晚年是跟着妹妹度过的，作为女儿她没有尽孝道，是妹妹为父母养老送终，独自承担了做儿女的责任和义务。妹妹也不容易啊！

白雪滢能在科学领域取得卓著成绩，她就不是一般人，不仅聪慧过人，也是极具个性的女人，只要认准了目标就有一种永不放弃的韧性。她看姐姐眼睛里流露出歉意，她的语气缓和了许多，但是她的话却分量很重："我让女儿好好学习，我让她要有独立精神，用自己的眼睛去看世界。就是为了有一天，林依然能作为海外高科技人才，有尊严地回到祖国，去为她爸爸林志明平反昭雪。不能让他飘荡了半个世纪的英魂找不到归家路，他隐姓埋名流尽了最后一滴血，英勇牺牲不被承认，谁来为他正名？"白雪滢一席长谈，让在场的人都心跳加速，无以作答。

显然，白雪滢是有底气的，她自从嫁给林志明以后，心里就埋藏了太多的秘密，虽然许多是解不开的谜团。可她是与他同床共枕的妻子，完全相信自己的丈夫。

白雪滢是个很有心计的女人，她虽然左右不了丈夫，但却发现丈夫不同于一般的国民党军官，理由很简单，一不好女色，二不贪财，清廉的作风很像共产党。有一次林志明把秘密情报放进了小女儿林依然的作业本的书皮里，带给她的老师，无意中让白雪滢发现了，她觉得女儿还小，这太危险！当她问起丈夫这件事时，林志明三缄其口，只告诉她，工作上有些事是不能说的。一天晚上，林志明回到家拿出了一张去美国的飞机票，让她赶快去美国做访问学者。女儿暂时不能走，送到奶奶家去抚养。

白雪滢疑惑地问他为什么？林志明沉默了半天才说："我只能讲这么多了。有些事现在对妻子和父母都不能讲，也许到死也不能讲。但是我相信将来你回到祖国就会真相大白。"他还告诉父母，新世界就要来临，不要跟着老蒋去台湾。

白雪滢把这些告诉了姐姐，然后遗憾地说："当时我是满脑袋疑问去的美国。很快中国解放了，林志明却带着国民党少将的罪名失踪了。"

白雪洁难过地想，要是当事人把真相带进了坟墓，那就跳进黄河也洗不清了，永远蒙冤。这些话她没敢说出来，不能往妹妹的伤口上撒盐。但她没有想到的是，妹妹母女两人一定要还林志明一个清白，费尽周折寻找证人和证明材料，大海捞针去查历史档案，终于得到公正的结论。以此告慰家人。

白雪滢看看女儿，长出了一口气说："依然，还是你给大家揭开谜底吧。"

于是，林依然就给大家讲了她是如何旷日持久，遍寻有关部门的档案材料而苦苦求索的。林依然为找到新线索，拜访了许多曾经在共产党隐蔽战线工作过的老同志，得知父亲林志明曾和潘汉年交往甚密。而且认识他们的隐蔽战线的共产党人都没有被捕，上海地下党的组织也保存了下来。

1982年，在陈云和廖承志的过问下，潘汉年平反昭雪。中央组织专人调查审理潘汉年一案，涉及的有关同志也因此揭开了历史迷雾还以清白，这样就惠及林志明。

说来也巧，外调人员查阅档案时，发现了中央档案馆里有一个写着绝密的卷宗，上面写着：林志明送出的情报。因此顺藤摸瓜，他们对几十万份当年的档案进行了拉网式的核查，最后终于找到了记录当年事件发展的档案，清晰而明确地查清林志明当年确实是打入国民党高层的共产党员，代号飞鹰，从敌人内部搞出许多秘密情报。特别是国民党看到大势所趋准备逃往台湾前，蒋介石早已预测到上海失守，他不想给共产党留下一个完整的城市，国民党特务在精心设计一场大规模的城市爆破计划。林志明及时送出情报，避免了国民党特务实施城市连环爆炸。

1948年，在淮海战役中，他成功策反了国民党部队5800多人起义投诚。1949年初，林志明去策反国民党兵团司令官时，遭抓捕入狱，国民党军统根据蒋介石的密杀令"坚不吐实，处以极刑"，将林志明秘密杀害后毁尸灭迹。

一切终于真相大白，党中央为此做出正式结论："林志明是我党隐蔽战线上的无名英雄，值得后人永远怀念。"林依然一口气说完，泪水长流："潘汉年有句话，凡是搞情报工作的大多数都没有好下场，中外同行都一样。我看此话有理。"

全家人无语，此事落到自己亲人头上该是多么痛心。

林志明的沉冤终于得到昭雪，有关部门按"文化大革命"结束后拨乱反正的惯例，为林志明举行了一个骨灰安葬仪式，因为早已经尸骨无存，骨灰盒里就放了一副他读大学时用过的眼镜。有关部门要给林家烈士优抚待遇，林依然断然拒绝，只要国家证明林志明是革命烈士，他的事迹虽然无人知晓，但他的功劳永世长存。

最后，林依然拿出一纸公函说，这是中央领导给我的走进航天队伍的"尚方宝剑"。全家人都用惊异的眼光看着她，林依然的眼睛放着光，大声读道："林志明一家历经磨难。林依然是革命烈士子女，不能因为她的海外关系，就剥夺她走进航天队伍的权利。请组织部门根据她的意向和专业特长安排工作。"

面对林志明平反昭雪，一切真相大白，全家人的心情却很沉重，都在为深入虎穴、在敌垒中独自作战，为建立新中国获取敌人情报而牺牲的林志明默哀。

沉默许久，白雪滢长舒一口气说："我们一家人总算不用背着沉重的黑锅了。姐姐、姐夫，你们为我忍辱负重，为我丈夫蒙冤挨整。我连累过你们，欠你们的情，我想，你们的儿孙要是到美国留学，吃住和学费我全包了。"

白雪洁指着墙上挂的全家福照片给妹妹看，这是儿子和媳妇，他们都是解放军。然后，马上给儿子打电话，让他赶快回家。

王延安接到妈妈电话，好生奇怪，爸妈上班时间从来不给他打电话，突然来电话一定是家里出了大事，他找了辆车就回了家。

王延安一进家门，见到林依然就笑了，怪不得她长得像妈妈，原来还真有点血缘关系，自己的眼光还真没错。

白雪滢眼睛一眨不眨盯着穿着绿军装的王延安，她觉得似曾相识，有点神情恍惚了，她想起了也穿着绿军装，只不过是国民党军装的林志明和王国华。她的眼睛湿漉漉看不清了，迷蒙的眼睛里只看到一个绿色的身影在眼前晃动。

"小姨，我是王延安。以后咱们就是航天合作伙伴，希望你多帮助我。"

这时，白雪洁指着王延安说："他是小妹白雪清和王国华的亲儿子。"

"孩子……"白雪滢百感交集，突然伸出双臂搂住王延安哭了起来，是她给小妹搭的鹊桥，而今只有眼前这个独生子了。

2

这几年，陆莎进步很快，已经是大山发射场天王山气象台的台长了，她在业务上独当一面，且泼辣能干，女台长领导着一百多号技术干部出色地完成了基地的天气预报任务，气象台多次荣立集体三等功。她个人多次被评为"三八红旗手"，作为业务尖子，又是气象台的"一把手"，还真有点自我感觉良好。可是家庭生活却不尽如人意。自从潜在的情敌林依然的出现，她发现老公不忘初恋情人，联想到他们夫妻长期分居，厉害的婆婆在北京家里说一不二、占山为王，陆莎觉得自己已经是为了事业成功把家丢了。本来她和王延安比着干，现在王延安也调走了，陆莎没了对手心里空荡荡的，突然觉得没了动力。

陆莎体检时，医生还发现她乳房里有了肿块，基地医院医疗条件有限，医生建议陆莎回北京到大医院去复诊，如果是乳腺癌千万不要耽误了治疗。

陆莎猝不及防，心里沉甸甸的，顿生失落感。突然觉得自己已四面危机，这几年家和亲人被她事业的宏伟蓝图排除在外，疏远了亲情。自己玩命工作太累了，她决定回北京治病，在家里休养生息一段时间，看看自己可爱的小儿子。可当她回到家才发现问题的严重性远不止于此。

精明厉害的婆婆像个把家虎，别看老太太没文化也没工作过，在家里却是个当家做主的强势女人，儿子孙子服服帖帖全都听她的，婆婆似乎不习惯儿媳妇住在家里，横竖看陆莎不顺眼，就是不容她。

陆莎是谁呀，她在天王山气象台是说一不二的女台长，男男女女的知识军人都佩服她的业务能力，工作听她领导。她回到家里虽说是儿媳妇，可也是妻子和母亲，陆莎自然不能忍气吞声，她的本性就是女强人，就是不甘示弱。

陆莎刚进家门，放下旅行箱，因为着急回京看病，卧铺票要等四天，飞机票太贵没舍得买，她坐了三天三夜的火车硬座，实在想躺到床上休息休息，婆婆迎上来说："媳妇回来了要支持丈夫工作，早点把饭做好。"

"妈，咱家有保姆做饭，饿不着你儿子和孙子。我有点晕车，先喝口水，在火车上喝水怕上厕所不方便。"陆莎满脸疲惫，边说边脱下军装，这几年她里里外外穿的都是部队发的军用品，就是怕累着婆婆，省吃俭用把工资攒下来寄回家，由她来给保姆付工资，因为婆婆常说女人带孩子是天经地义的，她是想用钱来堵婆婆的嘴，何况这次回京她还要看病。喝了几口水她就想上厕所。

婆婆站在卫生间门口絮叨地说陆莎："懒驴上磨屎尿多，你年纪轻轻的既然回家休假，就能干家务活，我让保姆也回家休假了，浪费那个钱干吗？我年轻时，有五个女儿一个儿子，他爸爸去世早，里里外外都是我一个人干，不也把六个孩子带大了。幸亏那时我把家里用人都解雇了，解放时才没说我压迫剥削劳动人民。要我说劳动最光荣！年轻力壮的，没听说有累死的，你赶快去剁肉馅、洗韭菜，咱们包饺子吃。"

陆莎脸上浮出不快，一声不吭地在厕所里强忍着把眼泪憋了回去。陆莎不想顶撞婆婆，一回家就发生婆媳大战，作为部队干部还是要安定团结的。她原想一进门就把这个月的工资全部给婆婆，反正军人在部队医院看病常用药都免费，但是她突然改变了主意，自己要真是癌症，还是要用一些自费药救命的。

婆媳俩包好饺子，向志远和儿子向天翔就回家了，一家人吃完晚饭，向志远看妻子脸色苍白，满脸疲惫，便主动干活。他刚要动手洗碗，向母就心疼地夺下向志远手里的饭碗，大声训斥儿媳妇说："我儿是航天专家，我儿不是洗碗的！我儿子工作一天够累的了。这都是女人干的活！现在媳妇回家了，家务活都让陆莎干。"

"妈，我嫁给你儿子没收你一分钱彩礼，不是卖给你家的奴隶，更不是保姆！也不是靠老公养活做饭洗碗的！你们知道不知道，我今天特别累，火车上坐了三天三夜没睡觉，身体不舒服，为什么今天非让我洗碗做饭呢？"陆莎想到自己从部队回家来看病确诊乳腺癌，没有人心疼她，眼睛里就噙满了泪水，横下一条心，既然他们把她当保姆用，便决定休假期间顿顿让饭馆给家送外卖，她买单。随即她把一个月的工资甩在了桌上："妈，以后咱家吃饭就叫外卖吧！"

婆婆根本不领情，破口大骂她是败家娘们……呼风唤雨的老太太骂起儿媳妇什么话难听说什么。她看不惯儿媳妇浪费，这工资本应恭恭敬敬地交到她手里。老太太一辈子精打细算，儿媳妇生孩子足足给喝了一个月的小米粥，连个鸡蛋也舍不得给她吃。既然钱到了她手里，那就别想拿出来。

儿子向天翔心疼妈妈，主动去洗碗。老太太顿时火冒三丈："我孙子不能洗碗，男孩洗碗没出息，我们老向家都是女人洗碗做饭。我有儿媳妇，儿子、孙子就不用洗碗做饭。"

"妈，您老想明白点，如今女人也要挣钱养家，我不是没文化的家庭妇女！"陆莎从手袋里拿出一摞钱扔在桌上，解下围裙摔门而去。

婆婆唇枪舌剑不依不饶，指着陆莎的背影破口大骂，"这媳妇儿厉害得像母老虎，如果不管教她还不上房揭瓦？我非让她服下来不可。"

向天翔愣愣地辩解道："奶奶，时代不同了，你怎么满脑袋旧思想呀？我妈可是解放军！"

向母轻轻地给了向天翔脑门上一下："好个老向家的孙子啊！你姓向，不姓陆，你可是老向家的根！就知道护着你妈！看我不修理你！"

向志远看着陆莎远去的背影，他也觉得母亲有点过分，不该对陆莎横挑鼻子竖挑眼，母亲把保姆辞了让儿媳妇干家务，陆莎坐了好几天火车也该先休息休息，不让休息不说，话也不能说得那么不中听，可他不敢顶撞他妈，就找了个托词说，他今晚有重要会议，走了。其实，是出门找陆莎去了。向志远在永定河边找到了陆莎，两个人在河边走了许久，向志远翻来覆去就是一句话："她是我妈，你说让我怎么办？咱们不能不孝顺呀！"

陆莎没好气地说："你妈就像摄像头，盯着我干家务活一刻都不能停。"

向志远满口答应把保姆叫回来，好说歹说才把老婆劝回家。

他们刚要进门，就听见奶奶问孙子："天翔，你是亲奶奶还是亲妈妈？"

"亲妈妈！妈妈给我买了这么多礼物和好吃的橘子。"向天翔童言无忌随口就说了出来。

"你姓向，你妈姓陆，你是奶奶的大孙子，你应该先亲奶奶。"

"奶奶，你也不姓向呀？"向天翔抬起头来，嘴里塞满了橘子大嚼大咽着。

"奶奶18岁就嫁给你爷爷，就是老向家的人了。你爸爸是奶奶生养的。你说你是不是应该最亲奶奶？"

"那我妈还生了我呢！奶奶，你咋老挑我妈的毛病呢？"

"你这孩子，奶奶说你妈是为了让她守妇道，孝敬老人。奶奶可是最疼你啦！"

陆莎本来刚要进家门，可婆婆刚才那些话偏偏就飘到了她的耳朵里，刺痛了她的心，她"啪"的一声拉开门。

向志远赶紧拉住陆莎恳求说："好老婆，我妈她那么大年龄了，她说啥你都别计较，你可不能跟她顶嘴。咱当晚辈的，对老母亲要孝顺，她守寡把我带大不容易。"

陆莎想，自古以来，婆媳关系是最难相处的，婆婆满脑袋封建礼教！没完没了爱挑理，忍无可忍，还不如拉开一点距离，彼此相安无事。实在不行她就住部队招待所去，惹不起还躲不起吗？可她还没说话，婆婆就站在门边说风凉话了："你们两个哪来那么多悄悄话？进家来咱们一块说。"

向志远小声叮嘱陆莎："家庭幸福和为贵，她老人家那么大年纪了，她说啥是啥吧。"向志远说着话就拉着老婆进了卧室，然后站在门旁解释，"妈，陆莎坐了三天三夜火车累了，她不舒服先睡了。你也快睡觉吧，你孙子明天还上学呢！"这话还真灵，老太太把大孙子看得很重，赶快让向天翔洗了睡觉。

第二天一大早，向志远本想陪陆莎去看病。可偏偏接了个电话上午开会脱不开身，只好说明天再去医院，让陆莎先在家休息休息。

陆莎要想在家休息谈何容易，早上六点婆婆就叫儿媳妇赶快起床给孙子做饭，说保姆在家时，六点半早饭就要端到饭桌上。陆莎揉了揉眼睛，穿上衣服，睡眼惺忪地算是把早饭做好了。向天翔吃饱喝足背上书包上学走了。向志远也上班走了。老太太像指挥保姆一样指挥着儿媳妇干活，擦桌子，洗碗，拖地……一刻也不让陆莎闲着。

婆婆的眼睛就像摄像头跟踪着儿媳，地拖完了，婆婆就安排她洗衣服。而且不让用洗衣机，要用手洗这样省水省电。婆婆边唠叨，边把一家人的脏衣服统统找出来，堆得像小山。

陆莎二话不说，把裤衩、背心、袜子都扔在脸盆里用手洗，一堆脏衣服统统都扔进洗衣机里，放好洗衣粉和消毒液，全自动洗衣机就转起来。陆莎趁着这工夫，把自己的旅行箱也收拾收拾，昨天进了家门就忙着干家务活，今天得找件便衣穿。陆莎干活麻利，一刻不停地忙完了家务活，终于可以喘口气喝杯热茶了。可刚端起茶杯来，婆婆突然戴上白手套举起手来摸了一把墙上挂的油画，把沾上了灰尘的白手套又举到了陆莎面前，指责她干活太粗，儿子最喜欢的油画，媳妇都不知道擦干净。平心而论，陆莎不喜欢这幅俄罗斯油画，在她的潜意识里，不想让丈夫回忆起苏联留学的经历，更不愿让他想起莫斯科郊外的晚上那刻骨铭心的初恋。其实婆婆也不喜欢这幅油画，婆婆不明白暮色中的白桦林有啥好看的，不就是些树吗？还要画好挂在墙上。她的老家山西也有白桦树，没啥稀罕的。但是她要给儿媳妇鸡蛋里挑骨头，让她服下来家务活全包。小保姆已经让老太太打发走了，儿媳妇回家自然应该好好伺候她。

陆莎回北京是为了看病，乳腺癌已经让她够焦虑的，现在踏进家门才发现休假比她上班还累，当务之急是去家政公司找一个保姆来，不然自己连看病的时间都没有。她不想跟厉害的婆婆发生正面冲突。老公早就给她打了预防针，老妈说啥都不能顶嘴，一定要顺着老太太。

陆莎对北京人生地不熟两眼一抹黑，就给她的北大女同学韩枚打电话请她帮忙。韩枚告诉她，她得乳腺癌就是长期郁闷，忍气吞声，心情抑郁，劳累过度，睡眠不够所致，每天在高压下疲惫不堪，一定要想办法改变生活方式。找保姆的事就包在她身上，把她家的保姆借给老同学用一个月。

韩枚还很快安排好同学聚餐，叫来了房地产公司总经理陈娜和刚回国的常驻欧洲的大使夫人黄玲玲一起在香格里拉聚餐。大家围坐在饭桌旁。陆莎环顾四周，女友们的服装都很光鲜时尚，只有她身上还穿着上大学时的一身深蓝色的衣服，这身衣服不仅过时了，还使人联想到"文化大革命"。

韩枚看看陆莎说："都什么年代了，你还这身打扮，真要是航天国际合作，你这身衣服真是丢中国人的脸。你怎么还是生活在新三年、旧三年、缝缝补补又三年的时代呢？也该换换装了。"

"陆莎，你也算成功女性，人生一转眼就过去了，一个女人没有体会过穿漂亮衣服的滋味，就老了。"陈娜说完就拿出一套漂亮的套裙送给陆莎。

"我在国外才体会到，人的生活差距真大呀！现在谁还愿意过穷日子。陆莎这身蓝衣服太落伍了，人靠衣裳马靠鞍啊！你看这餐厅里谁还穿成你这样？"黄玲玲感慨地一摇头，满身飘着的高级香水味就盖过了菜香味。

陆莎这才觉得自己的衣服有点落伍了。不过陆莎很聪明，她不能让老同学看不起她，她的老公事业有成，还是很值得骄傲的。于是她正话反说："我就想不明白，结婚前我老公迫不及待想成家，让我速战速决嫁给他。可结婚后，家在他心里的位置就排不上队了，家比起他的火箭卫星来，只能排第二！我真想不通，成功男人怎么一结婚就不再重视老婆了，我老公就是个上班火箭卫星，下班卫星火箭的向大总师。"

"你可小心，女人一旦在男人心里没位置，他的心就跑到别的女人身上了。"韩枚转移了话题，她不相信哪个男人心里没有他喜欢的女人。

陆莎有自信，向志远不会，他缺那根筋。

陈娜财大气粗，认为女人不要太看重感情。要用知识创造经济价值，用知识打开创富时代。她绘声绘色地讲述苹果、惠普、微软、英特尔等高科技公司的发家史。最后说，在中国还是房地产涨得快，谁要买房找她打折优惠，三句话不离本行。

四个女人一台戏。"科技、创业、风险投资和上市公司"这些热词让陆莎一下充满了兴趣和向往，她上大学时是学霸，自己回北京也可以大有作为。最重要的是，她才是家里的女主人，而不是婆婆。

吃完西餐后，韩枚拉陆莎上了她的宝马，直奔美容院，韩枚开导老同学，人到中年就该好好保养。陆莎就像刘姥姥进了大观园，也算体验了一把脸部皮肤护理啦。

陆莎一脸迷惑任服务员小姐在脸上按摩。韩枚是这里的贵宾会员享受自如，她劝陆莎想开点，老公功成名就，夫贵妻荣，当官太太应该高兴才是！

"谁知道他心里有没有别的女人，对我没有一点激情。"陆莎还有一些潜台词没好意思说出口，那就是长久以来，他们夫妻处在一种分居状态，她觉得向志远根本就不爱她，对她没兴趣。

韩枚说："你是用小女人之心，去想一个科学家心怀吧？满脑子鸡毛蒜皮的人，干不成大事。"

陆莎就是想不明白，老公是一个枯燥的好人，生活中没有情趣、没有感觉，只有工作，就是个机器人。他们夫妻之间怎么就没有一点共同语言呢？向志远为什么就不能敞开心扉和她说说心里话呢？难道他真是一个没有感情的冷血动物吗？陆莎突然从床上坐起来脱口而出："不！他心里一定是装着别的女人。"

韩枚吓了一跳，奇怪地看了她一眼，说："你有病啊！别把屎盆子往自己老公头上扣。"

陆莎无可奈何地说："也对。"

"他忙他的，你忙你的呗。女人的美丽是要靠钱来维护保养的，好好享受生活吧！"韩枚的确是个会享受的女人，用她自己的话说，干得好不如嫁得好。嫁人的学问很深奥，全凭感觉和悟性。嫁给一个没本事的男人那就一辈子受穷。后面的那句话不用她说出来，陆莎已经亲眼所见。韩枚有花不完的钱，她们一起吃饭、做美容总是韩枚抢着买单，而且陆莎能感觉到，花钱对于韩枚是个很乐意的事，好像美好人生就是用钱来消费的。

奇怪的是，韩枚闭口不谈她到底嫁了一个怎样富有的好老公，她的家是独栋别墅，宽敞的院子里到底种了一棵什么摇钱树？陆莎对韩枚的这种花钱其乐无穷的感觉很复杂，很混乱，也解释不清。韩枚的家庭云遮雾罩，充满了神秘色彩，韩枚不说，陆莎也不问。但陆莎是个有话憋不住的人，她讲了自己的婆婆如何对待她，那些刺耳的话像尖刀直刺心脏，这一肚子苦水不说出来就不痛快。

韩枚听罢不以为然，劝她赶快转业回北京当家做主，让婆婆回老家去。俗话说，恶婆婆养好男人，重要的是老公事业有成。女人人生苦短要善待自己。

陆莎这才觉得自己真是白活了，过去怎么只想事业和工作呢。她回到家时心情好了许多，立刻到厨房做晚饭，老公和儿子一进家门就吃饭，接着就是洗碗，锅碗瓢盆一阵交响曲。向志远走过来想帮忙，向母吃饱喝足了，坐在沙发上看着电视生气地唠叨儿子，让陆莎洗碗，自古就是娶妻娶妻做饭洗衣。大男人烧饭洗衣像什么样子！娶媳妇不就是让她给你做饭洗衣的吗？

陆莎顿时心里冒火，愤愤不平道："妈，我又不用你儿子养活我，我有工作，我挣的钱都交给你了，怎么家务活就只该我干？"

"我就是这么过来的，你这个媳妇也应该这样。"婆婆拍拍胸脯毫不示弱。

陆莎问："妈，你工作过吗？你挣钱养家吗？"

向母被陆莎顶得哑口无言，随手拿起茶杯摔在了桌子上。向志远赶快拿桌布来擦桌子。向母伸手拦住说："儿子，你上了一天班怎么能让你擦桌子？让你媳妇干。她不懂心疼你，娘帮你调教她。女人就要相夫教子孝敬老人。"

向志远虽然不同意妈妈的老理，但他不顶嘴把桌子擦了。

陆莎洗完碗，电视上的文艺节目吸引了她，她端来一脸盆水放在地中央，听到开水壶响了，又去厨房灌开水。向母觉得自己对儿媳妇的修理初见成效，陆莎已经知道给她端洗脚水了，老太太脱了鞋就把脚放到了脸盆里，突然"哎哟！"一声，光脚站到了地上。全家人都吓了一跳，围了过来。

向母发怒了："志远媳妇，这洗脚水怎么这么凉？连点热水你都舍不得给我倒？"

陆莎连忙解释："妈，这是我的洗脸盆，你怎么把脚放进去了，你看我干活干得满脸都是汗，我想看着电视节目洗把脸！"

向母恼羞成怒，一脚把洗脸盆踢翻。脸盆打了一个滚，洒了一地水。

老太太火冒三丈骂儿媳妇,居然还敢顶撞婆婆?她指着向志远说:"我的儿啊,你就看着你媳妇竟敢欺负你亲娘老子!"

向志远赶忙去拖地,还不停地劝他妈别生气,这是陆莎的洗脸盆。一会儿重新给她老人家打热水烫脚。然后给老婆使眼色别吭声。陆莎端起一杯自来水就灌进肚里,她终于压下心头之火忍住没吭声。

向母却不依不饶,拿出婆婆的威风来,厉声喝道:"儿子,端洗脚水不是男人干的活,让你媳妇干,好歹我儿是领导。"

向志远很无奈地劝他妈:"我是你儿子,我给你端洗脚水是一样的。"

陆莎火了:"你们看着办吧,我上辈子没欠你们老向家的钱,这辈子也没花过你一分钱,我不是你家的用人,别成天给我脸子看。吃苦受累还挨骂。我早就过够了!"

向志远赶紧把陆莎拉进了卧室,赔着笑脸给老婆说好话:"看在我的面子上,陆莎你就别跟我妈吵了。"

向母的大嗓门却突然高了八度:"儿子,你跟她离婚!今天一个男人给陆莎打电话,两个人说的热乎劲儿,我在那边的电话都听到了,还让她抓紧时间去医院看乳腺专科。"

"你偷听我打电话,简直不可理喻!"陆莎想想自己的婚姻家庭,自己的婆婆,她从中得到的幸福甜蜜不多,给她带来的烦恼苦闷却不少,如今憋出癌症来。但是现在还应该给向志远解释清楚,那是王延安打来的电话,梁欢在北京解放军总医院进修,已经和乳腺病专家说好了,让她明天去看病。

向母不甘示弱,儿媳妇居然敢顶撞她,放出狠话:"我儿是航天专家,还愁找不到好媳妇?咱不要她这样不顾家的军人,找个咱老家听话、孝顺的胖媳妇,还能再给老向家多生几个孩子。"

向志远是个孝子,明知老母亲不该说那些话,可也不反驳,他万般无奈赔着笑脸说:"妈,你要在这住得不舒服,就先到我姐家住几天,陆莎回部队,你再回来。"

没想到老太太叉着腰、昂着头理直气壮,声音又高了八度:"我住我儿子家是应该的。我支持儿子好好工作,你媳妇交给我来管教,老娘要好好修整修整她。"

"要修整修整你儿子去,还轮不上你来整我呢。"陆莎说完回了自己的房间,"砰"的一声关上了房门。她不想跟婆婆吵架,万一自己得了乳腺癌,绝不能再挨骂受累了。

这时向志远推门进来,老婆毕竟是病人,要多关心体谅,好言相劝陆莎别生气了,不要跟老人计较。"妈爱怎么说就怎么说,她不识字,接受不了新事物。你就当没听见,我明天陪你去看病。"

3

部队总医院不仅医疗设备好,还有一些声名远扬的专家,于是很多病人从祖国的四面八方慕名前来求医,病人和家属人挨人堵在每个诊室的门口,许多人半夜 12 点去排队挂号来看专家门诊。有梁欢提前安排,陆莎省去了半夜排队挂号之苦。

向志远和陆莎到医院找到梁欢联系好的专家诊室看病,他们没想到治疗乳腺癌的专家乔主任是个男医生。乔主任戴个大口罩大眼镜,毫无表情地下了命令:"请病人坐下,把衣服扣子解开。"

陆莎很不情愿地解开衣服扣子。乔主任刚伸出手来,站在后面的向志远突然问,能不能用仪器检查?

"你们别急,我先看看病人的乳房外形是否发生改变,再摸摸乳房里有没有肿块,你们不要讳疾忌医。"乔主任连忙说。作为医生他早已经见怪不怪了,从年轻时,这个专业就给他带来了很多困惑和尴尬,但想起还有那么多女患者在等待他的帮助,作为医生他义不容辞。当然也有人开玩笑说他:"利用职业阅人无数。"他知道仅仅靠 B 超检查是不够的,乳房边缘的肿瘤也有遗漏的风险。

向志远实在想不通,一个男军医居然是乳腺科的专家,每天的专业工作是摸女人的乳房,简直是不可思议。比起自己探索宇宙的航天专业,他觉得面前的乔主任选择专业是不是错位啦?然而,他不得不眼睁睁地看着乔主任把手伸进了妻子的衣服,平置在妻子的乳房上,仔细触摸着是否有包块,而且极其认真地边摸边问:"你的乳房摸上去很烫,里面还有硬结,这里有痛感吗?"

陆莎涨红了脸,摇摇头。而向志远的心却一阵阵紧缩,似乎他有了痛感。

乔主任又说:"到医院来检查乳腺癌的妇女,都是要经过我的手触诊的。我们医生的手感非常重要,我一摸就知道肿瘤是怎样的,八九不离十。你们要相信我,来让我看看。"

向志远心里那个别扭,脸上的表情就急剧变化,不由自主地攥起了拳头,咬紧了牙关。那位老医生居然毫无察觉,还用极专业的口吻说,乳腺癌是很常见的一种恶性肿瘤,应该引起重视,不能讳疾忌医。早发现、早治疗、早痊愈。

陆莎的脸色变得极其难看,眼泪开始在眼眶里打转。

向志远忍无可忍打断了他的话:"你不要吓唬人!"

乔主任一愣,抬起头看了向志远一眼,就像看到了他心里在想什么,沉下脸来,很严肃地说:"我的话还没说完,请不要打断。你妻子的病情在肿瘤里是最轻的,请不要胡思乱想,心理压力过大,相信我,手术之后就会好转。在我们医生面前只有病人,没有男人女人之分,请病人家属出去等候吧。"

向志远心里极不舒服,固执劲上来了,今天就是陪老婆看病来的,他就是不出去。

"不出去可以,少安毋躁,请不要说话。"乔主任的目光转向病人,"请你把衣服掀起来,我看看乳房有什么异常?你把胳膊举起来。"

陆莎顺从地把胳膊举起来。乔主任仔细观察她的胸部和腋下淋巴结有没有肿大,接着他又仔细抚摸陆莎的乳房是否有硬肿块。乔主任摸到了状如蚕豆的肿块,似乎还能在里面游动。于是乔主任给她开了一个做B超的单子,让她先去做B超检查,再去做钼靶,然后拿着检查结果再来找他。

向志远和陆莎急匆匆地做完B超和钼靶,拿着检查单子又来到专家诊室,乔主任看了检查结果,认为陆莎的乳腺肿块边缘不清,血流丰富,怀疑是恶性肿瘤。于是他建议陆莎手术切除。

"医生,我能不能不切?"陆莎的声音在颤抖。她很羡慕梁欢有优美的芭蕾舞演员的身材,别的女人生了孩子就变胖,可梁欢总是保持苗条的身材，真让人忌妒，要不王延安为什么选择了她。所以陆莎也矢志不渝追求有个好身材。如果让她的身体残缺不全，以后如何抬头做女人？

向志远更是不信，没开刀做切片查病理，你怎么知道是恶性的？于是他的脸就阴沉了下来。

乔主任很自信，面对面触诊过程中，如果患者不明白听不懂，他会变换方式打比方："你说，种了一辈子西瓜的老农，随意一拍西瓜就知道是生是熟，有没有道理？我这辈子就干的这行，你要不信，就切出来看病理结果。"

向志远更加不服气，心想你是男人，不是女人。我也咨询过了，手术时要做病理切片，半小时后出结果，才能判断良性、恶性。他早已提前对乳腺癌做了功课。

乔主任从没见过敢于和他班门弄斧的人，而且还是病人家属。按常规，这些人对他是笑脸相迎，说不尽的好话，悄悄地塞红包，他要想方设法退回去。于是老医生板着脸变成了乔老爷，厉声说道："我们当医生的不分男女，都是治病救人。梁欢告诉我，你是航天专家，是有知识有文化的人，但是我要提醒你，隔行如隔山，恶性肿瘤的特征是它会侵占其他组织，不及时治疗会很快转移。"

向志远一生气，拉着陆莎就走。他们听见身后的乔主任在大声地说："病人早期手术效果好，还有机会根治乳腺癌。"

向志远就是不相信，一个男医生用自己的手去摸一下，就能诊断普天下女性的乳房是正常，还是乳腺增生，还是长了什么肿瘤。他们又去找梁欢。梁欢微笑的目光像是看透了他们的心思，给他们解释："乔主任是治疗乳腺癌的专家，要不我带你去找个女医生看病？不过那个女博士刚毕业没什么临床经验。"

向志远似乎有难言之隐，吭哧半天才不好意思地说，老婆摸都让他摸了……

梁欢收起笑容开导向志远的封建脑袋瓜，告诉他老婆的命比什么都重要！乔主任那是赫赫有名的乳腺病专家，要相信乔主任能救陆莎，他的专家号是很难挂上的。随后，梁欢给他们讲了乔主任的从医之路，一切源于他的母亲死于乳腺癌。那时他才13岁刚上初中，全家人都不知道母亲的乳房硬肿块是癌症，直到母亲病重被送进医院，确诊是乳腺癌晚期。医生问他们为什么不早点来就诊？乳腺癌如果发现得早，治疗效果好。如果当时有一些医学常识，母亲早点做手术，也许不会那么早就离开他。他站在病床前，面对将要离他而去的母亲郑重承诺，长大要考医学院，当医生治病救人。后来他从中国医科大学又考入美国的医学院，博士毕业就回国了。他治好了成千上万的乳腺癌患者。当病人感谢他的时候，他有一句名言：每个女性患者的背后都有一个家庭，说不定这位母亲身后也藏着一个像我当年一样的少年。向志远听完这些话，后悔莫及，真恨不得踹自己一脚。

梁欢说的是实情，许多慕名来到这所部队医院找乔主任治疗乳腺癌的病人在等待手术，住院床位很紧张。梁欢帮助陆莎顺利住进了医院。陆莎为此非常感谢梁欢，她觉得梁欢心地善良、乐于助人，陆莎把一肚子苦水都倒给了梁欢，不仅说了生活诸多的不如意，婆婆如何对她不好，刁难她；还说了向志远根本不爱她，他们无话可说，长期分居，夫妻生活不正常，她长期忍受婆婆的辱骂和刁难，心理压抑，所以乳房上才长了肿瘤。梁欢听着陆莎个人生活的隐秘不幸，开始怜悯这个女人了。

然而，眼前的向志远称得上是一个模范丈夫，他每天下班后都提着补养品来看陆莎，还用热气腾腾的毛巾给她擦脸擦手，端洗脚水。梁欢看到这些，又觉得陆莎该知足了，这样一个功成名就的科学家能对病人老婆做到这点多不容易呀！为了让向志远省下一点陪床的时间，别影响工作。王延安再三嘱咐梁欢找乔主任给陆莎些照顾，尽快安排手术。

那天，乔主任亲自找陆莎谈话，并且强调不许带丈夫，让梁欢陪同陆莎，要详细告知病人病情及手术后果。谈话结束，陆莎眼睛红红地走回病房，一头扑在床上大哭起来，向志远问，那个乔医生说什么了？陆莎吭哧半天说，她的乳房保不住了，活着有什么意思……

向志远连忙劝她，保命才是最要紧的！

这时乔主任走进来，表情严肃地告知向志远："切除女性乳房是我最厌恶的手术，但是为了治病救人，我会去做。现在应该抓紧时间进入治疗程序。你们夫妻俩好好商量，在手术单上签字，让陆莎接受手术。"

乔主任说到这儿停顿了下来，他在等待回答，可是病人没有他预期中的积极态度，这种情况他也见多了，毕竟此事非同小可，他可以理解。但他说出来的话却很强硬："你们不愿意手术，那就办出院手续吧。我这里要治疗的病人很多，他们排了一个多月的队还没排上手术。你们想好了到办公室找我。"说完转身走了。

陆莎眼睛里噙满了泪水，她目光呆滞地看着乔主任的背影走出病房，向志远紧紧地握着她的手，她使劲吸了一口凉气，缓过神来。

梁欢也表明了自己的意见，乳腺癌早期发现首选手术，首选把肿瘤切掉，不切掉它就跟着你，还会发展，局部切掉，把病根去掉，再考虑其他问题。她和向志远好说歹说，终于说服陆莎同意做手术。梁欢告诉陆莎，已经建议乔主任给她实施保乳手术，但这是有条件的，早期乳腺癌往往选择保乳手术，一般是小于3厘米的孤立病灶。切除肿瘤还要做活检。保乳手术可以让女人保留更多的自信和美丽。总之，梁欢苦口婆心给陆莎讲了各种治疗乳腺癌的方法，让她选择最合适的手术方案。

手术那天，医院一切安排妥当，陆莎又变卦了。她一夜未眠，满脑袋都是对生死未卜的恐惧和杂乱无章的思绪。她觉得一切都变得无可预知。护士把她推到手术室门前，陆莎打了个冷战，她见王延安和梁欢来了，陆莎失声痛哭。梁欢抚摸着陆莎的手，安慰她一个人只有一次生命！"老向不能没有你！你儿子不能没有妈！别放弃！要挺住！"

王延安也劝陆莎："老向会一辈子守着你，对你好。他这人会遵守承诺的，绝不会因为你的病而对你改变态度。"

向志远抚摸着老婆的头发，说："陆莎，为了我，为了这个家你要接受手术，好好活下去。"

陆莎觉得自己成了一个残疾人，还怎么昂首挺胸面对世界，面对丈夫？她一头扑在丈夫的怀里哭起来，她无法面对残缺的身体，更害怕因此别人会用异样的眼光来看她。她多需要一份来自丈夫的安慰和支持呀！陆莎泪眼婆娑地看着老公。

王延安突然指着身边的向志远说："陆莎，你一定要活下去看住他，万一你不手术治疗，人先走了，别的女人就会花你的钱、住你的房，嫁给你的老公，还会打你的儿子！你想过没有？"

陆莎突然擦干眼泪，她想明白了，与完美的身材相比，生命更重要。

人没了想美也美不起来了!

向志远安慰陆莎,要听医生的话,治好病!留得青山在,不怕没柴烧。陆莎的眼泪又顺着眼角流了下来,紧紧地拉住向志远的手。

梁欢上前安慰他们,乔主任是我们医院最好的医生。他治疗乳腺癌有经验,你们要有信心。护士赶紧用手术车把陆莎推进手术室。一切准备就绪,梁欢握住了陆莎的手,大口罩上面只露出一双眼睛,向她传递着关爱和温暖,那是一种心疼,一种安慰,一种友情,一种责任。陆莎感觉到这双战友的手在帮助她,在麻醉中安静地睡过去了。

向志远坐在手术室门外的椅子上,想起陆莎这次回家已身患重病,母亲还给她气受,觉得对不起老婆,他流泪了。王延安在他身旁,理解向志远是男儿有泪不轻弹,只缘未到伤心处。现在说什么话都是多余的,只有默默地等待手术结果。

当陆莎在病房里醒来时,她仿佛从地狱里回来,脑子变成一片空白,阳光照在雪白的病房里,陆莎下意识地看着自己胸前的白纱布,她觉得胸前很疼,浑身的骨头都像散了架,她不由自主伸出手去握住向志远的手,顿时感觉到了温暖和依靠。

向志远一夜之间嘴上燎起蚕豆大的水疱,问她要喝水吗?

陆莎摇了下头,试探地问:"是恶性的吗?"

向志远犹豫了一下点点头说:"是早期的。乔主任名不虚传,手术成功了。"

陆莎两手捂住脸,泪水顺着指缝流下来。向志远给她擦着眼泪哄着她:"医生说你的手术很顺利,切干净了,癌细胞就不会转移。"这时,梁欢来看陆莎,让向志远先回去休息,她来照顾陆莎。

向志远不好意思麻烦别人,给陆莎请了一个护工。梁欢让向志远去忙航天大事去,照顾病人是医生护士的专长。向志远走了,梁欢安慰陆莎:"你是早期肿瘤,你的手术也是一个奇迹,揭开纱布你就知道了。不过要心情愉快,不然怒气郁结在身体里就会影响健康。"

这时韩枚来看陆莎,梁欢告辞。

陆莎和老同学喋喋不休历数婆婆怎么恶语伤人,让她心情郁闷。韩枚也很同情陆莎的处境，不停地安慰她，要面对现实。上帝造人时就偏心眼，当男人的生命和事业达到高峰时，女人的青春年华却已经逝去。现在离婚率多高啊！

陆莎的眼泪顿时停止，嘴张成了O形。

韩枚今天真是搜肠刮肚来开导陆莎的，许多话都说得很经典，比如陆莎和她婆婆根本就是两类人，是两股道上跑的车，本应各走各的道，别跟没文化的老太太一般见识，压抑自己得了病，惹不起就分开过。

两个女人此时已经有了同病相怜的感觉。韩枚婚姻不幸，老公去了美国一去不复返。虽然把别墅和宝马留给了她，毕竟斯人已去，情缘不再，生活要重新开始。

韩枚用看透了的语气说："人啊，就是爱说假话：说金钱是恶源，都想捞；说性爱是祸水，都想要；说高处不胜寒，都想爬；说烟酒伤身体，都不舍；说天堂最美好，都不去。"

陆莎破涕为笑。看到老同学虽然经济上富裕，生活安逸，可也婚姻不幸福。再看看社会上，人们对婚姻家庭的态度已经悄然发生变化，合则聚，不合则散。男人不会像女人一样把爱情看作生活的全部。陆莎想通了，自己重病在身，没必要再忍气吞声了。

韩枚深叹口气："男人都是花心大萝卜！当今比不上古时候的柳下惠，哪还有坐怀不乱之理。别听那些花言巧语，花心才是他们的正常生理和心理。过去因为他外遇我们俩没少吵架，他总是辩解说，那是逢场作戏，他终归要回家的。我气不过就冲他嚷，可你演的是长篇电视连续剧呀，总也不收场。"

陆莎让韩枚的话给逗笑了。

韩枚看到自己的话起了作用，咽了口唾沫接着讲前夫的故事，前夫在北京车展把香车美女一同买回家，宝马送给她，作为他们分手的纪念品。他带上那个年轻的女车模一同飞往大洋彼岸。他们到美国生根落户后，女车模就提出和他离婚，财产对半分，结果他落得人财两空。韩枚解恨地长舒一口气，说："这就是善有善报，恶有恶报，不是不报，时机没到。"韩枚本不想说自己家庭的闹心事，毕竟不是什么光彩事，家丑不可外扬。可一想到陆莎挺可怜的，韩枚脑袋一热就把自己的不幸全都说了出来。

陆莎这才觉得大都市和深山沟里的生活观念是那么不同，自己在部队生活单纯，每天想的都是天气预报和执行任务。回到北京就挨婆婆骂，说她是个不管家的女人。现在她终于找到一个宣泄的出口，把婆婆怎么刁难她，丈夫在婆婆面前听之任之，统统告诉了老同学。陆莎毕竟是当领导的，也说了自己一心忙事业，儿子是婆婆一把屎一把尿带大的，婆媳关系不好，但奶奶还是疼孙子的。所以看在这个份儿上，自己就忍了。

"陆莎，你知足吧！这世界上能有几个男人能像你老公那样，一门心思搞科研，不拈花惹草，一身浩然正气。人无完人，你知足吧！我怎么也想不明白，当别人都羡慕你找了个好老公，家庭幸福时，你还不快乐，你到底想要啥？"韩枚劝陆莎为了家庭幸福就赶快转业回北京，家庭对一个女人非常重要，尤其是对一个身患癌症的女人更为重要。"你回北京了，一山怎能容二虎？你丈夫就算再怕他妈，只要他有一点仁心，就不能看着他妈天天骂一个癌症病人，就会让你婆婆回山西老家和他那五个姐姐一起生活，你们给寄点钱就行了。"韩枚支着儿，让陆莎陷入了纠结中。

梁欢天天来看陆莎，给她带来补养品，开中药给她调理。还给她讲中医理论，她的乳腺癌脉象是弦脉，代表肝郁。生气，气血就不流通，形成郁结。所以，想治好病就要知足常乐。陆莎也想通了，积极配合治疗，一场大病让她顿悟，只有健康最重要！她对以后的生活有了新的打算。

4

与此同时，王延安也要面临新的选择。

中国的运载火箭将要进入国际航天发射市场，基地准备发射美国制造的"亚洲一号"卫星，这次国际航天合作首战必捷。雷指挥长借到京开会之机，要当着众将军的面，立下军令状，而且要调兵遣将把王延安挖回来。当然他想好了计策，他心知肚明，上级机关调走基层的人是理直气壮，工作需要，基层想要从总部机关挖人谈何容易。

那天正好总部机关召开卫星发射任务工作会议，各卫星发射场的指挥长会聚在航天协作楼的会议室。下午刚散会，雷指挥长就派人去会务组找王延安，让他立即跑步去会议室报到。

王延安不敢怠慢，一路小跑到会议室门前，大喊一声："报告！"

门里传出："进来！"

王延安推开门一看，愣了，哎呀，雷指挥长正在讲话，满屋子坐的都是各基地来的将军，肩牌上将星闪烁。王延安一看这么多将军，便悄悄在后边墙角先坐下来，心里纳闷，雷指挥长让我来做什么？

"王延安你站在那儿，谁允许你坐了？"雷指挥长的大嗓门把王延安吓得赶紧立正站好，他一头雾水不知这是啥情况。

将军们的目光唰的一下聚焦到王延安和雷指挥长脸上。

雷指挥长板着脸问："王延安，你到北京总部工作过百天了吧？"

"报告，总共有108天了。"王延安答。

"王延安，你到北京，进了总部领导机关，为什么不好好干？"

"雷指挥长，我是在好好工作，我绝对没偷懒！"王延安赶紧解释。

"好个屁，都来了108天了，人家还没把你王延安正式调来，你干得好，总部怎么还不下调令呀？"

"报告雷指挥长，我还在调入机关试用期内。"王延安顿时明白了雷指挥长的意图。

此时，一位将军笑道："雷指挥长，你是在将领导机关的军啊。难怪人家都说你雷震山看上去外表粗鲁，实际上粗中有细、足智多谋啊！"这话引来了一片笑声。

总部参谋长连忙解释："雷指挥长，王延安干得不错，我们司令部上上下下对他的反映都很好，他熟悉发射场，脑子灵活，进入情况快。参加中美发射卫星谈判，不仅业务精通，外语也好。至于正式任命嘛，总部机关明确规定，不管是谁都要试用半年。这是硬杠杠，不能破例呀。"

"大机关就是庙大欺人！如果是我给你推荐的人，你不了解你试用去。王延安是你们反复考察后点名要走的，还有什么可试用的，分明是他自己不好好干，是他自己不称职嘛。"雷指挥长又转过头来说，"王延安，你赶快给我卷铺盖卷，开完会，咱们就回大山发射场去，中国火箭要发射外国卫星，基地编制升格了，干部水涨船高。大机关当个参谋还要试用，咱们打道回府，回大山发射场去，英雄必有用武之地！"

总部参谋长赶忙说："雷指挥长呀，这是怎么回事嘛？我们既然调王延安来，就是考虑到他的发展前途委以重任，在大机关他的视野更广阔，更有作为。"

雷指挥长看王延安成了香饽饽，大家都抢着要，必须打进攻战，大喝一声："王延安，你看明白没有？这次中国火箭发射美国卫星机不可失，时不再来！北京虽好，可发射卫星能在北京发射吗？这个重任就落在了我们大山发射场，你敢挑重担吗？"

"报告指挥长，我一来总部机关，领导就让我参加了中美合作发射卫星的谈判工作。我愿意迎难而上！"王延安知道，中国航天几十年来严格保密，现在改革开放，大胆创新，中国火箭进入国际发射服务市场，中国发射外星是做前人没有做过的事情。我们不能学欧洲"阿里亚娜"火箭准备8年再上，不可能！黄花菜都凉了！

"王延安，机遇和挑战就在你面前，你敢不敢去承担重任？为祖国争光！"雷指挥长不失时机将了他一军。

"敢！我们中国航天一定要走向世界，成为航天巨人。"王延安声音洪亮。

"王延安，好样的！只要你回咱们大山发射场，我就要人尽其才，让你挑大梁，现在你就给诸位领导表个态，你跟不跟我走？"雷指挥长又将了他一军。

"走！"王延安响当当地当众表态了。

"雷指挥长，王延安现在可是我们总部的人，他要走那可是我说了算！"总部参谋长有板有眼地打了发横炮。

"参谋长，我现在就给你写报告要王延安，行不？"雷指挥长继续打进攻战。

"你这个老雷头，看来我不同意还不行了！"大家听到参谋长这话都笑了起来。

晚上散会以后，雷指挥长叫住了王延安，他像变戏法似的拿出了一瓶五粮液，打开瓶盖把喷香的白酒倒进了茶杯里，俨然是在下达命令："咱俩一言为定，说话算话。干杯！"

王延安一惊道："这么多酒，我怎么喝得了啊？"

"你小子别啰唆，咱们可是军中无戏言！喝完这杯壮行酒，浑身是胆雄赳赳。"雷指挥长根本不理睬他面有难色,只管放开嗓子发布命令,"会议结束后,你立刻带上行李和我老雷头一起回大山发射场去。"

王延安回到家立刻向父母和老婆报告,计划赶不上变化,他已经答应雷指挥长要回大山发射场去。当妈的心里好一阵纠结,儿子不惑之年都过了,怎么没想明白,能调到北京谈何容易?多少人都眼巴巴地羡慕着,儿子怎么轻而易举就放弃了,这一走不说照顾父母,连他的一对小儿女的教育也不管不顾了。说好的儿子调令一下,就把孙子接到北京上学,看来也要泡汤了。

梁欢自然站在母亲一边,王延安还是留在北京好,到总部机关工作他开阔了眼界,英雄有用武之地。况且好马还不吃回头草呢!以后要再想调回北京总部机关,那就难了!还有一点梁欢嘴上没说心里却在想,自己是医学博士,又有临床经验,留在总医院没问题,可王延安回基地也就意味着她也得跟着回基地,要不就只能两地分居。

王延安今天是当着一群将军表态,跟雷指挥长回发射场。现在收不回来了。他实话实说:"我回去正好准备发射外国卫星,我有用武之地。"

儿大不由娘,既然他已经决定,那就什么都不说了。白雪洁无奈地说:"总部机关马上就任命你当处长了,你咋说变就变了,走回头路呢?"

王延安虽然觉得没当上处长挺遗憾,可没人给他透过风呀。他这人就是喜欢挑战!天生不喜欢平淡!于是说:"老妈放心吧,碰上好机会,我绝不放过!"

杨志坚笑了:"别吹牛!我还不知道你那狗脾气!不到急需用人的关键时刻,没有人会喜欢你这刺猬头,你就靠本事好好打拼吧。"

"遵命!"王延安立正敬礼,声音洪亮,"我绝不让全家失望!"王延安离开北京时,哪里想到父母心里藏着一个秘密,怕影响王延安工作一直没告诉他,没想到他突然决定回大凉山了。确切地说,王延安没操过家里柴米油盐的心,家就是他安全的港湾,全家人都在支持他的工作。

父亲杨志坚在他临走那天晚上,语重心长和他谈了一次话:"我们都是军人,部队就是军令如山。在淮海战役时的尖刀连,战士们一边在挖战壕,一边在战壕后面挖墓坑,随时准备掩埋牺牲的同志。上级给他们的命令是：不管上来多少敌人，都要顶住！剩下一个人也要打到底！守住阵地！不准后退一步！儿子，你既然认定了一项事业，那么，你就一定要勇往直前，绝不后退！"

那天，王延安并没有听出这段话的潜台词来。翌日清晨，他斗志昂扬地向父母大人敬了一个军礼，转身上了飞机。

王延安回到基地就被任命为新组建的发射测试站站长。他面前是一片崭新的天地。中国航天在过去的几十年里，航天技术在各个环节都有一套严格的保密措施。现在改革开放，中国是提供发射服务的卖方，必须要把运载火箭、发射设施的技术指标和试验数据等，作为商品全面展示给外国用户。大山发射场成为中国航天面向世界的窗口。王延安就职演说的最后一句话是："外国同行怎么看中国人，就看我们的真本事了。"

5

中国火箭要发射美国卫星，向志远重任在肩，可他家里后院起火，婆媳对峙，向志远夹在中间束手无措，一个是母亲，一个是妻子，两个性格强势的女人针尖对麦芒，他看到了问题的严重性。陆莎是病人，手术后休息了一个月，就回部队办理了转业手续回到北京。这期间，向志远心脏病犯了，林依然去医院看望他，劝他要注意身体，劳逸结合。多给患病的妻子关心和爱护，不要工作忙，就不注意家人的感受。临走留下一张纸条：有一种真情，无缘而有情，默默地理解，深深地祝福，挥一挥手，犹如天上的白云飘过，满怀希望去迎接新的朝阳。向志远明白，林依然今后将从他的生活中消失，彼此相爱的人永远不能在一起了。

陆莎是癌症病人，尽管部队不舍得放她这个技术骨干走，可也要照顾她的具体困难，很快就批准她转业回京。可架不住婆婆旧观念难改，儿媳妇一到家，保姆就辞了。婆婆老生常谈，儿媳妇回来了家务活全包，儿子是干大事的，媳妇才是洗衣做饭的，理应伺候好婆婆和丈夫。几天工夫，可怜的陆莎就给累病了，住进了医院。

梁欢天天去看陆莎，劝她抗癌的第一步是调整好心态，接受化疗，战胜病魔。因为化疗以后严重脱发，她还给陆莎买了假发套。鼓励陆莎生命才是最宝贵的，要有信心、不放弃。

陆莎出院那天，梁欢严肃地批评了向志远："你老婆是癌症病人，不是保姆。如此下去，你老婆可就没了！"向志远是大孝子，不敢说他妈，又把原来的保姆请回家。老太太不满地嘟囔了一句："媳妇什么都能干还找什么保姆！浪费钱！"可精明的老太太心知肚明自己又没钱，儿子媳妇出钱找保姆她是挡不住的。

老太太自有发泄不满的办法，她是个戏迷，山西梆子、秦腔和京剧她都喜欢听，每天晚上守着电视看大戏，人老耳背就把电视声音放到最大，陆莎被吵得没法休息，儿子没法写作业，全家人只好耳朵塞棉花，但也挡不住超级音量的唱戏声。向志远也吵得受不了，晚上就去办公室。陆莎实在忍受不了，就给婆婆买了一个高级助听器，可婆婆说助听器戴上不舒服，依然我行我素津津有味地欣赏唱大戏，让全家人不得安宁。向志远居然在强势的母亲面前不敢说半个不字。直到有一天，向天翔期中考试不及格，唱戏声中终于爆发了争吵声……

向志远思前想后，这样下去，自己无法工作看书，老婆无法休息，儿子无法学习，连保姆都不愿在他家干活了，说把耳朵要吵聋了。左邻右舍也提出了抗议。无奈之下，向志远把刚发的工资和五千块钱奖金都塞给母亲，好说歹说把母亲送回了山西老家。

母亲走后，没人絮叨，家里顿时安静下来。两个人每天一如既往。他们又回到了各自的生活空间。不知怎么，每天下班陆莎跟向志远说话，他总有点心不在焉，回答也是只言片语。开始，陆莎觉得婆婆走了，家里的气氛不那么压抑了，没人再挑她的毛病了，心情好了许多。可是陆莎突然发现向志远下班回来，就沉默寡言。夫妻都忙，晚餐后各进各的屋，也难得说几句话，即使说话也说不到一起去，陆莎干完家务活就辅导儿子写作业。

最让陆莎气不过的是，丈夫晚上只要不去加班开会，在家总会给他妈打个电话，而且是无话找话说——"妈，你今天晚饭吃的啥？""下雨了吗？""中午睡觉了吗？""看啥电视剧呢？"等诸如此类的家常话题，娘儿俩一说就是半个小时，因为老太太爱唠叨，把在山西身边的五个女儿、女婿到外孙都说一个遍,向志远就在电话旁不厌其烦地倾听。

陆莎强烈地感觉到鲜明的对比,丈夫极其有耐心听他妈永不休止的唠叨,而这些听上去淡似水、可有可无的话题,透着体贴和关心。而且母子对话声音很大,影响了陆莎和儿子学习。她实在气不过就提醒老公:"你小点声!"可说话声和笑声依然很大,因婆婆耳背听不见说话,声音却从电话听筒里飘出来,钻进陆莎的耳朵里,好像故意气她似的。

向志远让家庭琐事闹心,却没多想老婆的感受。他是个不折不扣的大孝子,按照母亲的要求,他每月把刚发的工资统统给母亲寄回老家,确认已经安抚好母亲,才放心地到发射场去出差了。

向志远走后,陆莎这个月缴了1300多块钱的长途电话费,这可是她当时一个月的工资,陆莎的心就更凉了。陆莎离开部队,又身患乳腺癌,心情不免沮丧,很长时间适应不了地方单位和城市的热闹生活,她开始后悔离开军营了。

陆莎一生气,就在元旦前夕写了一封信,提出离婚,发到大山发射场,让王延安转给向志远。这封信让王延安很尴尬,这个前女友是啥意思他没想明白,但他同情陆莎是个癌症患者。王延安决定把信交给向志远时,和老哥推心置腹地谈一谈,劝他一定要多体谅身患乳腺癌的陆莎。

那天,向志远接到陆莎的信很高兴,看着看着脸色就变了。信上说:

志远:

  志存高远,辛苦啦!

  你总说你工作忙,我和儿子在你的心里已经没有了位置。你甚至连个电话都不给我们打,吝啬得连笑容都不愿意给我们,你太不近人情了。我患了癌症,你关心过我吗?你关心过这个家吗?要使家庭幸福美满,你就得投入时间、精力和感情,这是你的责任和义务。这个世界上就你忙!我看你比美国总统都忙。也许等你七老八十爬不动了才不忙,可惜我等不到那时了……

向志远看完长叹一口气说:"陆莎从部队转业后,变化咋那么大?

我说东，她说西，我说航天，她说服装，我压根没兴趣。我们现在追求的目标相去甚远，工作上的事不能说，其他的事没话说。道不同，不相为谋！"

王延安笑了："陆莎转业后不能穿军装了，首要问题就是解决穿什么样的衣服，她从深山沟到大城市眼花缭乱，你当丈夫的是不是应该给她买几件时尚的衣服啊？你妈妈对儿媳妇苛刻，你是不是有责任啊？她身患重病，你什么家务活都不干，带孩子、管家都是她的事，总该对老婆以表扬、鼓励为主啊！不管你在外面多么有头有脸，你回到家就是个丈夫，家庭没有什么革命大道理可讲。男人嘛，小不忍则乱大谋，非原则问题别和陆莎斗气，老兄，千万别让后院起火呀。"

向志远则认为他已经结婚生子了，这辈子只剩一件事要做，那就是搞航天，他只想做好这件事。他一脸酒意，瞪着发红的眼睛，问王延安："当初你为什么移情别恋找了梁欢？"

"找老婆，咱是打不赢就跑，陆莎强势不是我的菜。我有自知之明，发脾气没前奏，是一点就着的火药库。只能找温柔贤惠的梁欢让着我。"王延安直言相告。接着他劝向志远："别受你老妈的影响，欺负你媳妇。你也别看不起陆莎，说句公道话，陆莎是天王山上的女台长，业务出类拔萃，整个发射场闻名。当然女人是感情动物，你千万不要让陆莎觉得，她在你心里没有位置。你想想，谁都需要精神和感情寄托。告诉你，作为军人，我喜欢巴顿将军在战场上八面威风的谋略和勇敢，也喜欢他对心爱的女人有柔情，这是人性！他的军队都知道他怕老婆，怕老婆又不丢人，连古希腊的大哲学家苏格拉底都怕老婆，你怕老婆还算啥？男人要多给老婆爱！男人回家要对老婆好，要浪漫温情，那叫爱老婆。"

向志远满脸通红地说："延安，你说得对！男人总要干一番事业。我受什么苦都行。天将降大任于斯人也，必先苦其心志，劳其筋骨，饿其体肤……"

王延安觉得向志远把自己整成了苦行僧，这年头哪个女人喜欢苦行僧？各家有各家的难处，虽说事业是男人的地位和尊严，可我们是上顾不了老，下管不了小。连搬家的力气活都扔给老婆了，当丈夫的想起来就心里有愧！自己的宝贝女儿打起架来像个野小子。儿子好几年没见，还不知怎样呢！他喝了一口酒，又倒上一杯，说："我们家是三分帝国，松散的联邦。想起来，我欠了一家人的感情债——父母的、老婆的、孩子的，咱们是一人干航天，全家都支持。"

向志远有了醉意，突然冒出一句："延安你知道吗？林妹妹喜欢我，我这辈子都欠她的感情债。我们只能发乎情，止乎现实。"

"老兄，我警告你，酒可以多喝，女人再好，你也不能多要，你甭吃着碗里的，想着锅里的，成天想着天上掉下来个林妹妹。林依然可是我表姐。"王延安讲了林依然的父亲如何牺牲，母亲和他妈妈白雪洁是双胞胎姐妹的事。

向志远一动不动地看着王延安，良久才举起酒杯说："感情这东西就是一团乱麻说不清。过元旦呢，为了咱们能发射成功，干！"

"咱们是男人，总该宽容大度些，就说我吧，连自己穿多大的衣服都闹不清，不依靠老婆怎么行？这年头术业有专攻，没有稳固的后方根据地，没有女人的日子也不好过。"王延安又把话题引到陆莎身上，现在陆莎患了乳腺癌，还是应该多关心她。他要为前女友说几句公道话，依照陆莎的能力和性格，她能忍受婆婆的百般挑剔，委曲求全都是因为爱向志远，爱这个家。现在她是病人，就应该多体谅她、照顾她。

向志远也想明白了，告诉王延安，老母亲回老家时，拉着他的手说："儿子啊，家和万事兴！陆莎厉害，你就让着她吧。你妈 80 多岁了，再也跑不动北京了，你和陆莎两个人好好过日子，不要为我吵架。陆莎每月给我寄钱，她能挣钱，钱多了就是好，用到哪里哪里好。"老太太心里还挺明白。

王延安放心啦。他和向志远现在就是奔着一个目标，实现一个梦想，用中国的火箭把美国的卫星发射成功。

第十九章

1

1989年初,中国卫星公司与美国卫星公司在北京人民大会堂正式签署了用中国"长征三号"运载火箭发射美国制造的"亚洲一号"卫星的合同。这是我国首次承担国际商用卫星的发射。

王延安刚回到大山发射场,受命于关键时刻,心里别提多高兴了,他有了一个发挥才能的平台,甩开膀子,首战必捷。

可偏偏老天就像在故意考验王延安和发射部队一样,大凉山一个漆黑的夜晚,一声接一声的炸雷震耳欲聋,暴雨似天崩般地倾泻下来,百年不遇的特大泥石流突然降临,洪水裹挟着巨石和泥沙从山顶上奔袭而来,房屋在洪水中倒塌,大卡车在泥石流中翻滚而下。

王延安接到紧急电话后,立即带领部队奔赴泥石流现场组织抢险。面对被冲成深沟的公路,钢轨悬挂在空中数十米长像大渡河上的铁索桥似的铁路,东倒西歪躺在烂泥里的电线杆,供电和通信线路中断的情况严峻,他心急如焚。他深一脚浅一脚地蹚在没膝深的泥沙中,摸石头过河。再过一个月,中国和美国卫星公司约定的发射卫星第二次技术协调会议就要在这里举行,届时将决定发射的关键问题。

王延安带领工程技术人员、干部战士抢险救灾,重整家园。要尽快抢通公路、铁路,供电、通信线路。一方有难,八方支援。在上级机关和地方有关部门的大力支援下,航天城仅用了一个星期就抢通了数千米的供电线路。29 天之后，铁路开始通车。很快，两座公路大桥、一座铁路大桥像彩虹一样接通了驶向发射场的路，火车、汽车畅通无阻。施工部队奋战了一个月没休息，发射场已经改天换地。美国卫星发射队也如期来到了发射场。

王延安像上紧了发条似的，每天奔忙忘掉了休息，这天清晨，他来到发射场坪上。场坪上寂静无声，工地无人施工。一问警卫战士才想起，今天是国庆节，部队放假半天。

恰好，美国空间开发公司总工程师贝克先生跑步过来，他的个子足有两米高，一双巨大的脚，跑起步来很笨重，但一下子就立在了王延安面前。他的大脑也很发达，是一个中国通，能说一口夹生的汉语："王先生，早晨好！这里的黎明静悄悄。"贝克耸了耸高鼻子，又眨了眨蓝眼睛，继续张开大嘴说，"王先生，用户就是上帝，发射工位建设不好，罚金一百万，我们上帝可就和你们拜拜了。"

"贝克先生早晨好！这话可不能说得太早了！"王延安信心满满地说，"虽然古人把贝壳当作货币，可是我绝不能让贝克先生抱着老观念，轻而易举拿到这笔百万罚金。"

贝克显然是有备而来，他故意耸耸肩膀表示遗憾说："我们美国人认为，人的生命至高无上，虽然天堂好，可我不想去。你们的发射塔架上没有逃逸设施，如果发射出现意外，我从哪里逃命？这很重要！"

王延安一愣，他确实没有想过这个问题，共产党员"一不怕苦，二不怕死"，发射如果出现意外，他会誓与发射架共存亡。他王延安是绝不会逃跑的。

贝克从他的表情上看到提出的问题击中要害，于是摆出居高临下的样子说："万一你们的火箭出现问题，保险公司可以理赔我们的卫星。而我也有人身保险，它要赔我的生命可是赔不起的。能赔得起我也不愿死！你知道我的年薪有多高吗？"

王延安没有去问贝克的年薪，显然他们之间的年薪差距是悬殊的。然而，他突然灵机一动，既然是航天国际合作就要按照国际惯例来办。中国的发射塔理应安装逃逸设施。所以他一拍胸脯回答："咱们按商业航天发射合同办。你放心吧，中国发射场一定要保证你的安全！"

然而，让王延安万万没想到的是，他与贝克的聊天，恰巧让在发射场值班的保卫处邢干事看到了，邢干事悄悄潜伏在树后，无奈听不懂他们在用中文夹着英语说啥，但他革命警惕性很高，火速报告了保卫处长，处长又报告给政治部主任，写成情况简报送到雷指挥长手里。主要内容是，王延安休息时间不通过翻译和美国航天专家聊天……

在发射指挥部会议上，雷指挥长非但没有批评王延安，而且还说，我手里这份在发射塔上安装逃逸设施的建议，就是王延安提出的。我们中国军人"一不怕苦，二不怕死"，但是这次是国际航天发射合作，要按照国际惯例办。中美航天专家技术上如果不交流、不对话、不沟通，那怎么合作呢？现在咱们要尽快把逃逸设施落实到发射塔架上。

会后，雷指挥长特意对保卫处长说，保卫工作警惕性高是对的，但不能草木皆兵。咱们要相信王延安是好同志。

王延安在休息日可没消停，他直奔安装发射塔架的工兵连，战士们正在搞个人卫生。平时他们每天天没亮就去施工，中午顶着烈日在工地上吃盒饭，晚上披星戴月继续干，一天干十二个小时的活儿，已经一个多月没有休息过了。他跨进了战士的宿舍，虽然床铺上依然整洁，豆腐块似的绿军被方方正正，有棱有角，但看床下，一盆又一盆的工作服堆得像小山，上面沾满了水泥、尘土和汗碱。这一盆盆的脏衣服牵动着王延安的心，战士们没时间洗衣服，王延安意识到应该给连队配发一台洗衣机，解决战士洗衣难的问题。可是洗衣机的购买和经费问题不归他管。他知道这支能打硬仗的部队，官兵再累也不会叫一声苦的，越是这样越要关心他们。王延安立刻叫上司机转身回家，把家里的洗衣机拉到了连队，让战士们公用。

1989年10月11日，"亚洲一号"卫星第二次技术协调会议在发射场如期进行。王延安和贝克又相逢在发射场坪上，他们抬起头眯缝着眼睛在看发射塔架。

贝克的蓝眼睛满是惊奇，他瞧着中国的航天发射设施肃然起敬，他信服了，中国速度快得惊人！中国人是能够创造奇迹的！然而，骄傲的贝克眨了眨蓝眼睛说："按照市场经济的法则，用户就是上帝，你们应该满足上帝的要求。"

王延安知道他话里有话，对待这个骄傲的美国人不能太客气，于是说："贝克先生，你对我们的发射服务还有什么想法？尽管提。中国火箭和美国卫星对接，你们的约翰工程师把一个技术参数给弄错了，我请他重新计算，我相信你们上帝算错了数据一定会尽快改正的。此事请你过问一下。"

贝克顿时有点尴尬，做出一个遗憾的表情，厉害的王先生不能小觑！当然，他也知道中国的火箭和美国的卫星都不能出一点差错。

王延安缓和了一下语气说："我们都是为了一个共同的目标。你们选中了中国火箭，我们就会给你们提供最优质的发射服务。对火箭和卫星厂房，还有你们住的宾馆和通信设施，有什么要求你尽管说。"

贝克的蓝眼珠一转，他想起发射阵地医疗队的女医生秦燕不仅医术了得，给他治好了病，还能用英语和他对答如流，马上提出让秦燕做翻译联络工作。并说中国的翻译先生有一次把他的话翻译错了，让他听出来了。

王延安不能马上答复他的问题，这样做似乎不妥，就说："贝克先生，我们都是男子汉，英语汉语都很棒。再说翻译先生比翻译小姐为您服务更合适一些。当务之急还是请贝克先生把数据搞准确吧。"

贝克被王延安将了一军，却对面前的这个中国人肃然起敬，他有主见有挑战，不那么好惹。但是，贝克先生就是喜欢幽默风趣的王延安。几天后，美方把技术问题解决了，贝克兴冲冲地来找王延安，却不见王延安的踪影。向志远来找他核对技术参数，贝克才知道王延安给累病了。

王延安本想病情保密，轻伤不下火线。偏偏那天背着药箱来给他看病打针的是女医生秦燕，王延安说什么也不让打，急得头发都竖起来了，本来就黑里透红的脸，憋得像块大红布。张张嘴，又闭上，闭上又张开，本来就嗓子疼再加上难言之隐，更发不出声。秦燕面对领导双颊通红，又不好命令他脱裤子，拿着针药为难了，真不知如何办才好。幸亏向志远出面向她做解释：王延安因工作忙，加上发高烧，二十多天没洗澡，他是不好意思让你闻臭汗味呀！说完他三下五除二把王延安摁在了床上，让秦燕打了一针。

雷指挥长听说后，派王延安到北京开技术协调会，正好借春节放假之机让王延安住院治疗，病好再回大山发射场。

王延安到北京开完会就被送进了医院。医生说他得了颈椎病，给他脖子上戴上一个硬脖套支撑着脑袋。第一天住院，吃过晚饭，王延安在病房里召开会议，病房里坐了好几个军人和总师，讨论得很热烈。

梁欢听说王延安住院了，来看他，还没进门就听见王延安侃侃而谈……中国运载火箭要和美国制造的"亚洲一号"卫星对接的技术协调改进方案……梁欢知道王延安不管到哪里，总要闹出点动静，梁欢就在病房门上贴了张字条：谢绝探视。

会议结束，王延安送大家出门时，人们回头看病房门上突然出现的"谢绝探视"四个字，大家心领神会地笑了。护士走过来传达梁主任医嘱，以后谁也不能到病房里开会，影响其他病号休息。

王延安自我解嘲说："请各位不要介意。我老婆的意思是，咱们开会要保守机密，慎之又慎，外人不得探视。谁让咱是病号，理应归医生老婆管理。"王延安送走了大家，转身就把门上的"谢绝探视"给撕掉了。

梁欢闻讯赶来，板起脸来严肃地警告王延安，这是医院，不是办公室。不能聚众开会，要照顾别的病号休息。

"梁欢同志，你要把我关禁闭吗？这是剥夺我工作的权利！你知道把老虎关进笼子里是什么滋味吗？我不能浪费时间！你替我想过吗？"王延安慷慨陈词。

梁欢沉着冷静，让他赶快去看看爸爸，爸爸患了肠癌，刚动过手术，住在二楼202病房。

王延安立刻英雄气短，吃惊地问梁欢："爸爸，他……你为什么不早告诉我？"

梁欢没有正面回答，让王延安先把手洗干净再走！因为他刚才和那么多人握手，万一有细菌病毒都会传染给重病的爸爸。王延安嘟囔了一声"洁癖"，还是乖乖地洗完手，和梁欢去看爸爸了。

杨志坚躺在病床上正看晚间新闻，见儿子进来脸上立刻浮出笑容。王延安迫不及待地问爸爸："你动大手术，为什么不告诉我？"

杨志坚看了一眼儿子说："这算啥事？想当年，打仗流血，我出生入死都闯过来了。你看看你老子身上的伤疤有多少？"他说着扒开了病号服，胸前累累伤疤。王延安看着父亲身上的伤疤，知道父亲的勇敢坚强那不是一般人能比的。战争年代，一颗手榴弹炸飞了他身旁的警卫员，把他也炸伤了，卫生员把他五花大绑到门板上，医生用盐水消毒后，没有麻药，活生生用手术刀割开皮肉，将弹片一个一个取出来。他疼得咬破嘴唇，都不叫一声。现在他这么大把年纪了，还能怕医生打麻药动手术吗？所以他鼓励医生，手术成功了皆大欢喜。如果失败了就算给他们练手，以后有经验还可以救别人。

杨志坚一见儿子来了，顿时眼睛放光，招了下手，让儿子坐在身旁。

"爸爸，你现在感觉好点了吗？"王延安关切地问。

"我好多了。梁欢照顾我很周到，你放心吧。我就是想让孙子晓航春节放假回北京看我，我要召开一个家庭会议，谁也不许请假。"

"爸爸，什么议题？"王延安问。

杨志坚故意神秘地眨了眨眼睛暂时保密，让他赶快落实家人不许缺席。

王延安很奇怪，老爸郑重其事地要召开一个家庭会议史无前例，过去他是不管家务事的。梁欢也不知道老爷子要说点啥。王延安觉得既然爸爸说话了那就照办吧。只是他春节一过，就要办出院手续回基地，这事不能耽误。

梁欢近来一直忧心忡忡，夫妻俩忙碌的人生就像是辆快速奔跑的战车，不顾一切地向前冲去，冲上一个山顶，又去攀登下一个山顶，也算是事业有成了。可是却无暇照顾父母，没有时间管教孩子。谁都知道父爱和母爱是孩子一生中最珍贵的亲情，谁也代替不了，可是他们没有给儿女付出时间和爱。她想把心里的纠结都说给丈夫，可一看到王延安满脑袋都是卫星发射，家事排不上议事日程，她把想说的话又咽回到肚子里。

春节放假了，全家人在杨志坚的病房齐聚一堂。杨志坚一看儿孙们都来了，特别高兴，他要把自己想说的话都说出来，不然以后没机会了。老爷子把严峻的话题幽默地表达出来："今天我要给你们通报一件事，医生让我住院治病，接着还要化疗还是放疗，我搞不懂。治好治不好，都要听医生的。如果治疗得及时、彻底，我就会康复。你们不用担心，担心也没用。我把癌症看透了，没什么可怕的。这病虽然长在我身上，可我说了不算。但是我说了算的是，你们各自都有自己的任务，关键时刻，谁也不许以我的病为借口当逃兵，不管是上班的，还是上学的，谁也不许打败仗。全家老少都要支持王延安的工作，你们都听清了吗？"

全家人都纷纷点头说听清了，知道了。

杨志坚满意地挨个看了看儿孙们，他早已经想好了，和他一起枪林弹雨里冲锋陷阵的老战友许多都不在了，近来他晚上做梦总是梦见他们。现在，他时刻准备去见他那些牺牲了的红军老战友。他从来就不怕死，但要把该说的话都说清楚，不留遗憾。今天之所以召见儿孙们，就是要告诉他们一个尽人皆知的真理：人都有终将老去的那天，既然如此，他就要乐观地活着。生命不在于长短，而在于要有价值。

"爷爷，你能活一百岁！"王晓帆尖着嗓门插话，她可不能没有爷爷。

杨志坚笑眯眯地摘掉帽子："你们看，我的满头青丝已经战斗到没有一根毛发了。这就是说我的历史任务基本完成了，该给你们交班了。最近我一直在思考一个问题，中国怎样才能打赢没有硝烟的人才战争。这个世界在近代发生过无数次战争，我们过去为赶走日本侵略者、为建立新中国而战，也有的国家为金钱而战，为宗教而战，等等。但是现在没有一场战争比人才的战争更为重要。我们中国的确不缺人，但缺的是高端人才。希望我的孙子孙女好好读书，长大报效祖国！"

王晓航从小就怕这个陌生的爷爷，他对爷爷的认识一直停留在书本上写的战斗英雄上，他敬佩爷爷，爷爷说的话就是命令，他马上回答："爷爷，我好好学习，您放心吧。"

老爷子的脸上立刻露出欣慰的笑容。王晓帆调皮地拿手摸了摸爷爷的秃脑袋，说："爷爷是智慧的脑袋不长毛。我也听你的话，考第一。"

"晓帆，不许捣乱。"杨志坚对孙女从小疼爱，从不生孙女的气，接着说他的事："下面我给你们通报一下，我已到古稀之年，许多老战友都去见马克思了。我身上长出个把肿瘤来不算什么，我在战略上藐视它，在战术上重视它。本来我不想来住院，但梁欢医生说了，我住院治好病，就是支持你们工作和学习。所以我就来住院了……"

王晓帆笑着靠在爷爷身上说："爷爷，您老人家还听我妈的话？"

"那当然，你妈可是好医生。"杨志坚摸着孙女的头笑了。

梁欢不好意思地说："爸爸，您过奖了，我还要努力进步呢！"

杨志坚接着说："我相信梁欢医生的话，大多数肿瘤患者都是连病带吓死的。"他突然把病号服揭开，指着累累伤疤说，"我身上的37处伤疤全在前面，没有一处在后背，因为这都是冲锋陷阵留下的。过去我枪林弹雨都不怕，现在还能怕死吗？但是，今天我要提前给你们留下遗嘱和传家宝，人生自古谁无死，我还有最后一项任务要完成。"

杨志坚话说多了也说累了，喘着粗气，梁欢给他端上一杯茶来，让他喝点水再说。

"爷爷，啥传家宝呀？"王晓帆仰着脸问。

杨志坚喝了点茶水润了润嗓子，今天他打开话匣子就要把想说的话都说完，他告诉儿孙们："我的祖上没有名人，全是农民，道地的泥腿子。到了我这辈是穷则思变，翻身闹革命，当了将军。当兵的苦干实干是最硬的条件，当官的最大权力就是指挥作战身先士卒，危险牺牲冲在前。军人的风骨与战功，就是我的传家宝。但是好汉不提当年勇。到了我这把年纪，溢美之词不愿听了，我就想把心得体会告诉儿孙们，老百姓可以左手拉着儿女，右手拉着爱人。可军人要保家卫国，左手是子弹，右手握钢枪。王延安现在面对的是火箭和卫星，使命艰巨而光荣。全家都要支持他！"

杨志坚端起茶杯一饮而尽，继续说："我不相信人有来世，你们都给我记住：今世我不想拖累你们，谁也不许把我的病当托词，请假逃避工作，我要你们都带着军功章来见我。"

"爸，你放心，我们保证完成任务。"王延安赶紧表态。

杨志坚特别高兴，两眼放光说："我活到这把年纪，已经是超期服役了。'文化大革命'时，造反派批斗我，我对他们说，我像你们这个年龄时擒拿格斗样样行，打日本鬼子我是神枪手，打老蒋我是战斗英雄。下面的话我就不用说了，希望你们珍惜青春。于是那些造反派空喊口号，谁也不敢拿皮带打我。所以你们都别担心，现在我身子骨棒着呢。"杨志坚说着站起来，给儿孙们表演一套太极拳，野马分鬃，白鹤亮翅……一招一式，有板有眼。

这时，医院送饭的小护士把饭菜端进了病房，杨志坚来了个太极拳"收式"，家庭会议也到此结束。老爷子对儿孙们一挥手，大嗓门一亮："我不留你们吃饭了。延安，你病好了早点回基地吧。"

2

春节一过，王延安就回到发射基地。他要赶在从美国洛杉矶飞来的运送卫星的波音747货机到达发射场前，把一切安排就绪。

卫星运到发射场前，美国卫星和中国火箭是互不见面的，我国只能根据图纸做出火箭与卫星的过渡锥，见证奇迹的时刻到了，中美星箭对接一次成功。

贝克突然想起王延安曾经提醒他，改正了星箭接口的一个技术参数，现在他对中国专家刮目相看，双手竖起大拇指，说："中国的火箭和美国的卫星初次对接就获得成功。中国做得漂亮，所以我要竖起两个大拇指。"

然而，送美国卫星上天这只是万里长征迈出的第一步，因为近日大山发射场区天气变化无常。据当地有记载的39年的气象资料统计，每一年的4月7日，都有阴雨雷暴。历史的经验不可小觑！为此，王延安出主意，让向志远请陆莎回基地帮助做天气预报，不管怎么说，陆莎是业务尖子，而且积累了不少山区预报的经验。让他们把儿子向天翔暂时交给在北京进修的梁欢代管。陆莎欣然答应，安顿好儿子，于发射前两个月来到了基地，协助气象台对4月份的天气逐日进行预报，他们建议发射指挥部将发射日确定在4月5日，那天最合适。

可美国卫星公司不同意，坚持要在4月7日发射。贝克先生看到4月7日将有降水和雷雨的天气预报，摇了摇头说，老天不可预测。他认为，世界上气象预报能报准60%就不错了，何况这是山区。

王延安信任这位前女友，陆莎虽然不适合做他的妻子，但是做气象工程师那是顶呱呱的。二十年前，发射我国第一颗人造卫星时，她就在满天乌云的发射日，准确地预报出发射窗口是晴朗的夜空。

贝克先生和一帮美国工程师根本不相信中国发射场的气象预报能神机妙算，他们已经亲身体验，大山发射场是世界上最难预报天气的发射场。

于是贝克先生向王延安提出挑战,打赌一只北京烤鸭,谁输了谁请客。贝克还故意舔舔嘴唇,认为王延安的这只烤鸭是吃定了,还晃着满头银发的脑袋说了一句中西合璧的夹生话:"你们中国人说天有不测风云。可谋事在人,成事在天。"

4月5日上午,太阳不知躲到哪片云彩后面去了,迟迟不露脸。贝克先生得意地晃着银发脑袋,伸出两条白胳膊一摇一摆地学着鸭子走路,幽默地向王延安要烤鸭。王延安微微一笑说,晚饭时见分晓,因为发射窗口在晚上。

下午太阳果然露出了笑脸,阳光照在贝克先生身上暖融融的,贝克先生的白脸变成了红脸,真诚地说:"我输了,中国天气预报很棒!"

尽管发射场气象预报的结论是:4月7日有阵雨,只能满足最低发射条件。然而,确定发射日,还要根据中美多方的意见和诸多因素,最终还是定在了4月7日。让王延安担心的是,火箭里的液氢液氧燃料最怕雷电。

这是中国航天史上一个辉煌的日子——1990年4月7日。凌晨,发射场坪上小太阳似的聚光灯,把发射架周围照得通亮,火箭威风凛凛地伫立在发射台上,托举着"亚洲一号"卫星,宛若一柄直刺苍穹的神剑。老天还算开眼,大清早就露出了笑脸,迎接来自世界各国的贵宾们进山。

美国、英国、法国、日本、加拿大、朝鲜、瑞典、巴基斯坦、泰国、缅甸等17个国家和香港、台湾地区的200多位穿着考究的政府官员以及公司总裁惊奇地打量着这片原生态的绿色峡谷。无论是来自大洋彼岸的贵宾,还是山沟里的彝族百姓,全都关注着中国的"长征三号"运载火箭,首次发射美国制造的"亚洲一号"卫星,能否成功?

火箭正在加注特种燃料,准备一飞冲天。运载火箭第三子级采用的是低温高能的液氢、液氧发动机,它比一般常规发动机的推力大50%以上。由于液氢、液氧只能在很低的温度(液氢的沸点为-253℃,液氧的沸点为-183℃)下工作,这种燃料具有极大的危险性,如果液氢稍有泄漏,弥漫在空气中超过一定浓度,一粒小米大的金属从一米高的地方掉到水泥地板上就足以引起爆炸,化纤衣服摩擦所产生的静电火花,也可能导致它的燃烧!当时世界上只有美国和西欧拥有这种高能发动机。

偏偏发射日老天不给好脸，忽然间晴转雨，不管美国人信不信，不管亚星公司的代表几天前怎么说，发射日的天气预报应了中国人的神机妙算。大凉山的天气说变就变，艳阳天里打雷下雨那是平常事。下午瓢泼大雨说来就来，发射塔在雨雾中巍然屹立。

王延安果断地下达了命令，关闭发射塔平台，加注照常进行。他透过雨帘看着发射塔，尽管早有准备，可雨滴砸在他身上，不时地给他敲警钟，此时正在给火箭加注特种低温燃料——液氢啊！

王延安的脑海里倏地闪现出世界航天史上悲壮的一幕——苏联普列谢茨克航天港，1973年和1980年两次爆炸都是操作人员在发射台上向火箭进行加注时发生的，造成了59人死亡的惨痛教训。这突如其来的大雨，让他额头直冒冷汗。这时，发射场上空突然传来一声惊天动地的响雷，大雨从天空倾盆而下，正在加注液氢的火箭面临着爆炸的危险，可他们没有退路可走，只有做好应急准备。当第二声雷炸响在山头时，液氢大流量加注完毕，特种燃料加注终于抢在老天爷打雷闪电前面完成了。

王延安长舒一口气，抬头望去，发射塔架的钢铁巨臂紧紧地搂抱着乳白色的运载火箭，但愿接下来能一帆风顺。然而，发射窗口风云变幻，19时，发射场坪上细雨纷纷，于是全国的电视观众看到一条字幕："因为天气情况，发射'亚洲一号'卫星现场直播推迟到21：30。"

推迟发射纯属不得已，深藏在大山里的发射指挥部正在做最后的决策。这一仗只准成功，不能失败。我国事先已公告全世界：美国制造的"亚洲一号"卫星将由中国的"长征三号"运载火箭送入太空，定点于东经105.5度赤道上空。卫星有24个C频段通信转发器，分南北两个波束，可覆盖亚洲30多个国家和地区，为亚洲25亿人民提供电视节目传送、图文传真、数据传输和电话等先进的通信服务。并且宣布将现场直播发射实况，此刻，卫星静静地坐在火箭上，焦急地等待着命运的抉择。

雨珠敲打着每个人的心弦。第一发射窗口（即发射卫星受到诸多因素限制的时间选择，也称发射时机）显然不能发射，必须尽快决定新的发射时间，但这要考虑很多技术条件，而气象却成为关键问题。

王延安问气象专家积雨云何时能离开发射窗口，他知道以火箭飞出大气层的速度可以从乌云的裂缝中冲向太空。指挥部很快统一了意见，风险！干什么没有风险？向太空挑战的人更不能回避风险！

王延安办事向来干脆利落，像旋风般地卷起一件件棘手之事，然后又大刀阔斧地扫平一切障碍。此时，他脸上是凝重和庄严。他知道肩负的使命就是两个字——成功！

这时，有人给王延安递来了一张纸条，上面写着："梁欢请你接电话，家里有急事。"王延安随手拿起笔在纸条上写："请帮我转告梁欢，我走不开！家里的事由她做主。发射成功我给她回电话。"

他万万没想到，就是这张纸条使他错过了最后叫一声"爸爸"的机会。

3

杨志坚已经住了三个多月的医院。平时白雪洁早上六点起床，洗完脸，吃过饭，直奔医院。八点多钟，医生过来查房，就看到白雪洁已经坐在病床边，忠于职守地陪伴杨志坚，看着他输液。

老两口朝夕相伴，医生和护士都劝他们找个护工，白雪洁也年高体弱了，何况他们不缺钱。老两口不约而同地摇了摇头。后来护士长一天三次来看这老两口，发现他们不仅不缺钱，也不缺人，老首长有公务员和专职司机，护士长就宣布科里做出的决定，公务员晚上陪首长，老奶奶白天陪首长，两个人轮班倒。既然是组织决定，两位老人无条件服从了。

如果天气好，老两口就坐在病房窗前晒太阳，他们把目光投向远方，说着许多陈年往事。

女护士来送饭调皮地眨着眼睛说："首长要多吃饭，加油吃！"

杨志坚笑道："小同志，多加了油我就吃不下去啦！"

白雪洁把饭菜端上饭桌，把鱼刺一根一根剔净，把鱼肉放到丈夫的碗里，她笑眯眯地看着丈夫吃饭，不时地帮他倒点水，给他拿张餐巾纸擦擦嘴。

这天，虽然北京春光明媚，可是杨志坚无力从床上坐起来了，他已经听到死神在身边粗重地喘着气，他没什么可惧怕的，这辈子身经百战，早已准备好向死而生，无所畏惧。只是心里还在牵挂着……

白雪洁轻轻地给他擦去额头上的冷汗，安慰他说："志坚，你要坚持。延安发射成功了就回北京来看你！"

杨志坚的脸上浮出了一丝笑容说："雪洁，我等着听发射成功的消息啦。"他尽量表情放轻松，可心里越发觉得人生苦短，来不及陪老伴享受美好年华，就已经身处迟暮了，他要坚持住。他们在漫长的岁月里生死相依，他不能丢下她，他不敢想象她独自一人将要面对的生活……

"志坚，你很勇敢，生命力顽强！枪林弹雨你都闯过来了，今天你也能坚持住！"白雪洁在鼓励丈夫。

"我舍不得离开你！"杨志坚突然问，"下辈子我们还会在一起吗？"

"一定！我永远爱你！你是我心中永远的钢铁汉子！"

杨志坚脸上露出一丝欣慰，他这辈子最幸运的是与白雪洁相伴一生。他爱她青春的美貌，更爱她被岁月磨砺成熟的面容。她在他眼里永远美丽，他忍着巨痛微笑着说："我的作家老婆给我作首情诗好吗？"

白雪洁深情朗诵道："记得我们相识的那一刻，战火中你是英雄的化身。有如阳光般的笑容，有如钢铁铸成的精灵。你像永不熄灭的明灯，永远在我心中闪亮……"

"雪洁，活到这把年龄了，我把最深刻的体会告诉你，爱是这个世界上最伟大的力量，爱祖国，爱人民，爱你。是你的爱温暖了我一生，你照顾了我一辈子，你辛苦了！"

"老杨，人活一口气，你可不要轻言放弃。"

"那当然！我这辈子都不服输！过去打仗即使危机四伏，我照样是有惊无险夺取胜利。现在我有点累了，想睡一会儿。"杨志坚想让妻子宽宽心，可他这次是力不从心了。几个月来，他的两只手总是不由自主地颤抖着，他不得不仰卧在病床上，两只手死死地抓住床栏杆，就像抓住自己生命的绳索，他不能轻易放弃，他多想陪伴自己的妻子，执子之手，与子偕老。他们夫妻精心守护着一份刻骨铭心的爱情承诺，永远不离不弃。

白雪洁靠近丈夫，安静地端详着杨志坚，那曾经俊朗的脸上，已经密密麻麻地镌刻着岁月深深的痕迹，两腮已经深陷下去变了形。满头的乌发也掉光了，只剩下光光的头顶。

白雪洁坐在丈夫的病榻前，温柔地抚摩丈夫的手。现在老两口心照不宣，他们将要面对人生中最艰难的一段时间……她即将失去至亲的爱人和战友，这个在她生命中最重要的人即将离她而去，她的心都要碎了！

这个问题杨志坚早就想明白了，当他躺在病床上，遭受病痛折磨的时候，唯有大脑的思维自由飞翔。人终将一死，他没有那么多恐惧，枪林弹雨他闯过来了，在战争中他经常与死亡擦肩而过，现在病魔也是敌人，他坚信狭路相逢勇者胜。他也经常想起曾经一起战斗过的战友们，为了人民的解放事业献出了年轻宝贵的生命，自己是幸存者，又是战斗英雄，参加过许多重大战役，立了多次战功，多得他现在都记不清了。

于是他为自己的人生总结了三句话：革命战争年代我是幸存者，和平建设时期我是幸运者，晚年离休生活我是幸福者。

白雪洁的心却一直在紧张不安和焦虑中，她觉得可怕的死神将要一步步地逼近老伴。她每天都在陪着杨志坚，生怕他哪天突然离她而去，她要从死神手里把老伴抢过来。

"雪洁，你咋啦？"杨志坚半梦半醒地微笑着看着老婆说，"谁都会有归去的时刻，如果这次我在劫难逃，也不要开追悼会向遗体告别，骨灰送到大漠发射场吧。我只想让你替我留下一些文字给儿孙，留下我们战火中的青春记录做传家宝。"他颤抖着伸出手拉住了白雪洁的手，"我娶了一个作家老婆，这是我最后的梦想了……"

"老杨，听话！我知道你舍不得离开我。"白雪洁把氧气面罩给杨志坚戴上，如今丈夫不知不觉间老了，真的老了，那像高山一样让她可以依靠的脊背，现在只能平躺在床上，然而，这个钢铁汉子给她留下了多少刻骨铭心的回忆！

杨志坚的目光柔和了，乖乖地躺在那里，他心里酸酸的，看着相伴一生的夫人，那期待的目光似乎在说，老伴，把我们共同的回忆写出来吧。他心里明白，他的老伴也是高龄了，风烛残年，走着艰难的路程，自己要走了不该留给老伴太多的压力，于是他有点后悔了。

杨志坚突然想，趁着自己还清醒，还能说话表达自己的意愿，一定要把自己人生最后的路程安排好，让自己有尊严地告别世界。他让老伴叫来医生，很严肃地表达了他的愿望，一旦完全丧失了神智，将要走到生命的尽头，请不要过度抢救。那样不仅自己痛苦，还会拖累家人。

那位博士医生来到病床前，他不理解，首长的所有医药费都是实报实销，国家和部队对老红军有特殊照顾政策，看病享受大军区正职医疗待遇，不用自己家花一分钱。如果有一线希望，为啥要放弃治疗呢？

"我知道，我只想对我的人生谢幕提前做出选择。"杨志坚不希望在临走时搬进ICU病房，身边没有一个亲人，赤条条的身体被挂在维持生命的机器上插满管子，每天花去国家不少治疗费用，那太浪费了。他不能让老伴眼巴巴地隔着玻璃窗看着他流泪，让白雪洁痛苦万分、心力交瘁。

白雪洁陪护在老伴的身边，寸步不离，老两口自然而然地把手握紧了，而杨志坚看着白雪洁的神情，那份眷恋与依恋，常常让年轻的医生和护士不忍打扰他们。

平常吃晚饭时，白雪洁把好吃的菜都挑进杨志坚的碗里，让杨志坚稳稳地靠在自己身上，梁欢拿着小勺，一勺一勺喂老公公吃饭，旁边一些老首长病号来串门，都说："杨老，真是好福气啊！"

梁欢身为儿媳妇，现在肩负着全家的重托，因为王延安在完成国字号的头等任务不能分心。她的工作岗位在医院，既要照顾好高龄的公婆，又要治疗好病人，忙得不可开交。偏偏这天她被一个危重病人的会诊给叫走了，那个病人危在旦夕急需抢救，她下不了手术台。她知道近来公公的病情加重，临上手术前给王延安急急忙忙挂个电话想告知病情，可没找到他。

杨志坚今天午觉睡得特别沉，醒来时已经快吃晚饭了。可他今天不知怎么的，体力不支只能躺在床上，透过病房的玻璃窗看着夕阳西下，旁边的楼顶上正好顶着一轮橘黄色的太阳，那么好看，可惜太阳很快收起了耀眼的光芒，凝聚成火红色，落到地球那边去了，"夕阳无限好，只是近黄昏"。他们久久地手握着手，谁也没有说话，他们多想挽留夕阳啊！

此时此刻，杨志坚光芒万丈的人生也到了黄昏时刻，既然已经走过人生的高潮，现在快谢幕了，他要抓紧时间安排好最后的人生路程，给最后的时光以尊严和安详。

杨志坚感到死亡的脚步离他越来越近，他紧紧地拉住老伴白雪洁的手说："我这辈子，12岁参加红军，现在已经是革命的第58个年头了，仿佛弹指一挥间。回顾一生，我闯过了危机四伏的枪林弹雨，经过了路线斗争的起起落落，有惊险、有危机，化险为夷与死亡擦肩而过，活得堂堂正正、无愧无悔。现在我快走了……"他突然说不下去了，因为他看到老伴眼里泪水长流，他轻轻拍着白雪洁的手说，"老革命，流血不流泪啊！"

夜幕很快降临，两位老人的目光不由自主转向病房大门，他们眼巴巴地期盼着孩子们快来，也许这是最后的告别。

杨志坚最近感觉力不从心，身体大不如前了，他仿佛听到死神的脚步离他越来越近，他总是拉着白雪洁的手不让她离开，还恋恋不舍地说："只要有你在，我就高兴。我这辈子最得意的就是找你做老婆，有你足矣。如果发生万一……你现在也不要告诉儿子，不能让他工作分心！临阵换将乃是兵家大忌！"

杨志坚心情纠结地闭上眼睛，他恍惚梦见戈壁滩上的烈士陵园，那里长眠着六百多名将士，守墓老人告诉他，英灵们清晨都绕着墓地跑步，有时还能听见他们依次喊：一号明白……直到六百号也喊出明白，东方的太阳就升起来了。那里还有千年的胡杨树林，挺着胸膛陪伴英烈们。

这时，杨志坚听到有人叫"爸爸"，他睁开眼睛，是梁欢来了，杨志坚说："你来得正好，我走后，你们把我送到大漠发射场去。我在那还能看到祖国发射火箭卫星，以后还能看到飞船上天呢！"

梁欢不知老爷子今天怎么说出这样一些话，故意岔开话题："爸爸，你是想去发射场看延安指挥发射吧？"

"不啦，我现在去不了啦。不由人啊！"杨志坚摇了摇头指着电视上说，"怎么推迟发射了？"

梁欢想把电话拨通，让爸爸跟延安讲句话。老爷子摆摆手，他不想打扰儿子工作，轻声问："晓帆放学了吗？"

梁欢心里有了不祥预感，赶紧让司机去学校接女儿王晓帆来爷爷病房。梁欢还给上海打了长途电话，让晓航赶快乘飞机到北京来，她想让爷爷再看看小孙子。

白雪洁知道老伴是个军人，和孩子在一起的时间虽然不多，但他非常喜欢孩子，延安刚来家时还是个小婴儿，晚上不睡觉总是哭，他就抱着儿子走来走去直到他睡着。延安长大了，他才变成了严父。后来，他对孙女晓帆更是亲得不得了，从爷爷抱到爷爷背，有求必应。孙女成了他的开心果。所以他住院时,就把儿孙的照片带到了医院,见不到人就看照片。

此时此刻,杨志坚非常想见儿孙们一面,想跟他们最后再说几句话。白雪洁知道老伴的心思,轻轻地抚摩着他的手安慰他要坚持。

这时,杨志坚突然病情加重,剧烈地腹痛,脸上直冒冷汗。梁欢让医生护士赶快抢救,给杨志坚打强心针和止疼针。

杨志坚期盼的目光眼巴巴地看着门口,吃力地说:"雪洁,你要坚强!我不想离开你,可是……"

白雪洁泪如泉涌,老泪纵横抚摩着老伴的手说:"你不能走!要坚强,我离不开你!"

杨志坚知道生和死从来都不是人能选择的。尽管他不想丢下老伴先走,可这次他是觉得自己如何坚强都挺不过去了,他的生命就要临近终点,瞬间的回光返照使他有了力气,他把头转向了白雪洁,说:"老婆,我走了,抽屉里有我给你留下的钱,你一辈子省吃俭用舍不得花钱,咱们可不能人在天堂,钱在银行。这钱拿出一部分捐给延安的希望小学,这事就劳你费心了。"他喘了一口气,深情地握着老伴的手继续说,"我的儿子、儿媳、孙子和孙女都有出息,我放心了。你还记得我的警卫员小牛吗?为了救我……后来牺牲在我怀里……我要见他去了。我走了,你要好好活着,完成我的心愿……我走后,希望你把我的骨灰送到大漠发射场去,和发射塔架永远相伴。"

杨志坚大睁着眼睛看着病房门,脑海里呈现出滚滚而来的历史风烟,那时他还是一个小红军,跟着红军部队长征走过那千古蛮荒的深山峡谷,而今那青翠挺拔的大凉山里,竖立起雄伟的发射架,在悠悠白云下是现代文明的航天发射场,迎来了五大洲的各国朋友……他盼着盼着,他像年轻时一样想扬起右手招呼战友们一起冲锋陷阵,然而插着输液管的手却无力地在枕头边上落了下去,最后呼唤了一声:"雪洁……我穿军装……"

杨志坚最终没有等来儿孙们,也没有看到盼望已久的中国火箭发射美国卫星。病床旁的心脏监测仪屏幕上,跳动的绿色曲线逐渐变成了一条直线。他的心脏停止了跳动。

"爸爸!爸爸——你咋不等延安回来啊?"梁欢哭道,她责怪自己是个医生,却救不活老爸。

白雪洁悲痛万分,可她见梁欢痛哭流涕,又来安慰梁欢:"孩子,这不怪你,妈知道这世界上没有包治百病的医生!你爸戎马一生,他累了,要安息了。"然而白雪洁自己却无法接受老伴的突然离去,那个在最艰苦的岁月默默陪伴她的人,就这样永远离她而去。

白雪洁发现丈夫枕旁放着留给她的告别词:"雪洁你要好好活下去,我在天堂等你!"杨志坚用早已准备好的一句最真诚的话告别了老伴。白雪洁昏了过去,医生护士赶紧过来抢救老太太。

梁欢流着泪给爸爸整理遗容,又用白毛巾洒上白酒给杨志坚擦洗干净遗体,给他穿上崭新的绿军装。

4

与此同时,大山发射场,发射架耸立在雨雾中。这里山高林密,气候多变,年平均雷暴日 60 多天,是全国的强雷暴区之一。发射"长征三号"运载火箭,周围 30 公里不得有雷电活动,倘若发射时云中带电,升空后的火箭随时都有被引爆的危险。而今晚"亚洲一号"卫星的三个发射窗口的时间加起来也只有 125 分钟,错过了这个时机,就得取消发射。而三级火箭一旦加注了低温特种燃料液氢液氧,必须发射出去。因此,气象预报要求精确无误。

陆莎和发射场预报组的同志一起做了认真分析,得出了 21 时发射场上空天气将会转好的判断。陆莎自信地向王延安报告:"21 时天气转好,天空可以看到星星,云中电场接近晴天电场,不会出现闪电。"

墨绿色的发射塔架拥抱着中国的"长征三号"运载火箭,头顶着"亚洲一号"卫星。这颗卫星出生后就历经坎坷,这次将是第二次太空之行。1984 年 2 月 3 日,它曾由美国"挑战者"号航天飞机载入太空。但因卫星远地点发动机出现故障而未进入地球同步轨道。9 个月后,宇航员加德纳和艾伦在航天飞机第 14 次飞行期间,通过舱外活动将它这个游子收回到"发现号"航天飞机上,带回了地面。美国休斯公司将卫星修复后,由亚洲卫星公司将卫星购买下来,于是给它命名为"亚洲一号"卫星。

王延安的当务之急，就是需要勇气和信心叩开成功之门。他是一个极豪爽的人，干起工作来喜欢大刀阔斧，干净利落，讲究效率，快如旋风，于是，他先拿出一个方案，瞄准第三发射窗口前沿，21：30择机发射。然而，关键时刻一些人犹豫了，希望报准天气再决定。

这时，王延安心里像点着了一盆火，火急火燎地坐不住了，时间不等人，他顾不得长幼有序的清规戒律了，指着在场的航天专家们请他们一个个表态，这个方案行不行？还有什么意见？

这时，王延安的背后传出一个微弱的声音在提醒他："光荣属于国家，风险自己承担。"他知道，既然在我国是首次，就不免要冒风险。任何一段历史都要有人走出第一步，也要有人冒风险。历史已经把王延安放在了关键位置，他迅速计算了一下，第三发射窗口的时间只有80分钟。此时犹豫是没有出路的，只会贻误战机。

在众说纷纭中，一个领导者的果断决策将决定此次发射的成功与否。从风险决策的最大可能性出发，选择最有希望的方案行动。雷指挥长信任长期在发射场工作的气象专家，他相信这80分钟之间，发射场上空的乌云将会露出一条天缝，他指挥的发射部队也能让火箭从云中冲出去直刺苍穹。他坚决果断地肯定了王延安的意见，立即向北京总部报告发射时间，瞄准第三发射窗口前沿，21：30择机发射。

20：30，雨果然停了。群山环抱的发射塔上空打开了一个天窗，露出晴朗的夜空，人们的心里顿时敞亮了。发射塔架已经打开，火箭昂首挺胸站立在发射台上，头顶着"亚洲一号"卫星，自豪地俯瞰着群山。

"各号注意，我是先锋，30分钟准备。"王延安洪亮的口令声在发射场坪回响。

然而，就在火箭发射前的3分钟，巍然耸立在发射台上的火箭上半部冒出了缕缕白烟，是燃料泄漏，还是其他原因？箭在弦上，发射在即。人们的心一下子提到了嗓子眼上，大家屏住呼吸，目光死死地盯在了火箭上。

发射指挥所的屏幕上更是一目了然、图像清晰，王延安能清楚地看到三级火箭氢排系统连接器冒出白雾般的氢气烟云，火箭顶部白烟环绕，他虽然参加过多次火箭发射，但这种现象还是第一次见到。他急忙问身边的向志远，见过这种情况没有？向志远说他也没见过。

怎么办？王延安急了，周围却没有回答他的声音。打还是不打？千钧一发之际，一个指挥员只能选择四个字——当机立断！历史就像枪口逼着一个指挥员使他成为勇敢果断的强者！

面对这突如其来的情况，王延安没有乱了阵脚，他不愧是一个英雄的发射指挥员，多少次危急关头历练了他勇敢、坚强、刚毅如铁的素质，他冷静下来，这时他已经来不及去请示指挥长了，必须迅速独立判断火箭面临的状态：此时，连接火箭的气电联系都已解除，无法得到供他参考的实际测量数据，而液氢系统增压是正常的。发射前刚刚下过雷阵雨，空气的湿度达到87%以上。高湿度和低温度（接近零度）的液氢加注活门接触，自然形成浓密的水蒸气。

时间一秒一秒地飞速而过，没有更多的时间让王延安细细思量。王延安鼓足勇气下达倒计时口令，气壮山河地喊出：点火——起飞！

21：30，火箭尾部喷出橘红色的烈焰，雷霆般呼啸着拔地而起，直刺云天。山谷被一阵隆隆的轰鸣声笼罩，群山抖动，大地震颤，那雷鸣般的声音令人惊心动魄！豪气满怀！

22：00，"亚洲一号"卫星在繁星密布的夜空中准确入轨，按预定轨道遨游天际。发射场坪上一片欢腾，王延安走出发射指挥所，他再一次把目光投向了神秘莫测的月夜。繁星在夜空中闪烁，中国神箭为月亮城的春天留下一道辉煌的轨迹。

这时，贝克先生兴奋地走过来，对王延安大发感慨，他曾在美国和欧洲参加过20多次发射，其中包括在圭亚那的阿里安火箭发射，在佛罗里达的德尔它、大力神运载火箭发射，但他感到这次发射真是神机妙算，他在中国工作了两个多月，觉得这里的月亮特别圆，星星特别多，他以后不仅要来合作发射，还要带太太到这儿来度假，还要让太太看看大山里的"月亮小姐"——彝族阿妹子有多漂亮！正说着，天上突然雷声大作，下起了瓢泼大雨。

王延安猛然想起刚才妻子梁欢来过电话，他应该把这个喜讯马上报告给老父亲，他老人家一直在关注着这次发射。可不知怎么他拨通电话那边没人接，他心里突然"咯噔"一下跳出不祥预感……

5

　　这次百战将星杨志坚最终没有战胜死神，他满怀期待却没有等来儿孙们，就永远闭上了双眼。任凭老伴白雪洁泪如雨下地呼唤他，也没能唤回杨志坚的生命。

　　王延安第二天乘飞机回到家，看到母亲已经把和父亲的照片都翻出来挂在了卧室墙上。战争年代的黑白照片已经老旧发黄了。还有一张父母亲在战火中的青春军装照片挂在屋子正中央的墙上。这样母亲不管是朝哪个方向看，都能看到她的老伴，似乎她看到照片，才能不觉得孤独，也才能坚强地活下去。

　　客厅墙上挂着杨志坚的遗照，桌台上两只花瓶里插满了鲜花，摆放着苹果，还有一只杨志坚生前用的玻璃杯散发着清香扑鼻的茉莉花茶香气。白雪洁和老伴的交流依然如故，她清晨依然像往常一样和杨志坚的照片说上一会儿知心话。

　　晚上，白雪洁躺在床上，本该是老伴的地方现在空了，如果志坚在，他们常常躺在床上聊天，现在只剩她孤夜难眠，好不容易闭上眼打个盹，还满脑袋都是志坚的身影，她离不开志坚呀！她思念所有与志坚有关的东西，难以忘怀！失去老伴让她很难适应，她大睁着眼睛躺在床上，老伴杨志坚的身影似乎若隐若现，说老杨走了，可她晚上还梦见老杨跟她说话，她大声说着梦话自己浑然不知，家里人谁也不敢叫醒她。让白雪洁想不通的是，一个打仗时枪子弹片都打不死的人，怎么现在说没就没了呢？她在感情上不能接受这个现实，她离不开老头子，时常不由自主地念叨，老杨咋自己先走了呢？咱们不是早就说好不管遇到啥困难，你都不丢下我呀……

　　王延安进家门时，母亲正在父亲的遗像前念念叨叨的，他说了声"妈我回来了"，就站在父亲的遗像前三鞠躬，他不仅悲痛还感到不安，因为他亏欠父亲的太多太多，父亲的养育之恩他还没来得及报答，他不仅没能尽孝道，还没能送父亲最后一程……母亲信奉"百善孝为先"，从小教育他，父亲却说：自古忠孝不能两全，让他以国为重，家为轻；事业为重，个人利益为轻。想到此，他对父亲的遗像说："爸爸，我一定继承您的遗志，让中国人筑梦太空。"

这时，白雪洁把杨志坚的遗嘱递给儿子，王延安看了一遍又一遍，按说父亲的遗嘱他应该无条件执行，这没有什么可犹豫的，然而父亲的遗嘱太让他为难了！

父亲清清楚楚地写着：对于我的后事，个人意见：一、丧事一切从简，不搞遗体告别，不开追悼会；二、把我的骨灰送到大漠发射场，我要到那里和在祁连山脉牺牲的战友做伴，看着中国的火箭和卫星腾飞；三、我做的一切都是为祖国母亲做的，我走了，儿孙们不许向组织上提任何照顾要求。

杨志坚的遗嘱字数不多，却让部队干休所的领导很为难，不知该如何去落实。按照规定他这一级的高级干部怎么也要到八宝山举行一个追悼会或遗体告别仪式，那里是他这一级高干安息的地方。可是白雪洁坚决要按丈夫的遗嘱办事，亲自送杨志坚去大漠发射场。

干休所领导苦口婆心费尽口舌，而白雪洁这倔老太太怎么也做不通工作，坚持要按照杨志坚的愿望办理后事，她说："志坚，一辈子堂堂正正做人，干干净净做事，我这一辈子都听他的，这最后的遗愿更是要照办。"

王延安觉得如果按照父亲的遗嘱办，那就没有任何官方的告别仪式，没有花圈，没有挽联，没有悼词，可是他如何拒绝组织上给父亲开追悼会呢？更无法拒绝父亲的老战友来和父亲做最后的告别，还有新闻媒体总该按照父亲的级别做出相应报道。王延安实在为难了，他左思右想来到父亲干休所的告示牌前，贴出了一纸讣告，上面写道："遵照家父杨志坚的遗嘱，家父逝世后不举行追悼会，不搞遗体告别仪式，不送花圈，不接受任何慰问金……"

王延安泪眼模糊地看着自己贴出的讣告，他知道这张讣告是爸爸最后和老战友们告别了。他悲痛中心里还挺遗憾，爸爸就这样悄无声息地走了，和他生前的叱咤风云是那么不同，难道他就不想最后让组织当众给他盖棺定论，留下革命家和军事家的英名永存。为此他倍感悲伤，甚至后悔自己没有考虑好就贴出了这张讣告，会不会有人背后指着他说这儿子不孝。他决定先不走了,悄悄地躲在树后,听听大家看了后会说些什么。

很快讣告前就站了五个人,他看不清是谁,只能听见他们在议论。

"老杨走了,我们再也看不见这个幽默的首长了!"

"杨志坚这老革命就是让人佩服。"

"我要和杨老告别去,无论如何我要送他最后一程,就是到天边我也要去!"

"爷爷,为啥呀?"

"小子,他救过我的命,知恩图报你懂不?做人要有一颗感恩的心……"

翌日清晨,王延安就迎来了爸爸单位治丧委员会的领导来家访,劝他们还是要开个追悼会,或者举行个追思会,最起码也要有个庄重的告别仪式,杨志坚这样的国家功臣、战斗英雄,祖国不能忘记,人民不能忘记,组织上有责任办好高级干部的后事。可白雪洁坚决要按杨志坚的遗嘱办,这是老伴最后的心愿。

爸爸的老战友们也来家里看望,说雁过留声,人过留名。按组织定的规格办后事吧。王延安一时拿不定主意该怎么办。父亲勇敢顽强、功勋卓著,却要以悄无声息的方式告别这个世界,王延安颇为意外,一个生前做出惊天伟业的英雄,却亲笔手书留下遗嘱,在他生命的最后时刻,他不愿意追求热闹排场和等级待遇,宁愿去大漠发射场陪他的老战友安静地淡出世界。这似乎不合时下的丧葬习俗,就父亲热情洋溢、幽默活泼的个性而言,他怎么想默默无闻地走上天堂之路呢?

王延安抬头看墙上,正好挂着父亲亲笔手书的一幅字:干惊天动地事,做隐姓埋名人。父亲生前多次对他说,许多"两弹一星"的功臣都是这样做的。他恍然大悟读懂了父亲。

父亲的突然去世,让王延安在长时间撕心裂肺的痛苦中挣扎,他有着与父亲相似的脾气和秉性,父亲病重期间也是王延安最忙的一段时间,因为要准备发射,他在发射场身不由己,像钟表一样连轴转,早已没有了节假日的概念。偶尔回北京开会,他也无暇去看看父母和女儿,大大小小的会议排满了日程,加上还有许多工作要做。等会议结束,司机开车送他到父亲的楼下,常常是深夜十一二点了,父母都已经睡觉了,他只能抬头望望黑灯的窗户，不能去打搅年老体弱的父母了，他多想和父母聊聊家常话。父亲突然走了，他们再也没机会说话了，让他悔青了肠子。他想起前不久他离开北京去发射场，因为要赶飞机，他急匆匆地从汽车上下来，在医院门口和老爸老妈说了几句话，就登上汽车直奔飞机场而去，这一去就和老父亲永别了。

如果时光真能倒流，他宁愿放弃吃饭睡觉的时间，也要陪陪父亲，听听老爷子还想对他说些什么，哪怕陪着父亲看着夕阳西下静静地坐一会儿……

可是生活没有如果……人与世长辞就不能复生。

王晓帆对爷爷的感情很深，从小就对爷爷奶奶言听计从，从不顶嘴。她知道，爷爷奶奶宝塔山下的爱情，穿过战争与硝烟，超越死亡与孤独，他们是最可爱的人。所以，怎么送爷爷最后一程要听奶奶的。

此刻，全家都在等待白雪洁的决策，她眼睛里常含着泪水，充满了忧愁和悲痛，可那泪珠始终没有流下来。梁欢想说：妈妈，你就放声哭吧，哭出来那伤心就释放出来了，那痛苦就不会在心里折磨你了。有几次话到嘴边她又咽回去了。因为她知道，长期的革命战争，到"文化大革命"饱受磨难，大家闺秀的婆婆练就了流血不流泪的硬功夫。

只有夜深人静时，白雪洁习惯性地在被窝里翻过身来，下意识地去摸老伴，什么也摸不到，她顿时一身冷汗，像做噩梦似的喊出了声："志坚，你在哪儿？"

梁欢听见喊声跑进来陪白雪洁睡觉，生怕发生意外。最后，深明大义的婆婆在自己最悲痛的时候，做出了决定。

医院的告别室里，全家为杨志坚举行家庭告别仪式。杨志坚身穿军装，身旁摆满军功章，身上盖着鲜红的中国共产党党旗。

王延安向父亲敬了一个军礼，给爸爸报告，"亚洲一号"卫星发射成功了！

一家人立正站在杨志坚的遗体前默哀。送上灵车的时候，白雪洁让儿子把那些军功章留下，以后有个念想。让他静静地、安详地走好，以平凡的心态和战友们在一起。

然而，杨志坚魂归大漠时，出乎全家人意料的事情发生了。

那天，飞机刚降落在雄鹰机场，久旱不雨的戈壁滩突然哗哗地下起了大雨，像是老天也感动了。他们发现雨中的飞机场绿绿的一片，那么多军人冒雨前来迎接他们。王延安突然想：当一个人告别人世，他的传说依然在江湖传播，有几十个人、几百个人甚至几千个人、几万个人发自内心地怀念他，为他而动情流泪，那就是感天动地，泪飞化作倾盆雨了。

王延安突然发现人群里有一个身穿旧军装的老首长，满头白发，长寿眉都变成了银白色，腰杆却依然挺直，那是徐战旗指挥长。他是专程从北京飞来送老领导杨志坚的，他身旁还站着女儿徐南征和女婿高建军。

白雪洁对老战友徐战旗和部队领导说，杨志坚魂归故里，没有必要兴师动众，部队还要执行任务，按照老杨的愿望送他最后一程不能给大家添麻烦，他这一生不愿意给别人添麻烦。我们全家人都想满足他的遗愿，让他安详地入土为安。上苍像是听懂了她的话，很快就雨过天晴了。

杨志坚的骨灰送到了戈壁滩烈士陵园，部队官兵对老首长肃然起敬，全体敬军礼。骨灰安放仪式后，王延安让部队官兵先走，留下他们一家人再陪陪父亲。

白雪洁把骨灰盒中的一块炮弹片，拿给儿孙们看，她对王延安说："这块弹片嵌在你爸爸身上50多年了，你爸爸这辈子勇敢顽强，他既没有让敌人的子弹打倒，也没有被糖衣炮弹打倒。他无愧于战斗英雄的称号，现在他可以安息了。"

白雪洁站在墓碑前又跟老伴说："志坚，在我最困难的时候，你不管顶着多大的压力，始终不离不弃和我在一起。我百年以后也要到这里来陪伴你，咱们永远在一起。"接着，白雪洁嘱咐儿子把她写的《赠夫君》的悼亡诗刻在墓碑上。

> 此生此世此相伴，我随夫君经百战。
> 枪林弹雨闯四方，不离不弃共患难。
> 风雨牵手走一生，我愿随君永相伴。

白雪洁还亲自撰写了杨志坚的碑文：12岁参加红军，走过雪山草地。15岁加入中国共产党，从白山黑水打到了天涯海角，打败了日本鬼子，解放了全中国；从抗美援朝战场凯旋，又创建了大漠发射场。他有55年党龄，是忠诚的共产主义战士。

王晓帆哭得最伤心，她满脸眼泪对奶奶说："我爷爷走了，他在戈壁滩守望着曾经战斗过的地方，和他的战友们永远在一起。奶奶你看天上有一轮圆圆的蓝月亮，那是爷爷在天上看我们吗？"

全家人仰起头遥望星空，今夜果然天边上挂着一轮明亮的蓝月亮。

奶奶对儿孙们说："每个人都是这个星球上的旅行家，完成使命就要走了……"

夜幕降临到戈壁滩六百多座整齐列队的墓碑上，烈士陵园变得静悄悄的。全家人该与杨志坚做最后的告别了。

王延安悲痛地说："亲爱的爸爸，生前你战功赫赫，现在你又悄无声息地加入战友们的行列，一路走好，安息吧！"

月光下，白雪洁饱经风霜的眼睛，终于滚落下两行晶莹的泪珠……

第二十章 暨尾声

十年后，中国航天进入新世纪，"长征"系列火箭把一颗颗中国卫星和外国卫星送入太空，造福于人类。向志远和王延安功成名就，中国航天员驾驶"神舟"飞船遨游太空，中华民族千年飞天梦圆。

王晓帆考上了北大中文系；王晓航从中国科大少年班毕业后考到哈佛读博士去了。

二十年后，王晓帆成为电视台的金牌主持人；王晓航博士后归国，创办了民营火箭公司，开始探索发展中国商业航天的新模式……

王晓帆还时常想起小时候，她依偎在爷爷杨志坚怀里，缠着爷爷给她讲红军的故事，爷爷的陕西普通话特有味道，时而响亮似洪钟，时而逗乐像小品。年幼的王晓帆虽然似懂非懂地听故事，可那颗种子却埋在了心里，现在生根发芽、回味无穷、受益终身。

奶奶白雪洁轰轰烈烈的爱情故事并没有因为爷爷远行天国而消失，爷爷用过的东西依然摆放在那里。奶奶常常看着发黄的老照片，在时空交替中穿越，深情地给爷爷写着信。直到有一天奶奶再也站不起来，还躺在卧室的床上，看着墙壁上挂满她和爷爷战火中的青春照片，给儿孙们絮絮叨叨说上几个年年讲、月月讲的战火青春故事，奶奶已经没有能力把历久弥新的口述史书写出来，这项任务落到了王延安的肩上。

王延安退休了，却终日忙忙碌碌，不知不觉奔到了人生七十古来稀的年龄，他却越发革命加拼命，以至重病缠身，人之将死还有啥可怕的？何况他进入生命的倒计时！他可不想死，过去命运给他无数个机遇去实现梦想，如今他的人生正在上演生死时速最后冲刺。

向志远给王延安题写了"大难不死，必有后福"的墨宝，送来挂在了他家墙上，他指着墨宝戏说向志远的书法摒弃了文如其人的儒雅之风，开创了战马奔腾的气魄，鼓励他闯过"鬼门关"。只可惜这次向志远写的并不是他想要的，王延安笑着责令老战友回去再写一幅："只争朝夕，梦想成真，问天也。"要马上办！

向志远欣然答应，只是疑惑他问啥天？他才不相信人的命天注定呢！可王延安却说："人的命三分天注定，七分靠打拼，爱拼才会赢。"他们二人从萍水相逢的路人，到探索太空的知音，成为实现中国航天梦的亲历者，古人的梦想在他们手里变成了现实，走的就是问天路。

这时，女儿王晓帆走过来，她端着一杯龙井茶放在茶几上，说："向伯伯好！请喝茶。你看我爸多牛啊！他的人生已经很精彩。如今又突发奇想要当王作家，您可得劝劝他，生命才是最为宝贵的！"

"多嘴丫头！忙你的去吧。"王延安挥挥手，女儿转身走了。这宝贝女儿如今是他的心病，美滋滋地在电视上主持节目，拥有亿万粉丝，殊不知美貌女神却是大龄剩女，王延安为女儿急而无奈！两代人各有活法和追求，幸福和快乐各不同，也许这就是代沟和命运使然吧。

站在旁边的梁欢插话说："我看还是请向总师帮咱家写一副对联：爱妻爱子爱家庭，不爱身体等于零；有权有钱有成功，没有健康一场空。横批：健康无价。"

向志远当然赞成梁欢的意见。自从陆莎患乳腺癌，梁欢就一针见血说向志远加班加点奋斗，对国家做出了很大贡献，但他重病在身的老婆独自承受痛苦，还要全力支持他。陆莎在部队干得很出色，正是因为爱他，顾全他们这个家，陆莎才转业回京后家务活全包，她在家里默默忍受婆婆的责骂，任由老太太百般挑剔刁难，压抑不良情绪，在她心里积攒了太多的委屈，无处诉说。向志远这才幡然醒悟，是自己亏欠了老婆，对不起老婆。无奈之下他把母亲送回了老家。从此，陆莎听不到婆婆的责骂声，性格开朗了，她积极配合医生治疗，奇迹般地恢复了健康。糟糕的是，后来向志远的老母亲身患老年痴呆症,他把母亲接回北京治病,无奈阿尔茨海默病不可逆转,他干的都是国家天字号航天任务,只好把老母亲交给陆莎去伺候照顾。生活不能自理的老太太逐渐丧失了记忆和表达能力,自然再也不会刁难儿媳妇。老太太已经完全听不懂唱大戏了,一看电视就闭上眼睛睡觉,在她的世界里像幼儿一样只想好吃的,她像孩子般地依靠陆莎吃饭穿衣洗澡……老太太变得只会说一句话:"儿媳妇好,给她买好吃的。"

外人看到的是,儿媳妇孝顺婆婆,一家人和睦相处。可留给陆莎自己的是,放弃和牺牲自我,她变成家里不拿工资的保姆,尽管如此她还是善待婆婆,毕竟此时痴呆的婆婆比彼时刁难她的婆婆让人心疼。

向志远再也不想初恋女友了。因为他知道,是陆莎给他排忧解难,只有当过兵的人才能这样顾大局,全力支持他,这辈子他都亏欠妻子的。将心比心,他当然知道王延安此时重病在身,将面临一生中最难的抉择。他们数十年以命相托在一起搞航天,过去是黄金搭档比翼齐飞。今天如果一人折翅,那鲲鹏还怎么展翅竞飞更高远?

人的命运就是一个意外和偶然,一切就差了那么一点点就阴错阳差了。王延安这辈子不知有多少次和死亡擦肩而过,他都活过来了,而且练就了临危不乱,宠辱不惊的钢筋铁骨。所以他不怕死,怕死就不干发射了。可是最近他的身体情况有点不妙。肾功能紊乱,排尿困难,于是他就学沙漠上的骆驼忍着干渴,每天就喝一杯水,排一次尿。可是这样他浑身无力,全身浮肿,血压升高,脸色灰白。可是王延安一想到自己这一生,总有实现不了的梦想,他必须豁出老命来完成夙愿,否则将会终生遗憾。

老伴梁欢身为医生,发现他眼皮浮肿,用手按了按他浮肿的腿,就提醒他,他的肾脏发出需要检修的信号了。王延安摇摇头,表示自己并没有什么明显的感觉。一贯温柔贤惠的老婆这次一反常态,板着脸给他上起卫生课。梁欢说,两个像拳头大小的肾脏,相当于人体的"净水机",每天在人体里要滤过和清洁的血液有200升,相当于10桶饮用水的量。你想想,这样巨大的代偿功能,如果有病不治,人体内的代谢废物排泄不出去,就会出现肾脏功能衰竭,肾脏病恶化,到了晚期就要靠肾透析或者肾移植来维持生存,那时候将会痛苦不堪。

"别吓唬我！危言耸听！"王延安虽然话是这样说，心却不安地提到嗓子眼儿上。

"肾脏默默无闻地工作，无怨无悔，一旦你有了感觉，肾脏也就无可救药了。"王延安闭上了嘴没有反驳老婆。其实，他完全没必要再像过去那样玩命工作了，从荒漠戈壁转战到大山深处，功成名就退休回到北京平安落地，却遭遇病魔，他不甘心啊！他憋足了劲儿要与生命赛跑，只争朝夕要完成两件大事。

梁欢对他的病情了如指掌，在医院工作经历了太多的出生入死，她已经深思熟虑想好他们老两口该怎样相依为命，好言相劝老伴，做学问做事业，不在拼命而在长命。生命才是最宝贵的。当务之急要先治病！

王延安觉得自己浑身上下不疼不痒，没病！他向来不怕苦不怕累，他要做完的事可不想带到八宝山去！

王延安这辈子自打穿上军装后，就不停地为梦想而奋斗，航天梦想有多远，足迹就会有多远。为此，他觉得没有什么是不可能的，过去的梦想就是今天的希望，明天的现实。这辈子，他总是超负荷玩命工作。他要不辱使命，最爱说的话就是："马上办！誓与火箭共存亡。"

梁欢终于抓住了他的话把："王延安，你不是誓与火箭共存亡吗？火箭发射升空，还讲究个安全可靠不出问题。你呢？"

这下王延安无言以对了，只好洗耳恭听老婆的教诲。

梁欢给他讲了医学知识，肾脏是人体中最沉默的器官，即使身体已经到了肾衰竭的程度，它也不会出现明显的信号。肾脏即使有问题也不疼不痒，让人根本感觉不到它的存在，这是因为肾脏本身神经很少，主要在包膜上分布一些神经，所以当包膜上出现牵拉和压迫的时候，才会感到疼痛。

"别吓唬我！我的身体我知道，这都不叫事。"王延安潇洒地伸出了右手小拇指，"多大点事。"

梁欢让他坐下把裤腿卷起来，她用拇指按他的小腿，凹陷的小坑不反弹，很明显他的腿水肿，肾脏出了问题。

隔行如隔山，王延安答应老婆，只要不住院怎么都行。

梁欢为了帮王延安治疗肾脏病消除水肿，先是让他吃西瓜消水肿，后又给他吃海参。再后来，她又用砂锅炖黄芪鲤鱼汤给他喝，王延安刚开始很喜欢喝，这种食疗不仅味道鲜美，而且他的尿量增多，水肿也消了不少，可是有一天王延安终于吃腻了喝腻了，他甚至拒绝吃所有的鱼类和海产品，并严正警告老伴，再吃下去他就要嘌呤高得痛风病了。梁欢一愣，从此餐桌上只有清淡的蔬菜了。

然而糟糕的是，持续乏力使王延安心里隐隐地感觉到自己是真的病了，而且病得不轻。梁欢知道，肾脏病是隐形杀手。千万不能发展到肾衰竭，当务之急是不能失去宝贵的治疗时机。

梁欢对丈夫发出了严正警告："我可不是吓唬你，你的肾脏病会影响到心脏，许多病人在肾衰竭之前，心脏就停跳了。你的健康我做主！必须听我的。"

"是！听老婆的话，跟党走。"王延安赔着笑脸说，不过，他觉得失去了工作就等于失去了快乐。他患病之后，选择用文字永久保存生命的重大决定，使他每天只争朝夕快马加鞭，万一书写不完，他提前告别人世，后悔也来不及了。还有他奋斗多年研制的新型小火箭，很有应用前景。他认定了，自己虽然不能决定生命的长度，但是可以保证生命的质量，竭尽全力完成他最后的心愿。当然，他心里还牵挂着儿子的民营火箭公司，那帮火箭小子年轻气盛，一起步就要搞大推力的火箭发动机……

殊不知，王延安过度劳累加重了病情，他终于累倒在书桌前。

梁欢苦口婆心劝他："磨刀不误砍柴工，留得青山在，不怕没柴烧。舍得舍得，有舍才能得。爱妻子，爱家庭，不爱健康等于零。"老婆的话像重磅炸弹让王延安心里一惊，嘴上不服心里服。

王延安是欲罢不能啊！他认准的事就要干到底，他心中有太多的秘密，绝不能把这些秘密带进天堂，留下天大的遗憾。

他思前想后，毕竟术业有专攻，写书不是他的专业。但一想到有个叫艾米的德国老太太96岁才开始写书，101岁她的自传体小说才出版，他虽然不能跟那个艾米老寿星去比生命的长度，但他敢跟她去比生命历程的跌宕起伏、辉煌精彩。他一旦认准了目标，九头老牛也拉不回来。

梁欢却认为，一旦身处紧急避险的境地，那就要学会放弃，放弃梦想，放弃利益。否则没有了身体将失去一切。

现在解放军总医院的专家宣布，王延安的病情已经危及生命，急需进行肾移植手术。也就是说他正在等待合适的肾源，何时手术自然也就成了悬案。本来，对于他这样一位为祖国的航天事业立过大功的将军，医院方面是可以优先照顾他进行肾移植手术的。前天刚好一位因车祸重伤的姑娘在ICU病房内抢救，梁欢也是抢救的医生之一，姑娘伤势很重，所有生命指标仰赖设备维持。最终确定为脑死亡，若撤下呼吸机，心脏就会停跳。姑娘的父母为梁欢尽心尽力的抢救所感动，后来听说了梁欢主任的丈夫王延安的病情，姑娘的父母深明大义，尊重女儿生前的愿望和医院签下"家属主动中止救治知情同意书"，自愿把女儿一个完好的肾脏捐献给王延安（还有一个肾脏在车祸中受损）。他们说："女儿的生命能在这位航天军人身上得以延续，也是我们对女儿的一种长久怀念。"这话让梁欢感动得泪流满面。医院很快将两个人的基本情况输入电脑，匹配成功。

就在梁欢带着礼金去向患者家属致谢的时候，在泌尿外科看到了生离死别的悲惨一幕：一个女孩躺在病床上抓住妈妈的手说："妈妈我不想死，你和爸爸一定要救我啊，我要回家，我病好了要孝敬你们……"那位母亲泣不成声，女孩的父亲在病房门口蹲着唉声叹气。

梁欢问同事，才知道这个可怜的女孩身患尿毒症危在旦夕，她的父母为给女孩做透析治疗花光了家里的钱。她父亲硬着头皮去找公司老板借钱，老板却说，这病是白花钱！女孩本来就是赔钱货……那位可怜的父亲没借到钱，瘪了瘪嘴，像孩子一样伤心地哭着向医院提出，放弃女儿的治疗，因为没钱给女儿进行肾移植。放弃治疗就等于放弃生命，这是一个心照不宣的最坏结果。

梁欢默默地立在女孩的病床前，内心遭遇激烈的拷问，面对生死转换，这颗能救人生命的肾脏，将带给谁希望？这是让她此生最纠结也是最难以决定的事情，何去何从的选择，决定着去拯救谁的生命，给谁带来新生？因为二选一，必定要有一个生命逝去，一个家庭生离死别。

梁欢把这件事告诉了那位自愿捐献肾脏的家属。梁欢说："将心比心，我是一位母亲，也是一名医生，我不能见死不救。"那位家属沉默良久，说："我们都无法割舍对亲人的那份情感……不管怎样，我们已经在器官捐献同意书上签字了。让我女儿的肾脏在配型中遵从命运的选择吧。"

梁欢的眼睛让泪水模糊了,她敬了一个军礼,把装着钱的手袋交给那位母亲,又向即将离世的姑娘三鞠躬。她当时心里很纠结、很矛盾,甚至想,如果她们配型不成功,那一切就是天意了。

梁欢很快让医院给那个可怜女孩验了血型和抗体,做了配型,事情竟是那么巧,两个病人经过检测都匹配成功。何去何从?两个亟待肾脏移植的病人摆在梁欢面前,这个决心是多么难下,她知道公民逝世后器官捐献已经成为我国器官移植供体的唯一合法来源,而器官移植供需缺口巨大,机不可失,时不再来。对于每一个病人都是一次重生的机会。梁欢最终还是决定,把这个来之不易的肾脏供体让给那可怜女孩,让那年轻的生命获得新生。

姚明伟不理解她的决定,质问梁欢:"你晕头了!母爱泛滥了!王延安是你的丈夫,你最亲近的人啊!"

因为中国每年有150多万病人等待器官移植。其中有100多万肾病患者等待肾移植手术,而每年能进行移植器官手术的比例仅为100∶1。肾移植成功的病人的5年生存率有70%,也就是说,他们获救了。生命对于每一个人都是最为重要的,大量的病人在焦急地等待着肾脏器官救命!许多人在无望的等待中失去了生存的可能。

梁欢绝不会放弃王延安的治疗!她请姚明伟做好准备,亲自为王延安做肾移植手术,梁欢拜托老同学,还破天荒地给姚明伟鞠了一躬,她现在不想做任何解释,怕老同学干扰她的决心。她是医生,心里非常清楚肾衰竭最终会导致尿毒症,需要赶快手术,不能让丈夫在漫长的等待中煎熬,引起并发症而失去生命。她用不着知会王延安,提前就在医院接受了配型检验,已经默默地做好了一切术前准备。

当她拿着结果站在王延安的面前时,王延安毫无思想准备,瞪圆了眼睛,张口结舌半天没有说出话来,因为匹配结果,妻子完全符合各项肾移植条件,配对指标均符合、满足换肾手术的先决条件,也就是说妻子的肾可以移植给他。妻子是个医生,她完全明白自己承担了什么风险和痛苦,心甘情愿为他捐肾。然而王延安不同意,万一手术不成功,他们的一双儿女就会同时失去父母。再说王延安这辈子欠老婆和孩子的情分太多,这是万万不能的!

梁欢想好了就要行动，毅然决然要给丈夫捐献一个肾。而且拿出了法律规定说事：《人体器官移植条例》第十条明确规定，活体器官的接受人限于活体器官捐献人的配偶、直系血亲或者三代以内旁系血亲，或者有证据证明与活体器官捐献人存在因帮扶等形成亲情关系的人员。然后她温情地说："延安，我们是夫妻，按照规定，结婚三年以上并且育有子女的，我都符合，咱们结婚几十年了，生死相依。你现在必须听医生的，也就是听我的。"她拉过老公的手，半开玩笑道，"你不是常说听老婆的话，跟党走，你中有我，我中有你吗？咱们一起战胜病魔！"

温柔的老婆从不发火，也不抱怨，却总是在关键时刻说出最具有权威的话，这让王延安思前想后、心服口服，最终不得不按老婆说的去做。不过，他王延安的直系亲属掰着手指头数寥寥无几，有血缘关系的数来数去就是他的一双儿女，可他这个当父亲的欠下儿女的感情债，怎能让他们来捐肾？何况他是将军指挥千军万马，却指挥不了自己的儿女，对此深感无奈。

梁欢也不同意，那对龙凤胎儿女就是她的心肝宝贝，怎么欣赏和赞扬都不为过。当妈的心疼儿女胜过自己，过去夫妻两个为了工作顾不上孩子，一直让老人抚养。现在她要把孩子们缺失的母爱给补回来。梁欢告诉丈夫，从医学的角度讲，直系亲属间活体肾移植匹配概率达50%，夫妻间活体肾移植匹配概率只有10%。但是，直系亲属间移植不如夫妻间活体肾移植效果好。由于夫妻长期共同生活，亲密无间，尤其是夫妻生活中有体液交流，彼此组织间早已产生了免疫耐受功能，移植的肾脏好成活。

王延安犹豫不决了，老婆为他捐肾风险太大了。他后悔呀！老婆的话不幸言中了："腾不出时间去看病，迟早会腾出时间来生病、住院、动手术。"尤其是老婆为救他偏偏有求于姚明伟，让他亲自操刀做肾移植手术无可厚非。可王延安心里隐隐觉得有"情敌"之嫌。对此，双方心照不宣。

王延安这才意识到，拥有一个健康的身体才是人生在世最要紧的事。他赶快给女儿王晓帆拨通电话，他最后下决心，听老婆的话，让女儿把他那些书稿和深藏秘密的一摞日记本拿走，去完成他未竟的夙愿，相信女儿的好文笔可以为他的书稿锦上添花。

女儿王晓帆来了,答应得模棱两可:"如果我被感动了,我就给你整理出来,如果连我都看不下去……"女儿突然看到王延安拉长脸,立刻把后半句话咽了回去,当机立断表态:马上办!不过她突然话锋一转,"王老爹,我可是活在今天,谋划明天。您老人家必须答应我一个条件。"

"当然。"王延安想都没想就答应说,"你的青春你做主!"事到如今,王延安唯一能把握的是他要以生命赛跑只争朝夕。他这一辈子付出的青春热血,都为航天伟业,就这样沉默地从人间消失他是不甘心的,心里还藏着无数要说的话。他希望后继有人,更希望青出于蓝而胜于蓝!

"鬼灵精,还和你爸讲条件。"梁欢端来一盘水果放在桌上,她打心眼里喜欢女儿的聪明劲。在她看来,男人理智多于感情,为了事业可以牺牲爱情。但她和女儿不能,作为女人,爱情家庭和事业成功都要,缺一不可!

女儿眼珠子一转,做了个鬼脸说:"有位哲人总是教导我说,要站在巨人的肩膀上。但巨人不这么想,他不让我们站在他的肩膀上。所以唯一的办法是我们要成为巨人!"

王延安一愣,突然想起这话是他常说的,于是他突然严肃起来,"这话是你老爸——我的名言。我们几十年搞航天,也曾想站在巨人的肩膀上,可巨人不仅不让我们站,而且还卡我们,压我们。在事实面前我们终于醒悟了,靠别人是靠不住的,只有靠自己拼搏努力,让我们自己成为巨人,让中国航天也成为巨人!可这部书,我还是希望女承父业!"

王晓帆理解老爸,响亮回答:"是,将军老爸,我要站在你巨人的肩膀上,保证完成任务!"说完拿起一摞书稿转身走了。

王延安交代完了,转过头来笑问梁欢:"老婆,你说要是向志远娶的是林依然而不是陆莎,他的生活会是什么样的?"

"如果你娶的是陆莎,而不是我,生活会是怎样呢?"梁欢一句话把王延安问住了。

感情这种说不清楚的东西,剪不断理还乱。人世间有多少爱能够生死白头,又有多少情可以天长地久?你娶的未必是你最爱的,最爱你的也未必会嫁给你,命运就是这样阴错阳差。不过王延安自我感觉很幸运,梁欢是他的最爱,也是他的福星。

然而，他的思绪让突如其来的电话铃声给打断了，那紧急电话是找梁欢到医院急诊抢救危重病人，十万火急！接梁欢去会诊的汽车已经在家门口等着了。梁欢跑出家门太急，穿着拖鞋就走了。

王延安慢慢地闭上双眼，沉沉地睡了一会儿，又睁开眼睛，心里沉甸甸的，一直在沙发上坐着等梁欢回来，巨大的孤独感竟然像海潮般向他袭来，他觉得自己像漂泊在太平洋中的一叶小舟孤立无援。过去，他心里有一个强大的支撑就是工作，那是他心的寄托。王延安把家里的一串钥匙和军人保障卡及证件放在书稿旁，他在冥冥之中做最后的交代，他随手拿起笔来在纸上写道："也许该落叶归根了，如果我要远行，就到天边的发射塔旁安身……"王延安想，可惜人生没有如果，只有结果。

他是部队的发射指挥员，这就决定了他不打无准备之仗，他能对中国的卫星发射说得门清，成百上千个技术参数熟记于心，就像大脑植入了记忆芯片，从没出过差错。万一他走了，剩下的事就交给梁欢了……

他拿起手机给梁欢发了一条语音信息："忙碌是一种幸福，让我没时间体会痛苦；写作是一种快乐，让我回忆美好生活；现在想你是一种无奈，治病救人是你的职责。"他力不从心地闭上了眼睛。

接下来的事情既是偶然，也是必然地发生了。

王延安在医院紧急抢救了好几天，他睁开眼睛看到墙壁是白色的，被子是白色的，连站在他面前的人影都是白色的，他的大脑急需填补这片空白。

梁欢看王延安昏睡不醒，她知道丈夫的病情急剧恶化，他的肾移植手术刻不容缓。很快梁欢和王延安住进了同一个病房等待手术。王延安一时清醒一时糊涂地说着梦话："我这一生是幸福的，我亲历了从第一颗'东方红'卫星到中国人飞上太空，我没有什么遗憾了……告诉孩子们，人生哪有十全十美，不完满才是真正的人生。"接下来说的什么，梁欢就听不清了。

手术前，王延安突然睁开了眼睛，说的话也清晰起来："梁欢，你就那么相信你那个青梅竹马的老同学？"

"当然！"梁欢的回答很坚定，"延安，咱们疑人不用，用人不疑。姚明伟做这种手术全国首屈一指，我信任他！"

王延安看着妻子那清澈而纯净的双眸，这个智慧而美丽的女人，有颗善良的心，于是，王延安转换话题："梁欢，你一定要帮我想一个好书名……"他念念不忘地说着，迷迷糊糊睡着了。都说日有所思，夜有所梦，他还真在梦境中想到，万一他下不了手术台呢？不过有一点他想明白了，那个姚明伟一定会保证梁欢捐肾成功，至于他王延安的手术能否成功，那就要看姚明伟的医德医术啦。

医院的手术方案和一切安排都在紧张有序地进行着。在手术单上签字的那天，王延安把一切问题都想透了，所以精神状态极好，他要和姚明伟单独谈谈，当两个大男人目光对视时，王延安想自己反正是死马当活马医，也就临危不惧了。王延安主动伸出手使劲儿握了握姚明伟的手，鬼使神差地说："那我的命就交给你啦！万一手术出现意外，我老婆梁欢也就拜托你照顾了！我相信你也能给她幸福！"说完，王延安拿起笔在手术单上签上自己的大名。

"请相信我！"姚明伟郑重其事地回答他。

啥意思？这四个字简直就是双关语，让王延安难以捉摸。

姚明伟说："王将军，你有那么优秀的妻子舍身相救，你还不放心？"手机铃声急促地响起来打断了他的话，他讲着电话匆忙走了，他那白色的背影在王延安眼里就像是一个大问号飘进了前面的病房里，显然那里的病人告危。以至接下来姚明伟的助手医生给他讲术前的注意事项，王延安一句也没听进去。

他只记住了年轻医生说的最后几句话："我好羡慕您娶了个好夫人！为了救您，她什么都愿意奉献。还请姚主任亲自为您做手术！"

王延安满脑袋转的都是，这次手术是福是祸？是福？老婆的肾居然和他配型成功，毫不犹豫地捐给他，夫妻生死共存。是祸？手术的风险不言而喻，在外人眼里，能请姚明伟来做手术是病人的福气和造化。只有他心里隐隐约约说不清道不明，因为老婆梁欢执意要把手术的"第一把刀"交给她的大学同窗姚明伟……正当他的脑袋里搅成一团乱麻时，女儿王晓帆劝他说："王老爹，别担心！有我妈在，你多幸运啊！问世间情为何物，直教人生死相许。我请假了,全力以赴照顾父母大人。"

王延安如梦初醒,人病到这个份儿上,只有到鬼门关上赌一把,听天由命了。事到如今,他只能勇敢面对,是福是祸都躲不过!他决定听老婆的话做一个聪明的病人。王延安破天荒地给老婆敬了个军礼。然后,脖子一挺,面带微笑。他想通了,如果他的出生是一个偶然,那么他的离去一定是个必然,只不过早晚而已。人来到世上一丝不挂,人走时一缕青烟。上天冥冥之中安排好他的命运,让他在生命中遇上了梁欢,他没啥遗憾了。

"你走不了!你的梦还没做完呢!"梁欢看了丈夫一眼,没有再说什么,明天他们夫妻就要双双上手术台了,现在已经进入倒计时,梁欢当医生见惯了生离死别,当然明白接受人生的现实和无常是必然的事情,再顶尖的医学权威,也不可能挽救所有危重病人的生命。因此,必须朝最好的方向努力,对最坏的结果有所准备。如今事情降落到自己和丈夫头上,他们只能按医疗程序进行。

夫妻俩满怀希望双双躺在了手术台上。

糟糕的是,王延安肾移植手术做完了他却总是不睁眼睛,任凭梁欢趴在他的病床前焦急万分地喊着:"延安,延安,你快醒醒!"他却依旧沉睡不醒。

姚明伟看了看心脏监测仪上各项指标都正常,这就奇了怪了。人生总是有很多意想不到,刚才他脑海里还闪过很多念头,觉得这两口子就是有缘分,连肾脏都能配型成功,王延安这家伙就是命好!可现在姚明伟的额头上直冒冷汗,他的手术成功率相当高,怎么偏偏意外出在"情敌"王延安身上?

这时,向志远和陆莎来医院看王延安,向志远见状双手抓起王延安的一只手说:"老弟,你快睁开眼睛吧,咱们研制的小火箭通过了技术鉴定,有好几个国家要来和中国谈合作发射!你再不醒过来,就错失良机啦!"向志远一着急,前言不搭后语地还来了一句,"你就忍心让梁欢自奔前程啦?"他的话还没说完,见证奇迹的时刻到了,突然王延安的嘴唇微微动了一下,睁开眼睛说:"老向啊,还是你了解我,我做梦都在想绝不能走在梁欢前边，那她白给我捐肾了，她一定会痛哭流涕，欢欢变成哭哭了！"他的话把大家逗笑了。姚明伟的心情也顿时变得轻松了。

其实，王延安躺在病床上闭着眼睛在想心事，直面死亡使他懂得了爱情、亲情和友情的宝贵，老婆心甘情愿为他捐出了一个肾脏，身上割了一道长长的口子，足足缝了19针。他当然要为无私奉献的妻子坚强地活下去。同时，他也为自己疑心姚明伟而感到愧疚，为姚明伟的医德医术而深深感动。他还真心想让姚明伟在他身上创造个医学奇迹，抱个科技进步奖。不过这些话他没好意思说出口。王延安这次在天堂里转了一圈，都想明白了，无论你有多高的地位、有多少钱、有多知名，面对死亡时，一切都将变为身外之物，还有什么名利得失可计较？

姚明伟的疑惑解除了，脸上立刻浮出灿烂的笑容，像是看透了他的心，说："梁欢，你老公是在故意考验我。他是不会扔下你先走的，因为爱你，他不会放弃！他必须报答你的救命之恩。"然后，姚明伟让王延安不要着急出院，还给他讲了术后的注意事项，要在医生指导下服用免疫药，才能提高移植器官的存活率，以后还要定期到医院复查。

"行了，别婆婆妈妈的了，我身边有个保健医。"王延安笑着说，他突然后悔自己刚才的话，他能起死回生，应该感谢这位主刀医生的救命之恩，他不由自主地摸摸自己的腰部，那里面有一个原本属于他妻子梁欢的肾脏，已经能在他的体内正常工作了。是姚明伟妙手回春救了他，本应脱帽致敬。

梁欢温柔一笑，她并不觉得自己"捐肾救夫"的举动，有多伟大、多值得骄傲，她觉得顺理成章，相互扶持才是夫妻间的真正大爱，她爱丈夫自然就会尽一切努力去挽救他的生命，救了丈夫也就守住了她的家。她嫣然一笑说："延安，你要感谢我的老同学姚明伟，他救了你的命！是咱家的恩人。"

王延安知道姚明伟是梁欢的老同学老朋友，什么叫朋友？就是站在梁欢旁边支持她，永远都不会伤害她的那个人。这次他从天堂旅游回来，当然要谢谢姚大医生了！

梁欢知道老伴在想什么，故意不紧不慢，她想让王延安以后的生活有着不一样的意境：泰然自若，宠辱不惊，看庭前花开花落，去留无意，望天上云卷云舒，心旷神怡。不过，梁欢也知道王延安人生七十古来稀，这辈子已经本性难移。既然自己找了个丈夫王老虎，就不能指望他像波斯猫一样漂亮温顺。可是这王延安总是不服老，不知满脑袋想些啥。每天只争朝夕着急上火。她觉得夫妻年轻时在事业上比翼齐飞，年老时相互搀扶，相伴相守，知冷知热，相濡以沫就是幸福。少年夫妻老来伴，绝不能让"拼命三郎"过劳死。于是语重心长提醒王延安，要认清形势，长江后浪推前浪，自有后来人！该把年轻人扶上马了。

王晓帆一直琢磨不透温柔的妈妈是怎么让火暴的老爸在家里服服帖帖、言听计从、服从领导的，看来这以柔克刚还是要有绝招。她打心眼里佩服妈妈美丽和智慧并存，于是扬起眉毛说："我记得马克思曾经说过：任何伟人在家人的眼里都是平凡的。老爸，虽然是成功人士，但在家里也要服从老妈的领导。"

王延安用手指戳了一下王晓帆的脑门警告道："小狐狸，你总是没大没小。如果你敢和你妈顶嘴，看我怎么收拾你！"

"那当然！我长得像女神妈妈，是铁杆保妈女儿。"王晓帆眉毛一扬说，"爱妻爱子爱家庭，不爱身体等于零；有权有钱有成功，没有健康一场空。此乃老妈言传身教：健康无价。"

然而，向志远和王延安这种人天生就是为搞航天而降临世界的，他们认定了目标就走下去，直到人生落幕。这次王延安大难不死，那是不幸中的万幸。向志远今天来是告诉王延安一个好消息，他们并列获得了航天基金一等奖！他们这辈子较着劲儿干，结果打了个平手。

王晓帆眼珠子一转，突然亮开大嗓门说："王老爹，我知道您为什么着急出院，领奖可别忘了带上我妈哟！那可是为你增光添彩的医学家！"

王延安眼珠子一瞪，将了女儿一军，提出看到她写的书才出院。他的回答让大家都愣了。

王晓帆当时还没敢告诉老爸这本书的前半部已经在互联网上火爆，点击率直线上升，网友强烈要求作者继续写下去。可是王晓帆没有亲身经历，感觉力不从心，于是她诡秘地冲妈妈眨眨眼睛，先张嘴为强："我的亲妈哟，你知道那个断臂维纳斯雕塑像为什么美得让人过目不忘？这叫艺术表现，不完美中的美丽动人！这本书是同样道理。不过我还要补充一条，妈妈的干儿子郭智勇荣任发射场的0号指挥员，他将指挥王晓航研制的火箭发射升空。还有我妈依然气质优雅，那自信，那风度，美得杠杠的！"王晓帆的嘴像抹上了蜜。她似乎悟到了爱情的真谛，爸爸在妈妈面前是"顺毛驴"，那是因为他们旗鼓相当，你有你的江山，我有我的江湖；你有你的本事，我有我的能耐。家里的大小事那都是妈妈说了算。

梁欢很赞同女儿写书不能面面俱到的观点，断臂维纳斯历经千年，依然让世人瞩目欣赏，美丽而出类拔萃。

王晓帆写了年轻人感兴趣的爷爷奶奶和爸爸妈妈人生最精彩的片断，也写了老爸从一个军校毕业生起步三级跳，成为呱呱叫的领军人才！通过写书她悟到了人生出彩的机会就在自己手中，如果不马上行动，就会错失良机。所以，王老爹病好了，以后的故事让亲历者写，省得老爸资源浪费。

王延安翻开书页，那些尘封多年的记忆像突然被人除去封印，在温暖的阳光下，展现出神奇的人生命运……

王延安一个星期读完书稿，平心而论，他对女儿快马加鞭的工作效率感到意外，对女儿的文字还算满意，剩下的就是为本书结个尾。

王延安出院那天特意穿上军装去感谢姚明伟，他真羡慕这位有突出贡献的医学专家能超期服役、活到老干到老——治病救人。姚明伟一直把他们全家送到医院大门口。临别之际，王延安说："姚大夫，你给了我第二次生命，我想清楚了，是你的手术让我这辈子离不开梁欢直到永远啦。我衷心感谢你的救命之恩！"王延安说完就给姚明伟行了一个标准的军礼。

这一年恰逢杨志坚百年诞辰。航天基金特安排获奖代表王延安在大会上发表获奖感言，王延安简要回顾了自己在炮火中出生，离乱中长大，军营里成长，"感谢亲生父母王国华和白雪清把我带到这个世界上，更要感谢父母杨志坚和白雪洁把我抚养成人，送我到部队百炼成钢。感谢养母王秀云，在艰苦的战争年代为我遮风挡雨。感谢徐战旗指挥长和雷震山指挥长，把重担子压在我肩上，逼得我不敢喘息，乐此不疲勇攀高峰。感谢向志远总师，黄金搭档比着干，看谁为中国航天贡献大。今天我怀着一颗感恩的心，要感谢所有帮助过我的领导和群众，使我一路能够坚持走下来，最终实现了梦想。"

　　王延安在热烈的掌声中突发灵感，想以此段话作为《重托》这本书的结尾。但是，女儿王晓帆认为老爸这些话力度不够，没有使书达到虎头豹尾，于是特在航天宾馆订餐，美其名曰要锦上添花给大家一个惊喜。亲朋好友赴宴而来，却迟迟不见这对龙凤胎姐弟的身影。

　　王延安干脆临场发表了一通演说：我夫人梁欢不仅人长得漂亮，风度优雅，而且是治病救人的医学权威，在我年轻苦闷的时候，看到她就像看到幸福和光明，而幸福是要靠勇敢追求得到的。所以，我这辈子最正确的两个选择就是：大学毕业搞航天发射，奠定了我的事业基石，至今我无怨无悔；在发射场和梁欢牵手航天，事业有成，家庭幸福。当然，我还要对我的龙凤胎儿女说，爸爸对不起你们，只生不养，把你们放到爷爷奶奶、姥姥姥爷家，让你们各自发展成长空间。现在我们两代人共同筑梦太空。孩子们，只有把个人的梦想和中国梦结合起来，你们才会梦想成真……这时，王延安突然眼前一亮，他惊讶得大张着嘴，话音戛然而止，他看到白发苍苍的老战友高建军和徐南征站在门口，这也太意外了。

　　饭厅里突然奏响了《婚礼进行曲》，穿着蓝色训练服的航天员高卫国和穿着雪白婚纱的女儿王晓帆手拉着手向他们走来。女儿居然送给爸爸妈妈一个大大的惊喜。

　　王晓帆说："爸爸妈妈，航天员高卫国是你们老团长高建军的儿子，今天他将成为你们的女婿，明天他会带着中华民族的梦想飞得更高更远。"女儿指着她的伴娘告诉梁欢，妈妈出资多年培养的干女儿唐巧妹现在是航天员的医保医生，也是他们的红娘。这就是善有善报！

　　新娘新郎身后的伴郎队伍更是超级给力，王延安的网红儿子王晓航率领着他的"火箭小子飞天之队"，举着他们的火箭模型走了进来，他们拿到了中国第一个民营运载火箭发射许可证，成功研制了新型的百吨级液氧甲烷发动机，发射的卫星成功入轨，在太空遨游去拥抱未来。他们的火箭公司科创版上市成功……真是双喜临门呀！

　　英气勃勃的火箭小子们兴奋得满脸通红，扯着嗓门唱着歌："因为有你们的鼓舞，我们才能征服太空；因为有你们的肩膀依靠，我们才能筑梦太空……"

这时跟在火箭小子队伍后面的发射将军潘建新走了进来，他现在作为发射指挥长一年就要指挥三十多次发射。此刻，他带头为这对新人和敢想敢干的火箭小子们鼓掌，了不起呀，青出于蓝而胜于蓝。这帮年轻人研制的百吨级液氧甲烷运载火箭发动机不仅试车成功，成为世界第三台完成全系统试车考核的大推力液氧甲烷发动机，而且把卫星送入了太空……民营航天被列入国家航天的蓝皮书。

王延安看着这帮敢想敢干的年轻人浮想联翩，中国自古就有嫦娥奔月的传说，敦煌壁画是古人留给中华儿女的飞天梦想，可是老祖宗们却认为"天尊不可问"。如今中国人飞天梦圆，航天事业的发展，薪火相传。从"长征一号"火箭到"长征五号"火箭，起飞重量达到了870吨，可以一次将16辆小汽车的重量送入太空。从173公斤的"东方红一号"卫星到"嫦娥五号"探测器，从地球飞向了月球。"天问一号"探测器飞向了火星……过去的荣耀已经过去，将来的辉煌属于年轻的一代，他们志存高远，去追赶飞速发展的时代潮流，在高速发展的社会里，不去冒险就将要面临被淘汰的风险。

最后，王延安说，朝阳夕阳都是太阳，朝霞晚霞都是彩霞。我们要把接力棒传下去，年轻有为的火箭小子、飞天姑娘，等待你们的是星辰大海，是中国人对月球、对火星、对太空的探索。有"智"者事竟成。你们要让中国航天插上翅膀，飞得更高、飞得更远。

后 记

  这部小说讲述了两家三代航天人不同命运的故事。主人公历经的中国航天诸多的第一次，也是我身之所历，目之所见，相信成千上万的航天大军也耳闻目睹过这些重大的中国航天事件。而许多人物原型又是我身边的老首长和战友、朋友们。因此，读《重托》也是在读中国航天，在书中的"你我他"身上看到自己的影子，而产生共鸣。然而，亲爱的读者们，当你进入了小说的文学世界，千万不要对号入座。

  小说是活着的历史，人有原型，艺术塑造；事有出处，却比历史记录更加丰富多彩而有生活气息。我将一个好端端的故事倒着讲，是因为世界瞩目中国航天辉煌时，我们不能忘记创业的艰难，是那些脚踏实地、仰望星空的航天人在拼搏奋斗，飞天梦圆。正如古语感叹：人生苦短，将军白头。我和他们一起回忆青春往事，追述人生，向逝去的青春致敬。

  我的航天梦起源于中国古人飞天的梦想。嫦娥奔月的神话引发了我儿时诸多神奇的遐想……我常常仰望夜空做着飞天梦。我去敦煌看飞天壁画，于是我有了对太空的憧憬与向往。后来我的梦从神话中走进了大西北戈壁滩的酒泉发射场，开始了一步一个脚印的追梦人生……

  我16岁穿上绿军装成为"千里眼、顺风耳"的通信兵。那年中国用"长征一号"运载火箭发射了第一颗人造地球卫星"东方红一号"，中国航天树起了新的里程碑。半个世纪后，我站在海南文昌发射场，目睹了2020年11月24日"长征五号"运载火箭发射"嫦娥五号"探测器，开启了探月之旅；12月17日"嫦娥五号"从月球"挖土"返回了地球。此时中国长征火箭已经进行了353次发射，实现了从无到有，从弱到强的历史性跨越。我曾获得过军内外的各种文学奖，记忆最深刻的却是在解放军举行的"中国梦、强军梦、我的梦"优秀文学征文获奖名单中名列榜首。因为我在航天领域里摸爬滚打了45年，总想把这惊天伟业写出来。在庆祝中国共产党百年华诞之际，"天问一号"火星车经过漫长的10个月的太空连续飞行，终于成功登陆火星，绕、落、巡一次完成。我的长篇小说《重托》也终于呕心沥血完稿，献给尊敬的航天老前辈和为中国航天奉献青春的朋友们。

　　写这部小说期间，我的父母亲因病医治无效，先后驾鹤西去。我和父母都是16岁参军，少小离家开始了军旅生涯。我与他们不同的是，他们为建立新中国浴血奋战……那段时间，悲痛让我无法写作。特别是我父亲报病危在301医院抢救，当时有位老将军建议我写老父亲时，我两眼茫然，小时候是父亲忙，他年老了是我忙。45年军旅生涯弹指一挥间，而我的青春年华又在发射基地度过。当我能陪伴父母的时候，他们已卧病在床。父亲平时寡言少语，不多说往事。他年轻时曾是解放军第一任工兵团团长，抗美援朝凯旋，又跟随工程兵司令员陈士榘去西北大漠勘察选址创建酒泉卫星发射场。他曾经像胡杨树那么坚强，不畏严寒和沙尘暴，经历过枪林弹雨的考验。可当我在医院陪伴他，看着94岁的老父亲躺在病床上，插上呼吸机再也不能说话时，我很后悔没有多和父母交流。我的青葱岁月，从大西北戈壁滩到大凉山绿色峡谷里的发射场，再到北京总部历经司、政、后、办公厅机关工作，丝毫不敢懈怠，匆匆忙忙45年的军旅生涯，也写了许多文章和书，早已是中国作家协会会员，却没去探询父母战火中的青春，到如今随着他们的离去，已尘封在历史的深处，永远成为秘密。直到老父亲走了，我们儿女才知道他曾在淮海战役中荣立过大功。2015年9月3日，举国庆祝中国人民抗日战争胜利70周年，中共中央、国务院、中央军委向抗战老战士颁发纪念章。虽然我父亲4个月前已经告别人世，但是祖国没有忘记这位老红军，依然给他颁发了紫铜镀金的勋章，告慰他的戎马一生。

　　"星空浩瀚无比，探索永无止境。"飞天之路上一代代航天人继往开来薪火相传，才创造了今天的航天奇迹。往事如烟，我回顾经历过的一次次火箭、卫星和飞船发射,那些让我刻骨铭心的人和事,经过岁月的积淀,激励我去讲好中国航天的传奇故事。

感谢原总装备部和原总政治部的宣传部在小说刚写出初稿,书名还暂定为《天边的发射塔》时,就上报中国作家协会,将这部小说列入重点扶持作品。尔后历经数年几度修改,我忍痛割爱删除了10多万字。最后将本书定名为《重托》。

衷心感谢中国青年出版社陈章乐总编辑以及本书责编彭岩老师为本书出版付出的辛勤劳动,还要感谢美编、发行和出版社所有为本书出版努力工作的老师们。

如果读者能喜欢这部小说,在阅读中身临其境感受神奇的问天之路,开阔航天视野,获取人生启迪,踏上心想事成的人生旅途,能够梦想成真,将是我最大的心愿。

图书在版编目（CIP）数据

重托 / 马京生著 . — 北京：中国青年出版社，2022.8
（新创业史丛书）
ISBN 978-7-5153-6680-7

Ⅰ.①重… Ⅱ.①马… Ⅲ.①长篇小说—中国—当代 Ⅳ.① I247.5

中国版本图书馆 CIP 数据核字（2022）第 092616 号

责任编辑：彭岩
出版发行：中国青年出版社
社　　址：北京市东城区东四十二条 21 号
网　　址：www.cyp.com.cn
编辑中心：010 - 57350407
营销中心：010 - 57350370
经　　销：新华书店
印　　刷：三河市君旺印务有限公司
规　　格：710×1000mm　1/16
印　　张：37.5
字　　数：600 千字
插　　页：2
版　　次：2022 年 8 月北京第 1 版
印　　次：2022 年 8 月河北第 1 次印刷
定　　价：80.00 元

如有印装质量问题，请凭购书发票与质检部联系调换
联系电话：010 - 57350337